奇侠精忠传续编

民国武侠小说典藏文库·赵焕亭卷

赵焕亭◎著

中国文史出版社

目　　录

第　一　集

1

第 三 集

第 四 集

第 六 集

第 一 集

第一回

泣折柳分道扬镳
定红苗畏威怀德

上回书交代到额经略兵克两山，全苗底定，杨遇春等各奏肤功，正在庆功贺凯的当儿，却因杀掉乌苏拉，冷田禄气愤而逃。这段情节乍看来似乎鹘突，不知细按之，恰在情理。原来君子小人便如油之与水，要想长久同臭味，断乎不能。所以为君子的，无论怎样掬诚待小人，只要一事不如他意，他登时便翻脸无情。况且杀劫方兴，以后便是九年教徒之乱，冷田禄正是个中大魔头，这其间神差鬼使，他自然不安生咧。啊呀呀，冷田禄虽不够朋友，却是踩踩脚就走，不曾仗本领反攻遇春等。看起来，还是老辈子的小人好得多哩！

闲话少说，如今糊里糊涂又是民国十四年二月时光咧。南北糜烂，带甲满地，作者一副穷骨子幸逃锋镝，不免接续前稿，找个饭落儿吧。咳咳！

话说杨遇春当时在帐，正和于益等谈收束军事等，只见左右来报，冷田禄不知去向，并留书一封在案。遇春大诧之下，逢春便噪道："这种人，狗改不了吃屎！定因乌苏拉死掉又去寻美貌苗女去咧。"于益情知有异，便顿足道："坏咧，他这一走，定然激入邪路。"说罢，和遇春等匆匆趱入田禄帐中，一眼便望见案上留书并袍襟一幅，于是遇春等忙拆看那书，道：

杨、于两兄足下：

昔人云："君子绝交，不出恶声。"况乎髫龄同学，周旋有素哉！功名之际，昔贤所叹，弟虽无似，然附骥树功，自谓可告无罪。乌苏拉，一女子耳，弟虽不矜细行，何至终累大德？乃不蒙省察，遽摧人爱，毋亦咄咄逼人耶！夫丈夫贵自立，事会之来，何常之有？弟今从此逝矣。云天无尽，或再相见，贻书决绝，弃掷何言！幸各自努力，无令白日笑人耳。

遇春看罢，不由跌足长叹道："冷兄弟也太负气，为一妖姬何至如此！却是我等也失于鲁莽，使他转颜不得。真个他从此撞入邪途，那副才具委实可惜，俺便当速追他回。"说罢满面矜惜之色，就要出帐。

于益笑道："俺看冷老弟定不转来，但看他割襟示诀，便知其意了。"遇春惶然道："他虽负气，咱既系总角之交，总当成全他。为今之计，咱且分头去赶。"正说着，滕芳兄弟也趱来。大家方要拔步，逢春却唾道："俺看冷田禄是借此遮羞脸哩，咱只给他个白不理，他没结果眼，少时定然转来。属小孩哭的，没人瞅睬他也不哭咧。"大家听了，没暇去理他，便各自分头出营，匆匆上马，如飞赶去。

这一哄不打紧，早有人报知经略。经略骇然道："冷田禄其才可用，但其人骨相有异，终当做贼，此事却忽略不得！"沉吟一回，立唤过杨芳，给与大令一支，吩咐道："冷田禄擅逃军伍，法当斩首。你便速持此令赶他转来，吾当宽恕其罪。他若不遵令，便取他首级见我。"说罢面色一沉，霜威凛然，竟自拂袖踅入屏后。

杨芳暗惊道："我的佛爷桌子，经略这不是成心摆布我嘛！漫说冷田禄不知去向，没处去赶，即便巧了赶上，他本领不弱于我，取他首级怕不成功。"一面怙悔，只得匆匆上马。出营一望，但见平原旷野，恰好有几名兵丁正在交头接耳。杨芳因问道："你们可见杨总爷从哪路去吗？"

兵丁向北一指道："杨总爷从此路去，已过去多时咧。"杨芳暗道："毕竟时斋心思快，俺料田禄也必奔来时之路。"于是连加两鞭，那马长嘶一声，便如腾云驾雾。

按下这里，且说冷田禄一气儿匆匆结束，略带资斧，跨马出营。一望营门，不由慨然长叹，暗想此间终非俺出展之所。一路怙悔，且奔来途，顷刻间离营十余里。回想跃马立功并和乌苏拉一番绸缪，便如做梦一般。正在马上顾盼，按刀沉吟，忽听背后大呼道："冷老弟慢走！总不成你怪愚兄便到如此地步？自家兄弟，难道便忍如此决绝？快些转去，愚兄还有忠言相告。"呼绝声处，哝哝的青骡儿闯到面前，却是遇春秃着头儿，只穿件长衫，慌得鞭儿都没带，却提着半段枯柳枝。

田禄一见，不由怦然动念，却冷笑道："大哥不必留俺，咱弟兄缘尽于此。额经略营中没俺驻脚之地咧。诸兄既苦苦相逼，何又恋恋？"说罢一振辔头就要驰去，遇春忙道："今一切慢提，'功名'两字虽不足羁縻豪杰，难道老弟不念同学之谊吗？今前路茫茫，你又何地去驻脚呢？"田禄道："大哥不必管，这其中没有大哥的事。便是大哥素来待俺，俺早铭肺腑，他日相逢，或当有以报惠。"说罢将手中丝鞭递给遇春，随手接过那枯柳枝，笑道，"大哥持俺鞭去，便如俺随侍左右；如想俺重复转去，俺便如这柳枝一般。"说罢咔嚓声折为两段，抛在马下。

遇春一见，不由泪下，随手挥向柳枝，后来土人便名此地为折柳渡。原来此地林木极盛，柳林尤多，相传遇春泣柳，枯枝重生，足见英雄多情，待

4

友之厚。可惜冷田禄自走歧途，有负良友，虽属附会，却也有些意思。

当时田禄正要拨马趸去，只听短林中噌的一声，便见一个莽汉魌魓似摇摆出来，仔细一望却是逢春，猴在张起背上，一跃而下，大叫道："冷老弟，你这等玩法太透着色劲儿大咧！没了穿红的，还有挂绿的，一个乌苏拉何至闹得你没魂似的？快些转来，容俺给你磕百十个响头儿赔罪如何？"

原来逢春那会子见大家都慌忙来赶，自己未免也慌了手脚。真是愣人有愣路数，他便命张起背了他，出营便赶。可巧误打误撞，赶个正着。当时田禄猛见逢春和张起，不由火头冒得丈把高，一言不发，暗地掏镖在手，趁张起方在呆望，嗖的声便是一镖，亏得张起一跃闪开。

逢春大怒道："姓冷的，真个给脸不要！乌苏拉臭花娘丢过不说，我单问你，武鸣凤兄怎样死掉？"因顾遇春道，"阿哥太也多情得过火咧，难道武兄不是一般的朋友吗？只管顾惜活姓冷的，却怕对不住死姓武的哩。"说罢，锵啷声抽出单刀，就要奔向田禄，遇春连忙喝住。逡巡之间，田禄一抖趸头，早绝尘驰去，顷刻时尘头滚滚，已没入长林深处。

遇春马上不由抚膺长叹，逢春诧异道："田禄人品极不正，兄为何重惜于他？"遇春道："你不晓得，当年葛先生便数言田禄性质非佳，恐入歧途，所以俺累次箴规于他，一来为全交谊，二来为辅成其材，为国效用。今他负气而去，断不甘回乡寂寞，现在法网弛疏，各处奸民很是不靖，如白莲教徒现已萌芽于川、楚一带，田禄倘激而入此，总算咱们一段之过哩。"

逢春听了，只好噘了大嘴不作声，怏怏然随遇春方寻归路，只见对面尘头大起，一骑马风也似跑来，马上人却是杨芳，手揭大令，大叫道："时斋兄！可见冷田禄不曾？"说罢紧勒奔骑，匆匆将经略之命一说。遇春大惊，也便将方才情形一说。杨芳不待听毕，便要赶去，遇春慨然道："他已和咱们断义绝交。杨兄此去虽有经略大令，定须动武，咱们好歹相交一场，总不成如此翻脸。"

杨芳沉吟道："那么怎样去交令呢？"遇春叹道："咱只去据实面禀，求经略恕过他便了。即或经略见罪，俺自承当。"逢春噪道："依我看，既有经略大令，俺和杨兄便捉他转来，听经略发落就是，真个的俩打一个还不成功吗？"杨芳听了不由一笑，于是三人带张起一同趸转。

杨芳一望营门，不由心头乱跳，便吐舌向遇春道："少时经略若怪将下来，只说俺去得稍迟，田禄走远就是。您不曾奉命去追，不必自己引罪。"遇春道："你只据实先禀，俺自有道理。"两人怗懘之间已近帐外。

这当儿逢春心下好生不得主意，暗道："田禄这段事总算俺撺起来的，少时经略倘若见罪杨芳违令，俺心下固然不安，若俺阿哥直气发作，给田禄求情，触怒经略，或致得罪，俺心下越发过不去咧。"想到此处，登时躁汗如雨。逡巡之间，二杨已拔步进帐。这时逢春便如热锅上蚂蚁一般，侧耳听去，

5

便闻杨芳先禀过追赶情形。

经略喝道："杨遇春自为友谊去赶田禄，无关我令。你为何违我之令，竟不去赶呢？"说罢，哈哈大笑，十分洪厉。逢春大惊，原来经略脾气儿：凡无端大笑，就要杀人。当时逢春几欲闯然入帐，便闻遇春朗朗禀道："杨芳本想去赶田禄，却因遇春一言拦阻。田禄擅逃，法固当诛，但平苗以来，田禄颇立殊功。遇春自惭德薄，无以规辅朋友，今便束身司法，以赎田禄之罪。"说罢扑通一声，似乎跪落，便闻经略拍案道："好！"

一言未尽，逢春不管好歹，大呼道："这罪名都在杨逢春身上，便请经略治罪！"说罢，飞步入帐，和遇春并跪案前。杨芳一见，登时也矮了半截，便道："杨芳奉令无状，自当得罪，何得累及他人？"逢春吊起头来道："话不是这般讲，凡事都有由头，不然冷田禄也跑不掉，你自然奉不到这支令，便是杨遇春也无从拦你去赶。从头说来，此事都由俺起。"因将田禄为乌苏拉死掉气走一段事一说。

经略听了，诧异之下，不由颜色立霁，便道："原来冷田禄不堪至此！这等人只如狗鼠，倒不消为他纷纭了。杨遇春友义可嘉，端的是好男子。"逢春听了，方恍然经略喝一"好"字是这般下文，不由悄悄一抹额汗。经略道："俺今为遇春，便恕杨芳违令之罪。"三人听了，一齐叩谢。

正这当儿，恰值长龄、德楞太为收束军事等情双双进见，三人即便退出。方趱至遇春帐中，滕芳等也各自转来。问知情形，滕荟笑道："这倒不错，冷田禄自跑来时旧路，俺兄弟倒瞎赶一阵獐。却是此行也不为无益。俺走到崖左一处山村，就人家求水解渴，那家儿却是熟苗，谈话间提起吴半生据关以来怎的地方涂炭，因叹道：'半生难逃，恐他怀恨于经略，未必一时便远飏。仗他毒咒等邪法，暗下毒手亦未可知。'

"俺当时便惊询他怎的邪法。熟苗道：'他用祝由法移栽恶疾外，还颇有颠倒五行役使魔鬼之法，种种诡幻不可尽述。'俺又问道：'他既有邪法，如何抵抗王师时不曾施用？'熟苗笑道：'凡邪法，大概是阴气用事，只好暗地里鬼鬼祟祟做一事，害一人。若遇人家正气足、福命厚，还不成功。若在战阵上，刀枪火炮，阳气赫然，那邪法点点阴气济得甚事？便是施用也不会有效。您但看古来邪法倡乱，自五斗米邪教以来，历代间名目累更，薪尽火传，却是终究不能成事哩。虽然如此，吴半生山鬼伎俩也不可不防。'俺听了甚觉有理，况且此间山川深阻，吴半生真在左近隐伏，亦未可知。"

大家听了都各耸然，唯有倩霞、滕芳是见过石纥纥诡异之状的，不由同声道："这事儿宁可信其有，加意防备，莫被半生那厮做了手脚去。咱们便禀知经略何如？"遇春摇手道："不可冒昧，此等玄虚话岂可轻渎经略？咱只大家小心就是，每日暗地里轮值一人保护经略，逡巡大帐。好在军事收束，旋师在即，单候檄取大姚山某土司官并龙母山狗头峒主到来，经略发落毕也便

6

凯旋咧。便是自捷书报上后，皇上圣谕也快颁来咧。"

正说之间，人报京中某京卿赍旨而来。大家趋出一望，经略已就正帐中排设香案侍候。帐下将佐自长龄、德楞太以下都全身公服，分班侍立，真个是影绶曳组，跄跄济济，由帐下直接辕门，黑压压肃然无声。但闻辕门外马蹄轻响，遇春等悄悄望去，便见三骑马按辔徐至。后面两骑是青衣大帽的仆人，前面马上是位五十多岁的老头儿，便是某京卿。生得清皙俊伟，气度从容，头戴四品官帽，却是遍体行装，缺襟长袍，方马褂，足下官快式的京靴。微风一扬襟襟，早露出佩的荷囊、燧石、小刀之类，这一套儿是满人服饰不可少的。

这时某京卿就马上视端容寂，双手当胸，恭捧谕旨。略一驻马，后面两仆人早下马趋近，便有一仆半跪接过谕旨，高举在顶，那一仆人便服侍京卿下骑，京卿趋跄两步，恭敬敬接捧谕旨。这时经略早已趋候，跪接如仪，便拥京卿滔滔而进。京卿更不一语，直入正帐，便就南面。案下经略早已跪听宣读，此时帐上下万众无声，真个蚁儿行动都闻得。

须臾，某京卿朗朗宣谕毕，大略是奖慰之外，便轸念战区，着经略会同地方大吏收束善后，务从宽大。并赦某土司不能驭下之过，并狗头峒主某从先附逆之罪。即着两人仍居两山，抚辑苗众，以示圣朝宽大、绥服苗疆之意。首逆吴半生通令严拿外，其逆苗石柳邓、石姑姑等着即献俘京师，以彰国典。其余将弁按功叙录，自经略以下都升赏有差，不必细述。

当时京卿宣谕后，即将谕旨高供在案。经略如仪叩拜毕，便跪问圣安。京卿敬答道："圣躬安。"说罢，转身就客位，方和经略叙宾主之礼，就旁座上谈叙起来。遇春等见了，不由暗惊朝命尊严。不多时京卿起辞，自就行馆，次日便须驰驿北上，匆匆复命。当日经略回拜赆行，一切缛节不必细表。

恰好次日大姚山某土司到来，自着囚服，银铛被体，进见经略之下，一见那等气概，早已骨软筋酥，叩拜之余，但称死罪。于是经略宣布朝廷德意，某土司感激流涕。经略见他非凶狡一流人，便加温谕。某土司欢欣鼓舞，不可名状，出得营门，还率妻孥等罗拜方去。唯有狗头峒主尚迟迟未到，经略因会同疆吏忙碌一切也没在意。

不想探子报说狗头峒主迟三两日方能到来，其所以迟来之故，却因山中某峒主不义其缚献柳邓，啧有烦言，被他探得咧，便率兵直入某峒，一阵凶杀，将峒主全族都屠杀咧。现方示威全山，甚是得意，所以迟了行期。经略闻报，只微微冷笑。遇春闻知此事甚是沉吟，恰好这晚便是自己巡值，因向守帐卫弁道："经略这时方在燕坐吗，俺欲进见如何？"卫弁笑道："他老人家安得燕坐？每晚批阅公牍之暇，吸些旱烟老叶便算燕坐了。俺常听得磕烟锅儿啪啪山响，今晚却不闻得，想还在料理公务哩。咱且偷瞅瞅再讲。"说罢，真个拉遇春就帘缝一瞅。

只见经略正脱帽露顶，瞑目沉思，自语道："这事儿须得如此震慑他。"说着随手拎起烟筒作个刀斫势，便闻啪的一响。遇春方一回身，冷不防一人促步而入，手擎一物，只撞得铿然响脆。经略喝道："是哪个？"遇春大惊。正是：

　　　　镇抚兼施策之上，恩威并用见相同。

　　欲知后事如何，且听下回分解。

第二回

狗头主归山纳诚款
倩霞女望月起遐思

且说来人却是经略的老仆，姓施，年已七十来岁。自经略服官以来，他无役不从，为人忠耿，就是有个倔脾气儿。便是经略都呼为"施老伴儿"而不名。原来经略寒微时节，多亏他拾柴汲水，卖得几文钱添补日用，至于犬马之力更不知尽了多少，所以经略贵显后十分另眼看待。依经略之意，便想除去他奴籍，趁着现时捐例大开，给他捐个顶戴荣身，厚赐金资，命他回家享福。他却一百个不肯干，只愿随侍经略。这时正给经略烹茶来，被遇春一撞，险些茗具泼倾。仔细一望是遇春，不由笑逐颜开。

原来他甚是器重遇春，往往酒后对人便竖大指道："你看咱营中大员小吏许多人，若论福相，哪个也不及杨遇春。"人家便笑道："您老几时又学会麻衣神相咧？"他正色道："相法不相法且丢开，但是人的气度是觇得出的。俺看他举止言动便如经略少年时一般，将来怕不做到这个位子吗？你不曾见过经略少年时，哪里晓得？你看遇春剑术，便是经略都佩服。"说着便眉飞色舞，将额经略怎的得老英雄茹南池的剑术许多情节夸述比拟一番。人家听了，无不忘倦。

当时遇春忙悄说自己欲进见经略，恰好经略喝问下来，于是施老仆趋进置茶，从容一禀。经略笑道："遇春来得恰好，俺正有段事方在踌躇哩。"说罢，登时捻了一筒烟，焰腾腾地吸起。老仆见了，知经略大高其兴。原来经略禀赋异于常人，每晚料量军事，恒至夜深。其间良伴除烟筒外便是一大壶老白干醇酒，杯箸菜品一概不用。思虑越深，那烟筒吸得越狠，唇吻觉燥，便引壶鲸吸，润一下子。

当时老仆奉命，转身喝进，遇春应声趋入。经略笑道："今天某土司那番情形，却非桀骜之辈，只是狗头峒主竟敢迟迟不到，并且在山恣杀同类。今王师未撤，竟尔如此，将来终恐他再萌野性哩。"遇春道："愚见正为此事，请经略妥思安抚震慑之法。"经略大笑道："你且慢说己意，俟将俺的主意写将出来，待相印证，以见是否所见相同。"说罢，取笔挥就，置于文件之下，便索性瞑目，向椅背一靠，但见烟气迷漫，吸得那烟筒越发起劲。及至遇春说毕，已见经略一跃而起，取那所写字儿两人一看，不由相视而笑。次日经略便传知营众并长、德两将军，如法预备，这且慢表。

且说那狗头峒主自恃缚献石柳邓之功，当遣人解赴大营时，经略又略加温谕，他便看经略十分易与。及至檄取他赴营发落，他也不甚为意，只趁势威欺各峒主，恰好某峒主因不平说闲话，又被他杀了个落花流水。他方想赴营，又值苗探来报北京皇帝谕旨到，便命他管领龙母山。他不由大笑道："皇帝老儿倒好说话得很，那鸟经略还张皇的什么？"于是兴冲冲带领数百健苗，旋风似卷出山来。狗头峒主全身披挂，胁佩苗刀，骑一匹卷毛飞焰赤虬马，前后骑都是娇滴滴的苗婆儿，一色价花髻桶裙，璀璨陆离。从狨鸟蛮花中一路歌呼，直奔额营。

这日离营数十里，忽闻得画角隐隐，狗头峒主喜顾左右道："额经略知皇帝老儿给咱面孔，想自出接迎咱哩，你不听得鼓角喧天吗？"说罢一磕马，当头便跑。前后苗女也便嘻嘻哈哈花团似簇将来。正在驰骋，忽闻前面高崖后一声鼓起，登时转出一彪人马，一个个铠甲鲜明，天神一般。为首一将威风凛凛，横着明晃晃的泼风刀大喝道："杨芳在此！什么人敢在俺卡地驰驱，难道你队中没前驱候骑，怎不来报俺，犯俺卡规？"众苗女吃了一惊，一阵吱吱喳喳。杨芳大怒，登时叱兵士捉下两个。

狗头峒主晓得杨芳厉害，却还是意气扬扬，因大叫道："俺非别个，便是狗头峒主，新奉皇帝诏命管领龙母山，此去要会会额经略的。"正说着，后面苗队也便卷到。杨芳喝道："任你什么人，但犯俺卡规，俺便要按军法从事。快将你前驱候骑献出是正经！"狗头峒主也怒道："俺便献出，你待怎样？"说罢，便喝苗队一字排开，自己拔刀向一长大苗骑一指道："此人便是俺前驱候骑，你待……"一言未尽，但见杨芳长刀一挥，那苗人登时横尸马下。于是汉军中一声鼓起，队伍一翻转，顷刻强弓硬弩射住阵脚，却让开一条道路。

杨芳喝道："从此至经略大营还有两道重卡，你端须自家小心哩。"狗头峒主慑于杨芳气概，只得愤愤地率众而过，却究竟恃着蛮性，不甚理会。少时到第二卡，却是滕芳值守，这次前驱候骑早去报告。滕芳见狗头峒主却甚和气，于是苗队都过，狗头峒主不由马上顾盼起来。这时便闻画角悠扬，越发吹得苍凉悲壮。狗头峒主却笑道："俺久闻汉人惯会虚矫铺张，经略战胜是亏俺一臂之力，他却得意到十二分。"谈话间已到第三卡。

狗头峒主仔细一看，不由大笑："原来仅半队老弱兵丁拥着一位将官。"那将官虽生得体貌魁梧，却呆呆地一言不发，只干盯狗头峒主两眼。候骑向前报告，那将官笑道："放着大路走就是咧。"原来这大将却是逢春。于是狗头峒主暗暗怙惬道："原来汉人们竟弄些开门炮的勾当。早知如此，俺为什么干受杨芳的闷气？等俺回头再说，俺定要找他碴儿哩。"

这当儿营垒森森，相距已近。不多时画角声停，只见军幕绵延中唯有小队巡骑徜徉笑语，见了他也没人来问。狗头峒主越发顾盼自得，便兴冲冲长驱直骛，竟至营门。这时却有卫率高声喝住，不多时典谒吏出，问知所以，便命人引狗头峒主等且赴行馆。直至天晚也没人来理他，狗头峒主已然不是意思，次日只得盛装趋谒。满想经略不知怎的奖谕他，哪知刚到辕门，典谒吏已传宣道："经略事忙，明日进见。"狗头峒主只得忍性儿趑回。次日又去，依然挡驾。

话休烦絮，一连三日如此，直将狗头峒主弄得火冒钻天，又自恃皇帝谕旨已下，料经略奈何他不得，这日野性大发，竟在辕门外大跳大叫，火杂杂手按苗刀，闯入辕门。苗人们脚是快的，顷刻间跑入两箭远，却被里面衙弁拦住。于是司法官趋近，问知所以，注籍且去。这时典谒吏也便宣命令退，明午准见。

狗头峒主兀自气吼吼按刀而出。回到行馆，没得消遣，这晚上任置酒作乐，命苗女们又歌又舞，闹得行馆中灯火烛天、喧笑如沸。狗头峒主大醉之下，便搂了苗女公然淫秽。次日绝早，先到营前一望，仍然是静宕宕的，不由暗笑道："原来经略本领不过如此，将来俺管领全山，定然写意咧。"想得高兴，便回馆选了百余健苗，准备随自己进见。

逡巡之间，忽闻辕门前鼓角喧天，接着行馆外马蹄如雷，滔滔而过，便闻辕前鼓乐齐鸣，暴雷似众兵一声喝号。狗头峒主方在诧异，忽听行馆外步履喧动，左右飞报道："经略传见！"一言方尽，便见一奇伟丈夫高揭大令，带剑而入。随后便是典谒吏和数名长躯武士，各抱长刀，凶神一般。

狗头峒主一望那丈夫，却是声名赫赫的杨遇春，方一跃而起，未及言语，遇春已喝道："经略已经升帐，你进见端须小心！"说罢趋进，一拉他手腕。狗头峒主登时觉腕儿如折，只痛得怪叫道："将军放手，俺小心就是！"于是愣愣怔怔率他健苗和遇春厮趁而出。

一出行馆，便望见旌旗弥空，分左右翼森然扎满，由行馆直接辕门，密匝匝不见首尾，单是各将佐头上红帽缨儿便照得半天通红。这当儿狗头峒主身不由己，早被遇春旋风似撮到辕门。

众健苗不敢落后，只得硬着头皮都簇在峒主背后，于是辕门守弁大喝道："经略只传见峒主，余人不得擅入！"狗头峒主一怔之间，早被人将苗卒驱向一旁。这时辕内又抢出四名武士，直将狗头峒主脚不沾尘地押将进去。便见带刀将弁夹道而立，长甬道尽处，早飘起经略的中军坐纛，微风一吹，呼啦啦翻舞作响。便见有两位丈夫全身戎装橐鞬，胁下佩刀，威凛凛分左右两道趋入大帐。狗头峒主偷眼去瞅，却是长龄、德楞太两将军。狗头峒主不由暗惊经略威严，那凶气早挫了一半。

这时典谒吏早高声喝进，四武士不容分说，便似揪罪囚一般直将狗头峒主架进去。狗头峒主一望经略，却是个和蔼老头儿，唯有两目神光炯炯逼人，搭着长、德两将军左右肃侍，便如两尊护法韦陀一般，倒委实可怕得很。于是狗头峒主向经略叉臂作礼罢，睁开两只狗眼不住价东张西望。

经略欣然道："俺檄取你到此，业已多日，你来迟之故，俺已尽知。你们同类残杀已成习俗，俺体皇上宽大之意，也不去责问，但你不该因区区琐事玩俺檄命。你自恃缚献柳邓之功，并恨某峒主讪你不义，便恣意凶杀，都是跋扈恶状。此后你在山，能洗心涤虑，不侵不叛吗？"

狗头峒主夷然道："俺自然不会侵叛的。经略既以俺擒柳邓不算功、不算义，便放邓柳回山，也是小事一段。"说罢凶睛一瞟，大笑道，"俺狗头峒苗众没畏刀避剑怕人报复的，俺便和柳邓拼个死死活活都使得哩。"

经略大笑道："好！好！今天兵未撤，你便敢猖獗如此，今都不必说。俺且问你，为什么昨日擅带刀剑闯闹辕门？在俺军法便当枭首。昨天俺司法官呈籍禀将来，俺念你献贼来降，尚知大义，所以姑且停法，趁今日觇你趣向。今你乃顽梗如此，朝廷虽有德意，也只好收回成命咧。"说罢，面色立沉，袍袖一摆，左右将弁一声大喝，四名武士一拥齐上，早鹰拿燕雀般将狗头峒主双臂反剪，用拇指粗细铁索缚将起来，随手一顿索系，狗头峒主业已撞个跄踉，明晃晃刀锋双叉便要架出。

这时狗头峒主不由魂飞魄落，忙大叫道："俺已是经谕旨处分过的人咧，经略须斩俺不得！"经略喝道："朝命虽下，你却来迟，还不曾拜谕。俺只按军法斩凶狡苗渠，有何不可！"说罢拍案喝斩，那冷森森刀锋业已架在他脖颈上。狗头峒主不由哀鸣求恕，向天自誓。这苗人发誓，却不同汉人随便念痒痒咒，一经立誓，不会反复的。于是长、德两将军和遇春躬身趋上，一齐给狗头峒主求免。经略颜色略霁，叱命松缚，这一声方将狗头峒主惊魂提转。便见遇春趋近，他只用两指将铁索的总结儿轻轻一捻，哗啦一声，断索都委于地，只将狗头峒主惊得目定口呆，不由哀鸣道："经略天威，俺苗众誓不反复了。"

经略这才宣布皇上谕旨并绥辑苗疆之厚意，狗头峒主唯有俯伏感激，连称死罪，当时觳觫叩谢而出。回至行馆，又复大乐。原来铺设供给忽地丰腆华美，不多时经略又命人赐酒赐肉，大犒苗卒，又单赐他宝刀名马、奇锦彩布之类，直将狗头峒主闹得惝恍如梦，不由长叹道："经略才度真不可测！即此便可见其军法咧！"正自嗟叹，杨芳所捉去的两苗女也经人送来，狗头峒主越发欢喜，次日便叩谢经略，率众回山，一路上还称叹经略不止。

且说额经略发落狗头峒主后，接着便忙碌收束等事，又特将史绍登嘉奖一番。孔铨等虽措置乖方，致起苗乱，却因守城之劳便从免议。遇春从容向经略备述雷扬义行并甄正叔才调高致，经略听了，甚为叹赏，知他两人无意功名，便手书匾额两方以旌其闾。雷扬是"移孝作忠"，正叔是"高风千古"，分遣军吏驰送将去。

这日遇春等会在一处，正谈此事，逢春贸然道："人的性格真个等等不同，即如冷田禄，看功名太重，竟致忌害武鸣凤兄；雷、甄两人又看得功名过于雪淡。依俺看，功成受赏，方是中道。"于益笑道："这就在乎人的性儿咧。说到归根儿，雷、甄两人端的令人敬佩，这功名富贵本似浮云，古今多少豪杰，非福德具备的，往往不克终享令名。雷、甄两人正自大有见解。"逢春笑道："于哥儿既钦羡他，怎么一般价在营立功，却不隐去呢？"于益笑道："俺身虽没隐，这片心却不同诸兄了。"

倩霞听得不耐烦，恰值这晚该她巡值，便逡巡提剑趄出。就经略大帐前逡巡过一周，抬头一望，弦月始升，淡微微一层轻霭，衬着甲帐连延，旌旆无声，侧耳远听，微闻大营外提铃喝号。倩霞莲步踟蹰，不由望着冷森森月儿遐想道："真是古人说得好，隔千里兮共明月。俺和若芬姑不觉已相别多日，俺这里对月想她，安知她不对月想我呢？只恐英雄夫婿捷报传来，喜得她一寸芳心不暇想我哩。此后他两人如花美眷，锦绣前程，真可称女儿家最乐之事了。"想到这里，不由一阵面红耳热，微弄剑柄，忘其所以。偏那盈盈月华照到她素面上，便似熨帖她道："阿妹你如感寂寞，何妨与我这孤零嫦娥做个良伴呢？"少时微风徐振，鬓云略拂，方将倩霞遐想遮断，不由暗唾一口，趄近经略帐幨，悄悄一觇，只见经略正在危坐观书，旁置印剑。

忽闻蛊然微响，便见一碧莹莹火团儿，有纽扣大小，由门限缝儿贴地钻入，展眼间直奔经略脚下，相去尺余，突然却转，便盘旋激射，只管就案下且前且却，便似草间萤火儿一般。

倩霞正在纳罕，便见经略恰吸罢一筒烟，顺手儿一磕余烬，火星爆然。这一来不打紧，但听哗剥一声，火团立裂，化为无数火团满帐飞舞。顷刻间碧焰腾腾，那火光红中闪绿，竟将经略围在火焰山中。倩霞大惊。正是：

漫言异术矜余孽，会见妖氛起战云。

欲知后事如何，且听下回分解。

第三回

勘赤霞经略班师
逞邪法半生被获

　　且说倩霞见满面帐怪火发作，方要提剑抢入，保护经略。只见经略便如没事人一般，却自语道："人都说苗疆盲风怪雨发作无时，今晚好端端天气，却又起大风。"说着开取印匣，印件公牍。说也奇怪，大印方出，那怪火登时都灭，虽然一响，仍是一个小火团儿。

　　原来经略大印非同寻常，不要说天子的威命百神呵护，便是经略生杀威福都凭这颗印信那股阳刚震烁之气，早将阴邪吓退咧。那时的官爵便是一命之吏都非幸得。说个俗话儿，总须坟地里有那棵蒿子，方才做官。岂同而今官爵之滥，狗戴上帽儿都是官，官名儿朝更夕换，随便刓印臭美。老实说，那鸟印便如戏具，休说祛邪，连唬人都不成功。

　　说到这里，便有挑疵的道："你这话虽讲得下去，但经略那等爵位，在军中虽不便带着掌印夫人，那司印吏总须有的，如何自家用起印来？"作者笑道："老兄话虽在理，却未免记性差些。您忘了额经略素性脱略简易吗？夜晚间料理公牍，偶然要用颗印，便不耐烦旋叫印吏了。"

　　闲话少说，且说倩霞俊眼儿随那火团一转，便见火团倏然飞出。当时急不暇顾，便匆匆进帐，禀知所见。经略诧异道："方才俺但觉满帐风动，并没别样怪异哩。"于是倩霞将滕荟所闻熟苗一席话一说，经略笑道："吴逆逃死不暇，纵有鬼祟邪法，岂足置念！倒累你等每夜劳攘，可念得紧。刻下俺已严檄各处，务要捉获他哩。"倩霞道："妖民异术，实亦有之。"因将自己被困在浴日楼，石纥纥许多异状一说。

　　经略微笑道："或亦有之。今你既见俺大印祛邪，吴逆妖技越发不足畏了。"说罢，见倩霞结束如画，提剑婷婷，另有派英伉明丽之致，不由暗叹她女儿心性，忠侠可嘉。忽地想起她在北京夜留刀柬一段事，便提起前情，赞许一番，随手将案上新茗赐给她吃，倒将倩霞一张俏脸儿惶惶得红中带白，嫣然一笑。方谢赐饮罢茗，忽听帐外唰唰唰暴风飘起，接着空际轰轰怪响，便如万鼓骇震。突地一股风头扑到，那沙石便如急雨直击帐壁。

　　倩霞大惊，一个箭步先去抢守帐门。这时护弁等齐声呐喊，不管三七二

14

十一，一阵硬弩向空便射。倩霞一望，却矗天矗地黑塔似一件东西，其中微亮闪烁，便如万颗繁星，疾于奔鸟，从西南方涌起，直奔大帐，势将下压。

这时护弁噪道："这光景不像飓风，定是移山驱石的邪法儿，快请经略速避是为！"一言未尽，那东西已到帐顶。倩霞急中生智，不待经略吩咐，抢起印飞步出帐，只玉臂高擎的当儿，但听呼啦啦一声响亮，怪风顿息。那东西竟流云似平铺下来，挨着人身，却是腥秽轻气。大帐前扁生生落下一物，大家拾起一看，却是张纸雕的山峰儿，上面符篆灿然，还有许多鲜血痕迹。于是经略从容步出一看，不由大笑。这时遇春等早闻警赶来，经略因笑顾道："遇春，你看吴逆虽计穷无聊，但他这遣运颠倒之法亦有所授，可见现时盛传白教内地里大有邪徒哩。"

遇春是看过《玄女秘籍》的，此等把戏有甚不晓得？因笑道："法无邪正，唯在用之之人。但秒符术不过自促其死罢了。"经略听了，连连点头。一看倩霞，还女神似的高举大印，大家一阵谈论，她方悟过，置印原处。

当晚遇春甚不放心，便助倩霞巡值终夜。次日大家谈起这节事，无不称异。这其间却气坏了个施老仆，大怒道："俺偌大年纪，随经略爷南征北讨，什么异样凶险事没见过？俺曾被飓风撮吹过，由山前落在山后；战场中鬼火儿围烧俺，胡须都烧着，俺依然端活端好到如今。他这鸟邪法若遇着俺，也不消大惊小怪，也不消经略大印，只须将俺那话儿脱出来，一泡大尿，什么邪祟都须远避。可惜你们见不及此，怎不用这妙招呢？"正说得高兴，一眼望见倩霞在旁，不由觉自己的话有些不仿佛，因道，"叶姑娘，你原不晓得这些事，俺是说他们笨匠儿哩。"这一描白越发不够一句咧。

大家听了，便打趣他道："您这妙法儿大概比张天师的神符还灵，好在隔两天经略还须赴赤霞关，踏勘留兵暂驻之所，一路山行，难保吴逆不再弄玄虚，你这位老法师倒须随行的哩。"施老仆欣然道："那是一定。如今俺还有个计较，且等俺见经略密陈，总须叫他安如泰山哩。"大家听了也没在意。

转眼间，又是半月光景。军事收束，一切将毕，那狗头峒主又遣人来献苗地珍奇物品，并附一密禀，道刻下吴半生仍在两山深密处出没无常，切须防其邪法等语。经略见了，付之一笑，便重赏来人去讫。次日便传令赴关，随行是遇春、于益。

这当儿各营将弁铺排得好不威严！但见缨弁如云，甲光耀日，便有许多苗民夹道纵观。须臾经略大轿从麾盖飞扬中已徐驱而至，先有两行戈什哈，一个个跨马佩刀，服装雄丽，由武巡捕率领，扬鞭前驱。卫队尽处却是两名参将官儿，一个个滑眉吊嘴，一望是京油子角色，大概是朝贵门荫子弟。

一个悄悄从怀中掏出鼻烟壶儿，抹了一鼻子，向那个道："喂，老威，你闹一家伙吧。这所在山岚气重，不像咱北京时气正，须保养些。咱在北京，这时光是吃罢甜酱粥，遛画眉、下茶馆的当儿咧。再不然，清晨遛腿儿，逛

15

回小市，多么写意。俺这点儿鼻烟，还是德记家的老货儿哩，您品品这味道，膻中带酸，再好没有。"那个听了，登时张牙咧口，呵欠连连，闹得涕泪纷纷，便笑道："咱这瘾头儿便像寡妇守节，禁不得人引逗的。俺方才立誓戒烟，你如何又招摆俺?"一个道："得啦，我的威二哥!你若戒得烟，还不叫俺二嫂光屁股哩。"

原来这威姓烟瘾极大，每次闻烟便须四五钱，又一日他犯瘾半晌，奄奄欲死，好容易借了几吊钱，慌张张跑向烟店，恰值人家生意忙，给别的主顾左一包、右一包地直包，他着起急来，便将脑袋向柜台上一仰，喊道："喂，快给俺来四钱上好鼻烟，便装在这双肉壶里吧!"因此传为笑谈，人都叫他作威大鼻。

他在京营当穷差时光，月饷有限，窘得要掉腔。一日他隔壁有位老太太听得他两口儿吵起架来，威姓道："你无论说什么，俺总要舒齐一下子。"老太太不由暗笑道："这两口儿好没人样，难道大白日价便干弄吗?"便听得威嫂儿攘着鼻儿，似乎哭泣。老太太暗道："毕竟是女人家有正形儿。"正在思忖，却闻威嫂儿唾道："天杀的!你只顾上边眼子舒齐，又酸又麻辣的胡嚼蛆，却不顾人家下边咧。"老太太不由诧异道："难道他两口儿干弄还有特别花样吗?怎的上边眼子会舒齐起来?"想罢，悄悄踅过角门，就威姓窗外隙缝向内一张，老太太忍不住扑哧一笑。

原来威姓正在那里颠头播脑地大闻鼻烟，快活到十二分；威嫂儿却光溜溜地坐在炕上，只用破夹被围着下身，原来被威姓将裤儿都当掉咧。奉劝诸公，如今鼻烟虽不时尚，却有鸦片、纸烟卷代兴。若不早戒掉，恐怕令正要光屁股的。

闲言少叙，当时两人一番胡噪，观者都诧异道："怎的护卫大轿却用这等浮脆人?"正言当儿，经略大轿已一拥而过。单是那八名轿夫真个上身如塑、步如流水，便非北京轿班儿不成功的。却是轿中经略一些气概也没得，还戴副图光大墨镜，便如驴遮眼，将个干瘦脸儿掩却大半。轿后拥护人过了半晌，却有人坐押两乘小轿而来，大约是经略的仆役，管经略服用等物的，只是随小轿的两位将官十分气概。众人不由悄悄谈论道："我看这两位比经略长相儿倒强得多。"又有人道："人不可貌相，你没听说过施公案里的施不全吗?人家本领都在肚里哩。"

不提众人胡噪，且说经略一行人迤逦行去，直奔赤霞关。方转入山套踅经一带长林，倏地山云陡暗，长风怪吼，便听前驱一声喊，突然止步。随轿的一将官登时鞭马奔去，一问所以，前驱齐噪道："怪得很!方才前面明明大水涌来，白浪滔天，如今将军马到，却依然是沙原平地。"那将官道："不许胡吵!只小心就是。"说罢仍奔回小轿前，却和那将官各自留神。

须臾旌旆迤迤转入一片菁径，两旁里短木丛杂。前驱正行之间，又怪喊道："烈火！烈火！"突地一停步，险些乱队。小轿前那将官重复奔去，便见大轿车前那两位参将业已惊颜如土，一见那将官便噪道："杨将军，你看这真是野岔儿！哪个王八蛋说瞎话，方才道两旁赤焰烧空，遍山通红，如今又是好道路咧。当这差事吓得死人，没别的，咱换换地处吧，跟福大的放心些。"那将官赶忙瞪他一眼，便闻轿内经略哼一声，那将官依旧奔回，却向小轿内人恭恭敬敬说了几句话。

正这当儿，人马走乏，顷刻间将到关门，方盘上磴道，只见有两名戈什哈忽地齐声怪叫，两骑马咴的一声，后尾直竖，八足齐奋，无端跃起三丈多高，狠嘶一声，向大轿踏压下来。说时迟，那时快！但听咔嚓一声，人倒轿翻，两骑马尽力子咆哮蹴踏，鬃飞眼直，咴咴地张口磨牙，便如怪兽一般。

这时碎轿下人马乱滚，前后护队喊声大起，便见小轿前两位将官马奔来。说也奇怪，两匹马距轿数步，只是盘旋不前。两将官大怒，便索性下马，提刀奔去。两怪马一见，登时竟人立起来，血口一张，飞扑将去。两将官略一闪身，回揸刀锋，便将两怪马穿肋杀掉。方要趋近碎轿，忽见远菁深处人影一晃，仿佛长发四披，一将官眼快，登时一镖打去，但闻有人怪笑，顷刻间影儿不见。这里大家便忙忙驻队，都趋碎轿前一看，便见血肉狼藉，好不可惨！除两名戈什哈并三个轿夫骨断盘折死掉外，便是那位经略爷也直僵僵死在血泊里。大家一见，不由相顾叹息。

说到这里，诸公不由怀疑道："难道额经略便这般交待了吗？"诸公不要忙，且请你闷一霎儿。因作者被近年捣乱世局，总没个下回分解，闷得心头真长大疙瘩，这种滋味有愧偏享，所以今天也弄个闷圆子给诸公尝尝。可有一件，哪位闷急了可别骂，作者这虚设疑阵，是文法本当如是的。再者听话听因，看文看字眼，你想额经略真个死掉，大家岂止"相顾叹息"，早就该乱了套咧。

当时大家连忙从血泊里先将经略撮弄出来，方置在平地，却闻菁内有人呻吟道："啊呀，我的妈呀。"接着两只靴子脚向外一蹬踹，又闻有人叫道："哟，老威，别抱后腰胯，你这一掐把，咱两个都跑不动咧。"大家跑去一望，却是两参将正拖卧着挣命，于是拖狗般将两人拖出。

正这当儿，后面小轿趱到，中有一人掀帘而出，顿足太息道："俺不信邪法，不想却丧掉一名老伴儿。"说罢连连洒泪。这时两将官也便趋近道："方才深菁中似乎奸人逃去，看来种种变异非出无因，便请经略速离此处，施某尸身拨护队舁回大营了。"那人听了，即便登轿，两将官各上鞍马，紧跟小轿，滔滔而去。

原来小轿中人方是额经略，那两将官便是遇春、于益。大轿中死掉的却是施老仆。原来施老仆倔气发作，不信邪法，知经略明日赴关，当晚他便见经略，进他妙计，弄个虚阵式，以诓奸人。经略本不理论什么邪法，但见他

17

义气耿然，便不去拦他高兴，哪知他竟真个李代桃僵咧。却有一桩便宜，他总算做了半日的大经略，虽然压煞亦可自豪。便如而今争总统那把交椅似的，哪管下场如何，只顾写意一霎儿就得啦。但人家施老仆一片心却可对天地鬼神，作者却不敢和而今伟人相提并论了。

不提这里被拨护队抬施老仆尸身回营，自有一番忙碌。且说经略到赤霞关，遍山中勘罢形势，大旆所经，山中苗民无不夹道欢呼，争献牛酒。经略一一抚慰，并宣布天子威德。苗民大悦，每抵一峒聚，苗民争将经略大轿抬将进去，其首目人等便率妻女歌舞进酒为寿。这当儿，却快活煞两位参将，整日价醉眼模糊，倒多费几两鼻烟。

于益却纵观山水，每至幽绝处便呼遇春道："杨兄，你我如能在此结茅，倒也不错。我想咱们葛先生这当儿定在名山大岳中自在哩。"一行人环山遍勘，不知不觉又耽延十余日。及至经略回辕，又和本地疆吏料理了许多善后之事，又一面价厚葬施老仆于雷门崖下。军事稍完，行程已促，于是长、德两将军率众先发，随后经略大军便继进。

经略不耐轿中局促，便弃舆而骑。于益等都趱向前队，只有遇春、倩霞随护经略马前。一个是龙威虎震，一个是玉貌锦衣，鞭丝响处，军容如画。一时官吏送行，百姓纵观。那一番风光气概，就不用提怎样热闹咧！真个是鞭敲金镫响，人唱凯歌回。

当日便应驻歇大槐坂地面，当地官儿供给大差，自然忙得脚打脑勺儿。日平西时分，距那坂还有七八里路，经略马上纵目，见前旌萦转，队伍逶迤，长蛇似在林影中曲折如画，因笑顾遇春道："唐人燕国公张说出镇幽蓟，曾矜奏文皇，自诩可将十万骑。虽然英爽，终非纯臣口吻。你看这荼火军容，何一非出自庙谟睿算？吾辈小臣不过备爪牙驰驱之用罢了。将来你际会风云，建大将旗鼓，须识此意哩。"遇春听了，连连唯诺。

正这当儿，忽见倩霞倾耳道："杨叔仔细，难道后路有警动吗？"一言未尽，后队中一声喊，登时驻队，海螺大鸣，倏地一分，排成了个燕尾阵式。便有人飞骑来报道："后路上甚嚣尘上，似有兵马来袭，端须仔细。"经略微笑道："不须张皇，吾自据中权，你两个且向后路看来。"

遇春道："叶倩霞且在此随侍经略。"说罢磕马跑去。这一来，将个叶倩霞急得抓耳挠腮，呼一声先将披衣甩去，登时露出俏生生一身夜行青缎密扣窄衣，纤腰一长，莲钩立蹬，伸着老长的蟒蚱脖儿，要回望个究竟。但是这当儿，后队严陈，已遮得密层层，忽地一阵远风送来，竟挟有铜鼓之声。倩霞一听，不由蛾眉微竖，又碍着不敢离经略，一面张望，一面回顾经略，两只耳环摆荡闪烁，越显得憨态可掬。

经略方在好笑，便闻后队中又一声喊，尘头飞处，鼓声已近。倩霞更耐不得，倏地一跃直登马背，便见后路上尘土弥空，顷刻卷到。后队中方要放箭，便听来兵中有人大叫道："不要放箭，俺家狗头峒主擒得吴半生，亲来献上，要见经略！"

这一声不打紧，倩霞忘其所以，竟张开樱口咯咯大笑。忽见经略不由悚然，赶忙跃坐马背，只是遽然忍笑，竟将小脸儿涨得通红。于是经略立命护弁列队。这时遇春已引将狗头峒主来，叉臂致礼罢，便匆匆一说擒半生之由。经略大悦，深加奖谕，便命推过半生囚车。只见半生业已被捆得馄饨似的，方在里面瞋目而视，并且囚车上血秽狼藉，大概是为镇制他的邪法。

当时经略草草喝问他许多罪状，方知前些时经略所见许多怪异并施老仆之死都是他弄的玄虚。这时赳赳苗队也便拥在峒主背后。正这当儿，只见前路上尘头又起，倏有一丛人如飞卷来，倩霞大惊。正是：

才惊峒主擒敌妙，又见官员接帅忙。

欲知后事如何，且听下回分解。

第四回

龙母山凶渠入罗网
长沙郡义女探监牢

　　且说倩霞见前路趑趄来一群人，只是认狗头峒主不怀好意，设前后夹攻的埋伏，方要拉剑之间，仔细一看却不相干，原来是本地官儿前来接差。照例地报名进叩，闹了一阵，便即旋踵前驱。狗头峒主还欲相送至大槐坂，由经略各再三抚慰，方率众罗拜，恋恋而去。

　　你道吴半生怎的被擒？原来狗头峒主自悦服经略后，便想捉半生来献。恰值半生在赤霞关山深处藏匿，暗弄种种邪法欲害经略。狗头峒主没处访查他，也就想罢咧。哪知这小子作够劲儿，该当伏诛。自那日弄怪马错压煞施老仆后，他由深菁中幸逃镖锋，便一屁股逃向龙母山。狗头峒主侦知了，便遣人扬言道："俺家峒主和石柳邓素不相能，并非惧额经略。只要经略提兵北回，俺山中依旧起事，以报苗众被杀之恨。俺峒主所佩服的就是吴半生，才智过人，可惜无从寻他，与他商量起事。"

　　这番话播遍全山，不消说早传入半生耳中。半生狡猾本是绝顶，起初还不甚相信。这时他藏在一处山峒中，那主人本非富有，过得三两天，忽然供给丰盛，不但饮食服用一切写意，便是美丽苗女一任半生横眠竖卧，并且环肥燕瘦，日日更新。问起主人，却笑而不语。半生既甚觉过意不去，又未免心下怙悷。过得四五日，便坚叩主人是何缘故。

　　主人笑道："您聪明人，何须细讲？您但看所御的苗女何等颜色，俺本峒寻得出那等脑袋吗？那都是从留人峒遣来慰你寂寞的。你想这当儿指挥全山可以遣美丽苗女的还有哪个？"半生大喜道："如此说来，那狗头峒主如此见待，真个有意于俺了？"主人大笑，登时取出许多黄金异锦，置在半生面前道："狗头峒主谨将此意，见个聘您住山的意思，将来许多大事都待商榷哩。"

　　这"财色"两字制伏人没有不成功的，便如投簧之钥，专以钻人心缝。何况半生本是财色之徒，虽然狡黠，当时也便发昏咧，岂有不深信之理！于是便由主人为导，直赴狗头峒主处。相见之下，狗头峒主好不款洽异常。谈到经略用兵等事，狗头峒主挫得牙一片山响，拍胸道："俺这片心唯老天知道，俺因鸟经略屠杀太凶，势将剿灭全山，俺所以擒送柳邓，形迹上似乎不义气，受万人唾骂，留千载臭名，其实俺全为'早息战征，力促和平'（噫！原来这八个神圣不可侵犯的大字是这里的发源）起见。"半生听得，越发将心放得实啪啪的。

哪知狗脸是会变卦的，并且翻得飞快，当时两人携手大笑之间，只见狗头峒主面色一沉，长嘴一拱，大喝道："吴半生，你今天却上了俺的道儿咧！"说罢下面一扑脚，登时将半生踢翻，左右健苗一齐动手。半生叫骂挣扎之下，已被人牢牢捆定，并且享用了半碗臭狗血，闹得颐颊淋漓，好副贼形儿，便登时塞入囚车，连夜价赶赴雷门崖。及到那里，恰值经略已经起马，所以狗头峒主直赶送来。

且说经略当时喝推开半生囚车，正要前进，只见一骑马后随一人，风也似跑来。马上那人却是逢春，还未及下马，后随那人持一条大铁棍，不容分说，便想赶杀苗队。当时被大家拦住，仔细一看，却是张起，兀自跑近囚车，便想动手，大家急忙拽开他。原来逢春斯赶在前队末尾，闻得后路有警，所以飞骑趱回。当时经略谕知所以，便命他专押半生，先行逐队。随后人马滔滔，直抵大槐坂驿馆。

大军所驻，热闹非常，看经略的男女老幼直挤得密密层层，并有许多小商贩来赶行营生意，便如大春社庙会一般。说到这里，又要人质问道："喂，作者先生，别尽可能管老妈开嗙咧。大兵所驻，都闹得本地百姓鸡飞狗跳墙，屋舍财产一概不顾，只要一家儿苟全性命，保得体面，便是万幸。即如近年，哪次过兵俺没领教过？你如何说如赶春社一般？"

作者一听，不由痛泪交流，登时捉不着话把儿。因人家质问的，委实是刻下军队真相，并且不多日前，作者有位河南禹州的朋友全家被屠。写到这里，只好叹俺那朋友生的时代太好了。须知额经略行军当儿，还是最野蛮的专制时代，如今不是共而且和、大文特明的时代吗？俺还和你老兄说什么呢？

于是经略直入行辕，各队伍安营都毕，本地官员参见罢，业已入夜，但见大旗招展，万众无哗，真有"令严鼓角三更月，野宿貔貅万灶烟"之势。这时石柳邓和石姑两人囚车自有人监守，逢春监押了吴半生，不敢擅离。偏搭吴半生两只贼眼瞟着逢春，只管乱骂。张起大怒，过去便是两记耳光。

半生骂道："你敢杀掉吴爷，总算你是好些的！"逢春笑道："你别招骂咧，且给他衔枚口橛是正经。"正在捣乱，忽闻遇春帐中大家说笑得十分热闹，张起便道："你为甚不谈天消个遣儿去？等俺监守他，挨叔伯骂如何？"逢春嘱咐仔细，即便趸去。刚一脚踏进帐，便闻藤芳笑道："端的好剑，便是用这剑的凌鲤总算条好汉子，就吃亏了拗性些，不明大义。"于益笑道："他摆布你还不够受？你还赞惜他。"

藤芳笑道："他虽摆布俺，俺看他总够朋友。你看杜照，亏得被经略遣去咧。那种反复小人，俺见了就发恶心呕吐哩。可惜凌鲤母妹那等地劝阻于他，这当儿闻知凌鲤凶信，不知作何光景哩。将来路经长沙，俺想赶空瞧瞧他娘去，以报一饭之惠哩。"

倩霞鼓掌道："哟哟，只是您那副算卦行头没处去寻咧。"滕芳笑道："那容易得很，算卦行头随处可备，霞姑高兴，何妨随俺去望望？说也不信，那凌鲤之妹妥姑，好个明慧模样儿，并且眉目间颇似若芬，你一时看不着若芬，且去看看她吧。"倩霞笑道："您说那妥姑便这等好法，难道她就及俺若芬姑？"滕芳道："口说无凭，见着便信。俺看妥姑性格长相和若芬便如妯娌们。"倩霞大笑道："那么您便为媒，给俺逢春叔说个媳妇吧。"

正这当儿，逢春闯然跨入，大家一见不由哄堂大笑。于益插嘴道："可知老逢得个媳妇儿，要念千百声豆儿佛哩。他一闻遇春兄滕府定姻，他便噪自己被阿哥拦回，失掉在外边招好媳妇，如今却正中尊意咧。"

逢春一听，居然有些报报的，亏得紫皮脸不甚显得。大家一望，又是一阵大笑。正这当儿，杨芳含笑踅入道："诸位有甚笑话，为甚偏找我乐呢？"因顾逢春道，"老弟你如何也在此谈天儿？"逢春道："俺看不过吴半生那厮狗脸，这方踅来疏散疏散，却正逢他们嚼蛆。"杨芳道："差使要紧，您便转去。"

一言未尽，只见一守兵如飞跑来道："杨爷快去，您那张起要宰吴半生哩！"众人大骇，忙拥去一看，吴半生正在车内破口大骂，腮颊上鲜血淋漓。张起却一手提刀，一手拎着只耳朵，夹生便咬，大唾道："你竟敢骂俺主人，等俺细细割碎你再讲！"

逢春见状，连忙喝退他，先给半生敷上金疮良药，看光景还不碍事。却是众人都替他吓得额汗淫淫，因此等要犯，如何擅杀得？须臾遇春由经略帐下踅来，问知所以，好生后怕，便痛斥逢春，并要重责张起。

杨芳道："此事静悄些吧，若经略行知，甚不方便。"于是逢春亲自动手，给半生塞上口橛。众人各踅回帐，遇春也跟将来，倩霞谈起方才大家谈笑这一段事，还一面笑，一面拂拭那南精剑。遇春不由叹道："凌鲤这人端的可惜，况他能得葛先生所用宝剑，已暗含着和咱等有些因缘，无奈他执迷就死。俺当时已许恤其母妹，今过长沙，俺也想去望望他家下哩。"滕芳道："如此更妙了。"倩霞笑道："依我看，杨叔叔不必去，您斩掉凌鲤，不叫他母妹难为情吗？"闲话一回，当即各散。

次日经略大军接站而进，一路上官员迎送，一切繁文不必细表。这日行抵长沙，恰值经略偶感微疾，本可服服清散药就好，哪知遇一跟师娘学艺的医生，一服燥热剂下去，登时将邪热闭在里面，闹得经略十分委顿。当地官吏并随营人员慌了手脚，便赶忙另换医生调理经略，于是大军只得暂驻。怕要犯或有失闪，另在城里觅了一所严紧宅舍，将半生等监在里面。经略格外小心，又派了威姓那两名参将协同逢春，领百名兵丁看守临舍。滕芳、遇春等因经略害病心下焦躁，也便将探问凌鲤母妹一段事忘在脑后。

且说两参将一到临舍，京油子本领全在嘴头，不消三言五语，已将逢春恭维得浑身舒齐。威姓道：“您贵昆仲真是难兄难弟，可见经略用人大有斟酌，这等要差非杨兄弟的了吗！快些张贴寓条，以重监务。”于是命随营书手写了“监舍重地，禁止喧哗”等字样，又写了“杨将军公馆”五字，鲜亮亮都贴出去。逢春哪里理会这些事，公务之暇便和两参将说说笑笑，或大家散步寓舍，看兵丁们刷马挫草。两参将有时高兴，便和兵丁们东拉西扯，脱略礼节，北京旗人原有这通脱性儿，是不足为奇的。

一日威姓方在寓门外闲望，只见一个缝穷的大姐，青帕包髻，穿一身破蓝布裤褂，逡巡趑来，只一举步之间，威姓早望到人家一捻香钩，虽穿着鸦青色的旧布鞋儿，却是又瘦又周正，伶仃到绝顶。威姓一怔之间，恰好那大姐面孔一抬，望着“杨将军公馆”五字，忽地眉峰略皱，从嫩白脸色中泛出一缕红霞，直彻两颧，竟看不出是羞是怒。却忽又整容，嫣然一笑，向守兵道：“此间是大破大姚山杨将军的公馆吗？”说罢头儿一低，只管瞧自己脚尖。

守兵含糊应道：“正是哩。”大姐微笑道：“你总爷们可要缝缀破绽，多少做成俺点儿生意？”说罢晶莹莹俊眼向内直瞅。守兵道：“你来得不巧，那会子俺伙伴有几件绽破衣都觅人缝好咧。你闲时到此趑趑，或有生意也未可知。”大姐道：“如此俺明日再来。”说罢微吁一口气，婷婷趑去。

这里守兵方一转脸，却见威姓两手一张，口内怪剌剌地作声道：“忒另另！”守兵笑道：“您这是干吗呀？”威姓脖儿一缩，扭起身段道：“俺这是赶黄莺儿哩。啊呀，好个雌儿，那语音真清脆圆润，听得人好不受用！你没破衣，便撕一件也该做成人家，怎忍心叫她空回去？”守兵道：“那么你威爷快撕衣做准备，好在明天她还来哩。”当时一笑各散。

次日经略病势渐痊，便犒赏军众牛酒，以息劳倦，各营中欢呼痛饮，好不热闹。逢春吃过几杯酒，自寻滕芳等谈天。唯有威姓吃得红郁郁脸儿，酒罢之后，负手趑出寓。只见一群兵丁正在空地里大家习射，一见威姓都笑道：“威爷快来一下子，俺们也好学学艺！”这一来正搔着威姓痒筋。

原来满州京旗人骑射之道很有讲究，当时挑差升缺都以射箭考试，便是八旗子弟文场小试，都有箭试的一场。当初立法意在存满州尚武之风，只是后来旗人们习于骄惰，也便视为具文，每逢小试都觅善射的替代。威姓在京，便很做这档子买卖，所以他射法委实可观。

当时威姓哈哈一笑，略卷袍袖，接过兵丁弓箭，步法一拽，微作骑马式，腰儿一哈，头儿略侧，嗖嗖嗖连发三箭，衔尾价都中红心。众兵丁喝彩之间，只见威姓回头一瞟，忽地投弓于地，转身便走。众兵交射兴浓，也没理会。原来威姓百忙中却望见昨天那缝穷大姐儿又俏俐俐趑近寓门，所以他逡巡趋转。便见大姐一手掠发，和兵丁兜搭道：“今天总爷们有生意吗？俺家离此好几里路，走得人脚跟生痛，若没生意才悖晦哩！”兵丁笑道：“对不起，今天还没破绽衣。”大姐赌气道：“如此，俺便转身去咧。”兵丁笑道：“但请尊便。”

威姓不由暗骂那兵丁道："这蠢獠子，只好一辈子当火头军！"正想趄近，就见大姐莲步跚蹒，仰天微笑，忽问道："杨将军在里面吗？他监押的什么人呀？"兵丁道："你问这些事做甚？监押的都是杀人放火的大反叛，你若见了，要吓煞哩。"大姐道："俺听说还有个美人似的石姑姑，真个一个妇人家有如此能为？俺想看看她到底是个怎样泼辣货呀。"兵丁喝道："喂！"大姐登时倒退两步，兵丁怒道，"你这妮子好大胆！只管离离奇奇地胡问，难道你是什么奸人的眼线吗？"

大姐一听，忙吓得一哆嗦，纤手一颤，针线篮儿落地。方一弯腰去拾，便有只长瘦胳膊从她背后伸来，不但夺起篮儿，并硬扎扎地在她玉腕上擦了一下。忙闪身一望，却是昨天那位军官。大姐忙掩面道："您这位爷，快给俺篮儿！俺快去吧，省得人家疑心俺是什么眼线咧。没生意也罢，犯得着吓俺女孩子吗？"说罢小眼皮一搭撒。

这一来那军官哪里还受得，忙笑道："你别急，俺便是帮管临舍的威二老爷。俺正有许多破绽衣要缝哩，蟒袍补褂，还有俺太太的裙儿、袄儿、鞋鞋袜袜、骑马布等等，一概俱全，只要你有得工夫，咱便缝它个十年八载都成功，俺丢掉老爷不做，便在此开爿大估衣店都使得。"说罢醉眼一挤，向那兵丁道，"喂，老乡！你是怎么咧？你怎红口白牙地说人家大姐奸人眼线？有这等眼线，快让她多来两个。"

正在胡噪，那习射的兵丁也趄来两三个，便凑趣道："这位大姐别着恼，俺大家有生意做成你。"于是威姓提篮，便引那大姐进寓。这时大姐眼光四照，处处留神。须臾趄到一处高廊下，壁下弓刀挂满，却是兵丁习击刺的场所。不多时，两三兵丁取到绽衣，交给那大姐，自去歇坐。威姓却不肯走，便猴在一旁，看那大姐引针理线。

这当儿那大姐坐在平地，舒着双尖尖脚儿，看得威姓浑身不得劲儿，不由嘻开嘴，拖下长涎，和人家七拉八扯，没说强笑。那大姐只含笑微应，不由沉吟略叹道："俺一个女孩子晓得什么？那会子因问起大姚山的杨将军，便说到石姑姑，俺不知厉害，想看看石姑什么样儿，不想吃那位总爷好顿抢白。若都像威老爷这般的和气，可知好哩。"说罢咯地一笑，哧一针险些刺了手。

威姓见状，便觉千万毛孔都熨帖到十二分，因大笑道："你不要忙，不怕今天只缝一件，俺也给一日工资。你要知石姑什么样儿，俺先将杨将军长相儿说来你听。"于是一拔腰板，指手画脚将逢春容貌细细说出。他本是贪近香泽、没话找话、管丈母叫大嫂子的勾当。哪知那大姐却面色沉凝，倾耳静听，及至威姓语势将毕，那大姐两手一抖，但闻叭的一声，威姓大笑。正是：

个中自有关心事，闲话偏逢注意人。

欲知后事如何，且听下回分解。

第五回

痛手足妥姑刺莽汉
剖衷情霞女撮良缘

且说那大姐听威姓说罢，不由狠狠一咬线结，耳环一荡，手势略抖，叭的声线断针折。威姓大笑道："俺告诉你不要忙，慌怎的？"于是趁势趋近两步，竟坐在人家身旁，相去咫尺，便闻得鬓云甜香，一阵阵钻入鼻孔。恰好那大姐另拈针线，向空一照，即便穿好。

威姓赞道："好眼色！若是俺穿这针，少说着也须费半日工夫。"因说道，"你若想知石姑什么样儿，等俺比一下子，她那身段儿，敢好比你略高些，依俺看却太细溜咧；脸膛儿比你还白些，依俺看却不如你华色鲜润；眉儿呢，比你略直，却欠舒婉；眼儿呢，比你略大，却带悍气；至于鼻儿嘴儿，却和你一般秀气。却有一样，她万万不如你。"说着语气喘促，手儿一伸，竟几乎握及莲钩。

那大姐赶忙一缩腿，呼啦一翻衣，盖在上面，脸色一红，旋复仰天微笑道："你威老爷说了半天，原来是说相声哩。"威姓笑道："你不信？等你来熟了，俺暇时领你瞧瞧她，便是那杨将军住室就在囚舍旁，你也望望他英雄气象，方知俺话不虚哩。"大姐听了，忽而面容整肃，便道："这当儿咱就望望去如何？"正说之间，恰值有人来请威姓，那大姐只得缝罢衣，得值趑去。

从此一连三四日来寓缝衣，和威姓越发厮熟。兵丁们怜她是贫女，也没人去问阻她。一日傍晚时分，那威姓又趁来兜搭，因见那大姐方缝完一件衣，便赞道："真好活计，等我明天给你双份工资。"大姐撇嘴道："罢哟，您许俺望望石姑、开个怯眼儿还不成功，又是什么明日给双工资。您好还不如说等你大军走后，给俺一百份工资哩。"威姓大笑道："你这张小嘴好不尖利！既如此俺就领你望望石姑去。"于是威姓前去，引那大姐直赴监舍。监外守兵望见了，都悄地里笑那威姓。这时那大姐精神忽振，虽一面觇望石姑等，却不住价东瞧西看。

威姓指道："你看那厢住宅，便是杨将军住处。"大姐听了，方嘤咛一声，恰好室中逢春见忽来一缝穷女子，不由诧异趋出。方到阶下，那大姐看得仔细，不由直声怪笑道："这便是大破大姚山杨遇春杨将军吗？且容俺苦女子拜

25

见。"说罢眉峰蹙处，横飞杀气，莲步如风，一回手掏出把亮莹莹匕首，牙关一挫，向逢春分心便刺。威姓失声道："我的妈呀！"一声未尽，便见逢春躲闪不及，略一怔的当儿，那匕首随他身势一偏，便闻嗤一声，已将长袍划破，险些及胁。

那大姐踊跃大叫道："阿哥有灵，快来助我！"这时逢春就廊柱略一遮身，大姐飞步赶去，尽力子一匕首，咔嚓声却搋在柱上。于是守兵大呼，那大姐仓促间拔匕首不出，自知不妙，一翻身方想撞向廊壁。只听逢春大喝道："哪里走！"双臂一张，早将她拦腰抱定，撮孩儿似的置向平地。那大姐挣扎之间，手儿一抬，已将逢春面孔挠了一条子，长血直流。于是守兵持索齐上，便将她牢牢捆定。威姓却噪道："你这妮子不是成心毁我吗？这到底是怎么档子事呀！"

正在纷纭，恰好遇春、滕芳因经略病愈，不日起马，他两个忽然想起去看望凌鲤家下，随便趑来，想知会逢春。刚一脚踏到监舍，滕芳早望那大姐，不由失声道："原来是她呀！"遇春急切间还没暇问，便见逢春一面抹鲜血，一面气愤愤大喝道："快杀掉这凶女！俺杨逢春与你何仇，却来刺俺？"那大姐听了，忽地花容一怔，诧异道："难道你不是杨遇春吗？"守兵喝道："噤声！这是杨逢春将军，便是遇春将军的胞弟。"说罢，引手一指道，"你看，这方是遇春将军。"大姐望去，果见一奇伟丈夫和一个面熟之人并立一旁，因长叹道："俺报仇不成，有负阿兄，今闲话休提，便请就戮。"说罢瞑目坐地，毫无惧色。

大家一见，好不诧异。威姓却噪道："这段事总算俺忽略。俺只当她是一缝穷丫头，谁知竟是个稀奇泼辣货，快问她主使之人要紧！"众人听了，也没人去理他，这时滕芳早将遇春拖过一旁，附耳密语。但见遇春一面惊异，一面叹息道："果如老弟所料，这女子虽见解不明却血性义气，委实可嘉。等俺问过她再作道理。"说罢，命守兵排列，大家落座，由遇春一问那大姐姓氏并来此行刺之故。那大姐侃侃而谈，不由听得大家都相顾动色。威姓不由悄悄吐舌道："原来人家是这等样人，俺还指望她小心眼一活动，和俺写意一下子哩。"

原来那女子便是妥姑，自闻凌鲤凶耗之后，几次痛哭欲死。凌母痛子自不消说，又恨他明珠投暗，自戕其身。上年纪的人怎禁得如此愁痛？不消个把月，一命呜呼。妥姑哀痛之余，便激起报仇之念。将凌母草草殡埋毕，便欲赶赴雷门崖，看机会刺杀遇春。不想她弱质伶仃，遭此家难，眼泪洗面，忧心如捣，不知不觉自家大病一场，受尽了凄风苦雨，方才病愈。这时经略大军业已平定两山，妥姑报仇念切，便仍然准备行装，又将她哥子所遗的一把匕首置在身旁。

这日便走别母墓，一望天色沉沉欲雨，不由暗想道："当时葬俺母亲，诸事草草，但那圹封便禁不得淫雨浸淋。俺这一去料难生还，须料理坚固方妙。”沉思之间，一阵伤心，不由泪落如雨。到墓一看，果然封筑的土皮有些剥落，衬着乱草弥空，寒晖在地，好不凄凉动人。妥姑徘徊四顾，想起家难身世之慨，不由跑到墓前大哭一场，一面哽咽道：“娘啊，女儿明天便去寻俺仇人。只是间关险阻，他那里又千军万马，女儿虽然志气可恃，还望母亲暗中相助。”祝罢挥泪站起，手除了墓前乱草，细看封筑土皮，似乎还可支持。

正这当儿，一阵灵风吹过，簌簌地挟着细雨，便有群林鸟，将着雏儿，闻有人脚步响，扑啦啦飞噪起来。妥姑触景，不禁点头自叹道：“俺这畸零女儿，还不如这鸟哩。”因将手帕一遮髻鬟，方要转步，只听背后唤道：“妥姑慢走，你真个在这儿哩！她老人家好不灵怪哩。”妥姑一望，却是一村中岑妈妈。

原来这岑妈妈居近凌母之墓。素常价和凌母又甚相得，凌母殁后，竟将她哀痛得什么似的，一切摒挡葬事都多亏她。妥姑看她便亲人一般，所以托她就近照料母墓。岑妈妈曾力阻她去报仇，妥姑只是不听。当时岑妈妈拉了妥姑便向己家，妥姑悲切说罢自己明天便要向雷门崖之事，岑妈妈道：“俺正想劝阻你去哩！因俺夜间似乎梦见你母亲，满面笑容拍我肩道：‘妥儿佳运将到，你一切替我主张吧，莫任她性儿胡跑。’俺醒来，还似你母亲笑吟吟瞅着我，所以我要去劝阻你，恰好你正在哭墓哩。既你母冥中示意，你应当听从才是。”

妥姑一听，感痛中却未免疑岑妈妈闹了个神道设教，因叹道：“妈妈好意俺岂不知？但俺自有道理，望妈妈此后加意照看我母之墓，春秋令节替俺这薄命女儿上炷香，烧陌纸钱，俺母女便感戴不尽了。”说罢，含泪拜将下去，倒将个岑妈妈招得泪纷纷，因道：“不是的呀！俺偌大年纪，再不会掉谎的，真个俺梦见你母亲来。”正说着，窗外细雨忽止，只是那天气阴得泼墨一般。妥姑趁势起辞，岑妈妈知她志向坚定，只得谆嘱小心，含泪送出。

妥姑一径地踅回家，天色已暮，孤零零掌上灯烛，方暗叹岑妈意厚，还诳说母亲冥示，逡巡之间，院中雨声大作。少时越落越紧，长风鼓动，并且雷电交加，一条条电光赤龙相似，那雨便如倾盆翻瓢，檐溜如绳，一盏孤灯被雨气侵得半明不暗。妥姑倾听，好不焦躁，暗道：“天公真不作美，怎偏和俺苦女儿作对儿？这等雨势，明天怎的上路哇？”怨怅之间，一眼望见行装旁亮晶晶的匕首，登时又自奋道：“今雷电交作，想是天公作我杀仇之气哩！”于是起携匕首，就灯下拂拭一回。

只是那雨越下越大，妥姑想及母墓不坚固，又平添一段心事，芳心辗转，登时困倦上来，便和衣卧倒。方在万感如潮，只见灯火一闪，影绰绰踅进一人，近抚其背道：“妥儿，苦了你的志气咧！但你佳运将至，且有美满姻缘，幸勿执意远奔。你如不悟，但看俺墓前，必有显兆。”

这时妥姑分明见是母亲，喜洋洋面色，好不可亲！只是自己口噤如哑，并且转动不得，心下一着急，双眸忽张，哪里有什么凌母？只闻得倦雨淋浪，微风细细。于是蹶然坐起，痛泪直泻，思忖一番，摸头不着。一回手触着枕旁的匕首，不由暗叹道："梦是心头想，定是日间听岑妈妈一番话，所以闹得梦魂颠倒。俺这等人还有甚佳运？倒是母亲说墓上有显兆，奇怪得很，明天须去张张哩。"想到这里，又想起墓经大雨，恐有陷塌，辗转之间，也便将梦境抛开，稍为安睡。次晨便跑向墓所一看，不由吃惊。

原来那墓业已被雨淋得势如平地，幸还不曾塌陷下去。正当墓前忽苗出一株野花，并且朵朵并蒂，开得来云锦相似，盈盈欲笑。妥姑见状，唯有纳罕不已，因奔向岑妈妈处备述此异。岑妈妈和妥姑踅来一看，便正色道："你看，你母亲如此示警，定有道理，你无须再拗性咧。便是这坟墓都坏，你如何抛丢便去？且俟修筑完好，再作计议吧。"妥姑听了，只得且耐火性，便忙着雇人修筑塌墓。小村中诸凡缺手，文齐武不齐的，料理之间，经略凯旋之信业已传来，长沙是必经之路。因此妥姑便等候下来，扮作个缝穷大姐，欲刺遇春。哪知阴错阳差，以为杨将军定是遇春，哪里晓得闹拧了位置咧。

当时妥姑述罢，遇春慨然道："凌姑娘，你志气虽好，可惜你见解差误。凌鲤之死是身陷叛逆，自罹国法。遇春奉行，不过是服从公务罢了。咱两家并无恩怨可言。俺方服凌鲤是条汉子，今由此经过，正要去瞻谒你家老太太，恤你家下。不料姑娘冒罪行此拙计，并知你家老太太业已病故，尤为可悯。今俺念你手足义气，便释你转去，明天稍暇，俺还去拜你母之墓哩。"说罢命左右给妥姑松缚。

妥姑慨然道："今不必多说，俺既被擒，便求一死。且俺痛念同怀，血仇未报，即便蒙你释掉，定然愤郁而死，倒不如这当儿给俺个痛快！俺和阿兄携手地下，同依老母，便感你情意不尽了。"说罢猛伸纤手，便要夺守兵的佩刀。

众人连忙拦住，同声赞叹。这一来闹得遇春惶惑无计，于是滕芳笑道："解这个死扣儿，非此人不可。"便向遇春附耳良久。遇春喜道："妙！妙！便交叶姑娘办去。如此义女正是吾弟佳偶。"于是滕芳先行踅去，自然知会情霞。这里遇春细问妥姑乔装等琐事，妥姑只一言不发，绷得小脸儿笛膜一般。

不想威姓没眼色，便噪声道："你这妮子好不淹没人！俺好意领你开开眼，你却玩了这么一档子赤谷鸟（京语谓闲事也）！你那刀子再一加劲儿，俺这脑壳儿也随着耍掉咧。"正在胡噪，妥姑便见彩蝶似飞到一个妙龄女子，真个是秋水为神、芙蓉作面，那一番英爽婀娜的丰姿，登时映照得自己黯然寡色。心下方在诧绝，那女子一张温和脸儿业已凑向自己面孔，端详半晌，却笑道："噫，好个俊姑姑！你这一阵风吹倒的模样，哪里会拿刀动杖呀？你若学这种勾当，端须俺教给你哩。"说罢一抹鼻儿，抬头笑道，"俺曾大闹和相

28

府，夜入经略第，便是平定苗疆，俺也有些区区功劳，叶倩霞的便是俺哩。快请你到俺帐中叙谈一回，咱女儿家谈话没避忌的。"

妥姑一闻"倩霞"两字，忽想起凌鲤曾暗算她，正在心头忐忑，已被倩霞一把扶起拖了便走。这里众人不由相视而笑。正这当儿，经略遣人来唤遇春，那威姓便如小丑儿般不住价作揖打躬，向遇春兄弟央及，只求将这段事瞒过经略。遇春应诺，却笑道："军中事体是大意不得的，以后您总要略持仪节才是。"威姓吐舌道："不经一事，不长一智。这个小妈儿可把我教训过来咧。"说罢一迭声地唤取金创药，与逢春敷上爪痕。

不提这里胡乱，且说妥姑随倩霞直入大营，便见壁垒旌旗十分严肃，又加着八旗劲旅各按部伍，扎列得真似兵山将海。妥姑一路留神，不由暗叹道："官军气象果然不同！可惜俺哥自附于称兵苗众。今俺须臾就死，也不必去理会了。"距帐不远，却见一军官跫来，向倩霞笑道："霞姑当意呀。"说罢一笑而过。妥姑偷望，就是方才在监舍和杨遇春同立的那人，略一寻思，竟是那日在家借宿的卖卜先生，诧异之间业已入帐。

妥姑一眼望去，便见凌鲤那把南精剑端正正地挂在壁上，不由心如刀绞，大哭道："俺今日但求一死！"说罢极力挣开手，向壁便撞。倩霞只轻轻一拉，将妥姑揽入怀中，趁势同坐帐榻，先给她拭泪拢发，然后拍她肩头太息道："咱们是女儿家。性格相同，言语易入，因你见解差误，所以杨将军命我劝告于你，说实了是器重你一片义气。再说个笑话儿，即如你方才玩的把戏，还不如我合着眼玩的把戏哩。"因将自己想刺和府并刺石三保等事一说。妥姑听了，虽是惊耸，却一翻小眼皮道："这些没要紧，说它做甚！"

倩霞笑道："你莫着急，俺就见不得人似气蛤蟆似的。俺说这番话，是说俺的见解差误和你一样。这暗箭伤人是十有八九不成功的，所以幡然大悟。如今才知自己一铳子劲儿，只好给人做话把儿哩。"妥姑唾道："俺为兄复仇，只拼一死，却比不得人！"倩霞道："俺没说你见解差误吗？你兄投身叛逆，自伏国典，却与杨将军何干？杨将军便如当刽子手差使一般，不过奉行军职罢了。若推说起来，你应当去刺皇帝老子才是。今简断截说，你怎只知手足私情，却不知君臣大义？但你一个憨女儿，不明此理，俺也不必多说；唯有你既是爱兄念切，便当苦谏他不可附逆，方见你手足情深，如今他已鸿毛般死掉，你却又身干国纪，岂非笑谈？"

妥姑这时虽然自知所为于义不当，但一时气苦之间，只摇头说道："俺母子事前力劝于他，你哪里得知！今一切不说，但请你杀掉俺吧！"说罢竟撒个赖皮毛，一头扎在倩霞怀中，一阵伤心，撇了酥儿咧。倩霞知她心已略软，便长叹道："你既还有母亲，越发不应如此。你兄既没，只有你是母亲血脉了。"妥姑不由哽咽道："俺母业已去世，所以俺没得牵挂，才来复仇。"

倩霞正色道："这个你越发差误！你这'仇'字解说本不成理，老母既

29

没，更当爱身，存亲血脉，将来虽归他姓，总有半脉相传。"妥姑听到此，不由泪落如雨，呜咽有声，便抬头一望倩霞，满面感痛道："阿姐，俺如今一切抛开，只是你提起老母，真令俺生死不得咧！"说罢竟索性抱住倩霞放声大哭。这一阵呜咽，大概将自遭家难以来，许多的愁痛怫郁一股脑儿泻将出来。倩霞连忙抚慰，并引巾给她拭泪，却见她玉颊莲腮之间登时略现舒和之色，另有番女儿风姿荡漾出来。

原来痛哭一法，实是医忧散愁的妙剂，比吃什么舒肝平气的药都妙。人若有伤心难受的事，只要哭出便不作病，不然闷在心头厉害得紧。古人说忧能伤人，便是欠哭之故。所以八大山人署画款，"八大"两字联写来绝似"哭"字，可见他一肚皮兴亡之痛，全赖一哭发泄，方能多活几年哩。但是而今世局，便是哭也哭不得许多了，咳！

当时两个正在宛转牵引，便闻帐外哈哈笑道："霞姑说得真个透彻，凌姑娘不须拗性咧！且等俺这买卜先生算算流年佳运何如？"说罢，一军官闯然而入。妥姑仔细一望，可不正是那起黑票（俗谓不辞而去者）跑掉的卖卜先生！但是这当儿威仪表表，好不气概。妥姑诧异得水灵灵两眼只好干转。于是滕芳自道姓名，并言凌鲤暗算自己和倩霞一段事。妥姑听了，也觉凌鲤计太歹毒，真是胡闹，不由拖着倩霞，面现歉愧。

滕芳道："今一切莫提，便请霞姑辛苦一趟，送凌姑娘转去，以见俺家杨将军重义气。"说罢，目示倩霞道，"那节要事，一切拜托。"妥姑忙道："俺既蒙恩不死，如何还敢劳叶姑娘亲送？"滕芳大笑道："凌姑娘不须谦逊，早晚咱都是自家人哩。"倩霞听了，也便微微含笑。妥姑怙惝之间，滕芳已转步出帐。于是倩霞一面价令妥姑略整头面，饮茶歇息，一面价和她款款谈话。两下里都是奇女儿，自然越谈越投机。

正这当儿，忽听帐外一阵步履之声，便见一人含笑而入。正是：

　　方看匪寇垂塘象，会卜贞如归妹爻。

欲知后事如何，且听下回分解。

第六回

贞女归妹新系红丝
不速客来又逢淫孽

　　且说妥姑见来人结束齐整，进帐之间，便有一派凛凛英风照人眼目，仔细一望却是遇春。便见他欣然道："凌姑娘来意俺俱得知，虽念头差误，却义气可嘉。今一切不说，便请叶姑娘伴你转去，俺也随去一拜你家老太太之墓。须知凌鲤既是条好汉子，又曾得俺师葛先生所用之剑，咱两家总算颇有渊源，俺此行亦礼所当尽哩。外间轿马都备，便请同行。"

　　妥姑听了好不惶愧，方待推辞，遇春已转步而出。这里倩霞不容分说，拖定妥姑即便出帐，但见四名兵士各捐祭品香楮等物，已随遇春匆匆出营，各队兵弁都望着自己微笑。幸得倩霞做个遮羞牌儿，妥姑便依她肘下，匆匆出得营，便见一乘大轿早已伺候停当，遇春已跨马率众随在轿后，妥姑见此光景，身不由己，逡巡之间，已和倩霞同登那轿，如飞便走，随后马蹄震动，滔滔便发。

　　这一来闹得妥姑心头七上八下，又是感痛兄母，又测不出遇春等是何用意。那倩霞却喜滋滋挽定她，一会儿给她理理鬓角，一会儿问她一路风景，却笑道："离城数里，业已风景清幽，停会子到你家下，想更妙咧。俺还打算和你盘桓两日哩。"妥姑听了，越发不测所以。

　　不提众人一路行去，且说那岑妈妈好容易稳住妥姑不向雷门崖，方想慢慢劝导于她，哪知经略大军从此经过。自妥姑乔装贫女，立志寻仇，她便日日放心不下，每日午后总要向妥姑门前去张望，因她午后不久即回。数日以来，知她行刺不得手，又狠狠劝阻她一番，妥姑哪里肯听。

　　这日午后，岑妈妈又踅去老等，只不见妥姑转来。看看天色已有未初时分，不由暗念道："今番她迟迟未回，一定那匕首开利市咧，等我少时再来。"一路踅回自己家下，草草吃过中饭，只觉心头小把儿挠的似的，一会儿想起妥姑得手，不由替她痛快；一会儿想起她倘有失闪，大营中杀个把人便如宰鸡子一般，真个花朵似的女儿家便凉渗渗吃这么一刀，可不痛煞人哩！想到这里，心烦意躁，这当儿正点着一筒旱烟，无意中向嘴一插，却烫得嘴唇生痛，仔细一看，却倒拿了烟筒。于是唾一口，放下烟筒，依旧踅向妥姑门首。

只见还是静悄悄的，双扉反锁。

岑妈妈随意坐在门首大青石上，但见一片斜阳业已挂向疏林，不由暗叹道："真是风景如故，人物已非。这所在，俺和凌母常在此歇坐闲话，便是妥姑兄妹也都孩儿似在此憨跳，如今妥姑便遭这等身世。"正在抚今念昔，睁开了七八层皱皮的老眼翘首远望，只见尘头起处，两骑马如飞跑来。上面两个官兵模样的彪形大汉，各挎长刀，一见岑妈妈，猛喝道："喂，老妈妈，这里是凌家吗？快说，快说，俺家杨将军随后就到！"

这一声不打紧，岑妈妈但觉脊骨上嗖嗖地凉气直冒，暗忖道："这定是妥姑事坏，官兵们前来抄家。"当时身形一颤，登时跌落石下，因战抖抖地道："俺是外村人，不晓得这家姓什么。"便见飞也似来了一乘轿儿，轿后马上一位军官十分威严，督率兵士各挟祭品。岑妈妈方又一怔，忽听轿儿内妥姑唤道："妈妈莫怕，俺好端端回咧！"一声未尽，轿落平地，顷刻间光彩一耀，先有一绝俊姑娘搴帘而出，随后妥姑也便逡巡走出，岑妈望得便如做梦。

于是妥姑趋近，向岑妈妈略述情节。岑妈妈一面听，一面念佛。这时大家都已下马，岑妈妈不容分说，向倩霞纳头便拜。慌得倩霞拉之不迭，却笑道："妈妈偌大年纪，可不折俺小人儿寿算哩！快请替主人接客吧。"一句话提醒她，先向腰中摸了半天，摸出钥匙，匆匆启门。那先来两兵却暗笑道："原来这妈妈倒是个老精灵，钥匙现在她手，她还说不知这家姓什么哩。"

这时遇春便命兵士等暂驻门首，自和妥姑等入内，便在草堂上大家落座。问知妥姑家境，好不太息，便向倩霞道："霞姑且在此盘桓两天，俺拜罢墓即转去。"妥姑听了，不由泪落，连忙叩头拦谢。遇春哪里肯听，因叹道："姑娘你不晓得，令兄临刑当儿，俺已许他恤其家下。都因经略患病，一向事忙，俺还没来，姑娘却到敝营咧。"妥姑不由脸色微红，好生局促。倩霞便道："且去拜墓，暇时再谈吧。"

正这当儿，岑妈妈泡到茶水，百忙中她又寻到邻舍家两个婆娘帮忙儿。因心下安舒，精神便长，一面价来回蹀躞，一面还噪道："某嫂儿呀，你下面且张开些，好过火儿，不然这冰凉的家伙哪里就热咧！人家爷们都是武将加锋，急三枪的性儿，等得了你滋弄水儿吗？"原来那邻妇因人多，正用大锅烧水，百忙中灶眼添太多，所以岑妈妈只管噪下面张开些。当时邻妇笑道："哟，你老人家少吵吧，别描白咧！人们男人们听着什么意思！"

这时遇春业已起出，妥姑只得和倩霞跟在后面，直赴墓所。兵士早将一切祭品摆列停当，爆竹一鸣，遇春便恭恭敬敬上香奠酒，和倩霞伏地叩拜。妥姑不消说，俯伏主位，早已哭得泪人儿一般。说也奇怪，便见香烟一袅，亭亭直上，少时氤氲缭绕，竟作个长圈儿，将那株并蒂奇花围在当中，良久方没。岑妈妈一见，不由喜得张牙舞爪，俟遇春等拜罢，便缕述凌母见梦等事。遇春听了，好不纳罕，不由一望倩霞，连连点头道："凌母梦示绝非偶然，霞姑暂留此间，一切在意吧。"说罢率从跨马，就要转去。

岑妈妈忙道："哪有这个道理！众位远来，连杯水都没吃去。"倩霞这当儿已看准岑妈妈是热性人儿，将来撮合妥姑一段事少不得她，因笑道："妈妈不必过意不去。左右俺还须扰两天哩。"说话之间，遇春已匆匆而去，这里岑妈妈拍手道："你看人家杨将军，真是大人大样！他这一来拜墓，越发令人痛惜凌鲤枉丧一命，好生不值得。"

这句话不打紧，登时又招得妥姑珠泪纷纷，倩霞连忙劝住，厮趁趋转。刚一脚跨入院，便听一邻妇道："某嫂儿呀，快着烧锅吧，少时岑妈妈子一阵风抢下去，又该下面开张开张地胡呛咧！难为她连连片片串下去，还说人滋弄水儿。"

那邻妇笑道："话怕揣邪了，像这种笑话有的是哩！俺邻舍家是小两口儿。有一天俺去借盐，因方落过雨，俺穿了双平底旧鞋儿，走起路来十分蹊悄。刚走到他住房窗下，却闻那女的咯咯笑道：''你向上起起儿，待一霎都淌出来收不住咧。'便闻男子啧啧咂嘴儿，一面笑道：'好香！好香！'俺听了，不由好笑，只得驻脚，便闻女的道：'啊哟，俺给你掀张开，你到底也辩辩腿呀！'俺听到此，几乎失声笑出，便跷着脚就窗缝一张。某嫂儿，你猜怎么回事呀？原来他两口儿对坐吃螃蟹哩！那女的正掀开只满黄肥蟹，笑吟吟递给她丈夫。"

邻妇听了，不由大笑。正这当儿，恰值锅沸，呼的一声，岑妈妈大笑道："淌出来收不住咧！"说着先健跳而入。两邻妇一见她越发笑得吱吱喳喳。岑妈妈道："哟，你两个别弄水儿咧，人家干不过，都跑掉咧。"一邻妇笑道："我撕你这张老肥口！"那邻妇道："你别撒村，当着人家姑娘家，什么道理！"

妥姑听了，不由也嫣然一笑。岑妈妈冷眼旁瞅，却暗诧道："妥姑自遭家难以来，满面孔阴冷杀气，何曾开过笑口？你看她这当儿，眉宇发舒，便似枯木逢春之象，莫非凌母暗示佳运当至一席话真有道理吗？"怙惝间，一看倩霞和妥姑并肩而立，真是一对玉人儿，便笑向两邻妇道："你两个这样胡呛，妥姑不打紧，也不怕人家叶姑娘见笑吗？"

倩霞道："妈妈快别这般说，俺在千军万马、长枪大戟里边混，并和野苗人打过交涉，所见所闻哪里都能斯斯文文？只怕俺说起笑话儿，比嫂嫂们说的还有趣哩。"两邻妇拍手道："噫，噫，那么姑娘便说一段！"倩霞笑道："等俺和嫂嫂厮混熟再说吧，这当儿失却客体，不让人说是野丫头吗？"说罢一瞟妥姑，抿嘴而笑。妥姑听了，芳心一动，转念滕芳借宿许多事，这其间真似有此因缘，不由越瞧倩霞越觉亲爱起来。

这当儿岑妈妈拍手道："要是叶姑娘龙女似的都称野丫头，俺们只好叫母夜叉咧。"众人听了，都各大笑。这一来，闹得满室喜气冲溢，不知不觉妥姑久已深锁的眉头冲开，也竟张开小嘴儿合不拢来。于是岑妈妈掌上灯火，又揎拳勒袖地说道："两位邻家嫂儿辛苦半晌，快歇歇儿，等俺做饭请你们吃！"邻妇道："俺可辛苦什么？咱大家动手，爽快些！"倩霞跳起，一勒藕也似玉臂，不容分说，便去淘米。

岑妈妈道："哟，可了不得，姑娘是客呀！"一言未尽，只听背后索索地拉得柴响，忙回望，却是妥姑抿嘴儿笑道："妈妈不要嚷客，俺主人家也帮个忙儿哩。"一邻妇惊笑道："今天可是日从西出，妥姑娘整日价浑似个气姑姑，怎的忽然天开晴咧？俺看你欢喜面上，少时松松肚带，也多吃两碗饭。"那邻妇笑道："你少松些吧，松大发了，钻进风去不是玩的。"诨笑之间，妥姑已烧起灶来，倩霞百忙中一拨米笭，倾了许多。岑妈妈便笑道："好姑娘，你搁着吧，你们都是一品夫人的命，哪里会弄这个！"倩霞笑道："俺可没那大造化，倒是凌姑娘安安详详，真像个一品夫人的气度。"

一邻妇正舀了半瓢水想去添锅，不由听得入神，喜滋滋瞧定妥姑，随手向锅一倾水。恰好那邻妇正低头搅米，冰冷冷两股激水早顺着脖儿流到脊梁上，只激得倒抽一口气，笑骂道："浪蹄子！你真个滋弄水儿哩！"嬉笑之间饭已停当，于是大家动手调开座位，团团就座，一面用饭，一面谈笑，竟闹得满室生春，十分热闹。

倩霞偷瞧妥姑已婉婉变变，居然复其女儿态度，便暗揣自己这把冰斧斫得下去，定不致卷了刃。须臾饭罢，邻妇辞去，岑妈妈摒挡一切都毕，不由老大一个欠伸。倩霞趁势道："妈妈先别困。俺还须方便方便哩。"说罢，拉了岑妈妈却赴别室，两人便嘁嘁喳喳密语起来。但闻岑妈妈喜道："这是天大好事呀，妥姑终身却有着落了！俺便和她说去。"倩霞道："妈妈别忙，等俺和她磨停当，你只一敲边鼓便得咧。您是凌母同辈的一位老人家，又抚爱妥姑，将来妥姑主婚，还须借重您哩。"岑妈妈听了，唯有哈哈而笑。

两人趑进室，却依然绷着笑脸。于是岑妈妈道过安置，自去歇息。这里倩霞和妥姑闲谈一霎，也便连床就枕。这且慢表。

且说岑妈妈闻方才倩霞先透给她遇春想聘妥姑为弟妇之意，好不欢喜！这当儿她如何睡得去？辗转良久，便悄悄起去，就窗槅外一听，但闻两人唧唧哝哝，深谈甚甜。少时妥姑似乎伤心饮泣，长叹道："既是如此，一凭杨将军主张罢了。"倩霞喜道："这便才是！俺说你一个聪明人，还看不透杨将军是何等样人吗？既如此，明天俺转复命，早些订姻便了。"岑妈妈听至此，知事已成功，这才趑回房，睡了自在觉咧。

次日岑妈妈老早起来，揣着一肚皮的兴头，悄悄趑至妥姑房外，推门而入，只见倩、妥两人连枕拥被，两张娇脸儿春色惺忪，差不多挨在一处。倩霞云鬓微拖，一只玉臂直打出来，露着紧笃笃玉乳；妥姑却贴然偎在她怀内，一只手搂住她腰胯儿，下面被开处，却蹬出白生生一段腿腕。便见倩霞睡眼双合，忽地梨窝微动，嫣然一笑，咻一声一抬胳膊，竟掀开胸前被角。岑妈妈怕她着凉，忙去给她盖好。

倩霞惊醒，笑道："哟，妈妈起得好早！俺方才梦中正拖着俺家杨叔叔不依哩。俺梦中转去回复那段事，他倒倔头犟脑，拉起十足劲儿，只是不点头。你道俺这大媒能依他吗？"岑妈妈笑道："俗语说得好：'梦是反面。'俺猜你家杨叔叔若得好知音，只有张开大嘴乐不够的咧。"因一瞟妥姑，低笑道："好个叶姑娘，真能说劝！便像这姑姑牤牛性儿，你只一席话便成功咧。"倩霞笑道："低声些，看她惊醒要害羞的。"

哪知这时妥姑早就惊醒咧，闻倩霞等一席话，只觉心头小鹿儿似的乱撞。她并非如儿女常情地害羞，只因和岑妈妈逞过性儿，非复仇不可，如今倒被人拖到仇人一家去咧，未免脸上讪讪的。此时睁眼也不好，不睁也不好，正在左右为难，恰闻倩霞说她害羞，因趁势猛一张目，便打岔道："咱两个女儿家一处困，害什么羞哇？"说着拖倩霞披衣坐起。

这当儿岑妈妈再也忍不得咧，因笑道："妥姑姑如今性儿才像个柔和女儿家哩。今闲话休提，俺先给你道个喜，祝你夫妇将来吵嘴打架，一直到一百岁。你道好吗？"这句话不打紧，却将妥姑羞得一头扎在倩霞怀内，于是倩霞笑抚她道："好姑姑，不要恼，等我骂这老奶奶，说话有多么悖晦！人家都祝人夫妇和美，您怎盼人吵嘴打架呢？"岑妈妈笑道："两口儿太和美了，便出缘故。总要美中不足，方能白头偕老。你看那八九十的老夫妻，大半见了面，都像乌眼鸡哩。"

大家一阵欢笑，即便结束起身。此时红日当窗，都现出瞳瞳喜色。倩霞一面梳洗，一面道："俺今便回营，杨将军当遣人来致聘礼，以后一切安置，且俟再谈。"说罢匆匆结束，便要拔步。岑妈妈道："叶姑娘一拧拧脚儿，如何跑路？俺邻家有头驴儿，且骑去吧。"倩霞笑道："俺是有名的野丫头，跑点点路算什么？"妥姑听了，不由哼了一声，于是和岑妈妈一同送出大门。但见倩霞道声"再见"，顷刻香躯一矬，两只小脚儿便如蜻蜓点水，眨眨眼已影儿不见，将个岑妈妈直望得吐舌不迭，便道："人家这才是真本领哩！我的傻姑姑，你还和人家闹个什么劲儿？"

不提岑妈妈携妥姑欣然踅转，静听好音，且说倩霞一路上得意扬扬，直返大营。见了遇春，一说姻事成就情形，大家好不欢喜！逢春嘻开嘴只是憨笑，倩霞便道："杨叔叔，怎的谢谢俺呀？"逢春这时喜得忘其所以，贸然道："君子报惠，三年不晚。等俺留神，给你寻一门好婆……"一个"家"字还未出口，于益赶忙笑捂他嘴道："喂，老弟真是乐糊涂咧！你是霞姑长辈儿，自问你这话该打几个嘴巴？"众人听了不由都笑。

于是遇春便请二滕为正式媒妁，匆匆置备聘礼，随行兵丁一概地挂红披彩，直赴妥姑家去下订礼。并嘱二滕转致己意，令妥姑且随岑妈妈安居，一俟将来完姻，便来迎娶。又特赠数百银两，以资用度。二滕既到妥姑家，岑妈妈不消说应酬一切，许多繁文不必费笔。数日之后，额经略疾已大愈，大军是有程期的，也便不敢久延，即日起程北上，这且慢表。

啊呀，作者一支笔难说两家话。如今且说冷田禄自那日在折柳渡和遇春决绝，镖打张起，一彄头撒马跑去，趱过数里，望望后边没人来赶，方才放下心来。一路闷闷，越想越气，只是急切间想不出投奔哪里，只得信马由缰，且寻归路。这时大军所在，道中时有营中朋友往来，倒也没人理会。趱过两天，田禄已盘费都尽，心下越发闷闷。这日傍晚，住在一家村店中，饮了回闷酒，信步到店门首闲望，只见虽是小村聚，倒也溪光山色，十分清雅。

正这当儿，只见一个粗蠢蠢汉子，抢起一头短发，上穿短衣，下露赤胫，口内衔着一双草鞋，两手反撮，却驮定个绝俊的小媳妇儿，涉溪过来。那媳妇妖妖娆娆，两手搂定汉子脖项，后面高跷小脚，穿一双新红鞋儿，一面俊眼四瞟，一面却用脚尖点那汉子胯眼道："小心着呀！跌了你不要紧，要让老娘洗个澡儿，俺可饶你哩！"那汉子被点动痒筋，不由笑颤，身儿一晃，只吓得小媳妇山嚷怪叫。

田禄正望得有趣，他两人已行将登岸，恰值岸坡上有块大圆石，那汉子一不小心，哧一溜，登时滑倒。小媳妇来得伶俐，趁他倒势，便燕儿似跃落岸上。那大汉在岸边却闹得拖泥带水，正直摖摖踏上岸没好气，小媳妇却笑骂道："怪不得人都叫你死王八，俺看你也没些活超气儿！如今不用你送咧，没的叫人家见了，倒笑你自显本领会闹水哩。"说着眼色一飞，已和田禄打个照面，便一路俏步趱进店门。

恰值店主人一脚跨出，便笑道："哟，今天范大嫂打扮得这等标致，敢好去唱《大破洪州》去咧？"小媳妇一扭头儿唾道："搁着你那贫嘴！昨天那鸟客人欠俺的宿账还没清吗？"店主笑道："你脸子也忒厚！无论怎样，你须是个妇人家，反正人家压着你，你没压人家，什么冠冕事儿，便当着人家生客官直吵宿账！"

小媳妇听了，一瞟田禄，便笑道："生客熟客一锅儿烩着。老娘虽做生意，却没许愿施舍哩！你让那鸟客人凭良心说，老娘打发他还不够瞧吗？末后还是他撑不住劲儿咧。如今要赖账，叫他哪辈子托生时，将俺这下边物儿，横长着当他的嘴，叫他不住闲地教一辈子书（呀，怪不得而今操教育之权的会出些骚主意，直改学制，并猫叫狗跳的课本哩）！"说罢微笑，咬得牙儿咯吱吱的。

田禄方看得入神，只见一蓬头小童笑吟吟跑来，不容分说，拖着小媳妇便跑。正是：

　　　　村妓逞娇偏艳目，枭雄属意已移情。

欲知后事如何，且听下回分解。

第七回

恋梨花客途卖马
逢老虎山坞夺雌

且说田禄正看得甚是有趣，只见一小童跑来，拖住小媳妇道："范大姐，快去吧，客都来齐咧，俺家主人正等得你不耐烦哩。"说着，两人一路嬉笑，相将而去。田禄直着两眼，望得人家影儿不见，方回头问店主人道："这娘儿莫非是门户中人吗？"店主道："正是哩。她绰号叫作范梨花，手脚儿委实俊样，但是性儿辣些，客人们若出钱不爽快，她登时嚷得一街两巷皆知。方才背他的那汉子便是她丈夫。她还有个小叔儿，生得黑粗精壮，小名虎儿，人都叫他范老虎。三不知叔嫂两个有些混账事，后来不知怎的，范老虎因偷梨花的钱乱用，被梨花一棍赶出。如今梨花却明做了皮肉生涯哩。"

田禄笑道："这雌儿如此辣性，一定恋不住客人咧。"店主笑道："您是不晓得，她床第上据说很有讲究，所以左近一班子弟在她身上亡魂落魄，见了她便如天上掉下香饽饽一般，她方才就是陪酒去哩。"田禄听了，也没甚理会，闷闷趑回客室。须臾人夜，就灯下一检行装，只见已剩了两余银子，仅够当夜食宿之用，不由暗躁道："好没来由！俺一时使性动气，将功名抛掉，只落得穷途落寞。看起来这色字真能毁人，以后总要戒之方妙。"寻思之间，忽又想起乌苏拉一片柔情并花朵似的娇模样儿，不由痴怔怔，随手一检装中之物，却触着个小瓷瓶，无意中倾出两粒药，纳在口内，沉吟之间，已随咽而下。

方想就枕，忽闻院中一阵莲步响动，便闻店主人笑道："范大嫂趑回好早哇，席散得这等快吗？"便听梨花笑道："老娘今天真个晦气！也不知哪辈子没干好事，却遇着今天席上三个酸子，一个个唱连升三级的鸟样儿，色劲儿都簇脑门，见了俺都嘻开臭嘴，你也拉，我也拉，肉麻得人要死！这还不稀奇，末后三个人竟明打明地订起条约来咧，是三个人共出宿钱，留俺一夜，这一夜分作三期，以拈阄定先后次序，哪个得彩阄便先上场。吃我一顿臭唾，三个酸子都跑掉，闹得主人家也没高兴，所以我早早转来哩。"

田禄听了，不由心头跃动，忽觉一股暖气直达丹田，顷刻间不能禁持，再一听两人笑语，逡巡之间，淫心大起。于是田禄更耐不得，便趑向店主房

37

外，就帘缝一张，只见梨花正俏生生偎坐在主人膝头，却一面搂了店主脖儿道："俺只在此寻个宿儿，料想你没得亏吃的。"说着一面嘻嘻地笑，却去捋店主的胡子。

店主笑道："俺不是见宝贝不拾，只恐人知得，生意人不老到，便没人做成了。"梨花索性将脸儿偎紧他，一面抬起只小脚儿道："你看俺来回跑这么远，脚都跑痛，不怪可怜的吗？你左右有闲床，咱们只规规矩矩睡一觉就得咧。老到不老到，只要约束你那做怪物儿便了。"说罢星眸一乜，竟将店主偎紧，只顾嬉笑。

田禄但见瘦脚儿甚是可爱，这时觉自己情兴越发不能禁持。便见店主喘促促地道："虽如此说，你也须约束着方好，不然俺被你撮起火来，这半月生意便白做咧。"梨花笑道："不打紧，俺先记你笔欠账就是。"店主笑道："啊哟，我的妈！俺怕那辈子嘴长竖了，当教书先生哩。"

两人一阵调笑，早张得田禄浑身火热，于是也不思忖盘费缺乏，匆匆趄回室，喊过主人，便叫梨花陪宿。店主正愁没法安置梨花，今见田禄高兴，便连忙将梨花引进室，叩门而去。这里田禄和梨花数语之后，即便解衣登榻，无非是如此云云。那梨花无意接此客人，既爱田禄漂亮知趣，又以为他富有囊金，娼女们岂有不被钞、俏两字所颠倒？于是不禁不由，风情尽露。田禄也是客中寻春，颇得奇趣，更兼梨花宛转随人，方知店主说她床第之功不虚。狂罢业已天交三鼓，于是田禄引臂替枕，笑问梨花道："俺听说你和你家小叔儿还有勾当，却怎的又赶掉他呢？"

于是梨花一扭身儿，端详着田禄，却抿嘴笑道："这准是那王八店主向你胡呲来！"说着沉吟半晌道，"不瞒你说，俺小叔范老虎，若论精壮法也比得过你，只就是脸子讨厌。这还罢了，他又学会了偷鸡摸狗，乱用俺的钱。本已气坏人，哪知他又胡交了邪魔外祟的人，学点子摆布人的法儿。

"有一天俺早起穿裤，忽觉里面毛茸茸的，抖翻一看，却有一窝大耗子，都被他禁咒得动也不动。吃我骂了他一顿，他稍为人样些。过了几天，也是合当淘气，那天夜里俺留了个过路客人，却是山东打铁的侉哥儿，只那胳膊头儿便有俺大腿粗，水牛般气力。整治人一夜，俺已经没好气，哪知他天亮当儿还不肯去。俺没法儿，只好和他胡拉八扯，耽延时光。你想俺那当儿何等疲倦，眼都懒睁，还只得和他张家长、李家短地耍贫嘴。

"不想侉哥们都好刨根搜底，外挂着死抬硬杠，俺有心不理他，无奈他出得一宿嫖钱，总觉不够本似的，俺一不说话耽延，他就要不做人样。俺只得胡诌道：'你快些去吧，如今此地地痞多，你一个外乡人，这大天亮的时光还卧在俺家，须不方便。'侉哥听了，果然害怕，匆匆而去。当时那鸟客人去后，俺正盖了夹被儿舒舒腿胯，仰卧将息。

"方一蒙眬，便又似那山东侉哥儿凑近来，急忙一看，却是该死的范老虎

38

见客人去了，来趁热灶。吃我劈面一口醷唾，一挺身儿，但听得啊呀一声，却竟将他跌翻榻下，头上撞了个老大疙瘩。那厮觉得没趣，便气吼吼踅去。便是那天午饭，俺碗中忽一阵臭烘烘，一看，却有两段干猫屎橛。抛了碗，掀锅一看，又有个死蛤蟆。"

　　田禄听了，不由好笑，梨花一绾散发道："当时俺料是老虎作怪，吃俺大骂一顿，那老虎也没照面，俺也就罢咧。不想当晚俺睡醒，忽觉背后面冰凉的一条物件只管乱钻。"田禄大笑道："想又是范老虎作怪吧？"梨花笑道："谁说不是呢！你不晓得，那厮专弄坏法儿摆布人，可恨得紧。俺厌烦他，就为这点子。"田禄道："使促狭本来可厌。"梨花道："当时俺惊起点灯一看，却是条青花长虫，再向身旁一望，还纠缠着四五条哩。便听得范老虎在窗外只管冷笑得意。"田禄道："哟，这却没趣了。"

　　梨花笑道："他那时没趣，你这时却得趣咧！"于是翻下身，贴然就抱，又说道，"当时俺急咧，和范老虎嚷骂一场，便赶掉他，也不知他这时节哪里撞尸去咧。却是他那些摆布人的小法儿，不过几句禁咒，俺便从他问会的。据他说，他交了两个白教中的人，人家还会种种大法儿，却不教给他哩。"田禄随口道："这禁咒小法如戏法一般，倒可解闷，你何妨教给俺呢？"梨花笑道："现成得很，等闲时再讲。"于是两人体倦，相抱酣眠至晓。

　　次日田禄本想登程，当不得梨花迷人手段，便模糊糊勾留起来。田禄这时颇觉昨夜那药儿稀奇，检看那瓷瓶，方悟是从朱烈处得的秘药。梨花问知所以，只笑得拍手打掌，不消说重复试春。便是田禄也不禁自诧自家那话儿非复吴下阿蒙，便将这秘药什袭藏起。

　　当时一连数日和梨花曲尽淫乐，梨花还没变样儿，那店主人见田禄欠下店资，早已将脸子腆得老高，一日竟将梨花悄唤出房，来了个点首叫罗成，两人鬼鬼祟祟踅进下房。田禄觉得诧异，便跟去偷听，便闻店主道："俺点明你是好意，冷客人是什么出血的角色，单是俺店钱便欠下许多。并且看他扎手扎脚神气，不像老实客商，分明是个营混子。这等人照例地白吃白喝，还挂着白玩白耍，你若和他一说所以然，马上瞪眼。依我看，你认个吃亏，干你的油水生意去。他属雄狗的，没的恋咧自然也就拔腔，俺这生意也好正经做呀。不然你两个只顾胡捣搋，俺这小店也成了砂锅捣蒜——一锤子买卖咧。"

　　梨花道："哟，你别太小气了。人家冷客人大模大样，真个便亏人吗？"店主冷笑道："可知他无一不大，将你弄昏了哩。营中朋友俺是没领教过吗？"田禄听了不由生气，略一沉吟，即便踅转。果然不多时店主踅进，赔笑道："俺有件事来求冷爷。您大人们有甚不明白？便是小店资本缺短，请您先赏俺账欠吧。"说罢垂手一站。

　　田禄只得道："俺这里还有几件衣服，你先拿去稍抵账目，随后俺都还清。"店主沉吟道："随后呢，怎说呀？并且这衣服小地面没处出脱。"说罢眈起两眼，站了个纹丝不动。田禄见了甚是有气，便道："既如此，明天俺都给你如何？"

店主道："敢情好哩！只怕明日……"正说着，只听田禄那匹马因草料不足，咳咳地一阵叫。田禄听了，不由顿然神耸，暗愤道："俺骑这匹马随经略跳荡立功时，何等英雄！如今事体大异，无处不受人轻慢，真是好没来由。"又一转念，登时热汗直下，暗道，"呀呀！这匹马俺何曾出过钱？分明是武鸣凤赠俺的。哟哟，不须胡想咧，倒是快出脱此马当盘费是正经，不然见马想起他，哪里当得！"想到这里，只一阵红头涨脸。

看官须知，无论何等恶人，那颗本明良心总是在腔子里的，这便是孟夫子说的性善之理。但世人不肯修其本明，以致物欲蒙蔽，才甘陷于恶人一流，便如乌云遮日一般。若说恶人没有良心，那便不通之至了。

当时田禄正在神明上受天理之裁判，那店主却只当他没了结果眼咧，正在做嘴脸，或哼或哈，恰好梨花翻然蹿入，便笑道："主人家不须唠叨，冷爷欠账都归在俺身上就是！"田禄是方才听过他两人密语的，以为梨花趁势来打趣他，不由冷笑道："不须说咧，心领你盛情就是。主人家称便将俺那马好歹卖去，总还可以开销你两人哩。"

梨花忙道："哟，这是怎么咧？俺可不会口甜心辣地灌人米汤。"说罢，真个由怀中摸出四五两银掷给店主。原来她甚爱田禄，不由便看轻钞儿，竟趁空蹿向家取出点儿积蓄。田禄见状更觉不安，因拉她并坐道："你不须管，俺自有道理。"因向店主道，"你只去如俺命办理，越快越好。"

于是主人退出，少时便听得马蹄响动，出店而去。这里梨花早偎在田禄身旁说说笑笑，因见他不甚高兴，便道："等俺教与你禁咒儿消遣吧。像那拘蛇禁鼠还没甚好笑，独有个仙人脱衣之法，甚是有趣。你且立定，待俺试一下子。"于是两人对面站定，但见梨花口内念念有词，低眉合眼，如巫婆一般。田禄方在好笑，忽地咻一声，扣带都脱，早光溜溜站在那里，于是两人拊掌大笑。

田禄一面结束，一面道："有趣得很！可知你赶掉范老虎是正理，不然他动不动脱你衣服，却不仿佛。"梨花道："那厮拳脚还快得很，俺赶掉他，一半怕他给俺招灾惹祸哩。"两人一面说笑，一面授受禁咒，不多时，田禄都会咧，便悄悄先念脱衣禁咒。梨花没理会，正蹿向院中去晾手巾，忽地一身精赤条条，连忙笑跑入室。田禄望得兴致大动，于是两人又狂了一阵。方才毕事，恰好店主人卖马蹿转，共得银九十余两，田禄这时便挺起腰板，随手抓起两大锭给店主道："此银清俺欠账有多无少，俺'白吃白喝'，你总算没说对。至于那两个'白'，请你就不须管咧。"

店主人羞得红了脸，没口子道谢而去。便是这般光景，田禄又留几日，只剩得数两银子，方和梨花恋恋而别。这当儿倒落得无马一身轻咧，他便施展开飞行功夫，一路闯去。银两尽了，他便卖弄禁咒，如戏法一般，聊资糊口。

要说田禄没钱用，岂不容易？稍施手段，哪怕你铜墙铁壁，还不是取之如寄吗？话不是这等说，大凡人在高枝儿上落过脚，他便等闲不肯往下跌。你想田禄在额营也是响当当的角色，一时间如何肯干偷摸营生呢？至于他后来无恶不作，便是和正人分途，如入鲍鱼之肆，与恶人俱化了。

闲话少说，且说田禄一路上思前想后，回忆一场跃马功名，便如做梦。这日行进一处山村，细看方向蹊径，却已近陀山坞，不由顿然想起夏氏等，暗道："惭愧得紧！俺赴额营时，向他们夸嘴梆梆的，如今这般回头，好生没趣！"思忖间一望前路，去陀山坞还有六七里，因走得口燥，想寻店歇坐吃茶。连蹅问两家，恰都关得门结实实，便是村中住户也都关门闭户，有的门口还张贴着奇怪神像，纸灰狼藉。

田禄不解所谓，信步蹅至村尽处一家小店，却正逢一个老者急匆匆出来关门。田禄一脚已经踏入，老者忙道："俺这里不是店呀。"田禄笑道："你这里既不是店，何挂着店幌儿？"老者一望，方晓得那把挂红布条的破笤篱不曾取下，于是连忙取下，和田禄进门，砰的声先关好门，然后道："客官，你是远方人，不晓得，俺这里早晚便打饥荒咧，所以大家都不敢做生意。您既进来，歇歇便去吧，吃茶吃饭，快请吩咐。"说罢，甚是慌张。田禄见了越发怙惚，便忙命他泡上茶来，自己一面就座歇息，一面叩其所以。

老者道："俺这里叫汪家集，本是个安稳地面，自从去年春里来了个凶邪强徒，自称为范虎爷……"田禄不由心中一动，因道："怎么样呢？"老者道："那厮生得长大黑粗，兼会拳棒。初到时节，只靠变弄小戏法儿为生，什么禁蛇咧，聚鼠咧，吞刀喷球等技他一概都会，大家也没人理论。后来他便渐渐偷摸，又交结左近许多不三不四的人，不时价搅闹村坊。大家方想设法撵掉他，哪知他又投着个大靠山，入了什么白衣圣教。客官，你是走江湖的人，想明白这白衣圣教的气势吧？"

田禄道："不错，俺早就闻得。"老者道："那厮一入白教，越发凶横，距村四外数十里，往往有劫路事儿。最可恨的他会桩邪术，令妇女自行脱衣。"田禄不由点头道："哦，哦，以后怎样呢？"老者道："便是那厮曾在前面陀山坞所在看中了一家妇女，便恃强将人家丈夫打坏，将那女娘劲生生霸占抢来。"田禄拍案道："竟有这等事！"

老者道："当他抢媳妇的当儿，虽将人家打坏，俗语说得好：'秦桧还有俩相好的。'果然人家朋友们不答应咧。这两日风声不妙，听说人家已约下人和他撕拼，所以敝村闹得如此萧条。"田禄道："如此说，这个范虎爷也住此间了？"老者道："正是，村东头那房儿便是他家。"田禄一面听，一面暗想道："这范虎爷大概便是梨花说的范老虎，可惜俺不耐烦管此闲账，且到陀山坞会会夏氏再讲。"主意已定，便开发茶钱，匆匆上路。

方趸至村街中间，却逢一黑大汉，吃得醉醺醺，敞披大衫，手提一把明晃晃牛耳大攮子，拍胸骂道："明日俺范虎爷和陀山坞杂种们有些小交代。哪个囚攮的敢趁势出头塌俺的台，咱们是白刀子进去，红刀子出来！"一路喊骂，凶实实瞅了田禄一眼，直撞过去。

田禄暗道："果然这厮挂些凶相。"于是拔步出村。不多时，已到陀山坞，先望见夏氏靠屋后那片树林，方心下欢喜，忽闻背后岔道上有人唤道："噫，噫，冷爷慢走，您如何又自己转来咧？"说着一人急匆匆跑到前面，却是蒲三利，满脸上焦滞之气，左额上斜束一布，像是裹着创痕，短袄中还隐藏一把刀。

于是两人厮见过，田禄笑道："巧得很，恰遇着你。俺转来之故，说起来话长，咱到毕得立家细说吧。得立夫妇并罗有高想都好哇？"三利顿足愤然道："说不得咧，夏嫂儿被汪家集的范老虎抢去咧！毕得立被他捶得卧在床上，便是俺这额伤也是范老虎打的。俺和罗有高已约范老虎明天撕拼，今冷爷来得恰好，快助一把儿吧！"

田禄听了，不想那老者所说的被抢媳妇便是夏氏，因怒道："这不打紧，这节事俺在汪家集店中已闻人说，却不意夏嫂儿被他撮去。"三利道："那厮手脚着实捷便哩。"田禄笑道："不必为虑，咱且望望毕得立去。"于是他两人进屋。那毕得立正伏枕呻吟，望见田禄，诧异中便要撑坐起。田禄连忙止住他，一看他伤痕还不碍事，便道："你所遭的事俺已都知，明天到汪家集，俺自有道理。"三利道："冷爷为何忽然转来呢？"田禄方要叙说，恰好罗有高拎了一包食物来看得立，大家厮见之下，草草落座。田禄便将自己情形略说一二。

有高愤然道："凭冷爷一身能为，哪里不做事业？现在年光都明明地抢人咧！只要有能为，便皇帝也做得哩！只是夏嫂儿还须被范老虎揉搓一夜，俺早知冷爷巧到，便不约下两个朋友前去帮打咧。"原来有高因明天撕拼，又寻了两个地痞，无非是张三李四之类。

当时胡噪一阵，大家草草用过食物，天色已晚，便索性都在得立处安歇，准备明天寻范老虎打架。有高却鬼鬼祟祟，由裤中掏出块狗血染的布，把来挂在当门。田禄问其所以，有高道："范老虎会些鬼八卦，所以俺准备魇胜法儿。俺听说他便在白教中胡混，还有个大靠山，是一大教目哩。"

田禄因道："莫非这当儿白教越发盛了吗？"有高道："正是哩，俺有朋友新从湖北一带来，说那里白教流传更为兴旺哩。"田禄听了，也没在意。次日留三利照应得立，田禄便同有高先去寻那两个地痞。

你道那俩地痞住在哪儿？便在一土娼家落脚。当时田禄走过里把地，便

42

见一片短篱中有一所狗窝似小房儿，篱门紧掩，却听得里面咕咕咚咚，跳得烟尘抖乱，还有人喝彩道："好腿呀！凭这个金鸡独立式便是头子咧。"接着又道，"妙！妙！你看这黑虎掏心多么扎实。哈哈，这一偎更妙咧，屁股上真有大功夫！"

两人听了，先向篱缝一张，田禄见两个汉子，一个正推腰拉胯地打拳脚，一个却旁观彩喝。还有个三十多的妇人，猱头撒脚，生得黄黄的尪脸儿，两个红眼圈，一张龅牙嘴，也站在一旁，扭头折项地道："算了吧，留些气力停会子上阵使吧！"

田禄料是俩地痞和那土娼，正在好笑，只见那打拳的地痞风也似抢到妇人跟前，不容分说，身子一矬，双臂往上一撑，旁观的地痞大赞道："好劲头儿！你看这霸王举鼎。"田禄忍不住哈哈大笑。正是：

　　　　闭户方矜身手技，隔垣已有笑窥人。

欲知后事如何，且听下回分解。

第八回

寻恶隙伏擒冷田禄
联教务客说王三槐

且说田禄见那地痞自逞气力，莽熊似一矬身，捉住土娼两脚，竟高高举起，吓得那土娼没命地山嚷怪叫，田禄忍不住哈哈大笑。那地痞一怔，扑哧声将土娼摔在地下。有高忙唤道："快些开门！"于是那旁观的地痞连忙启门让入。两地痞一见田禄，便笑向三利道："好哇，原来你还好这桩事哩！这个小兄弟仔，你几时认识的呀？"说着趋近田禄，斜眉瞪眼地便来握手。

有高方乱噪道："罪过！罪过！"但见那地痞啊哟一声，凭空价仰跌去，扑通一声，正摞在土娼身上，两人蛆虫似一阵滚。有高不管好歹，先将那地痞揪起道："你两个真是冒失鬼，这位便是俺常称道的那位冷爷呀！"那地痞啊呀一声，连忙向田禄施礼谢罪道："冷爷端的好本领！怎俺方握你手，便似被弹簧弹的一般直跌出去？俺若学会你这招儿便活值咧。"

这时土娼已从地下龇牙咧嘴地爬起，便恶狠狠推那地痞道："贼王八！可知老娘也被你摔得值咧！"大家听了都笑。有高便道："事不宜迟，如今咱便去吧。"两地痞昂然道："走，走！俺因等得你不耐烦，所以先活活手脚，您可别当是临阵磨枪哪。冷爷是大行家，咱们讲气功的人是要常活动的。"田禄赞道："对，对！"于是两地痞十分得意，便各带器械，大家踅出篱门。

两地痞一路上撩天哨地，一会儿紧紧腰身，一会儿抽出刀来摩弄拂拭。田禄却故意猥琐琐跟在后面。少时有高忽叫道："忘咧，冷爷没拿兵器来，怎么处呢？"一地痞笑道："卖线的摇小鼓，厨子出门背漏勺，干什么说什么。冷爷客路来得慌速，难道你也不提布一声？依我看，你也是个二百五。"田禄笑道："有你二位当头阵，定然取胜，俺简直用不着兵器咧。"一地痞正色道："冷爷这话真也在理，难道这打屦子的勾当真须劳动冷爷吗？"

正说着，忽闻汪家集方面一阵欢呼喊叫顺风吹来。有高道："范老虎那厮想正在齐人哩。"两地痞一听，笑容立敛，一面走，一面互相计议。一个道："范老虎是王八炝脚子——有前劲没后劲，咱俩给他个连环进攻，让那小子没喘气工夫，定然毁了他咧。"一个道："那小子是浑愣儿，咱不须和他死打，只你在他前面虚晃招儿，我瞅个冷子钻到他屁股后，结实实将他一家伙就停当咧。可有一件，你在前面总要沉住了气，不然他一得空，来个黄龙转身，一回马刀，巧咧属二姑娘玩老雕的，我就许架不了。"

一个笑道："不害羞，你还说哩！谁让你将劲头儿都倾给那臭花娘呢？啊呀呀，只是昨夜就不须说咧，那个你怎的偏架得了呢？"两地痞一路胡噪，田禄听得十分好笑。逡巡间趱近集头，便见有两人正在那伸项延望，一色的土布色短衣、缠腿洒鞋，利手利脚。一见有高等便道："喂，朋友来咧！范爷已恭候多时，便请下场。"说罢笑吟吟一抱拳，让开道路。田禄料是范老虎的陪场朋友，只眙了一眼，随众而进。

这时两地痞挺胸腆肚，晃得两膊高高的，模样儿拿得十足。穿过街坊，向左去有两箭来远，早望见一片广场，业已黑压压站满许多人。原来村中首事人等虽是害怕，却不敢不出头，生恐两下里打出人命，连累他们，所以集合多人，俟吃紧当儿准备做调停。不然霎时之间范老虎便交待咧，别的都不打紧，只是作者这段书怎样向下诌哇？

当时广场中人见有高等一到，顷刻波分浪裂，先文绉绉走出两个首事人，向有高等抱拳道："今天您两家虽是失和气，比较高下，俗语说得好：'责人不过头点地。'千万彼此手下留情，莫闹人命，便是看顾小村咧。范爷那边，俺也都恳求过，请彼此心照就是。"

有高还没答语，两地痞将眼一瞪道："俺拳头上可没眼睛，看姓范的造化吧！"说罢一跺脚，蹿进广场。田禄等随后都入，便见场下首一个大汉，正是范老虎，穿一身青绉窄衣裤，便如半截黑塔一般，背后有帮场的替他抱定短刀。

一地痞方甩衣盘辫乱噪道："咱先打回拳脚吧。"老虎喝道："哪个耐烦哄娃子玩呀，痛痛快快刀子相见是正经！"说罢，回身接过刀，使个旗鼓。地痞道："哈哈，好小子，真有你的。这一手叫'请爷进'，真漂亮哪。哒，小子着家伙吧！"说罢，一扭身拉出单刀，当头便剁。范老虎哈哈一笑，急架相迎，单臂一展，那短刀翻飞上下，疾如风雨。

田禄随便延望，虽看不入目，但是那地痞业已手忙脚乱，不由怪喊道："姓范的，你真干呀？那么俺也给你个绝户招儿！"说罢一矬身，一个箭步，原想冷不防刺老虎的下路，不想蹿过劲儿咧，老虎一闪之间，他竟从人家胁旁擦过。老虎趁势飞起个鸳鸯拐子脚，啪一声，正端在他后尻上，于是地痞扑哧声闹了个嘴啃地，不由大叫道："小子，你真没阴功！老子屁股都坏咧。"

范老虎一翻刀背，方要钉他后胯，只听背后哗啷一响，已有条索鞭影儿向当头便落。好老虎，真个伶俐！当时并不回身，只略一侧项，斜挺刀锋钩开，略一扭身，擦地急趋而进。这个地痞兜收索鞭未回的时光，范老虎平挺刀，一翻手腕，登时扎在他脚胫上。

田禄忙喊道："还不高跳，用倒拖飞蛇法！"这地痞直然不懂，索性来了个草驴滚尘，索鞭纠缠之间，又将自己绕住咧，连痛带急，卧在那里，不由大嚷道："范大爷，咱们没过节儿，可怜俺还有个八十四的老娘哩！您宰掉俺，真透着损到家咧！"

有高一见，那股火直冒得丈把高，方一甩敝衣，拉刀要出，只见田禄略挽双袖，用一个春云出岫式，足下一捻劲，早纸人般飘落当场。老虎一见，觉敌人来得稀奇，因擎刀喝道："朋友，你叫什么？既要较量，为何不拿兵器？"田禄笑道："不瞒你说，打个把老虎，何用兵器？俺便叫卞庄子，你可晓得？"范老虎本是浑蛋，不知卞庄子为谁，也不知田禄是打趣他，反凝想道："卞庄子？怎的左近不听说有此姓呀？那么俺看你是远来朋友，咱就打拳玩玩。"

田禄见他浑得令人长气，假作笑吟吟，趋近抱拳，眨眼间手势一分，但听噼啪一声响，范老虎左右颊上早挨了两记肥耳光。方在一怔，只见敌人身影一晃，不知去向，才待提刀回望，忽脑后结实实来了一拳。于是老虎大吼翻身，却见田禄笑嘻嘻对他做鬼脸，两只赤手，还一只叉腰，只用一手戟指他，做抠眼样儿。这个样儿在比艺中最为轻薄。

相传昔有一著名拳师有一招极妙本领：善抠人眼，便是他儿子都不肯传给。一日他儿子想了一计，正趁他沐浴当儿，由后面抠他腰眼，拳师一回身，两指已到其子面上，其子忙跪呼爸爸。

当时范老虎大叫道："卞庄子，哪里走！"说罢抢开短刀，风雨般裹将来。田禄都不在意，这时腾挪闪占，移步换形，赤手纵横，直卷入刀光影中，并且嬉皮笑脸，瞅空儿单打老虎的嘴巴。还没得数十回合，老虎一张脸业已红涨猪肝一般，那牤牛劲夹着怯刀片儿，越发没命地乱斫，看得众人都有些发笑。这时田禄卖弄本领，便东摇西摆，且战且退，须臾竟退到场壁前，背后没路。老虎大喜，尽力子一刀戳去，以为田禄定被钉在壁。

不想嗖的声田禄跃起三丈余，唰一翻身，来了个饥鹰扑兔式，就老虎后腰下只轻轻一指，老虎登时倒抽一口凉气，步儿叉着，腰儿探着，嘴儿张着，眼儿瞪着，挺着那把刀，便似小偷挖窟一般，须臾汗珠冒出，却只是纹丝不动。众人大惊之间，田禄早趑近，笑喝道："你这厮还称老虎？真个给人打嘴！俺且问你，人家好端端的堂客，你如何把来快活？并且仗了什么邪法儿，吓得一村人贴神捣鬼，连大气儿都不敢出。你会光人家屁股，俺也光你个屁股瞧瞧。"于是默默诵咒，范老虎登时衣裤尽落，撅起黑肥大屁股，好不写意。

田禄先瞟他胯下，颇觉甚是好笑，不由想起梨花所说亵语。正在好笑要赶去痛打，便有当地首事人等连忙劝道："壮士息怒，好歹须看顾俺们，不然人命关天，俺们如何拖累得起？便着他交还夏娘子，即刻离开此处便了。"田禄趁势道："既如此，且饶他狗命！"有高恨道："怪道这厮敢作怪，原来仗自己有大本钱！"说罢，抄起老虎那话儿就要去割。

首事人等连忙笑劝。田禄默诵解咒，老虎登时活动，羞得抢穿衣裤，如飞便跑。于是由首事人等引路，大家都到范老虎窝处取出夏氏。这时满村轰动，直送田禄一干人出村方散。两地痞自觉没趣，半路上借尿遁去，于是田禄在陀山坞勾留数日，和夏氏极尽绸缪。

一日大家聚话，夏氏笑道："真他娘的晦气，俺无端受范老虎一场磨折！那厮不但凶横，还狡猾非常，他只管自己吹嗙在某大靠山门下甚是得脸，这次是派他出来稽查各路朋友的行为，俺问他你那大靠山究竟是谁呢？他却再也不肯说。"有高笑道："夏嫂儿，你究竟是呆瓜，你若趁他和你吃紧当儿，偏不叫他舒齐快活，你只忍一霎儿，他自然不打自招，捐出他这大靠山咧。"夏氏听了，笑着赶打。得立恨道："那狗娘养的即便有靠山，也没冠冕人物哩。"

大家谈笑之间，田禄说起自己行止，不由搔首。夏氏便骚骚地轻拊其背，笑道："冷爷便在此住一世，且是妙哩。"有高忽笑道："便是那天冷爷摆布范老虎，俺至今还不明白：冷爷会点穴法罢了，却怎的也会咒脱人衣？那是范老虎的拿手把戏哩！"夏氏听了，不由笑得前仰后合，便附有高之耳喊喳数句。有高大笑道："哦哦，好个范梨花！如此说，范老虎越发不够朋友咧。"三利笑道："若说够朋友，还是人家金溪村高爷天德。"

田禄听了，不由心头一动，随口道："此人俺曾会过。"因将上次路经金溪村一段事略说一二。三利道："如今高天德越发气概，这一带凡白教中人，谁不捧人家呀！人家做事又大气又服人，往往地面上有事体，或两家争斗，都就他详论曲直或解决。只是官中人们都不喜他，因有他碍手碍脚，不便生是非苦害人。好在冷爷此去路过那里，便和他盘桓几时也未尝不好。像冷爷如此英雄，正是他愿交接的。俺听说近来湖北、四川等处教友们很和他联络，可也不知怎档子事。"田禄听了，随口漫应。又过得几天，便别过夏氏等匆匆登程。临走当儿，夏氏自然哭天抹泪，有高道："冷爷将来阔绰了，俺们都去侍候哇。"一行人送出老远，方各散掉。

不提田禄踽踽上道，且说范老虎突被挫折，哪肯甘心，便悄悄藏在左近村落，遣他党羽探田禄行止。夏氏等一班人都是浅碟子嘴，盛不住话，早将田禄有意投访高天德的话张扬出来。老虎探知，不由大悦。原来范老虎被梨花逐出后，为日不久，便夤缘钻在天德门下。天德党徒甚多，便模糊糊命他稽查各处教友有无恃教滋横等情，老虎大得其意。他虽在外胡闹，却瞒得天德甚是严密。

当时老虎略为沉吟，主意已定，便趁田禄未离陀山坞，他便趱回金溪村。天德问会子稽查情形，老虎敷衍答对过，却做出愤诧神色道："俺来时探知陀山坞地面有一匪徒，诈称是咱教中人，十分凶横。并且专弄小邪咒儿，脱人衣裤，恣淫妇女。俺因他坏咱教中名头，曾去和他理论，他还恃强不服，并且大骂你老人家哩！”天德笑道：“既非咱教中人，且自由他。”老虎见撮不起火儿，又道：“话不是这等讲，您虽不理论，恐他或撞进这里，借咱教名儿胡作非为，不与您脸上不好瞧吗？”天德道：“既如此，你便留意，他倘过此胡闹，你便领人众且捉他来。只不可无事生非，须知咱这时因湖北、四川等教友不断地你来我往，官中人甚为注意，所以俺这时务在韬晦，不欲多事。”

正说着，却闻内院中娇滴滴地唤道：“春兰哪，长天大日，懒得你压油儿，怎不浇浇花呢？”老虎一听，却是天德的爱妾，名叫玉雯的，绰号“玉观音”。因她生得丰容盛鬋，一身雪白皮肤，更妙的是八分肉彩。老虎初到天德家，偶见玉雯，便馋涎拖得老长，却惧怕天德，不敢妄想。哪知春兰这丫头却是个骚货儿，不断地泡茶、买针线踅向外院。见老虎精精壮壮，便知其才具可观。两人狐绥苟合，不多时便已入港，果然春兰大遂其欲。

一日两人又在会合，老虎只顾问起玉娘子。春兰道：“你莫妄想，人家福态贵相的，是什么样儿呀？你以为像俺似的吗？你见了玉娘子便现贼相，俺都晓得哩。”老虎听了，趁势涎着脸，越发追问。春兰投其所乐闻，便将玉雯许多床笫风情摹说出来。老虎听了，便笑道：“她有什么贵相呢？难道比你还好不成？”说着一阵胡闹。

春兰道：“好馋货儿！今说玉娘子，你便发疯似的，但是她真有点儿贵相，你却猜不着哩。”老虎听了，便真个的胡猜一阵。春兰不去理他，少时却大笑道：“你别瞎猜咧，俺不告诉你，你一世莫想猜着！”于是附老虎之耳一说。老虎大笑道：“原来如此贵相，却是老公嘴咧！”便登时记在心里。当时闻玉雯厮唤，登时打就主意，便向天德唯唯而退，暗地里去侦田禄行踪。

一日知田禄已落在金溪村南五十余里外，地名野鸡浦。他便匆匆见天德道：“今风闻那匪徒业已撞到这里，咱端须仔细才是。”天德笑道：“他不来生事，咱不须理他。”这时廊下干仆等正在垂手侍立，中有一个长大白皙的俊仆，方高举两臂去吊窗儿上的铁丝纽，口内还衔着半段绳，准备系牢。正这当儿，却闻围屏后一阵笑语，玉雯扎括得标标致致，带春兰扭将出来。天德一见，满脸堆笑，便道：“你们去游玩，只在村左近看看野景吧。昨天新买的那匹马还老实，且骑了去便了。”

玉雯方掩巾一笑，便听廊下微吵道：“怪事，怪事，快扶过他！”天德携玉雯就帘外一看，只见那俊仆竟自赤条条一丝不挂，既立向高处，并且两臂放不下，一时间轩豁呈露，未免有些不雅相。玉雯猛见，双颊绯红，哟一声，方要转步，眨眼间只觉带松纽解，竟似有人来剥脱一般，方叫道：“不好！”业已白羊似站在那里，这一身赛雪欺霜的嫩皮肉已然可观，更兼小肚下一片濯濯，好不写意得紧。

那众仆背面之间，天德早勃然大怒，便命春兰先拥玉雯进房，忙令人扶出俊仆。急觅老虎，早已踅出去咧。原来他诡计施毕，却故意躲出去。须臾觅到老虎，天德怒甚，叙罢所以，便命他去捉那匪徒。老虎得意道："小人便料那厮到此间定不安生，但那厮武艺高强，为今之计，须用智取。"因如此这般说了一套。天德道："由你去办吧！但莫令那厮得脱。"说罢拂袖入内。

这里老虎得令之下，退出外院，登时挺胸腆肚，大叫道："来呀！"便有护院健仆，一个个袖手踅进道："老范，你大呼小叫的是什么呀？方才那段写意光景、奇情妙态做梦也见不着，咱大家快快眼睛不好吗？你却掇弄主人去捉匪徒。现在邪咒儿会的人很有，准知是哪个王八蛋呀？"

老虎方一眨眼，一人笑道："这把戏也不算什么，俺闻近来湖北、四川教友们谈起，近日别致事儿有的是哩。便是咱主人，什么把戏不会呀？只不肯轻易和他们混闹罢了。"又一人道："俺这两天屁股只管往下坠，干不了活儿咧。"又一人合着眼咂嘴道："真是仙桃仙果，望一眼增寿三年。可惜春兰那雌儿偏衣服穿得结实，不然那丢丢秀秀的体段儿，可不写意到十二分哩！"说罢互相嬉笑，就要散掉。

老虎焦躁道："你们这干宝贝，既是尿包，又是饭桶，咱这一去，冲锋对垒都有俺哩，你们只这般这般，面儿都不露就成功哩。你们虽不怕光屁股，那匪徒专会咒木橛钻人臀孔哩。"一阵诙笑，众仆只得由他，便忙忙各携器具，出得金溪村，准备捉人不提。

且说田禄离得陀山坞，一路思忖，只得先投访天德再作区处。旧路重经，想起在额营一番际遇，便如春梦。只得打起精神，重觅事业。这日来至野鸡浦，只见树草连天，径路险僻，一探问金溪村，知相距只数十里了。当晚宿过一宵，次晨上道，不多时渐入窄径，两旁长林茂草，阴森荟翳。田禄正在低头拔步，忽见道左林中人影一晃。方稍驻足，便闻左右一声喊，登时足下一蹶，被索绊翻，不容分说，由草中抢出四五把挠钩，钩得结结实实。

田禄大怒，方待猛跃，便见林中抢出个大汉，一把按住田禄，登时捆好，哈哈笑道："卞朋友，认得俺吗？"田禄细一望，却是范老虎，因大喝道："你这鼠辈胆敢暗算于俺，俺便结识了你这厮！"老虎喝道："朋友别忙，自有人结识你哩。"说罢，督众仆拥定田禄，直奔金溪村而来。将近村，老虎早狗颠似先去报功。

恰值天德正和两个四川教友谈话，老虎不便遽入，先隐向帘缝一瞅。只见上首坐定两人，一个身材高大，精神炯炯，那一个却是黑瘦子，生得尖嘴勒腮，满脸上透着机警。这时两人正在展谈姓氏，大身量的姓冉，名金奎，那黑瘦子姓乐，名节，都是川东人氏。金奎一面叙谈，一面笑吟吟从贴怀取出一封书札，呈上天德道："敝教主王三槐久慕高爷意气如云，同阐教义，因某等入都之便，特令奉书，拜识尊颜。"说到这里，凑近天德低语道，"便是函中之意，也因近来官吏掊克害民无所不至，更时时侦防咱们教务，恐一旦有事，不可不早做预备。

　　"新近更得湖北教友们的通信说，教主朱仙娘化去的当儿，说不久咱教当兴，可以转移天下，新开朝运。并且川陕楚分野之间，煞气侵天，血光晕日，应有刀兵大劫，却是咱教应运除旧布新之相，所以荆襄一带教务甚旺，仙娘便将教主权位传给她得意女徒襄阳陈氏。这新教主甚是了得！荆襄一带，声势震动。官吏畏事，都不敢声扬。偏搭此时田总制是个浮脆文人，除诗酒流连、簿书纷攘外，不问余事。属吏承风，自然一切苟且颟顸。陈氏教主见时机已至，便遣人通函于敝教主，极意联络。所以敝教主遣某等奉书来商同意，一旦有事，大家好彼此相助。"

　　老虎听了，不由暗暗吐舌，便见天德笑道："这襄阳陈氏和俺久通音信，她那里一切情形俺都得知。"说着匆匆看罢来书，先郑重揣起，然后笑道，"虽是教中事，但天德之意却与王教主不同。咱教大旨是劝人为善，似不必这般张皇。今官吏虽多贪污，却是朝廷未尝失德，王教主之意俺却不敢与闻。若寻常缟纻订交，正天德求之不得哩。"说罢哈哈大笑，便问两人赴京何干。

　　金奎一望乐节，道："俺看高爷好个端正直爽的人，你赴京办那档子事，便说说也不妨。"乐节道："正是哩。"于是叉手不离方寸，说出一席话来。正是：

　　　　奸相当权酿灾劫，妖民买路铲贤良。

　　欲知后事如何，且听下回分解。

第九回

红英女缓着归鞭
襄阳城耸观太守

上回书说到乐节自叙赴京之由，你道是怎么回事？原来川中白教渐渐恣横，明目张胆地各处开坛集众，煽诱乡愚，共名叫作"讲道缘"。入教的不限等级，不分男女，一概平等待遇，呼为教兄教弟、教姊教妹，诓说是一入其教，便大家有无相通，生计容易，并且有教主祖护，不怕官吏欺压。一时间奉信者众，奔走若狂。况且每当开坛，都至午夜，男女混杂，夜聚明散，闹得地面上淫盗案件累累不绝。

这时南充知县刘早又调署广元县，下车之后，便严禁教众开坛。教徒们见了，付之一笑。原来这官样文章，川中新官到任，照例地有这么一篇。教徒们狃于旧习，依然肆无忌惮。哪知刘清早做准备，这日探得某镇开坛，登时躬率健役，将教目一索捉来，即时痛扑，暂为监押。教徒大哄之余，便求教中上等头目烦人向刘清关说。言辞间，恐吓之中还微露纳赂请释之意。刘清大笑，登时当来人将那教目提出，重打一顿，大喝道："便是王三槐犯在俺手，也休想侥幸！"来人没法儿，鼠窜而去，回见上等头目，大家方无计可施。只四五日光景，又被刘清赶散两处坛场，将教目连连串串索拖进城，并且由别案大盗口内勾出有某教目坐窝分肥，登时捉到讯明，和大盗一起正法。

上等头目见此光景，便忙去告知三槐，以为三槐至不济也得哇呀呀一下子，巧咧就许亲去摆布刘清。哪知三槐更来得稀松，只一翻眼道："你们惹他干吗呀？他那人又臭又硬，便如茅厕石头一般，咱如今事未大作，不可明去摆布他。刘清敢于放手做事，便仗着川督某人器重于他，那川督也是个拗手拗脚的人，今不如从根本掀翻他，某川督既去，刘清自站不住脚。便没刘清这段事，俺正想挤去川督哩。只好遣人赴京，就和珅处去弄手脚。"

三槐主意既定，便遣冉、乐两人各赍金珠瑰宝，带了仆从，先押货赂入京，顺便命冉、乐赍书联络天德。却是冉金奎因畿辅沧景一带还很有骁悍教友，此行北上，也趁势通通声气。范老虎听得明白，不由暗想道："原来高天德一向是假撇清，成日整顿教规，稽查教友，他却暗地里远通声气。怪不得前两月春兰向俺说，襄阳陈氏曾致书天德，累得天德沉思了好几日，也不知葫芦内卖的甚药。如今却王三槐又遣人来，活该落在俺眼里，等你得罪俺时再讲。”

正在怙惙，但听天德笑道：“两兄北上事务原来如此。将来两兄回见王教兄，便请转致弟意，俺也不作回书了。”两人唯唯，站起告辞。天德正在客气挽留之间，范老虎拔步踅进，兴冲冲一说匪徒捉获，外面众仆也便拥田禄喧喧而至。

天德遥望，却是冷田禄，不由惊向老虎道：“这便是你说的那匪徒吗？”老虎得意道：“他这张漂亮脸子俺不会认错的。”天德一哼之间，冉、乐已拔步外走，天德匆匆送出室。田禄望见，便冷笑道：“高兄，你这是怎么咧？俺正要来拜访，你为何着人作弄俺？难道你认得范老虎吗？哈哈哈！”说着，一瞟冉、乐两人，一色的劲装缚绔，像个武行朋友。冉、乐也瞅了田禄两眼，却不便问。天德忙道：“冷兄莫见罪，容少时负荆。”说罢送出冉、乐。

这一来不打紧，闹得范老虎摸头不着，怔住在廊下。须臾天德送客回，亲解田禄之缚，没口子道歉，匆匆一说范老虎误报匪徒之事，便喝老虎道：“你这厮鲁莽如此，还不给冷爷赔罪！”田禄一望老虎，只是大笑。老虎料事不妙，便给田禄唱个无礼喏，匆匆趋出。这里天德自携田禄入室，两人重新见礼，宾主落座。田禄隐瞒起自己在额营许多事，只说是功名蹭蹬，所以踅转。

天德笑道：“如今功名被当朝奸相拨弄得贿赂公行，也委实不值一钱。冷兄这般材武，何必以此介意？且在俺处安居便了。”说罢叹道，“都因现在朝政不纲，以致各处豪民蠢蠢思动，便是方才那两客，就是川中王教主三槐遣得来的。”因将三槐来联络之意草草略述，因笑道，“只是俺意在韬晦，保持教务，只好由他们闹去了。不但川中，还有襄阳新教主陈氏，越发声震一时。她那里时时和俺通问，所以俺甚悉她那里情形。不过俺和他们所见不同，不欲鲁莽发动便了。”

田禄听得襄阳陈氏，不由心头一动，忙问这陈教主是何等样人。

天德笑道：“提起这个奇女子，话儿长咧，你我快友相逢，端须痛饮，且待衔杯畅谈吧。”于是一声吩咐，就广厅中摆开酒筵。两人落座，饮过数巡，天德便娓娓洒洒说起那襄阳陈教主来，听得田禄忽惊忽喜，点头咂嘴，不待主人来劝，只管连举大杯哈哈大笑。只因一番清话，勾起千种相思。田禄心花怒发之间，却见天德一竖大指道：“你道这陈教主是哪个？便是江湖间大名鼎鼎的女侠田红英哩。”

田禄大笑，一抬手翻酒满案，便道：“实不相瞒，田红英便是俺舅之女，今相隔几年，俺正思量去投她。”天德惊道：“怪道冷兄有如此武艺，原来和陈教主是中表至亲。只是令表姐丈陈二官人近来十分惫懒，病体缠身，却不像令表姐英爽气概哩。冷兄将来若去，便为俺多多致意。俺总看主持教务，不可妄有动作，虽行教中法术，究竟不甚可恃。即如俺亦晓法术，便是敝处教友也大半通晓，却是俺不许他们炫惑于人。"田禄笑道："高兄此话俺却要驳你了。既不许教下人恃术滋事，为何范老虎在陀山坞恃术纵淫？"因将自己挫折老虎一段事一说。

天德听了，不但恍然范老虎挟恨要摆布田禄，并恍然他弄手段激怒自己，致使玉雯一丝不挂，当众出丑，不由大怒，一迭声命左右去唤老虎，并命准备大杖要敲煞他。田禄劝说之间，左右回报道："范老虎现已远飏，不知去向。"天德顿足道："早晚捉住这厮再讲！"

正说着，有两处教目为定期开坛事前来报说，于是天德暂置下范老虎，便连日价款待田禄，两人讲到武功上越发投机。只是田禄触起红英，恨不得一脚踏向襄阳，扎实实亲热一番，以消病渴。过得数日，即便告辞。天德挽留不住，厚赆送行，并嘱致意红英，不必细表。

啊哟，好难作的书！作者一支笔一向不得暇，弄个娇滴滴有情有趣的红英，晃在诸公眼前，嵌在诸公心头，却纸包绢裹地藏压起来，黑不提，白不道，引得诸公心痒难挠、朝思暮想。作者自忖暗含着挨的骂，少说着也有两筐箩外带一大堆。殊不知诸公越骂，作者越痛快！因书能惹骂，定是奇书；便如人能惹骂，绝非庸人哩。诸公一向闷得过火，如今也要快活得过火了。待作者扭转笔，畅叙这可意娘红英何如？

且说红英巧结田禄，两个正打得一团火热，无端被个臭花娘林刀鱼飞长流短，打散鸳鸯，当时惘然相别，和陈敬匆匆上道，一路上哪里有好气。每逢落店，绷得小脸儿笛膜一般，看着陈敬蠢牛似的，倒越发想起田禄动人情趣。偏搭陈敬不晓就里，以为红英渭阳情重，有时节提起冷先生，红英越发不乐，却有一件：只要谈到冷田禄，红英方略有笑容。

一日晚上落店后，陈敬见红英又深锁双蛾，无聊无赖，一壁价微吁，一壁价低头转侧，只管觑自己凤头鞋儿。陈敬戏道："你又发呆，俺没法引你欢喜，只好又谈冷老弟了。"红英脸儿略晕，便啐道："没的扯淡！难道俺没亲弟田甘？一般的手足相别，俺念姓冷的做甚！人家这两日有些不舒齐，你越来瞎三话四。"说罢，使性儿脱衣解带，引衾而卧。陈敬这里还做猴相，红英却呼一声翻身向壁，香云堆枕，下面纤足一端，荡开被角，却露出一段雪白腿腕。

陈敬登程以来，因红英不耐烦，一向没去撩雨拨云，这时未免有些耐不得咧，于是趁势闭门背灯，方要解衣，只听店伙啪啪叩门道："陈爷要茶呀？要熄火炉咧。"陈敬忙道："不要！"店伙踢踏趑去之间，陈敬方脱却裤儿，一足登榻，只听店伙又来唤道："喂，陈爷，歇息须醒睡些，近来此地小偷儿多得很哩！客人们都不敢沉睡，不是吸鸦片烟消遣儿，便是吃酒玩钱磨夜工，再不然便弄……"陈敬躁喝道："弄你妈那巴子！你这不是成心搅吗？"店伙笑道：“小心没不是，俺说过就是。陈爷你自在快活睡吧，要用什么只管喊俺。”一路唠叨，徜徉而去。倒引得红英云鬟微动，似乎暗笑光景，于是陈敬趁势钻入香衾。

红英道：“俺今天疲倦，不耐烦，咱须规规矩矩地稳睡。”一面说着，星眸半合，不去理他。陈敬道：“就是吧，俺因你样儿发闷，所以陪你解解闷儿，不然若闷出病来，那还了得！”红英长出一口气道：“不要胡闹，谁家没个不耐烦呢？”正说着，被陈敬触着胁下痒窝儿，不由笑作一团，便道：“好讨厌的，别只管缠人！”陈敬这时只有嘻嘻而笑。少时衾浪掀动，红英只待理不理。陈敬一面温存，一面忽说起那年在章华驿的一番光景。红英听了，不由微露情态，一扑身儿却微叹道：“凡事儿过去了都是孽障，你看咱今天又住在此处了。”陈敬因笑道：“正是哩！便是咱在冷老弟家勾留些时，不似昨日的事情吗？”红英听了，叹口气，不由情态稍畅。

陈敬忽笑道：“俺有句新话儿告诉于你：有人说善运罡气的人，那股鸟气直能运到下体，他并且亲自教与俺，可惜俺不成功，一调息闭气，倒越发不如不运气咧。”说着便附红英耳朵低语。红英唾道：“小心着！店中人杂，不要胡闹。教与你运气的定是混账行子，难为你还瞎跟他学，真是一对儿不害羞！难为你们面面相觑，可怎的学来呢？”陈敬道：“你道这人混账吗？便是冷老弟呀！”

红英道：“哟，哟，好没人样！你两个没开玩笑哪？”陈敬笑道：“你不晓得，有一日俺两人讲起武功，他便谈起这法儿，俺听了也是不信。他脸子却厚得很，登时大扬扬地当面试验。”红英颤着道：“呸！”陈敬笑嘻嘻向红英耳根边说道：“他比俺虽扎实些，也不见怎的。说来却也作怪，及至他运起罡气，便说不得咧。”红英听了，连连大唾。

陈敬情致大动，胡闹得疲倦起来，双手一撒即便睡去。红英这里舒舒腿儿，不由情思如潮，惺眼微飏，一看陈敬正仰着丑脸子沉沉酣睡，便起身收拾身下，重复卧倒。偏搭着陈敬鼾声如雷，甚是聒耳，直待了一个更次，方蒙眬困去。梦识颠倒中，还如在冷先生家和田禄背地绸缪。正在得趣到不可言传的当儿，不由娇躯一扭，呻唤道：“好弟弟！”

一言未尽，只听陈敬应道：“快醒吧，天快亮咧！”红英一睁眼，却仍在陈敬怀中。一看窗上，业已晓日初上，忙遮掩道：“都是你夜来胡呲冷老弟哩！”于是夫妇起身结束。红英梳洗之间，觉得晓风凉习习，玉骨生寒，便贴身又穿了件锦半臂，这才出得店门，往前站赶去。这日午尖便微觉不舒适，及至晚站，觉得身儿疲倦，用过晚饭，便想洗个澡儿。刚掩上门脱光衣服坐向浴凳，偏巧陈敬推门而入，一见红英赤体风姿，登时要解衣同浴。

红英唾道：“客路中什么样儿？你便坐在外面，防着店人们瞎闯来是正经。”说着推出陈敬，只一掩门之间，冰凉的一股门风激射而入，红英也没理会。及至浴罢，忽然遍身烦热。入夜以后，又觉寒冷起来，登时伏枕呻吟，寒战不已，两颊上如着胭脂，却火也似的热。原来情思郁结，又受感冒，竟闹得阴阳相搏，病将起来。陈敬见状慌了手脚，连忙延医打药，殷勤调治。一连十余日顷刻不离病榻，夜深疲极，方歪向红英脚后打个盹儿，衣不解带自不消说，便连头面都不暇整理。直至红英渐次就愈，业已耽搁了个把月光景。从此红英方不甚厌陈敬，芳心中渐置下田禄，缓整归程。这且慢表。

如今再说那老仆梁方。自主人夫妇行后，他便夙夜价经理内外各事。宅内琐事自有梁妈妈和花娘子操持一切，国安夫妇也不断地在宅料理，倒弄得井井有条、清门净户，比陈敬在家时许多朋友杂沓大不相同。马胜等一班人梁方本不待见他，这时大家脚步自然疏疏的，都不耐烦去看梁方的倔脸子。过得两月余，陈宅上甚是清闲自在。

一日花娘子给小二做了件夹半臂，放下针黹，有些倦闷，便随手包撮起，想寻小二谈谈。趔向梁妈妈处一看，知小二还没进宅，不由暗笑道："这两个小猴儿，别看面儿上老气不过，究竟也是热火罐儿似的。"想得怔怔的，随步由后门趔向后弄。离小二门首还有十余步，忽闻大街上鸣锣开道，马蹄响动。花娘子前却之间，突地有两个蓬头小厮莽熊似由背后跑来，乱噪道："快看，快看，好稀奇事，和尚做知府咧！"一阵风似擦身而过。花娘子脚儿稍慢，已被一个踏着脚尖。

花娘子攒眉喝道："你这行子敢是走了尸咧！"顺手一捞，登时揪住那小厮马斯盖（小厮顶上短围发，俗谓马斯盖）。那小厮脚势正走发，忽被一挡，顷刻连身悠转来，嘭哧一头，又碰在花娘子肚儿上。花娘子本来脚痛，这一来望后便倒。那小厮立脚不住，登时闹了个软扑虎。花娘子又气又笑，方待扬掌，只见前面那小厮忙来笑扶道："花婶婶没跌坏吧？俺两个只顾看和尚官儿，却踹了你老人家脚。"花娘子仔细一看，便是后弄邻舍家小厮，因唾道："你两个慌张马似的，如何直吵看和尚官儿呀？"两小厮不暇答话，扯了手直奔大街。

这里花娘子方整衣逡巡，只见小二家门儿一启，国安趔出，望见花娘子，连忙迎下。花娘子拍手道："好晦气！俺给你家娘子送半臂来，却被邻舍小猴儿踹了一脚，还跌了一跤。他直吵看什么和尚官儿，真也稀奇！你听，锣声还不远。"国安诧异道："俺只闻得今天新太守王立猷接印履新，却怎么和尚官儿呢？既如此，俺也去张探一回。阿姊，她自在家，您自去寻她吧。"花娘子抿嘴笑道："你不用她她地叫得热闹，俺偏不晓得这个她是谁！"国安一笑，即忙奔赴大街。这里花娘子自从容趔进门，一见小二，便诉所以，两人笑了一场。

小二穿起半臂，十分斯趁，因笑道："好阿姊，你暇时教我做针黹吧。不知怎的，俺拈起针儿来，直比那铁叉还撅手，总是没人指教的缘故，还不如打拳撩脚，到底他还能指拨俺。"花娘子道："啊哟，方才他她了你半晌，如今你又他起他来。我看你两口儿，不即不离，亲爱得倒有分寸。像主人家两口儿就不用提咧。"说着模拟一番，两人不由都笑。小二便道："如今俺娘娘想不久该由蒙自回头咧。"花娘子道："正是哩。"

两人正说得高兴，只见一人大笑奔入。正是：

> 长昼无聊方绮语，泼天异事说黄堂。

欲知后事如何，且听下回分解。

第十回

王和尚无心得奇术
徐太太有意昵淫髡

且说花娘子与小二正在谈天，只见国安笑着跑入道："怪不得咱这里朱仙娘浪张着兴妖作怪，你看明明秃厮儿，居然做堂堂知府咧！真是什么怪事都出在咱襄阳地面。俺方才赶去，见那新知府有四十多岁，瘦削尪白脸，满面上阴鸷纹，两只眼却很精灵，服用阔绰得很，单是姨太太就有四五个，一溜小轿，都扎括得花鹁鸪似的。俺刚到那里，便见那马胜正在人群中高处，嘻着嘴，直着眼，指手画脚，却被跟轿健仆老大的马棒撑开去。"说着跺脚道，"这种人俺就不待理他，还好，自主人出门后他一总儿也没来。"

花娘子笑道："且搁着没要紧。这和尚知府到底是怎么回事呀，难道真个似《佛门点元》那出戏吗？"国安唾道："他也配！说起来是个顶不安分的坏和尚，只因走当朝和相的门路，所以他闹到这步田地。"于是一五一十将这个新太守的出身述出。

原来这新太守王立猷是江南人氏，自幼孤单无依，便投身某寺做了行童。寺中主持是个粗鲁俗僧，只知理财过日子，种地种田，还忙碌不迭，也没心情教徒弟认字诵经，只驴马似的役使。立猷穿破衣，吃粗饭，寺中大些的和尚你骂我敲，都拿立猷当开心丸，所以立猷十二三岁上着实受罪。

喜得他聪颖非常，寺隔壁有一家书塾，立猷趁空儿便给那塾师或是扫地，或是挑水，去效殷勤。先生们见不得好，便也一般地教他认字，哪知他一认就会，倒将先生诧异得什么似的。只半年光景，他已能自看浅近的书。哪知主持见立猷耽搁工作，便骂道："咱又不想赴考应举，认那鸟字做甚？你看塾师先生认的字倒多，只好穷着嘴巴骨子给人家看孩子。"从此不许立猷到塾。

也是立猷时气来咧，一日有位僧侣从寺中经过，偶见立猷，喜他警慧，见他正撑着小身儿搬运积柴，因笑向主持道："我看此子很是聪明，俺方应杭州天竺寺主持之招，不如我带他去，修理他一番，将来成个文僧倒也罢了。他倘出息了，做了紫衣国师，你这师父还用种地灌园吗？"主持听得有理，当即应允。

那天竺寺是有名丛林，不但文僧荟萃，并且梵籍富有。这一来正合立猷之意，随班诵经之暇，他不但深研经典，并且潜心文学，什么歪诗咧，俳赋咧都弄得来，更写得软媚流畅的一笔好字。杭州杂艺人本多，如医卜星相等术，立猷都粗知门径。这时好奇文人颇讲扶乩炼笔之术，立猷一见，更好得没入脚处。偏搭他善交际，有口辩，见了人满面春风、一团和气，真是见什么人说什么话，只五六年光景，杭州合郡人都知立猷是一名僧，和他交结的人渐有富商显宦。这等繁华所在，天竺寺又据西湖胜地，大家酒食应酬是难免的，因此每有胜集，若无立猷在座，便觉这主人俗气不堪。立猷竟暗含着成了方外的清客篾片咧。

咳！有这作孽的人，就有孽缘来凑合。一日寺旁客店中寓下了个很体面的老头儿，衣冠阔绰，精神很好，赤红脸，银条似的白胡子。来的时光本携着两个绝俊的姬妾，不多几日，仆人等传出话来，说他主人家富异常，特来游玩山水，并选购佳丽。这口声一露，媒婆子蜂拥而至，你也领姑娘来相，我也引美人来看，闹得清净山门蜂喧蝶舞。不上半月光景，用巨金买了两名十八九的大姑娘，那长相儿真够十成。只过得十来天，便唤媒婆白白领去，又喧嚷着另买。

老头儿等闲不出，那本地的富人阔少，却恨不得踏断他门限，并且隆重馈贶，水也似送来。立猷看得诧异，偶向那老头儿的人一问他主人是甚等人物，为何这等的气概阔绰？仆人笑道："他老人家的钱随手便有，越用越多，只愁没法儿花哩。"立猷听了，不便深问，只有越发纳罕。

可巧过了两天那老头儿病咧，立猷趁此机会，便向那仆人自言能医。仆人喜道："如此甚妙，大师稍待，且容俺进去传禀。"于是匆匆趋入。少时如飞跑出道："请哪。"立猷整衣进店，随仆人另到一所精致小院，里面花木帘栊甚是整齐。及至进室，那陈设越发富丽，箱箧等物都是广漆描金，耀眼增光。案头上不设别物，只有道经丹书数卷。老头儿光头拖履，只穿件紫酱缎流云百福花样的长袍，正斜倚隐囊，自己推摩肚腹，一见立猷，急忙站起。

当时两人施礼罢，宾主落座，款谈整语。老头儿自言姓尚，是湖南人，却是一口北京话。只一接谈之间，立猷已知他是个遨游湖海的人，定非寻常铜臭富翁。当时也不便深诘，便诊脉立方，即行辞出。那老头儿本没重病，合该立猷走字儿（俗谓有时气也），竟应手奏效。过了两天，老头儿回拜立猷，又请了一场酒，从此两下里越来越款洽。

老头儿也知立猷和本地绅商很有联络，足以取信于人，便很有意借重他。两人往往促膝笑语，立猷偶问他金钱不竭并屡换少妾等事，老头儿只是笑而不语。这时却有个巨富曲辫子姓胡，平时价视钱如命，若不怕饿煞，恨不得连饭都省掉，若说请客吃酒，是有生以来没有的事。这时居然破格地交结那老头儿，每有馈送，便是成百的纹银，并且曲承老头儿的颜色。两人密坐倾谈，动不动便是大半晌。立猷也曾遇着两次，未免心下十分纳罕。过得十余

58

日，那胡姓越来得脚步勤，并夸说自家有所别墅，十分幽静，意思想请老头儿迁居。立献方越发纳罕。

一日晚上，老头儿盛陈酒馔，邀立献入密室谈谶。酒至半酣，老头儿笑道："今有一桩大生意，老夫想借重足下帮衬做成，事成之后定有重谢，你我便平分这注横财都使得的。老夫素习黄白之术，南北通都，脚迹殆遍，幸一生没露马脚。老夫之术，实说来非能点金，却能缩质成精。这炼成之精，便是金母，取点点金母，掺和铁铅等物，便化成如量的真银，所以各处贪夫无不见信。但他既信之后，便入俺圈套，金母既炼成，俺便悄悄跑掉，再以此法转惑他人，所以俺的金钱简直地用不尽。今胡姓已信俺到八九分，明日便邀他亲试俺点金，足下在旁一佩服称赞，敲几下边鼓，自然大功告成咧。"

立献听了，登时羡慕得连连咂嘴，因老头儿深谈如此，便笑道："怪不得您如此阔绰。这也罢了，为何您屡换少妾，难道所选佳丽都不足入目吗？或是有钱没处花去呢？"老头儿笑道："俺偌大年纪，还有什么少年心情？讲甚姿色？不过取少阴以益老阳罢了。但铅汞交接之法，鼎器先须合用，充盛壮实的女子委实不多，所以屡屡更换。"说罢索性儿口讲手摹，怎样地运气、怎样地炼具、怎样地降龙伏虎、怎样地吸采真阴，竟畅论房术起来。

这一来，越发搔着立献痒筋。原来他天生聪颖，一切杂术都要问问途径，唯有这房中术却无从研究。当时立献喜极，竟不容分说，站起来扑通一声矮了半截，那老儿惊扶道："这是怎的？"立献道："今你老人家既有这两样妙法，无论怎样便恳传授于俺。明日你作弄胡姓，俺便帮衬，却一钱也不分您的。"老头儿没法，只得叹道："足下既有意学此，总算有缘法。但须千万小心，不可轻用混传。倘闹出事来，连累俺许多不便。俺不日还要向北京去一趟哩，那里王公大佬，非财色两字莫想震动他。"立献见老头儿应允传给他，好不欢喜，便趁势又跪倒，磕了顿光头。于是两人一面饮，老头儿一面说出炼黄白并房术之法。

原来诸般杂术，但是口诀真传，并没许多枝叶费话，简断截要几句话，吃紧处一点儿便得咧，你要看大套的书、长篇的论，便费了事咧！凡学术皆然，不但杂技。当时立献沉心谨记，既至酒罢，业已都会。这一喜也是非常，当时别过。

次日那胡姓果然一脸子金银气，兴冲冲趱来。立献准备着大敲边鼓，自然在座。大家厮见过，那老头儿却故意地没事人一般，只管东拉西扯。看看谈至午后，那胡姓急得屁股上长刺一般，便一申述昨日之议。老头儿说："哦，那段事俺还忘了哩。"又皱眉道，"足下那别墅果然静僻，人迹不到吗？须知这炉火大法非同小可，这法泄天地之秘，夺造化之权，鬼神见忌，百魔肆扰，更有六丁六甲、值日神道给役左右。倘若有人物冲破，立刻雷火下焚。那时节，漫说银本灰尘，金精失走，便是老夫也有性命之忧哩。依我看，足下既然富有，便不做这事也罢。"

胡姓听了，没口子道歉道："俺并非信不及您，要看您当面试法。因您这妙法赛如神仙，人若遇着仙术，有个不想开开眼的吗？至于俺别墅内，都已准备停当，单候您择日到墅，便送银本三万两。"立猷一听，不由悄悄吐舌，暗笑道："这等老悭，平日价钱穿在脊梁骨上，想拔他一毛比登天还难，如今却被人捉住牛鼻咧。"因趁势说道："你不必过虑。贫僧极会相面，但看胡居士肥头大脸，两耳重轮，并且赤溜溜鼻头，亮澄澄脑额，印堂喜溢，那股财气直冒得丈把高。凭这福相儿，您做此事断没闪失！便是俺今日也定要开开眼，和胡居士结个人缘儿，将来金母练就，没别的，贫僧定求胡居土写一笔大大缘簿的。"说罢大笑。

这一路连撮带恭维，喜得个胡姓屁股都要笑。老头儿知时机已至，便收起装腔，起邀两人直入静室。红旺旺的一炉活火早已准备停当，炉旁有块废铁，约有三四两重。胡姓忽然机灵起来，便借着掂掂分量，拎起来仔细审视。果然不含糊，的确是铁，于是扑嗒声先放下心。便见老头儿由一小小皮箧内拿出个精致小金匣，打开一看，里面是亮晶晶白金沙儿。用指甲只挑了粟米大一点点，取了半杯水，和入金沙，用木簪只一搅，业已浓白如乳，绝似水银。胡姓见了，便已连连称奇。

老头儿这时满脸郑重之色，摇手止住胡姓乱噪，便将杯水倾向废铁。说也奇怪，不但立时渗入，并且颜色变白，于是投入红炉，呼一声起了一股青烟。老头儿便盖好炉儿，邀两人一旁默坐，他却就炉旁蒲团跌坐下去，登时垂眉合目，仿佛入定一般。胡姓不解所谓，但诧异得张大了口，仰看屋梁，闹了个吴牛喘月的架势。立猷却留神倾耳，便闻得炉内沙沙有声，便如重车辗沙路一般，不多时又如水汽蒸瓶笙，悠扬宛转，细响起来。良久，响声渐大，那炉盖也便微微跳动。于是老头儿张目站起，又倾耳静听一回，然后挽袖要揭炉盖。

这时胡姓惊惊耸耸，只睁大了两只眼，便见炉盖启处，火光一闪，顷刻白烟迷漫，便如春云出岫。就烟气散尽当儿，老头儿早笑吟吟从炉内钳出那块铁，白花花宝光腾起，真正好白银哪！于是立猷一扯胡姓，致贺道："端的居士有偌大福分，这等异术真是千载难逢哩。"胡姓至此，业已死心塌地，略无疑念。又因立猷是一名僧，必有见解，当时欢喜散后，过得两天，便将那老头儿恭敬敬请入别墅，烧炼起来。

立猷甚是怙惚，暗想老头儿虽去作骗，此间客店内还有他许多箱箧，其中定是珍贵之物，难道便都扔掉吗？只过得十来日，老头儿骗局业已发作，那胡姓被坑，几乎自寻短见。立猷趑向客店一看，那店主人正噘了大嘴没好气。立猷一问情形，原来前两日，老头儿的仆人便大卖空箱箧，只给得一半儿店钱，便影儿不见咧。

当时立猷既得奇术，好生欢喜，方要瞅空儿作耗，偏偏事有凑巧，寺中一位大知客僧因半夜价出去钻狗洞，被本地青皮讹诈了一下子，回来得了惊气阴寒，那话儿只管往内缩，不消一日，涅槃去了。主持量材器使，便命立猷做了知客。若讲面风交际应酬上，立猷总算克举厥职，却有一件，他作了许多孽，也就在这当儿。

原来天竺寺香火非常繁盛，不论朔望，总是士女如云。南方妇女既俊样又通脱大方，拜佛随喜之余，总要和知客僧滴滴答答地说笑个尽兴，况且立猷这贼秃何等的风流自赏，岂有摸不准女客脾气的？终日价在娇花嫩蕊中厮混，一点禅心岂肯做沾泥絮呢？

说个挖苦话，倘他裆中夹小鼓儿，总要搣穿的哩！（相传有一老僧自诩道力，每开堂讲经，见众僧目注女客，便加呵斥。众僧不服，老僧曰："道力非口舌能争，是可验也。"因命每人裆中置一面小鼓，凡心不动者，则物不举。物不举，则鼓不响，以是为验。众僧咸诺。次日，讲堂上众僧列坐，不一时莺娇燕姹联翩而至。于是众僧裆中鼓次第而鸣，唯老僧则寂然。众咸服其道力。及场散验其鼓，则已贯革矣。附录一笑。）

不消两月光景，早被他惑诱了三两个女客。其中有一位半老佳人姓徐，还是宦家的老太太，年逾不惑，却专讲床笫功夫。既得立猷，大遂其欲，便明目张胆地借讲经说课为由，命立猷出入门下。一日两人正在赤体颠倒，立猷急欲见功，竟忘掉去掩外房门。立猷方偎在徐氏背后只管推耸，只听外房帘儿一响，亏得徐氏机灵，忙掀被连立猷一蒙，即喝问道："是哪个？慢进来，俺这里静卧一霎儿。"

只听外面狠狠地一跺脚，摔帘而去。两人赶忙爬起结束，由厢室中唤出心腹小鬟，问她方才哪个曾来呢。那小鬟松着髻儿，睡得红郁郁的脸，一面呵欠，一面咬着小指，瞟立猷道："自师父进房，俺便困午觉去咧，谁可知道人来狗来呢？"徐氏喝道："浪蹄子，你还不向二门上张张去。"

小鬟跑去后，立猷隔断高兴，方想溜出角门，从后院跳墙回寺，只见小鬟慌张张跑来道："可了不得咧！方才二门上人告诉俺，说不大工夫，少主人从内院气吼吼地出去，登时约了一班混混，各带木棍铁尺，仿佛有什么事似的，撞出宅门去咧。"

徐氏听了，登时蛾眉倒竖，将脚跺得一片山响，骂道："这小杂种竟敢寻娘的晦气！可见抱的蛋是孵不热的。"因向立猷道，"你只管大样样住在这里，看他怎样！"原来徐氏有个过继儿子，名叫徐望，很不成材，吃喝嫖赌，交结混混，又有些笨气力、浑胆子，在三瓦两舍价不断地招惹是非。亏得徐氏也是个泼辣货，还能制得住他。自徐氏交好立猷，早被他看在眼里，他却不理会什么门户玷辱，反窃幸自己可以有挟而求，因此对徐氏往往偏头偏脑。

徐氏本是机灵人，有什么不晓得？也便稍稍假以颜色，每逢徐望索钱用，便把给他些。哪知徐望越发得意，钱既应手，信意瞎用。有一天被徐氏喝骂几句，当时他一摔袖子，蹶将出去，徐氏也没在意。不想这晚上，徐望闷闷地在自己室中饮酒，一壁价拍案捶凳，一壁价支使小髻端汤端菜。末后竟倚醉将小髻抱坐膝头，连连亲嘴道："小肉儿，你且唱支曲俺听听，左右是上梁不正下梁歪的勾当，谁也挡不住谁。"

小髻挣脱，恨得咬牙道："我看你顺溜点儿好多着的呢，是胳膊拧不过大腿，她老人家一翻腔，一条棍赶掉你，你只好吃不了的苦——兜着走了。"一言未尽，只见徐望跺脚跳起，血淋淋说出一片话来。正是：

> 俨然冠裳居上位，不堪历史说从头。

欲知后事如何，且听下回分解。

第十一回

闹天竺掀翻风月事
走京华喜踏软红尘

且说徐望跳起发话道："咱们骑驴看唱本——走着瞧！许她放火，便不许人点灯？你怕她，俺便不怕她。那贼秃多咱遇着俺再讲，俺定规叫他白刀子进去，红刀子出来！"小鬟听了，撒脚便跑，趁空儿一五一十说与徐氏。登时将徐氏气了个愣怔怔，从此待遇徐望越发严厉。徐望迁恨立猷，更不消说。这日恰逢见徐氏丑事，所以他趁着一股土鳖火，竟要与立猷为难。

当时徐氏大恨之下，恐立猷出去真个被徐望作翻，便硬生生留立猷住了三两日。哪知这三两日中，天竺寺山门外却热闹得不可开交。那徐望光了脊梁，手提短刀，一跳丈把高，只骂立猷道："你这贼秃，真冤苦了我咧！谁人没妈呀，你就……好贼秃，你真可以！"

街坊人有不知底里的，忙来乱劝，并问："您和立猷僧俗无关，动这么大气为什么呀？"徐望张大了嘴道："为……咳，咳，俺和他干上咧，非宰掉他不可！"

这一来，闹得主持僧十分诧异，百忙中遍寻立猷，偏又不见，当时只得央街众作好作歹将徐望等一干混混推劝回去。主持僧细一探听，原来立猷竟做出这等坏事，于是也不说破，直待立猷回寺后，主持僧还是不哼不哈。却是立猷惊愧之余，好生委决不下。

一日主持登堂，遍召众僧，忽拈出"色空"两字令大众谛参，并各作偈一首，大众一听，不由都齐望立猷。立猷这时不由面红过耳，恨无地缝可钻，只得老着脸勉强作就。情知此地驻不得脚咧，次日便拜辞主持，飘然离寺，姑且就客店中住下。

好在他手中十分从容，又仗着医卜等术，每日得些活钱大钞，在店中自由自在，倒也写意。他原想候个机会再去别处云游，哪知徐氏舍他不得，依然和他暗地偷摸。不多几日，立猷因给一家闺女看病，三晃两晃，又被他勾搭上咧。可巧这闺女是徐望一个狎友未过门的妻子，丑声既播，那狎友恨入骨髓，便和徐望暗地一计议，去做准备。

这日傍晚，立猷从那闺女家兴冲冲趲回，方走到一片苇岸旁，只听苇丛里一声呼哨，嗖嗖嗖跳出四五大汉。立猷眼快，早见徐望提刀在内，刚要回头便跑，就觉背后嘣咻声有人给了一拳。立猷大叫跌倒之间，背后那人已赶上，揪住他脖领大叫道："徐兄弟快拿刀来，碎割这厮！"

立猷忙望，却是徐望的狎友。俗语说得好：狗拉屎狗知道。立猷暗想："今天可坏了醋咧！徐望是急懒人，还好说，独有他这朋友定不饶我。"逡巡间，忽见那狎友一抬腿，立猷见他裤胯上补缀着一处，便登时得计，忙叫道："你们两位都是爽快朋友，譬如你今日宰了我，大料没甚益处，巧咧还许被捉入官，坐监挨打，偿命都不定；再譬如俺拿银赎罪，从此永不踏贵门，你道好吗？"

徐望这时正欠人一屁股两肋叉的赌账，一听此话，登时望那狎友一咧嘴道："你看怎好呢？"立猷听口气有因儿，便道："俺说到哪里办到哪里，定不再去打搅。两位用钱，俺腰中先有几十两，你看这是空口说白话吗？"那狎友还没搭腔，徐望早伸手从立猷腰包中摸出一包沉甸甸的东西，抖开一看，亮晶晶碎锭乱滚，足有五十来两上好纹银。

这东西好不厉害！有多少大人物都因此丧名败节，何况一群无赖鬼？当时众混混本事不干己，因挤到面孔上来装朋友。这时一个个乌黑的眼珠随着白花花银锭乱滚，不容分说，早将立猷扶起，一拍胸膛道："你既说到此，总算自己知罪咧。可有一样，俺们五个人，每人五十两，马上交钱。"

立猷道："那也容易。但众位一个个黄天霸似的跟定个和尚，街坊上一走，什么样子呢？不如明天傍晚在此处交割吧。"众混混道："就是吧，谅你也不敢来。"说罢，一拉那狎友并徐望大笑道："今晚俺们的东道儿，且向柳泉居吃醋溜鱼，喝老白干，给二位消消气吧。"说着一拥而去。

好立猷，一面瞟着众人去远，一面打定主意，更不怠慢，回转身一气儿潜赴徐宅。这晚大显手段，将徐氏熨帖到十二分，然后趁势借用三百两银，口吻之间甚是抱歉。徐氏一搂立猷脖儿道："你用银尽管来取，不用蝎蝎螫螫的。"须臾事毕，立猷取银自去。那徐望却吃得醉醺醺，从前门回家。

次日立猷果然到那里如数交银，这事便揭过去咧。哪知徐氏偶然不高兴，因事责打小鬟，小鬟气愤之下竟将立猷借银之事告知徐望。徐望方知立猷拿他的拳头捣他的眼，并且白肥实了众混混。这一气非同小可，便登时聚拢无赖，又要寻立猷的过节儿。立猷侦知消息，知此处不可久留咧，便斥卖物具，飘然北上。特雇得体面船只，载了许多书籍经典，一切服用等物甚是精致，一路趁风挂帆，饱看江山胜景，好不写意。立猷诗才本好，舟中无事，吟咏自适，到得扬州，已自得诗盈卷。

这当儿扬州繁盛，甲于天下，更兼大盐商聚集之所，真个是世上仙都、人间欲府。那盐商们吃尽穿绝，是福儿都享到，只有一副俗骨、满肚皮臭屎没法儿刷洗摆脱，因此便想到声气上自附风雅，只管自己任什么不懂，偏要讲诗词，说字画。好在有的是钱，随手撒出点儿，便招得一干假名士趋之如鹜，或给他作园亭记叙，或给他题别墅额联，掇了他臭屁股，侉恭维，无非为赚他几个钱。因此平山堂咧，蜀冈寺咧，时有盐商雅集，大家歪诗恶札，你一首，我一首，题得满壁皆是。

偏搭这时盐运道台姓卢，号香雨，嗜好风雅。这卢公却非浮慕，自己真有高才，他这一提倡，众盐商越发得意。其时众商中查、黄两姓更为豪华爱交结，所以四方游士到此，无不缟纻投赠，杯酒盘桓。立猷既负这等才情，又到这等所在，众盐商自然倾倒异常，连日文酒欢宴，都觉文僧在座，真风雅极咧。偏搭立猷舌灿青莲，妙绪泉涌，真有三教九流无所不通、诸子百家无所不晓的光景，再论及诗文，越发妙极。于是大家佩服，不两日光景早已轰动扬州。

卢公闻得，自然欣然要见，便有某商引立猷进谒。接谈之下，卢公大悦，便索观他舟中所咏，欣然命笔，为作一小叙，并题卷首"江窗山山诗草"。这一来不打紧，不但登时将立猷撮上云端，当晚立猷舟中便馈遗山集。原来众盐商有种憨透腔的毛病：只要此人有名，是个名士，大家便争先恐后地馈送金资，自己这才增光露脸。何况卢公这一捧立猷的场呢！

却是真正名士，你若时气不来，名头不起，你想得他们一个钱都难。后来郑板桥老先生没发达时，曾在扬州卖字，众商一看，都笑道："这丑八怪似的字，还不如我脚趾捏笔写的哩！"板桥没奈何，只好叹口寡气。当时落拓，甚是可怜。哪知时来运转，老先生高发甲科，做了任县官，书画名满天下。这时又到扬州，嘿！你瞧吧，众盐商你拥我挤，求书的绢纸，少说着也充满三间大厅。板桥一概谢绝，却镌一印章志感道："二十年前旧板桥。"

其时有一盐商，因馈送龙虎山张真人，定要得板桥写联，便遣人向板桥说道："只要您肯写，俺破着大银子润笔。"板桥戏向来人道："既如此，俺看银子面上，叫他拿一千两银来便写给他。"来人转去，板桥倒拍手大笑，以为调侃俗物，出出恶气罢了。不想次日，来人竟持了径丈的大对联并五百两银，一定求写。板桥掀髯一笑，登时濡墨染毫，大书一联道："龙虎山中真宰相。"来人方大赞笔势如龙蛇飞舞，只见板桥一眈眼，掷笔而起。来人道："那一联呢？"板桥道："对不住，请问那五百两银呢？他既拿一半来，俺也写一半去。"求人干瞪回眼，没法儿，转去向某盐商一说。

这回盐商却上了倒劲儿咧，便冷笑道："好，好。"登时命来人又携了五百金，自己也跟在后面。一见板桥，先即交银。板桥更不顾客，便续写那联道："麒麟阁上活神仙。"真个精神勃勃，再好没有。不想某盐商微笑道："板桥先生，您这字只要有价就好办咧，一千银算什么！俺今天手痒，单要撕对联玩玩。"说罢，抓起对联，登时撕掉，一言不发，回头便走。板桥大怒，登时命仆人将那千金掼向街坊。但看这段事，便见盐商的彪劲儿咧。

65

不提当时立猷大得金资，越发地铺张行装，且说卢公和立猷诗酒盘桓数日，好生契爱于他。这日立猷进衙告别，正值卢公政暇，便留立猷小饮为别。酒至半酣，卢公笑道："和尚有阆仙之才，只是俺却愧昌黎，不能使你声价增重。虽然如此，都中公卿嗜慕风雅的，俺尽都相识，便为和尚作荐札数通如何？"立猷大喜，赶忙致谢，于是卢公写了书札交与他。

次日立猷走别众商，即便登程。一时饯送之繁，好不风光！须臾送客都去，将要打鼓开船，立猷以一个落拓和尚，闹得如此风光，未免有些得意。这时正在中舱，打扮得西天取经的唐三藏一般，歪坐湘簟，斜倚隐囊，笔砚在几，诗卷堆床，烹一壶龙团细茗，执一只官窑白瓷杯，方在那里似饮不饮，细品水量，只听船头上船人喧哗道："你这先生却也古怪，俺没说这是人家特雇的座船吗？俺岂不愿捎个脚，多闹壶酒钱吗？但是人家老客不答应哩。放着河下许多搭客船，您老请屈尊些吧。"

立猷出舱一望，只见岸上立着一人，有三十多岁，面目清晰，衣冠朴素，后跟一人，捎了行装，似乎是仆人模样，那光景是趁船未就。立猷为人天生和气，当时便合掌道："尊客想是趁船吗？此船虽是俺雇好，好在和尚们没得家眷，尊客如不嫌弃，便请同舟。"说罢哈哈一笑。岸上人听了，都赞立猷洒脱得很。那人一听，连道谢意，即便和仆人登舟。船家大悦之间，又噪道："你老莫怪，只要雇船老客发出话来，俺们捎脚，说实了是个外快哩。"一路赔笑，先引那仆人到后舱安置行李。

那客人与立猷入中舱，彼此施礼落座，一通姓名，方知那客姓何名家琪，便是北京人，在江苏地面索人一笔欠账，今却乘船回京。笑谈之间，确是个京油子。立猷略陈自己梗概，家琪只笑道："吾师盛名，俺在此间久已耳闻咧。"说罢傲睨自得，即便辞归后舱，便听得他吩咐仆人置备午膳。

仆人道："咱采办的品物也就送来咧。"正说着，果然岸上有人挑了一大担大包小裹，后跟一南货店伙计，手持货单，匆匆到船。那仆人即便接应，伙计一一报算货物，总计三四百两之谱，大半是贵重食品、山珍海错。仆人笑道："货虽不全，也只得将就用了。好在鱼虾鸡鸭大肉之类随路都有。"店伙足恭道："担中官燕如不足用，可否再送些来？"仆人皱眉道："这东西洗镊燕毛，甚是磨工儿，并且洋粉似的，也没个味道，置备太多了，人家还不定用不用哩。"说罢，接过货单，趱入后舱取银。

立猷暗道："这何客一定是个贩南货的商人咧。"便听何客道："好啰唆！你只收货付银就是。单子便抛在这里，你不必要他回扣钱，咱向南边逛一趟，没的落个小气名儿。"仆人道："您便不吩咐俺也晓得，俺在您宅门上何在乎这个哩！"何客道："这便才是。"

须臾仆人出来，拿一纸银据交与那伙计道："你便向钞关大街三益号钱庄上去支银吧。并且烦你带个话，说主人就要起程，叫那吴老板不必来送咧。"

伙计听了，没口子笑着点头，便掏出一个包儿递过去。仆人笑道："你瞧，又来这个咧，这不是骂人吗？快收回去，等俺再来时，叫你那小媳妇给俺斟个盅儿就有咧。"伙计也笑道："只怕您不赏脸哪。"说着揣起包儿，登岸自去。这里也便匆匆开船，便见那仆人和船家只管借锅借灶，甚是忙碌。立猷以为北京人另有玩儿票儿习气，也没理会。

不多时，自己饭罢，也闻得后舱中开起饭来。立猷无意中就板壁缝一张，只见何客一人据了一桌丰盛酒馔，真个是山珍海错，堆满春台。何客只略为拣用，随即撤下。妙在那仆人也如主人一般，随意吃罢，便一股脑儿赏给船家。立猷不由暗诧何客豪侈。一连两日，都是这样。

这日何客寻立猷闲谈。立猷正吟罢新诗，向行卷中抄写，何客笑道："和尚弄这些没要紧做甚？快些搁起，咱们谈谈天儿。"于是自唤仆人，烹上一壶大寿眉贡品名茶，便高谈阔论起来。无非是南北显要大官升迁调补，并北京之繁华靡丽以至酒食冶游等事。这一来，立猷诗思当然须退避三舍，不觉也将自己所能杂技略谈一二。

何客拍掌道："这些把戏到北京还可吃点儿香哩！"立猷高兴之下，便将卢公所作的数封荐札给他看。何客一览，却笑道："这些老先生俺都认得，但俺嫌他们总带些酸溜溜的风味，所以俺寻常也不甚亲近他们。吾师此去，若止意在蔬笋，借这干老先生揄扬声气，弄个丛林方丈，还可以的。"说罢抛札一旁。立猷不由暗诧他口气阔大，便道："这几位都是贵显要人哪。"何客大笑道："在吾师心目中固应如此，但据俺看来，没甚大趣哩。"

立猷听了，也不便深问，只趁势道："那么尊客在京做什么贵事呢？一定是交游如云咧。"何客只微微一笑道："俺便在虎坊桥住家，虽是草芥之人，北京人都知道俺。吾师将来到京，倘蒙见访，再细谈吧。"立猷摸头不着，也便抛开。从此每当泊船，何客定登岸乱买土物，去一趟便是数十两银子，夹七杂八，几乎将后舱堆满。一日立猷偶问道："尊客贩如许货物，抵京好销出吗？"何客道："笑谈，笑谈，俺因是外省土物儿，带回送人罢了，还讲甚好销？"立猷一听，颇觉不好意思。及至水路尽，相与登陆。何客早雇了数乘驮骑，满载土物先行去了，这里立猷也便雇车赴京，一路无话。

不几日抵京落寓，立猷稍息劳尘，便持了卢公荐札，次第去见公卿。只十来日间，不由高兴减去大半。原来近日有位巡城御史谢公，为人方正骨鲠，见近日都门朝官大半不持仪节，荒嬉游宴，并结纳游士等人，自矜通脱，他便恳切切上了一疏，请整官纪。皇上准奏，便连连谕饬朝臣，所以这时公卿们都缩头龟似的，大避风头。立猷干谒一阵，幸亏有卢公荐书，还不致被人谢绝。有的送他四两程仪，有的和他两首诗，再干脆的，只见见面，茶话半晌。过得个把月，弄得立猷十分失意。

一日闷闷地踅向厂甸，买了部近人诗集，回头踅到虎坊桥街，忽想起何客来。方要就人访问他住址，只见一阔宅前舆马杂沓，宅中主人正出来送客，一时间传呼纷纷，甚是气概。宾主拱揖之间，立猷遥望那主人便是何家琪，看那登舆之客，至不济也是个外省盐司官员模样。立猷不便招呼，便向对宅一商店漫问道："这家主人敢是姓何吗？倒也阔绰得很。"

店人笑道："正是哩！这是北京有名的吏部经承先生何家琪哩。"立猷诧异道："经承无非是一部中胥吏，却怎的如何局面？"店人道："您是方外人，无怪乎说这怯话儿。他虽就一小小经承，天下官缺之升迁调补铨叙等事，都在他手心内攥着，便是吏部中合堂官员，都须请教于他。因部中旧例浩如烟海，堂官、司官等是摸不着头的，不过拱手儿画诺署行罢了。他们经承却是代代世袭，一肚子旧例记得逼清。就此便可上下其手，操纵大权。

"譬如某官当升当补，那官儿便须用累千上万的银子向他手中打点。不然，他便查举出一条老例来，说不及资格。你要银子花足了，便是有些不合例处，他偏能举出条万辈子的老例来，说是合例。所以内外各官都你兄我弟地去拉拢他。他享用之侈、交游之广，就不用提咧。便是方才这客，就是新简的某省藩司哩。"

立猷一听，不由恍然北京还有这等局面，无怪他说公卿们有些酸溜溜的风味了。这等人交结来大大有用哩。欣喜之下，即便到宅门通名进谒。何家琪一见立猷，便大笑道："吾师为何这些日才来枉驾？想是风雅得不耐烦，来寻俺这俗物了！"一言未尽，只见一俊仆匆匆踅入。正是：

> 豪猾相逢偏水乳，冠裳滥窃在须史。

欲知后事如何，且听下回分解。

第十二回

癫僧惑众说仙娘
一贯害人遭孽报

　　且说立猷方要和家琪倾谈，只见俊仆趑入道："某藩台那笔款子已经交到某号咧。"家琪点头道："你说给某会计登账便了。"仆人道："今天湖南会馆里还请你早些去哩。"家琪皱眉道："讨厌得紧！俺说措大角色办点儿事，必须连皮带骨，再也缠不清。那来人没和你提吗？咱那所以然到底怎样呢？"

　　仆人道："今晚便如数定局，迟个三五天就都交清。"家琪道："这还罢了。"仆人退出。立猷见此光景，知那店人一片话不虚，便逡巡将所携诗集置下。方要谈叙契阔，家琪一瞟那书，便笑道："和尚只弄这些没要紧。真个的，你那荐札干谒等事还得意吗？"立猷不由赧然，一道所以。

　　家琪拊掌道："如何？俺就知这寒乞营生不成功。如今北京风气不同老年，讲文才诗画等等。如今大佬朝官们，因和相当权，大家除奔走要津外，对于时政得失，一个响屁都不敢放。俗些的，讲究吃喝玩乐，恣意放浪；雅些的，谈谈道藏，说说佛经，甚至于扶乩炼笔、说鬼谈玄，并炉火房术等事。所以近来九流杂技等人到京来，如混得得法，倒很是得意哩。像刻下相士虚谷子、星士夏云峰，都能名利兼收，奔走一时。像和尚这等才情，何必专专从文字中求得意呢？你我虽只同舟数日，但俺看你不像清净法师，定是热闹和尚，所以俺才说这片话哩。"

　　立猷听了，如梦方醒，从此和家琪深相结纳，又夤缘进身和府，逞弄起浑身才情，果然不多日，轰动京师。因家琪交游既多，复多显要，大家辗转揄扬，登时将立猷捧将起来。

　　在京一年有余，立猷作孽甚多。因他往往登坛讲经，招得士女混杂，奔走若狂，竟有翰苑中人拜称弟子的。还有某尚书年老好淫，酷好房术，招立猷出入宅中，内外不分，不几日，尚书、媳、女三人都被立猷一勺儿烩咧。这时立猷广有金资，单是外宅藏娇便有好几处，闹得声名日大，辇毂下无人不知王和尚。

　　正在得意，不想暗地里怒恼一位官儿，便是那曾上疏请整官纪的谢御史巡城。他本有肃清地面之责，便暗遣番役，准备拿办立猷。立猷消息灵通，前几日便已得信。于是家琪道："你不如暂避风头为妙。某省制军方在用兵剿乱，军务中倒是进身门径，依我看你不如到那里索性还了俗，闹个官儿玩玩，倒也别致得很。"

立猷听了，登时官兴勃然。知家琪和某制军交情素厚，便求家琪作了荐函，悄悄地收拾行囊马匹，起个黑票（俗谓逃遁也），一屁股唧嘣二百五（俗谓走也），直抵某省。某制军见有家琪荐札，自然青目，便命立猷随军效用。

一来立猷人漂亮，二来合该他官星发旺，自他到军中，便不断地打胜仗。不消说滥功窃保，回回列入立猷的名儿，由县丞职分次第升去，及至军事告竣，他居然闹了个五马黄堂的太守。这时距他离京逃跑又好几年，谢御史早已去职，北京人们也都不理会什么王和尚咧，于是立猷扬扬到都，居然官府。在吏部略为点缀，不久便选授为襄阳知府。但是有知他底细的，早已传说纷纷，所以这日履新，大家直嚷看和尚知府哩。

当时国安说罢，花娘子笑道："和尚出身，什么稀奇，当年朱洪武不是和尚吗？人家没做一朝的人王帝主吗？只要他做官好，管他什么出身呢！"小二恨道："是和尚便没好东西，俺今日想起那年在慧照寺来，还有气哩！"花娘子笑道："你既不喜欢和尚，为何那日见那疯和尚胡说八道，你还乐得什么似的呀？"小二道："俺是笑他济癫僧似的鬼话连篇。便是方才你说'朱洪武'三字，也是撮那疯僧口中热气哩。"国安听了，不由笑问所以。

花娘子一面皱眉兜鞋，一面嘟念道："方才那两小猴儿踹人这么一脚！"因笑向国安道，"你且转转脸儿。"国安笑着背转身。花娘子做作半响，小二道："俺给你揉摸一霎吧，准是脚指血殷咧。"花娘子道："哟，可了不得，你那劲头儿，快请歇歇吧。"说罢抿嘴一笑，悄悄一指国安脊梁道，"背呀，你倒往下背。曾子曰……"

国安不由大笑跳转，还见花娘子把着一钩暖玉才提上鞋儿。花娘子便笑道："论理说，俺忙得很，还要给梁干娘做送人的活计，没空儿再谈咧。但弟弟方才说一段新闻，俺也须回敬一段儿：便是有一天，俺和弟妹偶在这门首望望，只见后弄中围拢了一群人不住乱笑。俺当是什么稀稀罕儿，便和弟妹趑近一望，却是个肮脏不堪的化缘和尚，满面泥垢，龇着白牙儿，一面向人求布施，一面胡嘎道：'如今杀劫将到，一班善男信女快快布施，种些福果，佛法无边，灾难永退。刻下真主已降，便是洪武帝再世转身，投了女胎，依然姓朱，不久便龙兴应运，要夺还他的一统江山，更有许多星君下界辅助。好个襄阳城，便是龙飞之地。但看我佛功德池中白莲花现，那便是新运当开咧。'

"众人听了，不由大笑道：'你这和尚可要作死？倘被官中人听得你这般妖言惑众，定要捉去打煞哩。'和尚道：'俺是金刚不坏身，他们官吏不久都做刀头鬼，将奈我何？'说着敲起钵鱼，一片山响，更大嚷道：'好个朱仙娘，洪武化身长。再来开国运，白莲一炷香。'众人听了，都吓得不敢笑咧，便大家推搡他狂舞而去，幸亏那时旧太守有名的不管闲事，若遇着这个和尚太守，他若认真追究起来，恐朱仙娘都大大不得劲哩。"

小二笑道："本来朱仙娘太也浪张得不像样咧！拿一个女人家，暗含着当什么教主。真也怪，不怕虎狼似的汉子见了她都绵羊似的。她真也有些鬼八卦：头两月正大旱的当儿，他们教徒请她求雨，舞弄了一番，还真的登时大雨如注。"

花娘子笑道："说了一圈，俺看朱仙娘总是个浪张货，她那典故儿多得很哩！俺看她就像《青石山》那出戏里的九尾玄狐，偏偏俺干娘信服得她了得。这不是，又因朱仙娘不久大开坛会，只管吵着叫俺做件水田道衣，准备献与仙娘哩。"

国安听了，甚是不悦，便道："俺娘那老见识，一时是解说不醒的。但咱襄阳地面本是个南北要道，五方杂处，如今出个朱仙娘这等胡闹，却不像好光景。但望这个新任的和尚知府拿官力去驱逐禁止她方好。"

当时三人闲谈良久，花娘子自行莛回慢表。你道这朱仙娘毕竟是个什么怪女人？说起来甚是有趣。原来襄阳府城北乡中有一个土豪富户，姓朱，名一贯。自祖上以来，便以武断侵渔起家，受害的人也不知有多少。到得一贯时光，家资日富。这一贯阴险凶淫，仗了财势，无恶不作。忽地相中了同村一个老秀才的女儿，名叫月娟，欲娶作二房。老秀才人甚直鲠，当时一贯遣人示意，并许养给老秀才一家。老秀才大怒之下，却不敢得罪一贯，婉言推却。一贯一想，秀才脾气是万牛拉不转的，沉思一回，反没事人似的抛在脑后，便密语他心腹坏蛋如此如此。

那秀才家道虽穷，还有十来亩麦田，便在村外不远。这年麦秋，秀才和两个儿子都在麦场中忙碌，夜晚便宿在场房中。当夜忽然火起，一霎时父子同命。秀才老妻和月娟只哭得死去活来，只得收殓埋葬过他爷儿们。欠了许多费用，便想卖田料理，不想各账户道："俺的账，朱大爷业已都给咧。"秀才妻子方诧异之下，又是过意不去。恰好一贯登门吊唁，秀才妻子泣诉之余，便谢他代偿费用之惠。

一贯慨然道："咱既系村邻，理当缓急相周。况老先生品学俺素所景仰，些些微意算得什么！朋友原如弟兄，此后老嫂最好是搬到我家，即不然，俺和老先生朋友之情也断不以生死而异。"说罢狠狠一挤三角眼，居然掉下两点没名目的泪来。

这番假惺惺本不足以哄人，因为明显易露的是猫给耗子拜年，没安着好杂碎。假如秀才妻子一想，他素常和我家本来是黄狗不尿门，今忽然如此靠近，定非无因；要是再机灵些的人，就可想到丈夫、儿子一旦烧煞，也大大可疑。无奈妇人家哪有此深虑呀？当时秀才妻子见一贯情状，不由十分感激，当时命月娟出来拜谢。一贯正眼儿也不瞅，又扯了两句淡，便迈开四方步，腆起天官赐福的脸，自行趐去。从此柴米钱布、日用所需流水价向秀才家送。

只过得个把月，秀才家中忽然失窃，被人摸了个一干二净。一贯趐去，又大为维持一番；刚稍停些，秀才家又找来两个账主，都是凶神似的光棍，不容分说，据在内房里拍台秽骂，拿着秀才亲笔借据，倒有好几百银，原来秀才笔体又被一贯心腹人模仿了去咧。当时秀才妻子急得要死，那一贯早又趐来，只一瞪眼，立取金偿还，两账主唯唯而退。

便是如此光景，转眼一年有余，那月娟越发出落得仙女一般。恰好那一贯的大婆子也会凑趣，闹了一场病，竟自死掉。于是一贯见火候成熟，便再遣人说合，想娶月娟为继室。秀才娘子这当儿因痛夫伤子，业已病得待死待活，当时闻信，且喜月娟得所，病中一喜，心气一开泄，便死掉咧。月娟没法儿，丧葬之费一无所出，不消说又是一贯包圆儿。月娟为人慧黠，颇颇质疑一贯之为人，当时虽勉强许托终身，心下十分伤痛。及至一贯临娶她的前一晚，月娟忽梦见她父亲满面悲愤之色，向她说道："儿呀，你若不到朱家，俺此仇报得不畅哩！"

月娟惊醒，诧叹中记在心头，次日含泪登舆，便归一贯。一贯费了无量心机、资用金钱，才得活宝到手，自然是欢同鱼水，将月娟亲娘似的供养。哪知月娟到朱家不久，已探得老秀才父子之死便是一贯的绝户计，至他竭力周恤，便是步步图娶的计划。月娟及知此节，和个血海深仇的人同衾共枕，哪里有好情绪？亏得一贯百般献媚，月娟方渐为相安。为日不久，月娟便身怀六甲，胎足诞生一女。一贯大喜，连日价吃酒庆贺，宾客盈门，只是没有本族在座。原来一贯既没儿子，又冷待族众，本族人又恨他又怕他，只好淡淡躲开。

及至那女孩周岁后，真长得俊煞了人，通似个玉娃娃，那慧黠伶俐就不用提怎的得人意咧。一贯与她取名仙仙，所以后来人便呼为仙娘。当时一贯拥艳妻，弄娇女，真也写意了几年。

仙仙长到三四岁上，淘气异常。一贯夫妇若有时敦起伦来，因她是小孩儿，不甚避讳，她见了便乐得什么似的，往往爬向月娟身上，学一贯的样儿。有时她号哭磨人，一贯便拥抱月娟来哄她。月娟此时郁郁日久，遂得心症，只隔得三四月，竟自香消玉殒。一贯这种人只图纵欲，并讲不到情字。月娟既没，也不甚理会，便又纳一妾，就命她照管仙仙。

便是这年春天，一贯忽觉耳内奇痒，便取支金簪儿，坐在房门旁，歪着脑袋用簪取痒。正在舒适，只见那妾趐来道："待我与你取取耳呀。"一贯方哼了一声，只见仙仙撒开脚，小马似的从门后跑来，拍手道："噫，好个大蝴蝶儿！"说着全身儿向门一扑，只听吱扭一声，一贯狂叫跌倒，登时气绝。原来那簪儿被门一撞，竟横不榔子贯入脑内，这小子真应名儿成了一贯咧。那妾惊号之下，婢仆奔集，一看门后，哪里有什么蝴蝶？只有仙仙也跌在那里，正瞅着小眼儿咯咯地笑哩。

于是众族人闻信都来，忙乱着棺殓一贯，便议丧事，当由众族公择一人名叫朱佩的嗣在一贯名下，主持丧事。一切葬埋等事，不必细述。亏得那妾还能和朱佩支持门户，过得几年，还能相安。仙仙六七岁上，身格儿已自娉婷，竟像人家十来岁的光景。念书识字自不消说，更喜的是见事就学，一学就会，却有一件，会了便厌弃咧。整日价淘气憨跳，身子天生灵便。你说是上树爬墙、使促狭、摆布人，简直的是头子。一天到晚通似个走马灯，若说稳坐一霎，是没有的事。

这年仙仙业已十三岁咧，越发出落得粉淡淡的脸儿、水灵灵的眼儿、长细细的身儿、尖瘦瘦的脚儿，只一开口，先堆笑靥。同村人见了，都道："真是什么模子脱什么坯，当年月娟俊煞了人，如今仙仙又是这样儿。"这时仙仙族众很有想浸润一贯家资的，哪知仙仙机警不过，竟据理侃侃而争，问得族众都似哑巴。却一面略出金资，分赡各家。因此族众也登时变计，将强求赖索之念化而为抱粗腿、掇屁股，唯恐一失仙仙之意，大家便没得沾润咧。从此仙仙喜怒任意，日益娇放，玩鸟雀、骑走马、看戏游春，到处招摇，简直不似女孩儿，竟像浪荡公子咧。

一日见了一班跑马解的武妓，仙仙大悦，登时招进宅来，和她们学武艺，拳脚棍棒、刀儿枪儿地闹将起来。一学三四月，都已学会，方才遣去。恰好族中有个无赖子，朱佩偶然得罪了他，他便登门找碴儿，被仙仙一顿拳头打了个七佛勿出世，爬在地下只是叫妈。从此族众越发不敢管她的闲账。

哪知仙仙十四岁上便已闹出一场笑柄。原来一贯在日，家中有个娈童，名叫金奎。及至月娟过门后，一贯为防微杜渐起见，便将金奎荐到别处。一贯既死，那金奎在别家不得意，便借伺候丧事机会，跑回吃旧锅儿粥。这时金奎已有三十来岁，老老苍苍，执役殷勤，因此一贯那妾便将就留他在家下看看门儿。哪知金奎此来原打算捞捞梢，还亏得那妾颇颇正气，金奎注意好几年竟无从入港。及至仙仙招武妓学艺的当儿，终日价在别院憨跳，只剩那妾在房，金奎便喜有机可乘，只借禀自家事，施些调诱手段。那妾却待理不理，反闹得金奎心痒难挠。左思右想，忽得一计，便到药店中暗买了点儿春药，趁那妾晚上独酌之际，他却在二门外趑来趑去。

果然不多时，只见一婢提酒壶出来，一面揉睡眼，一面嘟念道："啊呀，好困！白日里脚打后脑跑一天，晚上还不让人安生困觉，只管咂他娘的黄汤子。"说着一脚刚跨出二门，金奎冷不防妙鸣的一声，小婢大惊。正是：

淫风将播襄阳郡，秽事先从中冓来。

欲知后事如何，且听下回分解。

第十三回

败门风个中报应
践佳期一塌糊涂

且说小婢猛惊得一哆嗦，一看是金奎，便唾道："好没人样！人家黑天摸地地向外厨取酒，本就害怕，你还吓人一下子。"金奎道："俺替你取来吧，这两夜前院里很不干净，窗儿无故自开，总听得院中有人走动，或这里响一声，或那里啪一下。前天厨夫王二麻子睡得好好的觉，竟被人掇至肉案上去。还有那扫地小厮，明明见白胡老头儿向他笑着招手哩！俺告诉你，此后困觉，只给他个蒙头大睡，什么响动也别起来瞧。准是咱院里有狐仙老爷子。"

小婢听了，登时吓得将酒壶交给他，赶忙缩回脚，在二门中呆等。金奎且喜得计，一霎时取到酒，不消说和入春药，便猴在二门外暗听动静。便闻那妾盼咐小婢道："你搁下酒便去睡吧，俺饮一会儿也要困咧。"接着便闻小婢答应，三脚两步跑入下房中，砰的声关好门。

金奎暗喜，又倾耳半晌，却听得那妾微微叹气。金奎轻推二门，悄悄趱入，就正室窗隙一觇，只见那妾业已收拾杯斝，云鬓蓬松，两颊上轻霞似的，匀郁郁地透出春色，一面背灯移枕，一面就榻束袜莲钩。少时软洋洋痴坐，一个欠伸，斜靠在枕儿上，咬了小指儿只管呆想。这时罗襟半解，玉肌掩映，看得金奎好不动兴。直待那妾解衣入衾，金奎慢慢推门而入，不消说鹤行鹭伏，趱至榻前。倾耳一听，那妾已鼻息沉沉，知是药力发作，于是放手做去。先抄转她侧卧身儿，然后掀去香衾，早露出横陈玉体。于是金奎自解衣裤，更不客气，以下情形便不须表咧。

且说那妾睡梦中甚是得趣，忽一睁眼，不由吃惊。因酒力既软，又经被人扼要，逡巡之间，该死的金奎又竭力狂逞，此时此际，未免难乎为情。只心下稍一活动，便和金奎开交不得咧，于是金奎掩身入去，两人竟各遂所愿。直待金奎去后，那仙仙方从别院中跳转来。

从此那妾和金奎暗中绸缪，非止一次。又以为仙仙年小，也不甚理会她。不想有一日夜间，事有凑巧，仙仙偶因肚泻到院隅去大解，只见那妾房中灯火明亮，只管低低笑语。仙仙悄去一张，虽是似解不解，不知怎的，登时觉心头跳跳的、脸上红红的，身儿懒动，脚儿懒抬，一定要看个究竟。你想金奎这当儿正在新欢乍结之时，急欲有心讨好，自有一番光景。张得仙仙疑疑惑惑，暗笑道："其间定有个趣儿，不然他们俩为甚挣命似的呢？"直望得两人都棉条似的相抱困歇，又显出一番光景，仙仙悄悄回房卧下来，好不纳罕。

她是水流似的性儿，登时想试法试法才好。思索良久，不由想到朱佩身上。原来朱佩为人既颠预，又挂点儿呆憨，虽为一贯嗣子，不过吃饱穿暖罢了，那妾和仙仙只当养个活废物。因此朱佩倒驯顺得紧，仙仙有时高兴，便和他撕皮打脸，滚作一团玩闹；有时不高兴，便喝来骂去。好在朱佩通不理会，所以仙仙倒也喜欢他随和儿。这时朱佩已有二十四五岁，白白胖胖，很像个人。当时仙仙既发动天然欲念，却还不解是怎样趣味。次日瞅空儿去寻朱佩，恰值朱佩自己在榻上睡午觉，撩手叉脚，仰面朝天。

仙仙趑去，一掌拍醒他。朱佩模糊道："别胡闹！俺还待睡一霎哩。"仙仙趁势道："等我也陪你困困。"于是一骨碌爬上榻，偎在朱佩怀内，东摸西掐。朱佩和她顽皮惯的，也不理会，只是睡魔已退，便道："这长天大日的，咱怎么玩哪？咱还向后园里探雀窝，你道好吗？"仙仙笑道："今天俺偏要卧着玩，你只要拗俺一拗，就不成功。"朱佩道："卧着玩怎样呢？只好顶针续麻的数白嘴，或唱个歌儿，或猜个谜儿吧。"仙仙笑道："谁耐烦玩那个！昨天晚上俺学了个乖，管保你没有玩过哩。"说着向朱佩身旁一歪身。

朱佩虽憨，不由笑着想躲，仙仙怒道："我看你拗着俺！"说着俊眼一瞪。朱佩真个不敢抬身，只是被仙仙顽皮得甚不得劲，不由东歪西扭，一面乱笑。那仙仙也笑得前仰后合，不知怎的，忽然按住朱佩，却大为诧道："怎又是这样儿？"朱佩大笑，忙鲤鱼打挺似的挣起来，笑不可当，忙道："别尽管如此闹，不好价呀。"仙仙道："什么不好价！"于是不容分说，越发和朱佩顽皮起来。朱佩便道："咱还是想法儿玩玩吧。"于是两人拉挽起来。朱佩道："咱织花线玩吧。"说着寻了一根长线，随手一挽道："这是老牛槽（织花线中之名目）。"仙仙接挽道："这是织布梭。"朱佩手儿一翻道："你看这个黄金印。"仙仙两手交叉道："给你个玉连环。"朱佩道："俺来个晶盘落月。"仙仙大笑道："俺与你个一网打龟。"于是一搅那线，罩到朱佩头上。朱佩笑道："不来咧，不来咧，咱且摆七巧图儿玩吧。"于是取过图牌，两人迭相挑摆。

朱佩心思笨，除会摆玲珑塔之外，其余一概弄不来，招得个仙仙拍手打掌地笑。朱佩不服气，便加意就图中寻了一个独掌朝纲的人儿式道："你如能会摆此式，俺便服你。"仙仙按图细想，只见那人儿一手加额，卓然独立，便沉心静气地将七张牌颠倒摆并。

说也作怪，真个被她摆对咧，就是那人儿腰下似乎凸出一点儿。朱佩笑道："不对，不对，弄这图儿差一点儿便不对咧。"仙仙笑道："差什么呢？"朱佩道："你看不见这人儿腰下凸凸的？"仙仙听了，忽有所触，便笑道："俺正要看你这人儿凸凸的哩。"于是一扑身儿，已将朱佩按倒在榻。

朱佩笑得喘不过气来，仙仙都不理他。但见朱佩扎手蹬脚，只口中悄笑道："别如此闹，人来了不好价呀！"然而仙仙竟不搭腔，朱佩又不敢违拗她，两人宛转间，少时便哧哧地笑。朱佩问她学的什么乖，仙仙只笑而不语。从此两人偷暇，便玩个不住，渐得佳趣。这时仙仙方说出学乖一段事，只笑得朱佩前仰后合，便道："俺不信金奎那东西便强似俺。"仙仙唾道："准叫你比较去来？"朱佩本是二憨头，不甚理会这档子事，不过奉承仙仙高兴。却是仙仙既尝着甜头，自然要得陇望蜀，不消几日，便觉朱佩没甚大趣。

合该孽缘凑合，一日仙仙和那妾各约定朱佩、金奎晚间欢会，金奎那厮午后没事，趸到赌场中凑个趣儿，村坊中没别的赌法，不过是赶老羊，掷六个骰儿。这时众赌徒正呼五喝六，兴高采烈，金奎仔细一望，无非是赵大、钱二之类。其中一人歪戴帽子敞披大衫，勒起只黑肥胳膊，就骰盆中抓起骰子，拉开叫驴嗓子大叫道："咱们是在地无闲注呀，你看这个花豹子大顺哪！"当啷一掷，众人都嘚了大嘴，那人哈哈大笑，登时捞了一大堆钱，原来骰盆中真是个五幺的花豹子。金奎一看那人，却是著名赌棍向铁头。此人凶横无赖，外带着鬼鬼祟祟。

当时一赌徒便笑道："向爷准是在何家坟内受数去来，那大仙爷准又扰了您鸡子老白干咧。"铁头得意道："那不用提咧！"原来何家坟便在村北，当年虽属何姓，而今却成了一片义地，其中草木深秽，未免做了狐黄白柳的窟宅。这铁头好邪，未曾赌钱，夜深时便先赴坟去捣鬼。他那捣鬼法更是可笑，必须赤体披发，携了香楮并生肉油铛，就坟中煎起肉片，一面口中吹哨子学鬼叫，一面抛肉草中，仿佛祭狐鬼之意。那哨子吹起来，幽杳尖厉，甚是难听。（至今北方僻邑之赌徒，犹有习此术者。更有深夜祭鬼，赴荒坟窃取死人颅骨，刮磨为骰，则骰随呼转，无不如意，是名大炼术。又有趁人新死，窃取其鸡鸣枕，拆作亵衣，服之者云亦能制胜，总之赌道中千奇百怪，为害人心，殊非细事。）所以那赌徒说他受数。

当时金奎见铁头跟前小山似一堆钱，不由眼热，便笑道："什么受数不受数，傻子睡凉炕，全凭时气壮。"说罢抄起骰子，叫道，"诸位快下注，俺也抄一家伙！"众人一见，那钱注越发丰美。铁头见金奎笑他受数，登时老大不高兴，便一把抄住金奎胳膊道："金兄弟，话不是这般讲。你既笑俺受数，俺倒不打紧，仔细着得罪老仙儿，须不方便。"金奎笑道："什么老仙儿！等俺给他个鸟枪尝尝，他便不作怪咧。"铁头怒道："你既这么说，咱哥儿俩便玩一下子。"说着拍案叫道，"俺今天请个全桌客，在场的都算俺姓向的。"说着面孔红涨，青筋暴露。众人方要调停，只见金奎踊身一掷，大叫道："您瞧这个花十五吧！"众人注目之间，只见骰儿一落，登时坐住了一个幺两个六，只有一颗骰尚在旋转。金奎大嚷道："六六六！"一声未尽，铁头肩儿一耸，冷笑道："谁说不是个六呢！"

众人一看，都各大笑，一望金奎，业已垂头耷脑地呆在那里。原来那颗骰虽转了六来，却将一个幺碰成个二，竟闹了个血鼻子的大臭。于是铁头绷着面孔一数注，竟有二百多吊之谱，登时伸手瞪眼和金奎要钱。这一来竟将金奎塑在座上。原来金奎手头儿本不富裕，虽蒙那妾宠爱，不过偷给点儿零用之资罢了，一时间这项大钱哪里来得？

当时铁头拍案道："朋友，说正经的吧！俺向某的赌账，马上要见招苏的（市语谓钱也）。"亏得众人连忙调停，那铁头方允明日交钱，临去一拍胸膛道："俺怕不着姓金的！明日他不给钱，活该俺拳头开市，我看你兔子小厮跑到哪里去！"骂罢，一溜歪斜扬长而去。这里众人也便各散。

金奎无端找了这身病，好不闷闷！一路低头沉思。正在急躁，忽听背后有人笑道："喂，金老弟，怎么咧，莫非交不上差了吗？为何蔫头耷脑的呢？"金奎一望，却是村中拉驴卖药李先生的儿子李四。这李四也是个后庭崽子，和金奎互相有一手儿，所以两人无话不谈。

当时李四笑吟吟拖住金奎，便请到家少歇。金奎勉强笑道："老子今天不高兴，你别纠缠人！"李四不容分说，拖了便走。两人入室，泡上茶闲谈一回。那金奎有事在心，未免应对间神意不属。李四笑道："真个的，你为甚这般失魂落魄？像你夜夜搂着人家女娘儿，还不写意吗？你我相与一场，你若应付不好她，我帮你一下子如何？"金奎唾道："别嚼蛆咧！俺因方才输了一头子，那赢主王八蛋既臭且硬，明天便须交钱，俺急切间没法料理，所以闷闷。"因将方才和向铁头赌骰一段事一说。李四故意吃惊道："了不得！那铁头是有名的泼皮，打降人还不算，顶霸道的是给人栽大蜡砢碜人哩。像金哥儿你这张嫩屁股，禁得住摆布吗？"金奎听了，越发不自在。李四笑道："你真呆串皮咧！像这点点事，只消趁你心上人欢喜时，和她商量就得咧。"金奎随口道："她这两天偏不大欢喜咧。"李四大笑道："不打紧，我给你件法宝，管保她一舒齐，百依百随，这点点钱钞算什么呢？"说罢由抽屉内取出两丸丹药道："这药儿吃下去好不有力，你但等她快活头上和她要钱，自然成功。"

金奎料是春药，随手接过，却笑道："你这厮好不作怪！这定是偷摸李大叔的。他老人家辛苦制就药，原为赚人大钱，你却把来和你婆子受用。"李四失口道："你偏没说对，这药儿却是贱内把给我的。"金奎一听，只笑得打跌。李四猛然悟过，这句话漏了底咧，登时红着脸遮掩道："便是昨天俺爹命贱内捡晾药包，所以随手拿了几丸。"金奎见他忸怩样儿，不便再打趣，即便辞出，一径地趱入自己室内，倒头便睡，准备着蓄足精神，一战得彩。

须臾入夜，二鼓后月上花梢。金奎又饮了两杯酒，提起脚步，一面入内，一面思忖道："今晚趁她喜欢时，定然须索取输的钱。"想得高兴，即便一径入去。只见那妾正在晚妆初罢，坐在榻头上检点物件。金奎不便搅她，只得搭趁着和她说笑，又一面助她检点。偏偏是些零碎包儿，无非是线布之类，于是心急手忙，一阵乱掠。

那妾道："用不着你来乱抓，布绉了，线揉了，是不好用的。"说着推开金奎。金奎这时已然耐不得咧，便随手扯挽，又一面涎着脸笑。那妾唾道："你快去吧，今天一百个不成功，俺恰好月事到咧，并且压住风气，今只管一阵阵凝疼。"于是咬着牙儿，攒定眉头，用指儿直向外指，意思是逐客咧。

金奎这时一来欲心不得发泄，二来记挂索钱之事，不由大扫其兴，便一声不哼，低了头坐在一旁，只顾没好气。那妾却不忍深拂其意，虽没法款洽于他，未免须笼络一番，消消他那股子闷气儿，便笑吟吟凑近金奎，一面温存，一面笑道："今晚委实来不得，你莫扫兴，难道过两天咱不会快活吗？"金奎随口道："可俺明天更有扫兴事儿哩。"因将赌输之事一说。

那妾笑道："啊哟，怪不得如今巴结人的，先须装作精神。你看这东西，也有个自告奋勇的样儿哩！这算什么？明天俺如数把给你钱就是。只是李四的媳妇子怎会得到他公公的混账药呢？"金奎笑道："那媳妇子长得丢丢秀秀，浪样儿就似个狐狸精。他们那段事还用说吗？李先生拿这药不知引坏多少人，也该他自家闹点儿丑事。"

两人说笑一番，金奎且喜钱有着落，那欲火也便稍息，只得整衣下榻，逡巡踅出。抬头一望，月色正朗，便信步由火道踅入跨院。刚近朱佩住室，微风起处，吹得门儿吱扭一响，金奎暗道："这朱佩真也有些憨气，如何大敞着门便困觉？"思忖间，移步过去。刚一脚迈入门限，想探手给他带门，忽闻榻上有人转侧，并且娇嫩嫩嗽了一声，似乎是睡梦中光景。金奎不由暗诧道："原来憨子一般也晓得那事儿。这定是朱佩熬不过，不是偷摸婢女，便是引进娼妇，俺且看看是哪个。"想罢悄悄踅近榻，趁月色低头一看，登时喜得一颗心跃到喉咙。原来榻上那人却是仙仙，正仰着娇嫩面孔，沉酣春梦，那一番生香活色，映入溶溶淡月中，好不浓艳可人。但见她雏发堆青，红肌玉映，伸出藕也似两条玉臂，浅压酥胸，下穿猩红色绸裤，罗带半解，斜覆单衾。更使人魂销的，便是尖翘翘两只红菱微露被外。古诗人道得好来："花面丫头十三四，春来绰约省人事。"那一种情窦初开、春融欲醉的光景，就不用提咧。

当时金奎一见，登时热辣辣一股火气直注丹田，他那未发泄的一团欲念，如何不顷刻提起？于是不管好歹。方要闯然登场，便见仙仙嘤咛一声，登时一个黄龙转身。正是：

　　　　有意难偷阿母桃，无心却试裴航杵。

欲知后事如何，且听下回分解。

第十四回

娈童瘵疾葬义地
仙娘邪念引灵狐

　　且说金奎方要掠裤登榻，忽见仙仙从蒙眬中反身向里，被儿一漾之间，已有一股甜细细幽香溢出。原来仙仙天生妖艳，她肌肤间有一种天然香气，非兰非麝，是为肌香。世界上原有这种尤物，并非作者信口开河。

　　当日李笠翁很讲房术，他曾评论过妇女肌香种种不同，却和面孔丑俊没关系。大约百人中难得一个有肌香的。凡有肌香的，一定妖媚，即使是中下姿色，她眉梢眼角必另有一番说不出的特别情致，这便叫作媚气。擅此气的，定能颠倒男子，至于姿色，就在不论之列了，所以古今著名的尤物，不必都似画中人。唐人诗道："承恩不在貌，教妾若为容。"虽是宫闱怨嫉口吻，安知不是自恨没生得天然肌香呢？如既有肌香媚气，又复美丽，便可称十全尤物了。所以将来朱仙娘能倾倒一时，引出一场浩劫，倒应了叔向之母那句话："有甚美者，必有甚恶了。"

　　闲话少说，且说金奎当时淫兴大动，便悄悄登榻歪倒，一面方要不做人样，忽听室外似乎有人走动。金奎大惊，只得跳下榻，百忙中隐身房门之后，便听得一人道："人不做好事，将来总须短命，再不得好死的！"金奎大骇，只疑是自己事泄，却又闻得一人唾道："只见活人受罪，谁见死鬼扛枷。你输了几个钱，便这等急不赤的。"金奎偷从门缝望去，却是两个仆妇摸来，就窗根下解小手儿。金奎心下少安，恨不得她两人一下子尿完了趱去。

　　哪知两人偏不慌忙，一面解手，一面低低细语。一个道："俺就恨小菱那妮子鸡精似的，一上场就是她赢。今天咱合伙摆布她，俺暗自与你牌吃，你道好吗？"那一个笑道："你真是说嘴打嘴！你方才说俺不做好事，你这份安心莫非是好事吗？"一个笑道："偶然弄一遭儿也使得的。"

　　金奎听了，方在好笑，只听一人道："哟，怎的这房门还虚掩着，莫非朱佩不在房内吗？咱进去看看。"金奎大惊之间，却闻那一人道："快去吧，小菱还等来牌哩。"于是逡巡而去。这里金奎惊定，也不怠慢，仍然匆匆登榻。那仙仙哪知就里，自然被金奎欺负一阵，竟直至金奎药力都尽，两人方相抱软语。原来朱佩傍晚时偶然趱出，却被人拉去吃酒，竟狗也似的醉倒主人家，却暗含着被金奎掠了俏去。

从此仙仙越发放荡，日日撮弄金奎。为日不久，便和那妾打开窗户说亮话，三个人彼此无忌。有时节兴之所至，便闹个连床大会，往往通宵淫乐。

俗语说得好："漏眼滴尽海水。"金奎虽然精壮，怎敌得双斧斫伐？不消两月，业已虚损不过，只是虚阳相火越发鼓动。一晚上微雨初过，新凉中人，金奎和那妾狂罢一度，只觉还不足意。恰好仙仙敞披衫儿，歪梳扁髻，戴一朵四季海棠粉淡淡鲜花儿，赤着雪也似的身体，笑吟吟趑近前道："今晚却凉爽得很。"说着一抬腿，扬起只小脚，回眸笑道，"你看俺这双鞋子可还能踏雨吗？那天踏到青苔地里，沾污了一块哩。"

金奎一见，如何当得？登时拉她并坐，却仔细端详，于是将仙仙抱置于榻，又复竭力狂逞，须臾之间，竟自精如泉涌。亏得那妾识窍，连忙从旁抱紧他，竭力度气，方才止泄。金奎疲倦得便似一堆泥咧，方勉强坐起要穿衣裤，忽地一股尖风从窗隙吹入，直达后脊，金奎一个寒噤，满身起栗。当时也不觉得，次日忽觉小肚连下部冰也似的冷，并且虚痛异常，更奇的是下体暴缩，并且是只顾向小肚内抽。不消半日，竟抛了牡丹花下，和风流鬼作队去咧。仙仙和那妾自有一番伤感，便厚具棺殓，将金奎埋入那片义地。

仙仙乍失掉如意君，花前月下，好不伤悁！虽有朱佩暂慰寂寥，究竟情思萦转，睡梦难忘。那妾究竟老气些，又有家事忙碌，倒不似仙仙只管思念那档子事。

一日节近中元，阴沉沉天色，凉渗渗秋风，各家祭墓萧鼓相续不断。这日仙仙和那妾从一贯墓所祭罢趑回，路经那义地，只见蔓草紫径，拱木敛云，一望金奎那墓，业已被狐兔穴了几处窟窿。距墓不远还有座三尺来高的小丛祠，祠额上横凿"大仙庙"三字。仙仙触境伤怀，不由泪落。正在那里徘徊，不忍遽去，只听那妾惊唤道："哟，姑娘咱快去吧，这所在不好价！"说罢拖了仙仙一径趑转。

当晚仙仙香衾独拥，辗转不寐，魂梦颠倒中，便似和金奎绸缪一般，及至醒来，越发感念。次日便置备香楮，要和那妾到金奎墓前焚祭一番。那妾道："那所在阴瘆瘆的，怪怕人的。昨天俺趑到墓后，忽仿佛有人拉俺衣襟，并且深草中有个大棒槌似的花狐尾巴一晃不见。俺曾听金奎说过，那所在很不干净，往往夜静了便有鬼火儿、狐火儿。便是赌棍向铁头就常到那里去受数，如今却疯得人事不懂，大把价吃屎尿，将他儿子几乎掐死，捉住他老婆，弄块长石头只管往不便处塞。你看那小庙儿便盖得尴尬。姑娘你小人儿家心魄不结实，依我看，连你也不必去。"

仙仙听了，哪里肯罢，又自恃会些武艺，便跺脚道："你不去便罢，快闭了你那张淡嘴！"那妾笑道："啊哟，姑娘又使性咧！既如此，你晚半晌儿悄悄自去吧。"仙仙一眙俊眼道："为什么呢？"那妾笑道："傻姑娘，可怎么好你？难道你不听得近来咱族人们七嘴八舌吗？向金奎墓上去，须悄静些方好。"仙仙怒唾道："俺虽是女子，就不会自蝎蝎螫螫的，好丑俺自带着，干别人鸟事？没的扯淡一大堆！只要俺有本领，就是闹翻襄阳城，谁也管俺不得哩。"

那妾知她是风火性儿，便道："如今纸锞儿还没叠好，弄清爽了，也就到下半晌咧。"于是两人坐下来，一面叠纸锞，一面闲话。仙仙性儿急，刚叠得两个，业已不耐，那妾笑道："好姑娘，别怄我咧。别看你抢枪舞剑机灵煞个人，这细活儿便不成功咧。"仙仙不服气，忙又叠一个，不想手指略用劲，哧一声撕掉一角，招得那妾笑不可抑。

正这当儿，只见一仆妇蹚进，向那妾道："大相公请您哩。"那妾笑道："哦，是咧，准是置备喜事定礼哩。"仙仙道："俺听说王家那女儿倒好个长相儿，为甚的到处提亲都不成功，倒应了俗语说的'串八家子不下驴'咧？"那妾道："谁说不是呢！人家长得白白致致、胖胖大大，就是两只脚欠收拾些，走起路来咕咚咚，有些像山汉似的，其实也不算褒绽哩。这头亲近来方说定。"说着一径蹚去，良久方回。

这一耽搁，直至日色大西方才叠完纸锞。仙仙便用提笼装了，悄悄由后门小径竟赴墓所。一路上经过一片野塘岸，只见疏林落日，十分萧瑟，那远远暮霭业已霏微徐起。仙仙没心赏玩，直赴金奎墓前，焚化香楮，栖惶惶落下几点珠泪，回思前情甚是恋恋，不由痴怔怔立了半晌。信步蹚到那丛祠边，又登时起阵怪想，暗道："俺小时节听人说古迹儿，说起狐仙不是标致少年，便是白胡儿老头子，若是母狐仙，一定是天女模样儿。更说是她那张嘴可以倒转来，当那话儿用，吸人精髓，真真作怪得紧！这小庙中狐仙可不知是公是母，什么样儿。"想得无端无绪，竟对那丛祠哧哧憨笑。

看官须知：凡狐鬼等物惯能凑人邪念，乘虚而入，所谓以邪招邪。若你方寸中直然没这档子事，那邪物再不会侵入的。又有一说，凡招邪的人是生有邪骨，气机所感，方能中邪。作者初时一百个不信此理，以为同此一副骸骨，还有什么邪骨呢？不想往年拳匪之乱，作者目击一事，方知邪骨之说真真不虚。因作者那时还抱着死书本子作秀才营生，同学有周、谢、张三君，都是觥觥少年，大家说起拳匪，甚是热闹，乘兴儿便商量试一下子玩玩。

恰好厨夫某人会那邪咒儿，不断地装模作样，每次下神，不是猪八戒便是什么打虎武松，大家都晓得的，便硬掯脖问他咒语。原来是稀松平常的"观世音菩萨"五字，和"哈唵叭咪吽"五字真言也差不多。厨夫道："焚香之后，须正立合眼，秉念存想，默念那五字，神就来咧。"

大家听了，便如法而行。直待半个时辰，周、谢两君果然实啪啪躺趺在地，并且战战然屈伸两臂，骨节儿咯吧吧山响，咬牙闭目，似乎浑身都是劲，就是站不起来。不消说，更报不出神名儿来咧。作者和张君直站得脚跟生痛，通也没事，便躲过一旁，看那厨夫跳猴戏。

这时作者和张君都站在厅门外，只见厨夫稍为凝立，忽地跌倒，两臂一伸，顷刻跃起，那面孔登时没血色，合着两眼狂舞大叫道："吾乃猪八戒是也！"此时张君笑得肚痛，不由打诨道："你家猴儿哥哥哪里去了？"一言未尽，那厨夫嗖的声一个箭步，向张君劈面一拳，幸得作者赶快拖过张君，那拳啪的声打中门框，很有气力。当时大家笑过一场，也便丢开。周、谢两人却好事不过，定要学学。不消三两日，也竟如厨夫一般，两人竟得起意来。这时邻县方铺设很大神坛，两人竟混在里面胡闹。

及至拳乱平，两人都没得好结果：周君被教民仇杀掉，家产也充公，赔教民损失；谢君虽没死，却疯癫了好几年，归根儿跳了河咧。今张君累年遨游军界、警界，颇称得意，近且为川中某邑令绾符栽花，颇颇不恶。作者虽顶没出息，然布衣蔬食，累经丧乱，穷骨犹在，揆昔人知足知止之义，也算罢了。这总倒是身上没那根邪骨咧。

且说仙仙伫立良久，只见祠前树上一个花项雀儿只管向她乱噪，咕咭一声，屙下一堆白粪。仙仙唾一口，随手拾石子打去。只听深树中一声笑，突地闪出个双髻小童，那光景只有十二三岁，模样儿便如女孩，青头皮衬着俊庞儿，甚是可爱。仙仙方在呆望，他已笑嘻嘻跳到跟前道："你不是朱家姑娘吗？亏得我方才没骂出来。这雀儿是俺喂的，你却给俺弄飞咧。"说着眼儿一瞟。仙仙登时觉心中喜爱他，便道："这不打紧，等俺买两个赔你。你是村中人吗？为甚不跟着你妈妈，一个人儿猴在这里不害怕吗？"

小童拍手道："你娇滴滴姑娘家都不害怕，俺一个男汉子便害怕吗？俺便是前村人，你若害怕，俺顺便送你到家何如？"说罢，竟跳钻钻蹭近前，握住仙仙手儿，笑脸一扬，便有一阵异味香气从他衣领中发出。仙仙猛闻此香，不由神思一荡，便趁势道："既如此，咱们便去。"说着拈香唾给他黏黏余发，仔细一看他面孔，真个娇嫩得吹弹得破，因随手一抹他腮儿道："兄弟，你姓什么呢？怎的在俺村中一向不曾见你呢？"小童道："俺姓胡，移居前村没多儿日，所以阿姊不曾见过。"两人一面说笑，一面拔步。

那小童偏又作怪，握住仙仙的手，时时用小指偷搔于腕。仙仙暗笑道："这猴儿难道就思量那事儿吗？"便不去理他。逡巡间已到野塘岸边。那塘岸窄径，仅能容一人。两人前后厮趁方趸到岸中间，小童忽骂道："是哪个挨刀的使促狭，为何掘断一段？"

仙仙一望，果然掘断五六尺长，塘水至此也便漫渫四溢，便道："这定是罾鱼的人偷扒的，咱怎样过去呢？"小童笑道："等我驮你过去吧。"仙仙笑道："你要驮我，咱都要洗澡儿咧。"小童道："阿姊不晓得，俺是很有气力的。您不信，咱便试一下。"于是将身一蹲，两手掐腰，很有个样儿。仙仙笑着扑上他背，以为他定然跌倒，哪知他身儿一长，轻松松站将起来。仙仙诧笑中竭力下压，小童笑道："没事，没事，俺是习过武艺的，有的是劲头儿。"仙仙听了，越发惊喜，便道："天色将晚，咱快去吧。"

小童一听，忽又将仙仙放落道："俺这鞋裤一下水便湿污咧，好在这里没人，等俺脱掉它。"说着面向仙仙，公然脱光。仙仙初时还没理会，即至他挺然站起，仙仙一眼瞟到他身上，不由惊得芳心乱跳，暗道："这猴儿好作怪，却如此的大人相！俺向来不曾见他，莫非是左近村中的人吗？"想得怔怔的，不由趄近小童，方笑吟吟地一咽香唾，小童已蹲转身躯。仙仙身不由己，扑抱他背，双腿一拳，那小童两手回撮，已搭在仙仙臀股之间。

仙仙登时觉一股媚思直钻心房，不由抱紧他脖儿，附耳轻笑道："兄弟，你一直驮俺家去吧。"小童一回头，两张口儿凑个正着，不消说登时合成个"吕"字，但闻啧啧两声响，仙仙咯咯地笑道："小猴儿，快去吧，倘有人撞将来，什么样儿呢！"小童道："不打紧，俺是孩儿家，没人打俺光屁股。"一面说笑，竟自涉水而过。仙仙跳下地，方想和他兜搭，只见小童更不再穿鞋裤，直奔岔路，却回头笑道："阿姊，你自去吧，咱们晚上再见！"

正说着，暮风一起，树叶飒飒，小童影儿一晃，业已没入草树中，望得仙仙痴痴怔怔，及至自己趄到家，业已掌灯时分，恰值朱佩正和那妾商量择日迎娶之事。仙仙说起路遇胡家小童，朱佩诧异道："前村没姓胡的呀！或是新搬来也是有的。"三人闲话一回，各自归寝。

仙仙就枕，刚一蒙眬，便见那小童赤条条偎进被里，一言不发。仙仙想要开言，无奈口如噤住，只得任其所为，闹得仙仙痴痴迷迷，却是口噤体酥，言动不得。直厮并两个更次，那小童方嬉笑而去，这里仙仙也便倏如梦醒，如此两三夜，那小童却笑道："俺本是通灵天狐，合当混世，和你甚有缘法，与你交好，甚是有益于你。后日自知，今却不可泄露。"说罢含住仙仙香吻，度了一口气。仙仙登时言动如常，一问他缘法之故，小童只笑而不语。

这时两人正相抱款洽，仙仙无意中笑道："都是俺那天想念金奎，给他上墓，却招得你来歪厮缠。"小童笑道："你想念他吗？你且合合眼。"仙仙星眸略闭之间，听小童道："你看俺是那个。"仙仙睁眼一看，几乎吓得怪叫：原来怀中所抱的就是金奎！一瞬之间，又复了小童样儿。

仙仙道："吓煞人！你这样作怪，不有害于俺吗？"说着竟怕将起来。小童忙偎慰道："俺说的有益于你哩，难道你体验不出近些日你精神转旺，那脸上颜色越发似新开花儿吗？但看你快活当儿，元精要泄，俺便停顿，便可知俺无害于你了。岂但无害，俺还当教给你许多受用法并种种法术哩。"仙仙听了，不由欢喜，却也不敢深问。

从此小童每来，时换形貌，或作老翁，或作壮夫；或顶冠束带，居然是位宰官；或全身甲胄，顷刻又做将军。最奇怪的是能变女人，依然男具。仙仙笑道："你这倒似个阴阳人哩。"小童笑道："不要忙，你总有遇着时。"仙仙听了，也不在意。于是小童便教给她许多媚术，无非是内视填肌并采补鏖战之法。仙仙依法修习，果然妙不可言。交媾之后，不但绝不疲倦，并且气力转增。十余日后，仙仙方想叩问他别的法术，不想那妾见仙仙精补有异，并房中往往有嬉笑之声，好不诧异。一日夜里，那妾暗暗留神，悄趔向仙仙窗外一张，不由大惊，竟软了腿儿，移动不得。正是：

　　妖由邪召亦天意，劫当运会岂人谋？

　　欲知后事如何，且听下回分解。

第十五回

闹襄阳仙娘传白教
归故里杀劫应红英

且说那妾向内一张，只见房内灯火明亮，帐儿高揭，仙仙正和一个美男子相与笑语。那妾细望那男子，美丽非常，竟是生平没见过的人物，举动之间另有一番潇洒光景。两人情致自然可观，望得那妾如雪狮子向火，好容易移步踅转，兀自心头乱跳，却没想到是甚怪物儿。她和仙仙本自没忌讳，次日见了仙仙，只管端详她面孔，咯咯乱笑。

仙仙道："你笑什么？"那妾笑道："昨晚上俺做了梦，似乎见你仰卧着……呀呀，梦罢了，不须说咧。"仙仙听了，早已明白，便正色道："哟，你惹他吗？你看他可像个人？"那妾道："这话奇哩，那个人漂漂亮亮，如何不是人？难道不是人你便要……"仙仙道："你哪里晓得，俺说给你，不许吃惊哪。"因从头至尾一说所以。

那妾要是个正气懂事的女人，定当急劝仙仙勿近邪祟，并且立想解除之法，捉却妖狐才是，但是朱一贯家如何会有正气女人？不然怎么败家出丑、现世现报呢！当时那妾一听，虽然惊诧，却委实羡慕。仙仙笑道："不知你缘法怎样，等俺和他商量去。"

当晚仙仙转达那妾之意，小童沉吟道："这也是数当如此。便是你我缘法也尽在五十日中哩。"说罢，命仙仙引进那妾，三人一榻，自有一番光景。那妾初时只图欢乐，不觉得体倦，三五日后，竟自精神大萎，却益发狂淫无度。仙仙偶劝她将息，她如何肯听。这时仙仙一心注在种种法术，倒不去理论那事。又有十余日光景，一切符咒大半都会，小些的法术是降神治疾，变化隐形，大些的竟咒风诅雨，撒豆成兵，剪纸为人，还有些惑人心目并改易境界的种种幻术。好在仙仙伶俐非常，都一一谨记。只有那妾听了一点儿也不懂。

更奇的是仙仙和那妾两人房中各有一小童，家中人渐渐觉得，偶有偷瞧的，轻便挨两记耳光，重便被打得头破血出，再不然一团黑影冲出，次日那人定然生病，因此大家都不敢去管闲账。这时仙仙和那妾一对儿疯魔一般。仙仙是就后园中演习法术，往往夜深，闹得离离奇奇，那妾却越发不成模样，不是无端地闭门歌笑，便是传粉插花，满院赤身狂走，遇着男子便抱定胡闹，种种亵语不堪入耳。

朱佩没法儿，只得约了族众严守大门，一连四十余日，大家通不聊生。便有族人等商量着去请法师铺坛降妖。恰好近村有个巫婆甚有名头，大家便先唤她来试法试法。那巫婆有三十来岁，生得妖妖娆娆，本是个歪剌货出身，她认的干儿子便有十几个，诨名儿"无底洞"。当时应召，作张作致地趑来，方呵欠连连地要降神，忽然大叫一声，往后便倒。众人挽起，业已委顿不堪。大家不知就里，便拖她别室渐歇，那巫婆却只管偻着身儿，杀猪似的叫起来。末后还是她自己由裤裆中取出段五六寸长的木橛儿，业已血污淋漓。众人见了，又惊又笑，便听空中一声响亮，登时飞下块磨盘大的顽石，将神坛香烛一股脑儿捣碎。大家喊一声，各自跑掉，从此那巫婆又得一诨名儿叫"捣掉底"。

不提族众纷扰，且说仙仙练习诸般法术，不久尽皆学会，那妾的面色却怔瘦得黄瓢儿也似。转眼间，小童在朱家已满五十日咧。当晚小童向仙仙道："俺在此缘满当去，三十年后，吾法当兴，以应劫运。自有一班人传播吾法，你虽传吾法，却不可妄有作为，因你数非杀劫中人。那时你一得替人，吾自当迎致于你。"说罢，探手入裤，从尻后撮下一把紫郁郁的狐毛，郑重交与仙仙道，"你且珍重此物，将来传吾法术，广收徒众时，但取一茎焚起，便异香郁然，因风远扬。凡闻此香的，定然立生信仰心，不拘远近，自然归如流水。你得吾法术，也便足娱平生了。"说罢一摆手，就要趑去。

仙仙虽是恋恋，情知留他不得，只问道："将来俺的替人是哪个呢？"小童道："这事不可预泄，此人大概和你差不许多。"仙仙又道："将来俺大传你法，可好定个名目？"小童道："这哪里预定得？事机所凑，届时自有同气类人互相应求，自然而然便生出一种名目，吾法便可乘时应用，你但看古今法术一门，其名目代代不同，可知是因时立名了。"

正说着，忽闻那妾在房中哧哧憨笑，小童道："此人魂魄已游墟墓，早晚的人了。你须谨记：不可贪娱自戕，能用人不为人用，方能得房术之益哩。"说罢嗤然一声，一缕火光从窗隙钻出，再觅小童，业已影儿不见。仙仙愣了半晌，忙将狐毛藏起，且去张张那妾。不想那妾依然赤身在榻，丑态百出：原来别个淫狐又已乘虚而入。仙仙趁她清爽时，告以天狐已去，那妾模糊糊，都不省得。果然十来日后，竟自髓竭死掉，从此朱家方才安生。

那仙仙自和灵狐交接后，那种丰腴鲜艳的颜色就不用提怎的漂亮咧。不消说，自有朱佩补缺儿，一切家事也便归仙仙一手主张。先觅了两名健仆，以备遣兴，好在朱佩绝不闻问。这时族中无赖都嚼破这颗豆儿，谁不想这块天鹅肉尝尝？一来得趣，二来多少还捞摸两把，便一个个熏香剃面来献俏儿，恨不得自呈身体来，面求赏识。好在仙仙量海，哪怕酒多，给他个来者不拒，卜昼卜夜，闹得满宅中云醋雨腻。却有一样：诸无赖为日不久都支持不得，其中颇有虎也似汉子，竟闹得杖而后起。

大家偶然相聚谈起，各征旨趣，这个道："了不得！俺一度后，业已软疲得泥似的。"那个道："俺虽强撑几日，却通似被人抽去脊骨。"有的闭目咂嘴道："妙得紧！但一着她身，真是千万毛孔都是爽利的。她眼儿也罢，眉儿也罢，只要一颦一笑，马上使人就丢丑，你道不怪气吗？"有的微笑道："俺只爱煞她那呼吸收放法儿，简直得颠倒个儿，她竟是弄耸咱们哩！"

便是这般光景，闹得丑声四播，族中老诚人只好掩耳太息，都暗叹一贯贻孽竟至如此，便商量给朱佩完姻，好歹撑起个人家。和仙仙一说，也自愿意。于是便诹吉下礼，匆匆娶过。

那王家女儿果然俊模俊样、壮壮实实，大家见了都各欢喜，便是仙仙也不便再去兜搭朱佩。不想过得十来日，夫妇俩便吵起架来，气得朱佩只是跌脚，那新妇只哭道："一个人，天生天就，俺愿意古怪吗？那么你下半月不理俺就是。"

仙仙听得蹊跷，当晚趁朱佩撅将出去，便笑吟吟趄进新房道："嫂嫂和俺哥新新鲜鲜，为甚便鸡肠鸽胆的呢？"新妇红着脸道："姑姑不用问，过些日你哥子就好咧。"仙仙笑道："新媳妇空了房不好价，这当儿又没处抓俺哥去，俺陪你做伴吧。"新妇惊道："可了不得！这点儿事还值得启动姑姑？"说着满脸通红，竟羞急得抬头不得。仙仙见了，越发诧异，当晚便硬生生和她同榻。就枕之后，仙仙故作顽皮，索性脱得光溜溜，冷不防钻入新妇被内，东摸西索，吓得新妇缩作一团，急得待哭。

逡巡之间，仙仙吃惊道："你原来是个异体人，怪得俺哥……"这时新妇已羞得双眸紧闭，只有伏枕叩首。原来新妇形具二体，上半月能男，下半月能女，便是俗呼的阴阳人。这也是朱一贯作恶多端，所以体面事都凑集他家。当时仙仙登时又动好奇之念，揣摩着那新妇的临时物儿，十分好笑。两人也是一段孽缘，那新妇到此时业已丑态毕露，不可掩咧，反将羞怕之念收起，只得一任仙仙胡闹。两人抚抱之间，不多时便已帐动床摇，以后事便不须说咧，从此仙仙又得个异样玩物。朱佩没法儿，便三个人索性都无避忌，再搭着诸无赖和健仆等胡加点缀，朱一贯家竟成了一片秽墟。

这时族人正经些的，竟越发不敢踏门，因仙仙既淫悍自恣，又会邪法儿，只求她不来寻撩，大家便念佛咧。于是仙仙越发胡闹，那金钱随手挥霍，调鹰走马，衣服奇丽，到处里招摇游玩。凡襄阳一带名胜之区，无不踏遍，随处物色如意郎君用以自娱。往往结驷连骑，喧笑过市，见了的都暗叹道："你看朱一贯淫恶一生，没个亲儿子，似乎这报应落在空处咧，哪里晓得，一个女儿给他打嘴现眼，来得更扎实哩！"

又过得五六年，仙仙已二十余岁，正一朵富丽奇花开到极绚烂处，见了的无不夺精丧魄。这时朱佩夫妇都已瘵疾死掉，两健仆早换了五六次，凡经仙仙摆弄煞的，业已不下十余人。仙仙虽吵着就族中给一贯再择嗣子，却没人敢去送命。仙仙一赌气，便坐门招夫。族众只好由她，方暗想她这等泼辣货没人敢要，哪知为日不久，仙仙竟拉进个过路乞丐做了女婿，更硬叫那乞丐也随姓朱。那乞丐长相儿便如三寸丁武大郎一般，给他起个名叫朱兴，不过把来做个挂门的幌子罢了。从此人便呼仙仙为朱仙娘。

这时仙娘大肆淫纵，只管将一贯所积的造孽钱流水般用去。当地豪猾谁不思量这雌儿？因此朱宅中酒肉熏天，笙歌彻耳，渐渐有官幕胥吏等人也来踏脚。那仙娘但逞豪性，哪里晓得什么物力艰难，便盛具供给，大吃二喝。其中狡黠之辈，未免施展出弋财之法来赚她金资，好在仙娘有求必应，因此又颇有侠女名头，远近轻薄人谈起来，都恨不见见这女孟尝。但是一贯的田园产业，不消一年有余便已去了三分之二，仙娘兴致却越发恣肆起来。又因所交男子都是平常才具，便异想天开，索性移居襄阳城中，就热闹所在开设一座大大酒肆，其中深院曲室，好不整齐。仙娘每日价浓妆淡抹，亲自当垆，一双俊眼睃来睃去。

有这等俏俐老板当酒幌，不消说座客常满，便是在礼（在礼教门，戒烟酒，却以鼻烟好茶自矜。此教北方尤盛）的朋友也定要来歇坐一霎，闻闻鼻烟儿，拿茶当酒咧。这其间，仙仙任意选材，只拣那长大姣壮的，拉到密室，恣性受用。久而久之，她又想出一甄拔真才之法，便是就后院边筑起一座高楼，下临街市，就墙外特设净桶四五只，以备便溺。她却吩咐贴己婢女等专在楼窗内守望，凡见有特殊阳具的即便遣人邀入。仙仙乘兴取乐，更无时节。有时厌弃了，便攒将出来。那甘以性命填虚牝的，也就相续不绝。

如此四五年，一来那仙娘财力未免不支，二来广猎男色，也有些厌倦咧，于是有意收敛，态度一变，便又在清旷之处另为卜居，院宇窈窕，雅有情致，门额标"修真道院"四字。仙娘自号"了尘"，云衣执拂，打扮得何仙姑一般。深院中辟一静室；上供仙位，专以给人符水治病，并设乩坛，占问休咎，最奇的是还能祝仙祈子。如此一来，直闹得襄阳地面举地若狂。

便有些不信的，都惑着仙娘姿色，希图亲近，起心眼里不忍说她是惑众诬民。因此历任官府都装聋作哑，不去问闻，因为仙娘手段高妙，凡官幕中人都被她撮弄得颠颠倒倒。至于本地豪富纨绔等人，竟有拜倒石榴裙下，亲亲热热叫干妈、干姊的。有气势的都这样，其余众人自然从风而靡了。但是本地街痞们得不到仙娘好处，毕竟怀恨在心，便趁黑夜纠合了四五人前去胡闹，却被仙娘一顿棍棒打得花瓜一般。

好笑这些人明明挨了仙娘的打，却只说是大仙有灵。他们用意，是怕倒了光棍的名头，哪知这一来仙娘门前生意百倍，自晨到晚，那半条街上烧香叩仙的人便如赶庙会的一般，香气氤氲，便似横铺白雾。仙娘不是在静室趺坐，便是和得意的人秘密欢会，寻常烧香的人是望不着她颜色的。

如此又十来年，川楚间白教渐兴，风行之速，真是一日千里。这当儿，四川王三槐、陕西高天德渐渐都露头角，各自开坛集众，授徒传法，隐然有教主之势。说也奇怪，那教中一切秘法，也不知究竟传自何人，竟和仙姑所能默相契合。仙娘恍然想起灵狐临别时一番言语，知时会已至，便各通声气，应和起来，一般地开坛传教，设立教目。荆襄一带，各教徒越来越多，渐渐延及全省。

这当儿，两湖制军偏是个虚名文士的田春航（毕秋帆），虽是状元出身，却没有疆吏才干，只会饮酒赋诗，结纳名流，刻刻古书籍、搜搜烂金石倒还罢了，若说治理地方，简直的二五眼（俗语谓人之颠顸者）。因此属吏承风，谁也不来多事。看教徒们闹得太不像，顶没挪移，贴出张禁止聚会的告示，便算公事办过。这时仙娘虽有四十岁，依然颜如少女，凡和她睡过的，便不愿离她门前，丧身倾家，不一而足。

曾有个少年，抛了花枝似浑家，恋着仙娘不过半年，穷得叮叮当当。一日他友人戏问他道："那仙娘已堪堪成了老太婆咧，她到底怎样个好法儿呢？"少年笑道："那少女情态固然好，却如新酒浓醇，总带些暴冽性儿。唯有仙娘，便如远年陈醪，一沾风味，自然使人神融骨醉，这还是说的寻常偎倚。若到罗襟半解、香汗微闻、背灯移枕、回眸一笑的当儿，啊呀呀，不须说咧！再到了肌肤既亲、春魂欲化的当儿，啊呀呀，更不须说咧！你既不是我，如何晓得那种趣味呢？古人说得好：娆妖老女，态有余妍。你只咀嚼这两句话，便知俺虽然穷困，委实值得哩！"友人听了，大笑而去。就此看来，足见仙娘狐媚之术。

那仙娘传教之余，依然符水治病，虽有武功，却韬晦不露。因她谨记灵狐之语，不欲妄有动作，却时刻留意教徒们，想觅替人。光阴迅速，又过得三两年，襄阳少年如吴兴礼、高佩忠、韦保琳、马胜一班人早已次第入教，唯有马胜有嫪毐之具，更能得仙娘欢心。那陈敬虽也有意入教，却恐怕倔老头子梁方前来聒噪，又搭着不常家居，因此便因循下来。以上便是朱仙娘一段来头。这且慢表。

如今且说那花娘子自小二处趱回，果然忙着做成道衣。那梁妈妈便蝎蝎螫螫偷空儿献给仙娘，偏巧被梁方知得咧，老夫妇又吵了一场。过得数月，便听得新任知府王立猷的宠妾曾到仙娘处留宿祈子，又过得个把月，那立猷竟亲书谢仙的匾额鼓吹着送去，气得梁方跺脚道："如今的事真然说不得！像这等作怪的女人，官府正应禁止才是，如何还去招惹，添她气势？"梁妈妈忙合掌道："罪过，罪过！人家大仙保佑咱一方人，你如何这等声嗓？"梁方道："你看得眼热，你也去住两宿去，我看你还会养儿子吗？"

一言未尽，只听窗外笑道："哟，俺若再添个老弟弟真再好没有！"说罢趱进，却是花娘子。梁妈妈一指梁方，又气又笑，便道："你看你干爹这老货，人越不理他，他越要上来咧。"梁方道："你懂得什么！那仙娘又淫又诡，断没好事。没有种儿是不会长苗的，须瞒不得我老人家哩。"梁妈妈惊笑道："你可是倚老卖老？怎当着干女儿胡呲起来！"花娘子笑道："种不种的且搁起，真个王知府……"

这时窗外又笑道："什么种呀？快给俺留两个，种在当院，看个青秧生意儿也是好的。"说着咕咚咚跑将进来，却是小二，还高勒两袖，背上沾些湿泥，原来方浇花去来。这一来，拧到八下里去咧，大家不由拍掌大笑。小二问知所以，便唾道："这知府真也没正经，那会子俺还听国安说，昨夜知府衙中捉住一个人，现已监押起来，你道是哪个？便是那讨厌嘴脸的马胜！"

大家听了，方在一怔，忽隐闻大门外人语马嘶，便见国安匆匆跑入，大叫道："主人回来咧！"

乡树于今瞻故里，白莲从此发妖葩。

欲知后事如何，且听下回分解。

第十六回

俏花娘临别示深心
傻二官无端诉亵事

　　且说国安一声喊，回头便跑。这里花娘子和小二一齐拔脚，恰好咯噔声挤在门口。梁方急于奔出，那短短撅撅白胡子业已偎到花娘子脖颈上。梁妈妈便噪道："钥匙呢？快开主人正房门去！你看这群猴儿崽子，还不知哪里玩去哩！"说着一拥挤出，冷不防脚下一滑，扑哧栽倒。这时红英业已俏生生蹅进二门，一面用绡巾掸拂头面，一面笑道："哟，怎连个人芽狗芽也没得？真个人进来，捎得锅去，你们还不觉得哩。"

　　花娘子抢在前头，一面笑着问好，一面吵道："怪得今早那喜鹊只管喳喳的，俺们那会子还念诵主人家哩，你这脸膛儿越发新鲜咧，大舅爷那里都好哇。"于是小二等都拥上前，一面簇定红英，一面乱问候。梁方百忙里请罢安，便跑出照料行骑等事。

　　这里红英等方蹅进正室，便听外面陈敬笑嚷道："那会子路经府衙前，倒吓了我一跳。只见人山人海的看热闹，我只当是什么事，原来是马胜被府尊亲自送出来。那府尊还和气不过，满口道歉，也不知是怎么回事。不然俺早就到家咧，他却拉住俺，尽管说没要紧。"红英一听，便笑唾道："这种人真讨厌，人家忙碌碌的，他却来朱仙娘长、朱仙娘短，没头没脑地嚼蛆。"大家听了，不暇致问，便分头安置一切。

　　须臾国安和陈敬蹅进，众仆人也都次第来叩见主人并安置一切。陈敬四处一望，颇觉欣然，红英却樱口微吁，似乎不乐。花娘子便笑道："女人想娘家是一定的，保管这当儿娘娘还惦念舅爷哩。"陈敬忙笑道："真个的，俺也忙发昏咧，快给田老弟写封平安信才是。"红英眼皮一抬道："那忙什么？你倒是先给冷表弟去封信是正经。"花娘子听了方觉纳罕，只见梁妈妈拐着腿蹅进道："不知怎的，主人家走后，这院里通似冒气。如今好了，又似热火罐了。"

　　红英便笑道："方才没蹶了脚哇？真难为你奔奔磕磕的。"梁妈妈道："如今主人回来，俺可要歇歇腿咧。您不晓得梁方怪脾气，他每夜里必要起来巡视院内一次，这也罢了，却必定还要叫俺起来给他壮壮气，吃我撅他道：'有梁国安巡夜，不强似咱这俩棺瓢儿吗？'俺这腿本来因常起夜，犯了寒气，所以方才一欢喜，闹了个跟头。要不是朱仙娘好灵符，药治着俺腿，越发爬不动咧。"正说着，梁方趑进，听得"朱仙娘"三字，便恶狠狠瞅了他婆子一眼道："你少说什么猪仙娘、狗仙娘，快给主人泡茶端脸水去吧！"

花娘子一面好笑，一面回头，却见小二给主人夫妇折叠换下的衣裳，红英那柄佩刀横置在案上。她百忙里拿起刀，要去挂壁，不想刀把上那沉香色丝穗儿萦缠住镜台脚子，猛一拉的当儿，哗啷声镜儿落地，小二赶忙去拾，业已成了两半月儿咧，只急得小二愣怔怔捧了破镜。陈敬恐红英忌讳，只乱着向梁方问长问短，花娘子趁势悄拉小二逡巡趑出，偶一回头，见红英通不理会陈敬等谈家事，只一手支颐咬着指甲儿，沉吟不语。花娘子越发怙惚。

两人方趑至厢房前，只见国安噘着嘴趑来。花娘子便笑道："你怎忙得这等没好气呀？"国安两手一张道："你看嘛，俺常说那位马爷讨人嫌，自己鬼鬼祟祟，不知闹些什么事体，方从监押中放出，却又赶来送什么接风酒菜。依我看，请主人给他壁回去。他如今又入了白教，咱家远他些好多着的哩。"花娘子微笑道："收不收由主人家呀，你只回一声就是咧。"小二便笑道："你看着，明天他就该来起腻咧。"说着，两人拉手而去。这里国安进去回禀，陈敬不便回壁，只好收了，却招得梁方唠叨好一阵方去。

陈敬却笑向红英道："我看马胜也没甚讨厌处，不知怎的，他们都不喜欢他。倒是那会子他忽被府尊送出，不知为什么事儿，暇时我一定问问他。他又说吴兴礼等都入了白教咧。你看咱们出门数月，就有这些事故。"红英听了，随口唯唯。晚饭后，一宿无话。

次日马胜果然跑来看望，得意扬扬地谈些教中事，并一定请见红英，客气肉麻了好半晌方去，接着吴兴礼等也都来往，又有木行各商伙等穿梭价进见报账，还有当地许多朋友你请我唤，直忙得陈敬没入脚处，一连好几日。这其间却闲煞了红英，每日价无聊无赖，除了和花娘子、小二等谈天儿，便是在敞院中练练武功，有时节说起途中风景并田、冷两家许多事，也都没笑容儿，唯有说起冷田禄，方渐渐色喜。

花娘子是个机灵鬼，便心下暗暗诧异，又见红英待陈敬光景落寞，不似从前，不由暗向小二笑说道："你看咱娘娘有些蹊跷，她当初和咱主人若没那桩暗昧事，也不叫人质疑，如今忽然情意落落，没巴鼻的人，焉知她不又心内有别个呢？你但看她说起冷田禄便眉欢眼笑，若论亲情，还不如田舅爷亲一层哩，你看这是怎么档子事呀？俺想那冷田禄定是个漂亮小白脸儿。"

小二道："哟，你别胡说咧！据娘娘说起田禄武艺，比咱主人高得多，难道不叫人欢喜吗？"花娘子嘴儿一撇道："哟，哟，恐怕还有事儿比咱主人高得多哩。"小二道："俺就不信。要这等说，你那个弟弟倘若寻你来，你就不用见他咧，没的也有人背地嚼蛆。"说着竟脸儿一绷。花娘子笑道："好没意思，咱背地闲磕牙罢了，你还值得苏秦他妈一般，脸子屁股的，不过大家留点儿神罢了。"正说着，恰好红英要找件衣服来换，唤了小二等去抬箱笼。两人趄去寻出衣服，服侍红英穿好。

红英对镜扣脖纽儿，那头角上红痣映入镜中，十分鲜润。花娘子因笑道："俊人儿长个痣记，倒添了俊气，无怪人说十麻九俏，想来都是一理哩。"红英微笑道："什么俏不俏，倒是这颗痣才引认了一门亲戚。"于是说起巧遇冷先生的一段事，不觉便笑吟吟说到田禄。小二肚里如何盛得住话，便贸然道："有人说冷表舅爷好个长相儿，真个的吗？"花娘子正站在她身旁，便悄悄狠摔她一把，忙接着说道："是俺猜着冷舅爷既有那样武艺，一定长得如大闹东京的白玉堂一般哩。"这句话不打紧，只见红英眉黛一舒，咧着小嘴儿咯咯乱笑，登时腮儿微晕，低头瞧了弓鞋道："说不定早晚他还许来看望俺们，那时你们再开眼吧，俺看襄阳地面还没有那样人哩。"

花娘子不由目视小二，微微含笑。正说着，只听前院大厅里大说大笑，红英便道："吴兴礼一班人这当儿还没去吗？"小二撇嘴道："那个马爷早就拖了他们来咧！那会子俺从厅房外过，听得他说朱仙娘教中的事，甚是热闹，那马胜只管怂恿主人入教哩。我看娘娘千万劝着主人，不要信他胡说八道。"正说着，陈敬趄入道："小二你这话倒不错，我如何便信他的话？"因向红英道，"都是马胜招头儿见见你，如今吴兴礼等都要见见你哩。我一推辞，他们便吵道：'一样的朋友兄弟，如何还分厚薄呢？'"

红英唾道："没的俺拐腿瞎眼，见不得他们！"说着兜兜鞋子，站起身，便听得梁方硬撅撅地在前院喝众仆道："你们真吃了凉柿子似的，不管人家有事没事，趄去一坐便是半天，难道还指望吃了人家的瞪眼食才来吗？今天主母受感冒，一早便命你们去请大夫，你们却抛在脑后哩！"

花娘子一听，早明白梁方是指桑骂槐，一百个不愿红英出见。好笑陈敬真问红英道："怪不得今早你蔫蔫的，原来又受了感冒咧。"红英唾道："你别照顾我咧，难道你那个老当家的古怪脾气你还不晓得！他倒会给人请病假哩，好笑俺到家才几天，他便每日总要骂一通儿朱仙娘，就仿佛我要入教，他预先表明不答应的意思一般。如今准是听客人说朱仙娘，他又不高兴咧。我如今偏怄怄他，听他们谈朱仙娘去。"说着，和陈敬双双便走。

刚到二门边，梁方业已直撅撅趄入，便道："主母不见他们也罢，少时他们也该去咧。"红英听了，只绷着脸，一摆手，一连几步，已出二门。梁方没法儿，愣了一会儿，逡巡自去。这里花娘子却笑道："你看这老头儿，少时定要寻俺干娘的晦气咧。"因拉小二道，"咱俩且去偷瞧瞧他们又谈什么，这群馋嘴巴子的人，莫非真个等瞪眼食吃吗？"于是两人偷趄去，就帘缝张。

只见红英和陈敬自在主位，吴兴礼等都在客位上，规规矩矩地谈话，唯有马胜缩在人家一旁，便如猴儿坐殿一般，一面口内乱讲，一面乜斜眼光向红英乱瞟，又拊掌道："那天俺一出府衙便遇着陈嫂，就知贵人星临，一定顺利。方才俺大家和陈兄说呢，咱们消闲了，应当习练武功才是。从俺这里说，俺们都要请嫂嫂指教的。"红英听了，连忙谦逊。马胜噪道："俗语说得好：老嫂比母。这是应当教训的。"众人听了，都各欢笑。陈敬笑道："马老弟莫乱嚷，我且问你，到底为什么事，那府尊那样的前倨后恭呢？"马胜红着脸道："无非为教中小事儿罢了。"这时吴兴礼不禁微微一笑，便道："咱们也该别过咧。"马胜趁势道："正是，正是。"于是呼啦声都站起来。

花娘子拖了小二，赶忙回跑到二门内，便见红英伶俐俐和陈敬送客而出，红英只站在厅阶下，手理鬓角，道声"诸位慢走"。这时马胜正漏在大家屁股后头，回头哈着腰儿，口内谦逊，两只眼却直勾勾地下注红英脚儿，不提防砖缝苔滑，嗖的声滑了个大面朝天。红英身儿灵便，赶忙一弯纤腰，伸手扶起。

陈敬方在傻笑，只见梁方从仆人室内气哼哼地跑来，两臂一张，隔开马胜。恰好国安随后也到，梁方因喝道："你这孩子也不着调（俗谓没正经也）咧！你不晓得马爷常来常往吗，怎不先铲净地苔呢？"大家一笑之间，匆匆便出。

红英瞅瞅梁方，也没言语。花娘子和小二故作匆匆跑出的样儿，拥红英回到正室。须臾陈敬踅入，和红英午饭后，花娘子方要踅去，只见国安跑来道："阿姐，你武昌地面还有个叔伯弟弟吗？"花娘怔想半晌，道："没有哇。俺有个弟弟，那些年听说在黄麻一带当纤夫，名叫花茂春，武昌地面却没有哩。"国安笑道："如此说来，阿姊大喜咧，此人正是花茂春！吓，好体面阔绰的一位商人哩，现方寓在客店中，特来接你到家享福哩。"

花娘子听了，惊喜疑讶，一时都有，便道："俺可不去，俺只有赖着主人家哩。"红英夫妇也觉诧异，便忙命花娘子出去厮见。半晌之间，只见花娘子面有喜色，却又眼泪汪汪地踅回，道："好没来由，俺在这里好端端的，他这一来倒让人心头翻轱辘似的。俺如何舍得主人家呀！不要说是主人家，便是满宅中人，热辣辣的，也叫人割舍不得。"说着拎起怀巾便拭眼角。

于是红英夫妇一问所以，原来花茂春和花娘子相隔多年，由纤夫积资，渐渐起家，又搭着运气好，开爿商店，十分得利，如今竟在武昌地面娶妻筑室，作起一份人家。因自己常常出外经商，所以想接姊姊回去，和浑家帮过日子。当时红英笑道："你应该大喜才是。武昌离这里不是千山万水，咱们相见容易得很，你还哭天抹泪的怎的？"

正说着，只见小二泪淫淫似愁又似喜地踅来，一把拖住花娘子，一个"喜"字方才脱口，却扑簌簌落下泪来，道："啊哟，恨煞人！等俺早晚捉住天老爷子，定须揪掉他胡子！怎的人家都有个亲骨热肉呢？如今俺娘唤阿姊哩，她老人家这会子业已哭了八场咧。"

花娘子听了，越发凄惶，便和小二一同踅出。方到梁妈妈院前，只见国安笑嘻嘻跑出，一见花娘子便道："阿姊去，不用忙，反正茂春还就势办点儿土货哩。"花娘子咬着牙儿，似嗔似喜，瞟定国安道："哟，俺偏不去，你倒成了吉丫屁咧（俗谓性急也）。"小二道："好好，不去不去。"国安一笑之间，那梁妈妈业已颤巍巍地接出，三人一见，登时落下六条泪痕。

国安大笑道："这不叫没来由吗？"梁妈妈恨道："你倒像你爹那铁打的肚肠，深眼窝子，要掉泪疙瘩比蛤蚌珠还稀罕哩。"国安脖儿一缩，一径趋去。这里三人入室，啾唧了大半响，也没作道理处。末后还是梁方趋来，劝慰良久，花娘子方才定意回家，次日便忙忙收拾箱笼。不消说红英夫妇各有所赐，那梁妈妈更抖搂出老箱底儿，不知给干女儿什么才好。末后寻出一件绣花大袄，还是四十年前她做小媳妇时穿的。花娘子披在身上，倒似个社火娘儿，招得大家笑了一阵。

这晚花娘子待候过主人家，便在梁妈妈室内大家话别。国安摆下肴酒，大家饮过两巡，梁妈妈捶腰叹道："俺近来身儿越发糟朽，女儿这一去，不知俺还能见你不见哩。"说着那语音业已哽咽。梁方道："你莫想不开，女儿这一去，总算是归根落叶，咱大家当贺她一杯，欢喜才是。你别看主人这里花团火热的日月，咳，据俺看来……"

正说着，只听院门外一仆喊道："梁伯伯呀，建筑工头请您说话哩。"梁方一蹾酒杯，叹道："你们听见吗？这不是咱主人又听主母一番话，要修理演武院中的屋子，以备马胜等前来学演。这班人既入邪教，如何近得呢？"说着恨恨趋去。这里国安也叹道："这马胜顶不是东西！他前些时被府里捉去，定没好事，早晚俺访查访查。"花娘子正色道："阿弟，你们以后操心事儿正多哩，反正干爹也没在这里，咱且作为闹谈，此后咱主母身上你们须大大留意。咱主人是马虎虎，一股脑儿没主张，俺看近来主母和主人情意不似从前咧。"因将自己所疑娓娓说出。

国安听了，很不自在。梁妈妈却道："也许是主母过爱娘家亲戚也是有的。"小二却笑道："娘还没听咱主母夸那个冷田禄，说咱襄阳地面没那样俊的人儿哩！"国安道："你晓得什么！如今阿姊去了，只好你在主母跟前多加留心，遇事规劝，方不负主人待你之意哩。"须臾梁方趋转，大家便揭过这番话，畅叙离悰，夜深方散。次日花娘子拜别主人并梁方夫妇等，自有一番情况，不必细表。

且说陈敬搭了马胜一班人，酒食征逐之余，无非谈讲武功。不多日，演武院收拾已毕，大家越发高兴，便不时聚在一处，无非群居嬉笑，把习武功应个名儿。红英本性便好动，又因思念田禄，芳心闷闷，便也拿这干人消遣儿，不断地去演武功。那马胜妄想非分之念早就安下，这时自然急于自献，一切丑态自不消说。哪知天公不作美，自己长了一副丑脸子，虽有内才，无从炫露。

作者写到这里，不由掷笔长叹：如今的社会，你要吃香喝辣，全仗着漂亮外表，至于内才真本领是谈不到的。不想马胜也抱此恨。哪知孽缘当合，他这副内才竟无意中从陈敬之口达入红英之耳。当年陈敬新婚时，虽也戏说起马胜内才，却不似这番说得扎实，不然怎么坏事呢？看起来闺房燕昵，总须有分寸，撒村胡数，遇了正气妻子，付之一笑，若遇着流动点儿的，纵然便不至于坏事，但无端引得她心上胡怙慑，这便一百个划不着哩。所以古人夫妇间相对如宾，你道是但摆排场吗？诸公尽多交接朋友的人，倘闻得什么俏皮新闻，奉劝您牢装肚内，千万莫向令正扯舌头，好多着的哩。

原来陈敬有一日和吴兴礼闲谈，不觉说起马胜被押之事。吴兴礼笑道："那天你偶然问他此事缘故，你没见他红脸吗？他那丑事瞒不得我。"说罢如此这般讲出一席话来，笑得陈敬打趺道："不想他还会发卖人种！这王知府也糊涂得很，怎但听那爱妾的话呢？"

原来马胜自入教以来，甚得仙娘欢心，凡一切蛊惑男女之术，其中自然少不得他。这时仙娘求仙祈子之法倾动一时，自有一处秘密静室，铺设得天宫一般。凡求嗣妇女，焚香通诚后，便须沐浴身体，就密室先祈神梦，及至醒来，必有感兆。或梦见仙翁仙姥，或梦见一切神人，因此十有五六当即月信不至，所以一时人无不倾信。那王立猷到任不久，那爱妾想得子争宠，一闻朱仙娘祈子之灵，便吵着要去叩仙。

你想立猷本是个弄玄虚的老手儿，他如何肯贸然便信？当时便命那妾借病为由，唤进朱仙娘来，就在衙中设坛求符水。立猷趁势盘询仙娘法术，真个是闻所未闻，很是玄妙。你想灵狐所传，自然非立猷意想所及了。当时立猷不由佩服得五体投地，欢喜之下，便请仙娘就衙中求仙祈子。

仙娘沉吟道："这须使不得，府衙繁杂之地，诸凡不洁净，如何降得真仙行祈子大法呢？"立猷没法儿，只得定期三日之后，命爱妾去专诚叩仙。仙娘趄回，便先准备一切。马胜小子专拉长耳朵探听这些事，当晚人静后，便钻到仙娘房中狂罢一度，便讨这件美差。仙娘道："你须小心，官府女眷比不得平常人家。倘露马脚，不是耍处！"马胜笑道："俺都理会得。"

不提这里设下香饵，专等鱼儿上钩，且说那立猷爱妾盼星星、盼月亮似的盼到祈子那日，便浓妆艳抹，打扮得花鹁鸽似的。日平西时光，坐了软轿，只带个小婢，一径来到修真道院。一路留神，果然院宇潇洒，清洁无尘，下轿步入头层院，已见仙娘笑吟吟迎出。两人先入寻常室内，落座畅谈。须臾日暮，掌上灯烛，仙娘嘤咛一声，左右应诺，登时排好一桌精巧酒馔，并向左右吩咐仙坛前安置一切。那爱妾逊谢一回，宾主便入座就饮，仙娘含笑相劝，好不殷勤。那妾酒一沾唇，只觉芳香无比，并且醇和异常，因惦念祈子之事，便也不敢多饮。

仙娘笑道："酒是仙人不忌的，接近仙人，倒不必清醒白醒，焉知没有醉八仙下降呢？"一面谈笑，一面取了个鹦鹉啄的大杯捧上酒来。那妾本有酒量，于是连浮大白，不觉两颊微酡。仙娘一笑，命收过酒馔，便引那妾先到仙坛前焚香通诚。一切都毕，然后引那妾曲曲折折直入密室。香帘一启，已有一股氤氲媚香喷出，其中篆袅金猊，瓶花姹娅，四壁糊得便如雪洞一般，西间内是沐浴之所，兰汤澡豆之类早已安排停当。仙娘道罢安置，便携小婢掩扉自去。于是那妾慢缓衣裤，裸身就浴。

这样一来不打紧，水气蒸腾，又香又暖，那妾拍浮之间，登时觉酒力春心一齐发作，四肢倦举，骨软筋酥，两只星眸也便饧将起来。那妾挣扎着拭干身体，方要穿衣趋就东间卧榻，只见银烛光摇，便有一个钟离大仙模样的人推开纸壁，笑吟吟拔步而出，一言不发，抱起自家光溜溜的身儿直入东间。那妾这时言语转动都不得，唯有心头惊喜，只好瘫了手脚，凭那仙人处分起来。

良久，良久，直至魂融魄荡，方觉暖融融一股阳和直达最妙之处。那妾倏如梦醒，一看那仙人竟不肯便去，反熨帖帖抱定自家，温存起来。这时仙人有说有笑，并无奇异之处，直然地也是人。那妾疑讶之下，仙人忽附耳笑道："你如爱我，咱们仙缘便可长久。"那妾快活当儿，不由点头，仙人大喜，便取冷水给她吃了一口。那妾登时清醒如常，仔细一想，自己不敢信是梦咧。

原来仙娘酒中下了媚药，并掺加些蒙药，历来被她坏过妇女甚多。今次这仙人便是马胜，又一面动作，一面直述所以。那妾本是个浪货儿，得此健男，如何不喜？于是两人竟密订幽期。马胜自恃本领，问明那妾在第几层院中，隔了两天，竟自夜入府衙。如此光景好几次，幸未发觉。不想有一夜，马胜狂罢后，方由房上折落二堂前脊，却被护院人张见，登时钩索齐上，一拥捉翻，马胜想施展手脚，业已无及。

马胜这厮狡黠不过，知府衙阍史姓潘的现为教中小头目，便道："俺是奉朱仙娘之命来给潘姓送急症的符药，因心急事忙，所以奁夜竟入。"立猷见他说得离奇，唤潘姓一问，潘姓知马胜在仙娘跟前得脸，不便得罪他，只得含糊回道："小人果然有求符药的事，请老爷一问朱仙娘便知分晓。"立猷只得暂将马胜监押起。次日还不暇传唤仙娘，仙娘使人已到，一说情节，果和马胜吻合。立猷踌躇之间，那爱妾早撒娇撒痴地乱噪道："朱仙娘是得罪不得的，她若恼将起来，将肚中小宝宝叫仙人再弄出去，那不坑煞人嘛！那马胜并非贫穷，绝没偷盗情节，依我看索性给仙娘个脸面，将马胜礼貌送出才是。如今襄阳地面，便是个教目，官中都不便得罪，何况仙娘呢？"一言未尽，只见立猷哈哈一笑。正是：

　　既定娄猪归豝貀，黄堂帷薄惯包羞。

欲知后事如何，且听下集分解。

第 二 集

第一回

梁老仆爱主显丹心
陈二官惑邪入白教

且说王立猷哈哈一笑，正要讲话，只见一仆人踅入，手持两封信札呈上。立猷一看，却是本地巨绅给马胜关说的。立猷一想，自己纵妾祈子，于官箴上就不仿佛，倒莫如模糊糊消掉此事，于是登时将马胜释放，并加礼貌。

当时陈敬听吴兴礼说罢，一笑各散，便信步踅向演武院，却听得小二笑道："娘娘这撒手刀法真个煞利！"红英笑道："这一招儿只有俺冷表弟还来得。你看马胜蠢牛似的，恨不得叫俺把着手教他，那一天竟爬在俺脚下，涎着丑脸子只管磕头。"

小二唾道："可不是嘛，再没有比他讨厌的！俺就不待见他。今天真是日从西出，他们竟没来起腻。娘娘你这平底硬帮鞋儿也该换换咧。前天俺娘命俺做双鞋儿，要送与朱仙娘，俺看朱仙娘的鞋样儿大小如娘娘一般，娘娘便先穿了不好吗？"红英笑道："哟，俺可怕折寿煞！一个人穿仙娘鞋子，有那福分吗？便是梁妈妈竟敢叫你给仙娘做鞋儿，真真胆子不小哩。"小二道："俺娘是悄悄教俺做的。俺真是受枷板气，还须提防着国安发倔性，他爷儿俩但听得朱仙娘三字便噘嘴哩。"红英笑道："你也特煞的脓包，难道国安便吃了你我？"

陈敬逡巡之间，已见红英衣襟一荡，早到院门。正这当儿，只见老仆梁方一张脸气得红虫一般，随后踅来，向陈敬道："主人今天可也晓得那马爷为人咧！这种人理应谢绝他才是。方才吴爷一番话，梁方早有耳闻哩。"原来梁方近日在街坊上听人议论马胜那段事，还没暇向陈敬说，今日可巧在窗外听得吴兴礼述说，所以跟陈敬来唠叨。

当时陈敬只笑道："俺都理会得。"正说着，恰好红英和小二翩然踅进。梁方正在气头上，一看红英打扮得跑马解的一般，本就不是意思，又见小二笑吟吟捧刀随后，不由劈头便撅道："你那糊涂妈好没正经！俺怎的命她嘱咐你，等闲价不必到此踢跳，难道她不曾说给你吗？"

小二吓得脸儿通红，便道："今天院内没人，所以娘娘叫俺跟来练练刀法。"红英一瞟梁方，不由脸儿略沉。梁方也便不敢多说，只垂手站在一旁，俟红英趱过，又和陈敬唠叨半晌，方闷闷趱向己院，一肚皮土鳖火正没处发泄，刚一脚踏进院门，便听得梁妈妈笑道："咱娘娘脚儿比朱仙娘还瘦些，先穿这双鞋也使得，你再给仙娘慢慢做吧。可有一样，连国安一般是偏种，只瞒过他爷儿俩就得咧。真也古怪，咱襄阳哪一个不信朱仙娘，偏他爷儿俩闻得朱仙娘便乌眼鸡似的，妖妇、娼根地乱骂。有一天娘娘还戏说要入教哩，俺看他爷儿俩拧到哪里去！"

梁方一听，不禁气往上撞，紧走两步，一掀帘儿，便见梁妈妈四平八稳坐在榻上，手内拈起只凤头鞋儿正在端详。小二却低头站在一旁，猛见梁方，刚道得一声"爹来咧"，梁妈妈一惊，赶忙将鞋子藏在屁股底下。梁方乘怒劈面便唾道："你这婆子，不正正经经教导孩儿们，却鬼鬼祟祟弄这个。难道朱仙娘是你前世的歪刺妈？你便想着法儿去孝敬她，送衣咧，做鞋咧，乱成一片，这还罢了，为什么还叫孩儿们瞒着我呢？这都是你当老人家的教导孩儿吗？哼哼，咱主母不入教便罢，只要说入教，你看我先毁掉你哩。水儿怕浸，火儿怕扇，你这老婆子便是个是非由子！"

梁妈妈怒道："你这话通似放屁！俺帮你一辈子，有甚过犯在你手里？你便动不动排大侄似的排揎人一场。敬神弄仙，悬袍挂匾，也是妇人家常有的事，一不做贼，二不养汉，便响当当对得住你。不过因你倔声丧气，俺不待价看苦瓜脸子，有点儿事背着你，你倒样上来咧。"说着气得颤抖抖，大声向小二道，"媳妇，你快给朱仙娘做鞋去！俺没本事对付别人，梁国安须是俺儿子，他若声嗓都有俺哩。"

一席话夹七杂八，梁方一听，气得浑身乱抖，不容分说，一把揪住梁妈妈小纂儿，向下便拖。小二方赶忙去劝，只听咕咚一声，梁妈妈大叫栽落榻下，方骂声"你这老东西……"梁方手起拳落，只管向梁妈妈臀背之间砰砰乱打。

梁妈妈哭挣道："你是好些的，便打煞我！"说着猛一扬手，咔嚓一把，梁方脸上登时鲜血直流，于是气如山涌，拳如雨点。小二急得怪哭，冷不防趴在梁妈妈背上。梁方气愤之下，只是跺脚。正这当儿，梁妈妈嘶声一叫，老寒腿一伸，啪一声被梁方跺个正着，上年纪的人奇痛连心，顷刻一声喊，当即昏去。梁方急切间还骂道："好，好，我让你孝敬朱仙娘！"一言未尽，小二大号起来。梁方一看梁妈妈，不由又是一股急火，一口气舒不来，两眼下翻，老腿一软，吭哧声也跌坐在地。小二一望，越发怪哭。

正这当儿，国安飞步抢入。原来他也听得人讲说马胜那段事，并朱仙娘许多暧昧事，气闷闷刚趱转，却正逢老两口置气，于是国安急不暇问，夫妇分头拍唤醒梁方等。那梁妈妈竟一丝两气，委顿不堪。梁方还气得只管哼哼，一见国安，竟自掉下泪来，长叹道："你看咱家，就没个好气象咧。你妈稍微明白点儿，何至于此！咳咳。"

国安听到此，却见榻上有双新女鞋儿，当时也不暇问，便趋扶梁妈妈，不由泪落。梁妈妈哭道："儿呀，你不须扶我咧，死掉倒干净。"说罢数数落落，将方才置气之故说了一遍。国安不敢插嘴，便忙服侍梁妈妈呻吟卧下，一面命小二速备汤水，并取止痛药来。梁方望得心烦，恨恨自去。那天色也就晚将下来。

不提这里人仰马翻，且说当晚陈敬饭罢，踅入内室。只见红英穿一身窄利衣裤，斜軃香鬟，正就红烛下拂拭那刀。一见陈敬，漫笑道："今天演武院中却清爽得很。小二也好笑，她竟要学那撒刀法，学了半晌通不成功，倒遇着她公公撅了一阵。"陈敬笑道："理他哩，那老儿就是这不得人意的脾气。"红英微哼一声，依旧用干布竭力拭刀，烛光之下，荡得两支耳环闪闪烁烁，衬着玉面樱唇，好不丰彩。

灯下观美人本就动人，何况红英俊爽之概非同寻常，于是陈敬喜滋滋坐在对面，望着她通不转睛。红英一抬眼皮，却笑道："你那个老管家几时放掉的你呀？他撅着胡子唠唠叨叨，又向你上什么十大条陈哪？"陈敬望得入神，只一声不响。红英唾道："难道你聋咧！"陈敬笑道："我何尝聋，那会子你和小二在演武院笑说马胜，俺都闻得。便是梁方和我唠叨，无非也是说马胜罢了。"

红英诧异道："马胜怎么咧？"陈敬笑道："怎么不怎么，那厮好笑得紧哩。"红英笑道："人要长个丑脸子，便是笑话招牌。"陈敬道："哟，你道他丑，人家知府的姨太太还拿他当香饽饽哩。"说罢踅近身，哈哈大笑。红英摸头不着，滴溜溜俊眼乱转，便笑吟吟拉定陈敬道："他到底有什么可笑哇？"陈敬为人本有些大咧咧，当时觑定红英俏庞儿，只是憨笑，便道："不说吧，那厮真没人样。再者你们女人家听了笑话，见了人家便忍不住笑，被他揣悟到自己丑事，须不相宜。"

红英一听，越发要问所以，恰好婢女等踅进铺陈卧具，于是两人将话遏住。须臾吃罢一回茶，夫妇相与就寝，不多时便闻深帏中娓娓笑语起来。但闻陈敬又说又笑，红英悄睡连连，却一面哧哧地笑，少时道："俺不信你瞎胡说，就说他如此没人样。"陈敬低笑道："你不信便罢。你是没见过罢了，若要据那吴兴礼说来，仙娘能媚少年，就在这点子上，马胜偏能中她意。不然知府姨太太会喜欢他吗？"红英笑吟吟地道："哟，不须说咧，俺就不信连朱仙娘竟那等的没正经。"

陈敬笑道："姜是老的辣。至于马胜那厮没人样的，你不记得我曾向你说过吗？"红英听了，越发笑道："你倒是老疷猪记万年糠，谁有心情记那些没要紧的呀！"于是枕席风情，十分款洽。

好笑陈敬没正经，胡嚼蛆，这一来不打紧，红英既闻马胜伟男，又闻得朱仙娘许多浪荡取乐之事，登时一点芳心胡思乱想。陈敬如何理会得？当时见红英格外兴浓，还以为自得奇趣哩。从此红英待马胜亲近许多，按下慢表。

且说梁妈妈本是年老病身儿，和梁方打架后又着了气，不知不觉一头病倒，医药无效，看看饮食不进，梁方等慌了手脚。又见梁妈妈昏愦中还念诵朱仙娘，梁方大怒，赌气不去理她，越发将酒破闷，吃得半酣，便骂仙娘。

一日红英来看梁妈妈，恰值梁方对了国安又言三语四地发倔气。红英不悦道："你这老人家，便是倔性，可也有个时光。如今梁妈妈堪堪待死，俺又在这里，你只管牵藤蔓葛骂那仙娘怎的？"梁方乘气撅道："主母不须管，只要梁方在一日，咱宅中人休想提念什么仙娘。"红英冷笑道："这'宅中人'三字，未免笼统些吧。"说罢拂袖而出，当时梁方等也没在意。

又过了三两日，梁妈妈看看不支，国安与小二衣不解带，齐头半月余没出院门，小二割臂煎药也是无效。这日傍晚，梁妈妈稠痰上涌，气息喘促。小二忽想起演武院内后墙下有一种野草，形类羊奶花，颇能清痰，便趁空儿拎把短铲匆匆趱去。一望院门，却关得结实实，推了推，却纹丝不动，暗想道："一定是主人家因梁妈妈闹病，心下发烦。这些日院中没人，所以由内反锁咧。俺不如跳将进去，省许多事。"想罢，顺步跑向院后墙，一跃而入。

方分花拨草地来至后轩楹外，只听马胜笑道："啊呀，爽利得紧！俺不是当面奉承，那朱仙娘究竟过了年岁，只好给你拾鞋哩。你还没得仙娘内媚功夫便已如此，倘再得她传授，越发要得人命咧。有这等天大的妙机会，你如何待在家里不去入教？凭你这十全的才具，一入教真是前程无限哩。"

红英笑道："俺何尝没心事，只……"马胜道："俺懂得咧，准是只碍着梁方。他左不过是个老奴，好便好，不好撺掉他，没事一大堆咧。"红英笑道："不要忙，反正咱两人好在这里，还愁不入教和你在一搭儿吗？"说着啧啧的嘴儿乱响。红英道："你别涎脸咧！今天梁老妈妈子病得待死，俺还须早回宅去。"于是莲步响动。

小二这一惊非同小可，赶忙一伏身，钻入丛花，便见红英和马胜笑嘻嘻携手而出。那红英鬟云微乱，春靥犹在，小脚儿刚踏出轩门，便推开马胜，星眸四望，然后向后墙一努嘴，低笑而去。这里马胜颠头播脑，嘻开一张蛤蟆嘴，迷齐着两只蛇眼睛，耸起个大鼻头，只管向空咻咻地似嗅余香，又似驴子闻骚儿。直待红英俏影儿趱进院门，他还醋望得意，直将小二惊气得眼睛发黑，百忙中就要提铲去砍马胜。

正这当儿，只见马胜笑眯眯趱进丛花，撩起长衣，解裤便尿。小二觑得亲切，暗暗咬牙，方愤气潮涌，想做手脚，忽隐隐一阵哭声送入耳朵，仔细一听，竟是国安。这时马胜业已口内哼唧着小曲儿，奔向后墙，一跃而出。于是小二心忙意乱，不暇他计，更不顾再寻野草，情知梁妈妈不中用咧，便如飞跑向院门，号泣而回。一看国安正在擗踊大哭，梁方一面挥泪，一面还顿足道："你信敬了仙娘一场，原来也会死哩。"这时宅中婢仆早都赶到。须

104

臾陈敬踅来，十分太息。大家便七手八脚将梁妈妈装殓停当，择日安葬，不必细表。只有红英一总地没照面儿，众婢仆都暗觉主母心狠。

国安热服在身，自不便入宅服役。便是梁方因丧事忙乱，入宅时光也稀稀的。这其间却得意煞个马胜，不消说曲尽媚猪之技。两人既新欢乍结，按理说陈敬一方面自须冷落。哪知红英别具深心，不但待陈敬情意转浓，并且拨雨撩云，恨不得夜不虚度，便将先前在意照寺所得的什么散春愁咧，益阴丸咧，一股脑儿施展出来补助兴致。

好笑陈敬呆瓜似的通不觉察，只图欢娱，不顾性命。这时红英已大动入教之意。陈敬本是个无计较的人，当不得内而红英、外而马胜两张利口，痛赞白教许多好处，因此心下也有些动动的。红英趁势道："刻下官吏专以鱼肉富户，咱虽一时怕不着他，为长久计，总须厚植势力才是。你看刻下白教蔓延三省，好不兴旺。教中团结之力甚是伟大，咱一入教，一来官中不敢欺压，二来教中极有能人奇士，咱夫妇既以任侠自命，正该趁势结纳哩。便是前月里，咱某处木厂分行生生被贪官因报税数目稍微不符，竟勒罚了一笔巨款。要是咱们入教，再不会有这等事的。"陈敬听了，不由连连点头。这且慢表。

且说小二自觑得红英秘事，老大疙瘩结在心头，却因丧哀痛，忙乱间不暇理会。转眼间梁妈妈葬事都毕。国安哀痛之余，终日闷闷。偏搭着梁方既悔痛打梁妈妈，又闻众婢仆风言风语地说主人家有意入教，百忙中马胜等一班人越发来得脚步勤，不但白日踢跳，往往半夜价连红英都在演武院内酣歌纵饮，马胜还往往住在院内。并且红英见了他便绷脸儿，渐渐地指桑骂槐，拿出主母威势，先借端将两个谨厚仆人一齐撺掉，另由马胜荐来两名俊仆，一名柳升，一名罗仁，都是油唇滑嘴的少年。不消三两日，便派柳升管杂务，派罗仁专管演武院。便是会计一项，本是梁方专职，如今将柳、罗两个都在会计上挂了名儿。

梁方耳目间所见如此，安得不气？几次价讽谏陈敬，凡家事须自作主张。无奈陈敬本是个褙货，近来因酒色淘漉得越发模模糊糊，除唯诺之外，反笑道："你偌大年纪，快歇歇心吧。一言抄百总，俺都理会得。再者你颠三倒四地只管说老辈子话，也有些不合时尚咧。"梁方刚想痛说佐君创业之艰，陈敬已一笑躲开。于是群仆觑出主人意旨，知梁方势派要倒，便大家一挤眼，登时给人眼里插棒槌，居然倔头犟脑。梁方每有呼唤，竟自十个溜九，剩那一个还须费许多唇舌，他才强勉着去办那桩事。梁方累气之下，身儿啾唧自不消说，还添上颠颠倒倒，似染心疾。只是那倔脾气越发十足，两句话不投机便汪的一口，恨不得吞掉那人。因此大家越发厌恶他。

一日小二和国安悄述那日红英秘事，国安听了，直气得剑眉倒竖，顿足道："马胜这厮，会须落在俺手！只是咱主母如此光景，怎样好呢？"夫妇方相对愤惋，只听得陈宅中连哭带喊，吵成一片。国安奔去，只见梁方正气吼吼地抡动大杖赶打柳升，业已面目变色，浑身乱抖。

那柳升一面躲，一面大跳大叫道："这个怨我吗？主人家要去，俺须拦不得。好没来由，却寻人晦气！"梁方骂道："你这厮好不混账！主人家去见朱仙娘，你为甚横拦住他们不叫告诉俺呢？你这毛浸子，才端陈家饭碗便这等弄手作脚，打煞你都不多哩！"那柳升如何肯服，还是满口中不干不净，大嚷大哭。梁方恨极，一举杖连身扑去，国安急忙去拖。

说时迟，那时快，只听扑通一声，梁方已跌翻在地，恰好有块石子儿正拄心口，老人家啊呀一声，登时昏晕。国安大惊，连忙扶抱起来，偎坐于地。于是众仆齐上，纷纷掐唤。良久良久，梁方才缓过一口气，两目一张，趁怒还要挣起。当不得国安扶抱紧，众仆再三劝慰，梁方落泪道："你们不晓得，这桩事关乎咱主人一家盛衰，岂但盛衰，直然有身家性命之虑！当年老主人怎的托嘱俺来，俺岂可坐视！"因向国安道，"你快快扶俺去见主人！"说着心气一疼，又复昏晕。

原来陈敬、红英三不知已被马胜引到仙娘处，竟自入了教。过了两三日，梁方才知，不消说大骂众仆不早来报告。众仆道："都是柳升说主人有命，不许告知你哩。"所以梁方这时怒打柳升。

当时众仆又是一阵掐唤，再看那柳升早风也似跑入内院。一仆人骂道："这厮小老婆脸子，定向主人跟前搬弄是非。"又一仆唾道："他是柳方中的阿弟，可见没得好种性。那方中近来脚步好不来得勤，满口中偷天换日的话。可怪咱主人偏喜欢他。"这时国安早将梁方搀起，众人都劝道："您老今天气坏咧，且待将息好，再见主人吧。"于是帮着国安簇拥定便走。小二在后弄门首早已望见，不知是怎么回事，惊得怔怔地跑来接扶。国安摆手道："还不妨事，且消停歇搀扶。"

正这当儿，只见一人徜徉踅过，生得尖头削耳，鼠目鹰腮，水蛇腰搭趁着王八背，两撇短须微掩掀唇。穿一领七零八落的敝袍儿，腰束破麻绳。屁股后头挂得叮叮当当、窸窸窣窣，仔细一望，却是碎铜烂铁之类。还有一束破书、两串老钱，也荡悠悠掺在里面。他却手持竹板，口唱山歌道：

汉水滔也么滔如醍醐，白铜醍上没也叫鹧鸪。春风也么十里襄阳个路，饮马个江头哇赛画图。

楚尾也么吴头哇旧战场，投鞭没自古断流长。罡风吹动也么荆襄水，花放没白莲哪自在香。

那人一面唱，一面扇起两只膀子，便如商羊作舞，由大家身旁直擦过去。一仆低唾道："合该咱这里晦气，只管出这样怪物。这便那个柳方中哩。"国安望了一眼，不暇细问，便谢退众仆，自和小二扶梁方进院，安置在榻，先忙取定神丸给他服下。梁方模糊糊还乱骂柳升，且喜面色稍转，须臾睡去。国安、小二彼此相看，不由泪落。

　　国安一说梁方生气之由，小二吃惊道："咱这些日不大进宅，不想主人没巴鼻竟闹出这些事。咱爹若得知主母和马胜许多无状，不真个气煞嘛！"国安叹道："但盼以后咱主人能醒悟，便是大家福分。只是马胜那厮俺委实气他不过哩！你看方才那怪物便是柳方……"

　　一言未尽，只听梁方啊呀一声，国安大惊。正是：

　　　　一息尚存唯爱主，百身莫赎念先思。

　　欲知后事此何，且听下回分解。

第二回

运歪才险士著新书
闻琐语义仆伤主业

且说国安一言未毕，只见梁方啊呀一声，手足乱动，口内模糊道："主人哪，须知梁方犬马力尽，报主之恩也就在这番话了。"说罢喉中哽咽两声，依然睡去。国安叹息一番，接说道："那怪物便是柳方中，早就在仙娘教中胡混。他本是个落拓秀才，平日价调词架讼，无所不为，被官中名捕急啊，一屁股逃向杭州。游荡了两年，离离奇奇地跑回来，忽自言已得什么性理之学并韬略兵法。专讲什么静坐咧，摄心咧，又杂取些佛说道语、廓落落没边际的话，夹七杂八作成两卷书，便把来挂在屁股后头，逢着人便拿书做幌子。起先还有好事的念他是读书人，大家互相传说，间也有人礼貌他，后来他越来越离奇，三不知搭上一个私门娼妇，硬说她有娘娘贵命。那娼妇吃惊不小，一来不敢容他，二来贪他寄顿的金资箱笼，便冷不防到官出首妖人。好笑方中被捉入官，还用书护着屁股。那官儿见他离奇样儿，以为是个疯子，敲打一顿，监押数日便放掉咧。他出来一寻娼妇，早已跑掉，不消说寄顿之物一概没影。方中气急交攻，越发不成模样，便终日撞向街坊，讲念他那两本子书。说是自己学问便如国初李卓吾先生一般，自称什么江汉先生，不是谈天运，便是占旺气。说到现在朝政和大小官吏，便箕踞大骂。有时节无端大哭，忽然怪笑，佯佯狂狂，真似胸有蓄蕴，其实是个险诐阴邪的怪物。他自到朱仙娘教中，越发举动乖僻，敢作大言。听说仙娘传教规法，很参用他书中之意，所以他这当儿已是某处的教目咧。这种人绝非善类，若遇贤明官府早就当办的。可恨柳升竟将他勾引来诱惑主人，再加着主人夫妇竟自入教，真正可虑得紧。前路茫茫正自难料，但看主母行为如此，也就可想将来了。"说罢一望梁方，不由虎目中慨然泣下。

小二愤然道："俺看主人虽诚厚，日子久了，也许看破主母行为，只好那时整理家事咧。"国安皱眉道："但愿如此。只恐主母性儿主人制她不得。"正说着，忽闻陈宅中一阵欢呼嬉笑之声顺风吹来。国安长叹道："你听得吗？这时主人想又聚饮哩。主母不必提，便是主人家对咱落寞也可想见了。咱爹爹气倒如此，主人竟不闻问，可叹咱爹爹还一味价想挽危局哩。"小二正色道：

"这话却不应如此说。不但爹爹忠诚一生，责无旁贷，便是咱两人这副担儿也就不轻哩。"夫妇叹息一番，起看梁方，幸没变动，便轮替着榻后暂息，草草过得一宵。

次日梁方神气略清，便向国安道："俺刻下转动艰难，又有要言须谏主人，你快将主人请来。俺曾受老主人深重之托，想主人也不怪俺。"国安唯唯趑去。不多时转来道："主人这会子和马胜出门，便是主母也同了柳方中到仙娘处习什么法术去咧。"梁方没法儿，唯有抚心长叹。

直过得十来日，陈敬直然地影儿没见，梁方却能扶杖步履咧。这日探听得陈敬在外室独坐，梁方思忖一番，便慢慢扶杖趑去。一进宅门，只见院中静悄悄的，众仆想都趑去闲玩。院中盆花干枯，阶草渐滋，尘埃虽不狼藉，也便罩帘蒙幪，厅廊角下倒有一大堆蜡泪并残萎的瓶花，乱糟糟堆在那里。还有两只陈绍大酒坛，一只空洞洞横卧着，地上余沥犹湿；那一只还有半坛酒，口儿上却拖盖着一条妇人的青帕头，半截儿浸在酒内。

梁方拄杖徘徊，想起君佐临危时一番付托，不由老泪直泻。方逡巡趑过二门，只见柳升扎括得像姑一般，从外室笑吟吟搴帘而出，臂上搭着面巾，一手端了瓷盆儿，红着腮儿，低头刚趑下阶，只听陈敬喘促促地道："净净手，你只取些温水来便了。"这时梁方业已趑近，那柳升望得一眼，匆匆自去。

梁方太息一声，即便倚杖室外，垂手入室。只见陈敬光着头儿，满面上青白滞气，多日不见，竟似瘦了许多，一双眼似睁不睁，方靠几偻坐，手中拿了一纸长笺，正在折叠。一见梁方，便置在几，却笑道："你近来可好咧？"梁方道："老奴无状，不能给新仆做榜样，还劳主人念及，真真有罪！但老奴闻得主人业已入……"

陈敬料梁方又要唠叨，反索性道："这段事俺正要告诉你哩。刻下白教甚是时尚，便是官府们都不禁止，并且很联络接近它。它教中规法又很正大有道理，咱家入教，更有许多相宜之处。"说着将长笺拈起道，"这便是白教规法，一条条都劝人做好事，很有道理哩。"

梁方道："主人此话差谬了。凡异端惑人，都用善言诱众，这只可说是诱人的作用。简洁说来，当观其行，不可但信其言。即如朱仙娘那样的妖妄丑秽，哪个不知是万万接近不得的？主人承偌大事业，如何但听人掇弄，自没主张？便是主母，更不可有逾闺范。再如柳方中、马胜一班人，直言之，都系败类，急宜远之。老奴无状，但望主人早早觉悟，便是老主人默佑咱家咧。"说罢颤巍巍跪将下去，泪落如雨。

陈敬一见，颇颇动念，连忙扶他起来道："你的话也尽有理，容俺……"刚说到这里，只觉胸气一阵短促，竟咯咯地喘嗽起来。梁方不好再说，倒给陈敬捶回背，方才趑出。一路沉思，越发心如油沸。因方才捶背声音，空空的如叩虚壁，分明是瘵疾已成之势哩。但是梁方还指望陈敬悔悟，并且他不晓得红英

109

和马胜苟且之事，以为红英是寻常放纵性儿，高兴胡闹，便趁空去痛谏一番。

不想红英更有拒谏之能，不待梁方张口，她一张小嘴便如推倒核桃车子一般，只说入教之意全出在陈敬，自己方谏劝不迭。那一番正大言词，好不剀切透彻，比梁方意中之语还恰当十倍哩。却是梁方前脚出去，红英这里业已跑向仙娘处，不然便在演武院和马胜等厮混。渐渐便有教友们群相往来。为日不久，襄阳市上轻薄少年便传出一种口号，三瓦两舍里唱动道：

> 城南仙娘爱少年，鸡皮三少仙乎仙。美人如花说城北，陈家少
> 妇都且妍。盛会无遮大欢喜，摩登淫席夸良缘。解佩何须郑交甫，
> 汉江游女春风喧。天香郁郁不可触，即看法乳能亲传。仙兮仙兮美
> 且好，白莲风动青萍翻。

这口号处处唱动，梁方听得好不难过。原来这时红英已承仙娘传与一切法术，认为替身。仙娘门下忽增这位绝艺绝色的高弟，自然兴盛百倍。那四方闻得异香，陡生信心的也就越来越多，闹得仙娘道院外喧阗如市。红英有时节三五日价住在道院，一切家事都不理论，那陈敬瘵病也便渐重。

梁方见此光景，未免忧愤异常，百虑煎心，往往终夜不寐。国安夫妇累次泣谏，梁方叹道："俺风烛残年，但活一日，便尽一日的心力罢了。只是来日大难，你们到甚场处，正自难说哩。"国安等听了，都各垂泪，见梁方不堪苦恼，虽见红英近日来越发放浪，恣意宣淫，哪敢向梁方提一个字儿。

也是梁方合当寿尽，这日为端阳佳节，陈宅中大家散假，随意游息。蒲酒榴花，点缀风光。众仆人攒三聚五，欢呼痛饮。大家谈起来无非是仙娘长、仙娘短，并教中许多离奇事。

有的道："如今闯光棍，就是入教了。你看某人，蔫王八似的，一入教便挺脖儿。"有的道："便是想抓钱也须入教，你看某某，只熬上个小教目，那挥霍阔绰法，真个赛如阔大爷咧。"一人道："顶呱呱的，还须长个潘安脸子，驴大行货。不然仙娘不高兴，一脚怕不将你踹到月亮里去。"一人耸肩道："啊哟，好写意！俺要能挨仙娘的小脚儿，这一辈子便活值咧。最异样的是柳方中那个狗头，邋邋遢遢，活脱似他娘的个蓝采和，你说他哪桩儿得人意？哪里晓得人家偏偏走洪运，不但朱仙娘喜欢他，便是咱主母……"

又一人赶忙捂住那人的嘴道："你可是作死咧，小柳儿听得了不是耍处！你马上就须卷铺盖咧。"一人叹道："俺只可怜梁老头儿，偌大年纪，一些风色也不懂。咱主人这当儿被人缠得只思量那桩快活风流事儿，差不多连日子都过忘咧，他还尽管去唠叨，劝主人提起精神，整顿家事。他才是个老瞎蒙哩。"

众人都笑道："咱莫谈隔壁账，今朝有酒今朝醉。好在主母又赴道院，不定回不回，吃醉了，大家困他娘的。明年今日，你我这班人便未必如此齐楚

110

咧。"说罢拉开怪嗓子一阵拇战。

梁方听得发烦，便赌气离开他们，信步在院前后徜徉一回。只见处处狼藉，通没人整理。少时踅进祖室前，不由凄然泪下。原来室内不但隔牖尘封，香火全无，便是端阳节供木主的角黍等物都没得。梁方暗念道："怪得人家说，家门将败，先将祖宗抛在脑后。便是主人新婚时，种种不吉，便非好象哩。"于是逡巡入内，扫拂尘土，又踬蹬到厨下，取了角黍蒲酒，供在主位前，然后一一焚上香，直忙碌许久，方才清爽。

这一来不打紧，老头儿烦惋动作之下，竟泛上饿来。于是反扣室门，拄杖踅回家。恰值国安夫妇将赏节酒食安排停当，老头儿趁着虚饿，便一气儿吃了几个糯米角黍。方才入肚，又向国安絮絮谈起主人近状，心内一打结，不知不觉将黏性食物塞积胸膈，却是当时也不觉得。

老人好食困又是免不掉的，梁方食罢便是一觉，直到日平西时方醒，只觉肚内累鼓一般，于是慢慢踅出家门。方走到后弄口，想赴陈宅，只见一乘华丽软轿如飞而过，轿中一个媳妇子扎括得狐狸精似的，水灵灵眼儿东瞧西望。轿后一骑骏马，上跨俊仆。更别致的是后跟一平头小奴，却肩着一躯艾缚钟馗，有四尺来高，很有神气。钟馗所持的斩鬼蒲剑上面，还花绿绿画着符篆。

梁方正在呆望，恰好一个乡下汉子穿了硬邦邦的新布衫，提了个空篮儿，稀里哗啦，冒失失挤到马前，大概是进城看亲拜节的。当时乡人闪路之间，不由提篮晃动，那马吃惊，猛一岔道，那俊仆不容分说，唰唰唰向乡人脑袋上便是几鞭，大喝道："你这呆鸟不长眼睛！不晓得这是府大人的官眷吗？"

乡人奔避当儿，一行人已吆喝而过，两旁人都纷纷避道，便有人悄悄议论道："看起来官府们真阔绰，这府尊姨太到仙娘处去一趟，少说着也须百十金。但看这画符的钟馗，就不知破费多少银子哩。"一人笑道："你看官府阔绰吗？我看陈家媳妇子也可的。俺听说仙娘就要传教主之位与她，她一高兴，便允助教中开坛费用万数银子。听说不久便举行，凡各处教目届时都到。先讲演《白衣圣经》一日，然后传位。你拭净眼睛看热闹吧。"

又一人道："俺听说仙娘所奉的灵狐业已招寻仙娘来咧，并说这个陈家媳妇子应运而生，贵不可言。便是仙娘也是辅佐引导她的人物，理当功成身退。还有许多预言，越发离奇热闹，俺却记不得许多。大概是说陈家媳妇子有个武则天的命儿，却须由马上得之。啊哟哟，我的佛爷桌子，这不要造反吗？无怪乎刻下白教在川陕一带也闹得一天星斗。将来他们真个联合起来，怕不出大乱子吗？咳咳，你看刻下的官府，这等事不说是严行禁止，并想解散之法，反倒纵容他们，又弄个小婆子掺在里面混。俺听说那姨太和陈家媳妇很要好哩。"

又一人道："您这话虽然离奇，也有因儿。但看陈家媳妇子那身武功，便不像个安静女人。再搭着又学了仙娘的法术，继了仙娘的位子，诸般辐辏，真不得了哩。你看刻下教中人，什么角色都有，哪一个不挺胸脯肚。若有词讼到官，那官儿先吓得孙子一般，是非曲直丢在一旁，先查问他是否在教。那教中人怎的不张致呢！"

一人叹道："倚势恣横，还不出奇。最奇的是他教中异香怎就能惑人呢？俺眼见许多规规矩矩的人三不知也入教咧。"一人唾道："简断截说，凡入教的总是有那份邪骨头。俺听说一段趣闻，可不知是否实在。说是有个拗性人，听得人说教中坚人信心是恃邪术，凡入教领诚，照例由教主给一杯茶，当面饮尽。据说茶中有邪物，便盘踞此人心腑，至死不变。拗性人闻得此异，便想试觇一下子。就假作入教，却将那杯茶悄悄倾泼，果然杯底现出一粒黑物儿，有纽扣大小。拗性人暗暗收起，即便回家反复谛玩，不知何用，便随手儿置在枕函中。夫妇困到半夜里，忽听枕函中类似耗子作闹，打开一看，却是个寸余长的黑人儿，相貌狰狞，夜叉一般。拗性人大笑道：'原来你这么物儿，惯会蔽惑人心呀！'用两指钳出，寻条细绳儿，刚要捆栓，那小人身形一晃，几乎脱去。拗性人知是邪门物儿，恰好他婆子月事方到，便探取秽物，一抹缚定。那小人呦呦有声似乎乞命。拗性人都不理会，便把来悬在床头，用马尾拧绳儿慢慢抽打。方才天明，教中某教目业已遣人来关说，愿出百金赎取此物。拗性人道：'赎取不打紧，只须说明是怎么档子事，俺解解心下疑团使得咧。'来人无奈何说道：'俺说给你，却不可转为张扬。行这法术的人，便有精气附在此物，所以能蔽惑人志。你今作践此物，某教目如何安生呢？'拗性人一笑，将小人交付来人。夫妇俩玩弄银两，方在欢笑，拗性人忽悟道：'不好！咱既得钱两，又探知他诡术，某教目岂肯甘心？夜间定来弄玄虚哩。'于是忙碌碌准备一切。当晚室中安置停当，拗性人携了水枪，伏在大门外大树之后。三鼓时分，先呼呼地吹起一阵狂风，不多时，一个狰狞大汉捎着明晃晃大斫刀，拔步走来，啪的声踹开大门，踊身而入，便听得噗嚓嚓连声响亮。这时拗性人两手擎枪，目不转睛，说时迟，那时快，长影一晃，大汉趔出。拗性人一声喊，咕叽一枪，大汉便倒。赶去细望，却是个纸人儿，业已被秽水喷得一塌糊涂咧。于是唤出婆子，掌灯火先看室内，榻上两具草人都已两段了。你说这事儿多么稀奇！"

众人这阵胡噪，竟将梁方听呆，只觉心头十分难过，不由暗叹道："俺便舍掉老命，还须谏净主人。倘主母继了仙娘的位子，那还了得！"一路沉思趔进宅，通不见众仆影儿，知红英等尚在未回。刚走到大厅后，只听得柳升住室中一阵笑语。

梁方侧耳半晌，不由气呆。正是：

　　　凭谁只手挽狂澜，难将独木支摧厦。

欲知后事如何，且听下回分解。

第三回

闹教坛红英继位
坐酒楼马胜逢豪

且说梁方一倾耳，却听得一仆妇笑道："你这猴儿便不知香臭。俺知你近来挤不上摊儿，好意给你解解闷，你倒尽管歪厮缠，不放人去。停会子那主儿就许回来哩。"柳升笑道："你放一百个心。如今那主儿不久便是簇新新的白莲教主咧，教中许多事，好不忙碌，她一定没暇回来。你不见马胜等一班人近些日也没来吗？咱两个便连夜睡他娘的都不打紧。咱主人已痰中挂血，成了痨病鬼咧，哪有精神管人闲账？他们外边都嚼念道：'陈二官人怎会不生痨病？左右服侍的小老妈儿一个个都似狐狸精，每人物儿里润一下子就须费掉一大盏哩。'"

仆妇唾道："放他娘的乌图（俗谓不冷不热曰乌图）屁！剜口拔舌的，叫他嘴上长大疔。他没给人床底下去打夜更，晓得什么？咱主母变着法儿撮弄主人，哪管日里夜里，一高兴便脱得光溜溜耸弄一阵，俺要会画，几百幅春图儿也描成咧！俺们虽有时凑个趣儿，算什么呢？可笑主人拼命价效力讨趣，俺看主母却还不是真情兴。"

柳升笑道："哟，你不说俺也猜着咧。她那副真情趣定发泄在马胜身上哩。"梁方猛闻此语，不亚如高楼失脚，正在眼前发黑，那仆妇却笑道："你虽晓得，却不如俺觇得仔细。马胜那物儿真个不像人生的，咱主母喜欢他就在这点子。再就是柳方中虽不如马胜，他却肯弄下贱营生，他那根狗舌头生得也长。啊哟哟，怪羞人的，不说吧。"柳升道："噫，你快翘翘腿子，你看俺也来得。"

仆妇道："呸！你留着向主母跟前献勤儿去吧！你和罗仁这当儿都成了看样儿的货咧。除非俺还可怜可怜你。"柳升笑道："这也未见得。咱主母就是风一阵雨一阵的脾气，玩腻烦了马胜，还许用俺们哩。"仆妇笑道："你别自家俊样咧！你想咱主母当了教主，还拘拘在家下吗？山南的、海北的，什么样的可意人没有哇？休说你们小蛋蛋子，便是马胜也未见常常得意哩。"说着动作有声，渐渐入妙。

梁方这时心头便如开了一爿油盐杂料店，酸甜苦辣一概俱全，登时神识迷惘。本要趄回内院，反顺着脚子由角门岔向演武院。恰好国安也闻得红英将为教主的信息，想到演武院就吴兴礼等觇觇动静。一见梁方神色，不由大惊，赶忙趋近扶掖道："您如何却在这里？"梁方两眼直勾勾的，忽然掀髯笑道："好！好！主人你……"说着身形一转，愣怔怔竟像个不倒翁。

国安惊极，忙要扶转，哪知梁方单臂一挥，十分有力，竟仰天大笑道："好！好！"说着步履如飞，出得院中角门，直奔后巷。国安忙赶去，恰好小二由家门一步趄出，梁方一个跄踉，亏得小二伶俐，一把搀住。国安喘吁吁赶近，只是挥手。于是夫妇扶入梁方，安置在榻，彼此摸头不着，方商量着去请医生，只见梁方尽力子一吁气，哇的声吐出一口稠痰，直声喊道："好……好马胜！你，你……你这厮！"

夫妇一听，各吃一惊，方彼此一眧眼，梁方已张目醒转，四下一望，诧异道："俺几时转来的？"于是国安一说所以。梁方沉吟良久，忽要竭力撑起，却是两只瘦臂索索乱抖，一些气力也没得，因叹向国安道："自你妈没后，咱一向许多事竟瞒在鼓里，不想咱主人竟闹出许多事体。梁方啊梁方，要你这老奴何用！"说罢反手自挝，十分恨恨。

国安含泪劝慰。于是梁方命小二且退，便将方才两处所闻大略一说。马胜那段事本在国安肚内，倒不为奇，当时只顿足道："主母将为教主一事，便是国安也才闻得，并知仙娘现已隐避他处，刻下教务已由主母主持。如吴兴礼一班人都派为大教目，分向各处。只有柳方中、马胜虽为教目，却只在总教中办理事务。咱主母正式就教主之位，便在本月十五后举行哩。此事看来竟无法挽回咧。"

梁方听罢，唯有捶胸长叹，精神一倦，反倒睡去。这一来，积忧裹滞食登时发作，胸膈胀结得石板一般。一连三四日仅啜杯水，却还请将陈敬来苦谏一番。

陈敬这当儿已尪瘦得不成模样，听到梁方深切之语，也知点头，因发狠道："俟俺病体稍爽，定当先远吴兴礼一班人，然后再设法摆脱教务便了。"原来梁方不便揭穿红英和马胜一段事，只好笼统着说兴礼等都非益友罢了，所以陈敬竟说兴礼，看起来哪庙里都有屈死鬼哩。

当时梁方就枕叩头道："主人这便才是。更要紧的是自家善保身体，万一老奴一口气不来，九泉之下也好见老主人哪。"陈敬听了含糊答应。梁方心下稍宽，饮食略进，但是神气日颓，睡梦中只管恨恨呓语。

一连数日，国安夫妇通没暇进陈宅去。哪知此数日中红英在修真道院内业已闹得如火如荼。一时间教友四集，何止数万人，满街坊白幌白带，冲冲撞撞，旃檀香烟，上冲霄汉。再加着许多看热闹的男女，真是人山人海，比寻常庙会何止杂沓十倍。距道院半条街，便已拥挤不开，牵姑拉姨，携男抱女，竟有不远百十里，大车小船，搭伙结伴来观盛举的。都因教友们煽夸得十分稀奇，不但说朱仙娘白日升天，更夸说新教主陈二娘娘简直的是天女临凡，神通广大。不消说更且武功绝伦，远胜仙娘，所以大家都赶来开开眼睛。及至红英继教主之位这日，晓色甫分，襄阳城中业已万人空巷，都水也似向道院流来。这且慢表。

且说小二这日傍午时分，见梁方神气竟清醒醒大有转机，因向国安道："这准是昨天吃某医生的药对症咧。你在此侍候，俺趁空儿用原方打药去。"说着抿抿乱发，一个欠伸。国安不由也欠伸道："那药坊老远的哩，趸过修真道院，还须拐个半截弯子，还是俺去吧。"小二道："你也未见快胜俺哩。"说罢揣起药方儿，匆匆便走。这里国安看梁方清爽，暗暗欢喜。

且说小二一路趸去，见街坊人拥异常，不由恍悟今天便是红英继位之日，便一面暗叹，直奔药坊。方趸至道院街口，业已万众如潮，顺势一拥，已近道院。只见蓝白色彩楼门牌高矗天半，门牌上不著一字，却用白绸结成朵大大白莲，由大门直接仙坛。用柏松枝搭起高棚，翠森森一望无际。千万朵白纸莲花悬缀其上，微风一吹，如散香雪。

棚下教友们出出入入，兴高采烈，却也分男东女西，只是目招不禁，握手无罚，甚至于凭肩喁喁，恬不之怪。那女的大半是妖娆少妇，一个个嘻嘻哈哈，扭头折项，有的望望天色，有的望望仙坛，还有藏藏躲躲、牵了男教友拉体己话的。

好笑王立猷更会凑趣，竟派了官中人役，会同了城防兵丁前来弹压。原来在官人役兵丁等，大半入教，便没有立猷之命，也定要到场的。小二挤在人背后，急切间竟不得出。

正这当儿，忽闻仙坛前鼓乐声动，凄婉悠扬。众人大喜道："教主登坛咧！"一言方尽，万足齐发，不知不觉将小二簇到坛下。便见一队女童各执幢幡宝盖，一队男童奏起细乐笙箫，列立坛阶下。忽地燕尾似一分，其中光华一闪，现出一人。髻上道冠，身上云衣，秉拂佩剑，真飘飘然有凌云回风之势。只俊眼一瞬之间，场中万众顷刻静默，都光着眼儿齐注坛下。小二伸脖望去，可不正是红英！那一副润脸俏庞儿，格外价光彩发越。

这时坛上鼓乐齐鸣，异香馥郁。地毯上满铺纸莲，坛座是把精刻莲台式交椅，后列麾盖，案上设有印牌法仪等物。左有马胜，右有柳方中，都结束得优伶一般，一个是丑貌丑胎，一个是怪模怪样。逡巡之间，红英已翩然登坛。三个人这一厮衬，倒也相映成趣。

于是红英绕坛三匝，先顶礼白衣圣像，然后参礼四方，徐行就位，向坛下一望，款吐娇声道："今天朱教主功行圆满，避位修真特命红英主持我教事务。圣经奥理，自须按坛会之期演讲传布，但红英系一孱愚女子，此后教务还望教友群策群力。咱形式上虽有等级，至于真正精神都系平等。"说着俊眼一瞟，嫣然道，"与会的兄弟姊妹都要听真：此后凡我教众，不限疆域，不分流品，千万众只如一人，生死祸福唯当共之！"

坛下众人听了，都相与肃然点头。于是细乐又作。那金炉内氤氲异香越发溢然，却是小二闻得，但觉一种臊臭气味，刻不可耐。烦愤间正要挤出去，只见红英琅琅然一振法铃，揭起圣经宣示道："你看这千百言的圣经，教人为善，今直接说来，总不出'诸恶莫作，众善奉行'八个字儿。"

方要接说下，忽闻坛下一阵喧哗，便见一个老翁舞起一条杖，旋风一般将众人推得跌跌撞撞，厉声大叫，飞步登坛。不容分说，抢起大杖向柳、马两人劈头便打，颤抖抖地大喝道："你这两个贼獠！诱惑人灭门赤族，俺且为陈氏报仇！"

柳方中脖儿一缩，闪向案后。马胜不提防，正中鼻头，鲜血直注。两人大叫道："梁方老儿敢是癫痫咧！"马胜一伸手要捉当儿，只见梁方抛杖于地，神色大变，直趋向红英跟前，放声大哭，那如泉热泪沾襟尽赤，顷刻间声嘶力竭，摇摇欲扑。

小二望得仔细，不由骇极，刚要不管好歹闯上坛阶，只见梁方转身下坛，仰天大笑道："好了！好了！兀的不是老主人来也！"声尽处闯来一人，却是国安，和小二四手齐上，扶住梁方。

众人大惊之间，红英大怒道："你这老奴好生无礼！俺一向宽容于你，你却故作癫态。还不与我快撮出去，候我处置！"这时国安夫妇惊急得唯有挥汗。哪知梁方更不待扶，一面舞蹈，竟牵连了国安等卷将出去。这里红英被梁方闹得高兴大减，当时便讲段圣经，草草了事。至于那朱仙娘被灵狐撮向何处，也就不须凿四方眼儿咧，总言之是朱一贯的恶报罢了。

且说梁方狂跑到家，还是狂舞大笑，须臾颜色渐变，向天空指了指，竟自气绝。国安夫妇擗踊大恸，一面遣人去报陈敬，一面料理棺殓。正乱着，陈敬踱了来，想起梁方一生忠赤，也便痛哭一场。一问暴卒之由，国安道："今天午后，俺爹本安稳稳的，忽闻邻家小儿乱吵着去看主母就教主之位，他便蹶然跃起，势如狂易哩。"陈敬听了，模糊糊只命从厚掩葬。国安等涕泣叩谢。转眼个把月，一切都毕，夫妇便进宅见过红英。红英情意十分冷落，只问得一声便自丢开。过得月余，忽命国安就各木厂分行中从事稽查。

国安有甚不晓得？便向小二叹道："今主母行为已非口舌能争，俺赴差后，可以照顾主人的只有你了。刻下主人已成孤立之势，这便怎好呢？"小二道："近来主母虽主教务，却也自料理家事。头些日忽接到田舅爷的信，说他家度日艰难，要投向这里来。主母和主人提起，还客气得很。由此看来，主母心目中还有主人家哩。"国安道："如至亲贤明，能以譬劝主母，未尝不好，只是田舅爷怕不成功。"小二道："你且宽心。你去后，俺在主人跟前多加留意便了。"

不提国安离却襄阳，巡察分厂，且说红英自主教务，越发地推扩起来。所设各路教目都是挑选的谙习武功的，又定出规法，时时练习，因此各处豪猾以及亡命大盗，但犯事案，便投教中，久而久之，颇有犯法行为。无奈官吏冗阘，不欲多事，并且各衙署公人等半系教友，迭相隐庇，曲为包纵，因此教中人间有犯事的，也便糊涂了账。于是红英大高其兴，便渐渐暗用军法部勒教众。

原来红英虽擅武功，兴致飞扬，就了教主之位，起先不过是逞性好奇，但图淫纵，本没起什么大念头。不想杀劫当开，无端地出了个柳方中。这小子一肚皮很有些杂耍儿。他本有两卷书谈些似是而非的道理，这时便又杂糅些韬略书意，乱糟糟著成一书，取名叫《江汉戎机》。红英一看，颇觉好玩得紧。方中大喜，便登时以智多星自命起来，和红英日夜深谈，不是望气占星，便是行军对垒。不怕两人干弄到快活头上，方中也要东拉西扯地引谈几句《江汉戎机》，并且觍着脸子，造出几句谶文道：

> 白山颓，黑水竭。日出东方，大耳兴业。月以阴灵替阳德，江汉之间光赫赫，亭亭白莲出几叶。

这谶文隐切陈姓女人当兴，清运当绝，真也亏他胡诌出来。他老着脸子，日日向红英胡说八道，指天画地。你想红英既擅武功，又会仙娘的邪法，怎禁方中这般拨撩，不消说心头跃跃，另起一番思想。从此和方中越发契合，便将这《江汉戎机》视为至宝，技击之暇，便和方中研论此书。久而久之，便觉兴兵打仗没甚难处。

正在兴高千丈的当儿，恰好四川王三槐、陕西高天德都先后遣人通意致贺，研询教务。红英越发自喜，当即遣人分头报礼。那冷田禄在金溪村闻得红英为新教主时，便是国安离开襄阳当儿。

如今且说马胜那小子，无端色运亨通，凭一件超人物儿，得着个娇滴滴的红英，虽有方中等人，都夺不得他的风头，刻下当着簇新新的大教目，好不有兴。这日午后，和红英调笑一回，信步趸到城外河边徘徊一回。只见临河一带酒肆，一处处酒帘招扬，甚是有趣。那竹树茂密处，还泊拢着小船儿，上面鸡犬妇孺无所不有，大概都是浮家泛宅的贫户们。船中妇女都光头净脸地聚集船头，或补缀衣服，或整理缆楫，也有哄逗小儿的，也有顽皮笑语的，顺着水音儿，娇嫩嫩嗓音儿十分清脆。

古语说得好：野花偏艳日。马胜一见，登时脚子懒走咧。抬头一望，恰好岸上有片酒肆，轩窗四启，正临众船，于是信步趸入。酒保一望，早狗颠似迎上来，笑道："马爷，今天高兴呀！如今河鱼正肥。新酒亦熟，您老一向为甚不来消个遣儿呢？"说着用肩上搭巾给马胜掸净衣尘，引入轩内，拣一处临窗座位。马胜凭栏下望，烟波如画，搭着众船婆嘻天哈地，真似一幅渔家乐的画图。

马胜一面眼张失落，一面随口道："你这里生意还好哇？"酒保却忙碌碌揩台抹凳，胡吵道："您老若待客，咱这里有满汉全席；若自家消遣，咱有随意小吃。酒呢，女贞陈绍、洋河高粱、汾州醅、沧州酿，您老喜欢吃哪样，随意吩咐。再不然闹壶鸭头绿，更是本地风光。"马胜直着眼子道："你这酒肆在这片好所在，必然生意旺的。"

这一来驴唇不对马嘴。酒保机灵，便笑道："您看俺这里生意不错，就因这点子。"说着向众船一努嘴，道，"如今写意的私窠子，又大半在水面上营生哩。"于是哈着腰儿凑近马胜，悄指道："您看那细身量的叫白条鱼；那个眯缝俊眼、高颧骨的叫小香瓜；那个丢秀身量的叫玉坠儿；那个细皮白肉、团脸儿又胖又嫩、一笑两酒窝、好双小脚的叫搭搭痒。您老看哪个好哇？"说着一缩脖儿，向下面尽力一咳嗽。

这一声不打紧，顷刻十来张俏脸儿一齐仰望，那酒保赶忙缩向马胜背后。马胜但见船婆扭头折项，互相笑诧，你掐我打地乱笑道："准又是秃四子这挨千刀的作怪哩。昨天傍晚，咱大家船上扫收了一大堆瓜子、龙眼、长生果儿，把大家哄得都慌蝴蝶似的。可笑东船上施妈妈竟沉着脸子，叫咱们划开船去，唯恐大家趁了她妮子的生意。末后轩子上夜猫子似的一笑，钻出个脑袋，却是秃四子天杀的丢物件哄人哩。"一船妇笑道："那东西真个恨煞人！依我看，咱背地里骂他一场。"

一言方尽，酒保笑着闪出道："喂，诸位大嫂子，要背地骂皇帝，真透着嘴损咧。"那船妇冷不防吓得一哆嗦，恰好她敞着怀，露着白肚皮，正乳孩儿。乳汁一射，呛得那孩儿只管怪哭。于是众船妇笑成一片，许多俏眼光也便飞向马胜。

马胜望得有趣，便胡乱点了酒菜，趁酒保跫去当儿，坐了下来。方一回头，只见轩隅座位上一个客人，身穿蓝缎暗龙长袍，足蹬绿皮挽云抓地虎薄密快靴，一顶范阳毡笠和一件黄绸包裹置在旁儿，半段绿色鲨鱼皮剑鞘儿从笠下露出。那客人两臂凭案，正在伏首假寐，漆光似一头黑发很是漂亮。马胜看了看，也没在意。因这当儿襄阳游侠甚多，都因歆慕红英的大名，要在白教中混混。

正这当儿，酒保端上酒菜。马胜随口道："这个客人也像个武行朋友哩。"酒保道："可不是嘛！他一到这里，便探听陈教主。听得俺说教中兴旺，他越听越欢喜，只管大杯价吃起酒来，所以竟疲倦哩。"说着低笑道，"马爷你留神，少时他醒来你瞧瞧，人家那脸子才称得起呱呱叫哩。"

正说着，只听轩中一阵笑语，马胜望去，不由大悦。正是：

游侠相逢多意气，酒楼纵饮少年场。

欲知后事如何，且听下回分解。

第四回

赤手纷纷一场厮打
红窗喁喁两地相思

　　且说马胜一望轩中，却是一班少年教友，一个个花拳绣腿，打扮得黄天霸、朱光祖一般，各携着应用刀剑，看光景是从练习场中趸来。当时彼此抱拳招呼过，乱纷纷各自落座，将个酒保忙得两处乱跑，一面喊道："伙计，别只管慢腾腾地迈四方步咧！卖点儿力气，也对得住一天三顿老米饭吓。"于是别的酒保笑道："老秃哇，我看你今天还有工夫和小娘儿们打哈哈儿没有。"一面说一面奔走，喊端酒菜。

　　马胜这里方饮了一杯酒，只听众船妇一阵喧笑。马胜一看，却是个老太婆，黑丑肥胖，一张"西"字脸，横丝儿肉，一走一哆嗦，勒起两只黑臂，倒持扫帚，只管向个十三四岁的妮子赶打，一面乱骂道："你这妮子便敢拗手别脚！老娘搭殷勤，赔酒饭，给你揽下客人，便是秃瞎拐癫都得算数儿！人家任老板不过身体笨大点儿，难道便压煞你？若都要严实合缝，般般配配，老娘如有那手段，还向猪行里管打眷（俗谓配猪也）去哩。"

　　那小女听了，偏向她摆头晃脑，歪着个小髻儿，靠近船舷，一面做丑脸，一面唾道："你老人家是什么都喜大的哩。"众妇拍手道："哟哟，施奶奶说嘴括面的一辈子，如今却让你女儿一句话给泄了底咧。"老太婆又羞又愤，迈开鲇鱼脚，咕咚咚赶去。

　　不想舷旁恰有一个船妇淘漉苦菜，抛置了许多烂叶还未收拾，老太婆冷不防咕咭一脚，噌的声仰面栽倒，百忙里肥躯一滚，众妇惊笑道："可不是玩的！"众手齐上之间，老太婆上半段身业已倒垂向河，亏得两船妇手快，每人捉住她一只腿子，向上便揪。逡巡之间，老太婆一根糟旧腰带被船舷磨拉解脱——原来胖人腰带都是虚松松的。当时两船妇只顾了生拖活拽，马胜眼光一瞬之间，众妇已哈哈笑起。只见老太婆一条裤脱到腿腕，光溜溜下体既不雅观，再望到更不雅的所在，连马胜都吓一跳，再一想小女那句话，忍不住缩转身，拊掌大笑。

　　这时，那轩中众少年也便大笑，中有一人道："喂，老马呀！俺给你俩介绍一下子，管保合适哩。"众人听了，登时哄堂。就这声里，那客人猛然惊醒，一见马胜丑脸子，直着两只眼瞅着他，本就有气，恰好酒保端了一碗热汤菜给马胜送来，龇了黄板臭牙嘻嘻地道："好热家伙！"走到客人案前，顺势暂置在案，意思是换换冷手。

那客人一瞟马胜，因怒向酒保道："你这厮好没道理！怎的单弄些驴球马蛋来聒噪俺。"说着嗵一拳砸向案上。偏巧那张案陈朽不堪，有一根浮嵌的木板一头儿正压在汤碗底下，这一拳下去正砸在木板这头，登时板掀碗碎，热汤汁溅起多高。

酒保刚叫得一声啊呀，马胜大怒道："你这厮如何骂人？"那客人眙起眼睛，更不答话，五指一叉，向酒保便是一掌，更骂道："俺叫你襄阳人们惯会欺生！"

这时那轩中众少年业已探头怔望，便见马胜火杂杂奔将去。那客人大喝道："你待怎么？"身儿未起之间，马胜一拳已到。客人喝道："来得好！"双手一扬隔过拳，顺势带住手腕，用一个开窗推月式，只一操，马胜趁奔势，脚下虚飘，登时倒退两步，往后便倒。那客人脚下略动，嗖一声赶到跟前。马胜怒甚，也便鱼跃而起，双拳一分，登时打入。

两人这一交手，众少年都睁大眼睛，乱噪道："哈哈！你别看这只野鸟，手法儿委实灵妙！噫，咱马大哥怎么咧，难道今天喝多了吗？如何这等闷昏昏稀松松的。"又一人咂嘴道："怪得很，你看这野鸟手法家数儿，竟有些像咱教主一般轻捷哩。人家这拳脚打出来，好不有斤两！"

正说着，只听乒乓两记。一人惊道："老马挨了嘴巴咧！"一言未尽，又是砰砰两响。又一人搓手道："老马真成了笨蛋咧！这个鸳鸯拐子脚，如何不用翻水车步法儿破他？却撅起大屁股，白挨两记。"又一人大叫道："坏咧！坏咧！"众少年齐噪道："咱别云端里看厮杀咧，快些动手！"说着，呼呼呼都甩大衣。纷纭之间，马胜已大叫跌倒。

众少年都是茅包性儿，这一乱，案倒器碎，酒馔淋漓，先闹得稀里哗啦。酒保趁势爬出来，咧了大嘴，只管叫妈。便有机灵伙计道："咱店中客人惹了教中人，不是玩的，你还不快去禀知教主，好歹先脱卸咱的干系！"酒保听了，愣怔怔如飞而去。这里众少年早嗖嗖嗖奔赴客人，一声喊，大家齐上。

那客人哈哈大笑，更不慌忙，先使个四面锋虚拦众人，顷刻放开门户一场好打，但见：

> 纷纭拳脚，往往来来；叱咤风云，吆吆喝喝。这壁厢排墙人众，大喊包围；那壁厢负涡势成，悍然不惧。狠攻巧取，攒闹处俨如小鬼倒金刚；移步换形，流走时又似众星捧明月。这一边乱云铺海，风雨雷电一齐来；那一边独掌朝冈。叱咤指挥偏如意，翻翻滚滚；凤鱼跃浪苦难摸，跌跌爬爬，山猿摆阵总胡闹。正是：不是一番死

缠扰，怎能引到活妖娆？

两下里这一场厮打，直闹得山摇地动，早惊动许多人围挤来看。少时那客人打得性起，一个箭步蹿到广院中。众少年大呼道："打打打！今天咱教中撅了尖儿，还用创字号吗！"说着一拥赶出。

先有两个长大少年，业已鼻青脸肿，却乘愤气摆拳而进。那客人格拒之间，又有三四人从背后攻上去。那客人捷疾身儿便如风车儿旋转。正这当儿，又有三四人从左右插胳膊便上。那客人使出手法，并不十分死打，却单瞅空儿引逗众人，或彼此撞个仰八叉，或前拥后挤，闹个顶屁股。左边的一回肘捣了右边，或中间的想翻身，后边饯庄，便似乱蛆一般，堪堪打成死疙瘩。

那客人大喝道："俺到这里还有许多正事，好没来由，却在此哄孩子！你等去便去，不去俺便……"马胜大喝道："你便怎样？"说着扬拳闯上。那客人喝道："俺且安置下你！"说罢轻轻一指，戳到马胜臂弯。众少年还吵道："老马打呀！别尽管耍虚招、摆架势咧！"一看马胜，业已塑在那里，纹丝不动，单臂高擎，倒好像霸王举鼎。

少年本都是怯条儿，简直的没见过这点穴法，于是登时乱噪道："这野鸟还有个鬼吹灯哩！你遇着俺教友们，真是鲁班门前掉大斧哩。"说着两少年左右齐上。但见那客一耸身，用一个大鹏展翅式，双手一分，两少年哼了一声，也乖乖地塑在那里，这一来和马胜又闹了个三分鼎足。于是其余少年大惊，呼啦声向后一退。

众观者喧动之间，便闻店门外有人大喊道："闪路！闪路！倘若跑掉这野鸟，你们担得起吗？"那客卓立当场，大笑道："你们尽管都来打，俺一脚若不踢翻襄阳城，不算手段！"话声方绝，只见店门前众人一闪，便听得有人娇滴滴笑唤道："啊哟哟，你端的想坏……哟哟，俺的表弟！你几时到得这里？"

那客人乍见之下，登时也喜跳得丈把高，一言不发，急趋而进，若不因大庭广众之下，和来人一定要抱腰亲吻才是意思哩。啊呀呀，这两个魔头忽又合并，简直说，白莲骨朵儿就要放瓣咧。

你道这两人是哪个？那位道："喂，作者老先生，别啰唆咧。俺们肚里的冷田禄、田红英，早就顶嗓子眼咧，还用您来表白吗？"既如此，作者便恭敬不如从命。少说闲话，这种年头儿是没亏的。

当时红英、田禄两个人凑到一处，喜滋滋你看我，我望你，百忙中还没抓住话茬儿，只见众人一闪，柳方中含笑挤进，不容分说，向田禄便是一揖，大笑道："怪道俺昨夜见将星聚在荆襄分野，果然冷兄便到。咱们教务当兴，真非偶然哩！"

说到这里，作者料诸公又要起疑，难道柳方中真个能未卜先知吗？话不是这等讲，大凡奸黠人都有一份鬼机灵，你想柳方中和红英耳鬓厮磨，两人款洽之间，便是红英一颦一笑他都留意的。这冷田禄本是红英心坎上的人，不消说谈话之间时时提起田禄怎生好本领。既爱念之至，自然说话时不知不觉神情流露。方中是何等样人，岂有不瞧科的道理？于是只当闲谈，早将田禄的长相儿套问明白咧。所以他这时一见田禄，又闻红英亲热热呼唤"表弟"，他岂有不知之理！好方中真个狡猾，便登时知这根立柱须得抱牢，你看他开场板就给田禄个甜枣儿尝尝。

当时田禄猛见他怪样儿，不由要笑。还揖之间，红英一双俊眼只注定田禄，却笑道："方才他们风风火火报给俺，说是过路客人将咱教友们都打咧，不想却是冷表弟！这就无怪乎咧，表弟你怎高兴到这里呢？"说着一张小口只管合不拢来，又道，"咱们别后，俺只接……"忽又一挥纤手道，"走走，此间非说话之所。"又眼睛一转，笑道，"表弟，你也成了傻子咧！老姊在襄阳好歹还有个名头，难道你摸不着门儿？却猥琐在这里。"说着便喝仆人道，"你们怎还木巴棍子似的站着？还不将冷爷行装等拿起，并将你的马给冷爷牵来！"于是就要和田禄厮趁迈步。

只见柳方中道："啊呀，冷兄慢去，如今还有三尊站像等您开开眼光哩！"红英猛悟，一扭脖瞧见马胜等，不由大笑，便趱去每人一指，登时点转。三人各长呼一口气，顷刻抱头蹲地。原来这晕穴乍点醒转来，总须待一霎儿方能清醒如常哩。

当时红英命其余教友们照看马胜等，便和冷、柳两人厮趁而出。酒肆门外仆人等业已拢定三骑马。方中这小子真会钻人心缝，便不肯夹在里面去打扰。于是一面上马，一面向田禄道："没别的，俺暂失陪。"说罢拨马向道院而去。

这里红英喜滋滋和田禄上马并辔，直奔陈宅，这且慢表。只苦了酒肆主人，被大家摔砸得一塌糊涂，连大气儿都不敢出，那秃四子还指望这场损失着落在教友和马胜身上，便蝎蝎螯螯蹭了去，想要张口。只见马胜业已清醒如常，那脸上气色也不知是怔是气，干眙着两只怪眼，便如瘟神爷一般。

其余教友却乱噪道："马兄，算了吧！人家根子硬，和教主总是一刀割不断的亲戚。您等消消气，且偎个热灶儿，倒是正经。人家这会子想已拉起家常嗑儿（俗谓叙谈曰拉嗑）咧。"马胜听了，跺跺脚，扬长便走，不由自语道："原来这就是那个冷田禄哇！俺耳朵内倒烂熟得紧。"于是和教友一哄而出，望得秃四子只有干瞪眼，这且不提。

且说红英梦想不到忽获这等活宝，当时两人入宅之后，直在内室落座。婢仆等都来叩见舅爷。两人各谈别后情形，好不欢喜。红英见田禄越发英俊，便笑吟吟亲给田禄斟了一杯茶，俏生生趱近他，吩咐侍婢道："你等且向外厢侍候，俟呼唤再来。"侍婢等应声而出，这里红英便趁势坐近田禄，不知不觉，那兜罗锦似的玉手早握住田禄手儿搓了两搓，便道："咱们别后，俺只接到你一封信，报说俺舅去世，以后通没问音，恨得人什么似的。"说着咬咬唇儿，微笑道，"不想你因那林刀鱼浪娟根倒跟了杨遇春和苗人们打回交道。该！该！那浪娟根早该杀。不然咱两人……"说着俊眼儿注定田禄，半晌不语，却笑道，"你到处吃浪货的亏，既从回军营，又因个什么乌苏拉挤你到这里来。不然俺盼星星、盼月亮，也盼不了你来呢！但是俺睡里梦里、茶里饭里，哪一刻不将你在心坎上转几遭儿呀！"说罢双蛾微蹙，不胜怨抑。

田禄听了，不由结实实把握她手儿，一面没口子道歉道："这个俺敢起誓的，俺自宰掉林刀鱼，本想直奔这里。"红英笑唾道："呸！你为甚不来呢？又没人绊住你腿。"田禄笑道："谁叫你家豪业大，气相阔绰呢！俺想要是平平地来个穷亲戚，未免给阿姊丢脸，满想从军营里混个体面再来。不想虽弄得个小小前程，却又出了岔子。如今却好咧，阿姊便用大棍来撵，俺都不去咧。"

红英一撇嘴儿，道："你倒诌得四棱见线，怪好听的。"田禄拍膝道："阿姊不信，还有个老大证见哩！便是俺出本村头时，在阿姊到村时光所坐的那块大石上，直呆坐出神了好半晌，差一丝毫，没奔向这里。这都瞒不过石大哥呀。"红英笑道："你别胡扯咧！俺且问你正经话，真个那杨遇春便十分了得吗？可惜俺舅舅家没住多日，就在邻村，竟不曾见着此人。"

两人正款款情话，只听侍婢隔帘禀道："如今马胜马爷现在客室，要见教主。"红英听了，登时慌蝴蝶似的离开田禄，便喝道："什么要紧事，快叫他赶赴道院帮柳方中办事去吧！今天四川王爷又有书来，还须写回书哩。"侍婢唯唯自去。

这里田禄也便将在高天德处所闻所见一说，红英笑道："且叫他们鸟乱去，咱这当儿且不管他。"于是田禄又询问红英教中诸事，不由大喜道："原来阿姊既占这般地位，又学会仙娘许多法术，真个可贺得很。没别的，阿姊须教给俺哩。"红英摇着头儿笑道："凭良心说，你说这话可不口讪？俺便这等轻易易教给你？你不记得你教给俺小小点穴法，便将人摆布到家吗？"说着星眸微饧，似笑非笑。田禄笑道："这不打紧，你也只管尽力子摆布我便了。"红英一听，不由笑得前仰后合，情不自禁，便过去揽定田禄脖儿，附耳低低密语。喜得田禄眼睛都直，微笑道："原来阿姊又学会仙娘内媚之法，真个叫人快活煞咧！快些到夜里，咱试……"

红英忙推他道："悄没声的。"正这当儿，但闻一阵喷喷嘴儿响，红英笑道："你且安静。"田禄忽地拍掌道："该死！该死！你看我可像个人，简直地发昏咧！"红英怔道："什么事呀？"田禄道："俺姊丈呢？"红英唾道："俺当是什么事哩！你倒大惊小怪的，吓人一跳。如今他病病歪歪，现在跨院养病，一切家事都靠俺哩。咱且用过中饭再到跨院吧。"田禄不肯，红英只得唤侍婢先到跨院知会。两人便慢慢站起，同赴跨院。

田禄方趄进角门前，只见一个少妇手持一封信件，从跨院内匆匆而出，步履间甚为矫健，面容儿黄瘦瘦，颇有闷损之色。一见田禄，不由愣怔怔站住。红英便道："小二想又侍候你主人来咧？"因指着田禄道，"这便是俺常说的那位冷舅爷，快来叩见过。"小二听了，越发愣怔怔向田禄端详半晌，然后拜见过，却向红英道："这是国安来的禀函。他想抽空儿暂回，望望主人病势。方才主人看过，叫俺问主母去。"说着递上信件。

红英草草一阅，随手撂给她道："你给他去封信，但说主人病势不打紧，叫他不必来吧。"说罢和田禄拔步入院。这里小二叹息自去，回到家中，只得依命写信。恐国安知得田禄到来，定不高兴，便暂不提这一层。慢表。

且说田禄刚入跨院，便闻得药香扑鼻。一看正室门，帘帷深垂，悄然无声，只有个老仆妇坐在廊下凳儿上，衔着根旱烟袋，前仰后合地打瞌睡。红英唤道："喂，老汪啊，看戳了牙、穿了嗓子，都不是玩的！还不撂下那梃杖，快去泡茶。你主仆俩倒对劲儿，都是待死不活的！"

老汪猛惊得一哆嗦，口儿一张，烟袋落地，抹抹老眼，跳起来便掀门帘，瞅着田禄笑道："这位大少爷是哪儿来的呀？倒俊样得紧。"红英也不理他，领田禄慢步而入。只见陈敬正挠着头儿，在榻上斜倚隐囊，榻几上药盏儿还未收，壁上药方儿贴得一搭一块。那面上颜色青中带白，死气无华，瘦得一张脸猴儿一般，只显得一双大眼睛，眶儿多深，正望着壁上挂钟呆呆发怔。忽见红英背后田禄，不由惊异中龀牙一笑，赶忙站起。哪知虚透的人脚下发飘，趔趄之间几乎栽倒。田禄忙去扶住道："不想相别未久，姊丈竟一病至此。"陈敬强笑道："俺也是想不到，只管病魔缠身。老弟几时来的呀？"

一言未尽，只听室外老汪嚷道："哎呀，可要了俺的命咧！"正是：

蠢妇一言成主谶，襄阳寡妇起名声。

欲知后事如何，且听下回分解。

第五回

假惺惺田禄探病
真愤愤国安侦奸

且说红英忙向窗外一望，却是老汪一脚踏折那旱烟袋，因笑喝道："那浪棍子倒是你的命根子，还不快泡茶去！"于是和田禄对面坐在榻前椅儿上。田禄道："俺方才到贵府。"因将别后许多事并和马胜厮打等事一说。陈敬合着眼连连点头，便道："冷老弟来得正好。您看俺这病腔儿，早晚倘有个好歹，剩你表姊个寡妇人家，正须老弟着实照应哩。"说着竟十分凄惶。

红英鼻孔里一笑道："久别相逢，且不叙谈，却没来由说丧气话。"田禄道："说忧是喜。姊丈这等年岁，又虎也似的身体，哪里便有意外事咧。只好好将养，自然痊愈。"陈敬点头，也便将入教等事谈得几句。

哪知气虚的人说话都费劲，没一盏茶时，业已喘嗽不已，于是田禄道："姊丈且养神，俺外面坐吧。"陈敬坐久真也有点儿撑不住，因向红英道："老舅不比外人，你姊弟且自叙谈吧。"红英听了，正中下怀，便道："如今该开中饭咧，在这里大家吃过再去吧。"陈敬皱眉道："这会子胸口实啪啪的，谁想用饭。"红英笑道："如此俺们用饭去，且叫老汪给你煨好莲子粥吧。"陈敬听了也没搭腔。

于是红英向田禄微微含笑，方要双双趄出，陈敬忽道："那会子小二拿了国安禀函来，你见来吗？"红英道："巧得很，俺方到院门外，恰遇小二，已见过来禀咧。"陈敬道："那么叫国安暂回来也使得。不知怎的，这些日俺只是挂记他。这新来的小蛋蛋子，如柳升等终是不着调。"红英漫应道："停两天再说吧，他外边事若不忙，便唤他瞅空儿来一趟。"一面说着，同田禄厮趄而出。

方下阶儿，只见老汪匆匆地端定茶盘，由院门间唠叨而来道："这看茶炉的王八小厮，越等着泡茶，他越松打松赤地拉风匣。却比说马爷那会子趄去，气得雷秃子一般。"红英喝道："你这老婆子，哪里有这些闲话！"老汪道："哟，难道这位大少爷不吃杯茶便去吗？"红英笑道："什么大少爷，这便是冷舅爷呀！"说着和田禄翩然出院。这里老汪却呆立良久，自语道："这位冷爷和马爷站在一搭儿，真个赛如岑彭、马武咧。"于是自去服侍陈敬慢表。

且说红英和田禄来到正院内，便登时咄嗟筵开，相对谈讌。三杯入肚，彼此间眉目含情。红英贴身的几名侍婢，素日与红英都是一气，其中有两人，一名香雪，一名绛云，都生得有八九分姿色。自服侍红英以来，也学会抢刀舞剑，每逢红英款段出游，或登坛开会，两人都扎括得红线女似的紧紧跟随。便是红英恣意淫乐，也都不避她们。当时香、绛两人见红英眼儿有些饧饧的，便含笑向余婢一努嘴，次第避出。

但是这群顽皮妮子如何肯不瞧回隔壁戏？于是一个个含笑眉语，各做手势，有的低唾一口，有的互相拉挽，顷刻之间千形百态，纷然并作。无奈地势无多，只好悄悄地尽力子互相排挤，于是大家忍笑。不一时，窗隙帘缝间业已绿云扰扰，金莲交错，都伏贴贴向内悄觇，默然无声。却是不一会儿工夫，大家眉梢眼角间早已春痕隐约，或悄悄唾一口，或咽的声咽口唾。有时大家眼光相值，便彼此一笑。或前面的被后面的拥挤，不暇回顾，只将屁股耸御。后面的欲觇不得，便狠狠地一挺腰，将人家臀儿干撞一下，又顾而之他。霎时间，窗帘间莺穿燕掠，窸窸窣窣。

这当儿，室中一种微妙声早又引得大家如雪狮儿向火一般，各据地位，纹丝不动。唯有大家伙微微含笑，并小脚儿踯躅而已。直待至室内红英软软地娇唤道："哪个在外面？打盆脸水来呀！"大家听了，方豁然清醒，于是应声而入。

只见红英斜靠在座儿上，满脸生春，鬓丝微乱，一手拈巾去拭樱唇，一只耳环却落在座儿边。那田禄却面向里，歪卧在榻，仿佛醉倒一般。大家一见，都相视会意，便一面撤去饮馔，一面由香雪端上脸水。红英只略为净手，却笑道："你看冷舅爷真是行路辛苦，吃得两杯酒便醉困咧。"香雪抿嘴儿笑道："正是哩，这桩事腰上腿上都须使劲儿，可知辛苦哩。"红英笑喝道："死妮子！你还不去传知外面仆人，便将冷舅爷行装安置在厅房里间。"绛云笑道："不劳娘娘吩咐，那会子柳升早已安置停当咧。"

不提这里田、冷两人十分款洽。且说马胜正自恃伟具，颇颇不敢妄自菲薄，一心想独擅红英，谁料忽从云端里掉下个胜己十倍的冷田禄。当时赶来，一来要觇觇红英情意，二来想和田禄谈谈，再作区处。哪知抹了一鼻子灰去，于是气愤愤踅道院，只管发怔。

正在心头七上八下，忽觉脑后轻轻地搔来一指道："啊呀，马兄，你怎不去陪侍教主的重客至亲？顶要紧的，先须自认唐突之罪，给人家下令礼儿。如何赶獐似的却赶俺老柳来？俺是没一处能取人重的，你却不然哩。"说罢哈哈一笑，大袖摇晃，顷刻转过一人，却是柳方中。

马胜跳起来道："柳先生，你看着，俺便不能服这口气，早晚且叫姓冷的晓得俺哩！他只仗小白脸子，管得鸟事！"方中吐舌道："依我看，你省些事吧！俗语云：'疏不间亲。'只要教主不改原来情意便是幸事，你如何还想胳

126

膊拧过大腿呢？等过两天，咱向冷田禄跟前溜一沟子，他欢喜了，给咱们点剩汤水哑哑，好多着的呢。"马胜听了越发气闷。方中也不理他，便就案书写答复王三槐的回书，直至写完，那马胜还挺坐一旁，只管出大气。

方中不由好笑，因道："马兄你多虑的是什么？难道不知自己有擅长之处？冷田禄虽生得漂亮，也未见便压下你去，且来谈正经吧。"因将回三槐书信之意略略一说。

原来近日川省三槐手下教目们又被刘清拿办了好几处。那刘清并且上条陈于某制军，盛陈白教之害，乱象已成，须饬川中各属官吏，认真防范严禁，以防意外，并言须整顿营务，讲求武备等事。他自己在县又教练了千余民壮，甚是了得。三槐颇不自安，想要起事，却畏惮某制军并刘清，未敢遽发，所以致书于红英，探探湖北一带官吏情形，意思是预为联络。

当时马胜听了直然没入耳，便赌气趄回己室，纳头便睡，直至初更以后，方才醒来。出室一望，只见星疏月暗，向方中室内一望，却不见他，只有灯火微明，门儿反锁，不由怙惚道："这当儿他向哪里去？难道他真个抱姓冷的粗腿去了吗？"想到这里，登时想起田、冷两人今夜不定怎样风光，不由一阵面红心躁，闷搭搭趄回室，只管出神。怅恨一回，又自恃本钱出众，自家慰藉一回，一时间弄得坐立不安。盘旋良久，不觉二更大后，便暗笑道："我好发呆，何不稍去张张他两人，再作道理呢？好便好，不好我便将他两人都刺杀，拼着干咧。"

于是猛气顿增，便匆匆结束伶俐，携了短刀，出得道院，便一溜烟似直奔陈宅后弄，意思是由后墙超越而入。刚趄近国安门首，只听门儿啪嗒一关，又似乎人影一晃。马胜匆匆间没理会，早已飞步而过。到得后墙边，一耸身，噌一声跃下墙头。这所在本是他出入熟道，知得后院众房中向来没人值宿。

当时他悄悄飘落地，方要奔角门跃入内院，忽听靠东边房儿内似乎有人叽喳。马胜一怔，便越发放轻脚步，趁到那房儿窗外，倾耳一听，只听得香雪语音低笑道："你这怪物是给不得脸的，得了锅台就要上炕。方才俺偷瞧把戏，方看到得意时，你却牵人这里来。闹了一会子也便是咧，今又要这么那么，看起来俺就一辈子不理你。"

方中道："我好意讨你欢喜，你却不知好歹，倒如此说。"香雪唾道："你休觉不错似的，你还自以为像冷爷一般标致哩，倒叫人一见发生恶心。"又闻方中语音微笑道："没事，没事，你别看冷田禄十分得意，只恐一旦梁国安回来，定要淘气。那小子见了俺和马爷等都一概地立愣眼，何况冷田禄和教主那番亲热情形呢！"

香雪道："梁国安一时如何能回来？你看娘娘偏打发得他远远的，想也是心内怙惚着他哩。"又忽低笑道，"如今提起马爷来咧。那会子你没来的当儿，冷舅爷和娘娘方才上床，便将马爷挖苦一阵，说得他丑八怪似的，一钱不值。

倒是俺娘娘只微微含笑，没有搭腔。想是马爷总有点儿可爱处哩。"

马胜猛闻，不由又喜又怒。喜的是红英情意如故，怒的是田禄不但攘己之爱，并且目中无人。正气愤愤要奔角门，只见眼前烛光一亮，室中通明，忙向窗内一张，只见柳方中正和香雪在榻上滚作一团。香雪挣不脱，便有气没力地道："俺就看你有什么能为。"于是手足一放。

少时香雪笑道："你可是看了人家冷舅爷的样儿来咧，如何按住人这般狂恶施？"马胜一听，便知田禄已经大得其意。再想到红英待自己的许多柔情曼态，一旦尽数儿倾给田禄，登时一股醋溜溜的愤气直彻脑门。方要奔去，只听方中道："近几日你家主人病势俺听说越发厉害咧。"香雪道："你别和我含着骨头露着肉的，难道你不晓得教主用意吗？总要叫俺主人髓竭死掉哩。"马胜听得不耐烦，一矬身，直奔角门。

只听红英在正室中喝道："什么人？"马胜略一驻足之间，却听得绛云在厢室中模糊应道："二门、角门早都关好咧，这准是浪猫子作耗哩。"马胜一听，只当是自己脚步重咧。逡巡之间，不由倒退十来步。

正这当儿，只见一道黑影由正室上后坡倏然飞落，马胜一见，不由撒脚便奔后墙。说时迟，那时快，但见靠东房儿内灯火遽熄。马胜回望当儿，那黑影已扑到背后，刀光一闪，便奔后心。马胜惊极，只认是田禄觉察咧，斜刺里急闪开，用一个龙门跃鲤式，飞身上墙，还不遑他顾，先顷刻跳落墙外。方回手拔出短刀，只听后面喝道："俺把你这班没廉耻的男女，贪夜入人宅舍，是何道理！"语声绝处，那黑影已追跃而出。

马胜一听，却是国安语音，百忙里摸头不着，那国安已提刀赶到，瞋目道："马胜，俺且问你，你自己搅乱陈家还不算数，如何又引个姓冷的来？"马胜一听，只气得张口结舌，方喝道："梁国安，你这不是梦话吗！"国安喝道："便不提姓冷的，你半夜三更入人后院做甚？"马胜怒道："俺寻教主自有事务，要你这厮多管！"

国安大怒，刚要闯上撕拼，只听老远的东墙根下方中唤道："唔呀，慢着乱！都是自己人，争竞的是什么？"说着提灯一闪，已到面前。

原来方中那会子正和香雪弄耸得起劲，忽闻院中动静，他便先吹灭灯。忽闻国安喝了两句，追跃出墙，不由心中大疑，便登时点上提灯，外加隐光罩儿，略一沉吟，却从东墙角跳出，仿佛是在宅外巡察一般，在东墙根下伏听，梁、马两人越说越拧，所以便忙忙趱来。

当时马胜一见方中由东墙出来，心下明白，因趁势道："柳兄你是晓得的，咱两个方才在宅外巡了一回，是俺加意小心，跳到院内张张。好厉害的梁管家，说了许多没情理话，还要和俺放对。顶奇怪的是他说冷田禄是俺引来的，哪个混账王八蛋才引他来哩！"

方中一面摆手，一面向国安道："梁管家，你这是错怪马爷咧。"因将田禄在酒肆和马胜相打之事一说，又道，"便是俺们时在宅外巡察，也不稀奇。本来你家主人病得凶实，俺们做教友的有个不尽心照应吗？"说罢一使眼色，向马胜道，"如今梁管家既回来，好极咧，咱从此夜间倒好安眠哩。"说着和马胜冷笑而去。

这里国安却顿足大恨道："早晚叫你这班狗男女都死在俺手中！"于是愤愤地趱回已家，见了小二，一说方才窥探情形，不由慨然泣下。

原来梁国安自被差出外之后，无日不挂念主人。前几日与主人来禀，想要暂回看视，函发之后，他只管坐卧不安，便不等回书，即时上路。这日到家已有初更时分，便是田禄新到的那天。小二一说近来红英情形、陈敬病势并田禄又来等事，国安听了业已忧愤填胸。偏偏小二不甚知田禄来的详细，只认是马胜在酒肆和田禄相遇，便引将来。这"冷田禄"三字早在国安肚儿内，况且又有花娘子临去言语牢记心头，当时国安气得什么似的。

小二劝道："这只好盼咱主人一朝病好，再作区处咧。"国安叹道："据主人至今不悟看来，如何会病好？俺又不能常常在家，如今姓冷的来，更是个祸事端儿，刻下主人已是群阴包围之势，俺还虑主人将来或遭意外哩。"小二恨道："倘然真有这事，咱夫妇定须为主人复仇！"国安道："那是自然。"夫妇一面叙谈，一面用过夜饭。

这时业已将交二鼓，国安欲觇田禄情形，哪里等到明日，便匆匆结束，带了防身宝刀，一径地直奔陈宅。先由跨院跳墙而入，就窗隙觇觇主人，业已拥衾而卧，一张尪白脸被惨淡灯光照着，便如死人一般，满屋中药气扑鼻。国安想起陈敬豪华半生，一旦猥琐如此，不由两眼酸酸的。一转眼光，只见那老汪正在外间里伏案打盹儿，案上药盏尚在未收，药炉上炖着温水，沙沙有声，于是国安轻轻趱进外间唤醒她。

老汪一见国安，道："哟，梁老侄，你几时来的呀？"国安素知老汪有个爱贪大辈的脾气，也不怪她，忙摇手道："莫要高声，俺偷空儿方才到家，须明日再见主人。俺且问你，新来的那个冷田禄现在哪里？"老汪道："那会子大家在正院厅房中给他安顿行李，天晚之后，咱主母将他请到内室，拉家常嗑儿去咧。"

国安一听暗暗切齿，因又问道："难道咱主母将主人家丢在跨院，白不瞅睬吗？"老汪笑道："倒也不哩！有时咱主母瞅睬起主人，倒瘆得人什么似的。左右俺这般年纪，对你小人儿们说话也不口涩。你想咱主人卧病到这步田地，咱主母只要宿在此，便不肯安生，却只管用大碗参汤灌咱主人。便是参汤入肚立刻化为精水，也来不及哩。俺看主母是成心要主人的命。"国安忙道："因何见得呢？"

老汪道："你们小人儿晓得什么？你想虚透的人，本就相火妄动，咱主母偏变着法儿去鼓动主人的精神。有时节白昼宣淫，有时节用药助兴，便是俺这两只老眼，都看得肮脏极咧。"

国安听了心乱如麻，便摇手止住老汪，拔步便走。由角门趱入正院，目不旁瞬便奔厅房。只见灯烛都熄，悄然无人，国安恐田禄或者寝息，就房外倾听良久，绝无动静。正这当儿，却有一阵低低欢笑之声由内院中顺风吹来。国安心下明白，便悄然穿过厅房，由二门花墙上一跃而入。便见正室中明烛煌煌，红英袖影在窗上晃动，似乎去剪烛儿，接着微笑道："你看咱两个歪卧没多时，业已烧尽一支烛儿咧。等迟两天俺屈你为个总教目，在宅里住也罢，在道院住也罢，随你意便了。"

便闻男子语音道："在宅里住久，未免惹人谈论。道院中，俺又不耐马胜那厮。倒是在演武院去住的好哩。"国安一听，料是田禄，便悄近窗一张，果见个美男子，英武非常，正和红英对案而坐，含笑叙谈。绣榻上衾枕颠倒，红英懒髻儿业已拖散下许多，倦眼惺忪，春态犹在。

国安义愤之下，竟要拔刀，忽一转念，又恐投鼠忌器，惊煞病主。逡巡之间，只见红英娇躯一扭，不慌不忙说出一席话来。正是：

　　从来尤物偏淫毒，会见痴人花下亡。

欲知后事如何，且听下回分解。

第六回

诉病状陈敬觉甘鸩
窥秘戏马胜吃寡醋

且说国安正在逡巡，只见红英瞟定田禄笑道："左右你是暗地里的主儿哩，随你哪里住都使得。只是马胜狗也似的人，你何必介于他呢？"田禄笑道："俺只看不上他那张丑脸子。"红英笑唾道："别说没要紧，我且问你，你说你从什么朱烈处得的秘药，真个比俺藏的药儿还有趣吗？俺那药儿却给你姐丈用了不少，那痨病鬼不死不活，也是件讨厌的事。"

田禄笑道："依我看来，姐丈既病势如此，简直是活受罪咧。倒不如用俺那药，叫他生生快活煞倒也不错，然后你我……"国安听至此，正气愤愤没作理会处，恰好红英耳聪，微闻响动，竟喝问起来。于是国安不敢逗留，便缘廊柱跃升室顶。刚翻落后院，不想却遇马胜。虽在星光下望不清面目，却是马胜身段是瞒不过国安的，所以趁怒气直追出墙外。

当时国安向小二慨然道："今主母和田禄有必死主人之心，俺无论怎样不能再离主人。即便受斥责叱辱，且自由他。从明日起，俺便在主人跨院侍候，或能使主人稍便摄养，亦未可知。"小二毅然道："正是哩，俺自盘陀山蒙主人恩养提携，倘主人遭嬲戏而死，你看我放过哪个！"夫妇说罢，相视慷慨，当时草草安歇。

次日国安去见红英，不消说大遭呵斥。国安道："稽查分行，亦不须常年驻外。今俺主人病重，难道不许国安亲来侍候吗？"红英听了，一时间也没的说，便恨恨且赴道院。

这里国安先见了旧仆人等，只见大家都一个个垂头耷脑，一见国安，就仿佛得了主心骨儿一般，不待国安开口，便七嘴八舌地将近日红英许多淫纵无状之事一说。正这当儿，只见柳升高兴兴携了卧具趑来，一见国安，颔首道："俺到跨院中安置好，少时再谈吧。"

原来红英心眼快，料得国安是来讨厌，所以她却先遣柳升。当时国安问知所以，大怒道："侍候主人不劳你来。"柳升道："这话奇哩。这叫作上命差遣，概不由己。难道是俺巴结差使不成？"说罢冷笑而过。

国安大怒，从他背后夹领一把，手势一翻，已将柳升抡跌在地，便喝道：

"哪个许你去侍候主人？主人那里自有俺哩！你便将此话去回主母，杀剐有俺国安担承，干你鸟事！"柳升坐地哭喊道："俺怕你吗？咱们见主母说理去。"国安怒甚，抢去便是两脚，踢得柳升且滚且喊。亏得大家拢上，连忙劝开。柳升只得拾起卧具，哭骂趔去。

这里大家一挤眼，骂道："这厮今天可撅了尖咧，少不得在主母跟前又架弄是非。"国安沉吟一回，便奔跨院。恰好那老汪方龇牙咧嘴地在廊下倾痰盂儿，国安近前一看，只见痰中血丝儿十分鲜艳。国安心下正在难受，只听陈敬在室中似乎呓语道："娘子，你且容俺歇息一霎儿。"少时又模糊叹道，"如今只有梁国安夫妇是旧人儿，他们竟不来望望我。"说着喘息有声，又似睡去。于是老汪向国安摇手道："主人就是这样儿咧，没日没夜，忽困忽醒。每日只呃点儿稀粥儿。只要喘嗽起来，那虚汗便劈头盖脸。"

国安听了不暇答语，便轻步趔入室中。只见陈敬正倚枕半卧，双眼蒙眬，面颊已枯瘦得猴儿一般。却是褥角下还微露一只大红睡鞋儿，甚是瘦小。国安想到红英和田禄一番秘语，不由暗暗切齿。正逡巡趔近榻前，恰好陈敬惊醒，猛见国安，似乎惊喜异常，刚要坐起说话，忽地一阵喘嗽，将瘦脸涨得红布一般，脑门上汗珠直有黄豆大小，却一面向国安伸手乱招。国安连忙趋近，不暇言语，先给陈敬捶背。

好容易止住喘嗽，陈敬嘶声道："你来得正好，想是你主母唤你来吧？"国安含糊答应着，便道："小人出外这些时，不想主人病到这般光景。如今一切不说，先须静养。小人便在这院中永侍主人了。"陈敬叹道："俺何尝不想静养？只是你主母偏弄些琐屑家事来向俺唠叨商量。其实呢，她凡事都自做主张，即如你昨天来禀，俺甚愿你趔回，你主母却不甚理会。如今你来甚好，且先给俺挡阻闲杂人如马胜等，俺不知怎的，见他等就长气，莫非是病势不吉，性气改常吗？"说着捶床太息道，"俺如今后悔已迟。假如俺早听你父亲谏劝，远着这般人，岂不好呢？"

国安听了，究不便指说红英，只得含糊说道："主人此后留意，无论是什么至亲一体的人，只要他变着方儿逢合主人心意为乐，此人便不怀好意哩。"陈敬听了，居然有些觉得，因唤道："老汪呢？"恰好老汪趔出院提温水去咧。

陈敬见院中无人，方悄说道："国安，你看俺病势如此，有甚心情纵欲为乐？无奈汝主母……咳，便是你主母近来性情，俺也颇有觉察。白日里偶来望我，很冷冷地说几句无关痛痒的话，俺服甚药饼她也不理会，坐得稍久，便提教务中事，吵得人心烦神昏。若夜里来宿此院，便又是一番光景。国安你在俺家长大，俺也不避你。简直说，你主母通宵嬲人。这还不算，独有一件更稀奇，俺看她和马胜眉棱眼角间，总透着不仿佛，倘真个做出暧昧事，此后俺家怎生……"说着语气愤促，又是一阵喘嗽。

国安听了这句答词，好不为难。若直陈红英淫恶，恐陈敬登时气煞；若要不说又如骨鲠在喉。沉吟一会儿，只得含糊道："主人暂宽心养病，以后国安自当设法逐去马胜等一班人。"正说着，恰好老汪踅进。于是国安掩住话，只报告了几句在外稽查情形，恐陈敬劳神，便退出来。从自己家下取了卧具，当日便进跨院侍候一切。这且慢表。

且说马胜昨夜和柳方中踅回道院，方中笑道："马兄，你怎么也钻到宅后院去咧？你看俺便识风头，小冷子这当儿当时当道，咱挤得上台盘去吗？俺昨晚将小冷子恭维得欢欢喜喜，却瞅空儿和香雪那妮子鼓捣一阵。莫非你还偷入内院瞧把戏去了吗？却怎的又夹上个梁国安呢？他又几时忽然跑回家呢？奇怪极咧！"

马胜一扬丑脸道："国安俺倒不在意，俺就不服气小冷子。"这时方中忽然攒眉沉思良久，自语道："俺看国安来意不善，咱大家倒须在意。至于冷田禄，你却千万须自量，切不可去拨撩他，自讨没趣。一来他是教主心尖儿，亲热热的小表弟子，二来你长相儿、本领儿，哪一桩及得人家？只求他不来寻你的晦气，便是万幸咧！马兄，我劝你煞煞火儿，索性学俺老柳去巴结人，好得多哩。"马胜一听，那股醋火儿直冒得丈把高，若非深夜在道院，险些气得怪叫起来。

方中见状，却暗暗得意，又忙摆手道："好马兄，你务必俯纳鄙言。你我之间，俺能不关照你吗？便以本领而论，你如何敌得冷……哈哈，不必说咧。"原来方中狡黠之至，他早存了个坐山观虎斗之意，所以拿话激动马胜。一席话不打紧，马胜准备挨痛打不提。

次日马胜方在道院中闷坐，只见红英怏怏踅来。他以为一夜工夫红英已然变态，因恰值左右无人，便沉着脸儿道："教主大喜呀！俺前些时间得田舅爷要来投奔，人家正根正蔓的还没到，旁不相干的表老爷却先到咧。又那等的英雄，又那等的漂亮，可见教务当兴，群英聚会，像俺这饭桶的人，自然提不到话下咧！没别的，俺只好告退咧！"说着大鼻孔一掀，好不难看。

红英情知他醋溜溜的，因笑道："看你这样儿，还有些不舒齐哩！你晓得什么？俺因国安擅自转来，所以长气。你无端拉这小脸子做甚？再者冷田禄来不来，干你甚事？是吃你，是穿你，是挤了你的位子咧？说呀！你怎的又没话咧？"说罢，咯咯一笑道，"你看人家柳方中，怎不似你鸡肠鸽肚的呢？此后有机会，俺还要指挥万众，难道都容人来干涉吗？"说着眉梢一挑，颇为凛然。

正这当儿方中踅进，向马胜一使眼色，向红英说几句闲话，便笑道："顷下教中头目等闻冷兄到来，好不高兴，已订在明日就道院跨所中给冷兄置酒接风。一来大家款洽一番，二来都想瞻望丰采，并闻武功的绪论。教主不知，刻下咱们教中业已将冷兄平苗怎的英雄，当一部书似的讲说咧。"说着哈着腰儿，向红英微微而笑。

马胜听了却一扭脸，哼了一声。方中刚要又开谈，只见柳升泪淫淫踅进，见了红英便述国安拦打他一段事。红英怒道："国安这奴才好生可恶！这分明是找俺的碴儿哩！"说罢一迭声唤侍仆去叫国安。方中连忙摇手，因向红英低语几句，末后却道："他此时侍候病主，自是名正言顺，拦他不得。但是陈兄之病，也没多日子咧！到那时，只说他侍病无状，正大光明地撵掉他，便一天事体都毕，何苦这时怄气呢？"

红英听了，气为稍平，却笑道："冷田禄来都是自己人，教中何必客气置酒？这定是你撺掇的。"方中听了，耸肩一笑，便道："就烦教主转致冷兄，明天务必赏光。"马胜怫然道："这档子公份别算着我呀！我是走背运的人，配巴结人家走子午运的吗？"方中大笑道："不叫你出钱，单叫你白吃如何？"红英笑道："理他呢！"因一瞟马胜道，"我看你敢不算着！"说着一望日影，翩然站起，竟自含笑而去。

这里马胜长长地出了一口气道："喂，老柳，你见吗？往时她在这里总要耽搁到下午大后，和大家说说笑笑。今天屁股略沾椅儿，便笑眯眯地去咧。哎呀！这种劲头儿真个十足。由这里到宅上没多远，少时小冷子又该……咳咳……"说着向方中一伸懒腰，呵欠连连，大唾道，"昨夜连觉也没好生睡，这是哪里说起！"

方中见状，暗笑得肚痛，便搭趁踅出，自寻教目们准备酒食，并大家准备玩弄马胜。原来马胜这小子很没人缘儿，自以为是教主宠人，见了教目等觑起张丑脸，架儿端足，很觉着够角色，所以大家都厌恶他。这时方中微露玩笑他之意，大家无不称善，便单等明天瞧热闹。这且慢表。

且说马胜见方中踅去，自己没滋搭味地歪在榻上，心上一闷，登时沉沉睡去。俗语说得好：心有所思，便有所梦。马胜梦中仿佛已打软田禄，自己依然搂住红英，趁高兴狂逞无度。正在冻狗子似的，蒙眬中嘁嘁有声，只听耳边有人唤道："马爷醒来！敢是梦魇咧。"

马胜睁眼一看，却是仆人来请用中饭，不由恶狠狠唾道："混账东西，直怎的没眼色！便是俺寻常困觉，也不许来打搅呀，何况……"说罢一翻身，鼾声又起，直至天晚，方闷蔫蔫地醒来。这一次是否能续前梦，作者不敢武断，但见他无聊无赖，坐卧不安，没奈何唤进晚饭，草草用罢，对烛枯坐半晌，又就室中大踱一回。却微闻院中教目们群相聚语，无非是谈论田禄并明日请酒之事。

一人道："俺听说今天冷爷业已发信向陕省，一封是给陕省教主高天德，那一封却发向什么陀山坞地面，交毕得利等人，唤他们都投这里来。不消说，定是冷爷的好友，一个赛如一个的本领哩！"

马胜听了，越发不自在，方暗想田禄才到没几日，便牵引党羽，忽又一人笑道："俺看马爷……"便有一人道："悄没声的。"马胜起疑，登时悄步趁去，便闻那人笑道："俺看马爷这两天很透着不自在，其实公卖公酒，婆卖婆酒，谁也碍不着谁。"一人笑道："这其间没你的事，你自然会说风凉话。你若是马爷，保管属老西的，要哈醋咧。"一人道："少说没要紧，俺只担忧着明天那两个主儿酒场相见，就许打饥荒。"

一人嗤笑道："没事没事，你别看马爷平日价像煞个角色，这时恐他没那股横劲儿。"众人听了，都各嬉笑，又乱糟糟讲说回国安。马胜也没心去听，回到室内，越想越气。倾耳街析已交二鼓，猛然一阵面红耳热，再也按捺不住，想去觑觑红英待田禄究竟什么光景，又恐见了越发长气，没奈何和衣歪倒，只是委决不下。良久忽跃然而起，一径地结束伶俐，直奔陈宅，仍由后墙跳入。

这次群房内却静悄悄的，于是由那角门边一攀墙，跳落内院，从一株大桂树边蹓进正室前廊。只见茜窗深闭，红烛光摇。先就帘隙一张，只见绛云正痴呆呆坐在外间咬指甲儿，靠壁下小风炉上炖着酒铫，案上一具精巧食盒已预备停当，便听红英唤道："绛云瞧着酒哇，热酸了须不中吃。"接着莲钩点地，微唱道："你，你长在阿侬心子里。"

马胜暗喜道："这光景田禄是不曾来，所以她自唱消遣，等俺老马去当她那个你去。"刚要趁势掀帘，只听二门外一阵笑语，接着灯光一闪，马胜赶忙缩身桂树后。只听二门吱呀一响，早已进来两人，提灯下望得分明，正是田禄携了香雪的手儿，笑语而来。这时帘钩一动，红英早翩然迎出，这一身雅淡晚装，好不写意。田禄笑吟吟趋进，便抛了香雪，握住她手儿。马胜心头愤跳之间，两人已双双入室，接着香雪也熄灯入去，便和绛云泡茶奔走。

绛云却笑道："娘还说酒怕热酸哩，如今没两盏茶时冷爷已来咧，可见俺雪姐公事公办，这其间没体己耽搁。"香雪唾道："死妮子，等我撕你嘴！俺就怕你胡嚼蛆，所以俺刻不容缓地将冷爷掇了来。"红英笑道："你们别闲磕牙咧，且将酒馔端进来，向西间稍息去吧。"于是窸窣有声，田、冷两人笑语之间，香、绛两个已嘻嘻哈哈蹓进西间。须臾东间内笑语益浓，并闻杯箸响动。

马胜这当儿心摇体颤，竟想赌气子蹓去。方待抽身，只听红英笑道："明天教俺们请你吃酒，不差什么，你都会着的。你看咱教中人物如此之盛，将来有机会，且有事做哩！王三槐不消说很有意联络咱们，只有陕西高天德，俺累次去信略露挑逗之意，他回书语气只是冷冷的。此人倒颇觉古怪。"

田禄道："天德为人深沉，不易测度。便是三槐使人冉金奎等，从他那里赴京营干，特致三槐联络之意，他也没甚表示哩。但天德刚毅得很，如果有所作为，倒很是劲角色。今且不论他人，咱这里可靠的人物都是谁呀？"红英道："除柳方中外，还有吴兴礼等人，再就是马胜也还罢了。"

马胜听至此，不由拉长耳朵，却听田禄鼻孔里一笑道："柳方中呢，若论机谋策略，总须属他。吴兴礼等，俺还不曾会过。只是马胜那厮脓脓的样儿，如何也把来算人物？倒是俺今天傍晚去瞧姐丈，在跨院门首曾见个雄健仆人，委实精神不凡。后来俺问老汪，知那仆人叫梁国安。此人倒堪称人物，只是他高伉得很，见了俺干眨两眼，竟自走掉。"

红英笑道："不料你撞着瘟神咧！他本领倒有些，只是倔强可恼。你莫理他，俺早晚还撵掉他哩。"说着莲步寨窣，似已凑向田禄。

马胜听田禄贬薄他，越发心如火发。正这当儿，忽闻两人呷得嘴喷喷有声，马胜一听，哪里还耐得，便不管好歹，从桂树后蹑足而出，就窗隙望去。只见红英业已罗襟半解，实啪啪坐在田禄怀中，星眸微饧，一手搂定田禄脖儿，低笑道："咱不吃酒吧。"于是向榻上一努嘴，两人登时牵抱站起，便就卧榻。马胜眼光模糊之间，两人已各缓结束，赤条条地动作起来。一时间许多妙态，不消说都饱了马胜馋眼。好笑马胜尽管愤不可当，却还痴念发作，以为自家长处，田禄当拜下风。哪知望到吃紧所在，方知田禄不仅是虚有其表咧。

原来田禄自得朱烈秘药后，已非复吴下阿蒙咧。当时两人那番酣洽神情，就仿佛预知马胜来窥探，故意做得有声有色，来臊臊他皮一般，登时闹得满室中春光缭乱。这时红英兴起，便唤进香、绛两人，都命她们裸体登榻，依次儿替代自己酣战田禄。马胜望至此，又知田禄精力比自己还胜一筹。大愤之下，不由暗念道："难道俺老马还属外不成？且拼着闯进去，看她如何发落俺！"想至此，方要大叫抢进，忽一眼望见红英那口宝刀高挂在榻壁上，刹那之间勇气已馁。原来红英虽淫荡，待教目等却甚严厉，所以昵近如马胜，也不敢贸然哩。

当时马胜气得不耐再看，只得悄然寻旧路，连跃出宅，回到道院，倒觉疲困起来，一觉睡去，直至日高方醒。便见众教目们你来我往，兴冲冲地在跨所中大说大笑。马胜趑去一望，只见敞厅上早已铺设得齐齐整整，东西两席，居中一席，客位外左右两座。大家一见马胜，拍手道："马兄来得正好，您看这位子安得不错吧？少时您和柳兄便在中席上左右一陪，代表俺们，陪尊客须得大人大物，方显得大家敬意，再者也叫教主欢喜些。您这是不能推辞的了。"

马胜听了如何有好气？一言不发回头便走。刚趑至跨所院门，只听嘭一声有人大叫栽倒。正是：

愤余未暇从容步，狭路偏来谎诈人。

欲知后事如何，且听下回分解。

第七回

田禄怒打丑厮儿
红英巧用脱衣术

且说马胜方低着头跑至院门，冷不防方中急步趁来，一面嘟念道："好梁国安，这小子竟要滋事咧！还亏俺去得巧，不然他两个定打个天翻地覆，管保今天这席酒也吃不成咧。"两人各出不意，嘣一声撞个正着。方中脚下一歪，险些栽倒，忙拖住马胜道："你还向哪里去？少时冷田禄到来，咱就吃酒咧，并且大家推咱们为头脑，快快转去吧！"

马胜挣道："俺昨天没说不算俺吗？"方中笑道："屁话，屁话！你一躲避，不透着怕田禄吗？"说着反一松手道，"你如果怕他，就请便吧。"马胜叫道："哪个怕他呀！难道他咬掉我卵不成？"于是和方中趑回敞厅。

大家又噪道："如今马、柳两兄都到，便快快催请冷爷吧！"方中道："慢着，俺有句话透给众位。今天冷某人可是没好气，咱大家言语酬酢间，可得留点儿气。"马胜恨道："他没好气，你猜我呢？哼哼！"方中道："你不晓得，俺那会子向演武院去寻冷爷，罗仁说刚向跨院探病去咧。俺赶赴那里，你们猜怎么着呀？梁国安铁青着面皮，虎也似拦住院门，和冷爷叫喊之下，只管揎拳勒袖。你想冷爷如何容得？只喝道：'你这厮还了得！'一个紧步蹿上去就要拖他。两人眼睁睁便要动手。是俺一抖机灵，横身其中，作好作歹地将他两人劝开。"

马胜恨道："柳兄真有你的！你这份机灵，依我看是一百二十分的多事。他两个无论谁把谁打煞，那一个一抵赏，且是妙哩。"方中道："岂有此理！俺既恰撞到那里，要一旁袖手，不惹教主见怪吗？今闲话休提，少时冷爷便到，咱且准备招待吧。"大家听了，登时各整衣帽，竟有趑出趑进，看光景已提起精神的。马胜见了越发不悦，只得噘了嘴呆坐。大家故意价由他身旁晃来晃去，谁也不去理他。

少时外面仆人飞报冷爷已到，于是大家争先迎出。田禄方到院中，已被大家围定，个个拱手哈腰，乱成一片，什么"久仰大名""如雷贯耳"咧，什么"今日一见，三生有幸"咧。唯有那柳方中更会凑趣，一面给两下里彼此指引，一面用大袖给田禄掸衣襟上的飞尘。马胜从窗中望见，但觉迎出去也不好，不迎出也不好，正在厅中逡巡，田禄等已一哄而入。

偏偏方中会张罗，向马胜笑道："你和冷爷认识得最早，似不必俺来介绍咧。你且和大家款陪冷爷，俟俺吩咐厨下，今天酒馔须格外精致些。"说着一闪身竟自踅出，马胜没奈何，只得迎上前，向田禄咕噜了一句。田禄因初入厅中，四下顾盼，竟昂然不甚理会。马胜见了，顷刻面红过耳。幸得田禄偶一回头，随口道："哟，原来马兄也在这里。"说罢只向众人连连客气。于是大家就厅房里间，宾主落座。马胜一肚皮不自在，本想钻在人背后，当不得大家劲推他做代表，便拉向田禄案前，坐在下首。

大家偷望去，一个似玉娃娃，一个似丑八怪。侍仆挨座进茗之间，马胜却别转头，呆望壁间。田禄却道："怎这两天不曾见马兄？俺那日在酒肆唐突足下，至今还没谢罪哩。"马胜道："冷兄端的好本领，这才算得起人物哩。"田禄听了，还没在意。这时大家便纷纷夸赞田禄是平苗的英雄，因拍手道："如今咱们教中能人除了冷爷还须属咱们马大哥哩，你但看那天，三个人被冷爷点穴之后，那两位直困了两天多方行动如常，咱们马大哥一醒之后，登时便跳钻钻的，这其间便显出能为高下咧。胜负常事，谁都有个疏略，不算什么。唯有马兄这副精气神，委实令人佩服。"说着大家一挤眼，哈哈大笑。

这一顿恭维中的挖苦，弄得马胜更起了土鳖火儿，因干笑道："冷兄是甚等之人？便是本领也和教主是一个人。俺这没出息样儿，大概还不如吴兴礼等，诸位拿来和冷兄比较，不怕造口孽吗？"田禄听了，登时面色稍沉。

正这当儿，只见柳方中秃脑门上略沾煤尘，匆匆踅进。见大家拱坐，便笑道："今天是大家欢聚，如何客气气地摆满堂佛儿。"说着亲给田禄斟了一杯茶，便一屁股坐下来，大说大笑。逡巡之间，厅外侍仆踅进外间端正酒筵，便请入座。于是大家众星捧月似的拥出田禄，宾主谦逊一番，便依次就座。马胜没奈何坐在正席左边。

论理说该他先敬田禄的酒，但是他这时望着田禄，恨不得夹生咬两口方是意思，眼睁睁仆人捧上酒壶，他通不理会。相了一会儿，方中只得圆场，便笑吟吟进酒道："今天咱初次聚会，冷兄且饮个认识盅儿。"

田禄眉棱一动，瞟着马胜道："柳兄，咱早已认识咧，难道那天在酒肆，柳兄没场吗？"因向东西席上一望，道，"怎的那天那两位教友不在座呢？想是至今还见怪于俺。这两位教友倒好性气，可敬得紧！"方中忙道："冷兄且吃酒。那两位究竟不如马兄有涵养。您看马兄，提起那段事便佩服得您什么似的。"

马胜只哼了一声，通不搭腔，于是东西席上乱吵道："冷爷本领，大家都想瞻仰的。可惜那天俺们不曾见，少时酒罢一定要请教的。"田禄一听，不由拊掌大笑道："马兄听真，无论如何，俺可不敢放肆咧！"马胜听了，一时间羞妒愤气直攻脑门，不由丑脸一扬，啪的声一蹾酒杯，道："冷某，酒筵之上，如何只管戏弄人？须知俺马胜也不是好惹的！你当俺真个淹脓脓的吗？"

田禄一听，知自己和红英秘事，他竟暗含着横来干预，不由也气往上撞，方一挑眉，恰好方中递过一杯酒。说时迟，那时快，马胜拍案大喝道："好不识抬敬的东西，这算要什么骨头呢！"田禄大怒道："你骂哪个？"方中忙道："马兄这是怎么咧，如何才吃酒便醉？"

一言未尽，只见马胜站起，一脚踏翻椅儿，冷不防卖一个乌龙探爪，便抓田禄。田禄冷笑跳起，略仰身接住他手腕，咔嚓往后一拧。马胜怪叫，拐左拳当头便打。田禄喝道："你这厮，且叫你认得冷某！"单臂一横，格开拳，顺势斜刺里一掌刷去。

马胜一只臂被人拧住，欲闪不得，只听啪的一声，面颊上已然命中。田禄不待他喊叫出，那只手又竭力一拧，马胜哎呀一声，老实实身形一转，业已屁股朝了人家。田禄那只手越往高举，他越探着身儿往下矬，不消说，尊臀高耸。田禄一脚起处，哪管他前胯后臀，只顾乱踢。马胜大叫道："姓冷的，你争不成敢打煞俺！"于是破口秽骂。

你想一个气急的人，又为着那档子事起衅，不消说掀腾臭屎缸一般，语涉红英。田禄越怒，猛一放那只手，下面一踹，马胜喊一声，爬跌在数步之外。田禄赶去顷刻拳脚交下，大喝道："俺便打煞你这厮！"

方中见打得不成模样，料马胜业已够受，于是跑过去拖住田禄道："冷兄，且请息怒。都是俺们接待不周，且恕马兄，看大家面孔吧。"说罢，咕咚一声矮了半截。于是大家一拥齐上，有的向田禄作揖拱手，有的乱糟糟来搀马胜。田禄还气吼吼屡欲挣打，当不得柳方中一颗头顶住田禄小肚儿，只央求道："千不是，万不是，都是俺等不善接待的不是。如今冷兄但挝俺这张老脸子就是咧。"

田禄不好再逞，连忙扶起他道："柳兄你不晓得，姓马的今天有些寻俺晦气哩。"这里马胜业已鼻青脸肿、委顿不堪，却还挣扎道："好嘛，姓冷……"众人忙拦道："得啦，俺的马大哥。"说着命厅外仆人扶了马胜，便就别室。

这一阵乱，大家因马胜被打，都暗暗心头痛快。方中连忙向田禄连连赔罪，一面命仆人移好座位，道："这是怎么说，今天被马兄气着冷兄，这席酒好不别扭。那么咱们便草草用过饭，改日再补酒吧。"田禄笑道："岂有此理！难道因他便阻人兴致不成？但是俺冷某席上挥拳，未免令诸兄见笑哩。"众人道："岂敢，岂敢！本来马兄性儿暴躁些，动不动张口骂人。柳兄是晓得的，您老常常受别扭气，哪个不知呀？"方中耸肩道："咳，俺一身瘦骨架，只好忍气。冷兄这顿教训，于马兄未尝无益哩。"田禄听了，知大家都倾向自家，十分高兴。当时便纷纷入座，欢呼畅饮，直吃至下午大后，方才各散。

那田禄且不归演武院，便信步来寻红英。恰好红英默然独坐，面有愤色。田禄不悦道："难道俺不该折辱马胜吗？"红英唾道："没的胡嚼蛆！你和马胜闹猴儿，俺知了倒笑得人什么似的。那等人算什么？俺却因梁国安竟敢向你无礼，令人可恼！如今咱们偏赴跨院，看那奴才还敢拦阻吗？并且你两人为甚便吵闹起来？"

　　田禄道："国安只说姊丈有话，意在静养，不许教友等探视。"红英道："难道你不曾说你非教友可比吗？"田禄道："俺何尝没说！当不得他业已横眉怒目咧，若非柳方中去寻俺，俺可肯饶他！"红英怒道："如此咱便去。"田禄微笑道："不必致气咧。俺的秘药现在你手，但早早加国安个侍病无状的罪名就得咧。"红英听了，不由舒眉一笑，两人又笑语良久方散。

　　哪知过了数日后，那陈敬病势竟似有好转机。原来陈敬虽虚弱已甚，毕竟是壮年人，皆因红英有意戕伐他，所以才日就不支。如今国安寸步不离他，一来调护当心，二来又得摄养精气，所以竟渐觉好些。这时陈敬已觉得红英用意，便看国安如亲人一般。

　　红英觑得这番情形，已然视国安如眼钉肉刺。偏搭国安加意防范，不要说香雪、绛云等偶然入跨院，他定要紧紧跟随，便是红英偶宿院中，他虽然拦阻不得，却有一件，这夜院中便通宵是他履声，并且移个坐具，就窗外守坐，不断地问茶问水。红英便想嬲弄陈敬，实实也有些不好意思。如此光景又是十来日。那陈敬竟越发有转机咧，饮食之间不由大增。国安心下欢喜自不必说，只有红英满拟陈敬死掉后，她好任意胡为。如今国安这一来，如何容得？却是一时也没计较。

　　不想陈敬死期已迫。一日红英方怙惚着除去国安，心下有些不舒畅，方斜倚榻栏，秋波萦转，只见田禄笑嘻嘻趱来，一屁股坐向她身旁，便温存道："怎长天大日的只管发闷？你看近些日教友越增，应该欢喜。外间谈起你诸多法术，比朱仙娘还强得多哩。今天发闷，你弄个小术儿解解闷不好吗？"

　　红英推他道："尽管人家不欢喜，你偏来胡闹。"说着身儿一翻，面向榻里，绣襟一翻，早露出水红中衣，并软绵绵臀儿。田禄情不自禁，不由一面抚摸，一面忽想起自己会的脱衣咒语，因笑道："阿姊你既吝教，俺且在鲁班门前耍回大斧。"说罢默诵邪咒。声方绝处，红英赤条条地跳将起来，一面抓衣盖体，一面惊笑道："促狭鬼，你从哪里会得这把戏？"

　　田禄笑述得术之由，红英笑道："俺所能法术，都是行军对垒的大作用。像你这法，只好江湖间变戏法。"说着结束衣服站起来。忽一沉吟，不由拍手大笑道："俺且问你，你看梁国安可恶不呢？"田禄恨道："那还用说吗？俺看国安不但可恶，此人若不去，巧咧俺在此也立不住脚。若依俺硬做去，早将他杀掉。如今阿姊便因他发闷，却是痴哩。"

　　红英笑道："硬做来，张肉露骨，究不相宜。今不如这般如此弄煞他，岂不妙相！便是他妻子小二，也是个倔强刺岔骨，如今一并除掉，好不痛快。"说罢抱住田禄，附耳数语，但见田禄连连道妙，只偎住红英香腮，狠狠一亲之间，早掀起无端风波。

当时两人毒计既定，可怜那忠心赤胆的梁国安还瞒在鼓里，只顾竭诚尽虑地调养陈敬。瞅空儿踅向家，小二问知主人病有起色，好不欢喜，便先忙忙地焚香谢天。原来她自国安入跨院调养主人以来，自憾妇人家不便侍疾，便每夜焚香谢天，愿减己之寿以起主疾哩。

这日夫妇正在早饭罢，国安方匆匆要进宅，只听啪啪的有人叩门道："梁大叔在吗？"国安出去一望，便笑道："亏你寻得来咧，怎不坐坐去呢？"那人道："俺牢中事忙，不须咧。您老脸色为何这般晦暗哪，真是病床前的人都挂三分病，老话儿不会错的。"于是一阵踢踏而去。

小二方暗忖这是哪个，只见国安捧着个瓷盖碗踅进来。小二便道："方才是哪个呀？"国安道："你忘了吗？这便是那个许烂腿。上年他姑死掉，不是咱帮了他数十金吗？如今他丢掉小生意，当了县里的小牢头。前两日在街坊上偶然遇着他，提起咱主人的病来，他说白兔儿热血能治痨病，所以俺托他寻得些来。"于是揭开碗盖，只见鲜艳血色，尚自热腥扑鼻。

原来这许烂腿虽是市井细民，却落落颇有直气。但是他好喝盅儿，又好掷个幺二三，因此家业破落，穷得要命。及至他娘病殁，竟至无以葬殓。他本想卖妻葬亲，却多亏国安周济了他。后来便夤缘当了一名小牢头儿，感激得国安没入脚处。逢时过节总要来看望国安，小二也曾见过的。

当时小二笑道："这许烂腿真受托得很。"国安道："他为人向来如此，实心眼，直桶性儿。你想混牢狱饭吃，总须黑心烂肝花方才成功。他当小牢头怕混不长久哩。"说着捧定盖碗，匆匆赴宅。

方在跨院门首，只见老汪四平八稳地坐在台阶上，一见国安，忙摇手道："主母和冷舅爷领了一班邻右街坊，方在院内探病，命俺在此知会你，不许进去。"国安怒道："你不必管，俺如今给主人寻得药来咧。"说着飞步踅入。老汪没法儿，只得喊道："国安慢去，主母有话！"一声未尽，国安早闯入正室，一眼便望见红英、田禄和街坊三四人正在外间大说大笑，室外还有四五个教友探头探脑。

国安见嘈杂如此，不由大怒。方随手置下盖碗，气冲冲向红英要发话，红英已冷笑道："你既自夸侍疾，如何不在院中？争不成被你误事。今又不从俺命，硬踅进来，看你这厮目中可还有个上下吗？还不与我滚出去，从此后便离陈宅！"说罢蛾眉倒竖，从水灵灵俊眼中透出一股杀气。

只见国安大恨一声，向前便闯。正是：

邪正岂能同臭味，狱牢行复见幽囚。

欲知后事如何，且听下回分解。

第八回

遭诬陷义士入囹圄
解报恩许婆探衙署

　　且说国安闻红英一顿排揎，不由怒眦欲裂，便直挺挺向前分辩道："主母如何不明事理，尽管将话颠倒来说？自国安侍病以来，主人病势如何，须瞒不过大家的。国安偶出亦为主人寻药去来。今主母忽来，竟无端要逐国安，难道主母不欲主人好吗？"

　　一句话戳了红英的肺管子，她登时颊簇红潮，拍案道："你这厮如此放肆，还了得吗？今诸位高邻都在这里，你看这奴才！"众邻右忙道："梁管家，少说句吧。咱大家没的吵得病人发烦，俺们可要告辞咧。"田禄这时眍起眼睛，只有冷笑。

　　国安愤甚，便道："诸位莫去，俺寻来兔血，现在此间。"说罢端起盖碗，趋近红英，方置在案上，想对大家开看，只见田禄忽然仰视承尘，嘴儿略动。国安向红英指画之间，便见红英娇喝道："哎哟！"登时惊蝴蝶似的闪入屏后。

　　这时田禄业已大叱跳起，一把揪牢个精赤条条的梁国安。众街坊望得恍惚如梦，正在相顾诧绝，红英由屏后喝道："今高邻都在这里，这奴才久蓄淫念，今更赤体见辱。他所以托言侍病，便是为早晚间挑逗于俺。便烦众位做个证人，送官处治。"于是唤进教友，乱哄哄簇定国安。最奇的是国安痴痴怔怔，一言不发，只是胯下郎当，甚不雅相。邻右等便拾起脱落之裤给国安围在腰间，又将余衣带了做证。

　　大家方拥出院门，只听陈敬急喘喘问道："什么事呀？"红英道："你不要管，且养病吧！"于是由田禄当头，送国安竟赴官中。这一哄，招得看热闹的人千千万万，一时间议论纷纷，这且慢表。

　　且说小二自国安跹去后，只管觉得六神不安。回想自盘陀山蒙主人恩养以来，满想竭忠尽虑，帮主人兴家兴业，不想主母红英淫恣如此，主人又看看病得待死，如果一旦不讳，自己和国安身世也就可想而知。想得怔怔的，一眼望到室隅他那把钢叉，不由又是一番感触，暗想红英先时节待自己也算罢了，只是而今却改变得说不得咧！

　　方千头万绪的思想起落，忽闻有人急煎煎只管叩门，并且高唤道："梁嫂儿，快些开门！"小二暗道："这又是哪个？"忙跑去启门一看，却是宅里的旧仆高安。只见他满面慌愤之色，一脚跨入门，便回身关好，喘吁吁地道："梁嫂儿，这怎样好，梁兄遭人算计咧！"

小二猛闻，方惊得张口结舌，那高安已夹七杂八将国安被送到官之事一说。小二听了，只气得浑身乱抖。高安顿足道："这都是冷田禄和主母使的毒计，用邪法儿捉弄梁兄。如今便借此为由，撵掉你们，连寸草都不许带去。只怕少时主母就来封你宅儿哩！俺瞅空来知会你好做准备。咳，这怎么好？"说罢连连搓手。小二只挣得一句："竟有这等事？"

便听大门外一阵脚步杂沓，吓得高安一吐舌，向后便跑，一面低语道："俺只好从你后门溜咧。"语声绝处，门外已打得一片山响。

小二气怔怔一启门，便见柳升得意扬扬地跟定红英，领了几名新仆一拥而入。红英不容分说，劈面向小二便是两掌，叱道："你两口儿做的好事！原来都是狼崽子。快与我干干净净滚出去，俺不见罪你，便是情分。"说罢指挥新仆，便要封锁各室。小二惊气之下，便朗然道："主母不须如此。今国安既糊涂涂被捉入官，俺在势当去。却是俺蒙主母恩养一场，今只好磕个头儿报谢主母，此后俺总须报答主人的。"说着面色凛然，插烛似磕下头去。

红英方一扭脸，那柳升心头快活，想趁势臊臊皮，更猴子似的跳过来搀小二，道："梁嫂儿莫多礼，且宽心吧。这档子事本来梁兄太放肆些，你想主人如天，岂可欺的？然而未免带累了嫂嫂，这也叫没奈何。俺们和梁兄同事一场，谁不赞叹？且等主母消消气，俺们不怕磕破头，定要哀求主母收你两口儿回来咧。"说罢，夜猫子似的一龇牙，方要大笑。

只见小二站起来一伸手，噼噼啪啪向柳升小白脸子上便是几记耳光，大喝道："你是什么东西，敢来近俺！此间有你说话处吗？"正闹着，老汪奔将来，传陈敬之命来寻国安。这当儿柳升逞性，掩面怪哭，老汪颠三倒四地乱噪她所衔之命。红英大怒，指小二只管呵斥，一时间竟闹到一塌糊涂，惊动得邻人们都登墙觇望。

少时，小二慨然泪下，向老汪道："汪婶婶，便烦你替俺叩谢主人，俺不能亲去磕头，只好异日报德了。"说罢翻身拔步便走。红英只气得向众人道："你看她这倔强样儿，便见俺撵去他们不为心狠哩。"正说着，只见小二重复踅转，愤气之中，不由珠泪淫淫，一言不发，踅进室取了钢叉，哗啷声就地一拄。

红英惊道："你待怎么？"小二冷笑道："这须不是主人家的，俺一身外便是这个良伴，此后或有所用，亦未可知。"说罢，头也不回，扬长而去。这里红英自有一番指挥，便收没宅中所有，锁门而去。不必细表。

且说小二拎了钢叉，负气而出，一时间惊愤万状，直踅出这条后弄，方稍清醒。见街上人望了她都诧笑不已，小二都不理会。当不得市上小儿们见个少妇拎着柄明晃晃的钢叉，都以为是稀稀罕儿，业已跟在背后戳戳点点。百忙中有认得小二的便噪道："这是陈教主家的人，好体面武功！快跟定看耍叉呀！"

众小儿一听，越发都拥来。小二见了，只得拿出装怪兽的旧样儿来，迈开健步，一路好跑，直趔过几条闹市，抬头一望，已到槐柳大院。这所在都是贫户所居，人烟稀少，并且树木最多，外路来趁生意等人，都就宽敞处各支窝铺，远望去便如穿庐一般。其中流丐小贩，无所不有，并有山东侉哥儿们冶铁生业，终日价叮叮当当，甚是讨厌。

当时小二信步来至一家铁坊门首，坐在一株大树下，一时间心如油沸。暗想国安被陷，俺一身许多责任，总须先寻安身之所，再作区处。只是孤零零一身，又不名一钱，人海茫茫中，哪里去投奔呢？

正在焦急，只听有人瓮声瓮气地道："某嫂儿，你放心，管保后天这几件器具都磨淬停当。"小二望去，却是个黑壮妇人，挑了许多零碎新铁器，大叉步由铁坊趔出，后面一个媳妇子抱着娃子送出。但看那媳妇乌煤吊嘴，便知是铁匠眷属。小媳妇送至门口，即便趔回。这妇人将担儿一换肩，自语道："真他娘的有分量。"

这时小二正垂头而坐，那妇人忽望见小二身旁那铁叉，只认是来卖旧货的，便道："喂，那位大嫂，你这叉敢是卖的吗？他这里是吴家铁坊，收货公道，俺给你出脱了吧。"说着喘咻咻趔近小二。恰好小二一抬头，那妇人赶忙置下挑担，一把拖住小二道："哟，可了不得，你不是梁奶奶吗？怎一个人儿撞到这里？"小二忙望她，似乎面熟，却一时想不起来，方在发怔，那妇人已笑得前仰后合道："梁奶奶真是贵人好忘事，俺那午没到府上去磕头吗？若非梁大叔周济俺，俺这会子不定寻了哪个野汉子哩。"

小二猛闻此语，忽悟是许烂腿的婆子纪大脚，外号叫"风娘娘"。因她性儿直爽，又有把子笨气力，平日价山汉似的串走街坊，故有此号。当时小二猛见纪大脚，便如亲人一般，不由落泪道："少见了，纪嫂儿。俺如今……"大脚道："哟，奶奶怎的委屈咧？"小二叹道："俺如今一言难尽了。你家在哪里？俺还有事相告哩。"

大脚道："那片碎石砌短墙的小小篱门儿便是俺家。"小二望去，果见半里外，竹树深处有数间草房儿，甚是雅静，于是站起来，拎了钢叉，即便随行。那大脚挑起担儿，顷刻已到。

两人进门后，大脚先抛下担儿，引小二便入正室。小二看这院虽小，也有东西厢房。正室后一片菜园，似乎也有看园的场房。当时两人入室，彼此间不暇叙礼，小二便置下钢叉，滔滔汩汩，一说国安遭陷之由，并自家见逐之故。纪大脚不待词毕，业已气得跳起乱骂道："真他娘的没世界咧！谁不知陈二娘娘那种浪张致，他们教中没夜没日地干肮脏事，如今倒打一耙，却来诬梁大叔！偏他娘的而今官府都是浑蛋。但看王立猷的小婆子被教友等玩弄了，他还没事人似的，便是榜样咧。"说着抬起一只大脚，紧紧鞋带子，一面吵道，"您饿了，厢房中有米、柴草、水瓮、锅灶儿都在后院，劳您自家便去收拾。"说着忙忙站起，抖抖衣衫，向外便跑。

小二忙道："纪大嫂哪里去？"大脚道："县衙前那群蛋蛋子俺都熟识，今且探探梁大叔再说。"于是梗起脖儿，但见那小纂儿晃搭搭，如飞而去。这里小二发怔一回，就后院中饮口冷水，暂压火气。只见菜园中果有几间房锁在那里，不由暗想："国安一时间既被诬到官，不消说总须监押，这馕粥供给，却是吃紧，俺只好暂住此间，慢慢设法了。只是俺赤手空拳，这便怎处？"想得心烦意乱，便坐在靠后墙一堆石上出神好久。

眼望日色业已西挫，却忽闻墙外两人踢踏而过。一人道："好硬铮汉子呀，几句话顶得县官只噎气！"一人道："这才叫国乱显忠臣哩。你看陈二官人闹了一辈子，如今被他浑家那歪邪骨弄得乱七八糟，而今一个梁柱似的梁国安又复被陷。我看陈家倒霉定咧。"

小二听了，方在动心，只听先一人道："可叹金刚似的汉子，陷入牢狱去咧！不消两日，就须折磨下几斤肉来。你看这片房便是许牢头的，这块肥肉却不一定便落在他口里。"一人道："折磨算什么？我看梁国安小命儿都悬人手咧。可是《百花亭》戏里八拉铁头有话：'他两个这一挤眼，便没了我咧。'"小二听了，几乎想唤住人家，探探底细方是意思。

正这当儿，只听纪大脚大喊道："原来梁奶奶在这里发呆哩！俺跑进来不见你，急得俺什么似的。"说着咕咚咚跑到面前，只是抹汗。小二忙问道："俺丈夫怎样咧？"大脚道："如今好了，你放一百个心，如梁大叔掉一根汗毛儿，俺就不依那天杀的。"说着奔赴水瓮，拎起长瓢，咕嘟嘟灌了一气。忽一攒眉，就瓮后蹲下身，解裤便尿，潺潺的好半响，方长出一口气，站起道："说也好笑，这泡尿涨得人小肚生痛，可恨县衙前再也没个僻静所在，而今可舒齐咧。"于是一面紧裤，一面和小二踅入正室，便张牙舞爪地一述所探情形。

原来国安到官后，经田禄写了呈辞送上堂去。那官儿见国安迷惘，明知是教中弄玄虚，但他却怕教中势大，只得向田禄道："此人既被他主母送官，呈中情节想必不虚。但他似乎迷惘，怎生研问呢？"田禄道："此人畏罪，故作此态。但用些冷水来激他，自然清醒。"

那官儿命人取到水，还未泼洒，田禄口内已似乎默默念诵。官儿偷瞧，越发明白。逡巡间，水方泼去，国安一个寒战，登时醒转，一看自己形状，百忙中摸头不着，因大叫道："俺方在主人病室，如何却到公堂呢？"官儿喝道："你这厮不畏天理，竟敢赤体犯上，今被你主母送到案下。快些实说，莫待拷问！"因将呈中情节喝问大概。

国安听了，顷刻气得面色都青。忽见田禄，不由顿悟所以，因大叫道："大老爷明鉴，俺主母现为教主，善弄法术。哪个不知小人性子倔强？抵触主母诚然有之，若以这等淫邪之事诬罪小人，小人即不足惜，难道就不为陈姓顾惜吗？此中委曲，小人即便屈煞也不欲说。却有一件，冷田禄万万不能证俺！"

官儿道："不但冷田禄，还有许多邻证哩。"国安越发明白，因瞋目向田禄道："人要天理良心！俺侍病多日，不曾有什么邻右来看望，如何俺方偶出，齐齐来些邻右？难道预知今天该出什么事体，先来做见证吗？"田禄道："你在大众之下赤体被捉，还分说的是什么？"官儿道："着哇！"国安叩头道："如何大老爷只听一面之词呢？也该访查小人的素行才是。"官儿听了，登时噎得干眨眼。这时堂下观者，不由都暗地指戳田禄道："你但看这小模样子，便知和陈二娘娘是怎么回事咧！"

正这当儿，那官儿却模糊糊地吩咐道："且将梁国安钉镣入狱，待俺慢慢拷问。"可叹国安还待分辩，那官儿已拂袖退堂。当值人役不容分说，便将原衣给他穿好，吆喝着取到手铐脚镣，一一服侍起来。这时田禄眼看着国安入狱，方欣然趑去，回报红英，两人又有一番算计。这且慢表。

当时纪大脚就衙前东探西问，略得梗概。便有人打趣她道："想是纪大嫂贴干孤老没有油水咧，总盼俺许大哥得这件阔差。你快给俺一个嘴儿，俺和大牢头袁三哥说个情分，总还可以的哩。"大脚唾道："放屁！你看俺孤老多，且给你妈妈拉两个去。"一路浑笑，大脚信步趑向狱前，方在那里探脑，恰好那大牢头袁三凶神似的带了两个伙计从狱内趑出，乱吵道："这种人一百个没成头。今天东排第三囚房闲着，该许烂腿值差，如今差事下来，他还没影哩。你等快向左近酒馆中抓住他去。"

伙计等方要拔步，恰好许烂腿歪戴着帽儿，敞披一件破长衫，趿着双破鞋，从狱墙左边歪歪刺刺地趑来。一见袁三，便道："袁老总，什么事呀？"袁三顿足道："俺的许爹，你真把人怄煞咧。"于是拖了许烂腿，大家又趑入牢门。大脚见此光景，不由暗幸道："天可怜见，梁大叔落在俺丈夫手中，还好些哩。"于是坐在县门照壁前，给他个老等。

公人们向来都见惯她的，也不理会。等了好久，却见冷田禄和一个堆腮缩项的公人，一面价喊喊喳喳，由身旁而过，但听田禄道："今便拜托转达袁老总，俺便在县前某茶室内专候。"那人道："就是吧。"于是匆匆回身，直趑入狱。须臾和袁三匆匆出来，竟赴县前。

大脚虽是妇人家，公门中许多鬼蜮却瞒不过她，不由暗惊道："这定是陈家和那浪娼根要买嘱牢头，毁掉梁大叔。俺那天杀的如果属猴儿拉稀的，坏掉肠子，没别的，咱须骑驴的朝东，骑马的朝西咧。"思忖之间，业已大午之后。大脚方急躁得蚰蜒似的，只见许烂腿满面愤色，顶了一脑门子汗，由狱内匆匆跑出，一面直了脚子跑，一面叹道："咳，这是哪里说起!"大脚忙喊道："喂，当家的，这里来!"

烂腿听了，四下乱望，一眼望到照壁，跑过来道："哟，你来得正好，俺正要回家去嘱咐你点儿事。如今你在此，倒省俺一趟腿。"说罢拖定大脚，回头便跑。正是：

漫嗟豪杰偏遭难，唯有屠沽解报恩。

欲知后事如何，且听下回分解。

第九回

探囚牢夫妻慷慨
换狱舍郎舅猖狂

且说许烂腿急匆匆拖定他浑家向狱墙后便跑，招得众公人都大笑道：“您两口子老夫老妻的，怎还都十八似的，那股劲儿一发作便这等情急，就地下得了阴寒不是玩的，那么到俺班房中，关个门儿吧。”大脚等不暇理会。

两人直到狱后僻静之所，烂腿才跺脚道：“你看真是人有旦夕祸福。今早俺还给梁大叔送兔血去，如今他就遭事咧。”大脚忙道：“这事儿俺已都知。”因将遇着小二一节一说。烂腿恨道：“陈二娘娘好副狠心辣手哇！好在梁大叔既巧值俺该管，梁奶奶又在咱家，还算幸事。如今俺嘱咐你，就是梁大叔的饭食，从明早起便天天送来。至于狱内照应，都有俺哩。”

大脚喜道：“这便才是，人应当报恩的。梁奶奶算交给俺咧。”说着四外一望，悄语道，“你可留神大牢头撺掇你做手脚哇。”因将方才见田禄等情状一说。烂腿恨道：“且叫这般狗男女做梦去！俺许烂腿虽吃牢狱饭，还有些人心哩，何况梁大叔那番恩意呀。”大脚听了十分放心，便一气儿跑转。

当时小二听大脚说罢，略为神定。大脚道：“你只管放心，明天且跟我望望梁大叔再讲。”小二不由连连称谢。大脚道：“哟，俺们受惠还少哩。”须臾日落，大脚便忙碌碌掌上瓦灯，将担来的铁器一件件擦磨。小二道：“你弄此做甚？”大脚道：“不瞒你说，俺当家的不会弄没天理的钱，只仗着一份工食如何能养家？俺十指又如棒槌一般，不会拈针拿线，所以俺给铁坊内做这磨工，寻点儿钱添补日用。”

小二称叹道：“真是公门里好修行。像你夫妇也就少有。”大脚笑道：“罢哟，什么好修行！那现世报不过是个怪物罢了，他的亲叔子久在京营中混，也熬得个小小武职，便是这次额经略平苗，他叔子随营叙功，也升了千总职分咧！前几月来信，叫他赴京，想看机会安插他在营中混。他脸子高腆，一百个不耐烦去，只说是人须自食自力。你说这不是贱骨头没造化吗？”小二一面听，一面随手也搽磨铁器，那手腕儿且是煞溜。

大脚道：“噫，梁奶奶在宅里时享用惯的，如何也会做粗笨营生？”小二叹道：“俺当初什么劳苦没受过？”因将自己在盘陀山被陈敬恩收来许多事一说，不由慨然泣下道，"今俺主人遭群阴构难，看来凶多吉少了。"大脚劝慰一番，直至更深，两人方同榻安歇。大脚鼻息数转，业已沉酣。只有小二一时间忧思如潮，再也睡不去。既念国安，又愁陈敬，直到半夜还是清醒白醒。

正这当儿，只见大脚蹶然坐起，一翻身跳下榻向外便跑。小二只认是她尿急起夜，还没理会。少时却听得后院中稀里哗啦柴草响动，于是披衣起来，就堂屋后门向外一望。只见大脚光了身儿，从残月之下拽了一捆柴草，便奔饭灶。噗啦声扔在灶前，身儿一随，坐将下去，竟将头一低，纹丝不动。

小二不解其意，趋去一望，只见她鼻息沉沉，依然睡去。便唤醒她问其缘故，大脚愣怔怔地道："怎么，天还没亮吗？俺惦着早早炊熟饭，给梁大叔送去哩。"小二听了，不由感激泪下，方知大脚是撒了个大愣怔，于是和她入室，重复困倒，这次小二却蒙眬睡去。

不多一会儿，天光大亮，小二惊醒来，只见大脚业已揉着头儿，炊饭停当，并有只新荆篮儿置在案上。小二连忙起身，草草结束。大脚道："不忙呀，这当儿县前想还没人哩。咱且梳洗梳洗，省得人见了说咱们风娘娘似的。"一句话说对了景，不由自己也笑咧。于是两人取过奁具，各端脸水。小二不消说是无心膏沐，妙在大脚这副晨妆也简单得很，不过将草鸡窝似的头略为抿抿，撩起面水，来个猴洗脸，一抹撒就停当咧。

须臾妆毕，大脚忽起坐不安，摸摸肚皮，又揣揣胸口，念诵道："老天加惠，这当儿可别叫俺不自在。"逡巡之间忽跳起来道，"啊呀，俺的梁奶奶，难道你就不饿吗？"

一句话提醒小二，顷刻觉肚皮内空碌碌的，原来昨日两个人都忘掉用饭哩。

说到这里，便有挑眼的道："这不是两人慌得忘用饭，我看是作者先生弥补漏空哩！"作者道："拿吃饭点缀书，此例不开自我。你看雪芹先生那部小说大王《红楼梦》，单拿吃饭做节目哩！"

当时纪大脚忙盛得饭菜，先盛了尖尖一碗递给小二。自己刚举箸吃得一口，只见小二落泪道："俺夫妇倒生受你了。"大脚那口饭方下咽，连忙捶胸道："噎煞俺咧！梁奶奶别只管悽惶，你一身还捎着很重的担儿，如何和肚皮过不去？快些提起精神办事要紧。"

小二听了，不觉陡增毅气，又搭着肚皮真也有些不做主咧，于是一气儿吃了四五碗方才放箸。大脚喜道："这便才是。"说着另端正饭食，置在荆篮内。小二见了便要提携，大脚早已挎在臂腕上。两人厮趁出门，大脚反锁停当。只见旭日曈昽，已高三丈。大脚道："这当儿去正是晨光。"于是遮遮掩掩直奔县前不提。

且说国安押入囚牢，幸逢许烂腿当值，那大牢头袁三看着烂腿将梁国安置在东排第三囚房，便大模大样地发话道："梁主管，你是阃门头的人，平日价交朋结友，水也似用钱钞，哪个不晓？却有一件，像俺公门中苦哈哈的朋友，你却白不肯瞅一眼哩。如今怎样，你自己思忖吧！咱们见雕放箭，单看你出手怎样哩。"说着瞪起牛眼睛，喝烂腿道，"这就看你手段咧。"

烂腿忙笑道："俺都晓得，这点点事还用老总挂心吗？"于是一整面孔，将国安紧锁在蹲柱上。直待袁三谩骂去后，他方掩上囚棚，一松那锁，命国安坐在苇荐上，然后叹道："不想梁大叔竟遭这等诬陷。你放心，等俺探探陈宅情形并您家下，再作区处。"国安慨然道："俺家下料无善状，只是俺主人定死于群阴之手。"说着两目一张，赤如熛火。烂腿道："您且宽怀，且看官中怎生发落吧，过几天开释出也未可知。"

于是服侍国安甚是尽意，直至出逢大脚，得知小二被逐之事，并田禄和袁三鬼祟神情，他心下不由怙惙，趔回来向国安愤愤一说。国安夷然道："覆巢之下，安有完卵？俺家下被逐，早在俺意料中。至于彼等要绝俺性命，俺国安有命在天，恐未必尽如人意哩。"说罢反一阵冷笑。

须臾薄暮，狱官来收过封。登时灯火惨淡，铃柝四起，各囚室中呻吟号泣，好一派惨厉光景。国安却依然高卧荐上，鼻息如雷。

次日一早，烂腿方服侍国安用过热汤水，只见一个同伙向他努嘴道："喂，你那口子寻你来咧！怎还领着个媳妇子？咱们头儿正在门首跳猴哩。"烂腿道："许是梁奶奶来咧。"急匆匆跑到狱门，一眼便望见小二愣怔怔站在大脚背后。那袁三却腆起一张凶脸子，大跳道："俗语说，牢狱不通风。这所在要随便出入，要俺们干鸟吗！"大脚撇嘴道："罢哟，你这副嘴脸快收起来！你这牢门是属娼妇的，有钱就张，没钱就闭。又通风透雨、出出入入地胡嚼蛆，难道出入了你婆子那两扇门儿吗？你等着，这点儿勾当都在老娘身上。却有一件，等你婆子下小人儿的当儿，我也有法叫她不通风。"

别的公人便笑道："这可了不得！袁三哥，你快给她通一家伙吧。"大脚笑道："放你妈的屁！你妈才叫人通哩。"说着领小二昂然直入。袁三干眙两眼，竟无如何。原来大脚还善收生，和公人们都有个小吸溜。

当时烂腿引大脚等直入第三囚室。大脚是来惯的，却不理会。唯有小二，乍到这等所在，抬头一望，好不惊心。只见众囚舍便似蜂房，那种污秽狼藉法，不堪入目。这时正值清晨出风（牢中暂放犯人游行谓之出风），大家蓬头赤脚，便如一群饿鬼一般。有的靠墙箕踞，有的三五游行，还有说说笑笑，表示他是硬汉的，见了小二等，都光着眼乱望。

小二怔忡之间，便见烂腿扑奔一所囚房，回头道："梁大叔便在这里。"小二听了，心如油沸。刚奔到栅门，只见国安顿得那条长索哗啦啦山响。大脚登时赶着烂腿道："好哇，你这现世报！"烂腿忙道："你不晓得，大家眼目如何不瞒瞒呢？"两人纷纭之间，小二早奋身奔入，一把拖住国安，竟自言语不得，顿足良久，然后挥泪道："咱夫妇遭此诬陷，这便怎处？"国安道："事已至此，只好暂耐。你在外边，顶要紧须探访主人情形。俟俺一朝出困，说不得只好将主母一切淫纵胡为直禀主人，那时俺拼了性命也要驱除田禄之辈哩。"小二愤然道："难道襄阳官府便没个持公道的？如县里只管含糊，俺便向府里递状如何？"

国安道："你好没分晓！王立猷现方纵逞教徒，咱们诬枉岂能申理？今不必自扰，且观动静，俺看官中将俺定甚罪名！俺所虑的就是咱家主人。"两人只顾深谈。小二回头，只见荆篮儿置栅内，大脚夫妇却躲向一旁去咧。小二知他等恐妨自己谈话，便一面将饭食捧给国安，一面将大脚许多好意一说。国安听了，若有所思，便道："你去探访主人，恐招那厮们的耳目，倒不如便托纪嫂儿更为妥当。"小二道："正是哩。你在许兄值管中，也算幸事。"国安沉吟道："只恐他值管换人，然而这也是意中事。此间你不必常来，快些去吧。"

正说着，大脚也便踅来，于是国安深致谢意，竟力促小二等出狱而去。那大脚踅回家，慨然以探访自任，从此供给国安，都托了许烂腿，他便不断地踅向陈宅左右不提。

且说红英诬陷国安之后，一时眼钉肉刺忽然都去，好不畅快，便一面命田禄买嘱袁三，就狱中害杀国安；一面和田禄、马胜等大肆淫乐，更以余兴嬲戏陈敬。原来马胜自料闹不过田禄，这当儿业已淹淹郎当的软化咧。哪知袁三这小子是凶猾之尤，且会吃长远食儿，暗忖道："这种肥实买主是等闲遇不到的，俺一朝做翻国安，还弄甚鸟？俺且稳住买主，叫他在俺手中尝尝滋润，给他个猫鼻上抹腥，自然干不着俺老袁哩。"

于是当初次在某茶肆和田禄交代当儿，他便欣然道："俺的冷爷，您有什么不明白？俺这一行，若说一颗心不歪在胯骨上，连我也不信。只要您大手大把的，凡事好办。却有一件，咱做事莫急促，不露马脚方妙。这其中筋节儿俺是知道的，不然今天来个活跳跳的囚犯，没得三天半便向外拖死狗，也透着不够公事呀。况且姓梁的硬头强脑，不是什么善茬儿，须得俺慢慢摆布。须先折磨他硬骨架、倔性子，然后饿得他塌了腔，弄得他眼睛发蓝，屁股怪叫。这患病情节完备，报上堂去，直待四老爷并管狱二爷查验过，并胡乱经官医诊过病状，然后俺方可放手做事。您想这事儿急得来吗？"

田禄道："如此说，由你去办。"说着从怀内掏出五十金道，"这点儿小意思你先收下，随后陆续再送。"袁三一见，登时沉吟呃嘴，迟疑半晌，然后接过银包道："冷爷既出手咧，俺为交朋友搭上一注。也须算着，您想，合狱伙计们都有点缀，稍一不到，定然出岔子。再如报病当儿，开销更大。如四老爷并衙中管狱二爷等，哪一个不睁大眼睛、张大口，单等这白花花的大东西？然而这时且不用提，只要您老明白下情，亏不了俺们便是咧。"于是两人别过。袁三这厮好不从容，便将五十金自入腰包。隔了两天，又启发了田禄数十金。好在红英挥金如土，并没注意。袁三大悦，以为国安竟是奇货可居，所以一任烂腿去服侍他、宽假他，并不过问。

转眼间半月有余，那袁三已陆续挤金三四百两。这时陈敬病势业已一息奄奄，宛转床褥。跨院中只一老汪，那红英脚步便稀稀的咧。陈敬自国安来侍病的时光，已有些觉察红英，如今红英更肆无忌惮，有时节田禄在座，两人便公然眉目传情，陈敬方恍然自己一向瞒在鼓里。于是日盼国安，真如望岁。红英只谎说国安仍去稽查分厂，却一面里催促田禄叫袁三下手行事，不想袁三只是支吾。红英终是女人家，不谙世故，倒是田禄揣度着袁三用意，便寻着袁三，打开窗户说亮话，命他不出五日结果国安，一总儿贿赂他五百金。袁三欣然道："就是吧。"当时两人别过。

且说国安屡得许烂腿悄报陈敬病重消息，这日方和许烂腿谈话闷坐，只见袁三横着眼踅来道："梁主管，莫怪我说你是干锅爆豆，俺没造化想你的好处，如今却有人替你打点咧。没别的，请你高迁一步。"说着喊道，"老六这里来！"一言未尽，只听破锣似的猛应一声，便有个黑魆魆的汉子，生得鹰准鹗睛，从西排最后的囚房大叉步踅来。烂腿一见，不由暗暗叫苦。

原来这汉子叫郎六，曾一脚踢坏他娘的胁肋，就是袁三的小舅子，两个人狼狈相倚，一般心狠。郎六这小子平日价不在狱中，只偎在袁三家下胡混，并和他姊子不清不白。吃着一份小牢子的工食，专为袁三摆布人时去当刽子手。

当时烂腿忙道："这差事俺值管得好好的，不须换人吧。"袁三喝道："你真个不觉照吗？你看梁国安被你值管以来，倒保养得好膘头咧！有这样舒齐所在，你也值管俺两天，从此便不劳尊驾哩！"这时郎六业已拉定国安项索，狠狠一顿。

不想国安挺然·扬脖，登时牵得郎六向前一撞。郎六骂道："你这死囚！"手起处，向国安左颊便是两掌。国安方怒道："你这厮！"袁三从后面早又啪啪两脚，一路推拥吆喝，三个人竟奔那西排最后囚房。望得个许烂腿只是发怔，又不敢便跟去瞅。逡巡之间，只闻国安厉声大骂，并袁三跳喊发威。便见郎六凶神也似奔出，就房外墙上摘下大拇指粗细的纽藤鞭，不容分说，一翻身抢入房。但听唰唰唰抽打声中，那国安骂声也便越发起劲。

烂腿顿足暗叹道："这便怎好？"忙蝎蝎螫螫趁到那囚房外，向里一望，只见袁三高坐在柙床旁凳儿上，连连喝打。国安已精赤脊背，被高吊在屋梁上。那郎六藤鞭正抽得呼呼风响。这时国安业已皮绽血流，却咬定牙关一语不发。

袁三喝道："今且叫你尝个甜头儿，以后有你受用的哩。"于是命郎六住打。那蹲柱旁一切设备早已停当，是臭烘烘一桶大粪，距蹲柱一尺来远。两人一齐动手，由梁上解下国安，便就索儿牵就蹲柱。他们是练就的手法儿，只一瞬之间，便将国安系牢在柱。那姿势非蹲非坐，只脚尖稍为着地，脖儿扬着，腰儿哈着，两腿拳着，简直的一段身体弄成三道弯，天地神圣。更难受的，便是那只屎桶正对鼻头，热腾腾木樨香熏得人几乎气闭，其名叫作"猿猴献果"。

正这当儿，袁三忽张见烂腿，便喝道："这里没你的事咧，快些躲开！"烂腿赔笑走进道："俺是请老总示下，东排囚房接收什么人呢？"说着向国安一使眼色。袁三骂道："快闭了你那鸟嘴，干你的去！"因吩咐郎六道，"这厮是根扎手刺，你须小心在意。"说着，腆起大肚皮昂然而出。烂腿直跟到狱门外，袁三道："接收甚人且不忙，你且等俺分派吧。"原来烂腿明知没人接收的，他这是搭趁说话，探探袁三口气，是否还容他在狱，以便设法维持国安。

当时烂腿听袁三说罢，心下稍安。先就同伙中一探问移换囚房的情节，尽知田禄、红英一番密谋，不由吓得一身冷汗，暗想道："这节事须瞒不得小二，快去知会她，大家想主意。实出无奈，先叫她向府里去递冤状，也是缓兵一法。"于是一面沉吟，一面撒脚便跑。

刚转出照壁后，只见一人飞步跑来，不容分说，拖住烂腿便走。正是：

莫笑脚下并匆匆，须知各怀心腹事。

欲知后事如何，且听下回分解。

第十回

许烂腿大闹萧王祠
梁国安夜奔槐柳院

　　且说烂腿方转过县前照壁，却被大脚一把拖住，直奔向僻静之所。烂腿道："了不得！这便怎好？"大脚道："咳咳，真个糟咧！偏偏她又……"于是两口儿一齐眙眼，不约而同地都忙问道："难道这档子事你都知道了吗？"烂腿急道："什么呀？"大脚也道："俺又知得什么呢？俺是跑来告诉你一段事。"烂腿跺脚道："巧咧，俺又何尝不有事要说给你们哩。"

　　两人这彼此一顶板，再也弄不清爽。末后还是烂腿头脑略清，便道："先说你的。"大脚道："俺这两天腿都跑烂……"烂腿随口道："放你妈的屁！你说脚跑大我还信些。"大脚也不理他，接着说道，"只探访得陈二官人那病势日重一日，陈宅旧仆一概撵掉。那陈二娘娘和田禄等成日价在演武院中厮混。今天早晨，俺又踅向陈宅大门前，只见新丧榜牌业已摆将出来。"

　　烂腿惊道："如此说陈二官是死掉咧？啊呀，俺的梁大叔！"大脚道："说来也可叹，陈二官至死还不知梁大叔被陷在狱，只当他又出外稽查。二官临死当儿已皮包骨头，活鬼一般。那二娘娘禁止人入视，竟连老汪也撵出来。那二官挣命了一日夜，长号国安，声音喑哑。后来忽然无声，二娘娘方领人进去一看，那二官已翻跌在榻下，光着身儿，死掉多时咧。"说着咬牙道，"你说二娘这烂污货不欠敲吗？"烂腿猛然道："这段事梁奶奶想已知得咧？"

　　大脚拍手道："你还不晓得哩，她如今已病了两三日，只是昏昏沉沉，有时呓语，有时清醒，似乎是气郁过甚。所以陈二官的死信，俺还没说给她。你看这死信可以告知梁大叔吗？"烂腿听了，登时一阵挠头搔屁股，没作理会处。大脚只当他是因小二病倒，心下发烦，便道："你快别大气，人家便是病在咱家，也未见得便吃嚼你一辈子哩！并且人家自到咱家，也没袖手吃现成茶饭，不是揽点儿针黹做，便帮为磨铁器。便是供给梁大叔，你当都我的钱钞吗？你百不想想，你又没钱，我又不曾抓干孤老，隔个三两天俺便给你几串钱准备梁大叔的饭食，都是梁奶奶所得的工资哩。人家还唯恐久住不便，巴巴自在菜园房儿内居住。你如何便这等嘴脸！"

　　烂腿搓手道："你胡吵的是什么！如今你听我说。"于是将国安方在危急情形一一述出。大脚不听犹可，一听此话，登时噪道："这还了得！我看事已至此，陈二的死信还瞒梁大叔夫妇做甚！索性一股脑儿都告知他们，梁大叔也好自做准备，梁奶奶便急速去告府状。不然郎六那厮恐就要下手哩！"烂腿忙道："悄没声的！就下手还不至于，他总须摆布得人不差什么，先呈病状。为今之计，俺先去望望梁奶奶，再作道理。"

于是两口儿一气奔到家。只见小二困卧在园室中，正在寒热交作。张目一看烂腿夫妇，竟不大认得，依然沉睡。烂腿便道："看光景是气愤郁结，阴阳相抟，你快些请医来调治好她再说别的。"说罢，和大脚来至自家屋内。只见壁上挂着柄亮晶晶短刀，二尺来长，十分锋利。又有一柄精致匕首置在案头。烂腿信手拈起匕首把玩，只见钢口绝好，是新出冶的，便道："如今梁奶奶患病，你还有暇做磨工吗？"

大脚道："这不是铁坊里的，这是人家梁奶奶未病之先，忽地看那铁叉，只管沉吟，便叫俺将那叉拿到铁坊中，锻打了这两把刀。"烂腿随口道："她用刀做甚？"说着摘下短刀，猛地心中一动，便道："这刀儿俺且带去，倘郎六那厮早晚间发作起来，俺便攮他几刀子，给他个撒腿一跑，找俺叔子去。"大脚道："正是，正是。这种没天理的鸟所在，也不是人住的咧。"

你看这一对浑愣儿这副侠情热恋，也就少有。古人说得好："交道在屠沽。"又道是："唯有屠沽解报恩。"可见市井厮养中尽多壮士哩。

当时烂腿心挂国安，便藏好短刀，跑回狱中。先向自家值房中藏好那刀，瞅空儿遥望国安，又已被人家摆布到小站笼里，将脖儿拉得挺长。因房外有两个郎六的心腹伙计，正在那里装模作样。这时天色业已傍晚，四下一瞅，却不见郎六。烂腿不由心下怙惙，暗道："难道他今天便去报病状吗？这事儿真要急促。"逡巡间，趄近萧王祠，只见许多小牢子正围着郎六，在祠外敞棚儿下大说大笑。

一人道："咱这些时，口内几乎淡出鸟来。今晚咱大家给郎爷贺喜，明天又是萧王爷的生日，照例地晚半天便放假，大吃大喝。这两场酒咱总须喝他娘的。"郎六听了，合着两只凶眼，一面捶着胯骨道："算了吧，这姓梁的真是茅厕石头，又臭又硬，怄得人火杂杂一肚子气，没得高兴饮酒咧。并且这等鸟差算什么喜呀！"

一人笑道："你看郎爷，真会闹这股子劲儿，真沉得住气。这差事不消说，袁爷分给您彩儿，损死了也得二百两头。白花花四支整宝入了腰包，他还说算什么喜呢！"又一人道："郎爷放心，俺们今晚是诚心致贺，并不是绕弯想吃嚼您。您和袁爷简直说是一个人儿。"说着向大家一挤眼，正色道，"俺这话不差吧？只要您在袁爷跟前多照顾俺们两句话，便什么情分都有咧，何在乎这场酒，只管客气呢！"

郎六笑道："既如此，俺便领情。"先发话的那人大笑道："还是你会投郎爷的心缝儿，三言两语，郎爷那颗心便扑嗒声放下来咧。"众人乱笑道："好尖嘴子，这便该单罚你一席酒才是。难道郎爷便这等小气，真成了四方脑袋——但钻钱眼咧？"

烂腿听了，且喜有机会可报告国安一切，便悄悄回到自己值房，静候消息。约莫有一更多天，早听得郎六和大家在那敞棚下欢呼畅饮。烂腿不敢急慢，刚悄悄踅出值房。事有凑巧，恰好一个伙计拖了郎六那两个心腹，嘻天哈地地走来。伙计道："那死囚既上柙床，还怕跑掉不成？你不去吃喝，可是憨哩。郎爷少时酒足后，趁着高兴，一定向文庙后睡自在觉去。你还怕担不是吗？"

原来袁三家下便住在文庙后，距狱甚近，为的是往来捷便。当时烂腿赶忙向回里一缩，三个人已牵扯而过。烂腿暗喜天与其便，忙奔至国安囚房前，仔细一望，又是一怔。只见牢中小使儿叫淘气的，正坐在门首，噘着嘴，自家抱怨道："俺连偷个果儿吃的命都没有，方想趁他们大吃大喝，瞅空儿去抹抹嘴头，便又将人安在这里。"烂腿趁势道："真也叫人气不平，你一个孩子价，苦哈哈的，他们连这点儿体谅都没有。你只管尽力子去偷吃，俺替你看守如何？"

淘气一听，登时长起精神，跳起来道："敢是好哩！好许爷，等俺回来你再走哇。"烂腿道："就是吧。"一语方罢，淘气已跑出老远。这时更听得敞棚内轰饮如潮。于是烂腿连忙进棚，先剔亮壁上油灯。从惨黯黯光中，早望见国安直挺挺被收卧在柙床上，遍体伤痕，甚是可惨。一睁眼望见烂腿，不由耸然，却是言语不得。原来他嘴内还堵着塞口。

烂腿这当儿左顾右盼，心头满跳。先将他嘴内塞口掏出，急说道："如今梁大叔先莫吃惊。俺探得两个消息，甚是不妙，怎么办呢？"于是急匆匆将陈敬已死，并红英、田禄密谋一说。国安猛闻，气痛交并，顷刻颜色大变，长呼一口气道："啊呀，俺的主人，兀地不痛煞国安！"烂腿忙战抖抖掩住他嘴道："如今大叔性命要紧，且趁这班狗男女去吃酒，等俺放掉您，大家跑他娘的！"说着东张西望，便想寻石头来砸柙锁。

国安略一沉吟，明炯炯虎目乱转，愤然道："不须如此，俺何苦又累及你？只要有机会，俺自能脱此牢笼，你且看俺饶过哪个！"烂腿一听，猛然想起国安原来是个虎也似的汉子，便道："如今却巧咧，只明日便是萧王的生日，他们照例得放假吃酒，便俟明晚看机会行事如何？"国安方道得一个"好"字，便听门外咕咚咚有人跑来。烂腿忙给国安堵上塞口，刚一脚踏出门外，那淘气已笑吟吟兜了许多果饼跑到，便道："好许爷，真亏你作成俺。他们预备的中饭，瞅个冷子都被俺摸来咧。你老不得一个儿吗？"烂腿道："俺不吃咧。"于是踅回值房，一面盘算明天怎的行事，一面又倾听国安动静。亏得郎六吃得醉醺醺，搂他姊子去困觉，当夜国安得以安然。

次日烂腿爬起，先就狱墙端详良久。只见高耸耸上插荆棘，更没有着手之处。暗想梁国安虽有超群本领，这等高墙恐怕要费手脚。正在思忖，只见两个掏垃圾的街工携着掏具走来。

一人道："你也爽利点儿，拉个主顾。"那一人道："毛老八，你真想不开！俗语说：官工慢慢磨。你便一家伙给他掏清爽，他不会给双份工钱的。"烂腿向前一问，却是因今天萧王生日，狱内洁除，并淘漉墙下通外的大阴沟。原来这阴沟向里口儿平日价用石块砌牢，只留碗大一孔以备泄水，唯有淘漉时，方才掀动砌石。

烂腿心中一动，暗想这倒也是个机会，却不知今天能否毕工。于是跟街工踅到那里。只见毛老八愣头愣脑，顷刻价动起手来。那一人便唾道："难道你吃了硬窝窝头怕存食吗？咱且歇一霎打甚紧，今天不完还有明天，明天不完还有后天哩。"说着赌气子放下掏具，一屁股坐在地下，由怀内掏出根短烟筒，敲火便吸。烂腿趁势走近，便和他东拉西扯。

不多时，那毛老八将掏具一丢，也嘻了嘴凑过来。于是烂腿一面变着方儿耽延他们，一面端详那阴沟出路。直至将午，街工方启起砌石。烂腿看光景，今天定不能毕工，暗暗心喜，便一径地踅向家。看那小二病势，依然昏沉。大脚问知国安准备越狱情形，拍手道："好！好！如今除此，也无别法。但是你做手脚也须小心，倘被人看出破绽，须不是耍处。约莫三四更左右，梁大叔可到咱家。俺且静听消息吧。"

于是烂腿匆匆跑回狱，便见众伙计业已割肉打酒地乱作一处。袁三和郎六都换了簇簇新的衣服，在萧王祠前晃来摆去。祠前香烛祭品都停当，是少颜落色的一对磕头丫（烛名）、七长八短的一束香，中间一方掀皮露骨的瘟猪肉，左配一只五痨七伤的瘦母鸡，右配一尾屈脊撒肚的干盐鱼。还有两根大牢棍，扎着裹脚似的红布条，分靠在神案前。据说这两根牢棍很关乎大牢头的一年利市。

这时合狱各色人等不多时都陆续四集，用竿儿挑起一挂短爆竹，倚在祠前槐树上。烂腿知要行礼咧，便赶忙掺入众中。袁三斜睨日影道："这当儿四老爷没来，定是事忙，不来行礼。"正说着，请四老爷的人跑回来道："四老爷没空来，袁老总便行礼吧。"

于是袁三率众叩头毕，爆竹砰訇，闹了一阵。只见更夫杂使人等，拿出了喝夜的怪嗓子，向袁三似乎贺祝，又似声喏，登时七手八脚将祭品等物撤去。原来这项东西例归他们享用，至于大小牢头等，这天吃酒端的是肉山酒海哩。

当时烂腿退下来，先瞅空遥望国安，居然没受摆布，因这天算个喜庆日，合狱人犯都邀宽假。又踅到阴沟前，只见街工们正歪在地下，死狗似的睡中觉。砌石方启完，淘漉积秽还没动手。这时天色已到未初时分，烂腿暗喜。

须臾袁三周巡狱中，吩咐道："这晚半天就该放假咧，你等一切行动并晚上吃酒，都须小心。"众人笑道："您老放心吧！但请回宅去快活，这里都有俺们哩。"于是袁三笑眯眯踅去。这里大家顷刻乱作一处，有的说笑乱唱，有的攒聚赌博，还有趁空溜出，寻狱左近的私窠子小娘儿的。

唯有烂腿有事在怀，在自己值房中反倒头酣睡，以便蓄足精神，夜间做事。及至醒来，业已掌灯时分。祠前敞棚下也便摆列酒馔，大家都在那里围着郎六说笑。烂腿一问袁三还不曾来，暗喜今晚事成八九。便趁空先踅向阴沟。只见果然工没完，那沟口儿只用几块浮石暂堵。又望望国安囚房前，还是淘气在那里。他沉吟一回，打定主意，便踅赴棚前，敷衍大家。

当时大家就座，欢呼痛饮。一个个酒到杯干，箸落如雨，不多时拇战角胜，各换大杯，伸出拳头都恨不得戳倒人，却是喊出来便如蝇子嗡嗡。因在牢狱重地，按理说饮酒都不许，何况喊叫拇战？但是大家饮兴，却不因此少减。烂腿随意应付，时时留意。直至二更将尽，大家已喝得惺忪着眼，舌头硬邦邦，口内乱骂，还不见袁三到来。

郎六便道："俺这酒也够咧，不差什么，散吧！莫误正事。"大家噪道："不要紧哪，来，来，来，再划个通关，便由郎爷那里起。难道而今像说书唱戏似的，还有劫牢反狱的事吗？"于是纷纷扰扰，又复搅起酒来。烂腿趁势悄悄溜出。这里大家都不理会，正在拼命地哄饮，只见提灯一闪，四老爷便衣踅来，后面跟定一个仆人并袁三。

原来四老爷因今晚狱中放假，特特加查一次。袁三在家酒足饭饱，本想和老婆睡咧，因四老爷忽然加查，不能不来。当时大家一见四老爷，都跄踉站起。四老爷拉起官腔，吩咐几句小心仔细的话，便微拈鼠须，迈起鸭步，由仆人前引，就各囚室巡过一周，仍由袁三恭敬敬送出。这里郎六便命人关好狱门，上了大锁。梆锣响动中，值更人迭相警唤道："小心着。"便有人接应道："知道了。"那声音幽远沉惨，好不难听。

且说烂腿溜回值房，不多时听得巡锣发动，并不慌忙。他知这些更夫照例地巡两转，便寻所在去打坐更。今天大家都在敞棚吃酒，他自然是向棚左近坐打，为的是一声声送入他们耳朵内，好显他勤于职事。这光景说来似乎好笑，不知如今许多的做官人，哪一个不在上司跟前打坐更呢？要说是悃愊无华、悄没声地去尽心爱民，谁肯卖这份呆气力呀！

当时烂腿倾听一回，果然不多时，那片梆锣只管在棚左近敲得起劲。便连忙取出桦钥，直奔国安囚室。方恁算没法诳开淘气，只听黑影中淘气低声道："许爷再作成俺偷些果饼吧。"烂腿一听，顷刻便是个机灵，便忙道："俺这会子酒多破肚哩！你去偷果儿没多大耽搁，不须俺去看守咧。"说着向左一隐身，似奔茅厕，暗瞧淘气，他便竟奔敞棚。烂腿暗道："谢天地，今天机会种种凑巧。"于是三脚两步奔到国安囚室。这次国安虽锁在桦床上，口内却没堵着。当时两人一见，各不暇语。烂腿取钥开了柙锁。

你道柙钥怎便这般投簧？原来烂腿在昨夜已经留心那锁是什么样式，今天回家时便在市上照样儿买了一把。当时国安略为活动，一跃而起，切齿道："如今可惜只少把刀剑！"烂腿猛思起那把短刀，便道："巧咧，俺值室中现有一柄。只是刻下那班男女势派既盛，又有本领。梁大叔虽是英雄，毕竟孤掌难鸣。依俺看来不必去拨撩他，且投俺家中，再作区处吧。"国安慌忙中也没入耳，被烂腿拖了便走。

刚趱出囚室没几步，只见远远的一个小黑影儿直奔将来。烂腿惊道："淘气转来咧，这便怎处？"国安道："不打紧，你且闪开。"于是烂腿暂奔僻处。

好国安，真有胆智，一翻身复入囚室，就门后蹲身伏好。须臾淘气一脚踏入，国安一伸腿，登时扑哧声闹了个狗吃屎。淘气方骂道："真他娘的晦气！"已被国安跳出，一把按牢。淘气刚叫道："了不得咧！"一声未尽，国安抓起一把土，先堵牢他嘴，才提鸡子似的提上柙床，咯噔一声上了锁，弄得淘气只好干眨眼。

国安都不管他，便寻着烂腿直奔值室。烂腿方从暗中摸着那短刀递给国安，只见窗外灯火一闪，两个伙计吃得跄跄踉踉把臂而来。一人模糊道："郎六惦着他姊子，不照面也还罢了，怎的三晃两晃，咱老总也没影咧？难道他们还闹个连床会吗？怎的咱也插一胳膊才写意。"那一人道："别胡嘎咧。"国安听到袁、郎两人，不由杀气横飞，方暗想他两个定是都在文庙后外宅中，少时俺出狱先结果那厮们。

逡巡之间，两伙计已到窗外。烂腿想去关门，又恐反露破绽，于是急中生智，赶忙将国安向榻下一推，自己歪身在榻，只作睡去。这时提灯已至室外，一人唤道："喂，许兄睡了吗？有凉茶快给些喝喝。今天吃酒多，喉咙干得生烟哩！"那一人便拖他道："人家睡得好好的，你来麻烦，什么意思？你要茶，等我撒给你一大泡，并且还是热的，巧咧还挂着好体面的酒味，冲你一下子，管保喉咙不燥。"

一人笑骂道："放屁！喉咙便干煞，咱大家总须启发老总，再弄一席彩兴酒吃吃。俺听说那笔款子人家业已交清，限三日之内要结果姓梁的哩。为什么咱老总今晚那当儿才来呢？便是在陈宅演武院中，和那俏皮小伙并那小娘儿交代此事。跟老总的三儿向俺说，那小娘儿那张致法就不用提咧！真是'若要俏，一身孝'，活脱就像秦雪梅吊孝的样儿，瞟着那小伙，合不拢嘴儿地笑。直至送出咱老总，两个人又携手回院。你想夜间光景，还用说吗！"

正乱着，脚下一蹶，人倒灯灭。两个人连笑带爬闹了一阵，这才踢踏趔去。听得个梁国安暗暗咬牙。烂腿倾耳良久，见没动静，这时已有三鼓左右，便和国安奔到阴沟口。两人一齐动手，顷刻搬开堵石。烂腿道："梁大叔此去珍重，咱明天相见，再作商议吧。俺家在槐柳大院，那路径您是知得的。"国安应诺，一伏身，由阴沟蛇行而出。这里烂腿更不再堵浮石，便悄然趦回值房，潜听动静慢表。

且说大脚这夜里静候消息，直至五鼓将半，还不见国安到来。正在烦躁，只听墙头上唰啦一响，似有个黑影儿扑到房外。大脚忙道："梁大叔吗？"推门一望，却是个大野狸子，见了她嘟哧哧竖尾作威，一拱爪儿，跃登屋顶。野风吹过，隐隐闻人语嘈杂。大脚惊忙中开大门四望，只见一簇火光飞也似向槐柳大院奔来，须臾已近门前。大脚赶忙缩身关上门，由临街高窗向外偷张。只见四五健仆各持刀棍，拥着个劲装伶俐的俏娘儿提刀跑来。看看将至门口，那俏娘儿忽一摆明晃晃钢锋，约住众人，沉吟道："俺明明见那厮向这条路逃下来，却怎的不见呢？"

众人噪道："也许逃向岔路，冷爷已向岔路上赶去咧。如今马爷伤势不轻，不如且回头料理马爷，赶紧报官捉人为妙。这片所在，小门小户的人家多，料也藏不得人。"那俏娘儿点点头，于是火燎向回路一卷，杂沓而去。张得纪大脚好不心头乱跳。原来那俏娘儿正是红英。

当时大脚料国安业已出狱，方从黑影中趄向菜园，想望望小二，只见一条黑影嗖的声从菜畦内钻出。大脚骂道："浪狸子，又来吓你娘哩！"只听黑影答话道："纪嫂儿吗？俺梁国安在此。"这一声不打紧，登时吓得大脚一哆嗦道："啊哟，梁大叔你好大胆！你几时钻进来的？他们赶你不着，方转去哩。"

一言方尽，只听有人大喝道："好哇，你成心害人，可肯放过你哩！"两人听了，不由大惊。正是：

　　　方逞无明飞杀气，又从睡梦动惊魂。

欲知后事如何，且听下回分解。

第十一回

国安越狱复主仇
马胜贪淫遭狙击

且说纪大脚刚要和国安趑向正室，细问所以，忽听有人呵斥。细一倾耳，却是园室中小二梦呓。大脚忙道："如今大叔且望望梁大婶再讲。您两口儿一个身陷牢狱，一个病魔缠身，真也是一步灾难。"于是和国安推门入去，先敲火点灯。

国安一望浑家，止不住英雄泪落。只见小二蓬头垢面，昏沉沉卧在榻上。四壁空空，却有些未完的针黹乱糟糟置在榻旁。国安近前摸她头额，却火也似的发热。两目偶张，仍然闭紧。国安慨然顿足道："看来此病非旦夕能愈，但俺这当儿却顾不得你咧。"大脚忙道："梁大叔且自宽心，慢作计议。"于是取床夹衾与小二盖好。逡巡之间，业已五更将尽。

两人趑入正室，国安将带血短刀向案头一掷，愤然道："不想事不凑巧，却便宜了冷贼！"于是滔滔汩汩，说出一席话来。

原来国安由阴沟爬出后，幸喜没人觉得。倾耳一听，四街上静悄悄的。那文庙后是条短巷，离狱虽近，却须大宽转。绕向衙左。国安思忖一番，便施展跳耸能为，嗖的一声跃登人家屋脊。一连几跃，穿过几家，向下一望便是一带矮房儿，便如众星拱斗一般环依文庙。

这些住户大概都是下等土娼，专做公人们的生意。不论昼夜，大开方便之门，专给公人们息劳解乏，放放色劲儿，顶阔气的缠头费不过二百老钱。但是学官衙舍也夹在矮房中，因为广文先生清苦得很，衙舍塌坏了，只好租居民房。当时又有种流行语，是淫风和文风有密切关系的。所以各州县，凡文庙左右，总是些土娼比户而居。这番原理虽然离奇，但是证以而今的文明进步，便男女防撤，闹出许多的新奇风月事儿，只怕当时那句流行话竟有些道理了。

当时国安略为驻息，轻轻跳落，一气儿绕过文庙，早望见袁三宅舍，便扑进墙左边，略略倾听，一翻身跃入墙内。只见二门虽闭，从垂花门楼上还浮出灯光隐约，却闻得有个妇人歪声浪气地道："小翠儿呀，你将狗关在后院，便在后院房中睡吧。说不定人家冒失鬼似的跑回来，便须偎在你房中哩。"便听得一个丫头一面打呵欠，一面笑道："你老人家有的是本事，大海大量的，都收容了不好吗，又找寻俺们做甚？这会子高情大意地送人情，只怕明天一转脸，便奋拉得一尺长哩。"

妇人笑骂道："等我撕你那张肥嘴！"于是步履响动，丫头嗫嗫地叫着狗，那声音已入后院，接着帘钩微响，吱扭声一掩门儿，妇人笑道："今天狱中吃酒，俺只当你不来了哩。"一男子道："俺酒已吃得八成，不想四老爷溜进去，所以我瞅空儿也便溜出，不然你和姊夫这时光……"妇人唾道："贼形儿！今晚你姊夫已将那笔钱弄到手，等我和他说，多分给你些。却是受人钱财，与人消灾。你绊着姓梁的，可不是小事哩！今天狱中大家都喝得醉猫似的，你该格外小心，不溜出来才对哩。"男子笑道："俺本想不来，只是一时间困不去，所以信脚又来咧。"妇人一笑，便闻一阵子扫榻安枕，窸窣有声。

国安至此，怒不可遏。便提轻身势，一耸身抓住墙檐，身儿一旋，业已偏落院内。只见正房东间内灯火明亮，趋就窗缝一张，只见那郎六正赤条条仰卧在榻，妇人却敞披短衫，光着白生生下身，坐在榻后马桶上，一面笑道："你只知和姊子要钱用，你哪里晓得俺和你姊夫怎的磨嘴皮呀！如今案头上那包银两，约有五十多两，便是前两日你姊夫给人家下家伙（牢头得赂，松犯人刑具，俗谓下家伙）得来的。如今偷把给你，等你应分的钱到手，须先还此项。再者你也老大不小的咧，尽管浪荡到几时？有了钱别胡花了，也该积攒些，说房老婆，成个人家。难道你侭靠姊子一辈子不成？"

郎六笑道："像俺们这等阴鸷，还想作什么人家？如今现成成放着姊子，不但不用俺给养，还养活着俺。俺现钟不打，倒去铸铁，俺还没憋透空哩！再者这营生结仇落恨，说不定这颗脑袋……"一言未尽，只听房门咔嚓一声，郎六方惊问道："谁呀？"就这声里，国安飞步抢入，一把揪住郎六辫发，短刀一起，便搁在他脖颈上。

这一家伙冰凉挺硬，吓得郎六倒抽一口凉气，抖着道："梁大叔，梁祖宗，这通不干俺事，都是俺姊夫袁三……"国安喝道："俺正寻袁三那厮，他在哪里？"郎六道："他还在……"一个"狱"字没出口，国安手势一按，郎六手足一扎煞，头颅滚落，咕嘟嘟项血喷出。国安就榻帏上略拭短刀，一望那袁三老婆，依然高坐马桶，没事人一般——原来业已吓痴咧。

国安走去，一掌拍醒她，喝道："如今袁三究竟在哪里？你若虚言，俺便是一刀！"妇人道："他……他……他真在狱未回，不然俺兄弟他敢……"国安喝道："没人伦的东西！俺今不屑杀你，却也饶你不得！"于是揪住髻儿提到榻前，割帐带将她捆牢，堵上她的嘴，不管三七二十一，举起他向郎六尸身一抛。正拔步要走，忽一沉吟，竟取了案头银两，揣在怀内，一径地越墙而出。侧耳狱内，并没动静，于是施展开飞行术，直奔陈宅。他在狱中窃听两个醉伙一番话，知田禄、红英都在演武院中，所以并不迟疑，直奔将去。

不想马胜这小子活该倒运，紧赶慢赶，却去挨顿刀子。原来马胜自屈服于田禄之后，也只得去学柳方中，抱人粗腿。红英本没厌恶他，所以他还能和田禄平分春色。自陈敬死掉后，他越发去巴结田禄，演武院已成他三个人取乐欢笑之所，马胜是没一日不去踏脚的。

这日晚上，红英将赂金交付袁三，心下畅快，便和冷、马两人置酒欢饮。一面调笑，一面谈起教务兴旺，好不有兴。马胜便道："像梁国安这种人真是找死！你想教主将来还要干惊天动地的事儿，岂是寻常娘儿们，容人拘束？你一个奴才家，还拧倒哪里去？"说着向田禄笑道，"所以俺如今咬破这颗豆儿，唯有拜倒教主鞋尖儿下。漫说教主，就是教主心坎儿上温存、眼皮儿上供养的人，俺一般不敢拧着他哩。啊呀，冷兄，你那顿拳头教训得俺好不亲切有味呀！"说罢耸起肩儿，哈哈大笑，将田禄面前冷酒一饮而尽，猢狲似斟上热酒道："冷兄吃杯热酒，冷酒入肚不自在的。"又随手用袖儿给田禄掸掸肩尘。

红英见状，心下颇觉舒齐，便笑道："这便才是。都是自家人，为什么见了乌眼鸡似的呢？你不怕人家捶你，只管吊猴儿。"马胜笑道："俺可不那么浑蛋咧。"红英听了，登时杏眼斜睒，咬着唇儿，似嗔似喜地道："咱们打开板壁讲亮话，无论他是谁，只有听俺指挥的。若都任性儿吊猴，咱连这教务也就不用干咧。"说着斜弹香躯，微微含笑，那浅晕梨窝被酒力一烘，早透出几分春色。

马胜见了，登时心头痒憎憎的，便趁势连灌数杯，趄着脚子站起来，跑向榻歪身便睡。其实他心头清醒白醒，微开眼缝，便见田禄向红英笑道："你看他不肯去咧，那么今夜俺寻香雪困去。难为他方才跳花脸儿，也须给他个面子。可惜俺那秘药今夜没处用咧。"

红英笑唾道："快去吧，明天莫忘了催促袁三办事呀！"田禄应诺，便匆匆一径出院。这里马胜听得田禄履声方绝，便一骨碌爬起，不容分说，竟跪倒红英膝前，冷不防倒将红英吓了一跳，因笑道："你这鬼八卦俺早明白。如今田禄去咧，又装这丑样儿做甚？"马胜道："我的娘，请你将那秘药赏俺用些不好吗？就俺这本质，再用了药，可知妙得紧哩。"红英听了，只好咯咯地笑。当不得马胜涎脸得凶，只抱定红英腿膝，再也不起。红英道："为你这厮，还须俺到内宅去取那药。"说着腿儿一抬，将马胜钩将起来。

两人偎倚坐定，又吃过几杯酒，都有些春兴勃勃。于是红英翩然起出。这里马胜便唤过门房中俊仆罗仁来撤酒馔。这罗仁只有十八九岁，生得柔媚，便像个女孩子，自入陈宅，便成了大家的弄童。当时罗仁撤罢酒馔，便泡茶扫地，剪烛床铺，一面和马胜说说笑笑。

马胜酒后本没正经，又因红英趸去良久，还不见回，他便随手抱住罗仁，一阵肉麻。酒后之余，马胜如何肯安生？那罗仁也不敢违拗他，不消说，两人丑态百出。一个是姑作消遣，一个是不容不从，马胜便不管三七二十一，直闹得体倦不支，方和罗仁沉沉睡去。如今按下这里，这且慢表。

且说国安提短刀飞奔陈宅。那演武院本是宅西的跨所，他便直奔西墙根。他知田禄住室还在敞厅之后，便一径北奔去。从疏星耿动中，望见厅前那株老槐，便驻足略倾听，然后一耸身，跃登墙头。恰好那老槐一枝横柯离墙头不过二尺来远，国安就墙上稳稳气息，双足一蹦，业已雀儿似飘落柯上。

不想树上有个老鸦巢，当时扑啦啦一阵惊噪。国安忙就枝叶茂处隐住身体。待了一霎儿，方想缘树而下，直奔厅后，只听二门口有人嘟念道："真丧他娘的气，小罗子只管不来，俺一个人儿业已毛不登时（恐惧之意），这群瘟鸦儿也来吓人。等俺明天掏净鸦雏儿，且烧肉吃。"说着呵欠连连，踅向门房。

国安听语音是小仆祥子，当时也不去理他，便悄悄下树，竟奔厅后。他虽一腔义愤，因田禄、红英武功绝伦，却也不敢冒昧。当时国安提轻步势，便如蜻蜓点水。一望窗户，业已下幕，那烛影儿还突突乱闪。再望到室门，却虚掩在那里。于是国安一矬身，趋就门右，先偏着身儿，用刀尖一点那门。只听吱扭一声，国安赶忙辣身挺刀，目无旁瞬。夜行人的规矩，除投石问路外，这一招儿叫作叩洞引狼。因为敌人倘或觉察了，趁他贸然出户当儿，便可刺取其首。

当时国安拉回架势，不见动静，不由暗喜道："合该俺国安为主复仇。"于是慢慢推开门，先探进短刀，四外一挥，然后趁势踊身而进，一摆刀，掀起里间软帘。眼光到处，不由怒从心起，喊一声奔将去，咔嚓嚓便是一刀！只听啊呀一声，早有人健跃而起。正是：

满拟一刀两除憾，谁知有李代桃僵。

欲知后事如何，且听下回分解。

第十二回

红英奋勇追壮士
许牢荐客赴京营

　　且说国安挺刀抢入里间，便见榻上并卧着一双男女。女的俏脸儿侧现于外，那鬓发却为帐帷遮住。那男的掀鼻张口，仰着个丑脸子，却是马胜。国安大怒，略为沉吟，短刀一举，当啷声触响帐钩，大喝道："且先结果你两个！"声尽刀落，咔嚓嚓红光崩现。

　　只一刹那间，马胜却一声怪叫，赤条条翻落榻后，但是肩项之间，早已鲜血淋漓。原来榻后面有道布帏，帏后面另有一间雅室，却有后窗。当时马胜幸从梦中惊醒，猛见国安短刀已到，亏得那刀短些，他又忙向里一翻，所以只研伤肩项。当时马胜翻落后，不暇他顾，方撕掉一片布帏，说时迟，那时快，国安已绕榻赶到，刀势一挺，向马胜后心便刺。马胜情急，喊一声蹿出布帏，一回手抖动帏布，向国安当头没命地一抛。

　　也是他命不该绝，只国安撕掳那布的当儿，他嗖一声，跃登窗案，啪嚓一脚端落窗户。那窗棂的断岔儿参差支拄，便如锋刃一般。马胜逃命要紧，便咬咬牙向窗洞一钻，只听哗啦一声，马胜通身便如刀割，血人儿一般，大叫着跌翻窗外，顷刻间痛极渐晕。

　　哪知国安转向堂屋后门当儿，一眼望见榻下头颅，却是罗仁。不由气愤得略为发怔，只管按刀沉吟道："难道田禄等不在此间？即不在此，一定是在内宅，须作速赶去。"

　　正这当儿，恰好马胜啊呀醒来，不管好歹，向院后墙便跑。国安猛闻，杀气又起，忙由堂屋后门挺刀赶去。马胜见事不妙，只得把心一横，一眼张见靠墙厕所有把粪叉，于是抄在手，转身对敌。

　　这一路吆吆喝喝，早惊动内宅中红英。原来红英跑去取秘药，只见香雪等还没安歇。一问田禄，香雪道："他到此吃了一盏茶，说是要寻那个袁三交代事儿。"红英听了，料是催袁三早些行事，便和香雪闲谈一回，又慢慢寻出秘药。方要拔步，猛闻演武院中似有人喊了一声，她只当是马胜撒酒疯，也没在意。不想接连着砰訇乱响，少时竟喊唤越凶，竟有国安的语音。

　　红英大诧，百忙中摸头不着，便匆匆摘下宝刀，不暇从前边转绕，便一径地趱出内宅后门，西去数十步，便是演武院的后墙。这时却闻国安大喝道："好你一班混账男女！同谋害我，又摆布煞俺主人。不要走，且先拿你开刀！"红英一听，料是狱中有了岔子，于是一拧香躯，登时跃入院。

只见国安一口刀上下翻飞，已将马胜杀得万分危急。马胜手内只拿着半截短棒，还在那里支持，一见红英，忙喊道："快、快、快来！"说着跄踉一撞，直挺挺僵卧于地。这时红英一摆刀，连忙接战，方喝得一声："好你这奴才！"国安短刀火杂杂就地一砍，跃起丈余，大呼道："主母听真！这时国安唤你一声主母，便尽俺为仆之谊，从此你我主仆义绝。啊呀，田红英，你端的须还俺主人命来！"说着虎也似奋勇扑上。这一路纵横击刺，竟将红英杀得手慌脚乱。

说到此，这情节似乎不合榫儿。怎么呢？红英那等武功，断非国安能敌，岂有手忙脚乱之理？读者诸公，且试猜其中缘故，也让作书的喘喘气儿。于是有的道："这不难猜，定是红英酒后疲乏，或是自陈敬死后，越发恣意淫乐，弄得没精神吧。"又有人道："不然，不然！红英本天生怪物，所禀异人，酒色如何能困她？想是猛见国安，又惊又讶，又夹着是个闷葫芦，因此诸念纷乘，所以仓促间，整不起精神。"

作者道："这两番说法虽也沾谱儿，却还似是而非。古人说得好：'师直为壮，曲为老。'你想红英所做的伤天害理的事，几句话被国安当面喊出，刹那间良心被刑的当儿，她无论是怎样的悍戾人，一定精神上暂时萎靡。况且国安义愤填胸，生死不顾，不论武功，便是那壮烈之气，已足使红英手忙脚乱了。再换个话儿说，便是国安理直气壮，红英贼人胆虚哩！"

闲话少说，且说红英闻国安一番话后，不由气馁，却是一转眼间，悍气立振，将宝刀舞动，真赛如风鸣雷掣。不消数十回合，国安如何当得？正在危急，只听敞厅前一班健仆喧呼而来，火燎之光也便上烛空际。原来那门房中的祥子闻得闹事，也便去唤集健仆咧。

当时国安被红英逼得走投无路，驰逐间已近后墙。红英喝道："哪里走！"一刀砍去。国安健跳，从斜刺里用一个燕子穿云式，一拧身，跃登那靠墙的茅厕。红英一缩步，猛见院中火光乱抖。健仆忽喊道："冷爷吗？快些救起来。"红英心头略一模糊，脚势一慢，那国安趁势便越墙而去。

这里红英急于追去，当不得众健仆只管乱唤什么冷爷、马爷，闹得红英略为沉吟。及至越墙赶去，只见国安已去得老远。于是脚下加劲，苦苦一追。原来众仆不晓得马胜在院，认是田禄受伤咧。

当时大家救起马胜，只见已浑身是血，气息仅属，于是分两人扶马胜入室安置，其余健仆早开了院后门，顺着红英喊喝之音，一路赶来，红英施展开陆地飞行的本领，和众健仆一气儿追过几条街坊。

刚走到岔道上一座石坊前，只见田禄由县前那条路上飞奔而至，大叫道：

166

"坏咧！如今梁国安越狱杀人，现在官捕业已四出追缉。咱须准备他做手脚，今你等……"红英忙道："俺正是去赶那厮。"田禄听了，更不答话，忙夺过健仆手中一把刀。红英道："你我快些分头去赶。"田禄身形一晃，已向那条岔路而去。这里红英依然率众前进。

原来田禄去寻袁三，正值县衙前公人喧闹。那个四老爷秃着头儿，披一件女衫儿，慌得鞋都没穿，正在狱门前，揪住袁三只管大批耳光，哭着乱跳道："俺在部里供事三十多年，你太太给人当老妈儿，只差着没管上炕，熬油似的才熬到如今前程，被你这厮轻轻送掉咧！"

田禄大诧，就人一探听，偏巧那人是个黏皮带骨的慢性先生，因笑道："你这相公，三更半夜里不去困自在觉，打听这没要紧做甚？他们平日价惯给人小鞋穿，也该有人给他小鞋穿穿。您瞧着，明天丢官革役，都该回家抱娃子去咧。"田禄忙道："到底是怎么回事呀？"那人笑道："其实也不算回事，不过县官担点儿处分，行套海捕的公文，也就一天鸟事完毕。便是今夜有个狱中人犯，不知怎的，竟忽然脱了枷床，反将个看守小牢伙置在枷床，他竟从阴沟内钻出去咧。可笑袁三这当儿才察觉。"

正说着，狱前又一阵乱，便见一个衙中幕友和管狱二爷由狱中勘查了，匆匆而出。这时县捕也便带领伙众，各执器械，打起亮子，分路而去。田禄急问道："咳咳，这犯人姓什么、叫什么呀？说说。"那人笑道："你们读书人倒是急性子，也须容人想想哪。"因搔首道，"想起来咧！说起此人很有名头，咱襄阳意气朋友提起他来都竖大指。便是陈二官人门下的主管梁……"一语未尽，只见田禄倒头便跑，招得那人倒笑道："你看年轻人儿多么古怪！他审贼似的问俺半天，刚要说张三李四，他倒跑掉咧。"

且说田禄一气儿转向陈宅，便怕的是国安要做手脚。恰巧在岔路口正遇红英，一见红英样儿，早已有些瞧科，所以草草数语便分头去赶。

如今且说国安由那岔道直奔槐柳市，虽然脚下如风，当不得红英飞行甚速。屡次回头，见红英相距越近。幸得红英跟前有火燎耀目，反倒有碍瞭远的目力。须臾将到槐柳市，这所在竹树最多，国安一折身，隐入道旁一片竹林，身儿一伏，钻入丛篁密条中。方一属息，便见红英等风驰而过，直奔街市。这里国安不敢久停，恐她踅回搜觅。细看穿出竹林，便是一条蜿蜒小径，直通那街市的后身儿，十分幽僻。于是国安出得林，便奔小径。那小径和街市大道比起来，是个弓弦势。当红英刚入街口，国安已到大脚家后墙边，急忙跳入咧。

当时国安说罢，便站起向大脚深深一揖，道："俺夫妇承你两口儿诸般维持，刻骨难忘，只好异日图报。今许兄不能便来，俺也不及面别咧。"说着由怀中取出那包银两，置在案上，道："今俺在袁三家中取到这不义之财，便留作房下给养之用。她生死由天，俺也管不了许多。"说着提起短刀，就要

167

拔步。

大脚忙道："梁大叔可是气愣怔咧？这当儿官中连夜追缉，想正闹得马仰人翻，没的既脱了钩，又撞入网。况且您投奔哪里，也须定个方向。您快定定神，等俺那口子回来，大家从长计议。"正说着，喔喔鸡声业已唱动。大脚道："您看天光就要大亮，这会子官中公人们正在风风火火，如何去趁他高兴？官中办事，都是属王八炮蹶子的，有前劲没后劲，只要事儿一冷，便没人管闲账咧。"

国安听了，只得耐性暂待。他在牢多日备受苦楚，这时身体一倦，便就厢室中酣然一觉。直至将午方醒，忙问烂腿，还没来家。大脚怀着鬼胎，唯恐烂腿或露马脚，不是要处，方紧紧鞋脚，嘱国安好生留意，自己溜溜瞅瞅地蹭出门，想赴县前探探消息，只见邻舍家两个小厮手拉手跑过，一见大脚，便喊道："啊呀，许大娘，了不得咧！俺许大叔还没来家吗？今夜狱里跑了差使，并且大牢头袁三的舅子郎六也被人割掉头。俺听说官儿着急，已押起个牢头来，可也不知是大的是小的。"

大脚听了，方吓得腿子发软，只见那个小厮笑指道："你平白地吓许大娘做甚？兀的不是许大叔来也。"说着两个人风驰而去。大脚忙望时，果见烂腿慢条斯理地奔家而来。只手中提了一串油炸烩，一只手提着酒瓶，更挂着两尾鲜鱼，还颠头晃脑，口内乱唱道：

　　有酒须醉襄阳春，有钱慢道可通神。呀呀唔，君不见，唯有感
　　恩并报怨，千年万载不生尘。呀呀唔嗲哈。

一路胡唱，笑吟吟踅进家门，先向大脚一飞眼风，然后道："来了吧？"大脚点头。两人厮趁进门，大脚连忙将门关好。烂腿将所持物件递给大脚，然后扑嗒声坐在院石上，道："啊呀，俺的佛爷桌子！如今俺腔子里才似乎有心咧。"大脚道："你只管不来家，俺正在发慌，却被小行子吓人这么一跳，这当儿心似马抓，难为你还弄吃食物来。"

烂腿道："你晓得什么！俺这故示从容，正是避人眼目。不然你由狱中慌张马似的向家跑，那还了得！作公的那眼睛好不歹毒哩。"正说着，国安由厢室趋出。烂腿一见，连忙摇手，于是三人相与入室。国安先述罢自己出狱后的作为。烂腿道："可惜昨夜只拿郎、马两个挡了灾。如今袁三已被押，官中正行文各处。便是陈二娘娘，今早便递了呈辞，说您谋刺主人、误伤马胜等情节。这当儿只宜潜伏，听听消息再作道理。您如果没处投奔，俺倒有个所在。刻下俺叔子在京营，等俺给叔子写封信。您投向那里倒也不错。刻下额经略平苗旋师后，提拔起杨遇春一班人，都是龙超虎跃的角色。现方大整营务，刻意求材。梁大叔这等本领，如到那里，还愁没生发吗？说不定将来发

达了，闹个十来品的大武官做做哩。"

大脚笑道："你还有心胡诌哩。既有十来品的大武官，为甚叔子叫你去，你倒似嫩驴上磨呢？"烂腿笑道："俺这等草料会什么呀？但是梁大叔去时，还须更易姓名，只好临时再说咧。"正说着，只听外面有人唤道："许头儿，官儿传唤哩。"烂腿大惊，忙跑去先就门缝一张，只见却是值堂的公人。逡巡之间，那公人已叩得门一片山响。烂腿只得硬了头皮，连忙启门。

公人道："官儿升堂咧，唤你就去。"烂腿忙一整神，赔笑道："是，是。那么您且歇一霎吧。"公人道："不得闲咧，咱就走吧。"说罢立愣着三角眼，很透尴尬。烂腿没法儿，只得请公人暂候，连忙跑回向国安道："如今官儿唤俺，怕那事有些不妙。梁大叔千万小心，不可轻出。"因向大脚道，"俺去后，你随后也到县前探俺消息。倘有不妙，急速告知梁大叔，趁今夜黑夜里逃赴北京便了。"说着手忙脚乱，寻了半张旧纸，又从大脚奁具中摸了半天，摸出指头大一块画眉的烟墨，吐口唾沫，就案角便研。这时大脚忙从针黹包中寻出一支描花样的秃笔，仓皇中一拔笔帽，笔头儿又掉咧。正在忙作一团，那公人又叫道："喂老许呀，别只管慢腾腾的咧。袁头儿等并淘气早就到堂，竟等着你哩。"

这句话不打紧，大脚登时抖着吐舌道："这光景你去不得咧。你和梁爷快从后门逃走，有什么事待俺和他们鬼混去。"烂腿一面摇手，一面颤巍巍拈起笔头，胡乱蘸墨，便白字连篇地写了数行自在体儿的字。只是写到国安名字，只急得他抓耳挠腮，再也想不起改个什么名儿好。偏搭这时，那公人又叩了两记门，大喊道："你这不是安心嘛！"烂腿猛然一触，因奋笔道："今有侄友安国。"

哈哈！你看这位先生，搜索枯肠，出身臭汗，只将"国安"倒了个个儿，毕竟没想出一个字来，然而已预为国安驰驱皇路之兆，这份才情也就很难为他了。

当时烂腿草草写毕，折叠停当，方交给国安，只见那公人三两步跑入院。大脚连忙出去挡住室门，道："哟，怎么咧，谁家没有内外呀。"公人发话道："岂有此理！快些吧，许大爷！若再磨坨子，俺跟你挨顿屁股板子才不值哩。"

烂腿一见，忙由大脚肘下冲出，连连赔笑道："老弟莫急躁，俺因方才买了两尾鱼，嘱咐你嫂子整治整治，今晚咱哥儿俩喝个夜酒如何呢？"公人道："得咧，俺的许大爷，你真是房上发火都不着忙。"说罢拉了烂腿如飞而去。

这里国安和大脚好不怯惭。国安愤然道："纪嫂儿不必着急，如果事儿发作，俺定当赴官自首，绝不牵累许兄。"大脚道："您快别作此无益之想。俟俺少时去探，自然明白。"说罢忙忙做饭，和国安用罢。随即到园室里一看小二，仍然昏沉沉似睡似醒，便随手取了原服的药方，准备打药。嘱咐国安紧闭门户，便匆匆直奔县前。这里国安一面照应小二，一面提心吊胆地且候消息不提。

　　且说纪大脚迈开健步，一气儿趱到县门。只见众公人三五成群地正在大堂前趱出趱进，时或交头接耳。大脚仔细望去，偏偏其中没个熟识的人。正在踌躇，便听得二堂上吏役吆喝、刑杖响动并挨打的哀号之音纷纷并起。大脚一听，不由心头乱跳，便向一公人赔笑道："大叔辛苦咧。今天大老爷审的什么案子呀？"那公人一瞅大脚结束，知是城关左近的人，便笑道："咱们都在城关住，难道昨夜闹得天都翻转，您通不晓得？这便是因狱内跑差的那档子事，老爷疑心大小牢头们，说不定便有和该犯通气，并得赂纵放等事，所以今日重刑严讯。一经讯出，登时便是个掉脑袋罪名哪。"大脚听了，不由一个整颤儿，啊呀一声。

　　便在这当儿，只见一个公人用大帽子扇着汗，匆匆跑来。正是：

　　　　乍闻险语动惊魂，又见隶人传戏语。

　　欲知后事如何，且听下回分解。

第十三回

脱樊笼乔装亡命
闻警信泣血寻仇

　　且说大脚方惊得要尿裤，失声道："啊呀，真厉害！"便见那来的公人向说话的公人道："老哥修点好，替俺站站班去。王八蛋说瞎话，俺从老爷升堂，直着脚子站到这当儿，两只鸟腿子又麻又木，外挂着酸胀痛硬哩。"说着望见大脚，登时做鬼脸道，"啊呀，大嫂子，你来的真真妙煞个人！快给俺捻捻揪揪，叫俺舒服一下子吧。便是叫俺叫你声小妈儿都使得的。"

　　大脚仔细一望，却是壮班上的刘姥姥。诸位听明，这可不是醉卧怡红院的老太婆。皆因此人是个谐谑鬼，见人便开玩笑，每逢城关里扮演社火《姥姥背外甥》那档子会，定是他一个儿跳猴（按该剧只一人装饰如丑婆子，戴假面具，负木娃，持大纸扇，圆如笠，且舞且击扇，嘭嘭作鼓声），因此人都呼他为刘姥姥。他且是脸憨皮厚，每逢在关帝庙前遇着人，必要谦逊道："家里待茶呀。"因俗呼关帝为老爷之故。人家方笑道："你这张嘴脸，只好给黑将军做老婆，如何唐突关帝呢？"哪里晓得他暗含着长上两辈去，将人骂透咧。

　　他少年时，大年初一给大姆、婶婶等拜年，绷着脸子，恭敬敬做出要叩头样儿。诸婶姆随口道："搁（搁字俗读为高。搁礼与高礼音同。当时诸母盖命其高礼，如长揖之类，不须下跪为礼也）里儿吧。"他踌蹰道："搁里儿怕使不得吧。"诸姆婶道："使得呀。"他道："既这么说，俺就给您搁里儿。"说罢一揖便跑。诸姆婶细一咀嚼"搁里儿"三字，不由又笑又骂。

　　当时大脚见是刘姥姥，若在平日，心里板也似的，自然是口给交御，唯恐不工。但这时光，大脚却来不及，一望先那个公人业已踅去，便一把拖住刘姥姥，向僻静处便跑。刘姥姥低喊道："你们快来呀！如今世界颠倒哩，这婆娘要强奸俺哩！"众公人望见都笑。大脚也不理他，直拖至马王庙后，刘姥姥道："这所在没人来，还不可以吗？"

　　大脚忙道："收起你那贫嘴！我且问你，如今俺当家的到堂怎样咧，可还没有牵累吗？"刘姥姥正色道："俺虽平日价口里喷粪嚼蛆，今天您为正经事问到俺，俺可不敢胡说白道。实告诉您，俺出来的当儿，俺许老哥正和淘气粗脖子红脸地分辩哩。淘气那小子一口咬定，说闹事的前一夜，许老哥曾替他看守了一霎儿犯人。闹事的那夜，他去偷果饼，又遇着许大哥形状仓皇，要去出恭，及至他偷果趸回，便被犯人捆捉咧。许大哥只说这两件事如何便见着和犯人通气呢？老爷听了，喝道：'你们这班人都犯着嫌疑，俟俺仔细查访，逃犯在城关潜伏都未可知。今且须重责你们。'说着拍案喝打。"

大脚道："啊呀！"刘姥姥道："大嫂别忙。那当儿俺因腿子站得实在不做主咧，值刑人上堂时光，俺已脸子朝外溜将出来。你若问这顿板子落到哪位屁股上，俺可不敢妄语。袁三自然在堂，还有别位小牢头，都在研问之列咧。"

正说着，只听大堂前人喊道："刘头！"于是刘姥姥高声忙应，如飞而去。这里大脚怔了良久，暗想官儿有查访城关之语，自己家中浅门窄户，倘被作公的撩看踪影，那还了得，须赶快打发国安上路为妙。想到这里，匆匆回步。刚到大堂前，只见四五公人架定袁三和淘气，呻吟而出，二人都被打得一丝两气。大脚不暇细看，便一气趸转家，向国安一述情形。

国安慨然道："既如此，俺须自首，岂可累及许兄？"大脚道："不须如此。俺料俺丈夫不过迹涉嫌疑，大不了只有羁押几天，或枷打示惩。倒是您作速赴京为妙。"国安听了，不由仰天长叹。大脚道："梁大叔不必挂念，这里梁大婶都有俺夫妇照应哩。"国安叹道："俺并非为此。俺为主刺仇不成，如今那厮们既经此变，定做准备，一时间不能快意，所以可叹。"大脚劝慰一回，连忙趸到穷市上，给国安置备一份行头。挨至天晚，用过晚饭，便将国安装扮起来。头戴黑黄色硬檐旧毡帽，穿一件褐色破短衣，下身是土色粗布大脚裤，足端多耳草鞋，背了个小包裹，带了短刀，手持一根未经刮磨的细铁杖。又取灶烟就他面项间略为搽抹，装毕一看，活脱是个铁坊中的伶俐学徒。

大脚道："少时您混出城去，倘有人盘问，只说是槐柳大院铁坊中人，便万无一失。"国安应诺，向大脚深深致谢，便要拨步。大脚连忙取过那包银两道："您盘费没带，如何便去？"国安道："俺只带十余金便足用咧，其余都给纪嫂留用。"说罢打开包，取起几锭碎银装入包里。大脚也不谦让，只道声珍重，相送出门。眼看国安身影儿蹒跚去了，方十分叹息，将要关门，只见国安重复趸转。大脚猛然想起，不由失声道："您看俺糊涂煞咧，如何忘了梁大婶！可惜她这会子依然昏沉，竟不能夫妇叙别。"

国安道："俺竟不必去看她咧。将来她那病幸而得好，俺有几句话，便烦纪嫂寄语。须知俺梁国安主仇未报，此心不死，日后倘得际遇，定然为主复仇。好在她亦受主人深恩，定知俺这番用意。还有一节：俺主人若下葬后，千万嘱咐她悄悄去哭奠一番，因俺国安不能亲来哭拜了。"说罢虎目中痛泪直泻。

正这当儿，却听小二软软地吁了一声。大脚道："好巧，梁大婶似乎醒来咧。万一她清爽能认人呢？"于是和国安直入园室。只见小二还是模糊糊，一睁眼望着国安，似乎笑了笑，将那飞蓬般的头就枕上偎一偎，两只手一抚心口，忽地两臂一奋，瞑目大叱，拳头一伸。恰好枕畔壁上挂着一面镜儿，这一来被打落地，竟跌作两半清光。

国安见状，只有长叹一声，回头便走。大脚跟送去，关好门户。大脚这一夜惊惊悚悚，既挂念烂腿，又怙惚国安，百忙里还须料理小二，闹得通夜不寐。次晨绝早，先跑向县前一探听，知烂腿昨天并没受刑，不过须监押些日。大脚放下心来，便到押所探看烂腿，趁势将国安已去一说。

烂腿道："好！好！他迟延着也怕闹是非哩。如今幸得陈二娘娘正忙着料理夫丧，又有些教务缠绕，一定不暇促官缉人并自己派人访查哩，但是梁大婶病不见好，俺又一时出不去，咱家中只好你自己当心咧。"大脚点头，当即离了押所，踅转回家，便逐日供给烂腿饮食并押所费用，又一面求医药调理小二。

过了数日，小二竟渐觉清醒。大脚因她初愈，受不得大惊恼，便索性将国安许多事并陈敬死信，暂且瞒过她。过了几天，听得袁三在狱自戕死掉。他婆子席卷所有，跟所欢快活去咧。郎六那具分家的臭尸骸，埋在城外官地上，也被野狗拖烂。大脚暗暗念佛。这且不提。

且说红英那夜里会着田禄，四下里都不见国安，只得匆匆转回。一面斟酌报官，一面掩埋罗仁。细看马胜伤势，真也不轻，一只眼睛也被窗棂扎瞎，成了独眼先生。当时大家乱至天明，道院教徒们早闻信都到，一个个摩拳擦掌地道："这还了得，竟有人敢寻咱教主的邪碴儿！现在王立猷的姨太太和咱教主要好，况且又有马兄的关系，最好教主请他撺掇王立猷立刻闭城，挨户搜查。俺们便各备快马，分头去赶，还怕梁国安跑上天去吗？"众人都哄道："妙妙！"于是雄赳赳一齐跳起，就如戏场上打手们各抖敞衣亮台风儿一般。

柳方中拈定鼠须微笑道："诸位安静。方才你们这片话，老实说，不够一句。县中应管的事，如何掺向府里？并且加上府里的姨太太，还火杂杂地闭城搜户，你们想，像回公事吗？你们又快马咧，分路咧，只管胡吵，这不是打草惊蛇，催着姓梁的远飏或深藏不出吗？"

众人不悦道："依你怎样办呢？"方中道："依我看来，国安无端脱枷越狱，定有助手同谋，巧咧便是狱中执事人等。这一层须秘密禀官追究，如能究出同谋之人，国安定有踪迹可寻。再就是咱们须不动声色，悄悄查访。还有一节更须注意，国安为人坚毅不屈。"说着微睬红英和田禄，笑道，"俺料他虽伤马兄，还未必心下释然，此后还须防他再弄玄虚。"说罢睐齐两眼只管沉吟。

大家一听，很觉有理，因笑道："柳爷真不愧江汉先生之称。"方中得意道:"不必谬赞。如今不久,咱教中又是坛会之期,接着便办陈兄丧葬大事。这热闹堆里,大家更须留神。"众人听了,无不佩服。方中真个趁空儿亲见县官,陈明须追究同谋人之意,所以县官提到一班牢头等人,胡乱究问一阵。

便是这夜二更多天,一个教友就城关左右悄悄侦察,在城门洞内遇着一个精壮男子,结束如铁坊中人,行步之间颇觉忙速,因漫问道:"朋友从哪里来呀?这时光出城做甚?"男子道:"俺向城外铁坊里看订些货物,便是方从槐柳大院来。"教友一想,槐柳大院本多铁坊工作,因此略不质疑,两下里交臂而过。

过得几天,坛会期近。各路教目如吴兴礼等一班人,并许多男女教徒都纷纷四集,登时襄阳城中热闹非常。再搭着各教目一档档酿金备祭,鼓吹喧阗,不断地先向陈宅致奠。各木厂商伙等也便你来我往,闹得红英等十分忙碌,便没暇去催官捕凶。按下慢表。

且说小二病势日好一日,已然清爽如常,问起国安,大脚只说是依然在狱。小二又好些日没见烂腿,以为他是事忙。却见大脚每日必出,有时还长吁短叹,便连给铁坊工作都没精打采。小二暗想:"她生活本不宽裕,如今俺夫妇又累了她,也难怪她心中发闷。便催促大脚向铁坊去取铁器,以备磨刮。大脚笑道:"梁大婶不必多心,你只养病要紧。俺并非愁念日用。"

小二道:"真个的哩,俺那柄叉本毁作两柄刀,如今俺只见一柄匕首,莫非那一柄铁坊中隐藏起来?您何妨去取铁器,趁势问问他们呢。俺那叉的铁质甚好,被他们昧起来倒觉可惜。"大脚听了,不由失口道:"那短刀他拿去咧。"小二道:"谁呀?"大脚忙道:"左不过是俺那口子罢了。如今想还在值房里哩。"小二听了,也没在意,便随手擦抹得那匕首耀眼争光,长叹一声,连连点头。

大脚暗想道:"他夫妇都是刚烈性儿,但看她忽然打刀,这其间许就有用意。如果她再得知陈敬死掉,并国安行刺亡命等事,火性一发,定要还去报仇。如今那陈二娘娘气势如此,简直是白送性命。不如等俺丈夫出押后,掉个谎,便送她直赴北京,方为妥当。"如此一想,越发瞒得小二结实实。

哪知有一日大脚又赴押所,小二偶然踅出望望,恰好铁坊中那媳妇子也抱着娃子站向门首。两人便凑向一处,兜搭闲话。

那媳妇道:"梁嫂儿一病这些日,面庞儿都消瘦咧。真是人时气不顺,竟闹糟心事。不想你们当家的又闹了这么一档子事。"小二便道:"人该有牢狱之灾,想也是命该注定的。如今俺只盼老天开眼,将他放出咧。"那媳妇道:"哟,可吓煞俺咧!难道你当家的大闹牢狱,血淋淋杀了两条人命,在逃无踪,你竟不知吗?"

小二猛闻,真赛如晴天霹雳,竟呆在那里,张口不得。那媳妇是个快嘴婆,哪知轻重,于是将国安那段事一五一十说一遍。小二猛闻,只觉得天旋地转。便在这时，又听一阵鼓乐声悠扬婉转，顺风吹来，那媳妇道："明天便是陈二娘娘开坛会之期咧。这便是赴会的教友们，先去吊奠陈二官人哩。"

这句话不打紧，只见小二颜色惨变，挣了半晌，然后道："你说什么，难道俺主人业已死掉了吗？"那媳妇道："可知是没活着。如今不久就要发殡哩。"正说着，那娃子扑喳一声，屙起屎来。那媳妇唾了一口，慌忙跑入。这里小二苍茫四顾，只觉天地异色，模模糊糊踅入室，深想良久，不由慨然跳起，便匆匆结束，揣起匕首，一径地关好前门，竟由后园墙角边悄悄跳出不提。

且说纪大脚在押所耽延许久，匆匆踅回。只见东坊西街十分热闹，一处处鼓乐祭台，都是向陈宅去的。教友们在街上吆吆喝喝，横冲直撞。大脚暗想红英如此气概，真不易剪除。逡巡间，又遇着两个邻舍家娘儿来瞧热闹，硬拉大脚一同随喜。大脚没法儿，只得跟她们到教坛门前走了一遭。无非是人山人海，拥拥挤挤，并些奇装异服、鬼眉祟眼的教友。大脚也没心细看。这一耽搁，业已日色平西。大脚一气儿跑到家，叩门良久，没人搭腔。大脚暗想，定是小二在园室里困着咧，便忙忙踅向墙后。唤了半晌，依然没人。大脚躁将起来，便挪两块石头一垫脚，由墙头爬将进去。先向园室一张，不见小二，于是前后寻遍，通没影儿，不由心下起疑，便跑向邻舍家一问，也都没见。

正没作理会处，恰好铁坊中那媳妇也趁了来，便道："俺那会子还和她胡诌了半天哩，怎的便寻不着她呢？原来你这个梁大婶有些傻头傻脑的，他当家的闹事跑掉，她也不知；她主人死掉，她也不晓得。俺却都向她说咧。"一言方尽，只见大脚道："啊呀，俺的小妈儿，你可坑煞俺咧！"正是：

方拟周旋离患难，谁知平地起风波。

欲知后事如何，且听下回分解。

175

第十四回

义动鬼神初飞霜锷
声满天地一阕莲花

且说大脚听那媳妇一番话，知事儿泄露，小二定不安生，当时啊呀一声，赶忙跑回家。先一寻小二榻头，那柄匕首业已不见，于是越发瞧科。这时天色业已掌灯时光，黑魆魆的，不便去追寻。大脚枯坐枯惚，越想越不妥，只急得她满屋里乱转。没奈何胡乱睡下，只觉耳根畔又似有人惊呼，又似街坊上人马乱跑，便如那夜里由窗内暗窥红英追国安一般。便这等惊怔终夜，晓色甫分，连忙爬起，托邻家照看门户，即便去寻小二。亏得她两只大脚十分得力，不大工夫已踏遍几条街巷。这且慢表。

且说小二昨日主意决定后，跳墙出来，一径地直奔陈宅。随路上买份香楮，拿在手里。到陈宅抬头一望，不由万感攒心，热血如沸。只见门楣贴白，出出入入的都是些教友。有的张小二一眼，却没人来理她。小二方要闯入，恰好柳升从里堁将出来，一见小二，登时拦阻道："你到此做甚?"

小二大怒，只抢上前一推，柳升业已闹了个后坐儿。柳升大叫，众仆人纷纷都出，猛见小二，不由都相顾惊异。小二道："俺一向流落行乞，不知主人病死。今俺来哭拜一番，略尽主仆之谊。叵耐柳升拦阻俺。"说着两行痛泪如雨而下。

众仆叹道："梁大嫂，莫怪俺说，你不如省些事吧。如今梁国安又闹了那么档子事，你还哭拜主人怎的? 没的那主儿知得了，有许多不便。"小二道："梁国安自做自当，不关俺事。俺主仆之谊总要尽的。俺不但哭拜主人，还必须吊唁主母哩。"说着满脸悲痛向内便走。众仆见此光景，只得一哄儿跟在后面，不住地纷纷议论。

只见小二望见灵堂，便跄跄踉踉扑将去，大呼道："俺的主人，你生而为英，死而为灵。俺这片心，但望主人阴鉴。从此国安报主无力，却是俺盘陀山中一名难女的差任了!"说罢扑地大哭，声震堂壁。这番哀痛好不苍凉悲壮。

众人见了，正在相顾动色，便见小二忽地止住哀痛，一面价焚化香楮，一面昂首四望道："今俺主母既不在灵前，定在内室哩。"众人听了，也没在意，以为她随口说说，也便去咧。哪知小二站起来，呼的一声长笑，向内便走。众人忙唤道："你且住步，主母……"一语未尽小二已大又步撞入内院。

恰好香雪从室内趸出，猛见小二一副异样脸色，十分可怖，方惊道："你怎么……"小二笑道："咱相别没多时，难道你也不认得俺咧？主母在哪里？快说来，俺要拜见哩。"说着又笑道，"难道俺出了陈宅，便是外人吗？俺一般自己会寻。"于是闯然入室，东张西望。

这时内院门外众仆已大呼道："你这是怎么说呢？如今主母忙得什么似的，现在道院。"小二听了，又复一笑，即便转身出来，又到灵堂前徘徊一回。众仆七嘴八舌，连连趸去，她却不慌不忙，就灵前扫过地，又焚上一炷香，然后又哭又笑地逡巡走出。

众人望得惊惊诧诧，正拥小二哄至大门，恰好田禄一步趸到。小二咯噔声止住脚步，两目一张，赛如闪电，微笑道："冷舅爷吗？"说着一手探怀，忽点点头儿，扬长而去。田禄摸头不着，一问众人，方知就里，不由笑道："这妇人想是穷无所归，有些失心样儿咧。"大家胡猜一阵也便丢开。

及至晚间，红英由道院趸转，和田禄在演武院中款款情话，忽见柳方中匆匆趸进。红英攒眉道："明天坛会等事，左不过照例举行，你便斟酌去料理吧，如何这当儿还来麻烦人！"

方中笑道："俺却不为此，只因有件要紧事和教主商量。前些日川中王教主三槐又复来信，说川督某人现已去任，新换总督名阿弋色，便是和珅门下的一个大大的清客。此人是篾片角色，哪里晓得什么疆务吏治，抵任之后，先将刘清撤省候用，所以川中教务进行十分得手。刻下教主正大赈贫民，以收人心，您若无远志便罢，要不甘居王教主之后，这赈贫表惠一段事，也该趁时料理才是。

"好在陈兄丧葬在即，远近观听十分倾动，这正是天大机会。依俺拙意，便说是陈兄遗嘱，就他葬事之前，表惠乡里，大散金粟。这等一来，管保人心归附，教务日兴。将来或有变动，管保咱们振臂一呼，从者如市哩！您想刻下的政治武备并大小官吏，除了酣嬉不事事，便是掊敛虐民。咱教中若趁此收买人心，一旦有变，数十万之众可一呼而集。那时节联结川陕教会，北向以窥中原，军锋所指，不难势如破竹。难道只许古来有个金轮皇帝吗（武则天）？"说罢指手画脚，哈哈大笑。

原来乐和、冉金奎等，自拜访高天德后，便北赴京都，用重金赂通和珅，叫他借端罢去现任的川督。您想和珅权势炙手可热，要摆布外省大吏，真不费吹灰之力，于是授意他门下走狗现居台谏之职的，轻轻地条列那川督几款，无非是鸡蛋里找骨头，一道封章上达九重。不消几日，便将那川督罢任。

继任的阿弋色，本如严分宜门下的赵文华，当时自然趋承意旨。辞别和相之时，早牢记了刘清大名。所以到川之后，一反前任所为，不但刘清撤任，便是稍为正气的官员，也大半陆续去职，另换他一班铁铲手。各处里大刮地皮，弄得川中有天无日，盗贼横行，饥民日众。

三槐趁此，便一面开拓教务，收揽饥民。又一面遣人多持金资，一半儿交结阿弋色的心腹官吏，一半儿各处游行，宣传他许多好处。因此三槐教友遍于全川，那声势日盛一日。那冉金奎又顺道联络沧、景一带的教友，却在京南林姓教友家中耽搁了许多日。

这林姓教友单名一个青字，生得黑面长躯，精通拳棒，家资富裕，又正在少年。他起初原系土豪，在本地面上弄些经纪牙行的勾当。疏财好交，人有缓急，往往千百金脱手便去，因此在本地颇有游侠之称。却是任意滥交，久而久之，那庇盗并藏亡命等事，便在所难免。官中虽稍闻得，因这时和相当权，官儿们都学成好好先生，谁来管闲账。所以他居近京都，竟能恣肆自如。

他每至京都，除燕市酣歌外，定要去兜搭那个西山活佛妖妇李氏。浸润日久，所以他竟信服得了不得，暗含着也做了教徒，直北一带教友们，他便算是头儿脑儿咧。因此金奎承三槐之命，特地去联络他。

当时柳方中这阵恭维，不但红英听了一身飘飘，如在云眼儿内，便连田禄也都高兴非常，因笑道："将来教主果应天命，柳兄怕不是个开国元勋！连俺冷田禄也要弄个异姓王做做哩。"方中笑道："别关了门儿起国号咧！教主若有意赈贫，俺便趁各教目齐集当儿，吩咐他们分头准备，便就咱教中累年所积的进款，再提用些各木厂中所盈余的款项，只怕也就足用咧。"原来陈敬那片木厂商业，自梁方经理后，累年以来十分兴旺，要提用几万银两，并不为难。

红英笑道："就是这么办去吧。你不用蝎蝎螯螯的，俺不同寻常小气妇人。"方中趄出。这里红英等依然剪烛倾谈。红英忽笑道："你看那小二泼妇好不自量！今天下午半晌，她忽然撞向道院，要面见俺。吃俺命人将她撵掉咧。"田禄笑道："你还不晓得哩。那会子她还硬闯到姊丈灵前哭拜一番，还硬生生趱到内室去寻你。后来大家说你在道院，她方佯佯狂狂地去咧。我看她是穷得有些失心样儿，来求见你，料是还想吃旧锅儿粥也未可知。"红英听了，不觉心软，便叹道："论小二，本没什么，都是梁国安那厮带累她。俺如今想起，自你姊丈由盘陀山带她到家以来，和俺耳鬓厮磨的这些年，如今她流落无归，也觉可叹哩。"两人谈至更深，方才安寝。

次日红英又询问众仆昨天小二哭拜情形，十分叹息。挨至下午大后，红英方和香雪、绛云各扎括得仙女一般，各骑马直奔道院，准备夜里登坛讲道。红英当头，一路上垂鞭缓辔。只见远远的有一个褴褛丐妇，蓬头垢面，用旧帕包了头额，余帕四垂，仅露两目，挂着一根柴棒，随路顾盼，似乎拨寻垃圾堆儿，只在红英马左右追随不已。

红英望见道院，一紧辔头。后面香、绛两人也便紧跟下来。三骑马方到院门，纷纷抛镫之间，只见道院执事人等纷纷辟易，更一面喝道："这是什么所在，你这贫妇还不快去！"红英望去，便见那丐妇步履如风，抢到跟前，不容分说，双膝跪倒，大号道："不想今日小二还能见着主母，但望恕俺一切，还祈收录。"

红英猛惊得一退闪，仔细望去，只见小二面目憔悴不堪，煤垢狼藉，不由心头老大不忍，因说道："你为国安所累，今也不必再说。俺虽不能再收录你，你既到此，俺便赈恤你些便了。"说罢，方命执事人去取钱来，只见小二大叫道："且待俺谢过主母！"说着丢下柴棒，奋身一踊，一回手掏出亮晶晶的匕首，用一个猛虎扑食势，向红英分心便刺。

说时迟，那时快！只见红英用一个旱地拔葱式，嗖一声跃起丈余，身势一飘，业已落向小二背后。小二一刀扎空，两目都赤，急忙挺刀翻转身。红英一足腾起，那明亮亮的钢鞋尖儿早已挑向她腹阴之间。小二忙缩闪，只听哧一声，挑穿前襟。小二转怒，便力挥匕首，风旋而上。

好红英，赤手纵横，巧拒直格，还没得三五回合，红英觑准小二手腕，一脚踢去，当啷啷匕首落地。小二大哭道："主人有灵，快来相助呀！"说着一头撞将去。红英喝声"哪里走"，侧身一闪之间，趁势下面一腿横扫去。小二大叫扑地。香、绛两个一齐上，早将小二牵捉停当。

小二这时唯有怒气勃勃，瞑目坐地。红英喝道："你这厮想是受了国安主使，又来胡为吗？"小二慨然道："俺受主人厚恩，自应给主人报仇，何须受什么主使！难道你蛊杀主人，败坏陈氏，不自觉得吗！"

红英大怒，不由拾起那匕首，要抢去杀她，忽一沉吟，反叹道："小二，你伺候俺一场，争不成俺便手刃你，但你这番愚忠，也委实可怜。凭你本领，何必来弄手脚？今俺放却你。若不自量，再被俺捉到手，那时却说不得咧！"说罢掷还她匕首，便喝香、绛放掉小二。小二站起来，舒舒手脚，更不一言，抬起匕首，扬长自去。于是道院门前许多人，无不相顾惊哗。及至柳方中闻信跑来，小二已去得远咧。

方中道："教主不该放掉她。此人坚毅之性不下国安，安知她不再来胡闹呢？"红英笑道："那妮子有何能为？没的咱捉她送官，又张扬得到处皆知。咱方要收拢人心，若便处置了她，不透着咱小模小样的吗？"方中一想倒也有理，于是丢开这事，依然兴冲冲开坛讲道不提。

且说那纪大脚这日遍寻小二，腿都跑直，只是不见。下午当儿，她随路买些食物用了，又直着脚子，跑向城外幽僻处，随寻随呼，闹得脚痛口干，十分难受，便一屁股坐在城壕边柳树下，暂为歇息。须臾天光向晚，遥望襄江中风帆点点，残阳遥挂。大脚暗想道："我也真糊涂咧。小二既挟带匕首，忽然踅去，定有用意。我应向陈宅左右去寻才是，如何这般海寻起来。"想到

179

这里，方要转去，只见两个鱼贩提着酒瓶，捎着空担儿，说笑而来。

一个道："真也看不出，那贫妇就有这等的胆量志气！刻下陈教主是何等乌谷，她便去虎头上捉虱子。"那一个道："什么话呢！梁国安的妻子，还会弱得了吗？"大脚一听，连忙站起来，拦着赔笑道："你二位谈的什么稀奇事呀？"小贩道："事儿稀奇得多哩。"因将小二那会子刺红英一段事草草一说，听得个纪大脚目定口呆。

小贩又笑道："俺方才因见她趄向教场后，所以俺两人偶然谈起她来。"说着笑吟吟厮趁趄去。这里大脚登时两脚如飞，奔向教场。及到那里，业已暝色四垂。大脚鬻鸡子似的两只眼东张西望，只见教场后一堆一聚，都是些贫民窝铺，还有几处颓毁的土窖突峙于深浓暮色之中。

大脚忙喊道："梁……"忽又顿住口，改喊道，"大婶呀！大婶呀！"原来她因"梁"字恐别人听了，或有不便。好在自己语音，小二是熟闻的。不想刚唤过几处窝铺，只见一个凶实实的流丐从窝铺钻出，道："这里没大婶，却有大叔哩。"说着邪眉瞪眼地趄向前，很不仿佛。

原来襄阳地处五方，莠民所聚，此类恶丐也是一种。此类人名虽为丐，暗地里却无所不为，可恶得很。便是后来红英起事，也因襄阳所在特别的浮嚣杂乱，才易于暴动哩。

当时大脚一见，唾一口匆匆趄过，还听得后面大笑道："好个婆娘！就是底儿沉些。"大脚一想，这等所在，小二如何撞到此间？心下一急，便慌张马似的趄向破窖前。猛听得窖内小二唤道："纪嫂儿吗？俺在这里呢。"大脚不暇他语，跺脚道："我的妈！"一声未尽，小二业已迎出。暮色中虽望不清爽，但见小二穿一身褴褛衣衫，居然丐妇。当时大脚拖牢小二，道："咱有话到家说吧。您累俺一夜没合眼，今天又跑了一日哩。"

不想小二脚似生根，纹丝不动，反不容分说，将大脚拖进窖内。两人就地坐了，小二先将自己跑出后的事——叙说罢，然后叹道："俺如今既知俺主人凶耗，如何还能苟生？海枯石烂，此仇必报。好在俺丈夫已奔京都，倒去俺一桩牵挂。俺从此自作主意，行踪无定，不但不能跟您回家，便是俺的行踪，您也不必牵挂咧。但您拯救俺一番厚意，只好来世图报了。"

大脚听了，不由热泪交流，便道："梁大婶，你为主复仇，俺也不拦阻你。但凡事也要三思，刻下陈娘儿那气焰，不如且避避她。俗语说得好，君子报仇，三年不晚。你还是跟俺回去，等俺丈夫出押后，伴你入京，寻着梁大叔，从长计议才是。"

小二慨然道："那审利害、三思四思的，都是没血性的人借口之谈。俺虽是三绺梳头两截穿衣的女人家，还定要为天地间留些正气。至于生死祸福，俺自离主人家以来，早置之度外了。"大脚听了，又是赞叹，又是苦劝，小二哪里肯听。大脚没法儿，索性便陪她在窖，更深之后，疲极睡去。

不想她奔驰一日，通没暇吃什么，入梦之后，那五脏神就有些不安生起来，不住地咕噜噜作闹不已。亏得大脚疲乏不堪，一任肚儿内呼庚呼癸，她不过在梦识中抓肉包儿吃，直支撑到天光大亮方才醒来，一看小二，业已影儿也无。大脚怔叹一番，料小二意不可回，只得自行回家，慢慢侦察小二动静，这且慢表。

且说小二恐自己行动有累大脚，所以不欲随她转去，当夜趁天光将亮，便抛了酣睡如雷的纪大脚，一径地出窑而去。从此乞食城关，浑无定在。朝冲市尘，暮宿古庙，受尽了凄凉苦楚，渐渐地蓬头饥面，衣不蔽体，无复人状。小二都不理会，依然意气不衰。沿门托钵之余，便随口编了两支莲花落的歌儿，就大街小巷间条条唱动，以当叫化。其词道：

> 落拓复落拓，劲节讵畏严霜烁。妾家本居盘陀山，庐墓依母何清白。无端邂逅受人恩，移植朱门欣有托。侬家夫婿何桓桓，厮养未足减颜色。何期妖牝索人家，主人一旦蒙其恶。莫邪干将本雌雄，谁云大义无巾帼？哩哩，莲花落。
>
> 落拓复落拓，豫子何人报智伯。漆身吞炭殊精诚，国士桥边剑光作。侬虽弱女义当为，剑花会向仇头落。江汉之水流汤汤，载侬精心与毅魄。岘山之石不可烂，贱妾寸心亦无懦。哩哩，莲花落。

小二歌声悲壮，情词凄婉。襄阳人大半都认得她，见了的无不流涕叹息，争将食物来周济她。正是：

> 义声能动荆襄地，正气常留江汉间。

欲知后事如何，且听下回分解。

第十五回

埋侠骨灵感青枫枝
来奇士隐觇白莲教

且说小二唱歌乞食，转眼间过得半月余。这时陈敬丧事临近，又因为下葬前三日大赈贫民，便在道院旁高搭赈棚，分百十个能干教友各司其事。这等举动，当地官吏人等如何不会来捧场凑趣？一来是恭维红英，二来借弹压为名，赈务中略一沾手，多少总落些油水，是不会有亏吃的。

县官儿是不消说，自然须会同他办理一切。便是太守王立猷也竟挥如椽之笔，用四六句子作了一道捐募富户助赈的启文，直将红英夸得如古之女怀清一般。这消息传之远近，所有饥民无不额手相庆。距赈日还有三五日，那四方贫民业已一队队携男抱女，陆续而来，闹得大家相逢，不作别语，唯有"陈二寡妇"四字喊得震天。

原来饥民们还有好些不知红英便是白莲教主的，只知财主陈二寡妇来放赈，所以如此相语。不想这四字流传开去，直到后来红英教乱，大家还是说陈二寡妇造了反咧。推原这四字的来头，便是这时光哄出来的。

且说小二在这半月中，几次价窥伺道院并探侦陈宅左右，满想趁隙行事，或逢红英出入，便可得手。哪知柳方中和田禄好不狡黠，早已嘱咐两处人，但见小二即便撵开。所以小二竟自无隙可乘。她细一寻思，总是面目未改人都认识之故，于是一横心，自做准备不提。

且说红英自开过坛会后，便忙碌着备款派人，操办赈事，早将小二抛在脑后。不几日，开赈期届。这日红英想掩人耳目，便先命田禄将陈敬遗像请入扎亭中，一面奏动笙箫鼓乐，抬赴赈棚。自己随后便换了浑身缟素，带了香雪、绛云，都打扮得琼花玉树一般，由柳升等素衣素冠在前开路，一行人竟赴赈棚。

方出宅门，只见夹道观者业已人山人海。纵观不足，还要沿路追随，便似一条人浪，可着街坊灌去。两旁店肆里，也便堆得人如千座佛一般。那乡间的老太婆等不由都合掌赞叹道："您看这娘娘，不像白衣菩萨临凡吗！怪得这样大发慈悲，普赈饥民。真是修好得好，俺只祝她明日添一大堆胖娃娃。"有的便笑道："哟，可了不得！您这份口孽，一定要入十八层阿鼻地狱，差一层儿都不成。人家是个规规矩矩的寡妇家呀，你没见方才扎亭中的影像吗，那便是她丈夫。”

老太婆听了，登时左右开弓，打了自己两个嘴巴，大家见了，不由都笑。就这纷纷扰扰之中，红英等已转过两条街坊。不多时望见赈棚。只见众饥民层层密密，携男抱女，都是瓢儿似的脸色、鹑儿似的衣服，嘈嘈杂杂，拥拥挤挤。一见红英等到来，都哄一声拥上来，围得风雨不透、寸步难行。便有当地地保和官中派来的人役，各执老大皮鞭，抢上来一阵吆喝，方才赶开。

须臾，红英等到得赈棚总门首。只见一列九间大棚，各有执事人料理簿籍钱米。领赈人东进西出，不许混杂。中间棚内高供着陈敬影像，案旁座位便为红英休息之所。中棚对面搭起一座小小高棚，却是县中幕友和户房书吏等人休息之处。这时正有位幕友拉起声调，念那棚中上的题额道：“博施济众。”便大赞道：“贴切得很，只是口气稍大些。”

正在纷乱，红英已翩然趑进中棚。那幕友登时伸着长脖儿，眼睛都直，即忙命左右拿自己名片前去道意。那红英接了片儿，一面用纤手卷弄，一面向去人道：“有劳贵上前来帮忙，俟事后再谢，今便原帖请安吧。”说着交还帖儿。那幕友听得莺声呖呖，业已骨软筋酥。及至去人转来，喜得他跳起来，夺过那名片，便把向鼻头狠狠地嗅了一阵，然后笑吟吟折叠起，揣入怀内，便一迭声对众人大赞道：“你看人家陈教主如此气魄，并不小看人哪。咱们当朋友的给这等人帮忙，便三天不吃饭也不觉饿哩。”

不提这里胡噪。且说红英进棚后，略为歇息，便命香、绛两人就像前焚香奠酒。自己盈盈拜罢，又到各棚中巡视一番。这时放起赈米，人声喧喧，蜂屯蚁聚，好不热闹。红英回到中棚，坐在灵案旁饮茗歇坐。背后是香、绛两人，一色的云鬟高褐，缟衣翩翩。一个执拂，一个捧定黄函的白衣圣经。大家从外面望着，真似一尊活菩萨一般。

正这当儿，只听棚前一阵喧闹，便听得执事人等喊道：“你这东西，敢是疯子！你既头天没注册，俺可怜你，一般给你份钱米，你还不快去，又要面谢教主做甚？若这些人都面谢起来，只怕明年今日还放不完赈哩！”正乱着，棚前人众都喊道：“打！打！疯婆子来咧。”于是乱糟糟一阵颠滚。正这当儿，那幕友望得分明，便乱喊道：“你们这群公人干吗来咧，难道专来摆样儿吗？还不快拴了她来！”

红英觉得诧异，刚要站起去看，只见棚前众人一闪，霍地跳入一个奇怪贫妇，乱发四飞，便如个狨头狮子。一张漆黑的脸，外挂着刀划的血痕纵横，五官不分。身上衣服七零八落，滚颠得泥母猪一般。只见她望着影像，先点点头，“哇呀哇”的举声一号，扑翻身便奔红英。红英一怔之间，那怪妇将左手所持米袋一抛，右手一回，明晃晃掏出匕首，一挺手腕，直奔红英。

便听咔嚓一声响，椅背立裂。再看红英，早斜刺里蹿出丈把远，仓皇间隐在棚柱后。那贫妇拔刃赶去，两眦都裂。刹那之间，两人风围似绕柱三匝。这时棚内外虽万目睽睽，却仓促间都如木偶。恰好田禄闻信，飞步抢进。贫妇大怒，铮一声飞刃刺去。田禄头儿一低，扑嗒声却将帽儿穿落。红英喝一声，奔到贫妇背后，横扫一脚，登时踢翻。田禄趁势按住她，这才捉下。

当时那贫妇大呼道："俺报仇不成，唯有一死！却须容俺痛哭主人。"说罢瞑目卧地。红英等听得语音，方知又是小二。田禄怒道："你这厮累次行刺，俺就杀掉你！"说着抢起匕首。红英沉吟道："俺单单恕过于她，看她还有什么能为！"说罢慨然命田禄抛还她匕首，并解其缚。

小二站起，忽向红英下拜道："俺和你恩自是恩，仇自是仇，俺蒙你教俺武功一场，理应拜的。但俺报主之心，颇慕豫让击衣之义。你如不肯，俺也只好赍恨地下了。"

你想红英虽然淫邪，却是个英伉非常的女子，见小二说到这里，不由意气发动，因大笑道："好，好，俺便如你意。难道俺就不及赵襄子吗？"说着真个脱下外罩的白衫儿，递给小二。小二接了，仰天大笑。顷刻持匕首奔至影像前，叩头大恸，真是泪尽继血。这时影像前忽地灵风肃然，呼呼喁喁一阵响，突地滴溜溜一个小旋风卷上棚顶，望得大家恍恍惚惚，竟有些毛不登的。

正这当儿，便见小二跳起来，躄踊长号道："主人有灵，这便是俺盘陀山中穷女子报恩之日了！"说罢挺匕首恶狠狠连刺白衫，趁势回肘横锋，只向项下一抹。红英软洋洋地失声道："啊呀！"就这声里，小二已咕咚栽倒。大家围拢来一看，只见小二面色如生，还似乎微微含笑。再看红英，俏庞儿竟自惨白，似灭华色，于是大家暗暗称奇。

这阵哄，连各棚执事人都大半聚拢来，竟弄得不能放赈。柳方中也赶了来，急切间没作理会处。正在扰乱，只听人丛中一人道："唔呀，竟有这等事！这没有别的说法，只作为疯妇扰乱赈厂，自家抹了脖子，由地方呈报到官，俟官儿验过抬埋便了。依我说，陈教主竟请回府，这里有我们办，不会错的。"说着拱肩缩背地挤进来，直着两只追色的眼，向红英连连拱手道："您请，您请。"

方中一看，却是那个幕友先生，因赞道："还是师爷肚内有经纬。如此，教主就请回吧。"幕友得意道："什么话呢！咱们当朋友的，肚儿内若没抽展，只好间挨东翁的窝心脚了。"于是也不等公人，竟自家跑向棚门去，乱唤地方。

正这当儿，忽觉左肩上绵软软手儿抚了一下，回头一望，却是红英。只见她含笑道："有劳先生咧。"一语之间，口香散馥，一股甜甘甘气味，也不辨是唇香还是舌香，竟舒舒服服钻入他鼻孔中。红英背后香、绛两人也便秋波漫转，笑得什么似的。

这一来，那幕友可自在到云眼儿去咧。于是张起瘦胳膊，连喊闪开。他平日价一脚迈出，定要忖忖尺寸，如今却连颠带跑，竟将红英等引至街坊上，还逼定鬼似连说道："请吧，请吧。"直待红英等情影去远，他还只管搔首自庆。哪知香、绛两人是笑他这块糟豆腐是怎么做的哩！当时柳方中等便依幕友之话，一面命地方请官验尸，一面仍督各棚执事人放赈。这且慢表。

且说那纪大脚，自那日由破窑趑回家，终究放心不下。隔了两天，痴心指望小二或还在窑内，跑去一望，却是个空。后来在陈宅左右偏僻所在，却曾遇小二两次，劝她跟自己去，小二只是不依，十余日后，索性见不着她咧。原来小二这时业已毁身灭形，状如疯妇，所以大脚便劈面相遇，也认不得。及至红英放赈这日，大脚偶从押所看望烂腿回来，刚走到大街上，只听后面锣声响亮。回头望，却是县官儿舆马如飞，打着大红伞盖匆匆过来。

大脚连忙避路，因自语道："官儿这时忙忙的，难道是亲赴赈棚弹压吗？"便有人道："赴赈棚是不错，却不为弹压哩。如今晚年光，真没好人走的道咧。像陈教主大赈饥民，做这等大善事，偏偏还有人想杀掉她。"于是将小二行刺并死掉一段事说了一遍。大脚猛闻，只惊得撒脚便跑，一路上便闻人纷纷议论道："梁国安两口儿真是好样的。"大脚一气儿趑到赈棚，只见官儿业已验罢尸，将要上轿。值役公人和地保正在那里领了官给的薄棺装掩小二。大脚横着膀子，挤进一瞅，登时吓得冷汗直淋。只见小二披发如鬼，项血淋漓，面上剥毁得一塌糊涂，只有眉目之间还仿佛是她形状。大脚心痛非常，不忍细看，随了众公人直赴掩埋之所。

须臾趑出西城，穿过两条街坊，便沿城濠向北。走了三里多地，已是山公祠的地面。这所在林木参天，甚是幽静，相传便是古时高阳池的遗址。那山公祠盖在一座小小土冈之上，冈后一片官地，土馒头弥望皆是，便是官中掩埋尸骸并异乡人厝埋之所。

当时大脚泪淫淫地远远瞅公人等摒挡都毕，一哄散去，她这才趑近葬所，止不住泪下如雨，便撮土插草哭拜毕。细一望这所在，茂草连天，乱坟丛杂，不由暗想道："此间日久了，一个坟头如何辨识？"想罢起寻良久，要弄个标识。无奈连片大些的石块都寻不着。恰好趑到一株大枫树下，便随手折下枝粗枒槎，插向小二坟头，姑作标记，准备着烂腿出押后，再弄个小小石碣，以备将来指示给国安。

当时在坟前又徘徊良久，方才掩泪回家，不知不觉，趑向小二所居的园室，瞻望一番，又是一阵伤感。须臾入夜，大脚凄惶惶自己安歇下，翻来覆去，只恍惚小二还在面前。因唾了一口，方要蒙眬，忽闻庭中飒然吹过一阵微风，刮得窗纸忒忒乱响，隐隐绰绰，似闻有人作歌道：

浩浩愁，茫茫劫，郁郁千秋化碧血，毅魄侠魂不可灭。九年之后昭吾节，血食江汉光奕烨。

大脚猛闻，方在倾耳，只见门帘启处，小二含笑而入，业已光头净脸，衣履飘然，向大脚道个万福道："此间不久当沦豺虎之域，九年而后方见日月。那时咱们还有一段因缘哩。"大脚喜极，跳起来道："原来梁大婶婶还好端端的哩！"说着扑去一拉，只听咕咚一声，大脚道，"啊哟，栽煞我咧！"睁眼一看，自己整个儿颠落榻下。案上那盏半明不暗的灯，已颤巍巍、紫荧荧结了个鬼眼似的灯花儿，似乎是瞅着她。听听街柝，三记已过。

大脚毛森森爬将起来，好不诧异，仔细一想，又不由暗暗点头道："小二义烈如此，自然当死而为神。这所在，田红英如此作闹，还怕将来不闯大乱子吗？只是她分明说九年之后还和俺有段因缘，难道她还能还阳回生不成？若果如此，真成了诌书俚影，倒给赵焕亭老先生添了好体面书料咧。"

哈哈，诸君不必笑诧，这是作者替纪大脚设想哩。不然，在纪大脚当时，真个便知民国年间有这么一位不飞不鸣、落落拓拓、和笔蛏蠹鱼搭伙计的赵焕亭？这岂非"笑话本""糟糕传"，还讲什么作书呢？

闲话少说。当时大脚胡思乱想得疲倦起来，只得放倒头，一觉安眠。次日起来，忽见许烂腿徐徐趱来。大脚喜问情由，知已开释出押，于是方要述说小二，烂腿叹道："俺早就听得人说咧。等消息停些，俟接到梁大叔到京之信后，再与他去信说这档子事不迟。"大脚点头，于是又述昨梦之异，并想给小二立石碣。

烂腿细测梦境，也没作理会处，便道："梦兆且不须提，倒是石碣标识须得立的。然而这当儿事体未冷，咱就去立标识，许多不便。少时俺先去拜奠一回却是正理。"两人一面说，一面做饭用毕。大脚三不知早买来香楮，由烂腿挟了，夫妇厮趁出门。

街众望见，便笑道："许大哥大喜呀，今天出押咧。你两口儿莫非是烧香还愿去吗？"又有和大脚顽皮地道，"烧香了愿，第一须要洁净。俺大脚嫂嫂自许大哥在押后，自己干晾了这些日，好容易大哥回家，不消说饭都不迭吃，先须办那档子事，要说是准洁净……哈哈，俺不说咧。"大脚骂道："小猴儿，老娘心里没病，由你胡嚼舌根去！"一路诨笑，两人直出西城门，不多时过得山公祠，方到官地头上。

烂腿道："咱就此焚化吧，省得招人眼目。"于是焚香化楮。烂腿忽想起自己老娘蒙国安给资殓葬，不由哭得悲悲切切，大脚也便陪哭良久，然后两人趱近小二坟前，不由都诧叹非常。只见昨天插的那枫枝儿，竟自青葱葱生根活咧，并且那枝梢一顺儿北向，便如小树一般。于是烂腿叹道："你看梁大婶真个有些灵气，这枫枝儿好不异样。这便是绝好标记，更不必再立石碣咧。"于是夫妇趱转。烂腿依然逐日值役，只日盼国安来信慢表。

且说红英当日自赈所蹩转，精神恍惚，如有所失，只连日沉沉困睡，直待三日赈毕，方才精神复原。这时马胜业已创愈，满身上便如刻画。接着田甘花子一般由蒙自投奔了来，红英问起他家乡产业，早已一干二净。红英甚怒，便数落他一场，哪里有好眼瞅他，便命他在宅中吃碗闲饭。

　　哪知一种人有一种人契合，马胜这小子偏和田甘说得来，两人便不时地一处厮混。不多日，红英一干男宠已被田甘探听得明明白白。不消说，见了田禄自有一番溜沟子、舐屁股的光景。

　　为日不久，那夏氏、毕得利等一班人，自接到田禄相招之信后，也便匆匆投到。红英既寻常视之，又因陈敬丧事在即，没暇理会他们，只吩咐田禄叫毕得利等在道院供奔走之役。

　　不多几日，陈敬发殡期到。头三天开吊受奠，那丧仪之盛、官民赴吊之繁，已然风光热闹得不可开交。不想四方饥民既受赈济之惠，便有当地的歪绅劣生借此大大抱红英的粗腿，一来出头操办，既多少可以得些油水；二来借此接近教主，便是以后调唆讼事、架架官司，都是占便宜的。这等名利兼收的勾当，岂肯白放过？于是不约而同地各就本地上敛了钱文，制就白缎白袖的旌伞。

　　他哪里有工夫去查饥民的真姓名，便拎过一本《百家姓》，从头抄起，胡乱撰上些名儿，写在旌伞之上。又都想了四字的题额，无非是"惠我饥黎""广种福田"之类，各处一聚拢，就有数百具旌伞。就陈敬发殡这日，大家便靴乎其帽、袍乎其套地鼓乐喧天都送将来。老远一望，一片皓白，直遮断两条街。百忙中软舆如飞，前面是俊仆扬鞭辟道，后面是雏鬟款段追随，却是太守王立猷的爱妾，也去送殡。这一番热闹，直然地说不了许多。

　　须臾鼓吹呛咛，那陈敬灵柩方蹩近南门口，正在万众避道，田甘这小子也在灵柩旁装模作样的当儿，只见一辆小轿，后跟一个朴实实的老仆人，由城外匆匆进来。轿中人有四旬年纪，相貌清癯，精神炯炯，遍体行装，头戴七品官帽儿，似乎是个委员模样。这时抬杠头儿在灵柩之前，红英素舆之后，要抖个飘儿，正拉起身段，敲动响尺，口内"左转""上眼"地喊起号儿。不想来轿之旁有一个乡里人，拉着个大叫驴，那驴猛闻响声，一惊之间乱跑乱挣。那来舆无处退避，逡巡之间，业已撞到柩前。

　　杠头儿方喊道："慢着来！"不想田甘这小子一向在姊子跟前得不着脸，如今趁此想露露面孔，于是闯上前去，抓住那来舆前杆，向舆中人大骂道："他娘的瞎眼东西！你看这是谁家发殡哪，你就敢如此胡撞！休要惹俺性起，将你拴在道院里慢慢处置！"说着用力一揉。

　　前面舆夫一个蹶斜，登时舆歪人倒。舆中人赶忙站起，方冷笑道："你是哪个？"那老仆已喘吁吁抢上前，一面扶定舆中人，一面向田甘发话道："你这人好没道理！皇家路，大家走，便有冲撞，如何便出口伤人？难道这里没王法吗?"

田甘跳骂道:"放你妈的驴子屁!什么王法咧,皇家咧,干俺们教门中鸟事!"说着向老仆劈面一掌。亏得舆中人一拉老仆,算是没打着。舆中人不由大笑道:"好奇怪!怎离省会这么远近,便另是一个世界?难道本地官长们都睡着了吗?"

正这当儿,恰好红英命舆夫掉转舆儿,大叱道:"田甘不得无礼!"俊眼一瞟,那舆中人眼光亦到,彼此间都似一沉吟。红英舆儿又已掉转,随后灵枢也便滔滔并发,直出南门。张得那舆中人好不诧异,只得登舆自去,直奔府衙。这且慢表。

且说红英这日料理葬事都毕,业已日色平西。许多人纷纷回宅,闹得那条街上游人如蚁,红尘四合,直至掌灯时分,依然茶肆酒馆中座客如云。大家口内没别的话,只有谈讲陈宅丧仪之盛。

那陈宅斜对门儿有一家齐整茶肆,名叫福泉清,尤其热闹,三五个茶伙计正在穿梭价照应座客。只见一人徐步而入,便帽长袍,结束雅洁。茶伙一望,只当是府县衙中人,不由登时足恭道:"师爷今天闲暇呀。咱里间厅上有雅座,不省得闲人聒吵。"那人随口道:"不须咧,此间就好。"因信步拣一座位坐定。茶伙赶忙泡上茶,方要照应他坐,只听西座上有人喊道:"喂,老李呀,你别只管看人下果碟。俺坐了这么大半天白没人理。便是现到蒙山顶上采茶去,也该回来咧。这要是陈二寡妇宅里什么冷爷咧,马爷咧,外挂着还有什么国舅田爷他们一班人到此,凭良心说,你是个什么样儿?"

坐客听了,不由都笑,便有人道:"你这张嘴真挖苦。冷爷、马爷也罢了,田甘那厮在他姊子家吃碗瞪眼食,还值得提在话下?你也真会俊样他,还皇亲国舅的胡嘎。"

西座那人正色道:"你不信,将来陈二寡妇那小娘儿若不闯大乱了,你就剜俺的眼睛。她在这里教党四布、任意横行不消说,便是四川王三槐、陕西高天德,她都是联络声气的。近来俺有位朋友从四川来,说起四川刻下很有乱象,三槐的教众差不多遍于全省,横行胡为,一言难尽。川督阿弋色一概不管。属吏承风,自然没人去多事。只有一个刘青天,如今又闲在省寓。倘川中一旦有事,你自想想,咱这里会没事吗?"

那客人听了,不由微微一点头儿,于是又有人道:"你无论怎么说,田甘那厮总不是人物。倒是今天被他欺侮的那舆中人,很有气度。你看人家就不和他一般见识,俺看那位似乎是省里的委员。"客人听到这里,不由微扭脸儿,只顾低头吃茶。这里众茶客依然高谈阔论,不觉各征所闻,将红英教务中事并淫纵等情,一一谈论起来,末后一人低语道:"说了半天,总是本地县官通似木头疙瘩。若是刘青天在这里做官,便是一百个陈二寡妇,她敢开坛聚众地胡闹吗?你看四川的大教目,少说着也被他敲煞了十来个咧。"

又一人笑道："咱这县官虽不提起，总还端得住官架子。你看府尊大人，平日价纵容着小婆子在道院中胡混还不算，并且今天扎括得狐狸精似的前去送殡。这更岂有此理了！"大家听了，不由大笑。

正在纷乱，只见一人秃着头儿，提着宽袍襟，一脚踏进。大家一挤眉，顷刻静默，有的便忙忙会茶钱。那茶伙早笑面虎似的迎上道："柳大爷吗，雅座上吃茶吧。"那人摇首道："不须咧，俺道院中朋友们没人在此吗？"茶伙道："没得的。"那人听了，转身便走，由那客人座前经过，彼此望了一眼。那人踅出数步，又回头望望，方才去了。这时满厅茶客也便纷纷各散，只剩下那客人还在沉吟品茗。

茶伙踅近道："真是人多嘴乱，方才大家若不缄口，被后来那位听了去，就有许多不便。您老还换换新茶呀？"那客人道："不用了。俺且问你，方才那人莫非是教中人吗？好个落拓长相儿。"茶伙笑道："您老莫小看人。他样儿虽不惊人，那一肚子杂耍儿也就少有。陈二寡妇布置教务，大半是倚仗他哩。此人机谋百出，狡诈非常，所以教门中背地里虽无所不为，外面上却讲经劝人，竟闹些大仁大义。即如前些日，陈二寡妇大赈饥民，也便是此人的主意。您猜他何所取意吓？"

那客人笑道："无非是收拢人心，沽名钓誉罢了。"茶伙道："着哇！你老好高才。您看陈二寡妇还特地捐出陈二官的影像，将赈饥善举归美亡人，像煞是知礼道表的。哪里晓得，就是她要了陈二官人的命咧！"那客人诧异道："怎么呢？"

茶伙笑道："您老如此高才，有甚不明白的？您看陈二寡妇那小模样儿，可像个安静女人？便是方才大家吵的什么冷爷咧，马爷咧，连着方才后来的这人，一股脑儿都是她的男宠。陈二官若活着，她毕竟不能任意舒畅，所以她撒开了和陈二官亲热。这一来，陈二官就交待咧。俗语说得好：'二八佳人体似酥，腰间仗剑斩愚夫。虽然不见人头落，暗里催君骨髓枯。'您老听明白了吗？"

那客人沉吟道："原来她竟这样儿，也可称为人妖了。俺且问你，方才那落拓样儿的人叫什么呢？"茶伙道："此人自称江汉先生，名叫柳方中。"那客人听了，不由哈哈大笑道："好个江汉先生柳方中！哈哈，他便叫柳方中。"于是跄踉站起，会了钱钞，方要拔步，只见提灯一闪，一个老仆踅入，引了那客人徐徐而去。这且慢表。

且说红英送殡踅转，当晚和冷、柳等料理些事务毕，忽想起田甘无端骂街，想要责叱他一番，便命人去寻他，却早同马胜胡撞出去咧。方中道："田老弟常在福泉清吃茶，俺且望望去。"方中去后，一直也没踅转。红英和田禄又说起今日所见的舆中人很有气度，大家猜测一番。红英便留田禄在内室公然同宿，两人自由自在，好不快活。

次日红英踅赴道院，和方中料理些教务。方中有事暂出，红英信步踅向白衣神堂。只见里面收拾得庄严灿烂，炉香静袅，不由想起教务兴旺，好不快活，因逶巡踅向后院花圃散步。只见嫣红姹紫，一半枯焦，静悄悄也没人儿，不由暗嗔道："这花圃俺是命罗有高经管的，他如何这般懒惰？可笑田禄还聒吵俺，派他些好事体。便是蒲三利，俺派他领人役洒扫道院，也不见得勤干。看来都是些没成头的人。"沉吟间，分花拂柳，踅至一架紫藤花下。忽见一对彩蝶儿翩翩飞舞，若即若离。红英大悦，便放任脚步，想要捉住它，一直趁到园室窗外，那蝶儿忽一掠翅，飞过围墙。

红英微笑，方要转步，只听室内罗有高大大的一个呵息，道："啊呀，老弟呀，你几时来的呀？猫腰撅屁股的营生弄清爽了吗？"一人道："怎么叫清爽？丢手就算完。这长天大日的，你也不怕睡扁了脑袋？也该提点儿精神才是。"红英细听语音，却是蒲三利。

罗有高道："蒲老弟，你光会说，你叫俺怎么长精神？咱梦想不到，千山万水赶到这里来，弄他娘的这等营生，被人家瞧得屁也不值。你看毕老哥还罢了的，虽一般没人拿着当擦屁股的纸，却还因夏嫂儿和冷爷要好的缘故，还能吃香喝辣，不短钱用。像咱们当这份苦差，便苦极咧。如今想起来，好不悔煞人也！

"你想咱们在陀山坞的当儿，凭着本领抓钱用，自由自在，哪些不好？即如有耍胳膊的朋友，或受了伤，或伤了力，便该寻到我咧。俺挖挖墓子，取取颅骨，配他娘的些金疮壮力的秘药，少说着也赚他百八十两大银子。再如好药子的财主阔少们，自己那话儿不争气，便该寻到你咧。你随便拐摸几个小人儿，取取卵丸，配些耍药，也就白花花抓到银子。

"像如今不用说咧，等雁似的等到月份头上，领点儿工食银，顾了肚皮里，巧咧就顾不了肚皮外。偶然向冷爷诉诉苦楚，他又是个大咧咧的性儿，只叫咱们忍耐着。"说着愤然捶床道，"咳，我真他娘的干够咧！"

三利道："你不用着急，咱们长长工夫慢慢性，给他个老等。没有一百年不开张的油盐店，就许有请教到咱们跟前的时光哩。你看教主刻下这局面，一天大似一天，真个的便闲煞了你我吗？"

红英听了，不由暗喜得芳心跃跃。原来这当儿她和田禄所得的秘药业已无多，正需配制，便是将来举事，那金疮壮力等药更是不可少的。怙惚之间，即便悄悄回步。刚踅到神堂前，只见一个仆人手持名刺，匆匆寻来道："原来教主在这里呢。"正是：

语秘乍闻方注意，客来不速又惊心。

欲知后事如何，且听下回分解。

第十六回

说妖妇改刊白衣经
开乱兆大练修罗法

且说那仆人止住脚步，向红英道："启上教主，现有一人外面求见。"说着呈上名刺。红英一看，却是"汤无畏"三字，上注着三个小字是"心教徒"。思忖一番，不解其意，便漫问道："此人什么形状？"仆人道："很有气度，看光景像个官幕中人。"红英点头，一面命仆人去请，一面趤向客厅相待。

不多时，只见仆人引那客人已进二门，果然威仪严整，气象不俗。呢帽官靴，长袍马褂，顾盼间精神四映。望见红英立候在厅阶下，连忙趋步而进，宾主相逊。进得客厅，即便见礼落座。

仆人献了茶，红英带笑道："妾以一凡庸女子，猥蒙见访，不胜荣幸。今观尊客不似敝处人，敢询仙乡哪里？见访何事呢？"说着仔细瞧那客人，只觉面善得紧。

客人道："俺原籍浙江，素好说剑读书，也曾遨游南北，而今却局促辕下，听鼓省垣，说来委实惶愧。今见教主以一弱女子，竟能创立偌大教务，可见是非常奇女，将来定有非常事业，越发令俺须眉男子惭愧无地。今过宝山，自应来见金面。须知俺汤无畏虽涉仕途，却志不此哩。"说罢哈哈大笑。

红英听他语气不俗，一面逊谢，一面水灵灵眼儿只管端详他。无畏便道："俺此来一则晋谒，二则谢昨日冲撞灵舆之罪，三……"红英惊笑道："啊哟，对不住，原来尊客就是昨天舆中那人吗？俺教下人粗鲁无状，得罪得紧。"说罢站起，深深万福。

无畏赶忙还礼道："教主磊落英多，怎还拘此小节？拘小节者，不能立大事，却非俺无畏来见之意了。"红英听他语有斤两，不由暗暗怙惚道："此人语气倜傥，倒也可怪。"因漫问道："尊客名刺上注'心教徒'三字，莫非刻下除俺们白教之外，还有甚新教吗？"无畏大笑道："如今除贵教应运合天之外，哪里还有新教？俺是服膺贵教，心仪日久，又因局促仕途，无缘近接，所以题'心教'两字，以志向慕之意。"

红英大悦道："那么尊客方才语气未完，那三则，或是有意于敝教吗？"

无畏道："正是，正是。俺正要亲叩神堂，虔心入教。还有许多鄙愚之见，要为芹曝之献哩。"红英大喜，便一面命人先去神堂前整理香烛，一面和无畏品茗谈话。细问起来，方知无畏是乡榜出身，由大挑班分发湖北，是个即用知县的职分，到省未久。这次却因奉寻常例差来到襄阳。

那无畏议论风生，口口声声慨叹仕途污浊，说到痛快处，竟拍案道："如今奸相当权，朝政混乱到如此地步，饥馑连年，盗贼蜂起，万民堕于水火，真有时日曷丧之痛！可惜便没个非常人物来革故鼎新哩。"说罢一瞟红英，慨然长叹。

红英也自是狡黠之尤，如何肯便露底里？当时只微笑道："尊客既在仕途，便有致君泽民之责。将来身居显要，自然治理得国泰民安了，何用长叹呢？"无畏笑道："这却不然。如古之房、杜、魏征等人，他为何不做隋之名臣，偏要辅佐唐家呢？可见是国基已坏，国运已衰，竟是无从着手了。而今没非常之人便罢，如若有之，俺也不管他是外国人，是中国人，男人也罢，女人也罢，俺定当辅佐他创一番天大事业，方显得俺汤无畏满腹经纶、一腔豪气。"说着站起来，手舞足蹈，哈哈大笑。

红英佯作失惊道："尊客快快谨言，倘被人闻得了，大大不便。"无畏笑道："俺非莽汉，除在道院中教主跟前，俺岂肯如此放言？"红英听了，不由也豪气飙起，小鼻翘儿一搠动，微笑道："不瞒尊客说，俺这道院委实怕不着什么官吏哩。不但官吏，便是皇……"无畏大笑道："可又来呀！"红英笑道："且别谈没要紧的，请尊客且拜过神堂吧。"于是陪了无畏，便赴神堂。

无畏草草拜过白衣圣像，按例说须教主宣讲几句圣经，入教的跪而受礼，名为领经。当时红英笑道："宣讲本为开示愚人，今尊客如此通达，领经一节竟可不必了。"无畏道："虽则如此，俺倒要细看看经中道理。"于是将所供圣经恭敬敬请到旁座，坐下来细看。

但见他浏览绝快，掀那书篇儿便如迅风扫叶。红英只得陪坐，不由暗笑道："究竟读书人，免不得秀才气。难道俺这圣经还缺欠什么道理吗？"但见无畏那一番目下十行之概，又不觉惊服他的才调。

少时，无畏看毕，一言不发，恭敬敬合上圣经，置在案头，却微笑道："原来是篇秀才文字，不足动人，更不足以聚人。看来白教之兴，也是幸运了。"红英听了，不禁诧异非常，道："这经中劝人信神行善，又颇以合释道两家的精义，也称得起道理完备了。"

无畏笑道："论道理，不过如此。难道教主立教之意，除说道理之外，便无其他的作用吗？"说着眼光一闪，直注定红英俏庞儿。

这句话不打紧，便如投簧钥匙一般，登时启开红英的心房，忙笑道，"尊客既如此说，定有高见了。"无畏道："依俺愚见，教主既创立白教，第一先须辟除这势力最大的儒教，方能耸动人心，归之者必如流水。这便是聚人之法。既能聚人，然后能有作用，今教中所撰定的圣经，却没理会辟儒非孔一节，岂非失却宝珠吗?"

红英听了，不由心花大放，将小脚儿跺得山响，道："是啊，真是与君一席话，胜读十年书。便请大笔添入辟儒之意，重新刊布如何?"无畏慨然道："当得效劳。"于是唤仆人取过笔砚。你看他更不思索，振笔直书。红英一双俊眼，只跟定他笔头儿兔起鹘落，不消一顿饭时，早已洋洋洒洒，写就十余条义例。红英接过一看，真是语语翻新，能圆其说。大辟儒教，却将白教夸张得天花乱坠。红英喜甚，不禁失口道："尊客真命世异才! 今归吾教，诚非偶然。"于是两人相视会意，相与拊掌。

哪知红英聪明一世，懵懂一时，竟无端上了个恶当。若非汤无畏这么一来，借着辟儒散掉他们的人心，以后白教之乱，岂止九年呢。这便是俗语说的：从老根上给它灌坏水，使它渐渐枯萎。这法儿好不歹毒哩。

原来儒教在中国，简直是天地日月。上等人不消说，便是负贩屠沽，哪一个不认得"孔子"两字? 大都邑不必论，便是深山穷谷，哪一处没有《论语》一书? 你想红英无端拂人之性，去辟儒，这不是自家找栽跟头吗? 可见汤无畏小小笔锋，不亚如后来杨遇春等人的长枪大戟，这便叫作无形战胜哩。

当时红英大悦之下，便邀无畏到客厅，换茗长谈。无畏谈起武功，亦复精奥，将个红英欢喜得没入脚处，不由得渐倾肺腑。无畏正色道："俺此来并非无意，实因久觇王气起于荆襄之间，又征以刻下童谣，知不久当应在教主。现在咱教气势已成，只待机会。"红英趁势道："那么咱教中正在需贤，汤先生何不便在此相助为理，何必还恋恋那鸡肋的仕途呢?"

无畏听了，不由一阵沉吟，略露为难之色，逡巡道："俺身在仕途，正好暗探官中举动，潜助一切，这是一层；再者俺为贫而仕，也须待禄衣食。有此两层，所以这时光倒不必随侍左右。"红英听了，越发觉得他机警非常，便道："如此甚妙。只是先生用金资何须发愁? 此后在仕途中结交要人，助俺教务之处，但用金资，只管向俺提取就是。俺非小气妇人，将来天下金资还须供俺挥霍哩。"无畏大悦，站起来揖谢不迭。

你道无畏也像如今政客似的见钱眼开吗? 原来他另有用意，早定了个拿人家拳头捣人家眼的主意。以后他挥金结士，便用红英这傻雁的钱哩! 当时红英想卖弄他教中人物，便坚意留筵，一迭声地唤人去请方中、田禄等。

无畏微笑道："教下群英，俺久已闻名佩服，改日再会不迟。"说罢长揖告辞，竟自飘然而去。

不多时，方中趱转，红英告诉方才一切之事。方中沉吟道："竟有这等人物!"因一问无畏相貌，恍然道："不错，此人昨晚还在福泉清吃茶哩。俺因他气度不俗，今早就府衙前人们一探听，知他是省里来的委员。可见咱教务兴旺，渐渐震动官吏。"说着忙取过无畏拟的条例，一面看，一面反复沉思良久，向红英道："这辟儒一节，虽然是辟大咱们教门，却未免扭背人积习之性。"

红英因被无畏恭维得五脊六兽，正揣着一肚皮武则天的高兴，不由怫然道："你也太咬文嚼字咧。"正说着，恰好田禄、马胜双双趱进，并且屁股后头还跟着个小偷似的田甘。冷、马两个都是武人，当时问知所以，也不看无畏的笔墨意思，便吵道："妙！妙！孔老头儿也该一边儿歇歇去咧，咱这白教正该和他做对头哩。"

田甘一听，忽想起小时念书被先生敲打的苦楚，登时也钝钝迟迟地附和道："对，对，那孔老头儿讲的话，没一字俺懂得的。就这里看来，也该劈劈他、掰掰他哩。"红英嗔道："你懂得什么！"大家就此哄堂一笑，便将方中一番诡挑剔岔过去咧。

红英高兴之下，更不怠慢，便一面改刊圣经，分散给各教目从事宣讲，一面专人分赴川、陕两处，探听王、高两人的动静。又一面提升罗有高、蒲三利两人为总教下的二等教目，专门的不做别事，单为盗坟剜墓、拐取幼童，以为配合药料之用。

罗、蒲两个自然须搜罗此项人才，于是不数日间，四方无赖神偷之辈早闻风而集，便散布在远近各处任意胡闹。弄得大家主坟茔彻夜里巡逻看守，民家人们日色方西便忙忙地呼男唤女，关门闭户，恨不得用铁橱将孩儿盛将起来。即是如此，各处里还不断地被拐、被挖，报到官中，再也捉不住贼人。

大家聚语，却还想不到是白教中作祟，只恨恨地骂道："这种年光真也少有！怪不得各处地面竟闹些稀奇事。"

即如某人，白日里在街上偶然和人口角几句，睡了一夜，却将一头长发无端失掉，更奇的是床下落了把纸剪子。又有一个小媳妇儿，偶在门后闲望，被一个过路后生望了两眼。那媳妇一打寒噤，登时风也似跟那后生便走，亏得街邻一路喊唤截拦下。捉那后生时，早已不见。用定神药灌醒媳妇，她却一切不知。又有一家饭铺内，卖了一天的钱，晚上拎起钱筒想要上贯，只觉轻飘异常。倾出一看，却是纸钱。

又有一个半吊子，夜深从赌场回来，偶然内急，便就一家墙后蹲下出恭。忽见一个黑衣人儿，脚下飘飘地从东奔来，唰一声便跳进墙去。半吊子暗忖这厮黄夜入宅，非奸即盗。我正没赌本咧，且拉他个后腿，榨他些油水。于是不暇出恭，便悄悄伏在深草中。果然不多时，黑衣人一跃而出。脚未落地，半吊子猛然抢去，两人一阵厮扭。半吊子觉那人甚是有力，却直着两眼哑巴一般。逡巡之间，半吊子偶一歪身，碰在墙角上，登时撞破鼻头，鲜血随淌。因随手一抹，洒向那人道："真他娘的丧气！"

一言未尽，只见那人扁生生倒在地下，却是个纸人。左手中居然捻定个银包儿，竟有二十多两。半吊子方在发怔，那家院中已大呼失盗。半吊子喊出人家来，一说情形，那家人道："好奇怪：俺这银两还是锁在柜内的呢。"

又有一位老头儿从亲友家夜饮回，趑至一家门首，那时夜深门闭。忽见两个人一高一矮，从对面撞来。那矮的一偏身儿，竟从人家门缝而入。那高的直着脚子，却扑到自己跟前。老头儿方叫道："慢着来!"只觉虚烟似的一挨身，倏然间竟自不见。老头儿大惊，只以为遇着鬼物，竟吓得大病一场。

其余种种怪异，不一而足，原来这都是教门中人暗弄的邪法，暂且不提。

且说红英因王三槐累次来信，盛言教务得手，默察世局，大可揭竿而起，以图大业。词气之间，并有推尊红英为领袖之意。红英见此光景，本就心下跃跃。不想又被汤无畏大搔痒筋，于是兴冲冲暗嘱手下各教目分头准备，广收亡命盗贼之徒为之羽翼。一面价聚草屯粮，一面价暗出劫掠。自己也便选择恶煞凶曜之日，在演武院中高搭法坛一座。每夜三更时分，换了道装，仗剑登坛。先礼星斗，然后参拜了四方的值日神祇，焚黄宣咒。一切受数都毕，便命香、绛两人捧过两盂奇怪物事。一盂是湛湛清水，一盂是紫艳艳的干血汁儿。

你道什么是干血汁？便是红英买嘱了官中刽子手，从犯人血腔子中取来。那取法也煞是特别，便是预先准备下个去皮的大馒头，用长竿插定。趁那犯人脑袋一落，腔上皮肉向内一缩，还未喷血之际，便忙将馒头插入腔内。不消说那馒头浸透鲜血，便把来阴干收起。临用时，用水一渍，这便是干血汁。

当时红英向两盂物事便又宣念异咒毕，向东方吸口生气，向盂内一喷。说也奇怪，那两盂内的水和血登时旋转不定。于是香、绛又从坛后异过两个箱儿，打开来都是剪的纸人纸马，一般持戈带甲，鞍辔俱全。红英高坐法坛，便指挥香、绛就那人马眼目上各点盂水一滴，就心头上各点盂血一滴，名为"开眼光""通心窍"。这时红英诵咒愈疾，顷刻间纸人马纷纷蠕动。香、绛连忙盖好箱儿，收藏起来。

还有一法，便是俗称的"撒豆成兵"。红英这番大法术，名为修罗炼魄通幽大法，据名公说起来，旁门中真有此术。便是用秘咒之力，拘拢墟墓间的孤魂野鬼，附在纸人等身上。那"开眼光""通心窍"，无非也是借用生人精气的意思。

说到这里，便有见笑的道："作者先生莫非没睡醒吗？而今是科学昌明时代，你如何还闹大笑话呢？"作者笑道："科学物质等等固然昌明。然而属于哲学精神的道理，也未尝没人去研究呀。怎的如今什么鬼学咧，神学咧，也吵得十分起劲呢？况且宇宙神秘，触处皆是，岂可悍然武断，硬说没这宗事呢？"

再者当时白教之乱，如"呼风撒豆"等语，真真见之于奏疏的。又如后来林清之变，道光爷真用鸟铳从宫墙上打下两个纸人来。再如变起时关帝显灵，大雨如注，浇坏许多纸人。这都见过当时名人笔记的。满算老年间人都是浑蛋，说些梦话，但就情理而论吧，林清等若没有点儿有把握的邪法儿，他只结交一群浑愣儿、几个臭老公，也敢闯宫杀院，想夺皇帝那把交椅？人虽至愚，也愚不至此呀！不过恃邪创乱，终归失败罢了。

且说红英每夜间作法，炼制妖兵，正在高兴当儿，不多日川中使人先自趱转。一说王三槐处情形，业已火杂杂就要起事，并言三槐随后便遣人面陈一切。红英大悦，越发高起兴来。满想陕西高天德一定也大有准备。

这日和方中、田禄等猜疑一回川中情形。方中得意道："俺料高天德在势不能独异哩。"田禄忽想起天德冷静情形，不由笑道："也未见得哩。"正说着，人报陕西使人转来。三人听了，不由大悦。正是：

　　三省兵戈将顷刻，一人动静费踌躇。

欲知后事如何，且听下集分解。

第 三 集

第一回

王三槐聚众秘魔山
伍佩弦结客白袍将

　　且说红英等正在揣拟高天德是何情形，忽报陕西使人趱回，急忙唤进来，面询一切。使人道："高爷刻下正被本县官儿聘请出来帮办赈务，一天到晚非常忙碌。当时见了教主的书札，沉吟良久，只微笑道：'怎你家教主书中之意，便似四川王教主一般？便是王教主也累次来这等的书札。今俺不便作回书，你只带俺几句言辞回去复命吧！'"说罢，从贴身取出一幅花笺，双手呈上。田禄不由目视方中，微微而笑。只见红英微耸眉头，念那词句道：

　　　　教本为善，适可而止。加以作用，乃非教旨。
　　　　戕教存教，一念几微。慎哉祸乱，勿与福违。

　　红英念罢，目示使人退出，便愤然掷笺于地道："俺以为高天德是个伉爽有大志的人，不想却这等粘皮带骨、吞吞吐吐！"田禄道："俺往年过金溪村时，便见他态度颇冷静，只是他办理教务甚是认真。"方中耸肩道："他只要认真教务，便好说咧，将来不愁他不和咱一事。这种人虽不易动作，但是一旦动作起来，定是个劲膀膊哩。如今咱只需准备一切，且等川中信息，便可相机行事咧。"

　　不提这里红英等准备着兴妖作怪，且说四川王三槐自赂遗和珅，并交接新川督阿弋色，不但刘清撤任，便是正气官员都大半闲居。三槐肆无忌惮，大扩教务，遍于通省。

　　此时三槐意在耸众自异，便托言养静修真，自在川中秘魔山建筑坛院，大兴土木，并四围修造下院数十余所，以备各教目前来白事居住。那秘魔山本来地势险峻，山中地面广阔非常，在里面屯粮集草、制造甲仗兵器之类，甚是相宜。三槐又相度地势，建造关卡碉楼，收拾得铁桶一般，名为备盗。这时他总教下除王树风之外，还有四个大教目：

　　一个叫谢天福，书吏出身，颇精拳棒，生得白尨尨一张脸，两道竖眉浓而且劲，人呼为"赛二郎"。一个叫牛保义，屠户出身，力大无穷。他少年时和人赌力量，曾生挽斗牛之角，使它分开。此人生得面黑如铁，好着皂衣，善用一柄真武剑，挥霍如风，因此人家赠他个绰号，叫"黑风怪"。还有一个是富户出身，家有一片盐灶场，甚是兴旺。他身处富境，族中没落子弟未免时思浸润。起初他也去点缀，不想族中有个泼皮，诨名儿"臭石头"，见他不哼不哈，以为可欺，只要手中没钱，便卧在他门首，蛮闹海骂，并且嗾使出自家老婆前去讹人。这富户偶一推拉，那老婆便自家掠衣披发，说是富户调戏了她。富户没法儿，只得拿钱了事。此风一开，族人们纷纷效尤，甚至于你来放火，我来上吊，二大爷硬割田谷，三婶婶强拉耕牛，闹得个富户按下葫芦瓢起来，简直地日不聊生。

你想那富户，便是泥人儿也有点儿火性，何况那富户性如烈火，兼精拳棒，在本地少年场中也是踔踔脚四街乱颤的角色，就因为终是同族，撕不掉面孔。当时族中人这么一挤兑，不由引起他的生愣性儿。可笑臭石头等不知就里，依然得意扬扬。

一日又公推出个泼辣婆娘前去作闹。这婆娘生得鸡精似的，有三十来岁，腼胸脯儿，破锣嗓子，和人三句话不投机，便讲揪头掠髻，外挂着撕裤捋毛，外号儿"闪电奶奶"。当时臭石头等聚在一处，专听好音。倾耳良久，不听得富户宅中作闹，于是众人诧异道："闪电奶奶怎的这么鸦悄，莫非她背着咱们吃独食去了吗？"

臭石头怒道："她真个如此，俺马上便当她的闪电爷！"于是匆匆跑出门，方想去观究竟，便听得一阵呻楚之声隐隐送来。抬头一望，正是那闪电奶奶，红郁郁的脸儿，龇牙咧嘴，小髻儿滚得稀烂，攒着老大眉头，偻着身儿，一只手插入腰际，一拐一点向家飞跑。臭石头暗笑道："好嘛，你在俺跟前弄乾坤，可知还早哩！她一手护腰，不知得了多少钱钞来咧，俺且赶将去，分一半再说。"于是放轻脚步，紧跟在后，便听得闪电奶奶嘟念道："你说这事儿，说得吗？不说吧，不说吧。"

臭石头一听，越发以为她得了实惠来咧，先喜得什么似的。须臾到得闪电奶奶家门，只见她不暇掩门，匆匆便入，直奔住室。这里臭石头略为踌躇，又起贪心，暗道："合该俺财运亨通，如今她家中无人，少时她拿出钱钞，俺简直地抢了便走。她若不依，俺只给她个胡厮赖，没人没证，还和她平分什么！"想得得意，便越发放轻脚步，凑向住室窗隙一瞅，只见闪电奶奶正背着脸儿，半蹲半坐地在炕上，似乎是整理腰间。

于是臭石头悄悄进去，不管三七二十一，从闪电奶奶背后扑上大呼道："快拿过来吧！看抖掉了银渣儿还了得哩！"伸手一摸之间，却抓着一块湿浓浓的粗纸，臭气异常。臭石头仔细一看，连嚷晦气，一摔那手，猩红点点。

闪电奶奶一瞧是臭石头，便咬着牙儿道："你这冒失鬼，便这等鸡肠鼠肚，谁还背了你吃独食吗？如今那主儿业预备了钱钞。俺因肮脏脏月事忽来，没等着拿钱。你如等不得，便叫你婆子去拿来吧。"

臭石头听得拿钱，撒脚便跑向家。一看他婆子臭奶奶正在撅着屁股喂猪，臭石头噪道："傻婆子，如今有件事要用着你哩。"因将闪电奶奶之话一说。臭奶奶扭头道："俺不去，知那主儿给钱不给呢？俺又不会撒泼放赖，没的白不赤地僵在那里。"臭石头骂道："浪蹄子，你去一趟，多少须夹塞他点儿东西来，难道还有亏吃不成？"臭奶奶被逼不过，只得拢拢头儿，整整衣衫，扭扭短去。

这里臭石头高兴异常，独酌自庆，三杯落肚，妄念纷起，暗想道："钱难弄，屎难吃，如今俺婆子抛头露面地去拿钱，挨讹受杠，听人家多少的挖苦话儿，真也不容易。这注钱到手，定规须办点儿正事，千万别胡花咧。要紧，要紧！"少时望望屋内，穷气嗖嗖，不由叹道："臭石头实在是个苦小子，自呱呱一声，直到今日，简直地穷得精眼毛光。也没吃过，也没穿过，遇了好，人叫声'小可怜'；遇了坏人，叫俺声'胎里穷'。如今得了大钱，俺可要捞捞梢咧。

"先给他个烧饼果子（北俗呼油炸桧为果子）不离嘴，夹袄马褂常穿着，再置头毛驴子，开爿磨坊。好在俺那家主婆过日子滴水不漏，俺两口儿兢兢业业，鱼帮水水帮鱼的，过起份火腾腾的日子，好不快活！寡指着耍不要脸，济得甚事呢？"想得得意，连连举杯。刚唱得两句《十不闲》道："月有圆缺天有阴，横财不发命穷人。"只听房外号啕大哭，臭奶奶拉着腿子跄跄闯进，业已发乱衣裂，裤儿上一道撕痕，露着巴掌大的一块白皮肉，不容分说，揪住臭石头便唾。

臭石头莫名其妙，好歹劝住她，一问所以，大跳道："这还了得！他这法儿比强奸还歹毒！你且将息，俺寻他拼命去！好哇，怪不得闪电奶奶那种样儿，原来都吃了横亏来咧。如今俺没那话儿，看你怎生处置！"说着如飞而去。

哪知那富户早准备下一味硬做，臭石头到门方骂得一句，早被富户一拳打翻，喝令左右一齐上，按捺定便撕裤儿，小萝卜粗细的木橛子登时奉敬尊臀。当时臭石头一路哭骂挣将回来，望着臭奶奶，只好彼此干眨眼，甘苦自知。欲待约人寻衅，又委实不好说得，只得暂忍愤恨，再作区处。

也是合当有事，过得月把，那富户忽然和一个灶丁的老婆刮搭上咧。偏巧那灶丁偶赴某处，半路上被人杀死，凶手无着，于是臭石头便调唆灶丁族人和那富户打起官司，便说富户因奸谋毙灶丁。官中人看那富户久已垂涎，这一来真是抓住有柄的烧饼咧，于是一索儿将富户捉到官中，敲剥捶楚，无所不至。直待资业挤干，方判了个嫌疑散押，取保释出，业已家产都尽，穷得叮叮当当。

这时臭石头因调唆这场是非，很捞摸些油水，居然也有头有脸，似个人儿咧。一日和族人等正在门首闲谈，恰好那富户衣裳褴褛从门首掩面趋过。那富户本是个漂亮胎貌，生得精精壮壮，马上步下，武艺精通，善用一杆烂银枪，家数非常，有"白袍将"之目。这当儿猥琐琐趑过去，族人等方在背后指点，并笑道："真是十年河东，十年河西，如今你老人家一天旺相似一天咧。"

臭石头得意之下，便大笑道："你看这才是现世报哩，他会摆布人屁股，俺看他穷得也快卖屁股咧。"不想说话声高，早被富户听去，那股无明烈火简直说大就大咧，当时却不发作，忍气趑去。便是这夜里，那富户跃入臭石头家中，一气儿杀掉臭石头并男女五口。从此富户亡命在逃，各处流转，没奈何，卖艺糊口。

一日趑至川西某县，又在闹市中作场，说过一套江湖话，向四外观者一抱拳，即便打了一套拳脚。俗话说得好："人是衣衫，马是鞍鞯。"那富户破衣破裤，用麻绳儿系着腰腿，脚下踹一双打板鞋子，打起来落落拓拓，未免有点儿不够瞧的。他却不理会，依然熊经鸟伸，丢开浑身解数。盘旋良久，却不见观者喝彩丢钱，那富户急欲求工，登时抖抖精神，一变拳法，真是满场中龙超虎跃，风团一般。

正这当儿，那富户嗖的声一腿飞起，只听哧一声，观者登时都哈哈大笑。恰好一旁有两个媳妇子，便红着脸儿，笑唾道："咱快去吧，这卖艺的好没人样！"一言未尽，那富户打到酣畅处，简直地收煞不住，又一拧身，用了个踢倒泰山式一足蹴去，只见嗖的一声凭空里飞起件乌油油的东西。观者拍掌大笑道："好哇，小心着穷爷的法宝哇！卖拳棒到这般地步，简直说，你不如给俺两个嘴巴哩。"

胡噪之间，那东西啪嗒一落，正砸在一个孩子头上，只管怪哭。原来富户那裤糟破不堪，起先是挣裂裤裆，露出本钱，后来又踢脱鞋子。当时富户被嘲，委实不能再作场，便举目四望，点点头儿，长叹一声，方披上破长衫，想要趑去，只见众人一闪，趑入个高大汉子，衣冠气概，甚是阔绰，向富户抱拳道："足下端的好拳棒！具此武功，为何流落江湖呢？便请屈过舍下一叙如何？"

富户一望那汉子，不由自惭形秽。那汉子不容分说，拖了便走。须臾抵一所高大的宅舍，甚是气概。许多厮仆一见那汉子都垂手侍立。那富户一路怙惙，来至宅内大厅上，偷观其中的陈设，便如自己当年身处富境的光景。那富户触境生感，不由直撅撅站在那里。及至主人揖坐，方才神色稍复。

宾主互问姓氏，彼此客气数语，富户方知那汉子姓伍，名傅弦，便是本地著户，自言以盐为业。谈吐之间，十分豪爽，询知富户流落情形，十分叹息。富户茶罢起辞，那汉子哪里肯放，立命仆人领了富户，就别室中沐浴更衣，就在大厅中大排筵宴，和富户款洽起来，宾主偶谈到武功，那汉子也略

202

知一二。直吃到月上花梢，方才散席，当夜便留富户住在雅室中，一切伺应便如上宾一般。

次日，富户好生不安，便寻主人，要辞谢趲去。仆人道："俺主人吩咐咧，您只管住个一年半载都不打紧，总须俺主人出门回头方容您去哩。"富户没奈何，只得暂住。一连七八日，那饮食服用真是掉着样儿供上来，竟有富户平生所未享用过的。那侍仆视于无形，听于无声，见富户闷倦了，便唤出内宅歌姬吹弹歌舞，有时又领了他花园散步。只是富户一问起他主人究竟就何营业，怎便如此气势，仆人见问，只微笑不语。那富户心头胡猜乱想，再也猜度不出，始而怙惚，继而焦躁，两念交乘，竟忽觉得不妙起来。

因这时川中盛行帮匪，这帮匪有青帮、红帮之分。青帮讲义气势力，不害人；红帮虽一般地讲义气势力，却多着椎埋杀割，时时有血案子，其名叫作"挂红"。两帮人截然不同，那老大哥却都有很严厉的规法、很团结的精神。其时帮中有所谓"宰白鸭"的说法，便是帮中要人犯了命案，或官中缉捕紧急，势不能免，便捉弄个外路人来前去顶凶。他们帮中人手眼通神，暗通官中，顶凶一到官，任你怎样分辩，那算白说一大堆。

当时那富户疑虑到宰白鸭之事，甚是怙惚，但自恃武功，颇想不辞而去。无奈侍仆等殷勤非常，只言主人一两日间即便转来。富户欲观究竟，只得且住。

一夜晚上，那富户偶到院中便溺，却听得下房仆人喊喳谈话。一仆人道："如今咱主人因为那档子事，弄个活祖宗来，也不知供养到几时才用他哩。"一仆笑道："光景也没多时，单等咱帮友一到，就该动手咧。"

富户一听，不由且惊且怒，沉吟一回，便趲转室内，拍案大叫道："来呀！"一仆人急忙奔入，一看富户沉着脸子，因笑道："您要什么？尽管吩咐。"富户冷笑道："俺就要两宗儿：一来要命，二来还要你主人。你这厮再支吾俺，不去请主人，俺立时就走掉！"仆人忙道："您老别生气，俺去请家主就是。"说着匆匆跑出。

这里富户方在气吼吼挽袖勒胳膊，准备动武，只见门帘启处，佩弦含笑而入。方说得一句"失陪"，业已被富户劈胸揪住，大喝道："好哇！将俺软禁在此，弄得好乾坤哩！俺穷命虽不值钱，却没卖与你去当白鸭。"

佩弦知他误会，不由大笑道："足下放手。俺攀交足下，却有正事相烦，怎的说到白鸭上呢？"富户听了，颇觉冒昧，没奈何，赧赧然一问所以。

只见佩弦愀然退立，一整面孔，忽地矮了半截。正是：

长跽有求知底事，深谈悍妇亦惊人。

欲知后事如何，且听下回分解。

第二回

郭建业大闹黄杨浦
王树风恩结夜叉婆

且说那富户见佩弦跪倒，连忙扶起道："伍爷这是为何？只要你不用俺这条命，其余的事俺一概不辞。"佩弦喜道："如此足见高谊。"说着宾主落座，那佩弦便从头至尾说出一席话来。

原来伍佩弦身在青帮，是个盐枭的头领，这一带方圆三二百里间枭徒都归他指挥，所以家资甚富。不想正在得意当儿，忽从外路来了个女枭徒，名叫恽三娘，生得长大白皙，好体面一身武功。善用双股剑，驰马如飞。若讲高来高去，耸跃能为，越发了得。她曾拒捕官军，跃登十几丈的高楼，利屣如飞，使人目眩。四外官军丛射，箭如飞蝗，三娘舞动双剑，挡得那箭便如风旋落叶，归根儿被她跑掉。

她在红帮中活脱是个夜叉婆，手中人命少说着也有十几条，并且性如烈火，敢作敢当。却有一桩好处，是甚爱其夫，并无淫行。她丈夫名叫吴代，是个三寸丁谷树皮的角色，只仰望浑家过日子。三娘却不庸奴其夫，依然夫妇和美。只是三娘脾气发作，便捶楚吴代，少时性过，仍然视如活宝。她手下徒众也不弱于伍佩弦。

当时盐枭头领，势力范围本各有地盘，不相侵夺。哪知恽三娘自恃本领，忽地来夺伍佩弦这片所在。当时彼此一交代，不消说，立时说岔。于是各率党徒一场厮并，被恽三娘一顿拳头打得落花流水。佩弦身负重伤，卧床两月方愈。从此恽三娘便硬据此方，指挥枭徒在黄杨浦地面筑寨据险，甚是气概。官中虽知得，只好干贴两眼。这佩弦怀恨欲报也非一日，从此便留意江湖朋友，想约客去折服三娘，所以一见那富户拳棒，登时便款如上宾，又一面分头遣人去邀他心腹党羽。

当时富户听罢，大笑道："您如此蝎蝎螫螫，俺当是南山捉虎、北海擒龙的事哩！恽三娘一个妇人家，没脚蟹，有甚能为？您若早说得，管保她那鸟寨早被俺踏平咧。"说罢，霍地站起道，"黄杨浦在哪里？明天咱就去如何？"

佩弦道："明天怕去不成，俺所邀的人众还须三两日方能到齐。"富户笑道："伍兄的人众若有用，也不须邀到在下哩。擒贼擒王，只捉到恽三娘，便一天鸟事完毕。这是折服争气的勾当，又不是剿贼灭寇，何用多人？你只给俺准备两个硬膀臂便了。"说罢，哈哈大笑。佩弦思忖道："如今俺党徒们还没到，硬膀臂却不易寻，只可先从健仆中挑选两人，跟你去吧。"

富户听了，忽地一个虎跃，势如上马，又一翻身，两手平端，势如抖枪，却笑道："俺的硬膀臂就是这两宗儿。"佩弦会意道："有的，有的。"于是立命仆人整备肴酒，宾主又欢饮一回，方各归寝。

次日一早，佩弦又摆设盛筵，先将一杆镔铁枪置在座右。富户道："那黄杨浦距此多远？"佩弦道："只有十来里地。"富户道："既如此，酒且斟在这里，等俺去捉得三娘来，叫她把个盏儿如何？"说着，一望那枪，道，"此枪铁似乎脆劣，恐不堪用。"说罢，绰枪出厅，一丢解数，只舞得两个来回，一抖之间，咔嚓声折为两段。

佩弦大悦道："只足下这番气概，足可吞慑敌人。"于是唤左右，抬过一杆银光乱闪的小蛇矛，那枪缨儿足有一尺余，甚是精致。富户上手掂掂，十分称用，于是匆匆结束，大又步便往外走。佩弦跟出宅外，一匹银鬃骏马早已备好。那富户抱拳为礼，绰枪上马之间，佩弦道："足下珍重，俺随后便率仆人等去接应。"富户应诺，一抖辔头，早已风驰而去。

不提这里伍佩弦率健仆各持兵器，纷纷上马，随后接应，且说恽三娘这日在寨，因长日无事，便命左右小鬟们扑跌打拳为戏。大家嘻嘻哈哈，翻翻滚滚，便如莺穿燕掠。三娘高起兴来，便甩去大衣，紧紧鞋子，倏地一个迎风舞柳式，腰儿一袅，跳落当场。众小鬟见了，各捻拳头，哈的声一齐拥上。三娘身段灵妙，又复高大，故意引得众小鬟上头扑脸，东颠西撞，不是这个碰歪了髻儿，便是那个踏脱了鞋儿。三娘故意价卖点儿破绽，众小鬟窥隙攻上，却又扑个空，笑得个三娘倒有些粉汗涔涔。

正这当儿，只见左右飞报道："今寨外有伍家来的人，单寻娘娘挑战。寨众们赶去捉他，都被他用枪杆打翻。"三娘眉头一蹙道："伍佩弦这厮还不死念，也就可笑得紧。他们来了多少人呀？"左右道："就只一人一骑。"

三娘听了，跳起来，一口醭唾吐向左右道："你们这些脓包东西！来人只单人独骑，便命寨目们捉下就是咧。"正说之间，只听寨外一阵呐喊，须臾两寨目飞步而入，各带伤痕，大叫道："来人凶得很，差不多要杀进来咧！"三娘大怒，忙喝左右备马，只用丝巾儿紧紧腰身，便似一朵彩云般飞身上马，一摆双股剑，杀出寨门。眼儿睃处，早见一骑白马，上面一个英凛凛的汉子，正在往来驰骋。一见三娘纵马而来。头绾矮髻，结束纯青，生得明眸皓齿，十分矫健。

彼此一望之间，三娘剑指喝道："你这厮好不自量，难道不认俺恽三娘吗？你是伍家何等人？快通名来！"富户笑道："俺不娶，你不嫁，通名做甚！"说着，挺枪跃马，直杀过来，只枪锋一抖，便明晃晃大似月阑。三娘不敢怠慢，倏地双剑一分，放开门户，小脚儿一磕马镫，登时杀在一处。

两骑马此来彼往，荡起征尘，就寨外平阳浅草间，端的一场好杀。但见：

剑泼秋水，枪舞梨花。神枪到处鬼神愁，宝剑飞时山岳动。一个似玉龙戏海，烂银光卷一团团；一个似彩凤翻山，青锋花落几朵朵。一个是钩拦劈剁，两团白气裹芙蓉；一个是抽刺掠挑，一条怪蟒离洞穴。真个是桩喉戳腹，咄咄逼人；削额劈肩，头头是道。今日里黄杨浦畔，赛白袍战夜叉婆；异时间白莲教中，恽三娘与郭建业。

两人这一阵冲锋大战，顷刻百十回合，不分胜败，不但寨众都看呆了，便是两人也都暗暗称奇。少时三娘性起，喝一声，拨马便走。富户大笑道："哪里走！"一磕马，挺枪赶去。眼睁睁马尾接马头，那富户一抖枪，向三娘后心便刺之间，只见三娘忽地一磕马，向斜刺一闪，款扭柳腰，左手起处，嗖一声便是一个撒手剑，一道寒光直奔富户咽喉。

原来这一招儿是三娘的生平绝技，专以败中取胜。哪知那富户会家不忙，赶紧甩镫，就马上平身后仰，一足飞处，锵啷啷踢起那剑有三丈来高，唰一声却落在浅草地里。

三娘一怔之间，富户已挺身坐起，趁势一抖银枪，向三娘后胁便刺。三娘大怒，兜回马，一剑格去。只那枪缨儿一摆缠之间，两件兵器急切间分拆不开。三娘伸左手抓住枪杆，方要力掣宝剑，不想富户力气大，猛一掣枪，三娘娇躯登时晃了两晃。说时迟，那时快，两人各逞气力一牵扯的当儿，两骑马一个旋转，三娘身儿一扑，几乎被富户腾手抓住。于是三娘索性弃剑，双手夺枪。

马上用力，究欠扎实，两人不约而同地一跃下马，那富户奋力一掣之间，三娘脚儿落地未稳，一个跟跄直扑过来。富户大笑弃枪，双手便抱。三娘虽得那枪，无奈富户已扑近怀，那长大兵器既百忙中运动不灵，那富户两条铁臂眼睁睁就抱将来。于是抛掉枪，略退之间，那富户一伸手，险些捞着三娘的束腰丝巾。三娘喝一声，挥拳搏战。

两人这一路步下交手，各逞拳术，腾跃驰逐，一直扭结到深草地里。

正这当儿，只听得有人大笑道："三娘慢动手，咱都是自家人哪！"声尽处，闯到一人，唰一声跳入当场，单臂一扬，将三娘等隔作两处，随后十余骑泼啦啦地跑来，中有两人轻弓短箭白教中的打扮，簇拥了伍佩弦和健仆等，个个抛鞍下马。

当时三娘累得云鬟微乱，吁吁娇喘，望见那人，便喊道："王树风兄来得正好，快帮俺打这厮！"树风笑道："都是俺这些时在总教主那里忙得一团糟，不知你和伍兄便有这过节儿。如今快来大家厮见，抛却小过节儿，俺还有要言奉告哩。"说着，向富户抱拳道："足下端的好本领，这正是俺教门中求之不得哩。"于是草草一说自己来意。

三娘笑道："王阿哥，你若是早些钻出王八窝，不省得俺和人家厮打吗？"

树风大笑道："这又是俺的不是咧。"于是大家一笑，唱个无礼嗫。佩弦先向三娘一道歉意。这时三娘俏生生整理腰巾，又攒着眉头，兜兜鞋儿，不由扑哧一笑道："俺若早知得你和王兄是朋友，谁耐烦占你这片所在呀。亏你破工夫竟寻这位朋友来，幸亏俺两个手搏没多时，若再待半盏茶时，俺也不管他是鼻头是胸口，就给他这么一脚。"说着一蹴脚尖，露出明莹莹的钢锥。于是树风大笑，便令三娘导引，一行人直奔寨中。

原来王树风自在苗疆漏网后，便投奔王三槐，帮理教务，更一面给教中物色能人，如乐和、冉金奎等都是他夤缘引进。伍佩弦慕他声望，又是个硬靠山，早就潜自纳交。

至于恽三娘，却是初当枭匪时，曾被官中捉获。在官捕健有什么正经人？当时四个捕健押着三娘赴官，这时三娘只有二十多岁，水葱似的人儿，俏俐俐地跟定他们，漆黑的发儿尘浣狼藉，短衣窄裤滚弄得皴皴皱皱，下面鞋儿上遍沾了许多污泥。

正在且前且却的当儿，捕健中有一个胖子，迷齐着眼，瞧瞧三娘，不由拖下口涎，喘吁吁一望太阳道："啊呀，好他娘的热，像恽娘儿细皮白肉，不怕晒化了吗？"因撮唇向一同伴道，"喂，老二，你有把子笨气力，你背她两步不好吗？"说着眼儿一瞟，又嘻着嘴道，"这一拧拧脚儿，按理说应当绸包绢裹，到写意时，还须给它安置很妙的所在才是。如今就乱端粗沙大石，好不令人心痛哩。"

老二笑道："你别不害臊咧！你心痛不打紧，你可知人家恨得咱牙儿痒痒哩。那么你肥脊宽背的，贴在上面又软又舒齐，你就背她两步吧。"胖子耸肩道："你不晓得，俺有个毛病儿，凡娘儿们一沾俺身，俺立时八下里不得劲儿。别处还好，唯有这……"说着弯腰儿一阵丑态，趁势手拂三娘脚儿道，"俺就恨煞这块污泥，你倒会找俏皮所在受用哩。"

三娘大怒，刚要冷不防给他个冲天炮，一看远近间时有行人，只得沉着脸儿不去理他。不想略退步的当儿，那老二一伸手，又摸到鼓蓬蓬的玉乳上。三娘喝道："干吗呀？"老二干笑道："没事，没事，俺给你舒舒衣折不好吗？"便这等一路调戏，直到旅店。

三娘赌气子不理他们，只坐在廊檐下冷眼瞧他们呼酒唤菜，十分高兴。不是这个过来挨挨肩，便是那个蹅近摸摸鬓，气得三娘俏脸儿红了又白、白了又红，就苦于手上带械，没法捶他们。

正这当儿，却见厢房中一个客人，服饰气概甚是阔绰，反拢左袖，在门首踱来踱去，两目灼灼望着自己，似乎是有些诧异。恰好店伙蹅近，那客人但唤住他，小语良久。但见店伙回望三娘，一竖大拇指，微笑蹅去。

三娘方在心头怙惙，又想设法料理众捕健，忽觉自己腮上滚热的肥手儿摸了一下。一看那胖子业已笑嘻嘻蹅近低语道："恽娘子，你既是个娼家子，咱都是明人，也不用细讲咧。你这下子一到盐捕局里，只有吃不了的苦兜着走咧。吓，那刑法儿就没法说咧，猴儿坐殿咧，羚羊挂角咧，这还不算，独有一桩，真透着损德堂，便是烧得透红的铁鏊，将你裹脚剥脱，便这么架你上鏊，吱啦一声，以下事儿俺也不忍说咧。俺如今积点儿阴功，就此放掉你，左不过是屁股着标，挨顿板子。方才俺没说吗？明人不用细讲，你这玲珑剔透的小心眼儿，有什么不明白的呢？那么咱就此落个……"

一个"交"字未出口，三娘香颊登时簇起两朵红云，可也不知是羞是气。但见鼻翅儿一扇动，水灵灵眼儿一睃，只略略扭脖，向室中一努嘴儿。这一来，乐得个胖子只管打跌，忙悄笑道："我的妈，你真是干这个的。"于是如飞跑入室，先吩咐老二道，"没别的，为兄要劳乏你一趟。离这店七八里，俺有个干亲家皮老娘，可不知搬家不曾，请你去打听打听。"说罢，吃了杯酒，咧嘴道，"这种酒要酸掉人的下巴。"于是由行囊中提出两串老钱，抛给那两个捕健道："老兄弟，哥哥今天实在走乏咧，非闹点儿好酒不成。西庄上有大烧锅，烦你二位去打点头岔酒来，总要斟在盅里香喷喷堆白花，方才地道。"

两人接了钱，都暗诧异道："胖老哥向来没这般大方过呀，今天倒是日头从西出咧。"于是和老二一齐出店，分头趱去。不想老二却是个机灵鬼，觉这事儿有些蹊跷，趱了不远，悄悄回来，就店首一张。只见那胖子在廊下，正背着脸子拖拉三娘，那三娘只咬着唇儿，似笑非笑。逡巡之间，两人已牵拽入室，那胖子随手掩上门，便听得里面嬉笑推挽，乱作一处。

老二暗笑道："好哇，这胖小子真想仙桃仙果的吃咧。等我就他吃紧当儿，吓他一家伙，先让他害场回马疯再讲。"于是蹑足到窗下，就隙缝一张，只见三娘束手而坐，胖子搂定她肩膀儿，正在做丑态。

三娘笑唾道："你只去掉俺的手械，俺就依你，不然快躲开这里。"胖子道："反正这档子事，用手做甚？你只安稳稳仰在榻上，容俺服侍你就是咧。"说罢，拉开骑马式，蹭近榻沿，便抄三娘两脚。

老二望着他一张肥屁股圆笃笃的，正在好笑，只听三娘娇喝道："去你娘的！"双足一蹦，老二眼光一瞬的当儿，只听哗啦扑哧，那胖子一个筋斗，直跌出室外，门歪人倒。三娘赶出，大喝道："今日叫你认得老娘是哪个！"说罢，一抬脚踏住胖子，举起手械就要当头一下。老二惊喊抢去的当儿，便见那厢房中客人如飞而至，右手一举，早已架住三娘双手，便道："有话慢讲，不必动手。"于是笑吟吟扶起胖子道，"捕差老哥，你可认得俺王树风吗？"说着向三娘一使眼色，又笑道，"俺就为俺这表妹，在这里等候贵差，如今凡事都有商量，咱且进室细谈吧。"这句话不打紧，不但胖子吃惊，便是三娘也老大一怔。正是：

一语解纷常事耳，由来游侠识枭徒。

欲知后事如何，且听下回分解。

第三回

添羽翼三槐收健将
告逆乱一士显狂痴

且说那客人一语道罢，三娘和胖子登时各转念头。三娘暗道：“怪得很，这是俺哪门子表兄呢?”那胖子一听见“王树风”三字，暗惊道：“坏咧，这王树风是江湖中杀人不眨眼的角色，他这一来，准是劫脱人犯。”想到这里，两条腿子只管乱抖，没奈何一瞅老二，又羞得脸子通红，只得跟王树风等大家入屋，随便落座。

树风道：“实不相瞒，这恽三娘是俺表妹。如今官中事都是瞒上不瞒下，便请贵差看俺薄面，放掉三娘，俺多少还有点儿小意思，请诸位买杯茶吃。”说着从怀中掏出一大包银，足有百十多两，笑吟吟递向胖子。

胖子喜出望外，方伸手接过，只见老二直撅撅地道：“您那干亲家皮老娘没搬家，还给您捎了好儿来咧。”胖子红着脸道：“得咧，二兄弟，少时老哥多敬你两杯吧。”一言未尽，只听室外喊道：“人家烧锅内没得头岔酒，您快咽口馋涎了事吧。”说罢，两捕健厮趁而入。

原来他两个一般地起疑，悄悄踅回。当时那胖子弄得八下里不是人，只得老着脸谢过树风，和伙伴携银匆匆而去。这里三娘和树风谈叙起来，深感树风拯救之谊，便真个结为异姓兄妹。从此相别过，那三娘依旧在红帮中纵横。

这时树风偶同两个教友奔走教务，道出此间，恰好遇着伍佩弦率领健仆匆匆而来。当时树风询知伍佩弦和恽三娘一段事，不由大笑，力以排解自任，所以同佩弦赶到，正是那富户和三娘打作一团的当儿。

当时三娘领引大家入寨，各相款谈，便大排宴席，与佩弦杯酒释嫌。酒至半酣，树风左望那富户，气概昂昂；右顾恽三娘，英姿佼佼，因举杯笑道：“你两人如此本领，怎不想个发达事做？如今倒有个绝好机会，便是俺总教王教主正在求贤若渴，你两人若投教中，将来事业正多哩。”两人听了，都各大悦。唯有伍佩弦更自私心暗喜。从此富户和三娘都跟树风投到教中。

说了半天，这富户姓字为谁呢？此人姓郭名建业，在三槐教下，和赛二郎谢天福、黑风怪牛保义都是铮铮有声的，再搭上夜叉婆恽三娘，人称白教四将。唯有恽三娘虽然入教，却不信教中邪法，因积势所在，不便独异，只得聊且鬼混。无事时盘马舞剑，再暇逸了便和她丈夫并辔出游。大家见那彩凤随鸦的样儿，都替三娘叫屈，三娘却不理会。

三槐本邪淫成性，当三娘初入教时，三槐喜她姿色，曾累次遣人申意，都被三娘婉言拒绝。一日三槐乘醉，夜入其居，恰值三娘和衣而卧，春灯照处，好一个睡美人的样儿。三槐大悦，方一手去搴她腰带，三娘猛地惊醒，一脚腾处，忽见是三槐要跌，不由长叹一声，腿儿一绷，早将三槐平挑起来，随即跃起道："教主如果苦苦相逼，俺夫妇便当即去。教主一向恃邪黝人，无非是作弄没忠节的妇女。今俺胸无邪念，教主如不信，只管施展法儿，将奈我何？就此看来，请您自家尊重吧。"

一席话，绵里裹针，倒将三槐拘在那里。却是他终不信三娘的话，真个对三娘施展乱性脱衣等邪咒。哪知念诵得口角白沫，一看三娘只如没事人一般。从此三槐方打掉此念，倒十分重视三娘。这便是白教四将的来历。

且说三槐在秘魔山大肆妖妄，潜图不轨，彻日夜价开坛诵经并施符水，闹得山谷间喧阗如市、男女混杂，四方无赖饥民真个是如水趋壑。每当焚香诵经，声闻数里，旃檀雾沛。全川中各处教股不可胜数，任意价恃势横行，杀掠等事视如寻常。因那川督阿弋色既如木偶，并且如三槐的人影儿，被要得团团转。属吏承风，谁来多管闲事？甚至于平民和教中人因事涉讼，两造到堂，且将案情并是非曲直抛在脑后，先都粗脖子红脸地分辩是否教中人，甲言是，乙必说非是。妙在那问官更来得干脆！便登时搁起案来，且调查两造入教的真伪，那一面的官司就不必说咧。

川中盗匪本就多于他省，三槐趁势借教门去收罗他们，所以数千里内外消息，顷刻可通。况且各州县办盗无方，唯用招抚苟且之计。盗既就抚，又无善法安插，有的胡乱掺入城防营中，有的便用作本地捕健，叫他们转捕群盗。这一来，坏水浸根，自然要糟到底咧。却是三槐教势无形中越闹越盛，已成不治之症。况且自刘清撤任后，通省官吏大半变作好好先生，只要王三槐不闹上公案桌子，不将掌印太太搀去入教，便两眼一合，一概不问。便这般朦胧隐蔽，所以王三槐在川中闹得乌烟瘴气。那北京士大夫们只风闻得三槐是个不安分之徒，还是从乡人口中互相传述来的。

哪知合该王三槐教乱发作，却被一个离离奇奇的罜刺秀才将他的奸谋闹穿。这位秀才说起来煞是有意思，且待作者慢慢述来。

原来川中合江县地面有个落拓秀才，姓赖名汉儒，生得五短身材，虬髯绕颊，极有口才，谈吐间声如洪钟。因他二十来岁的时光曾夜间窃入人家，偷摸人家大闺女，被人家知觉咧，秀才赶忙跳墙，被人从后一棍，将左腿矶伤。秀才殊不为意，反以自喜，因自号"跛卿"。

他极有文才，天资绝人，却就是不用于正，真是诙谐百出，遇人无所不狎侮。终日价落落拓拓，只在市坊上鬼混，或与市儿酣嬉，或拉骖卒共饮。饮得半醉，便放言无忌，或信口吟诗，题得街墙上歪歪斜斜。

更有一桩讨厌处，是猎人酒食，攫朋辈的钱用，人家问其缘故，他便嘻着嘴道："什么你的我的？你的就是我的，我的就是你的，难道你我腔子里这口气还有你我不成？"说完了，趋着脚子早又跨向别处。

他自跛脚后，恰好某乡富翁有个女儿，模样儿一百成，却是个胎里残疾，跛了一只右脚，因此之故，还在待字。秀才闻得，大喜道："这正是老天赐俺佳偶。"于是整整衣冠，自去求亲。那富翁素知跛卿是个邪神秀才，如何敢拨撩他？没奈何，攒着眉头出来接见。那跛卿不容分说，冲口而出，直呼"岳丈"，接着便长揖入座，娓娓而谈，真是三教九流、诸子百家，说了个天花乱坠，并且狂态全收，蕴藉得没入脚处。

这一来倒出乎富翁意外，于是大悦允亲，喜得快婿。方怙悒着早备嫁奁，哪知只过得两天，这日富翁清晨起来，方看着跛女在院中浇花，只听大门外辘辘辘一阵牛车响，须臾家童入报道："赖姑爷来迎亲咧。"富翁大诧，跑出一看，只见一头老牸牛拉了一辆白岔车，上面端坐一人，扎括得靴乎其帽、袍乎其套，金灿灿秀才顶儿早已照眼生光，谁说不是赖跛卿呢。

当时跛卿放下牛鞭，跳下车，由车拖下两只大花鸭子，被红绳儿拴得呱呱乱叫，他却恭恭敬敬捧在手中，向富翁致辞道："夫妇之道，人伦之始，俺不敢不行古礼。便是俺这牛车，也是期望令爱有桓孟之德，其余世俗迎娶繁文都不必用，趁此良辰，便成嘉礼吧。"

富翁攒着眉头，接了呱呱的大鸭子，只得先让他进内落座，不由顿足道："今这般仓促，小女妆奁一切未备，怎么办呢？"跛卿笑道："那都是后世俗例，古人《礼经》上是没得的，便请令爱登车吧。"富翁拗他不得，赌气子一切由他，于是匆匆入内。虽是急就从事，富人家妆饰衣服终是便当，不多时，将跛女扎括出来，珠翠盈头，遍身绸缎，尽也像个新嫁娘儿。

跛卿望见，摇手道："这种衣饰是不成功的。"富翁不悦道："贤婿，你这题目也就难咧，今仓促成礼，哪里去弄再好的衣饰？"跛卿手儿乱摇道："不是，不是！你快命令爱梳起稚髻，穿起练裙，方合礼体哩。"

富翁听了，越发诧异，索性一言不发，扶入跛女，重新改装出来。跛卿大悦道："这才是俺赖跛卿的偕隐之侣哩。"这时富翁被这位乘龙快婿气得愣怔怔，也不懂得他胡嚼的是什么。便见跛女坐上牛车，跛卿一勒外套宽袖儿，抄起长鞭，向车轮上啪啪啪叩了三下，一掉鞭，声如裂帛，竟自辘辘而去。那一轮旭日照着他金顶珠儿黄晶晶的，且是有趣，望得合村人无不大笑。

当时富翁又气又笑，又挂着放心不下，次日一早，便遣家童去暗觇跛卿家中是何举动。不多时，家童回报道："他那里清门静户，一个贺客也无。俺倒见俺姑娘提着个小瓮子，向门外土井中汲水去咧。"富翁暗诧道："难道这

211

也是古礼中有的吗?"

过了两天,富翁有位老友过访,闲谈之间,富翁提起跛卿这段事,那老友大笑道:"你幸亏遇着我,不然叫你生生闷煞!他那牛车、鸭子,是御轮奠雁之意,布衣练裙,提瓮出汲,便是古人桓少君、孟光的典故。你不信,将来令爱归宁时,保管手上磨一层泡,那又是举案齐眉的故事了。"富翁听了,只好干眨眼。从此赖跛卿怪僻之名,哄传远近。

却是跛卿得妇之后,夫妇间甚是和美。一日,跛卿朋辈过访,大家便打趣他道:"你说老嫂甚是爱你,这是你自己俊样着说,这没对证的事,俺们是不信的。"跛卿跃然道:"咱如今赌个东道,立时叫你们眼见如何?"众友听了,笑着应诺,却揣度不出他夫妻爱情怎的令人目睹。但见跛卿将众友让至空庭书室内,嘱咐道:"君等但由窗缝外张,不许作声。若作声,冲破俺法术,俺便算赢东道。"说着跑出,随手儿反扣上室门。

众人由窗外望,便见跛卿甩去长衫,短打扮儿,拎起一把木锨便和泥水,然后就墙上刨去一段泥皮,便叫道:"娘子快来,帮俺个工儿,且提一桶水来。"便听得内院中一声娇应。众友方相视而笑,便见赖娘子勒着藕也似的玉臂,提水趔出。跛卿这时已两手满把黄泥,向刨处乱垩,因颐指道:"水且放在墙下,泥不够时再用。你看这墙既脱皮,就许露缝,既露缝,就许有人钻穴隙相窃。倘有人瞟得你去,岂是小事?这是俺杜渐防微的老打算,所以俺汲汲修理。"

赖娘子抿嘴笑道:"你闹得泥母猪似的,有人撞来不是笑话吗?"跛卿道:"今这院内一个人也没有,俺并且关上大门咧,恐人来妨俺工作。"说着,掬泥乱抹。赖娘子含笑四望,果见静悄悄的,连书室门儿都反扣着,便挽挽袖儿,道:"你这般费劲拔力的,等俺来抹垩一片吧。"

众友望得此,都暗忖道:"果然要透些爱情咧。"便见跛卿道:"这粗笨营生,你如何做得?等俺去小解回头,立时就完工咧。"说罢,直趋书室窗下,方要掠裤,忽捧着两只泥手唤道,"娘子这里来,这个工儿倒须你帮帮。"

赖娘子逡巡趑来,微笑道:"干吗呀?"跛卿道:"俺这污手解不得裤,请你搭个手儿,给俺托将出来就得咧。"赖娘子红着脸,笑道:"哟,你越来越没人样咧。"跛卿急道:"反正这里也没人,这怕什么呢,难道你没见过不成?"众友听至此,望着他夫妇神气,已经忍笑不禁。

正这当儿,只见赖娘子扭头四顾,果然含笑趋近跛卿,一伸手儿,早由他裆中如波斯献宝般托出一件郎当当的物事。那跛卿登时一拍泥手,大笑道:"诸位看怎么样?俺这东道算是赢定咧。"室内众友哄堂之间,赖娘子已嘤咛一声如飞跑入。那跛卿虽赢了东道,赖娘子羞愤之下,竟几乎吊了脖儿。

久而久之,这跛卿越发离奇。除在市坊鬼混外,便在家内和赖娘子日夜起腻。又从场戏中弄了许多衣饰,时而将赖娘子打扮作昭君娘娘,自己扮胡奴，闹一回昭君出塞，时而自己全身甲胄，扮作威凛凛楚霸王，却叫赖娘子扮作俏生生虞姬，闹一回夜帐别姬。钲、铙、箫、鼓，混吹混擂，闹得四邻都不安生。

每当暑月，便令赖娘子浓妆艳抹，却脱得光溜溜，他也便裸体相对，整月价闭门不出。有一天邻家房上发火，他依然紧闭大门，便是樊哙也休想撞进去。却是赖娘子偶然归宁，他恨不得出警入跸，必亲身庀一领大袍儿，将赖娘子翼将出来，直登软舆。有一日，他对门瓷店内的老板无意中扑哧一笑，跛卿大怒，登时到店内打了个不亦乐乎。从此大家都不去理会他。

谁知月不常圆，彩云易散，过得三四年，赖娘子一病死掉。跛卿不由跌着拐腿，大恸道："天丧予，天丧予！"从此越发离奇，歌哭不常。他竟奇想天开，命匠人制了一具抽屉棺木，将赖娘子尸身装入抽屉，每日三次抽看，焚香酹酒，直至尸臭发越，不可向迩，他方丢手。从此便不问生事，坐吃山空，并且大把价挥霍济人，更不管求者之意真假。

有一日，方摒挡一箱衣服要去质当，只见街坊上更卒阿三白冠麻衣，哭丧着脸子走来，不容分说，向跛卿叩头哭道："小人老娘昨晚半夜死掉，如今光着身儿没法装殓哩。求你老人家赏借数十串钱，等小人卖掉妻子再还您吧。"

跛卿忙道："苦恼，苦恼！谁家没有父母哇？你这样孝心葬亲，还提什么借字？"因指那箱儿道，"你便抬去，折变了去葬亲吧。但咱们有街坊之谊，俺还是去吊奠一番。"阿三连忙辞谢，跛卿哪里肯听，便命心腹仆人和阿三抬了衣箱，自己拎了一份香楮，一同到阿三家。只见阿三母亲的榻上，果然用白布单儿蒙着具又短又粗的尸身。跛卿都不理会，居然深深拜倒，成礼而出。

阿三这里方欢喜得一跳丈把高，只见那心腹仆人匆匆转来，大笑道："如何？你看俺的算计何等周密！你榻上若没有这假局子，方才管保露了馅子咧。"阿三忙道："亏你，亏你，明天咱四六股分衣服吧。今且烂煮'俺娘'，喝他场子痛快的。"说罢，呼一声掀开布单，从榻上拖下一只死白狗来。两人当时便烹狗沽酒，痛饮大嚼。原来这场骗局就是跛卿的仆人出的坏主意。

但是两三天之后，一日天色向晚，跛卿偶上街坊，分明见阿三的母亲由一家门首踅出。跛卿激灵灵一身冷汗，吓得抽头便跑。明日特寻阿三去讲说这件事。阿三忙道："不错，俺正因这段异事要告诉恩公哩。便是昨夜里，俺分明梦见俺娘对俺说道：'三儿呀，俺受赖恩公莫大之恩，本想去托梦谢谢他，无奈他福气太盛，将来出将入相，有八座的贵命。那股阳刚之气甚是厉害，俺那会子在街坊上遇着他，几乎被他阳气冲散了哩。'"

跛卿听了，不但心下释然，并且大大自负，便登时发箧陈书，要学些文韬武略，以备将相之才。他不知从哪里得了一本古兵书，埋头钻研了半年，大喜道："古人常说可将十万兵，真真不错！"

也该蜀乡里子弟倒霉，这跛卿正在心痒难挠的当儿，恰好左近有一股山盗窃发，跛卿投袂而起，便以兵法干说县官。偏那县官也好事，竟命跛卿督率各乡团前去办贼。只一阵，被山盗杀了个丢盔卸甲。那跛卿奔走逃命之间还把着那本兵书，一时哄传以为笑谈。

　　哪知为日不久，又有百十条人命、数十万的财产被他试了手儿咧。正是：

　　　　迂儒误国亦犹尔，怪壬逸闻偏出奇。

　　欲知后事如何，且听下回分解。

第四回

赖秀才伏阙揭奸谋
汤大令无心得健仆

　　且说赖跂卿泥古丧师，绝不知悔。因见本县河道岁岁漫延为患，他又慨然有治水之志。先从熟读《禹贡》起手，更搜罗了几种历代名人治水的书籍。伏读经年，一旦跃然而起，便绘图列说，上干县官。县中父老大惊，便聚合了，和跂卿大伸辩论。无如跂卿口似悬河，历陈疏凿导引之方，真是头头是道。众父老始而疑，继而信，终且大喜，便请他试一下子。这一试不打紧，弄得原有堤防都坏，那水横流暴溢，无法收拾，竟淹煞百十人口，漫了三两处村庄。

　　从此跂卿咄咄书空，似染心疾。这时他家业凋丧，穷得要命，只剩下孤零零一身，寄居僧舍，悬鹑百结，面目如鬼，见了人还是高谈阔论，说些不三不四的话。僧人容不得，将他撵出。从此跂卿朝村暮郭，只仗着吟诗乞钱。有时节便痛哭赖娘子之墓，看看就要冻饿而死。哪知天无绝人之路，跂卿将来还有一命之荣，神差鬼使就有救星到来。

　　一日跂卿方行乞郭外，坐在破庙墙下捉虱子，只见官道上一骑骏马趑来。马上人衣冠修洁，猛见跂卿，忽下马趋近道："你老兄不是赖跂卿先生吗？数年不见，为何落得这般光景呢？"

　　跂卿仔细一望那人，却是往年常在县门前卖生意草药的方大郎。原来这方大郎往年时曾和他父亲怄气，他父亲上了年纪的人，提起拐杖扑打去，一跤滑倒，栽落门牙两个。老头子气愤之下，便将大郎送了忤逆，落齿呈堂。大郎慌了手脚，素知跂卿一肚皮鬼八卦，便寻跂卿求一良策，想免挨这顿屁股板子。跂卿沉思良久，忽点首道："你拿耳朵来，俺嘱咐你锦囊妙计，别人听了去便不灵咧。"

　　大郎将耳朵凑向他嘴边，跂卿不容分说，恶狠狠便是一口，咬得大郎耳朵长血直流。大郎诧异道："这是怎的？"跂卿笑道："好糊涂虫，你还不明白吗？少时你到堂，不必开口，只给他个哭泣，将耳朵舒给官儿，便天大的事都了咧。"大郎没法儿，只得依言上堂。

　　那官儿一见大郎耳上齿痕俨然，便喝那老头子道："你自己咬儿子，拉掉牙也就是咧，如何还到官胡闹？"于是扯个淡，将爷儿两个撵下公堂。那大郎因此事甚是感念跛卿，所以十分厮熟。

当时跛卿向大郎一述苦况，大郎叹道："不想赖先生如此没时运。俺自别过您之后，便夤缘投到王教主三槐那里，如今也熬到个四五等的小教目。像你先生如此才调，何妨去干谒三槐，想些好处呢？而今他那里正在收揽人才，倒是个绝好的机会。"

跛卿听了，低头望望自己的衣衫，不由叹口寡气。大郎慨然道："俺今因教中事路过这里，且喜马上还有数十两银子，便赠先生换换衣衫，兼作路费如何？"说罢，取金与跛卿，竟自上马而去。

按理说，跛卿得这资助，去投三槐未尝不是机会。哪知他官星照命，挤来挤去，他狂态复作。当时跛卿得金，果然兴冲冲换了整齐衣衫，去投三槐。不想三槐事忙，一时不能接见。跛卿住在旅店中，除痛饮高歌外，逢人便大发疯谈，竟以三槐的军师自命。因这时三槐奸谋业已道路间纷纷传说。过了几日，又遇着旅店中新来了一个游娼，跛卿一见，又发了情魔，以为那游娼眉梢眼角神似赖娘子，于是终日价买笑追欢，硬鼓着肚子当大老官。

你想，方大郎所赠之金，除置办衣服盘川外能剩几何？不消五六日光景，早已精眼毛光，几件衣装亦都当卖，依然成了个破庙头上的赖跛卿。但是他以为一见三槐定能得意，不消说大把金钱就涌将来，也不将穷困搁在心上。哪知人家店主东却容不得，眼睁睁将他当作秦二爷咧。

跛卿一想："王三槐这小子好不可恶，凭你一个邪僻骨头，就这般慢待国士！古来黄金筑台，以开贤路，俺如今困在旅店中，他竟不来瞅睬。"想到愤懑处，拍案大叫，于是问店家寻了文房四宝，研得墨浓，蘸得笔饱，你看他文不加点，顷刻写成一封书札道：

> 鄙人伏处偏隅，窃闻大教主广开贤路，思阐扬教务，以集不世之勋，私心窃喜，妄思进当务之策，仰赞高深。乃闲关逆旅，金尽裘敝，终不见接，毋亦非所以待天下士乎！
>
> 夫士之来者，孰不愿竭智尽能，以效愚得，然而终或违去者，则以羁旅困厄，势不能久持耳。今与教主约，能以黄金千两、美女十人，其余服饰资用之具，一切称是者见赐，则鄙人当暂戢图南之翼，以待后命。不然者，吾亦从此逝矣。
>
> 上渎尊严，不胜惶悚待命之至。

跛卿写完，摇头晃脑地念了一阵，甚是得意，便匆匆向教中投书，回店静候，以为王三槐既创白教，必是个磊落人物，定须用大话震动，这一下子定然成功。俺只要得他这么一资助，便走他娘的清秋大路，且快活下半世再说。

哪知静候几天不见动静，直到十余日后，方见个小教目踅来，拎着两串老钱，啪的声掷给跛卿道："俺家王教主说，你这秀才做得好文章，聊赠薄费，请你赶考去吧，俺们教下是用你这样人不着。"说罢一扭脸子，冷笑而去。

这一来，不但将跛卿气得发昏，便连那店东主也跟着凉了半截，于是更无商量，老实实将跛卿逐出。跛卿气愤之下，越发佯狂。一日竟趁三槐大开坛会，他狂奔去，直闯而入，大跳大闹。三槐大怒，竟喝令手下人拖出去噼噼啪啪一阵痛打，打得个赖跛卿血流遍体、一丝两气，便这样拖到野外，委之而去。教门中此时气焰，打煞个把人只当鸡狗。

当时跛卿被野风一吹，悠悠醒转，浑身稀烂，寸步难行，便爬向大道拨房（护送行旅者）中寻口热水吃。亏得那拨房中的老兵甚是和气，问知跛卿被打情由，十分叹息，便留他在拨房中将养伤痕。

也是跛卿合该时来运转，他遭此困厄后，竟能狂态全收，感激老兵自不消说。月余光景，伤痕平复，便想辞去。老兵道："赖先生，你这等文才，怎不上京求名呢？那才是读书人的正途。你莫怪我说，王三槐打你一顿，倒是你天大福分。你若在三槐处胡混，不会有好处的。刻下三槐潜图不轨，正在联合陕楚教徒，不久便要起事。你混在里面，染坊中还拉出白布来吗？"因将三槐许多密谋并分布准备等事，一条条述出。

跛卿沉吟挫齿道："这厮如此猖獗，可恨川督阿弋色竟遏不上闻！"老兵叹道："而今的官吏，没法说咧。"跛卿愤道："可惜俺没力量赴京，俺若到京，定要上书去告发三槐奸谋。"老兵道："你要赴京也不难。俺有个侄儿叫姚启，跟着北京一位御史老爷当长随，他方告假来家，不久便回京。你若跟他去，且是便当。"因笑拍跛卿之肩道，"赖先生，还是去赶考应举呀。"

两人闲谈之后过得个把月，果然姚启来辞他叔子。老兵便吩咐他携带跛卿北上。这时跛卿一变故态，居然蕴藉潇洒，谈吐风生。姚启一见，倒十分倾倒，因笑道："像赖先生到得北京，不愁不发达哩。俺那主人也是合江县人，姓曾名廷杞，您曾耳闻此人吗？"

跛卿喜道："这却巧极咧！俺岂但耳闻此人，曾廷杞是俺同窗好友，总角故交，他生得长长的身量，清皙皙的面孔，谈起话来如和人吵架一般。他是某年会的进士，名在五魁之内，是不是呀？"姚启拍掌道："一些也不错！那么您老到京，便投奔俺主人，可知妙哩。"于是两人越谈越对劲。姚启既知跛卿是主人家的故友，自然极力照应，便先给跛卿略置衣服行李，大家辞别老兵，即便登程。那跛卿临行，向老兵叩头道："赖某余生，皆吾丈所赐。此行如有寸进，定图厚报。"慌得老兵忙扶起他道："赖先生快别如此，俺但祝你前程无限吧！"说着摩挲老眼，端详着跛卿面部道，"你刻下官星已现于天庭，隐隐有些紫气，却是微有些滞气掺和，不过是得意之先，法当小有困厄罢了。"于是直送跂卿等去拨房老远，方才趑回。

且说跂卿跟姚启北上，一路无话，直抵京师。跂卿满肚皮的高兴，以为曾御史定然喜见故人，适馆授餐，殷勤接待，然后再怂恿他抗章上疏，揭发奸民王三槐的奸谋。

哪知相见之下，曾御史一百个不高兴，只淡淡地命跂卿暂居宅中，只过得三五日，跂卿住在客室中，一日晚上偶然趑出，及至回头，方一脚踏到客室门外，却听得曾御史向姚启发话道："你怎的这般没分晓，将个邪僻秀才带来？赖某人是俺同县人，他平生笑话简直地说不尽，并且遇事生风，不知轻重，辇毂之下，倘若撞出点子事非来，须连累人不浅。你既带他来，须设法开他出去才是。"

姚启待了半晌，方嚅喏道："赖先生投奔到此，也没别的，不过是暂住此间，等候考试。便叫他与主人办办书启笔墨，似乎可以的。"曾御史鼻孔里一笑，道："这样人不务正业，还想考试吗？便是书启，也用他不着哩！"姚启道："赖先生还有件事要向主人商量。"曾御史惊道："这样没行止的人，吾是不给他荐书的。"姚启道："他不是求荐，是想主人上个奏折。"因将跂卿想告发三槐奸谋一节事一说。

曾御史听了，忽地啊呀一声，道："他这不是特地来败坏我吗？姚启你想想，咱们在京当穷京官，熬到今日，算是不赊老米吃咧。若照他的话，上折子胡说八道，你主人纱帽丢掉还不算，巧咧触怒和相那还了得！你想想，川督阿弋色是和相什么人呀？姚启，你看赖某人是混撞是非不是？王三槐他不怕闹塌天，又干你穷秀才甚事呢？"

跂卿听到此，暗叹世态之薄，不由慨然。正这当儿，只听室内脚步一响，曾御史道："姚启，明天说给账房里，封出五两馈仪来，送赖某人就是咧。"跂卿赶忙退步，向门后面一隐身，便见曾御史耷拉着脑袋从客室内出来，趑进内院，一面还嘟念道："岂有此理！御史虽说是皇上家的狗，难道是大家的狗，叫咬谁就咬谁不成？"接着便见姚启也蹭出来。跂卿待他走过，方悄悄趑入客室，饮了碗残茶，叹了口寡气，对着一穗孤灯，只管沉吟感慨，少时愤然暗想道："秀才上书，古来也尽有的。俺何不自揭三槐奸状呢？"想到这里，壮气奋发。一看案上，文具都备，于是提笔构思，将老兵说的三槐奸谋一条条胪列起来，须臾作成一通揭奸书状。

跂卿文业本来可观，这通书状真说得言辞激切，凿凿有据，他写完之后，一字字复看一遍，暗想道："此书一上，真个祸福难定，且不管他。俺赖跂卿便是因此得罪，落了响亮名儿也是好的。"于是藏好书状，拂榻就寝。这一夜魂梦颠倒，通没好生睡。

次日姚启早起寻跂卿，想婉转代申主人之意，只见室中无人，以为他偶然踅出去咧。不想一连三日，跛卿也没回宅。姚启方在纳罕，忽听满城中纷纷轰动道："赖秀才叩阍上状，告发白莲教主王三槐潜图不轨，现已拿交刑部，严刑勘状咧。"姚启一听，一颗心只是乱跳。方没作理会处，不想曾御史也闻得消息咧，便向姚启大跳道："你真真该死，你看赖某人果然闹出是非咧！若连累咱们，怎么好呢？"说罢，忙喊道，"快套车，俺且向刑部里探探情形再讲。"

姚启不敢作声，连忙唤车夫套好骡车，眼看曾御史一步一叹，上车而去。这里姚启待了一霎儿，只管放心不下，便跑向刑部，想听个渗落（俗谓消息也），却被看门人吆喝回来。直至傍晚，曾御史方从容回宅。姚启瞅瞅主人面色，很是舒展，料是没被连累。

曾御史道："还是咱们算有时气，那赖某供词，只说到京以来便在各店中落脚，并没牵涉咱们。只是他也可怜得很，如今和相已授意刑部堂官，要加赖某个妖言惑众的罪名，重重地办一下子哩。姚启，你瞧瞧赖某人不是疯子吗？只后日便是某某两司官复审拟罪，俺看他得个充发，就算侥幸哩。"

姚启听了，想起他叔子殷勤跛卿之意，甚是替跛卿着急。次日恰好他有个朋友来望他，此人叫吴安，新在刑部里当点儿小差事。姚启向他一说自己要瞧瞧后日复审跛卿，吴安道："这容易得很，你只随俺混进去就是。"当时两人别过。

次日姚启老早地去寻吴安。已分时候，某某两司官到齐会审。姚启趁在人背后，偷觇那番堂威，好不怕人。不多时，两司官相与就座，姚启一瞧，靠东坐的那位，生得麻面黄须，满脸奸猾；靠西坐的那位，却生得坦坦扬扬，十分凝重。姚启悄向吴安道："吴兄，这两位司官老爷，你认得吗？"

吴安低语："靠东那位是北京有名的黄二舌头，因他舐得好屁股，便是和珅门下四五等的小走狗。靠西那位是湖南人，姓汤名益谦，是位大名士，写得好体面的一笔颜字。"正说着，只听值堂人役喊过堂威，接着黄官儿提起笔来，向犯簿一点。左右唱道："带赖汉儒！"须臾跛卿上堂，匍匐在地。

黄官儿略问情节，便喝道："我看你便是个大大奸民！刻下太平无事的时光，你却这等妖言惑众。凭你一个落拓秀才，就这般大胆，此显系有人主使，想要倾陷封疆大吏。此风一长，刁民得意，还了得吗？"说着拍案道，"看大刑伺候！你只实供主使之人，俺便从轻发落你就是。"左右一声答应，登时将拶子、夹棍准备停当。

汤官儿道："且慢动刑，且命他背述书状，咱细按按情节再讲。"于是跛卿滔滔汩汩，将三槐奸谋一条条背述出，满堂人听了，相顾惊骇。汤官儿道："黄兄，听他这背述情节，似乎所告非诬哩。"黄官儿不悦道："你听他胡说哩，这等贼皮骨，总须打着来问。"于是喝命动刑。

拶子、夹棍次第用过，弄得个赖跛卿昏去几次，都用凉水喷醒来。他却

219

词气越壮，据地大呼道："生员只知忠心揭奸，以报吾君。皇天后土，实式凭之，这便是主使生员的人咧。"

汤官儿看不过，便道："此人是个要犯，黄兄别只管刑求，等过两日再细审吧。"于是扶出跛卿，当即退堂。望得个姚启唯有暗暗吐舌道："不想赖先生竟有这股子横劲儿。"

过了几日，姚启又去探听，知跛卿忍刑，一如前词。又过了数日，忽闻朝廷命某钦使赴川中查办事体。姚启向吴安一探听跛卿近状，方知跛卿亏得汤官儿力持不可刑求，才没被黄官儿胡乱敲煞。恰好这时王中堂王杰密奏皇上："三槐谋反，事关重大，须急命钦使查办虚实。赖汉儒暂寄监候拟。"所以才有某钦使赴川之命。

这消息一传播，早惊动教徒林清，便星夜遣人去通知三槐，这且慢表。后来赖跛卿因不久三槐果反，朝廷念他告发有功，忠耿可嘉，便赏他个知县前程。这跛卿历任剧邑，很有政声。那老兵叔侄也便依他终身，此是后话不提。

且说林清急欲将钦使查办之信通知三槐，好做准备，特选门下健步，不分昼夜赍书前往。这健步姓何名卓，生得干筋瘦骨，赤发猱面，能日行三百余里。那位某钦使方驰驿出京，他已先登程一两日，直奔川中秘魔山去咧。

如今再说红英等准备作乱，日盼三槐使人来，面罄一切。这时汤无畏和红英屡通信息，并捏报点子官中事儿，以坚其信，业已累次地诓用红英金资，只说是替红英交接当路，并收拢各处的豪猾，一旦有事，便可一呼而集。其实无畏在省垣中，使用这项钱，一来点缀上峰，二来阴求死士，以备缓急。

一日无畏偶从县前街趑过，只见一个皂隶打扮的人，酒气醺醺，面如红布，却生得豹头环眼，气如生虎，正提着油钵似的拳头，按倒一个凶实实的大汉，一拳下去，那大汉已痛得杀猪似的乱叫道："白头儿，你也太认真咧，难道俺说说你家令堂，便真个的吗？"

街坊人众听了，便笑着拉开两人。正这当儿，只见一个龙钟老姬从小篱门内扶杖趑出，向皂隶喝道："你这孩子，还不家去用饭，又吵闹街坊怎的？"皂隶望见，登时蒿蛇似趋近那老姬跟前道："叵耐那鸟屠户只管嚼说娘，难道他就没娘吗？"说着扶持老姬，雀跃而入。

无畏向人一询问，知这皂隶姓白名鹏，就在县中当差，好勇善斗，以酒为命。虽当皂隶，因他食量兼人，又往往因醉耽搁公事，所以班上总头儿等闲价不派他事，一径地穷得要命，每每不得一饱。但是他事母极孝，方才是那屠户来讨肉账，白鹏没钱，不消说两人越说越岔。起先是屠户乱骂，白鹏通不理会，末后屠户骂得高兴，顺着口道："操你娘的！"这句话方脱口，白鹏虎跃而起，登时耍起拳头。当时无畏听了，却暗诧道："这白鹏倒有些磊落气概。"

220

又一日，无畏寓中雇了一名厨夫，有三十多岁，生得甚是精壮。你看他挑水劈柴好不煞利，并且脚步如飞，凡命他市肉沽酒，顷刻便到，却就是烹饪粗恶，并且放下厨刀便没影儿，总要到街坊上酣嬉尽兴。遇着风雨天儿，他便钻在厨房内，沉睡如雷，便是无畏有唤，他都待理不理。只来得十余天，便和家人等吵了两回架，却是他未从吵架，先将手儿背起来，就仿佛怕失手伤人一般。时方暑月，他还戴着大风帽，紧掩脑后，似乎怕风。家人们因他倔头犟脑，都不喜他。他姓风名燕，自言是安徽亳州人。无畏初见他，也没留意。

一日，有人馈送无畏绍酒两坛、金华火腿两只，便交给厨房内，零供饮膳。无畏只吃得一两顿，风燕便说已尽。无畏不亲细事，也便不去追究。哪知有个仆人觉得这事诧异，这天傍晚悄悄到厨室窗外一瞅，便如飞去报无畏道："怪不得风燕说酒脯已尽，原来此刻，他在厨室中偷吃得快活哩。"

无畏悄去一张，不由暗暗沉吟。正是：

斗酒疏肩觇意气，由来壮士不寻常。

欲知后事如何，且听下回分解。

第五回

风壮士逢侠遂改行
杜巡检上任转忧贫

　　且说无畏悄悄一张，只见风燕正勒起两条虬筋盘结的健膊，一足蹬椅，举大杯痛饮，案上半段火腿，业已吃得不差什么。须臾丢开杯子，索性捧起酒坛，口对口灌了一气，然后引起厨刀，切块脯丢在嘴里，只咕喀两三下，早已入肚，大赞道："好酒！好酒！主人文绉绉地吃在肚里，可不辱没这酒？俺这些时口内几乎淡出鸟来，须索性吃净他娘的！"说罢，踉跄站起，就室中盘旋一回，两臂一张，咯吧吧骨节山响，忽一抖膀，作个开弓势，醉眼一张，精光四射。正这当儿，却回手一按风帽，不由登时敛容，自语道："没成头，没成头。"说着向酒脯痴视半晌，又自家嘟念道："俺只管吃得快活，倘主人查落酒脯，怎么说呢？"说着满室乱蹀，甚是好笑。

　　少时望望厨内鼠穴，忽然面有喜色，似已得计，便依然据案鲸吸大嚼，望得个汤无畏好不怙惙，当时悄然退转，暗想道："风燕气概离奇，不像寻常厮养，俺倒不可不究问他的来历。"于是思忖一番，便屏退左右，唤过风燕道："昨天俺那酒脯，为何用得无多便已罄尽呢？"

　　风燕张皇四顾道："好叫主人得知，那坛酒被耗子蹬翻，连脯儿也拖去吃咧。"无畏失笑道："壮哉此鼠！但是昨天俺看得你饮酒食脯，甚是豪气，你酒量几何，能吃多少肉呢？"风燕夷然道："小人肚皮是没考究的，往年时遇酒便饮，逢肉便吃，如今却说不得咧。"说罢神色湛然。

　　无畏见他语态，越发怙惙，因漫问道："这等暑天，难道你戴着风帽不觉热吗？"风燕见问，赶忙用手下按帽儿，忽地熟视无畏道："小人习惯如此，不觉热的。"无畏沉吟良久，命他退去，从此暗暗留神。

　　过了几天，恰值风燕又在厨醉卧。无畏踅去，悄悄掀他风帽一看，只见脑后一条伤痕，有二寸来长，深几彻骨，却陷作长槽形儿。无畏惊望之间，方端详是何器所伤，那风燕猛然惊醒，见帽儿已落，不由分说便揝拳头，逡巡间见是无畏，不由敛手。无畏喝道："你这人行踪诡异，不必瞒我，你端的是何来历？可便述来。"

　　风燕慨然道："今主人既见疑小人，却不要吃惊。俺本是直隶河北剧盗，绰号儿'风火神'的便是。自纵横绿林以来，从没遇着敌手。俺生平独自行劫，不搭伙伴，所得金资半济贫乏。

"一日俺游行至清河地面，那所在有座邓家堡，堡中富户有个邓老太太，年已七十来岁。宅第阔绰，楼阁连延，却孤零零住在堡外。家中只有几名女婢，无一男子。听说她有两个儿子都在远省做事，每年价大驮小骑地向家寄金银绸缎，有时节箱箧委积，便置在院中廊下，各处皆是。更奇的是她家大门从没关过。这邓老太太也不和堡人往来，只在家纳福儿，那自奉之侈，真是拟于侯王。

"小人闻得邓家如此情形，颇觉诧异，白日里先到她门首张张，果见两个风吹欲倒的女婢在门首踢毛键儿。入夜之后，小人便结束伶俐，掖了短刀，一径地趑赴邓家，果然重门洞开，只一碗昏沉沉的门灯挂在门洞内。小人伏听一回，只微闻后院中有人笑语，于是小人逡巡趑入，经过两层院落，通没一人。各室中摆设得十分整齐，金银器皿不计其数，箱笼等物齐梁充栋。

"小人恍入宝库，也不知拿些什么好。因见那铁梨长几上摆着一只紫金唾盂儿，便随手揣入怀内。方要用刀弄开箱笼，忽见靠东山墙有一列楠木书橱，便仿佛多宝橱的式样。小人以为内藏珍宝，便开橱门，逐抽屉看去，都是些簿籍之类，却分红簿皮、黑簿皮两种。红簿上写一'善'字，黑簿上写一'恶'字。小人先打开红簿略略翻阅，其中一条条列着人姓名、住址，并种种行为。大概都是孝悌忠信等事，每一列下注某年月日，济银若干，也有没注字的若干条。小人置下红籍，又看黑籍，也是一条条列写着人姓名住址，下注某年月日已斩决。

"小人方阅得三四条，其中便有两人，一是直隶恶绅某人，一是山东大盗某人。小人老大吃惊，忙又翻过两页，手儿一颤，险些簿儿落地。原来其中有一条儿，明白白写着小人！忙看下注，却是'待斩'两字。"

无畏听至此，不由惊道："据你说来，邓家定是埋名的大侠了？"风燕一抹额汗道："主人听吧！当时小人置簿掩橱，方在不得主意，只听脚步细碎，两个女婢笑语而来。小人赶忙伏身榻帏之下，便闻帘儿一响，小人偷张时，早见两婢女翩然跨进，前面一个有十八九岁，后面那个只好有十一二岁的光景，一色的短衣劲装，下踹尖翘翘的铁尖硬履。两人入室，便扑嗒声坐在椅上。

"大婢笑道：'今天老太太高兴得很，反正轮到你我扑跌还须待霎儿，咱且偷空歇歇脚。'小婢笑道：'好姐姐，你当是俺拉你来歇着吗？俺却是因那反弓腰的法儿总弄不合式，少时扑跌起来，俺怕又吃老太太的拐棍子，所以悄拉你来，请你教给俺。'大婢笑道：'你这才是平时不烧香，急来抱佛脚哩。不是那会子歪着个小鬌髻和俺斗猴儿咧！那么着，你快来学。老太太那会子还说有事吩咐俺，大概又是取人脑袋的事哩。'

"于是两人就室中各做弓腰，那腰肢儿通似无骨，髻儿一直反折至地。小人方吃惊她们武功了得，便闻后院中有人唤道：'小蕙呀！'于是小婢一吐舌，连忙嗷应，便拉了大婢如飞而去。便闻得有老妪语音道：'今天月色阴阴的，便似那年大郎回家，携得曹灵官首级的光景。屈指算来，又是一年时光咧！敢好不久，你家二郎也要来咧。本来如今恶强盗多，他兄弟能不到处耽搁吗？'

"一婢笑道：'老太太别说咧，怪恶心人的。婢子这当儿想起曹灵官那颗烂猪头似的脑袋，还作呕哩。'又一婢笑道：'俺看曹灵官真是自来送死！他若不在咱宅外探头探脑，大郎也没暇去料理他哩。'

"小人听至此，越发吃惊。原来这曹灵官却是燕齐之间一个著名的坏强盗，手下聚拢着数百人，专以打家劫舍，飘忽无常，所做淫杀案件，不一而足。因他生得赤发卷须，善用一条生铁鞭，百十人近他不得，所以有'曹灵官'的绰号。

"当时小人心一下含糊，本想悄悄趱去，继而好奇心动，又轻她们强煞了是群妇女，便想探个究竟。于是从榻下抽身出室，跃登正房，就房后坡伏定身形，向下悄觑。只见后院中十分敞阔，数盏白纱灯高悬四周，靠后楼月台上面太师椅儿上，端坐着一位白发苍苍的老太太，身穿沉香色的裙袄，腰板儿笔直。椅后一婢拄着根瘿木杖侍立，便是方才室内所见的大婢。月台下还有三四婢，正在穿梭似的扑跌，莺穿燕掠，轻矫如飞，直然地一些声息也无。

"不瞒主人说，小人寄身绿林，尽也晓得诸般拳法，但那班婢女所习，实为小人生平所未见。须臾轮到那小婢单身试艺，便如风轮般满地旋转，及至试到反弓腰等法，那邓老太太却笑道：'她小小岁数，也就难为她咧。'说着无意中一仰面孔。小人方在缩身如猬，便见邓老太太回顾大婢，笑道：'今天你等试艺，不为埋没，且做回众星拱辰之戏，以娱不速之客何如？'

"小人方觉不妙，只见众婢一声嗷应，各翻短襟，顷刻掣出七把冷森森的匕首，便如电虹闪电，站定方向，即便互相攻击。这其间换形移步，腾踔上下，时而如雁字横空，时而如乱泉涌地，变化倏忽，哧哧有声，便如彗星经天一般。须臾，七把匕首一摆形势，俨如北斗。

"邓老太太大笑道：'小蕙置下杖儿，快替俺邀下房上恶客来。'小人听了，方暗道'不好！'不知怎的，便觉人影一晃，小蕙已到身后，便这等夹项一抓，手势如千钧之重。当时小人情知遇着硬敌，逡巡之间，已被小蕙揪落房下，直抓到邓老太太座前。小人匍匐在地，当时灵机一动，便自认是小偷儿，并掏出紫金盂为证。邓老太太拊掌道：'你是俺黑簿中的风燕，却如何当面撒谎？但你竟敢到此，总算是有胆气的男子。'

"小人听了，忙叩头乞恕之间，偏那小婢猫儿似的趱近俺，一把抽出俺的短刀道：'这厮带着劳什子哩，老祖宗何妨就此斩掉他，不省得日后派俺们跑腿子吗？’邓老太太大笑道：‘他虽然名在黑簿，且幸他素行尚在善恶之间，倘能从此改行，咱们便须恕过他。’说罢，命小蕙取锭银子，与小人压惊。小人当时恍惚如梦，唯有叩头。方匍匐拾取银锭，便闻小蕙笑道：‘这厮就这般好端端出去，未免太便宜他。’说罢，提起脚向小人脑后一蹴。小人当时骇极，也没觉痛，及至出得邓宅，不觉痛极昏倒，醒来一摸脑后，业已受了铁鞋尖的重创。从此小人深知江湖间大有能人，便发誓改行，流转至此，得蒙主人收录。”

无畏听了，甚是惊异，从此便厚遇风燕，不与群仆相等，并免去他厨子职任，收为心腹健仆。

俗语说得好：“官要响亮，钱来挡挡。”汤无畏既有红英那里取之不竭的金钱，撒开了应酬上峰左右，不消说上峰跟前誉言日至，便登时调署省垣首县。他既得首县，常和制军等接近从容，便趁空儿将湖北教徒不稳之象和盘托出，并请制军速饬所属，拿办红英。无奈那时田制军只知摆名士架子，委实不会整理地面。幕府中虽然裙屐如云，只好就置酒高会的当儿装装门面，所以无畏虽有曲突徙薪之谋，田制军竟一笑置之。不想这时省垣中却有个芝麻大的官儿，竟将红英逆谋闹破。说起此人，真是官场中一段笑话，也可见官场中什么苦子、乐子都有哩。

原来北京有位在旗籍的老哥，姓杜名侃，家道贫寒，为人却落落有直气。生得粗实实，黑脸短髯。他在某部当差，苦磨了二十多年，方选了个湖北某处的巡检。他得喜报之时，正给邻舍家做抬土短工，弄得尘头土脸。当时邻舍人给他一道喜，他一噘大嘴，登时抱着脑袋蹲在地下，一言不发。

众人便噪道：“你看杜老爷登时就来官脾气咧，便不屑和咱们交谈咧。”又有人道：“你懂得什么？纱帽底下无穷汉，人家杜老爷这就要走马上任，发大财去咧，咱们这老伴儿往哪里摆呀？”

杜侃长长吁了一口气，苦着脸子站起道：“众位别取笑咧，俺这哪里是选官，分明是催俺的命！你想俺在京，还须搭着短工儿糊口，如今迢迢远道地去到省，行李、盘费一概都无。顶要命的，到省后还须置备靴帽袍套，难道穿着橛腔袄便去禀见上司吗？众位想想，这一路摒挡，省死了也得二百银子，这不是要俺的命吗？”

众人笑道：“你原来为此呀，这不打紧，俺们攒钱借给你。在京的和尚出外的官，老鼠拉木锨——大头在后头哩。却有一件，你只需将杜大嫂押给俺们当利钱。”

大家正在胡噪，恰好邻人踅来，问知所以，连忙向杜侃恭喜道：“杜兄不必发愁，所需银两尽出在小弟身上。今且由小弟给你贺喜，大家喝喜酒吧。”众人噪道：“还是大家出个公份贺贺杜老爷吧。将来俺们到他任上，打个抽丰，也觉脸子光彩些。”于是大家拥定杜侃，直奔酒馆，闹了半日酒。次日邻人果然送了二百银子，连借据也没要。杜侃接银之下，又是感激，又是欢喜，便粗粗安置家事，托付邻人。方盘算着资斧有余，想置头毛驴儿以代骏马，便是到省后，再卖掉驴儿，也不赔本，只听门外有人叩得一片山响，杜侃趱去一望，不由又攒起眉头。正是：

赴官方感芳邻谊，索债偏分代步钱。

欲知后事如何，且听下回分解。

第六回

薄官穷途传笑柄
坊卒醉酒遇同寅

且说杜侃趑出一看，却是米店里的伙计，不由心中一惊，只好赔笑道："你来得正好，俺不久就要出京咧，该你的米钱正想给你送去哩。"店伙笑道："哟，杜老爷可别误会，那点点账算什么呀，也值得提在话下？俺是奉店东之命，来与您叩喜哩！您若认作来讨账，俺就是个婊子生的。"说罢，龇着牙儿，连连赔笑。

杜侃心眼实在，便让他里面坐，那店伙趋着脚儿却又不肯。彼此僵了会子，店伙却笑道："既承你杜老爷体恤，敝东资本小，打把势的买卖，如你老钱在手头，俺便捎着吧。"正说着，又一人从门首趑过。杜侃一望，暗恨道："难道今天债主儿都吃了会来的吗？"

幸喜那人只望着店伙，点点头儿，一笑而过。这一笑，杜侃心头甚是难受，便赌气子入内取银，交付店伙。方回到室内，只管发怔，只听院内有人喊喳道："马老板，你总得凑这热闹吗？你等俺索要清楚，你再来不行吗？"

便有一人道："你会赶头水，俺就吃马后屁吗？银子钱，硬头货，谁不抢个先儿哩？"杜侃向窗外一张，不由倒抽一口凉气，连连跺脚道："俺要骑驴子，只好借张果老的纸驴儿咧。"

原来那院中两人，一个便是方才从门首趑过的，是煤铺内的掌柜的，那一个却是布店店伙。大家都晓得杜侃出京在即，所以双双地跑来清账。当时杜侃无话可说，老实实欠债还钱。一算计，所剩银两只有百十余两咧，于是买毛驴的念头只得收起，便择了吉日，准备了只鸡斗酒、香烛纸锭，前去告坟辞墓。刚扎括上新做的蓝布长衫儿，从家中扭将出来，不知怎的，只觉两条腿子裹缠得不舒齐。原来他不穿长衫业已好几年咧，发誓说，没想到一朝选出官来。

当时杜侃到墓前拜罢，祝告一番。一看那坟茔青草多深，十分颓坏，不由从得意中又发出一阵伤感，暗想道："古人说得好：'祭而丰，不如养而薄。'可叹俺爹娘眼巴巴地望着儿子去做官，得禄养亲，如今儿子选出官来，你两位老人家只好冥中欢喜了。儿子去个一年两载，先须寄钱整理坟茔要紧。"想罢，就墓前恋恋良久，亲手拔去些草，又索性脱去长衫，就左近人家借得一把铁锹，便拿出短工手段，在墓上培掩许多土，方才洒泪趑回。一路上便舍不得再穿长衫，只折叠了搭向肩头，徐行回家。望得街坊人众又是好笑又是欣羡，居然有蹭了来预定到任所相访，并马上荐长随的，杜侃一概辞谢。

次日，便背起一肩行李，徒步登程。从北京到湖北，是水陆程途都有，这位杜老爷只给他个两脚打地，除了搭个小船儿是他歇脚的时光。一路上省吃俭用，只怕到省后没得嚼裹（俗谓费用也）。

哪知心头越怙惙，偏偏同船客人们谈起湖北官场中风气奢侈得没入脚处，竟讲究舆马服饰、吃喝排摆，像那悃幅无华的人员，是一辈子没得差委的。杜侃听了，好不懊丧，却是还自恃是部选人员，有缺分的，总不致久在省垣赋闲，如此一想，便觉心下少安。

这日行抵湖北省会，杜侃背了行李，在街坊上东张西望，都是些阔绰大店，末后寻到一所小草店，出出入入的人大半是负贩苦工之辈，店额三字烟熏火燎的，若有若无，杜侃仔细一看，却是"福后栈"三字，不由沉吟道："这定是'福厚'，白了一个'后'字。这样小店总可以省钱的。"走去一问房价，店家道："俺这里是二十个老黄钱住一天，自备食用，开水管饱。您要图舒齐，后院还有体面房间，却是加倍的房钱。"

杜侃忙摇手道："就是前院吧。"于是跟店东拔步进店，拣了一间小耳房，安下行李。当日晚饭，便到街上食摊闹了两碗白米粥，吃了一盘黏米菜团子。算了算，只用去三十多个钱，不由心下稍为安帖，道："俺没想到，外省吃食物比北京贱得多，看来支撑三四月，还不至两手空空。"

这时为腊月初旬，南省天气虽暖，却说冷就冷得彻骨，因地气潮湿，是另一种阴冷。杜侃到省，开章第一义，先须置备一身公服，皮衣是置不起，只好弄身棉的。跑了两家大衣庄，一问价目，便吓得拔脚便走。末后还是从穷人市上，花掉四五两银，买了一弄儿帽靴袍套，虽然古老些，也只好将就了。次日探准藩台的见客牌期，便兴冲冲结束起来，揣了部凭并手本，前去禀见。

佐杂人员趋衙，照例是步行的多，却是人家都有手续，是将公服大帽包作包袱，到官厅中再为更换下便衣。杜侃却不晓此法，便顶冠束带，靴声踏踏，就长街中趋跄起来。店肆中人望见，已然笑不可抑。偏偏杜侃初次趋衙，本如怯场的票友初次登台一般，矜持得过火，只觉周身不合辙儿。百忙中又要怙惙进见的仪注言辞，竟致心维口追，嘴角乱动，似乎念念有词，弄得一张脸子白白尪尪，大步小步的，扬着脚直冲而前。

事有凑巧，恰好有个小媳妇子，提了米篮儿从对面趑来，望见杜侃，只当是哪里新死了人，撞出来的僵尸，啊呀之间，杜侃一脚踹去，正踏了她的小脚儿，于是人倒篮翻。杜侃方想跑去，却被个过路的老头儿一把拖住道："你这冒失鬼，快给人家掬起米来再去不迟！"

杜侃自知理屈，只得猫着腰子掬了半晌米。及至弄清爽，一看天光业已不早，他恐误禀见，方想一飞跑去，老头儿道："老兄这般忙碌，是赴人家庆吊去吗？"杜侃道："俺是新选巡检某人，方到省，禀见藩台去哩。"说着，用尘土手一抹额汗，便如个糊涂花脸儿，挥手便跑。

背后众人都笑道："这样人也出来做官，难道他家里大人们便放心吗？"杜侃听了，也不暇理论。须臾，望见藩司辕门，只见舆马纷纷，正在热闹，杜侃都不管他，便昂然闯入一所很体面的官厅。只见里面铺设整齐，却没多官员，只有三四位狐裘煌煌、红蓝顶儿的官儿，大家正在交头接耳，说体己话。望见杜侃，颇现诧异之色，却也没人理他。

杜侃方在坐也不是、立也不是的当儿，只见进来个年老的厅役，悄向自己道："俺看您这服色，想是佐职班儿吧？那么佐职官厅还在西边哩。"杜侃恍然大悟，向厅役便是一揖。那厅役连忙笑避，引他出来。杜侃一抬头，只见厅额上写着"府道官厅"四字。这回杜侃得了主意，便扬着脸子向西寻去，望见西列末尾，有两间房儿写着"佐职官厅"。杜侃一脚踏进门，恰好有个尖头削脸的人，翻着两只圆彪彪鼠睛从内出来，那身服色和杜侃也差不多。彼此一望之间，那人登时足恭道："啊呀，你老哥莫非是新到省的吗？"

于是杜侃一通官阀，那人越发足恭道："福气，福气，某处巡检是个顶盖肥的缺，兄弟往年时，蒙某恩宪栽培，派去代理了一个月，便捞摸了两千来银子。如今老兄又是部选实授，这横财是发定咧。将来老兄到任后，兄弟是定求提携的。"说着，赶忙旋踵打帘儿，竟将杜侃掇入去。里面是木榻尘案，冷气飕飕。火炉中只有栗子大两块火炭，然而却有三四位佐职老爷围炉笑语。其中一个瘦子，竟脱出一只袜脚，烤那点星星之火，还似乎舒服得了不得。一见杜侃，起初是略欠屁股，及至那人代述杜侃官阀，大家哄一声都跳起来，向杜侃一阵足恭，眉欢眼笑地牵衣促坐。

那人便道："且别乱，请问杜老兄上过手本履历了吗？如今接见过县台们，便要轮到咱们咧。老兄若没上，咱就去吧。"杜侃唯唯，跟他寻到典谒吏房中，掏出手本履历。那典谒吏细看杜侃灰扑扑的样儿，便似个出土的古人，不由失笑道："杜老爷，恭喜呀！刚到省吗？且请候一霎儿，藩台也便传见咧。"那人赔笑道："那么俺那手本早上去了吧？"典谒吏笑道："席老爷，俺算佩服你就是咧，这屋内的地都被你踏光，俺却不见你个秃小钱儿。"那人笑道："你老兄向肥羊大猪身上去捞摸，就愁用不尽的，何在乎瘦狗身上呢？"于是笑吟吟和杜侃趑出。

两人一路叙谈，杜侃方知那人叫席儒珍，是个末人流的佐杂班儿，到省二十多年，只得了几次例差，真是脑袋顶都钻光咧。当时儒珍正色道："像咱们当佐职的，就得给他个憨皮厚脸，苦练穷磨。你若一犯大爷脾气，只好回家抱娃子去。像你老兄有部选的缺分，是尝不着候补滋味的。"说着大唾一口道，"像俺就不用提咧，睡到五更头上思想起来，真是自己对不住自己，比养汉老婆还不堪哩。"杜侃听了，想想自己境遇，不由暗暗矜悯他。两人踅回佐职厅中，大家一面胡拉八扯，一面静候传见。但听外面一档档喝"请"，并夹着退下来的官儿舆马纷纷，闹了半晌，已将及午，杜侃肚内早咕噜噜一片山响。

儒珍笑道："这般滋味，杜兄是初尝吧？"于是笑嘻嘻由怀中掏出两个干面大饼，和杜侃分吃。说也奇怪，只见众佐职人人掏怀，登时如临潼斗宝一般，捏了一大堆食物，也有麻烧饼，也有饭锅巴，也有炒米，也有油纸包的寒具，其中有个少年跟前，却是两个鼓连蓬的大肉包儿。

众人不由乱瞟两眼，叹道："还是某寅兄出身世家，事事考究些。像俺们，若天天享用肉包儿，年终核算起来也是笔巨款，足够两三月的房钱哩。"说着，就有咽的声咽唾的。那少年听了，却甚是得意。

大家正在吃得起劲，只听典谒吏在院中传呼："道乏。"杜侃不知就里，尚在枯坐，厅内众人已纷纷踅出。儒珍笑道："今天见不着咧，破工夫明日早些来就是。"于是两人趋出，各接了自己手本。杜侃却贸然道："藩台几讨传见俺哪？"典谒吏腆着脸子，通不搭腔。杜侃还想说什么，却被儒珍拖向僻静处道："你好生冒昧，这禀见白跑腿，是寻常事呀，个把月内你能见着藩台金面，就算你走子午洪运咧。"杜侃听了，且信且疑，便和儒珍分头回寓，话休烦絮。

从此杜侃日日趋谒，直待二十余次后，方进见回来，拔着腰板儿，专候藩司给挂牌赴任。哪知日复一日，通没消息，便连杜侃去赶衙门，只博得"道乏"两字，将个杜侃急得七佛勿出世。眼睁睁资斧将尽，未免检点行装，次第价都付质库。转眼间数月光景，真是举目无亲、穷途羁旅。

原来藩司将杜侃所呈部凭缴部后，只命人就新到人员册籍上给杜侃注到，便没事一大堆，忘记在脑后咧。

当时杜侃又苦撑了个把月，委实没有结果眼儿。这时节衣装都尽，不消说靴帽袍套另投新主，便是那件蓝布长衫也长辞而去。数了数腰包内，只落得两串老钱咧，不由长叹一声，泪如雨下。正这当儿店主一步踅进，便道："杜客人，莫怪我说，刻下候补场中是可以饿死人的。你虽有缺分，知几时可以抓住印把子呀？只管粮不粮、莠不莠，也不是个办法哩。"

杜侃叹道："贤东，不瞒你说，俺流落此地，没有亲朋，委实想不出什么生活哩。"店东道："如今倒有个吃饭所在，只是你是老爷家，不便去做，官体要紧哩。"杜侃唾道："不妨事，只要有饭吃就得咧，老爷肚皮一般也会饿的。"店东笑道："既如此，某街上正在动工修理皇亭（正名万寿宫，即各大员岁时朝谒之所），颇缺泥水工儿，俺荐你去如何呢？"杜侃听了，一阵凄惶，暗叹道："万般是命哪，俺在京做短工儿，如今又要做工去咧。"沉吟一回，终觉有些不好意思，因嘱咐店东不要提他是官儿，便名为杜大，跟店东一直赴工。工头见杜侃雄实实的身量，便知气力不错，于是收下他，派他专抬黄土，按日工钱六十文，一天一发。工头偶问他来历，他只说是投亲不遇，大家听了，倒也没人理会。

从此杜侃短衣椎髻，沾体涂足，杂于邪许相呼之间，居然是短工杜大咧。过了个把月，倒觉心广体胖，竟有乐天知命之意。其实呢，是叫作没奈何，他那簇新新巡检老爷的念头，是无时或释的。

真是梦是心头想，一日杜侃睡梦中，忽承藩台挂牌，饬赴新任，他禀谢之下，未免感激万状，方"卑职""卑职"地作呓语，激灵灵醒来，却是一梦。大家听他睡梦中只管称"卑职"，不由苦询所以。偏偏杜侃生平不会撒谎，只得据实一说来历，大众方恍然他是巡检老爷。工人口头轻薄，因他抬得好黄土，便以"黄土老爷"相呼。久而久之，传遍街坊，儿童等偶见杜侃踅过，便群呼"黄土老爷"。

不想这抬土工作，也须讲小鬼跟前烧香。那工头有个舅爷，在工作中很拿事，杜侃三不知地得罪了他，于是工头辞他出来。他所得工资本逐日嚼在肚里，及至出来，越发失所。一日杜侃浊气发作，便脱下一件短衫，质酒痛饮。吃得半醉，一径地跑到藩司衙前俯仰叫骂。公人等以为他是疯子，一顿皮鞭，打得长血直流。这一来，杜侃酒醒，放声大哭，踉踉跄跄跑到府衙后身，正想拣僻静处去上吊，恰好一个更夫踅来，问知所以，十分叹息，便道："你大小是个官儿，不可轻生。那么屈尊你，和俺搭伙计去吧，工钱不必提，一醉一饱是稳稳的。"杜侃应诺，从此便做更夫，直混了三四年。

杜侃宦兴阑珊，业已安之若命咧，不想他否极泰来。一日夜里，天气酷寒，杜侃在街檐下生了些劈柴火，煨了一大砂壶老白干，恰好某商肆中烂煮肥狗，将吃剩的狗腿给了他半只，于是杜侃就檐下一面向火，一面自吃自饮，又温暖，又快活，不由分说，将铃梆向身畔一抛，倒头便睡。正在沉酣当儿，只觉脑后啪的一掌，睁眼一看，面前两盏大纱官衔灯亮如白昼，马扎子（行椅也）上端坐着一位官员，左右健仆提鞭分立。杜侃一看官衔灯，知是首县汤无畏出来巡夜，当时羞愧得无地可入。方在逡巡，已被健仆拖到无畏跟前。

无畏喝道："你这更夫好不可恶！半夜里不去打更，却在街上吃醉了向火。天燥风高，倘若延烧街市，那还了得！"因喝隶役道，"快与我拖下这厮，重打四十板！"隶役嗷应，便要动手。

这一来，杜侃没法儿，只得一抹脸子，大叫道："堂翁，给卑职留体面呀！"

这一声不打紧，吓得汤无畏直站起来。正是：

方谓阛阓逢醉卒，谁知邂逅遇同僚。

欲知后事如何，且听下回分解。

第七回

杜侃诘奸捉教匪
无畏定计赚红英

　　且说汤无畏梦想不到更夫口内呼出"卑职"两字，当时慌忙站起。问知所以，不由又惊又笑，因亲手扶起杜侃道："老哥莫罪，但您这般蹭蹬，也就少有的，如此且到敝署屈尊几天吧。"于是和杜侃趱赴县署，登时命杜侃沐浴衣冠，焕然一新。细询知久不赴任之故，甚是太息。

　　次日无畏面见藩司，一说杜侃这段事，那藩司猛然想起杜侃是部选人员，早就该赴任的，不由甚是过意不去。便立时传见杜侃，挂牌赴任，又风示各官属资助杜侃些。真是登高而呼，顷刻集事，不消两日，便凑了数百金，便由无畏交予他。哪知杜侃经此困厄以来，倒大长学问，竟将"义命"两字认得逼真。当时向无畏道："俺只身赴官，用不了许多钱。抵任之后，总比俺抬土打更强得多哩。如今省中正办某项急赈，何妨将此款移济灾民？使他们同沾上宪之惠，也就是杜侃身受了。"

　　无畏听了，不由起敬，果然依他意思转达上宪。那杜侃深感无畏，赴任之后，两下里还书问不绝，这也不在话下。

　　且说无畏既为首县，得上峰倚重，时以红英谋乱为念。他既得风燕，便又厚待那皂隶白鹏，特提拔他充了县中捕头，每有棘手捕案，便命风燕相助，因此省垣一带，盗贼绝迹。那无畏能吏之名，也便啧啧人口。红英闻得，只认作无畏给她扩张教势，深信不疑。

　　一日，红英方和田禄、方中等谈起三槐使人还不见到，大家方在猜疑，只见一个仆人趱入道："今有汤无畏使人到来，要面呈书札。"红英笑道："汤先生这些日没来要钱，想是手头儿又乏咧。"田禄道："也许是近日有什么机会吗？"方中却低头沉吟道："我看汤无畏总透些鬼祟气哩。"红英道："且看来书，再作道理。"于是命唤来使。须臾，门帘启处，趱进个威凛凛的汉子，向红英声喏道："小人风燕，特来下书。"说罢，取书呈上。红英先将风燕望了望，然后拆书一看，却笑向风燕道："你家主人也特煞小觑俺，区区省城，俺有什么不敢去的？便是皇宫内苑，俺不久还要踏踏脚哩。"

　　正说着，马胜一步踏入，红英将那书随手递给方中。方中看罢，却是汤无畏因近日联络了几个有势力官员入教，众官想来参谒教主，又恐张扬不便，所以无畏邀红英到省，大家厮见。马胜知得，先一瞟红英，喜跃道："老汤真能干哪，俺便侍候教主赴省。"方中沉吟良久，命风燕退出，却拈起鼠须道："俺看教主还是不去为是。咱这时教务风声日大，贸然赴省，倘有意外怎好呢？况且这使人风燕目睛闪闪，很透尴尬，汤无畏用这等精壮人，意欲何为呢？"红英等听了，还没作声，哪知马胜这小子因近来不能独擅红英，想趁着机会大大地巴结一下子，便掺言道："方兄也过于仔细咧，若照你说来，咱就一事也别办咧，还扯着耳朵听王三槐信息做甚？"

田禄道："俺看教主去一趟也使得，既有势力官员们入教，倒是咱起事的机会。凭教主一身本领，还怕什么呢？"大家一阵七言八语，方中只好默然。于是红英立作回书，订于一二日后即行赴省，面谈一切，交予风燕，匆匆去了。这里马胜大高其兴，便忙碌碌准备鞍马赴省。

唯有方中终觉放心不下，想怂恿田禄同去，又碍着马胜不便。正在犹疑的当儿，恰好某处教会里闹了乱子，立等总教下去人料理。红英正因和马胜同去恐田禄不悦，便趁此机会叫田禄去料理此事。

按下这里红英和马胜匆匆赴省，你道汤无畏怎的忽请红英赴省呢？原来这里面还含着许多情节。上文所述的那位黄土老爷杜侃，诸公想还记得，且待作者转笔叙来。原来杜侃自赴巡检任后，真是不卑小官，很能整理地面，诘奸除弊，事事认真。他所驻的地面名茅家港，虽是荒江僻区，却是通襄阳的一条小路，一般也有商贾旅店，各路杂色生意人往来不绝。

杜侃穷困出身，耐劳习勤，他也没有老爷习气，没事时各处溜脚，访问地面上种种利弊。本地父老便叹道："此地本是淳朴之区，等闲价没有闲杂人。如今因新兴白教，左近少年们混入教中，很不安生，所以招得有不三不四的人时相往来。此后这盘查旅店倒要注意。"因将近来红英许多作为一说。杜侃记在心里，从此入夜后必要亲身查店。过了月余，官民甚是相得。

一日夜间，杜侃领了两名健役趸至一家旅店。方一脚踏进门，只听正房内一个客人骂道："吾们四川人是满讲理的，怎烧点子洗脚汤直至这时光还不成功？你便欺生，可也有些分寸！"说着哗啷一响，似乎是摔碎茶杯。

院中店伙道："那锅是铁打的呀，汤要不热，您老又要发哮躁咧。"抬头望见杜侃，忙喊道，"倪客人，侍候着，巡检老爷查店来咧。"那客人越怒道："什么老爷他也须讲理呀！"这时一健役高举提灯，业已引杜侃趸入正室外间，便见由里间抢出一人，头裹白巾，结束伶俐，敞披长袍，足踹黄牛皮快靴，一翻牛卵眼睛，和杜侃撞个正着。

健役喝道："客人仔细，这便是此地巡检杜老爷。"那人眙起眼，略一闪身，杜侃已拔步进内。只见榻上置了包裹朴刀，还有具大毡笠却挂在壁上，看光景是远方行客。杜侃看罢，一问那人来历，那人道："俺叫倪世通，是从四川来到襄阳访友，您老可听明白咧。"说着，仍向院外骂店伙道："你这王八蛋的，还不快端脚汤来！若在俺那里，有百十个俺也矸掉你咧。"杜侃暗道："这厮凶野如此，定非好人。"因漫问道："倪世通，你到襄阳访哪个呢？"

世通愤然道："俺索性告诉你，大概你们湖北官儿有点儿管不着。俺是四川王教主门下人，去到襄阳陈教主那里问候起居哩。"杜侃听了，不由心中一动，又略问数语，那倪世通待理不理。杜侃是个诚实人，一时间抓不着岔儿，只得同健役出来。方走到院中，只听倪世通自语道："什么人都是官，这种官儿只好咬俺鸟哩。"

杜侃听了，方在气往上撞，猛想起："刻下有某种药物，厉禁私贩，行客所过关津，例须检查行李。这厮来自川中，正是产某药之所，俺何妨检检他行李再说？"于是重复踅回，便喝健役："检他包裹！"那世通在旁，只是冷笑。须臾检罢，并无药物。世通不由目注毡笠，哈哈大笑道："你这位杜老爷，要想俺的好处是没账的，你这算何苦呢？"说着蹭到挂笠的壁下，双睛乱转。

说也奇怪，杜侃向来心思迟钝，这次不知怎的，灵机一动，方伸手要摘下毡笠，世通已大跳道："难道俺便犯抢不成？"方想拦阻，已被健役一齐上，捉住两手。这里杜侃摘下毡笠，只一翻，早从笠胎内拉出一封书札，只略为一看，不由大惊失色，揣向怀中，方要叱健役捉下世通，只见世通业已脸色大变，吼一声，健臂一奋，竟和两役滚作一处。

这一阵砰訇撞击，两役竟制他不得。杜侃大怒，由外间抄起门闩，端了个四平，仿佛使枪一般，觑准世通腰眼儿只一戳。这一下儿，世通大叫栽倒，两役趁势方将他捆捉起来。看起来这黄土是没白抬，不然杜侃也练不出这把子气力哩。

当时杜侃捉得倪世通，更不怠慢，便牵他回衙，按书札问了他回情节儿，命人加意看守，连夜价来见本县堂翁，呈上搜得的书札，备说情节。那知县官儿大惊，一看那书，是三槐亲笔与红英的。书中大意，便是说川中教徒气势已成，都已暗暗分布妥当，更加着当局官吏武备废弛，大可约期起事，先占据川鄂两省，然后相机北上等语。

那知县战抖抖地看完，又是吐舌，又是搔首，道："啊呀，这可怎么办呢？这事儿关系大咧，咱又不知上宪们是什么意旨，你老兄既捉他来，怎么办呢？"说着，站起来，满屋乱转，却没个所以然。原来这知县叫百寿，是旗籍人员，只会作得一手好八股，颠顸成性，人称作"百不理"。

当时两人白瞪一回，末后还是杜侃想起汤无畏十分能干，便道："堂翁既不得主意，依俺看来，莫若您悄悄赴省，先和首县商量一下子，再作区处。便请他先探探府尊等的意旨，更为捷便。"知县道："好，好，就请你老兄替俺辛苦一趟吧。"杜侃应诺，便连夜价将倪世通交付本县。

次日，杜侃一径赴省，面见汤无畏，一说所以，呈上搜得的书札。无畏看罢那书，却笑道："襄阳陈寡妇要不安生，本不是意外事。无奈咱本省田制军遇事含糊，耳根又软，这等掀天的大事，只凭一封书札，就怕他不敢轻惹白教。再者田制军又是不哼不哈的性儿，若禀过他，先将倪某解省研问，恐怕制军这里还没研问清爽，陈寡妇那里早已得知消息咧——因白教中人各处是，一解倪某，教中人没有不知的。倘陈寡妇趁势作起乱来，如何是好呢？

"俺看首府宫槐强干沉毅，遇事倒很有主张，俺想先将此事和他商量，设法儿先将陈寡妇擒获，然后再禀知制军，方为万全之策。再一面请制军移文川督，捉拿三槐。不瞒你说，这陈寡妇久已在俺意念之中，俺已假意入教，探知她许多虚实，并能得她信任。若设法儿先擒她，还不为难哩。你老兄便急速回去，和本县坚守倪某，静候消息吧。"于是杜侃匆匆回禀百寿。

这里汤无畏哪敢稍延，便揣了那书札，见首府面陈一切。那首府宫槐惊道："此事最好先办红英，给她个霹雳不及掩耳，然后再提倪某禀制军，方不致走漏风声。那么汤兄便向襄阳去一趟，和那里王太守相机办理吧。"无畏笑道："王太守如能办事，那陈寡妇还不致大煽邪教哩。今卑职倒有一策捉获妖妇，只要府尊做主就是。"说罢和宫槐附耳良久。宫槐毅然道："好，好，就这么办，便是将来制军责咱冒昧，也不打紧。"于是无畏趱回县衙，一面价遣风燕去赚红英，一面价就县署跨院中铺陈一切，并悄悄征集美色优伶，听候传用。

不两日，风燕趱回，呈上红英的回书。无畏大悦道："妖妇来省，便算入俺彀中了。"因顾风燕道，"你可知哪家酒店中有极醇的酒，快去买来，以为灌醉妖妇之用，方好下手擒拿。"风燕道："主人若用此法，小人倒能配合一种软玉酒，此酒入口，清淡无比，其实酒力极强，发作起来，沉醉如泥，凭他有泼天本领，也易如缚豕。因小人往年为盗时，曾除一某乡恶霸，是从他家中得此秘方。"无畏喜道："此酒酿起来，几日能熟呢？"风燕道："顷刻可就，只需寻常洌酒，入两样药末儿就是咧。"无畏大悦，便命风燕、白鹏在跨院准备一切。慢表。

且说红英和马胜联辔登程，因省垣重地，也自事事仔细，两人结束只如寻常旅客，又似农间夫妇去探亲一般：红英是钗荆裙布，跨一匹花斑小驴；马胜更来得俏皮，草笠芒鞋，短衣窄裤，马上带着行李包裹，一会儿跨马后随，一会儿牵马提鞭，只在红英马前后厮趁，便如王小赶脚一般。有时节没说强笑，只瞅了红英俏庞儿，及至落店，一切伺候更不消说。店人等只认作是两口儿，不消问得，便给他两人安置在一室，满口里"马爷""娘子"地乱叫，乐得个丑鬼马胜浑身没有四两重。这其间许多风光，自不必说。

这日将近省城，两人就江沿茶肆中歇坐一霎。马胜笑道："走得好快路，已然地要到咧！依俺意思，咱两个走上一年半载的才妙哩。"红英斜瞟一眼道："你嘴里再没正经！如今咱去会新教友，人家又是体面官府们，你那猴相儿须要检点才是。"马胜道："就是吧，俺只闭了这张鸟嘴，学李逵扮哑道童如何？"正说着，江风吹处，浮云尽敛，早望见武昌省城，雉堞隐然，跨山临江，十分雄壮，果然是南北咽喉，自古用兵必争之地。

红英凭栏远眺，不由意气飞动，张开樱口，只管微笑点头，悄语道："你看，不久这片所在便归咱掌握咧。"马胜听了，登时一挤丑脸子，也悄笑道，"那么你便先派俺个武昌留守吧。"一言未尽，只听隔室中有人微笑道："马爷若做留守，小人便去伺候。"

两人失色之间，只见帘儿一荡，转出一人，却是总教下的个小教目，见了红英等垂手一站。红英诧异道："你到此做甚？"小教目道："好叫教主得知，自教主登程后，柳爷只管放心不下，特派俺随路打探消息，以便早为回报，好大家放心。"红英笑道："既如此，你便分头做事去吧，俺和马爷少时便进城咧。"小教目趱去。马胜唾道："就是老柳惺惺事儿多，真是捧着卵儿过河——多此小心！咱教中不去寻人晦气，难道还有人寻咱晦气不成？"

两人出得茶肆，方上马走了不远，只见风燕匆匆迎来，当时下马声喏后，即便返辔前导。一行人进得城门，直奔县衙。那马胜初到省垣，两只贼眼只管不够使。三人趱过制军衙前，马胜偷瞧东西辕门内，缨弁如云，甚是威武。正直着眼儿东张西望，恰好今天城外某营中合操演炮，轰隆隆一声响，接着震天价一声呐喊。马胜大惊，拨回马，回头想跑，却被风燕拦住道："今天是城外某营试操，便是这营官也是新入咱教的哩。"马胜听了，方才坦然。一路上，一颗脑袋只管摇得如拨浪鼓一般，望得路人都悄语道："这厮两只鸟眼就像个大强盗哩。"红英却扬扬然都不理会。须臾到得县衙，由风燕引路，直入跨院。马胜一望，其中铺设得帘幞床榻，簇簇一新，大厅中桌椅字画没一件不讲究。这时风燕引两人先入一所静室，其中陈设越发精致。早有俊仆趱入，伺候盥漱。

风燕便道："教主等且自歇息，俺家主人今天正去约集各位新入教的官府，大概晚上方能回头。"说罢，命俊仆端上精致茶食，即便一齐退出。

这里红英等用过茶点，一看复室中越发齐楚，钿榻上锦衾角枕，灿然耀目，行几上粉奁镜台一概俱全，便似香闺绣阁一般。红英大悦，就镜前照照俏庞儿，却笑道："汤无畏真个办事周到。"说着就榻上一歪身儿，就要歇息。

马胜偻着身儿凑到榻前道："老汤虽然办事周到，可不知将俺老马安置在哪里？怎的俺也陪你在这里住才写意哩。"红英合着眼，唾了一口，不去理他。马胜信步趱向大厅，就木炕上也便盹睡一回。及至醒来，业已天光薄暮，只见华灯四彻，室中、院中点得一条烛龙一般。马胜方趱向静室和红英谈得数语，只听室外靴声秃秃，帘儿启处，趱入一人。正是：

> 凭空伸下拿云手，要灭白莲一炷香。

欲知后事何如，且听下回分解。

第八回

抢寡妇冷高闹牢狱
开劫运川鄂动妖氛

　　且说红英和马胜方在谈话，只见汤无畏含笑趸入道："有劳教主等久待，俺方才已亲去约会新教友，明日午前都来参谒，今先取得各人的职名在此。"说着由靴筒中掏出一沓子官衔名片，都是蝇头小字，各具衔名，文的是府道州县，武的是参游都守。红英数了数，竟有四十多位官府，不由笑逐颜开，向无畏道："汤先生果然材干出众。没多日子，竟已联络了许多人，可见吾教当兴。先生之功，也不在小处哩。"

　　马胜贸然道："这些鸟官府也就好大架子！教主既到，他们竟不来迎接。"无畏笑道："马兄，你不晓得咱这是机密事吗？今夜没得事体，俺且为教主设筵接风，并贺马兄护驾的功劳如何呢？"说罢，一声吩咐摆筵，室外风燕等哄应如雷，登时就大厅中盛陈酒馔，阶下美伶分两班奏起笙箫细乐，春灯照处，满院生辉。

　　于是无畏引红英等趸入大厅，无畏把盏，与红英安了首座，然后和马胜左右相陪。马胜偷瞧去，真个是水陆毕陈、金波玉醴，左右俊仆都是大帽长袍，垂手而立。那一番豪华气象，马胜生平竟没开过这种眼。当时别别扭扭地饮过两巡酒，只觉周身不得劲儿，箸儿下去轻了也不是，重了也不是；端起杯儿饮浅了也不是，饮重了也不是，竟闹得如芒在背，脸子上发烧火燎。偷瞧红英，也有些拘拘束束，不由暗想道："怪呀，俺老马在襄阳也是开过眼睛的，怎到这里成了怯哥哥咧，难道官府们真有瘆人毛不成？"

　　正这当儿，无畏却笑道："马兄如何饮酒不乐？那么咱免去他们伺候，选两个小优儿前来侍酒吧！"于是命阶下美伶进厅，与教主叩头，红英望去，只见一个个白皙姣好，秃襟小袖，不由樱唇微绽道："且命他们奏回《十番清乐》侑酒便了。"于是仙音缥缈，红烛光摇。这一番觥筹交错，吃得个马胜方才快活起来，便连红英也不觉春风满面，连连举杯。

　　正这当儿，风燕提壶趸进，无畏便道："此间没得好酒，今有无畏乡人从敝乡携来一种酒，还可用得，俺且来借花献佛如何？"说罢亲自斟杯。马胜这时已吃得愣着眼儿，便噪道："汤兄有好酒，如何舍不得敬客呢？"于是端起杯来一饮而尽，连赞道："好酒，好酒！"无畏大笑道："这酒虽妙，俺只许马兄吃三杯，因此，酒后劲儿大得很，您若吃醉了，明日怎的会新教友呢？"马胜笑道："没事，没事。这种水也似的酒只清香得有趣，便吃他一瓮也不会醉人的。"

无畏摇手道："不成，多吃一杯也不得。"说着，给红英斟饮三杯，就要藏过。马胜劈手夺过壶，道："俺就不信此酒能醉人！"于是不待无畏劝酬，便与红英你一杯我一盏地受用起来，须臾，酒尽两壶。风燕知力量已足，便向无畏一使眼色，无畏道："时光不早，咱也该散席安息咧。"于是匆匆饭罢，又选了两个美伶在院中伺候一切。

这里红英待无畏去后，方和马胜闲谈数语，只见马胜连连欠伸，两只眼只管向一处挤，那身儿东倒西歪。红英方嗔道："你怎的如此惫懒？"一语未尽，登时觉一股热烘烘倦怠之气由小腹直冲而上，顷刻间散入四肢，一阵软洋洋的，俨如抽去通身骨节，方想站起来疏散疏散，小脚儿一蹶之间，扑哧声跌在地下。只见马胜并不赶来相扶，只大嘴一张，似笑非笑，也便一堆泥似的，由椅儿上直矬下来。

红英大骇的当儿，只听室外脚步杂沓，便有人大喝道："红英妖妇，今天叫你识得俺汤无畏！"声尽处，无畏踅入，背后风燕带领几名健役，各持绳索，早将红英、马胜捆缚停当。红英喝道："汤无畏，你原来是这等坏心烂肺，须知俺教中和你甘休不得！"无畏喝道："你勾结四川妖匪王三槐，逆谋已露，俺汤无畏探你底细也非一日哩。"马胜一听，不由破口大骂，却被风燕过去两掌，打得口角流血，于是顷刻牵赴县狱慢表。

且说汤无畏捉下红英等，当夜便去禀见宫槐，具陈一切。宫槐大悦道："妖妇既得，急须禀明制军，先含糊以左道惑众的罪名斩掉她，然后严禁白教，散其党羽，便是四川王三槐也自然闻风敛迹，然后请制军移文川督，拿办三槐。这么一来，一场祸事便可化为乌有哩。"

无畏沉吟道："虽然如此，但是制军性儿没得决断，因循之间，须防教徒们前来捣乱。"宫槐道："妖妇在狱，自须小心，俺当知会城防兵弁，加意防守便了。"两人谈了一回，业已鸡声喔喔。宫槐道："事不宜迟，汤兄在此少为歇息，咱们便进见制军，以取行止吧。"于是两人就书房中用过早点，即便进见制军。

到得官厅中，方才天色大亮，两人候了多时，一见制军，禀明原委。制军听了，沉吟半响，便命无畏且退，因向宫槐道："这汤令也冒昧得很，如今白莲势派也非等闲，不过入教的多，未免鱼龙混杂，要说就图谋不轨。未免也小题大做了。况且和相当朝，最犯恶各省大吏遇事生风，俺看此事不必大闹，只将陈寡妇监系些日，责她书一纸悔过状儿，释放之后不许她张皇白教便了。咱自了本省事就罢咧，至于四川王三槐等，咱何必去多事呢？"说罢一沉脸儿，竟自端茶送客。

宫槐是素知制军是书生性儿，愚懦畏事，只得长叹一声，拂袖而出，和无畏一说制军情形，两人只好一对儿干瞪眼。无畏没奈何，只得命风燕等仔细县狱，且待制军后命。事有凑巧，偏偏本县内出了一桩重要盗案，风燕、白鹏只得急去办案，这且慢表。

且说柳方中自打发小教目随探红英之后，每日价除料理各路教务之外，便和教友们谈天说地。一日，外路大教目吴兴礼、高佩忠两人踅来，报告些各路教务，并猜度回红英赴省的事体。大家正在七言八语，只见门板儿噔的一响，横不橔子撞进一人，却是田甘。揉着头儿，只穿件累赘长袍儿，满脸上浑闷闷的气色，一屁股坐在吴、高中间，连连呵欠道："好困人，这长天大日的，难道你们不发闷吗？"

方中笑道："如今马兄跟教主赴省，田兄却没伴儿咧。"田甘道："屁话，屁话，难道俺和马胜穿一条裤不成？"方中一挤眼儿道："你和老马虽没穿一条裤，却走一条道儿。"田甘听了，登时笑得两眼没缝。

原来毕自立的老婆夏氏自到襄阳以来，暗含着便成了田禄的外室，不消说金钱应手，再搭着罗有高、蒲三利等各得美差，他们都是一班旧交儿，自然时来纳贡，因此，夏氏手头儿十分宽裕，依然地乔眉画鬓，扎括得狐狸精一般。便在城外码头上开起一爿酒店，十分整齐，取名叫"物华居"。那夏氏高起兴来，便自去当垆，这酒幌儿好不漂亮，因此每日价坐客如云，生意兴隆。

田甘这小子虽百事不中用，唯有偷摸女人家却有特长，何况夏氏本是烂桃儿，来者不拒呢，因此田甘和马胜都暗含着和夏氏有一腿子。当时兴礼等向方中问知所以，便噪道："田兄既有这般有趣所在，理应请俺们吃个快活酒哩。"方中拍手道："田兄怎么样？你要俺大家不发闷，就须破费一家伙。"田甘笑道："这算什么？咱们就去。"于是四人一路说笑，出得道院，直奔物华居而来。

到门一看，果然金碧辉煌，轩窗净洁。这时坐客还没得多人，那夏氏梳着光溜溜的头儿，穿一身青绸衣裤，鬓边斜插一朵半开的山茶花儿，正斜倚柜栏，一手掠鬓，趄着脚儿和一个伶俐店伙滴滴答答地说话。那店伙反背着手，扶着开水壶梁儿，却瞅着眼注定夏氏，微微含笑。方中等业已到门，他两人竟没理会。

正这当儿，只听咈的一声，壶水冒出，冲起许多灰尘，夏氏赶忙用丝巾乱扬之间，田甘先噌一声跳到面前。夏氏笑道："你这冒失鬼忽地撞来，倒闹了人家一头灰。"田甘嘻着嘴道："你这不是自己栽筋斗报怨地皮吗？谁叫你和人讲话出神呢？"

夏氏一抬头望见众人，登时笑逐颜开，便抛却田甘，上前厮见过。方中笑道："夏嫂儿，生意好哇？今天没别的，俺们要生嚼田爷，你有体面酒菜，只管拿来。"夏氏扭头一望田甘，咬着牙儿，笑指道："该，该！俺早就叫你请众位爷们来赏个脸面，你听到请人吃酒，就像抽你脊梁骨一般，如今俺看你还舍得舍不得！"说着亲去整理台椅，并唤酒伙端正上等酒菜。

于是大家随便就座，唯有田甘虽是嘻嘻地笑，却未免心头乱跳，暗想道："今天这一吃嚼，就得一笔大钱。咳，这是哪里说起？"怙悷之间，那夏氏已俏摆春风地给大家斟上盅儿。

兴礼笑道："酒店老板还管斟盅儿，那么俺们天天要来吃酒咧。"夏氏笑道："只要众位不嫌弃，可知好哩。"说笑之间，众店伙已流水似端上酒菜，真个是佳肴美酒，堆满春台。那夏氏更不回避，只坐在座儿旁，陪大家说笑。田甘见那桌酒筵，好不心痛，但见大家兴高采烈，也只得随声附和。于是笑语之间，杯箸纷纭。

兴礼等吃到半酣，又一阵划拳行令。这划拳田甘还勉强来得，唯有行令却要了田甘的好看儿咧，方轮到自己，业已输了两大杯。夏氏笑道："你只管吃酒，俺替你来吧。"于是作张作致地挪挪座儿，便代田甘行令，那一番妖娆情态，好不写意。

方中一面衔杯，一面凭窗外望，只见远远地趱来一人，举步如风，俨如奔马。须臾近前，却是个赤发猱面、风火鬼似的汉子。行藤大笠，手提朴刀，满面风尘，似乎是长途行客。方中正暗诧此人好生异相，只见他碧睛一闪，望着酒店大叉步竟入，也不待酒伙导引，便就方中对面昂然落座，啪的声倚了朴刀，拍案道："酒伙，快端酒饭！俺用罢还进城哩。"说罢，一翻眼睛，略瞅众人，挂起拳头，叉腰而坐。

那酒伙忙赔笑跑来道："爷台辛苦哇，您用什么酒饭哪？"那人道："爽利些是正经，牛肉、薄饼每样来两盘，外带两大壶酒，不用杯子。"酒伙应诺，方一转身，那人道："俺且问你，城内陈家道院在哪条街上哪？"酒伙一说，那人道："快去将酒饭来，咱老子有事进城，忙得很哩。"说着站起来，扑扑扑一拍尘，两只眼直勾勾却注夏氏。

恰好田甘座儿距他不远，冷不防行尘簌簌落了一身，已然有些不是意思，又见他目注夏氏，不由发话道："你老兄安详些，俺们是吃酒，不是吃土哩。"那人冷笑道："你们南方人终年价水泡水浸，吃些土儿硬硬身骨却不好吗？"

田甘怒道："你这厮好没道理！"那人道："怎么，道理怎么讲哪？俺南北来往万八千里，还没见道理什么样儿哩！你问问咱老子教门中人，可是你囚攘的欺生的？"说罢，虎吼跳起，一把抓来。

恰好夏氏扭过来要拉劝，不提防啪地一脚正踏在小脚儿上。那田甘一闪之间，恰值夏氏跌倒，两人就势一滚，却撞到吴兴礼身上，咔嚓声人倒椅翻。三人方在乱搅蛆，佩忠大怒，一个箭步蹿过去，照那人便是一掌。那人忙闪，大笑道："怪不得说襄阳地皮硬，来来来，咱们且打个三百回合！"说着，托地一摆拳，便要交手。

这时方中赶忙抱拳趋近道："朋友慢动手，你方才自称是教门中人，可知咱都是一家，只俺柳方中便是管理陈家道院的人哩。"那人惊道："您便是人称江汉先生的柳爷吗？小人唐突，却得罪了。如今陈教主现在哪里？俺正有要事求见。"这时兴礼等也都爬起来，只光着眼儿呆望。方中惊问道："那么足下何人？从哪里来要见教主呢？"

那人道："此间非讲话之所，且请引俺到道院详述一切吧。"说罢，乱喊酒伙道："俺的酒饭钱该多少？快些拿去！"方中道："这酒店也是咱教门人，足下不须开发，咱便进城吧。"于是那人提了朴刀，即便拔步，大家簇拥在后面，也不暇去理田甘等，竟自匆匆进城，直奔道院。

大家叙礼落座后，方中忙询来意。那人便一五一十说出一席话来。原来那人便是林清的健步何卓，自到秘魔山，一见三槐，报告朝廷遣钦使查办川中之信。三槐大骇，情知自己逆谋泄露，罢手不得，于是和王树风并教下四将商议一番，便登时命王树风、谢天福、牛保义、郭建业四个大教目分四路出发，号召教徒分头起事，却命那恽三娘就大道要站上去迎钦使，并嘱咐三娘如此如此。

当时树风道："咱既起事，那陕、鄂两处教主急须遣人去知会他，以壮唇齿之势。陈教主那里，咱虽先已遣倪世通去了，却事体终不落实，今何卓捷步如神，便烦他一到襄阳，约陈教主顷刻响应，再顺路北上，迂道赴陕西高天德处，说他一同起事，岂非一举两得吗？"

三槐沉吟道："高天德总是冷静样儿，和老牛筋一般，俺前些时屡遗书札去挑动他，却不得他什么要领。"树风道："虽如此说，终须去知会他，他若一般响应，正可掣北方官军之势哩。"三槐大悦道："就是如此。"于是唤过何卓，说明自己一番计划，便命他星夜价奔赴襄阳。

当时何卓匆匆述罢，便道："俺来时，王教主业已火杂杂地分布一切，只怕这当儿已经起事咧。今陈教主在哪里？快引俺见过，俺还要驰赴陕西哩。"方中听了，又惊又喜，刚道得一句："却是有劳何兄远来，偏偏陈教主因事赴省去咧。"一言未尽，只听院中人乱噪道："喂，这不是柳爷遣去的那个小教目吗？怎的这般模样，快扶住他沉沉气儿。"

方中大惊，和兴礼等一齐趋出，一看那小教目只跑得气喘吁吁、面目更色，一见方中等两手乱抓，嘴儿略张，却哇哇地吐了两口白沫，腿子一软，就势坐在地下。于是大家围住他，搐唤良久，又端过些热水给他吃下，小教目两眼略闭，稍为舒息，然后张目道："柳爷，不好了！咱家教主并马爷现已被汤无畏赚捉入狱。就是因四川王教主遣来的使人被一个什么茅家港的杜巡检捉获，搜出王教主的书札，才闹出这事来。"因将无畏怎的计赚红英等许多情节一说。

众人听了，大吃一惊。方彼此相顾之间，只见一人跄踉跑入，大跳道："好个汤无畏，他就敢捉弄俺姐姐！你们这班鸟人怎还都装大麻木哇？"众人一望，却是田甘，业已醉得口角歪斜，想是众人出得物华居，他又找补了个花酒儿。吴兴礼很有机智，并不着慌，只笑着拖开他，方叠起三指向方中要说什么，只听院外有人大叫道："咱这时还不杀向省城，还等甚鸟？"声尽处，踅来一人，却是冷田禄。

原来田禄料理毕教务回头，途路之中，业已风闻得红英等陷狱之事咧。当时方中道："冷兄你且……"田禄道："你说，你说！"方中道："为今之计，先须设法儿救出教主等，然后再……"说到这里，只管搔首。

兴礼大笑道："江汉先生如何说半截话儿，然后又怎么样呢？"田禄这里方在暴跳如雷，那方中已趋握兴礼之手道："鬼谷先生，还是你神机妙用来得捷便，这然后的下文，俺竟有些不得主意起来。"兴礼抗声道："除了急转直下，更无他法，咱且仔细商议吧。"于是命人扶出小教目，这里大家一齐进室。

田禄询知何卓来意，只管急得搓手儿。兴礼道："如今教主等虽在狱，却不打紧。汤无畏计策虽有，那制军必不能听，救教主等出狱一节尽容易做。只须冷兄和高兄赴省一行，自能毕事。只是教主出狱后，咱这里便须顷刻起事，先据襄阳，这其间许多准备就须此时规定，方是先发制人之策。不然，教主朝出，官兵夕至，咱这里还准备得及吗？好在教主在狱，绝不至有意外，那制军颟顸性儿，俺是晓得的。咱这便号召各路教目分头起事，倒是要招儿。"田禄听了，方在思忖，那高佩忠是粗鲁性儿，贸然道："咱去攻打省城救教主，须带多少人去呀？"兴礼笑道："攻打省城，岂非速教主之死吗？"田禄恍然道："高兄不须说咧，你只跟俺做事就是，但是俺几时去呢？"

兴礼屈指道："这里准备停当，至快也须七八日，冷兄莫如便赶赴省城先做准备。切记十日后，咱这里定然起事，只须一二日前救出教主等便了。"于是匆匆议定。

田禄道："事不宜迟，高兄便和俺同去。"何卓道："今这里起事在即，俺须急赴陕西。"说罢，执手告辞，就要踅去。方中笑道："何兄空着肚皮，如何跑路？"一句话招得大家都笑，于是唤过酒饭。何卓用讫，大家一齐送出，道声"珍重"，只见何卓略一抱拳，举步如风，眨眨眼，早已去得老远。

不提这里柳方中等借大开坛会为名，召集各路教徒，准备作乱，且说冷、高两人匆匆赴省，两人都改装作小商贩的样儿混进城去。果然听得街谈巷议，将汤无畏捉拿红英等一段事说得离离奇奇，也有说无畏多事的，也有说红英该办的。田禄就人细细探听，知红英等在县狱安然无事，方才心下稍安。佩忠恨道："汤无畏这厮下这种毒手，咱既到此，理当先毁掉他！"田禄道："不须忙，咱救出教主后，再割他脑袋不迟。"

于是两人就僻巷小店住下来，不时地趸赴县前后踏勘道路。转眼间，两人从襄阳到省业已八九日咧，这时风燕等已经办案毕回头。无畏因红英这事，屡次价进谒制军，请即以左道惑众先斩掉她，然后解散白教。无奈制军既愚懦畏事，偏搭着无畏不善应酬各上宪，除首府宫槐外，没一个喜他的，于是纷纷藉藉，无畏轻躁好事之名因之大起。那制军本是棉花耳朵，便越发不准无畏所请，只管含糊下来。无畏没法儿，只得一面命风燕等加意护狱，一面和宫槐商量办法。

这日晚上二鼓时分，风燕、白鹏各提朴刀，在县狱前后巡逻一回。只听狱中静悄悄，甚是安静，于是两人趸回衙中值房。白鹏笑道："这些日为陈寡妇闹得人日夜不安，今夜闲暇，咱且喝两杯吧。"风燕道："老弟仔细着，你看陈寡妇入狱之后这些日，白教中竟静悄悄一无动静，俺想其中定有缘故。"白鹏笑道："陈寡妇除非弄邪术脱逃，那会子咱到狱里你见她那小样儿吗，浑身猪狗血，花花绿绿。弄邪法既不成功，她便有泼天的武功，想也不能带械越狱哩。"风燕道："虽如此说，她教下很有高来高去的能人，也须仔细他来做手脚哩。"白鹏道："哪里有这么巧的事！咱这里一端杯儿，狱里就会出岔子吗？"

于是唤人端整酒菜，两人且谈且饮。白鹏不管三七二十一，吃得兴酣，只管勒胳膊挽袖子，一会儿又就烛下拭拭朴刀，就仿佛等厮杀一般。风燕却饮得数杯，便就院中散步一回，倾耳听听衙内外的动静。知无畏方在西签押房内批阅公牍，悄去一张，只见无畏正在秉烛浏览，一个侍童儿在外间伏案盹睡。听听更鼓，业已三记，风燕趸回值房。只见白鹏已经吃得舌头都硬，睖着张关爷脸儿，大笑道："风老哥且吃酒，不打紧的，便是他们教中人来，咱索性都捉住他。"

正在乱噪，只见窗儿上红光一闪，接着便听得人声乱喊道："不好了，东马号里走了水咧！"于是锣声响亮，远近间人声鼎沸。风燕大惊，仓皇间提刀便跑。方抢出院门，果望见东马号内火光腾起，接连着厩后柴堆火杂杂地烧将起来。原来这马号紧靠县狱后身儿，只隔着典史衙署。

当时风燕方想先去护狱，只听背后咕咕咕一阵光袜底响，有人大叫道："好混账的管号的！难道知咱们今夜偷吃酒，便给人眼里插棒槌！"风燕回望去，却是白鹏，慌得帽子也没戴，鞋也跑脱，手拎一根大门闩，如飞跑来。

风燕忙道："你的朴刀呢？"白鹏道："丧气得紧！俺提刀刚一迈步，那鸟门限不知怎的摔了一跤，百忙中摸不着刀，所以俺捞根门闩赶来。"风燕仓皇中不暇思忖，忙道："你快先去护狱，俺帮他们扑灭火，随后就到。"

白鹏跑去之间，风燕已三脚两步赶到马号，方一脚跨入院门，那火光照耀业已亮如白昼，忽听得众人又喊道："贼，贼，捉捉捉！北厦房上有了人了!"风燕大骇,一个箭步抢去,抬头一望,果见北厦上站立一人。于是不暇言语,由挎带中掏一石子,觑准打去。只听扑哧一声,厦上那人望后一仰。说时迟,那时快,微风吹处,那人一挺身,依旧站牢,原来是个桑皮厚纸制的人儿。

你想风燕当年本是干这种营生的老行家,这调虎离山的招儿如何不晓得?当时风燕叫声:"不好!"趔转身,直奔西签押房。方转过二堂西山墙,要进西月洞门儿,只听脑后嗖的一声,便是个金刀劈风。好风燕,更不回顾,只反手抢刀向外一磕,当啷啷一声响,风燕赶忙斜刺里一拧身,来了个回头望月式,一抽刀护住面门,便见一人脚步伶俐,穿一身夜行衣靠,手挺单刀,风趋而进,只手腕略振之间,那一片刀光早已洒开来,笼罩数步。

风燕大惊,情知来人是一劲敌,于是大喝一声,即便奋斫而上。两人这一交手,端的怎生光景?但见:

> 纷纭脚步,动宕身形,身似穿梭,脚如流水。刀光闪处,冷森森气作寒云;人影飘时,急团团快如闪电。前趋后逐,俨如花底斗狸猫;狠斫恶攻,又似山中争虎豹。一个是平苗勇士,玄一剑派岂寻常;一个是河朔健儿,风火神名不虚得。小钩拦几番变化,大摆场又是一回。正是:彼此护主,却有邪正之分;尔汝争雄,各有顾忌之意。

两人这一番挥刀恶战,吆吆喝喝早惊起满衙人众。顷刻间,警锣乱鸣,火把高举,早有护衙勇队领了捕健等,各持花枪单刀大呼拥来。那夜行人向风燕虚晃一刀,跳出圈子,大喝道:"咱的事忙,今且饶汤无畏多活几日,早晚间都叫你等是死数!"说罢一伏身,刚要跃起,只听啪的声,一条大门栓飞将过来,风燕便闻得白鹏大叫道:"好狗攘的们哪,你在狱里做活儿,偷得陈寡妇等去还不算,还敢衙内来做手脚吗?"

这句话不打紧,登时吓得风燕六神无主,只提刀略怔之间,那夜行人已哈哈大笑,嗖一声跃登二堂。白鹏喝道:"哪里走!"一跺光袜底,方跃上前檐,风燕忙喊道:"白老兄,小心暗器呀!"一言未尽,忽觉自己眼前一瞥,风燕赶忙一低头,但闻啪的一声,早有一支钢镖正打在项后月洞门楣上。于是众人惊呼之间,白鹏一个筋斗,骨碌碌跌落在地。

说也奇怪,他跃上时,本是慌忙得空着手儿,如今却倒提把朴刀。众人拥上,大喜道:"莫非你夺得贼的刀,将贼杀在房上了吗?"白鹏眙着眼道:"别提咧!这贼小子真挖苦,他方才将这刀抛给俺道:'物归原主,俺便也失陪咧。'说着人影一晃,竟自不见。俺拾刀,脚下一滑,所以跌下。"

风燕一听,恍悟白鹏丢刀时,那夜行人已自进衙,于是不暇言语,方要去觇无畏，只见提灯一闪，侍童引无畏匆匆而来。风燕心下少安，方要自陈疏忽之罪，早见那位典史老爷黄着脸儿跑将来。一见无畏，只管战抖抖满面流泪，便夹七杂八报告红英、马胜越狱之事。

原来田禄、佩忠当这夜二鼓以后，便悄悄跃入县狱，一径地杀死两个狱卒，钢刀起处，削断红英等的刑械。四个人都是飞檐走壁的能为，狱垣虽高，济得甚事！当时有一小牢子只唤得一声："不好！"已被佩忠杀死，所以大家都吓呆，眼睁睁看他们跑出墙去。依红英之意，定要自去杀无畏。田禄忙草草一说方中、兴礼等的计划，红英挫着牙儿道："既如此，俺只好急回襄阳，只是轻轻放掉汤无畏，哪里使人气得过！"田禄道："这只须俺迟行一步取那厮的首级便了。"于是红英等跳城而出，各施展开飞行术，直奔襄阳。这里田禄也便用扰人耳目、调虎离山之策，先就东马号放起火来，安置了厦上皮纸人，然后飞身入得县衙。

方伏在二堂屋脊前，想探觇无畏在哪里，也是无畏命不该绝，恰好有两个小仆在二堂旁边耳室内，商量着玩钱儿，一个道："昨天咱赶老羊，俺输给你一大串钱，今天俺该捞捞梢咧。"一个道："活该你输，如今老爷还没向内院安歇，你就想呼幺喝六，可是骨子发痒，要找打咧。"一个道："没事，没事，老爷那会子就进内院安歇咧，还是俺伺候进去的，这会子他老人家想正和周公老爷子谈天哩。"

田禄一听，暗暗心喜，便由二堂后坡飘落身形，直奔内院。就各室中张寻一番，只见些图画册籍并布衣敝箧之类，还有个老仆人在西厢中沉睡如雷。原来无畏宦游以来，并没携眷，若像如今的官儿，动不动三四个姨太太。这夜深当儿，定然是追欢取乐，不消说定都膏田禄的刀头咧。可见清心寡欲，一味给国家办正事，是没得亏吃的。

当时田禄由内院翻身出来，刚趱近值房前，正是风燕才飞赴马号，白鹏也醉醺醺提朴刀抢出的当儿。田禄伏身一伸腿儿，白鹏一跤跌倒，朴刀落地。田禄趁势抢那刀，又撞进一小小院落，静室数间，只见正室中灯火隐隐。伏窗一觇，却是位刑名老夫子，正在拱肩缩背地料理案件。榻上那位师奶奶业已拥衾高卧，却一面睡梦中呓语道："老爷子还不睡吗？俺给你㷀得热被窝才是好哩。"田禄抽身出来，这才转向西签押房院中，恰好正遇风燕。这时狱卒等惊定，跑出去报典史，恰值白鹏赶赴狱所，白鹏得报，所以又趱回县衙。

且说那典史老爷说罢狱中失事，无畏顿足道："陈寡妇既去，这乱事定然立起，俺当先见首府，再作道理。"正说着，风燕取下门楣上那支镖，只见镖尾上还凿着"冷田禄"三个小字。大家见了无不骇然，于是无畏连夜价去见宫槐，禀知一切。宫槐大惊，只得一面价知会城守营弁，分头去赶红英等，一面挨至天明去见制军，述罢一切情形，便请调兵发赴襄阳，直剿白教。

制军大惊道："国家大兵，岂可轻动！可恶汤无畏无端生事，狱中失犯，俺只责成在他身上!"宫槐道:"如今教徒擅敢劫狱,盗去陈寡妇,越发地反状显露,便恐他顷刻作乱,制军发兵,岂可暂缓?"制军焦躁道:"宫兄,你怎的也这般没分晓?光天化日,哪里便钻出许多反叛?便是各省里闹白教,也非一日,尽有些风传不稳,你可见哪里真反起来?咱为防备起见,也只须札饬王立猷就地防范罢了,如何便等闲兴师动众呢?"说着连连摇头道,"这汤令荒唐得很,荒唐得很!"说罢,竟自怫然送客。

宫槐闷闷踅回,只好和无畏且听营弁追赶的消息。你想红英等脚力何等捷疾,不消说是一百个赶不着。

转眼间过得十余日,制军这里方一高兴,要札饬王立猷,不想晴天霹雳,警报传来:那红英竟于四五日前率教众作乱,突占襄阳,一时杀戮官民,不计其数。更分其众为五大股,用五色旗帜,号为青股、黄股、赤股、黑股、白股。红英以白莲教当兴,自领白股,青股是冷田禄,黄股是吴兴礼,赤股是高佩忠,黑股是马胜。柳方中居中运筹,韦怀琳专司运输,还有许多的中下教目,各领支队,分属于五大股。这一啸聚,就不下数万人。

那红英既据襄阳,更分遣四大股徇掠各县。一时烽火连天,那各县失陷的警报也便接二连三地报到省垣,于是官民大震,一夕数惊。百忙里谣言百出,竟有说襄阳太守王立猷已被红英杀掉,祭了大旗的,也有说王立猷已经从贼,就要领兵来打武昌的。黄昏之后,大家便相惊以邪法,有说许多红灯散布天空的,有说纸人豆马业已蔽江而下的,一夫夜呼,登时万人奔走,闹得一座省城就要无故自乱。这一来,方惊醒那老牛筋似的田制军,只得召集通城僚属,一面价遣探去探确息,一面价商议发兵,并预备城守等事。亏得首府县还能镇定,便匆匆料理城防。

正忙得没入脚处,四川警报又早到来。原来王三槐业已雄踞秘魔山,遣其教众大扰两川,所过之处,恣意杀掳。所用衣甲旗帜,一概尚白,却以五行金、木、水、火、土分其教众。三槐自领水字队,谢天福领金字队,牛保义领木字队,郭建业领火字队,恽三娘领土字队。王树风却为大总领,辅助三槐指挥一切。起事之初,五大队便不下十余万人。三槐居然传檄各处,大意以官逼民反为名,自称白教天督,登时分队四扰,闹得全川势如鼎沸。至于怎的起事,却是王树风和恽三娘先出其不意刺杀钦使,趁人心大震之间,便率众占据了重庆。正是:

　　　　奸民已发篝狐难,钦使偏逢丧首凶。

欲知后事如何,且听下回分解。

第九回

乌林阿衔命赴西川
恽三娘乔装刺钦使

上回书交代到三槐倡乱，遣恽三娘刺杀钦使，王树风趁乱率众占据重庆。你道一个堂堂钦使并偌大一个重庆府，为何这般易刺易据呢？原来白教党人散布得中外都遍，京僚也罢，外官也罢，贤愚好歹，三槐都知得个不差什么。

这位钦使名乌林阿，本是勋贵纨绔出身，胎毛未干，便已袭了祖父的世爵，二十多岁便是簇新新的二品京堂。他所好的，无非是吃喝玩乐、吹撩排摆，更酷好的是声色歌舞、狎近倡优。有时节粉墨登场玩个票，闹出《黄鹤楼》（京剧名）里的周公瑾，你看他锦袍玉带，手掠雉尾，一绕场卖个台风儿，真是活的一般，因此，五陵少年都呼他为"小周郎"。

俗语说得好：流星跟着月亮走，屎蜣螂跟着屁嗡嗡。乌林阿既轻佻如此，他的朋辈也就可想而知。其时他有个狎友叫郝振寰，生得漂亮非常，外号儿"郝大花鞋"。据说他天天换一新式鞋子，北京鞋店内都赌不过他。此人是内阁中书出身，据说他每当入值，不惯独宿，他却异想天开，将美姜扮作俊仆，随他入值。因此北京坊曲间有句浑话，是"郝老爷的跟班的——一使两用"。

说到这里，诸公未免致疑道："朝官入值是何等郑重事，郝振寰竟敢如此胡闹，难道不怕人指陈他吗？"哪里晓得郝振寰却是有恃无恐，原来他和乌林阿都是和珅的私人。你想那当儿已是乾隆末年，皇帝耄老倦于政事，和珅权势简直是站着的皇帝，猖獗如白莲教已将起事，满朝官儿都没人敢去陈奏，又谁肯因郝振寰去惹和珅呢？

当时那振寰和乌林阿在北京少年场中真有焦不离孟、孟不离焦之势，每日价选姬征歌，酒食追逐，正在玩得起劲儿，不想郝振寰官星照命，挨他班次之上有位中书公，忽地因重庆知府缺出，按次当选。恰好这位中书公耽于诗酒，是个老名士角色，总觉一做外官，未免手板趋跄逢迎大吏，自觉腰胳硬了，干不惯这种营生。郝振寰探知他意，不由大悦，便遣人说合，自己愿出万金，买他此缺。

那位中书公一想，有这上万的银子，也足够安稳稳喝粥的咧，既得腰缠，又不失凤池地位，倒也再好没有，于是慨然应允，登时到吏部里递了病呈。

不消说，郝振寰居然当选。但是振寰虽然阔绰，其实是仗着把式打得圆，无非是拆东墙补西寨的勾当，遽然间拿出万金，也就吃力得很。偏巧那位中书公又是个老凿性儿，非立时见白花花的大银子不可，闹得郝振寰官虽选出，倒整日眉头不展，蔫蛇一般。

一日振寰正在静室闷坐，思忖这笔款子，想要折变众姨奶奶的金珠头面，又怕她们啾啾唧唧，正在辗转的当儿，忽觉背后来了只绵软软的手儿，回望时，却是他第三个姨奶奶纤云，打扮得粉香脂腻，一张俏脸便似海棠花朵儿，笑嘻嘻地道："人家都说是人逢喜事精神爽，如今你放了外任，怎倒似昨天你那不争气的物件咧？"说着，一扭身儿，趁势坐向振寰膝头上，一舒玉臂，抱住振寰脖儿，附耳道："俺有些事儿求求你，但是你若不答应，你看俺撕那银桂小蹄子！没的她事事都拔尖儿，偏她有个老不死的乌龟爹吗？"

一语之间，口脂散馥，嫩面孔也便偎向振寰腮颊。这一来，振寰一天烦闷登时抛向东洋大海，便笑道："这又奇咧，你荐你兄弟跟咱去管账房，允不允在我，没的你骂银桂做甚？"纤云一绷脸儿，似嗔似笑，狠狠向振寰额上戳了一指道："乖哥哥，你不用和俺含着骨头露着肉的，你那位皇亲国丈前两日只管狗颠似的不离门，干什么来咧？也没见那浪蹄子不害臊，为安置她老子，将你奉承得还有样儿？呸，俺不待价形容你们罢了。她一个大鬓髻，只管偎在你小肚下做甚？"说着红潮微晕，掩口而笑。

振寰见状，更耐不得，于是趁势抱起纤云，直入复室。良久良久，但闻纤云哧哧地笑道："如今俺也学了她，没别的，俺兄弟是跟你去定咧。"振寰道："小事一段，不必提咧。俺这两日不高兴，就是为交人那笔钱，你们只知俺放了外任，你也荐兄弟，我也荐老子，哪知俺措款为难呢。"

纤云笑道："你为甚不和乌林阿商量呢？你两个好得穿一条裤，这点儿事儿他定然帮你的。"振寰道："你晓得什么！若在平日，俺早向他挪借咧。如今他因一个爱妾死掉，一百个不高兴，咱为什么去碰钉子呢？"纤云道："他那爱妾不是小巧身段，好说好笑，两只半大脚，单爱穿水红鞋儿，小模样儿有些似银桂吗？"

振寰道："谁说不是呢。便是前些日，乌林阿的太太还向我说要接银桂去玩两天，消消她老爷的愁闷哩。"纤云笑道："如此说来，咱正该投其所好，趁势将银桂赠予他，然后再问他借贷，还愁不成功吗？却有一件，俺这是为你打算，你若叫银桂知是俺与你出主意，俺是不依你的。"

于是两人一笑，振寰携着个云鬓蓬松的纤云出来。立时折简摆筵，请得乌林阿来。酒至半酣，振寰一如纤云之策，那乌林阿原是色中饿鬼，当时欣然应允。过得几天，那振寰的爱婢银桂自知为纤云所卖，便和纤云吵了一场，含泪登舆，直入乌府。从此郝振寰安然赴任，与乌林阿时有书札往还，交情越密。为日不久，恰好朝中有派钦使查办四川之命，可恨和珅这当儿还想蒙蔽朝廷，恐别的官员去不妥当，因此，特派了私人乌林阿。

当时这乌林阿既奉朝命，驰驿入川，合该沿途州县官晦气。乌林阿一路骚扰挑剔，一陈设、一饮馔，都要鸡蛋里挑骨头，奈何得一班办差员役屁滚尿流，稍一触怒，登时吊起来一顿臭打。因此风声所播，大家都知乌钦使难伺候得很，便大家拼命地巴结，想讨钦使欢喜，都是前几天供张一切，将钦使行辕扎括得天宫一般，干仆、名厨屏息伺候，无奈乌钦使总没个笑脸儿。

不一日，钦使将到重庆，那县官儿着了忙，正在乱抓瞎，郝振寰却笑道："乌钦使的毛病儿俺是晓得的，你只需一桩儿对了他的脾胃，你便给他准备卧狗的窝、喂猪的饭，他都笑哈哈的没挑剔哩。"于是县官敬叩所以，振寰笑着附耳数语，于是县官含笑而出，登时标出绿头签、红圈票，遣干役分赴四境，传唤美妓。

这郝振寰也便唤过个干仆，吩咐道："此间如有美色妇女，不拘她是土娼游妓并私窠娘儿，你去物色一两个来，以备钦使到来，侍筵侑酒。"干仆沉吟道："好叫主人得知，刻下娼妓等不知怎的都大半移居村庄，也有说是怕钦使跟人等无赖横搅的；也有说是刻下白教不稳，王三槐就要起事的。便是前两天，此处的教徒们每家门首都挂出一朵白莲纸花儿，又大家争制白袍、白带，便是城中几家布庄白布都卖缺；又教会中唤集铁匠，成日夜里叮叮当当的，也不知打造些什么。"振寰道："那无非又是开坛讲经等事，若说王三槐就要起事，想还不至于吧，你只去物色美妓便了。"

干仆唯唯退出，就城关坊曲踅寻半日。虽然有两个，都也是平常姿色，并且怯头怯脑，说起话来硬撅撅的。若谈起吹弹歌舞、侑局行令，一概不懂，只会撒村谑浪并关上房门那桩事儿。干仆暗想："乌钦使是北京有名的京虚子，这种村妓定不入目。"于是信步踅向城外，就江沿儿上看回往来船只。

因重庆地面时有撑船的游妓，大概如广东的花船儿，却只做住家的模样儿，一船中老少鸡狗无所不有，中有一两朵娇花嫩蕊暗做生意。因这种娘儿都是从苏杭两处来的，雅好淡妆，土人便唤作白雀船。

当时干仆浏览一番，见白雀船上也是些平常脂粉，方想踅去，忽见数十步外只只小船儿泊在那里，船头上有个猥琐男子正在那儿指手画脚，似乎是江湖叫卖，靠岸上却围拢了许多人。干仆踅近一望，那男子却是卖江湖膏药的，便有人唾道："花枝儿插在粪堆上，他倒有这样个标致老婆。"于是哄的声都挤入人群。干仆跟望去，便见人群中有个二十多岁的美妇，结束伶俐，穿一身洒花青衣裤，正在那里手弄铁丸，便如狐仙炼丹一般。

那丸儿忽上忽下，捷于掷梭，不多时，添至五枚铁丸。这时美妇便放出浑身解数，你看她曲承直接，肘靠膝磕，疾徐进退，因五丸起落之势，玉臂纷纷，娇眸闪闪，一捻柳腰，伏仰转侧，便如绵条似跟定五丸，那段姿势就别提多么妙相咧。少时众人一声喝彩，便见五丸嗖嗖嗖连珠而上，大家眼光还不及眸，就见那美妇两手一张，来了个秋蟹伸螯式，说时迟，那时快，五丸唰的声相继而下，那美妇两只手便如牵丝一般，登时两手分接四丸，趁势双手一并，身儿一矬，又是个海底捧月式，最后那一丸俨似投壶一般，啪的声正落在四丸之中。于是众人连连喝彩，抛钱如雨。

干仆大悦，方想向前兜搭，只见美妇用布囊收起铁丸，一翻衣襟，又取出两柄亮莹莹的匕首，霍地一旋，嗖嗖舞起，少时舞到酣畅处，但见一团白气翻翻滚滚。众人正在齐声叫好，只见一柄匕首脱手而出，那美妇更不慌忙，接得这柄，掷却那柄，指顾倏忽，直然地目不及瞬。两匕首闪闪烁烁，往复循还，便如有十余柄匕首翻飞上下。少时美妇两手一收，敛容而立，众人这才稍舒气息。

其中一个老头儿拭目欣然道："此名为跃剑之戏，如今江湖中此等技艺是不多见的了。"干仆方在分拨众人，只见美妇微笑道："俺夫妇是远方过路的，偶缺盘费，所以胡乱卖卖药，献献薄技，博诸位哈哈一笑，得些资助。你这位老爷子怎的说俺是江湖解戏呢？不瞒您说，俺南京北卫都走过，各大官府们如有宾客堂会，唤得俺去献献技，都还以礼貌相待哩。"

干仆听了，正中下怀，便含笑趱近道："你这位娘子技艺甚好，可好借一步说话吗？俺是府中仆人，特有事相商。"美妇笑道："如此且屈尊到船上谈话吧。"于是引干仆直赴船中。恰好那男子药也卖罢，大家厮见过，谈得数语，干仆方知那美妇姓吴，以卖金疮药为生。于是干仆一说本府老爷物色有色艺的妇人，伺候钦使之意。

那吴娘子还没言语，男子连连摇手道："这事却使不得，既如此，咱们快离此地吧。"说着直撅撅站起，就要逐客。干仆微嗔道："你这人好不识抬举，我看你躲向哪里！难道单等捉向官中吗？"吴娘子便笑道："总管你不知得，他的意思是恐俺伺候不来。如今府里老爷既赏脸面，俺们便竭力巴结。却有一件，俺是卖艺不卖身，话须讲明哩。"

干仆暗笑道："这小娘儿好不油滑，但听她这伶牙俐齿，侍筵侑酒定然在行。"因笑道："好，好！如此你便单候传唤吧。"于是匆匆价趱回府署，禀知振寰。振寰大喜，便连日价准备盛筵，静候钦使。

过了一两日，钦使前驱已到，振寰和县官都远迎出十余里。大家进城后，又闹过一番繁文，钦使在行辕见了县中一切供应并土妓等，倒也没甚挑剔。那郝振寰因这夜自己做主人，大宴钦使，正选派值筵俊仆，并吩咐酒馔，忙得没入脚处，只见那县官和城防某都阃，不待传禀，匆匆而入。

那都阃姓金名曜，是个回教徒，长得既如人才驸马一般，并且秉性粗俗，振寰素常很不喜见他，当时便笑道："金老兄今天闲暇呀，为何同县尊见顾呢？"

金曜急匆匆地道："了不得，如今教中要闹事咧！"振寰怫然道："贵教中近来平稳，没甚事呀。便是昨天那个私宰的哈某人，俺已嘱县尊轻轻开释咧，又闹什么事呢？"金曜顿足道："不是，不是！"说着嗬嗬半晌，急得气喘汗流，口角乱动，却越急越迸不出一字。

原来金曜又有些口吃的毛病。振寰见状，越发不悦，还是那县官替金曜说道："金寅兄说的并不是回教，却是说的刻下的白教。便是今天午前，金寅兄偶上街坊，却遇着一个烂醉的白教徒正在那里扎手舞脚，肆口乱噪道：'如今却好了，不久的白莲花放，管叫你们一个个都是死数！你们要命的都跟我来。'正说着，却有几个雄赳赳的教徒将他搀去，因此金寅兄特到县中，和卑职来面禀宪台。"

振寰扑哧一笑道："怎的你老兄也这等没轻重，醉人胡说，怎便当件事似的大惊小怪？如今钦使过境，有大过这件事的吗？"于是金曜和县官无言退出，这里振寰依然兴冲冲准备一切。

须臾天晚，那钦使行辕内早已悬灯结彩，由内及外亮如白昼。许多随员仆役大呼小叫，敞厅上华筵早备，鼓乐呛咛。振寰和钦使却在便室内促坐深谈，互叙契阔，无非是畅谈京华近事并嫖经赌论。

钦使谈到高兴处，拍膝道："喂，郝兄，俺这趟差使倒也没有什么不舒齐的，到省之后，无非敲老阿一下子，叫他好歹复奏上去，俺回京时给他维持一切。好在有和相主持，还有什么大不了的事吗？只是俺自出京以来，再也没睡过自在觉儿，这桩事却晦气得紧。"

振寰故作肃然起敬之状道："钦使为国驰驱，席不暇暖，这等的勤劳忠荩，将来载在史册也是古今罕有的。"乌林阿大笑道："老郝，你别怄我咧！若使银姐儿能随俺出京，俺也快活得多哩。"振寰趁势道："钦使若乏人伺候，却巧得很，此处有一卖艺妇人，善能飞丸跃剑，巧妙绝伦，少时席间便命她伺候何如？"

乌林阿听得"妇人"两字，登时浑身发痒，便站起来凑向振寰耳根，也不知嘁喳的是什么，但见振寰连连点头道："这还用钦使吩咐吗？钦使官箴要紧，俺自然做得严严密密。少时酒罢后，您自到静室歇卧，那妇人就去伺候的。"乌林阿大悦道："那么快吃酒！郝兄你虽然做了外官儿，又是四川第一肥缺，俗语说得好，三年重庆府，十万雪花银，但是你我知己弟兄，也犯不着客气繁费，只随便来个家常饭就得咧。"振寰笑着唯唯，一声吩咐，廊下侍仆嗷应，须臾敞厅上华灯四照，酒筵齐整，满院中又挂上各式明灯，于是振寰陪钦使便衣就座。

这时陪坐的除振寰外，一个是本地巨绅贺某，有三十来岁，滑头滑脑，唱得一口好皮黄京调，也是个公子哥儿出身，却捐纳了道员虚衔，在家纳福。一个便是府学教授毛敬思，年已七十多岁，龙钟伛偻，便如干虾一般，却很负道学之名，真是迈起步儿都有一定尺寸。他生平独居外室，必到高兴时，方令侍婢向他夫人传话道："某为嗣续大事计，欲从事敦伦，敢请。"他夫人听得这两句老例子的话，便知老头子高兴发作，于是也使人答复两句话道："妾敬闻命矣，敢不祗承。"他两口儿这一嚼文咬字不打紧，倒累得传命侍婢，十回倒有八九回受呵斥，因敬思致辞待复的当儿，必要整冠束带，如对越神明，那一番端然正色，侍婢见了，往往忍笑不得哩。

当时宾主揖让，依次落座。须臾兰馐密醴堆满春台。振寰举杯劝过一巡，那贺某方向乌林阿攀谈些都中权贵等俗事，毛敬思拉起长声儿道："古人说得好：今夕只可谈风月。今重客在座，贺兄如何只谈俗事？便是谈风月，还不是敬我钦使之意，咱正该论文才是。"于是欣然把酒，只管苦询近来都下的文风，闹得个乌林阿张口结舌，那贺某也便怫然之色现于颜面。

正这当儿，只见振寰哈哈一笑，说出一片话来。正是：

衔杯今夕聊复尔，喋血当筵顷刻来。

欲知后事如何，且听下回分解。

第十回

王树风险据重庆府
高天德保教渭南城

且说郝振寰见贺、毛两人，一个是油腔滑调，一个是腐气酸风，脸子上都挂些悻悻之色，不由笑道："贺兄只谈势宦，不免近俗；毛先生苦口论文，又未免雅得过火。今俺有个折中办法，来个雅俗共赏何如？"说罢，向廊下干仆一使眼色。

乌林阿方饮得两杯酒，但见毛敬思置杯于案，就要拔脚，振寰忙拉他就座之间，红烛光中早见个盈盈美妇当筵拜倒，只是寻常结束，却轻倩异常。乌林阿拭目大喜的当儿，振寰笑道："这个吴娘子好一手飞丸跃剑的绝技，今烦她侑酒献技，不是雅俗共赏吗？"

于是吴娘子站起来，道个万福，含笑把盏，将个乌林阿只引得目不转睛。略问数语，吴娘子莺声呖呖，对答如流。乌林阿大悦，只笑吟吟地向振寰伸大拇指头。这时贺某早已睁大眼睛，乱噪道："妙，妙，快些娇娇地唱个曲儿，洗洗大家的耳朵。"

敬思道："岂有此理！钦使在座，应该召府学秀才来恭诵两篇《诗经》，还不失雅乐之意，岂可令妇人唱曲儿呢？"说罢，花白小胡儿一撅，竟不去再瞅贺某。恰好贺某正是个半吊子性儿，登时也便粗脖子红脸。乌林阿方在大扫其兴，吴娘子一瞅两人，却笑道："婢子整年价流转江湖，学得些小戏法儿，今毛老爷不爱听曲儿，俺且弄回戏法吧。"于是向东呼了一口气，樱唇略动，似乎是念念有词。

便见毛、贺两人登时一个呵欠，敬思肃然离座，直趋东壁下便座前，又是拱手儿，又是哈腰儿，仿佛和许多人揖让一般。少时一整面容，竟就高座咯咯地嗽了一阵，口讲手画，开起谈来。振寰等仔细一听，却是讲的《中庸》"天命之谓性"一章书，真是一字字要嚼出浆汁。

两人正相视惊笑，忽闻一句京调导板高唱入云，真是婉转顿挫，的确是顶呱呱的程派（长庚）。一看那贺某，正在西壁下撩袍端带地卖起台风儿，大唱《洪羊洞》八千岁探病一场。

这当儿，厅内外大家惊笑，几乎哄堂，吴娘子连连摇手。须臾，毛、贺两人都有些声嘶力竭，吴娘子又嘟念数语，毛、贺两人方复常态，恹恹地趋就座席。贺某却笑道："今天酒不曾用多，却疲倦得很。"吴娘子目示振寰等不许声张，那一番娇倩模样，早将个乌林阿魂儿摄去，于是威仪尽失，早将钦使大架子抛在脑后，便伸拳大叫，和吴娘子拇战一回，连连举杯，恨不得将吴娘子抱坐膝头方是意思。亏得郝振寰顾些体统，便命吴娘子就厅外献飞丸跃剑之戏，果然神妙非常。

这一耽延，业已更鼓三敲，乌林阿酒入欢肠，只眈起色眼，拍案叫绝。振寰识窍，便匆匆劝饮数杯，当即散席。乌林阿仗酒盖脸，竟携了吴娘子直入静室。振寰高兴之下，回得府衙，款去冠带，方和纤云说笑乌林阿许多丑态，忽闻远远微起喧哗，须臾人声鼎沸，突听得西城门上一声号炮，火光腾起，照得半壁天都红。

振寰大惊，方厉声唤人去探所以，便见两个仆人如飞跑入，大叫道："主人快些躲避！如今城中教徒们业已开狱杀县，接进大教目王树风，现已分扑各官舍大杀大抢，金都阃、县官儿都已被难咧！"振寰骇极，战抖作声不得。亏得两仆人略有胆儿，便拥了振寰和纤云从府园后门儿撞将出去，想暂就民家躲避。

这时全城大乱，杀喊如雷，一处处火势冲霄，照映得教徒们白衣如雪。振寰等方没命地撞出府衙后街，恰好一队逃难男女横冲过来，两仆人只喊得一声，业已裹入队中一拥而去。这里振寰紧拉纤云，一路瞎撞，百忙中纤云的小鞋儿跑脱一只，碎石子一割，小脚儿痛如刀刺，不由扑嗒声坐在就地，抱了脚放声大哭。振寰见状，又急又痛，方猫着腰去拖扶她，只见火把一耀，有三四十个凶悍教徒横着雪亮的钢刀大呼而来，当头一人正是那娇滴滴的吴娘子，一手仗剑，一手提着颗血淋淋的人头。

振寰一望，啊呀·声，一跤晕倒，及至醒来，业已被缚在自己府堂上，左右教徒刀剑如林，堂正面端坐两人，一个是大教目王树风，一个便是假扮吴娘子的夜叉婆恽三娘。当时振寰见状，没命地叩头乞饶。

三娘喝道："你这厮本当杀掉，如能归从俺教，便饶你一命，你如违拗，且叫你看个榜样！"说罢，命左右掷过钦使乌林阿的首级。振寰只吓得伏俯在地，从此便陷身贼中。

这一番川中警闻报到武昌，声势之凶真个全鄂震动。田制军没法儿，只得一面价飞章告警，一面分饬本省绿营兵弁分头抵御，幸得红英等仓皇起事，只知各处里抢掠胡闹，并没有一定的进行计划，一时间还不至杀向省城，但是湖北各县大遭涂炭。柳方中又出了裹胁百姓的坏主意，俏俊女子自然充教众的玩物，精壮男子都强迫入伙，因此越聚越多。

不想正在川鄂糜烂的当儿，陕西高天德也便揭竿而起，这一班教徒却用八卦分队，各占一字。因陕西地面旧有一种八卦会，在会之众都晓拳棒等技，起初本用乡团之法保卫地面，后来却鱼龙混杂，一变而成八卦会众。及至白教大兴，这干人又一变面目，尽入白教。亏得教主高天德为人正气，还能慑服其众。天德虽一般是白教，却不尚邪法，专讲武功，因此陕西白教徒比川鄂硬实得多。

至于高天德向来冷静，为何也趁势而起呢？这其间却有一段缘故，倒合了"官逼民反"四字，想也是劫数当然，且待作者转笔述来。

且说天德自那年在金溪村结识冷田禄，并送乐冉北上后，依然地整理教务，熬打武功，没事时逍遥家居，倒也自由自在。但是他名气日盛，本地渭南县凡有什么慈善义举等事，未免都请他承首提倡，天德却任劳任怨，实事求是。

哪知一个人若要人人道好，是件办不到的事，天德既在人民方面落了好儿，那当地痞绅蠹役等自然是丛怨积恨。好在天德意气自负，也不以为意。这时渭南县中有个教目，称沈名子谦，生得长躯伟貌，武功绝伦，为人慷慨好义。他上辈子历充本县捕头，到得子谦当差时，越发地很有声名。

一日子谦带人办案，盗首被捉后，所带捕伙不消说是趁势打劫，将强盗家的箱笼什物乱抓乱抢。子谦见了，已然不是意思，但因捕家老总都是这样儿，为的是捕伙们得些油水，以后办起案来方才出力。

当时子谦见他们抢得是分际咧，便摇手道："凡事不可太过，便是为自己留地步。"众人噪道："可知老总一辈子的当捕头，没叫人家割剁了，便是为自己留地步哩。"子谦一听，不由悚然汗下。

正这当儿，只见两个捕伙拖拉着强盗的妻女出来，披发跣足，甚是狼狈。子谦仔细一望，登时脊骨上嗖一声冷气森森，手内正提着一把刀，当啷啷落在就地，舌儿吐出，急切间收不回去。

原来那强盗老婆便是邻县著名捕头冯一套的女儿。这冯捕头凶狠异常，无恶不作，平时价讹诈乡富、栽赃唆攀自不必说。唯有他捉获强盗，先非刑拷供一番，那惨厉之状简直地像个活阎罗。什么"火烧战船"咧，什么"寒鸭浮水"咧，还有"吊猴压鸭"诸名目。最惨的是"大登殿"，将犯人摆置在高椅上，似蹲似坐，只脚尖着椅，顶压重石，四面火烘，直弄得那犯人哀鸣如鬼，求死不得。诸般非刑共有十二样，因此得"冯一套"之号。

当时子谦触目惊心，冷彻肺腑，胡乱带案销了差，登时告退捕役之职，索性儿要去削发披缁。无奈家人亲友等死命拦阻，子谦没奈何，只觉一颗心没寄放处（无论何等宗教，其要素不过寄放人的心而已。乃叹中国乏哲士，创一适宜之宗教，以寄放人心，以平天下嚣然之气也。吾友侯诚天湛深哲理，素具宏愿，常欲合释儒耶三教而熔之，朴实说理，直指心源，勒为一书，以为创宗教之先导。乃志尚虽伟，赏音终鲜，以是抑郁不自得，竟于民国十二年春游京师，一去不返，或隐或殁，均不可知。属稿至此，为之扑笔泫然），便终日价佯佯狂狂，似染心疾。这时陕中八卦会正在大兴，虽非教门，但会中宗旨义理也灿然可观。可怜子谦求安顿身心，正如婴儿之求慈母，于是不管好歹，居然入会，从此整饬会务，不遗余力。

不多两年，白教继起，高天德声望日隆。子谦欲觇其异，正想去造访攀谈，不想八卦会中因和某乡中聚众械斗，一场血战杀伤三四条人命，头领凶手一气儿都溜之大吉。这场事子谦本没与闻，哪知有个小偷儿名叫罗阿毛，当年在子谦父亲手中犯过案，这小子总算有骨头，及至从案中滚出来，便一气离掉本乡。过了十余年，居然舆马辉煌地衣锦还乡，成了个簇新新的乡绅。原来他自跑出后，便在某营中吃粮入伍，时气一来，颇积战功，竟挣了游击前程回来。当时罗阿毛缙绅自命，出入官府，本来人眼皮子是薄的，大家便眼欢似的捧敬他，再也没人肯说他偷鸡摸狗的老话儿咧。

一日阿毛舆马扬扬，拜客回头，正在街坊上走得一团风似的，恰好子谦从对面撞来，三不知一脚踏到舆前。舆前健仆举鞭大喝道："瞎眼的死囚，难道望不见罗老爷过来吗？"

子谦定睛一看，却是阿毛，不由哈哈大笑道："俺当是哪位罗老爷！这位罗老爷却不是外人，俺家厅柱上的土都被他脊梁沾去，至今还有个大背印儿哩。"阿毛见是子谦，只羞得面红过耳，恐怕他越说越不妙，兜起老根儿，只得赶忙下舆，含笑为礼。子谦是直爽人，当时也没在意。哪知八卦会闹了人命，竟将子谦一索儿捉入官中，说他是喝令主使，监押在狱，眼睁睁就要定案偿命。子谦细一探访，却是罗阿毛向县官说他的坏话。

这时天德不平，便联合了许多正气绅缙面谒县官，一述子谦被陷之故，竟自愿出名，将子谦保释出来。子谦忙去晤谢之下，一见天德丰姿言论，已经十分倾倒，及至谈到武功并白教劝人为善的义理，子谦钦佩之余，方恍然白教规模比八卦会又强得多咧，于是深自结纳，登时入了白教。那子谦本是八卦会中的重要人物，他既这么一来，会友们也便闻风都来，陕西白教之盛也便从此为始。

天德也深重子谦为人，两个人提挈教务，十分得手。那子谦刚毅之性更过于天德，每每论起事儿，天德常为所屈，从此两人便成了刎项之交。及至天德被教徒们推为教主时，子谦便在渭南县做了个大教目，整理得教中规法井井有条。及至天德被本县官儿请出来办赈务，子谦也便奔走其间，两人一对儿是一星顶一卯的脾气，丝毫不苟，务使饥民们实惠均沾，哪管他风里雨里，奔走各乡，不辞劳瘁。居民望见，没一个不合掌念佛。（古来枭雄倡乱，必要利用百姓合掌念佛，独怪今之捣乱大家，竟没一个理会小百姓合掌念佛，仔细想来，都还不够枭雄资格，由帝而王，由王而霸，既都不可得，得见枭雄之材，暂戡世乱，亦可矣。然盱衡当代，又令人指曲不下也。徒令无辜小民日日宛转于水火锋镝之中，呜呼民国！）但是当地公人和刁劣绅缙等见这大堆白花花赈银自己连个银渣儿也捞摸不到，也就不约而同地没一个不恨高、沈入骨三分。天德都不管他，自回复红英书札之后，依然和子谦忙碌赈事，这也不在话下。

如今且说那范老虎自那日诬捉冷田禄，触怒天德，趁空儿溜之大吉，在外县胡混了半年光景，依然蹅回渭南。探得天德不去理论他，这才放下心来，便钻头觅缝地在本县当了一名皂隶。恰好那天德的使女春兰又因勾搭仆人等被天德善遣出来，听其自适。玉雯姨娘本爱春兰，当遣出时光，很给春兰些衣饰细软。老虎和春兰本是旧交儿，趁此机会自然是旧情复续，两人便胡乱烧过一份天地纸，居然夫妇。春兰不忘玉雯，不断地向高宅走走。天德是个大量人，虽耳闻得春兰嫁了范老虎，也就不耐烦去理论他们了。

范老虎这种人哪里晓得作人家？既得春兰之后，便仗了老婆的奁资任意挥霍，终日价差也懒当，只在街坊上呼朋携友、吃喝玩乐，不消数月，便成了个空心老倌，衣食渐艰，皂隶名儿也革掉，只闷在家里没好气。

春兰便道："你这东西，真是癞狗扶不到南墙上，只要吃三天饱饭，便不是你哩。当初在高宅，你若不闹事体，如今不知熬到什么份儿，虽比不得沈子谦，中等教目定然到手。便是抛开往事，单说俺嫁你之后，只那大皮箱就是四五只，真是绿的是绸，红的是缎，黄的是金，白的是银，你若按本分作个人家，还愁吃穿吗？却折寿的你一顿胡抢，白填堕了一干白吃白喝的王八蛋，如今却扯脸子、歪屁股的没好气，老娘还不待看这种样儿哩！"

一席话夹七杂八，数落得范老虎垂头耷脑，良久叹道："别提咧！当初俺虽然做事冒昧，高天德也有些寡情少义，难道他一件件的事做得都对吗？不消说他在教中威福任意，屡毙人命，便是他和襄阳陈寡妇、四川王三槐私通信息图谋不轨，这血淋淋的犯款事都应做不成？多早晚惹俺性起，俺便掀翻他娘！"

春兰唾道："你别狗咬吕洞宾不知好歹咧！咱这些时若不亏了玉姨娘可怜俺跟你挨饿，赏给些钱米，你这死花子早被狗拖咧。"范老虎道："哪个稀罕她给那点子钱米呀，遮不了风，挡不了雨，倒须知她天大人情。"春兰听了，气得眼泪纷纷，索性儿不去理他。

两人楞腹相对，彼此肚内一阵阵地咕噜噜。末后还是范老虎忍不得，便杀鸡抹脖地央着春兰去求玉雯周济。春兰没奈何，只得略整衣衫，换换鞋脚，方由敝箧中取出个小包裹，老虎两眼早鳖鸡似的注定，暗道："这歪剌骨防我便如防贼，少时她去后，我且捞两件换酒吃去。"思忖之间，却见春兰打开包儿，都是些布头线脚，只有双褪旧鞋儿，并一只簇新新的腰兜儿。

老虎暗道："这女人穿过的鞋是没人要的，这件腰兜少说着也换两数银子哩。"沉吟间，却见春兰换上鞋儿，揣起腰兜，将包裹锁在箧内，匆匆要走。老虎大失所望，不由随口道："这腰兜却怪好的，敢是你做了送玉姨娘的吗？"

春兰唾道："你也不开眼，并且血糊心，人家玉姨稀罕这劳什子吗？咱早里晚里不断地踏入门垠子，那看门的李升，咱就白了人家吗！这腰兜儿是送他的哩。"老虎愕然道："哪个李升呀？"春兰恨道："你这浑虫，他家有几个李升呢？昨天没给咱背米来吗？"说着，一扭脸，扬长而去。

原来这李升是天德新收之仆，的确是个小白脸子。当时老虎疑心顿起，忽想起当日自己勾引春兰十分煞溜，如今春兰安知不又爱上李升呢？想到这里，登时拔脚便跑，一望春兰后影儿方踅出巷口，于是老虎悄悄蹑去，不多时已到高宅。只见春兰一脚踏上门阶儿，忽地驻足凝思，扭头儿四下望望。老虎暗惊道："不妙，这绿帽儿是戴定咧。"刚要握拳闯上，恰好那李升从内出来，一见春兰，规规矩矩一侧身道："范嫂儿才来呀？那会子姨娘还念诵你哩。"

春兰道："老弟，俺累次劳乏你，真真过意不去，俺给你做了个腰兜儿来咧。"说着取出。李升恭恭敬敬接过腰兜，连忙揖谢，便引春兰匆匆进内。两人厮抬厮敬，通没有不仿佛的样儿，于是范老虎心头一块石落地，方要逡巡踅回，只听高宅内厮仆传呼送客，须臾，大叉步踅出一个赤发猱面的异相男子，身背黄袱，手提朴刀，天德随后送出，彼此拱手。老虎忙隐身照壁后的当儿，但闻天德道："何兄北归珍重，多蒙王教主远道垂念，俺早晚间便发回书便了。"

老虎暗诧道："莫非王三槐那里又来撩拨他吗？俺倒要探个底细。"于是溜溜瞅瞅从照壁后踅出，方要等高宅人出探询一番，忽听背后笑道："老范哪，俺昨天捉了个外来的怯条儿，得彩不少，咱且闹一壶去吧。"老虎一望，却是赌友张胜，于是两人拖臂挽肩，直奔酒肆。

落座后，饮过数杯空心酒，老虎问起怎的得彩，张胜得意道："说来真是个外快，便是昨夜郭家店内住下了个湖北佬南货客人，他忽地高兴要玩钱，当时被俺们同道大家一挤眼，便赢了他三四十两。他却笑道：'这算不了事，赌的是输赢哩。如今俺贩的南货，不久的总要大长行市，这三四十两算什么呢？'

"大家便问他南货怎的长行市呢，他却道：'俺由南方办货时，四川王三槐、襄阳陈寡妇业已攻城掠县地反将起来咧，以后南北道梗，可知南货要贵哩。'你说这怯条子输掉钱，倒会自己圆场，若是四川、湖北教徒们反将起来，咱这里怎一些风闻也没得呢？"

老虎听了也没在意。两人吃罢酒业已日色平西，于是老虎跄踉自归。方踏进大门，已听得春兰在室内啪啪地撺尘土，又一面嘟念道："这死王八，连看看家都坐不牢，又不知哪里撞尸去咧！"正说之间，老虎一步踅入，一张红脸儿酒气醺醺。

春兰怒道："你有钱去灌丧黄汤子，却没钱养活老婆，叫俺低三下四地去求人！"老虎见榻上摆着个大包袱，又有三四十串钱，先喜得跳将过来，将春兰啃了一口，大笑道："你嘴内现方酒气喷人，如何怨人吃酒呢？"春兰唾道："没的浪声嚷！人家玉姨娘真是一百个不错，俺去了，人家那里正在摆酒宴客，玉姨在内院忙得手足不闲，还拖住我问长问短，巴巴地给我旧衣服并那钱，少时客人走后，又命我吃顿酒饭哩。"

老虎道："真个的？俺那会子同张胜去吃酒，经过高宅，恰值一个客人出来，那模样甚是怪相。你说高宅宴客，莫非就是此人吗？"春兰道："正是哩！俺是听玉姨说起来，才知得那客人叫何卓，是直隶林清的党徒，方从四川湖北王、陈两教主处回头，特地来拜访俺家主人哩。"老虎听了，心有所触，正要细询春兰何卓到此何事，恰值有邻居妇人踅来借盐，一岔岔过。

过得几天，真个闻得四川、湖北白教徒起事消息，又闻得朝廷命该省督抚相机招抚。正纷纷传说之间，又听得湖北教首陈二寡妇业已率领数十万教徒杀到河南地界。过得几天，风声逼真，襄阳、重庆失陷之信竟已见了邸报。于是陕西教众未免不安，亏得天德力戒附和，便大集教众，开坛讲演本教主旨是劝人为善，不可陷身叛逆，自干国典。这时天德业已办毕赈务，特因此事到县，自陈自己总领白教，却与四川、湖北截然不同，刻下风鹤频惊，难免就有造言生事、诬及本教的，便请县尊出示，严禁造谣。

当时那渭南县姓曹，名海岳，从军功出身，为人粗鲁，外号儿"曹二标子"。见天德这般说，便笑道："龙生九种，各个不同，一个娘肚内爬出的还不能一样，何况同教呢？你老哥只管放心，俺便禁止造谣的就是咧。"于是天德辞出。这里海岳更不怠慢，方提起笔来，要自拟个禁谣告示稿儿，只见帘儿一荡，进来一人。正是：

　　方恐滔天掀祸乱，谁知平地起风波。

欲知后事如何，且听下回分解。

第十一回

范老虎贪心揭秘札
金溪村教众抗官差

　　且说曹海岳见进来的那人并非别个，却是他嫡亲娘舅潘老头儿。原来海岳没发达的时光，很蒙潘老儿周济，所以莅任以来，潘老儿相从在衙，就如二号老太爷一般。若海岳稍为失礼，潘老儿登时拍台便骂道："二头哇，你忘了你十冬腊月没穿棉袄，冻得秋鸡子似的，手背朝下和俺要钱咧，咱爷儿俩几辈子都算不清账哩。"因此，曹海岳十分怕他。潘老头儿真个是说一不二，但是潘老头虽然把持政务，也真能替海岳料理些事，因他年老阅历多之故。却有一件，就是贪财没够，恨不得将县中地皮大块儿铲向家去。

　　当时潘老儿和海岳对面落座，谈过两句闲话，便笑道："那会子高天德进衙门干吗呀？"海岳一说天德请求出示之故，潘老儿沉吟道："这节事却要仔细，你一给他出禁谣的告示不打紧，将来高天德倘若是响应川鄂，你这祖匪庇逆的罪名如何担得起呢？依我看，你要换换顶戴，倒不如拿办天德，倒是绝好机会哩。"

　　海岳道："拿办未免冒失些，倘引起大乱子，也非小可。老舅既如此说，咱只给他个闷腔儿就是咧。"潘老儿道："如此也是一法，但俺看高天德将来不会安静的，你看他有所作为，处处要落好名儿，这就是枭獍笼络人心的手段。"

　　原来潘老儿当天德办赈务的时光，曾和天德商量想吞赈若干，经天德严词拒绝，因此挟恨，想趁势陷害天德。又因天德家富，这一查抄逆产，其中沾润便不消再说咧。哪知一念之贪，引起燎原大祸，不但自己和海岳老命丧掉，便连陕西许多人民都罹刀兵之劫。古人说贪人败类，再也不错的。当时海岳果然依潘老儿之话，竟不哼不哈，将禁止造谣之事搁置起来。

　　不想过得十余日，上宪行文到来，因川、鄂教乱，札饬各县严禁教徒等开坛集众。海岳正没作理会处，潘老儿又趁势请拿办天德，但是县幕中朋友们未尝没晓事的，大家又一阵七嘴八舌，说一拿天德定惹大乱，闹得曹二标子不知怎样才好。正这当儿，只见一心腹仆人面带惊惶之色匆匆趋入。凑向海岳耳根密禀数语。

海岳大惊道："竟有这等事！快带范老虎向内书房中，俺仔细研问。"于是吩咐仆人等备刑伺候。海岳方就内书房落座，那仆人已将范老虎带到，向上叩头。海岳喝道："你告发高天德潜通川、鄂教匪起事在即，事关重大，你若是挟嫌诬告，你可知反坐罪名便是斫头吗？"

老虎叩头道："大老爷明鉴，小人和高天德并没仇恨，只因小人偶得着高天德一封通逆的书札，小人若不出首，恐将来吃了违误，所以小人将这封书交给大老爷，便没有小人的事咧。小人也并非告发高天德，不过脱自家干系罢了。"说罢，由贴身掏出一封皱巴巴的书札，双手呈上。

海岳一看书面，钤着"四川总教会王缄"的字样，不由惊骇中抽出信笺一看，果然是王三槐致书天德，约同起事。中有几句，道"弟处已势同骑虎，决意先发制人。此函达时，弟或已偕同鄂友义军特起，北望旌旄，即盼会师"等语。海岳看罢，思忖一回，只得命带下范老虎，好好看管起来。自己在室内转了半天磨，只得仍去请教那位老舅。

潘老儿端起架子，手拈鼠须，仰望梁尘，半晌也不搭腔。海岳搔首道："你老人家看这高天德是拿办不拿办呢？"潘老儿唾道："咳，你这孩子真拧性，又糊涂！若早依俺拿办天德，又升官，又发财，多么写意！你却总是大咧咧，满不在乎。如今有人的的确确拿逆书来告发，你还和我商量拿办不呢！"说着拍案道，"难道这事还有不拿办一说吗？"

海岳忙道："对，对，如今咱就拿他。"说罢撩衣勒袖，拔脚要跑。潘老儿眙起眼睛道："你干吗？"海岳道："俺就差三班挂捕去拿他呀。"潘老儿道："挂你娘的屁股！你想高天德是何等角色，你就明打明地差几个臭班头去拿他，可是要黄鼠打不着，闹身骚哩。算了吧，看不得你手攥印把子，毕竟肚内没抽展，还是我老头子给你出个道儿吧。"于是举手一招，海岳猫着腰子伸耳过去。这里潘老儿鼠须翕张，扎得海岳耳朵只管怪痒，只这一阵喊喳，早激起滔天大祸。于是潘老儿功成身退，单等着凉渗渗挨却一刀。海岳也便大喜称善，赶忙准备一切，要捉天德不提。

你道这范老虎为何恩将仇报，忽来告发天德呢？敢情他也是为利起见，并且蛤蟆想吃天鹅肉，想趁势挟淫玉雯，及至事儿闹僵，他便下了这般毒手。原来他自那日得玉雯周济后，倒也十分知感，但是过得些日，依然穷得叮叮当当。俗语说得好，懒狗惯掏死猫子肉，只得仍磨着春兰不时地去到高宅。好玉雯真是热心眼儿，无多有少，总不令春兰白空回来。

一日春兰又从玉雯处挟了个小包裹回来，因走得心烦，又从玉雯屋内吃了两盏凉茶，登时觉得肚内不舒齐，便置下包裹，匆匆入厕。方趑回屋，只见范老虎不知何时业已撞进来，正由包儿内检出一封书札，一面看，一面乐得前仰后合。一见春兰，便大笑道："原来咱们也有翻身时哩，这股子横财算是发定咧。"春兰唾道："你别穷疯咧，你当是什么钱票存折吗？那是人家玉姨娘给俺几缕子细线，一时间用旧信筒装得来，难道你瞎眼睛不成？"

老虎也不搭腔，忙抖出线，将信封揣起，然后正色道："傻老婆，你晓得什么？这小小信札便是咱财星照命咧！咱有这大把柄，说个扬气话吧，高天德的小命儿便攥在俺手心里，便是叫他搬出来，咱搬进去，他也不敢哼一声哩。但是俺范大爷是个心慈的人，不忍摆布他，如今打开板壁说亮话，你就去告诉玉姨，叫他和俺要个好儿，以后咱要金就金，要银就银，便是和高天德明讲都不打紧。"说着一拍胸道，"不然，俺拿此信告到当官，管叫高天德一家儿都是死数哩。"于是手舞足蹈，却又一整面孔。

春兰起先见他丑态还没注意，末后见他越说越奇，不像玩话，因惊问道："你说了半天梦话，到底是怎么回事呢？"老虎道："好梦话，可知此信关系重大哩！"于是将信中词意一说。春兰听了，一个震颤跌倒在地，爬起来不容分说，向老虎劈面一口唾，便哭道："你这般存心，想着发财吧，狼心狗肺！俺看你把那信给我，好多着的哩。"说着，扑过来便抢那信。老虎大怒，只用手一推，春兰便是个仰八叉，趁势拳足交下，将春兰暴打一顿，并大喊道："高天德私通叛逆，岂是小事！"

春兰恐邻右知得了，只得忍气吞声地止住老虎，便含着泪儿去寻玉雯。一路思忖，说老虎挟淫之意，甚是为难。少时暗恨道："这天杀的想是穷疯咧！俺只哄着玉姨弄出一笔钱来，将那祸害信换回来，大约也就没事咧。以后俺便抱了瓢当花子老婆，一定须离了那天杀的。"一路上越想越气，及至见了玉雯，那心中越发难受羞愤，急遽之下，竟将老虎之意和盘托出。

玉雯气极，不由转笑道："难为你这种混话就来说，他以为是偌大把柄，俺看着屁也不值。王三槐虽约姓高的，姓高的可曾有允约书信落在他手中吗？"春兰哭道："俺委实没面孔来见您哩。"玉雯究竟是一妇人家，不知利害，并狃于天德气势，哪里将范老虎放在心上，于是挥退春兰。那老虎既遣春兰之后，高兴到绝顶，及至春兰踅回，晓得事儿僵咧，当时冷笑两声，也没说什么。春兰还指望趁空儿偷出那书札焚毁灭迹，哪知老虎愤愤而出，当夜便没转来，次日竟赴县首告天德。

如今且说高天德自那日请求曹海岳出示禁谣之后，过了几日，见县中没动静，却听得川鄂警闻越闹越凶。这时手下各教目便很有讽劝天德趁势响应的，都被天德严词拒绝。这日正独坐沉思，想和沈子谦重申教规，约束教众，只见仆人踅入，呈上海岳的名刺道："今县里因出示禁谣事，请主人赴县斟酌，并且吃酒。"天德道："你传语来使，俺明天到县就是。"仆人退去，天德只觉耳鸣心跳，恰好沈子谦由城中踅来商量教事。

两人谈过一番，天德道："你来得正好，刻下各教目颇有不晓道理的，讽劝俺趁势胡闹，咱总须重申教规才是。俺明天还须赴县，你便在此暂留三两日，倘教目们有来胡说的，你便传谕俺意何如？"子谦唯唯。次日天德自带一仆人匆匆赴县，这里子谦便在客室中一本天德之意，重新草订教规。方写了两条儿，正在执笔沉思，忽听一阵马蹄声动，子谦一望，却是陕北大教目华封祝和陕南大教目何起凤，遍体行装，执鞭而入。

那华封祝生得火色鸢肩，武功娴熟。他还是个武孝廉出身，在陕北一带极能以意气服人。何起凤却是秀才出身，为人机警，智略过人，精通剑术，平日价任侠而然诺，颇有朱家、郭解之风，自总领陕南以来，甚得教友信服。因他耸踊轻捷，善用飞剑，江湖中都称为"云中凤"。又有两句口号道："陕北一朵花，无事莫撩他。陕南一只凤，千万不可动。"他两人都是天德教下的健将，那党徒之盛，真是千里之间，呼吸可通，当时华、何便因川鄂教乱，所以亲来探探天德意旨。

且说子谦见是华、何，慌忙迎出。大家执手契阔，各自欣然，自有仆人等拉马去。三人入室，落座茶罢后，华封祝便一说来见天德之意。子谦还没答语，起凤却笑道："俺料高教主定不愿附和乱事，然而大势所趋，恐将来也由不得他哩。"子谦道："正是哩，所以高教主命俺重订教规，以便约束教众，恐有跃跃欲试的哩。"说着取过草稿儿，请起凤过目。

起凤略一看，便置下道："这恐也管不得事。"于是子谦一说天德赴县之故，华封祝却不理会，唯有起凤颇为沉吟，便详询曹海岳之为人，拍膝道："子谦为何不同高兄赴县？好歹也有个照料。"子谦愕然道："他赴县寻常宴会，还照料什么？"起凤道："话不是这等讲，如今咱教中人颇被嫌疑，官场中诡计多端，咱总须仔细才是。"华封祝道："何兄不必过虑，这当儿只要咱教中稳静，俺料那曹知县必不敢轻生是非，明天咱两人便进城去望教主如何？"

说话之间，摆上晚饭，三人用过，业已掌灯时分，便大家谈起川鄂教乱，互述所闻，并加揣测。

子谦笑道："何兄见识高明，你看咱陕西教徒终能免乱吗？"起凤叹道："这就须看运会咧！但咱陕中教徒不同川鄂，若当地官吏处置得宜，再加着咱教主是保持的主义，陕中教乱自不至发作。却是陕中官吏殊未见优于川鄂，俺方才没说吗，将来势之所趋，也就令人难测了。"封祝噪道："如今官吏都被和珅闹坏了，还提他怎的？倒是俺近来听说宝鸡地面有个农人，因耕地掘出一面石碣，上面有生成的'天德当王'四字，那字儿非篆非隶，就是石头脉纹，你说不是怪事吗？"起凤笑道："华兄少说没要紧吧，如今咱教主现正背着老大的黑锅，你少来点缀凑趣吧。"

三人正谈得热闹，只听大门外厮仆喧哗，须臾，众仆人拥定跟天德的仆人急喘喘直撞进来。那仆人大叫道："沈爷等快拿主张吧！那曹海岳因有人告发咱教主潜通川鄂，今天诓请吃酒，竟自捉下入狱。"因将范老虎揭呈三槐密札等事说了一遍。三人大惊之下，华封祝一跳丈把高，乱噪道："这还了得！

咱快些召集教众，杀赴县城，且抢出教主再作道理。"子谦顿足道："那么一来，教乱立起，须知不是教主的意思哩。为今之计，咱须聚积教众，为教主揭状鸣冤，好在那私札并非咱教主允许起事的信件，咱总有理可辩。"封祝提着拳头，愤然道："如今这'理'字向哪个去说呀？"

子谦一望起凤，却只微微含笑，一声不响。子谦便道："何兄，你看此事怎么办呢？"起凤道："你说鸣冤辩理，自是题中应有的文章，却恐不济事。好在曹海岳是个没主张的人，咱教主虽被捉入狱中，断不碍事，咱明日且去鸣冤，看事做事。只是今夜定有一番搅扰勾当，咱们且须当心。"

封祝噪道："难道曹海岳敢杀掉咱教主不成？"起凤道："话非如此说，高教主既被捉，便恐官中连夜来查封这里，你说不是一番搅扰吗？恐和遭打劫差不多哩。"子谦方拍掌道"是呀"，封祝这里业已揎拳勒袖，起凤道："两兄且安静，少时官人们如果到来，俺自有道理，只须华兄守住大门儿，免得一时扰乱就是哩。"封祝道："就是吧，他们如果硬闯大门，俺先宰他两个再讲！"原来这华封祝性如烈火，在教徒中极有胆气，他生平所佩服的就是高天德。

当时起凤又和子谦议论回鸣冤辩理之事，起凤笑道："这不过是一步办法就是了。"子谦问其所以，起凤却笑而不语。唯有华封祝只躁得摩拳擦掌，一会儿跑出大门望望动静，一会儿听听街析，只管起坐不安。这时高宅众仆也便准备火燎棍棒，提防着公人们趁势抢劫，直至鸡声唱动，也没动静。

华封祝向起凤道："何兄，你这卦大概没算着吧？"一言未尽，只听得街坊上人喊马嘶，并有人慢条斯理拉着长声儿喝道："你们这干笨货，如何只管一处打疙瘩？快分些人去堵住他后门！走漏了金银细软，我老爷是敲断你们狗腿的！"于是封祝当头，领众仆一拥而出。先望见两盏官衔灯高高揭起，却是渭南县右堂，那位典史四老爷骑着高头大马，正在猢狲似的指挥左右。一干公人中还夹着七八个城防兵丁，步行拉马，各色俱全，乱糟糟直奔宅门。

原来海岳捉下天德之后，果然又听了潘老儿的话，属唱《打杠子》的话："舅舅的主意真得货。"便立委典史带领他的心腹公人等来查封天德的家资，又特命兵丁同行以壮气势。

当时封祝吼一声，命众仆列立，自己虎也似据住宅门。典史喝道："你这厮是高家什么人？快滚开这里！"说罢，喝兵丁便来牵拉。封祝只两臂一张，众兵丁登时啊呀一声，一齐后退。典史越怒道："你这厮擅敢抗差，还了得吗？捉捉捉！"语声绝处，公人和兵丁又复一拥齐上。封祝大怒，只骈起两指，就门首上马石这么一穿，只见石皮爆裂，立成两道深凹。众人大骇，哄的声往后一退，恰好有个兵丁刀柄儿向后一戳，正戳在典史的大马眼上，那马咳的声一岔道，早将个四老爷跌翻在地。于是封祝赶去，方要挥拳，背后子谦、起凤慌忙迎出。

子谦一伸手扶起典史道："您率众到此，定有公务，且请饬令手下人不得啰唣，都立候门外，便请进内细谈何如？"典史见子谦恰在此间，那气焰登时大挫，又见封祝勇力如此，便趁势下台道："沈兄在此，却巧极咧。俺这是奉县尊面谕来查封天德的家资。方才那红脸汉子是哪个？竟敢抗差，直然地没王法咧！"

　　起凤笑道："王法也罢，官法也罢，便请进内说吧。"于是两人挟定典史，方要进内，只听全村中一声喊，便如天崩地塌，典史大惊。正是：

　　　　祸机相触须史事，民气嚣然顷刻来。

　　欲知后事如何，且听下回分解。

第十二回

递冤状教众闹琴堂
激大变枭雄出棘狱

且说那典史方要进宅，只听得全村呐喊，人众奔走之声便如千军万马。早见一队村民风也似的拥来，大呼道："高天德罪名未定，如何便来查封家资，这不是官强盗来打劫吗？打打打，咱破着给他去偿命！"

原来自天德仆人跑回时，天德入狱消息业已传遍全村。这金溪村众教徒们不必提，便非教徒，没一个不感戴天德的，于是连夜价商量号召，原准备明晨赴县替天德辩冤申理，不想这当儿突闻官中人来，所以大家登时拥来。

当时那典史见村众来势凶猛，只吓得拖住子谦，不知所以。于是起凤向村众挥手道："诸位且退，少时咱自有辩理处哩。"说罢，和典史进内书室落座。那典史细望华、何两人，凛凛仪表，询知是陕北、陕南的大教目，心下好不怙惙。

起凤道："如今简断截说，您便赶早回县，少时俺教众们便去见县尊。您此时查封高家是不成功的。"那典史也是个老油子，情知硬做不得，只得道："既如此，俺且去回复县尊，请他定夺吧。"因笑向子谦道："沈兄在县最久，难道还不知兄弟为人吗？即如高教主这桩事，本是突然，咱但愿大事化小，小事化无才好哩。"说罢起辞，率众快快而去。

这里起凤却和子谦等在密室中深谈良久，子谦道："何兄此话甚是有理，俺也虑到陕西教众在势不能独异，只是咱教主深愿保持教务，但能免得起事就免得，然而也不可不准备。好在俺这里教众起事便有余，你便可即回陕南，预备一切，并号召陕北教众，单候俺这里的消息。华兄便暂留此处，助俺一切，如何？"

封祝噪道："依我看，直截了当杀向县，救出教主，斫却曹海岳的狗头，竖起大白旗，先他娘的率教众直取西安，然后和川鄂教众卷甲北上，好不快意哩。"子谦忙道："不可冒昧，高教主向来意旨俺是知得的。"于是何起凤更不怠慢，便匆匆上马，竟回陕南。这里子谦留封祝在村居守，他便率教众直赴县城。一路上，各处教徒闻风加入，不多时早聚合了上万的人，都手执冤状，焚起高香，并穿上教衣白袍儿，白皑皑数里远近，便如天降大雪一般。

不提这里子谦等蜂拥赴县，且说那曹海岳自派出典史之后，满肚皮高兴。潘老儿得意道："做官，做官，原为的是满把抓钱，如今得高天德这项家资，不强如担惊受怕的多做几年官吗？你舅舅老咧，委实替你们操不起心了。你这一下子拿办了泼天大逆，响儿是叫咧，腰包儿也满咧。但是你舅舅这副老皮骨还舍不得丢在此地哩。"说着痰嗽一阵，然后道："俺不久要回家喝粥去咧，整理整理俺那破落房间，大概还能煨冬儿哩。"说罢大笑道："人跳跶一辈子，什么意思呀？便挣得黄金过北斗，还能带到地下去吗？"

海岳忙道："老舅别吵穷，只要外甥升官发财，还亏了你老人家吗？即如高天德这项钱，全凭你老人家吩咐，咱爷儿俩对半分都可以的。"两人正谈得嘴抹蜜似的，只听帘外道："唔呀，你两个都老大不小的咧，分赃莫打架，但是少时准有件疙瘩事，到底怎么办呢？"声尽处，踅进一人，却是刑友吴师爷。原来这吴师爷是海岳的狎客，就势做了幕友，所以和东翁总有个小吸溜儿。

当时海岳笑拍吴师爷，让座道："有什么疙瘩事呢？"吴师爷道："俺料教徒们定然聚众起哄，前来理论。"潘老儿笑道："这节事俺早料到，只将为首的捉办几个，说他是高天德的死党，其余便一哄而散咧。这当儿你不沉住气，如何当得？"

三个人正在胡噪，恰好典史转来，急煎煎一述查封的情形。潘老儿跳起来道："这事儿非结结实实惩办聚众为首的不可！沈子谦他既出头，按说是先办他哩。"吴师爷道："喂，那个太岁是动不得的，还是胡乱捉两个教民，镇镇其余为是。"于是海岳转怒，顷刻发了标子性儿，便忙忙知会城守营某把总，分布兵丁，以防暴动。

少时，但听得把总衙前号声发动，有声没力地吹了两下子。原来那当儿各处武备废弛不堪，城守兵额本就有限，再搭着把总没落子，吃个空额，所余兵丁只有十来个人，并且是老弱残兵，外带着都是大烟鬼。你想各省分兵力如此，那一时黠悍之徒怎会不生心作乱？这就是内重外轻之弊，所以起白教之乱。

当时众兵丁便如曙后晓星，疏落落摆在衙前，每人抱着一杆黑魆魆的锈枪，更搭着七长八短，军装不全，又妙在没有一定的岗位，随便雅步。不大工夫，早已凑挤到一处闲谈起来。

这个张牙勒口，一个呵欠道："真他娘的别扭！昨天挑了王大妈妈一百钱的大烟，方想过个足瘾，不想马舍子拉俺去玩钱，玩了半夜，钱也输掉，闹得俺人困马乏，及至跑回家，方想过瘾，你猜怎么着？俺那香喷喷的大烟业已都变成烟屎咧，原来被你嫂子过了个足瘾儿。吃俺一顿臭骂，骂得你嫂子睡觉去咧。俺没法儿，只好砸烟灰（砸者，调和烟灰之称。据云各中圣手吸烬再砸，能至八遍。吾乡又有拱灰之称，拱者，取蜣螂拱粪丸之义，亦可谓

267

谑而虐矣，附录一笑）。口沫都吐干（调烟灰之用），弄了一宿，也没弄进去（谓不入烟斗也）。"

那个道："喂，老三，你不对呀！昨天你捉住在城墙上拉屎的那老乡客，俺听说你很得些油水，你怎的被窝里放屁吃独食呢？"老三耸肩道："这个是各人的彩兴哩，你那天借搜私盐为名钻到半截俏屋里鼓捣了好半天，你为甚不挈带俺抽个头儿呢？"

于是众兵都笑道："如此你两人拉个正直，小过节儿不算回事，少时俺们请你俩下个回族馆，闹碗羊肉烂面如何呢？"大家胡噪之间却有一兵捎着枪向后一仰，正撞在大堂房檐上，嘎巴声折断锈枪头儿。

恰好那把总因本县派了这等大差使，特地里穿了开楔袍、薄底靴，上罩倭绒镶云得胜马褂，又将多年不动的大腰刀佩在胁下，对镜一望，觉得威风凛凛。方一迈虎步之间，把总太太却笑道："你怎忘了挂招牌呢？"于是亲手儿取过一顶挂披肩大蓝翎的官帽儿，给把总扣在头上。那把总兴冲冲带了两个护兵正跫至大堂前，一见那兵枪折，未免有些不好意思，因喝道："自己军器如何平日价都不晓得整理？混账东西，且记下四十军棍！"说罢，昂然入去。

这里那兵一面寻了段麻绳儿绑缚枪头，一面咕哝道："别摆他娘的臭架子咧，一天到晚支使人刷锅燎灶、喂猪看狗，着了紧蹦子，还须倒马桶、看孩子、给太太打脸水、洗裹脚布，哪一桩儿不耽误工夫，还有空儿整理军器吗？"

正这当儿，忽闻街坊上人声喧动，早有侦望的公人跑来道："教徒们真个来咧！"于是飞步入报。这里众兵只得分左右队把住大堂。

须臾，只见众教民一片雪白由照壁后分两股拥来，纸状纷纭，香烟缭绕，齐大呼道："今俺高教主无辜被系，便请青天大老爷即时开释！"

这时公人们一路吆喝，便拥海岳直临堂前，屁股后头却跟定潘老儿、吴师爷。那把总不管好歹，站在海岳面前，大呼道："你们且止喧哗，静听大老爷吩咐！"于是众声稍静，海岳便大声晓谕天德得罪之故。

教徒大喊道："王三槐虽有联络书札，如何便做高天德附逆的罪状？今俺们跪求大老爷立时开释天德，实为公便。"说罢，呼啦声一片白跪了一地。

海岳一见，不由连连搔首。正这当儿，只听得潘老儿极力咳嗽，于是海岳沉着脸儿，冷笑道："高天德这件事体，本县自有权衡。"因喝问道，"沈子谦可在里面吗？"教徒道："沈子谦忙碌教务，没暇来。"海岳道："可知沈子谦还稍知轻重。既如此，你等且退，便公举两个首目来，容俺细商。"教徒等听了，只得推出两个教目，大家且陆续退回去寻子谦。这里海岳也便带两教目跫回衙内，不移时，某把总匆匆出衙，吩咐兵丁小心护衙，这且慢表。

且说教徒等一时间住在城关，各处都满，便有几个机警的教目去寻子谦，一说方才请求的情形并商计划。子谦密语道："为今之计，俺和华、何两教目早有定规，今天这一请求，正是激怒大家之法。且稍待两日，待俺布置就绪，咱便如此如此，刻下俺已分遣人去知会教众去咧。"教目等听了，方才恍然，于是悄悄地暗示教徒们。

果然这天晚半晌，入衙的两个教目又被海岳监押起来，并贴出一纸告示，谕教徒从速散掉，不得自干究办。众教徒这时成竹在胸，也就不去理会咧。好笑曹海岳将个狞龙似的高天德装在狱里，他却不飞禀上宪请示处置，却只管和潘老儿想法子，要再去查封高宅。亏得吴师爷还稍识风头，便劝他一面飞禀上宪，一面严守城防以防意外。

转眼过得四五日，海岳见教徒们一无举动，反倒静下来，于是大高其兴，要卖点儿精神震慑教众，便拿出标子打扮，扎起包头，穿上营混子样的大马褂，下面是大裆墩角裤，足踏挖云战靴。他从先在乡里耍人儿的时光，本会个三脚猫的把式，耍得好花刀，这当儿特选把刃薄背厚鲇鱼式的大砍刀提在手中，好不威武，每天傍晚时光，总要到四城门兜个圈子，吓得些女人孩子藏躲不迭。

这日傍晚，海岳方趸到西城门，只见从城外趸进个火色鸢肩的大汉，身背布袄，手持香烛，向海岳瞟得一眼匆匆便走，只一拔步之间，那脚下甚是沉着。海岳究竟是武行朋友，不由随口喝道："你这汉子进城何事呢?"大汉道："俺因母亲抱病，特到教会中祈求符水。"

海岳听了，便不为意。当晚在衙内方和潘老儿等谈起川鄂教乱越发凶实，刻下因襄阳王太守立猷弃职逃走，朝廷已降旨严拿，潘老儿摇着头儿道："看来做官的左右总须有能办事的人哪，即如这王立猷，这等个黄堂太守，只落得有家难奔，奉旨严拿。倘若他左右有人指点他先拿办陈二寡妇，如何会到这步田地呢?"说着，瞟向海岳道，"你舅舅跟着你，总算没白吃闲饭哩。"大家听了，一阵称赞。

正这当儿，忽闻县狱前微有喧哗，大家正在倾耳，又微闻城内外似有呼啸之声。吴师爷惊道："莫非城关间有了明火吗?"潘老儿这当儿也顾不得拍老腔，忙摇手道："你听你听!"一言未尽，便闻得县衙前人声鼎沸，夹着尖厉厉几声呼哨，火光腾处，直冲霄汉。

海岳大惊，方霍地站起，提起那把大砍刀，早见三两仆人滚跌抢入，大叫道："老爷快走! 沈子谦率领教徒业已劫牢打狱，抢出高天德。刻下四门上教众把守，竖起白旗，更有一队杀向县衙来咧。"

吴师爷唔呀之间，只听得咕咚一响，却是潘老儿连椅栽倒。这老儿本有个痰迷的症候，此时连急带怕，两眼一翻，稠痰暴涌。大家顾不得理他，吴师爷方战抖抖地道得"东翁"二字，海岳怒气一涌，竟大叉步提刀抢出。城防兵丁没奈何，只得远远地簇在背后呐喊助势。

海岳方抢出大堂，业已火燎腾空，教众如蚁，就一片刀剑光中，便见一人率众杀来。海岳一望，正是那火色鸢肩的男子，白色教衣上血痕点点，一手仗剑，一手提着范老虎的脑袋，不容分说，向海岳劈面打来，道："你这害民贼！逃向哪里去？"海岳忙闪过脑袋，足方立稳，男子一柄剑业已奋刺而上，势如猛虎。

你想曹海岳如何是那男子的对手，两人只走得七八回合，男子一剑劈去，海岳一闪没闪开，登时连肩带项抹了个斜岔儿，鲜血潮涌，死尸栽倒，一点忠魂只好先去等舅舅咧。看官须知，像曹海岳这等人也不可一概抹杀，总算是为国尽忠，死于其职。像咱们生在而今世局，你想见个能死于其职的官儿，如何会能够呢？

闲话少说，不提这里大闹县衙，尸横血溅，且说高天德自入狱后，依然地神气镇定。好在他平时既有人缘儿，又搭着狱中牢头恰是教徒，所以天德不但没受困辱，便连教徒等外面信息都由牢头传递。天德既知子谦等起事的计划，只急得暗暗叫苦，急命牢头去坚止子谦不可胡为。哪知那牢头也是在数的群魔之一，正要兴风作浪，露露头角，于是只含糊复命于天德道："沈子谦只率领教徒替教主申冤辩理，并没别的举动。"

天德心下稍安，及至见两个教目又被捉入狱，天德情知申辩无效，感愤之下，不由暗叹道："人生有命，俺这步遭遇未必不是促俺自修的机会。此后倘能幸免于难，俺定要隐迹山林，自乐教理。如今川鄂恃教作乱，想也是此教一层魔障哩。"天德想到这里，不由心下洒然，又想到堪继教主之任的唯有沈子谦，便命牢头寻子谦，暗达自己这番意思。那牢头只含糊糊唯唯。

过得几天，这夜晚天德方枯坐深思，万念都静，忽闻狱墙外杀喊连天，火光照耀。天德大惊的当儿，早见那牢头凶神似提刀跑来道："如今沈教目业已聚众起事，便请教主赴教会中抚慰大家，主张一切。"天德方惊得作声不得，只见华封祝手内提着范老虎的首级，率领百余教徒大呼抢入，不容分说，命数十教徒拥了天德便走。

那天德跄踉出得狱门，早见县衙前火光腾踔，众教徒喊杀如雷，于是天德大呼道："快不要妄杀官民，肆意焚掠！哪个不听，俺高某唯有一死以谢教众！"说罢，踊身一跃，向狱门一头撞去，只听啊呀一声，顷刻间红光迸现。正是：

怒潮方涌势难遏，杀劫当开数莫回。

欲知后事如何，且听下回分解。

第十三回

乱三省妖民播邪教
求一士奸相逞凶谋

上回书说到高天德见教乱已成，惨杀官民，惊急之下，一头撞向狱墙。累得看官们一齐失声道："老天没眼睛，高天德不该就死呀！这准是作者先生又来使惊人之笔哩。这'红光迸现'四字，大概是落在那位典史官儿身上，因他是司狱之官，这当儿必来护狱。"

诸公虽猜得近理，哪知这位四老爷因莅任以来很能善待囚犯，又注重囚舍清洁，因此每年价少庾毙几名犯人，就这点儿小小阴德，早已默邀神佑，不早不晚，他却被正堂派委下乡勾当公事去了，所以竟幸免于难。可见，存好心、行善事是没亏吃的。诸公不信，但看刀兵大劫之下，能保性命的毕竟是善人居多数。

作者这话虽迂腐点儿，其中却有至理。何况吾人生在现今之世，战祸连年，四方大乱，上无道揆，下无法守，国维全无，公理难问，哀我小民，简直的如一群舍哥儿宛转于水火锋镝之下，什么是你的保障？什么是你的人权？当道诸公直然地不认得咱这"民"字，你向他们哭瞎眼，那算你活该看不见什么。他该吸你脂膏，该敲你骨髓，还是越来越狠。当此时光，求神仙、拜佛祖既然没用，呼爷爷、告奶奶也是枉然！

呵呵，举头一望，幸喜还有湛湛的青天。你别看他无形无质，是一片浑然空气，其实是万汇主宰，凡含生血气之伦的性命，都在这碧瀁瀁的手内攥着哩，你要脱免浩劫，就须存好心去感格他。吾人除此保障外，更没有别的生路了。诸公不信，且看这某把总就要报应临头咧。原来这某把总少年当什长的时光，曾领人赴某村剿匪，匪倒不曾捉得，他倒妄杀了几个良民，诬为匪党，以邀功绩哩。

闲话少说，且说高天德一头撞去，恰好某把总闻警之下提刀赶到。教徒等猛见天德向前一撞，只认是被把总赶杀，于是喊一声，拖开天德，那把总回头要跑之间，早被一个长大教徒一刀剁翻，鲜血四溅。天德大怒，夺过左右一把刀，便要去杀那教徒。

教众纷扰之间，火光闪处，恰值子谦领十余人抢到，一见天德，拖了便走。天德还奋跃大呼道："你……你……你们做得好事！"抢攘之间，早被子谦等拖向教会。到门一望，业已白旗扬空，刀剑如林，火燎四灼，亮如白昼。众教徒望见天德，欢呼如雷，便由子谦为首，拥天德直入教堂，一述起事之故。

天德至此，好不为难，明知陕北、陕南业已由何起凤号召起事，大势已成，无可挽回。正在沉吟，只听众教徒大呼道："教主若再迟疑，俺们情愿就死教主之前，以谢教主！"说罢，奋呼震天，呼啦声跪了一地，再看子谦，也便矮了半截儿，于是天德慨然道："事已如此，俺高某却有几条约束要请大家遵行。大家如不遵守，俺至死不允主持此事！"众人齐呼道："愿听约束！"天德道："既如此，吾众所至，不能妄杀。至于奸淫掳劫，更须切忌。还有一切军纪，倘有犯者，必惩必诛。咱今且出榜安民，便分头遣人驰谕教众，悉遵俺约束为要。"

于是众人大悦，复拥天德直入县衙，只见已被华封祝杀得血溅尸横，便连那潘老儿、吴师爷也都一命呜呼咧。当时天德深责封祝，便忙忙下令止杀，出示安民。一面价传檄四方，响应川、鄂。及至天明，城中业已安堵如故。只有曹海岳和某把总的尸身暴露，甚是可惨，天德都命以礼掩葬。不消几日，陕南、陕北各教众，共计不下数万人，也便由何起凤煽动起来。于是陕西抚臣也便飞章告变，报上朝端，一面价分饬兵弁相机剿杀，那陕西一省登时也便锅滚豆乱。

以上所叙，便是川、楚、陕起事的原因。像这等大乱子报到朝廷，按理说，必要特命知兵重臣提兵办贼，哪里晓得这当儿朝政混乱，正当乾隆退政，那和珅盘踞朝枢，更闹得不像模样。皇帝惴惴然，睿谟独运，只算计除这心腹之患、肘腋之奸，所以不能一时间专意办贼，只好命本省抚臣提兵剿小。又搭着乱事初起，皇帝也没将白教搁在心上。以此种种，这便是白教长乱的原因。

古人说得好："为蛇弗摧，为虺将奈何？"细按起来，白莲教九年之乱，费国家多少的兵马钱粮，无算生灵尽遭浩劫，还不是和珅老贼阶之厉吗？据当时故老传闻，和珅被拿一段事甚是有趣。今且述来，以见奸臣一去，便是清运的转机，不然这白莲教竟不得了咧。

且说乾隆皇帝六十年上，倦于政事，退位颐养，嗣皇继位，是为嘉庆元年，恰当苗乱平后，教乱又起。这位嘉庆皇帝沉湎田猎，满人家法本习骑射并角抵之术。嘉庆帝在潜邸时，便能擅场武技，尤其精于箭术，百发百中，因此时时微服出游，驰逐于坊曲郊野之间，打猎禽鸟为乐。又令潜邸出侍监们学习角抵，便是御扑营中子弟们无不饮酒扑戏、纵马出猎。乾隆皇帝倒甚喜太子英武，克传家法。

一日，太子在便殿侍御，正逢和珅上前奏事。和珅这厮出身本是掌御盖

272

的一名侍卫。一日圣上出游，偶想起两句书，一问扈从文臣等，大家都张口结舌。合该和珅当发迹，那本书他前两天才阅过，他那应对口才又是绝顶，于是不慌不忙把那书原原本本一说，喜得个乾隆皇帝只管点头。从此便上膺天眷，大用起来，正合了古人说的"齐虏以口舌得官"那句话。

当时和珅口若翻澜，奏起事来，说到高兴处轩眉张目，竟有些指手画脚的样儿。嘉庆这时虽年幼，心下便有些不耐烦。正这当儿，和珅奏事已毕，皇帝从容赐茶，因燕谈数语，偶然说到博学鸿词科颇颇得人，和珅一瞟太子，微笑道："自古鸿词丽藻，无过扬、马，相如文章也就是一篇谏猎书，还稍明治道罢了。"他这话是明明讽刺嘉庆好扑戏并游猎等事。

嘉庆暗怒之间，乾隆却笑道："咱满人以骑射得天下，所以阿哥们都习些武事。卿家近来政事之暇，还不废角抵，柔和筋骨吗？"和珅免冠道："奴才谨遵国制，不敢稍废。"

这时节正在炎暑，他奏对之下，业已汗气蒸蒸。嘉庆暗道："这厮专权贪黩，恣意于膏粱声色，淘漉得身子虚洞洞，他还要当面欺君，自谓不废角抵，好生可恶得紧！"正沉吟间，忽见和珅那帽儿上嵌着一颗绝大的明珠，耀眼争辉，毫光直射，比起皇帝御冠上那颗葫芦形的宝珠竟差不多少。原来乾隆帝这颗宝珠便是在内苑御河中忽见奇光烛天，因而搜获得一枚多年的老蚌，遂得此宝珠，形如葫芦，正合嵌御冠之用。乾隆帝曾喜而赋诗，命群臣属和，当时很侈为瑞事哩。

且说嘉庆见了那和珅的帽珠，不由少年脾气发作，因奏道："和珅素有善角抵之名，今偌大年岁依然不废练习，想必更为精妙。臣想和他比试一番，以博天颜一笑，何如？"说罢，手按玲珑碾玉扣带，腰板一挺，英气勃勃。

乾隆帝欣然道："今天且喜闲暇，便赌回胜负也倒有趣。只是空赌胜负，也显得没兴头。"因顾内侍道，"快向奉宸库取异锦四端来，待朕来陪个彩头吧。"嘉庆道："今此间就有彩头，臣输了，给和珅玉带；和珅输时，臣便取和珅的帽珠，岂不甚妙呢？"说罢，双眉轩动，威森森目光向和珅一瞟。

和珅不由激灵一个寒战。原来和珅听到"取帽珠"三字，不知怎的，如闻晴天霹雳，今见嘉庆帝目威，竟有些手足失措起来。原来"取帽珠"一句话竟成了和珅的凶谶，正应日后伏诛之兆哩。当时和珅略一定神，已复常态，明知嘉庆要唱出"脱袍打严嵩"玩玩，不要说自己角抵不成，便是有能为，岂敢便当场不让摔倒太子呢？为难半晌，只得奏道："臣是何等之人，焉敢与东宫交手？"

乾隆道："今日咱君臣闲暇，偶然赌戏为乐，尚非荒宴可比，试一为之也自无妨。"和珅不敢违旨，只得磕头而起。这时嘉庆便略为扎拽袍儿，拔步下阶。乾隆帝高兴，竟微微含笑。嘉庆龙行虎步地来至廊下，和珅没奈何，立在场下手儿，正要一拱手请嘉庆先打将来，忽觉脖颈上锥也似的一刺，登时

273

奇疼彻骨。这时嘉庆拳脚已到，百忙中更没空理会脖儿，只得忍了疼，即便交手。

不想刹那之间，项后又似针扎的一般来了两下儿。说也古怪，只觉有个小虫儿缘脊而下，闹得和珅龇牙咧嘴，疼汗如雨，真是哑子吃黄连，苦在心里。不消说，三晃两晃被嘉庆一脚绊翻，吭哧声仰跌于地。这一来越发不妙，顿觉后脊上大痛一下，并且粘淫淫的，于是和珅伏俯称罪，乾隆帝笑道："卿家究竟上了些年纪，比不得后生家了。"

这和珅无端失却明珠，如何不气？退回私宅，解衣一摸后脊上，却有个寸许长的小火蝎子业已压扁咧。诸公听到这里，定有猜是圣天子百灵相助的，其实不然。因和珅这老奸能谄能骄，他虽没命地恭维得权宠的内监，却不去理会御前奔走的小监。有时节他大马金刀地坐在军机处，偶遇小内监，他连屁股都不肯欠欠，因此小内监等甚是恨他。恰好和珅立处靠近宫槐，正有个小蝎子从树孔爬出，一个小监趸去一拂，正拂在和珅的脖儿上，所以暗含着吃了个小小横亏。

且说和珅从输却明珠后，便将嘉庆记在心里，幸得乾隆英明，他还不敢暗进谗言。哪知嘉庆也一般将他记在心头，见他招权纳贿，任意价颠倒朝政，将个嘉庆帝只恨得牙痒痒。但是清朝家法，太子诸王等都不许擅谈朝政。嘉庆虽然性儿深沉，但见和珅日益无状，不由在自己邸中每每酒酣，便拍案道："和珅这厮一颗狗头，吾终当斫取之！"又尝在射圃习射，每对左右道："你们看那射标红心，圆丢丢的，可像和珅的脑袋？"

你想和珅党羽侦刺事的各处都有，不消说，嘉庆这番情形早传入他耳朵中，但他这当儿正在倚仗得宠，也不以为意。

一日嘉庆又复微服出游，来至前门外一所戏园前，听得里面丝竹嘹亮、歌喉婉转，便信步趸入，拣一雅悄座儿坐定。刚要唤茶，只见一个四十多岁的混混敞披大衫，歪戴着帽子趸来，不容分说，向嘉庆靠肩一坐。只一叉腿之间，早露出腿攘子的柄儿，更鼓起两只望刀眼睛，喊茶役道："喂，快拿茶来！老子看过中轴还有事哩。"那茶役赶忙赔笑道："霍爷闲暇呀，今天的戏再好没有，少时就是《落马湖》的大轴子。"

嘉庆不耐烦，便趁势站起道："今天这戏熟厌得很。"方要移向他座，不想脚下一迈，恰好一个清瘦瘦的老头儿低头趸来，两下里都没理会，嘉庆一脚正踏了老头儿的青布新鞋子。嘉庆连忙道歉，那老头儿也笑吟吟拱手道："彼此彼此，冲撞冲撞。"一望嘉庆仪表，不由肃然起敬，便笑道，"老兄如没找着座位，何妨到楼上同坐呢？"

嘉庆细一端详那老头儿，有五十多岁，气宇蔼然，衣冠俭朴，像个宦途中人，但是眉棱间似蕴有抑郁气色，因笑道："如此也好，此间本来太喧杂。"说罢，和老头儿厮趁举步，却听后面那混混冷笑道："怕喧杂，就该自己家里唱堂戏呀。"那老头儿听了，不由向嘉庆一笑。两人到得楼上，落座叙谈。嘉庆知那老儿姓颜名敏政，湖南人氏，是位某部的郎中，吐属之间，十分蕴藉。

正这当儿，只听楼下一阵喧闹，两人向下一看，却是那混混从平地又移到一处整齐座儿上，那茶役正打躬作揖地哀告道："您老无论如何须让开这座儿，您老在北京，创大人大物的，有什么不明白呢？"说着，一竖大指道，"咱今天要是惹了这主儿，明天就该唱《拆楼记》咧。"

那混混大跳道："放你妈的驴子屁！霍大爷平生就是不服硬，便是和珅来都不打紧，你休要拿和珅的臭奴才来吓俺！"说着，凶睛一瞪，就要动手。嘉庆听得"和珅"两字，不由注意。

正这当儿，只见众人呼啦一闪，登时踅进一个五短身材的人，油晃晃紫黑面孔，横丝儿肉，齐嘴巴子短须如刷，衣服阔绰，后跟四五名横眉溜眼的打手，便如《郑州庙》谢虎闯酒楼一般，一团风似的抢到。

众座客大惊，不由纷纷站起，登时你掣衣，我抓帽，就要卷堂大散。急得数名茶役东拦西遮，没口子嚷道："诸位消停，不碍事的，哪位趁势要拐座钱可不够朋友哇！说你哩！"

纷纭之间，又听得茶役笑道："霍爷别见怪，怪不得您老有个主心骨儿，坐在这里没事人似的，原来您和王爷都是自己人哩。伙计，爽利点儿呀，快泡好茶，今天王爷一高兴，赏你把金豆儿，就不用你婆子站门子去咧。"一路诙谐，当即稳住众人。

嘉庆一看那五短身材的人竟和那混混笑嘻嘻拉手抱腰，乱拱耸一阵，然后相与靠座，便南声北调地讲起话来。这时戏台上锣鼓震天，筋斗满地，全武行的《落马湖》正演到热闹处。那短身材的人皱眉道："这种戏什么看头？"因唤道，"来呀！"即有茶役应声而至，那人道："快叫戏班中换一出《小上坟》，须叫'一阵风'和'八棱旦'串演来！"于是茶役嗽应，向戏台上喊下话去。

说也奇怪，《落马湖》登时收场，接着便跳罢"加官"，手锣一响，苏笛儿吹起引场，上场门帘儿一启，可不正是那缟衣如雪的乔秀英？于是满园人相视以目，交头接耳，许多眼光也便向那短身材的人注来。望得嘉庆甚是纳罕，颜敏政却叹道："厮养横行，一至于此，真是白日大都之下，魑魅鼓舞咧！"

嘉庆道："颜兄何故感慨，莫非识得此人吗？"敏政道："俺起先原不认识这种人，近日却因俺新放外任，无意中得罪此人，竟致改放了别人。此人非同小可，便是和珅豪奴中五虎之一，姓王名凤山，外号儿'矮脚虎'，他和'髦毛虎'松百寿真是气焰熏天，无恶不作。和珅卖官鬻爵，都由他两人兜揽经理。两人狼狈为奸，同了那三虎，横行无忌，占人田产，淫人妻女，也说不尽他许多凶恶。那'髦毛虎'更为凶淫，家中设有地牢，并西洋机器春椅等项，抢来有姿色的妇女，便任意宣淫，那妇女倘若违拗，登时拷打煞丢入地牢。"嘉庆愤然道："奴才如此，其主可知。颜兄荣升哪里？为何得罪此人呢？"

敏政叹道："俺应放贵州藩司，王凤山遣人向俺索馈数万金，方许放出。老兄请想，俺一个穷京官，漫说没银两，便是有银两，这等没行止的事，岂是咱读书人所为？因此俺一口回绝来人。不想王凤山真个手眼通神，只过得两天，便已改放了别人咧。"

嘉庆本知在朝众官大半是和珅一党，但见颜敏政词气之间十分蕴藉，不由暗想道："此人倒是真正读书人，不肯去依附权门，总算有脊骨。"正这当儿，恰好茶役前来换茶，又听得楼下吆喝一阵。嘉庆望去，却是王凤山和那混混把臂而出，看光景甚是亲昵。敏政便问道："茶伙计，你可知这混混是谁呀？他如何混在王凤山一处呢？"

茶役吐舌道："那会子可把俺吓坏咧，俺只当他两人定是一场打，不想那人识得个王凤山，特来卖弄，抖标劲儿。你老人家在北京住，岂不晓得有个绰号'赛专诸'的混混吗？便是那个混混了。此人姓霍名德，力举千斤，原是屠夫出身，后来改习厨司，生平凶猛有胆，没有他不敢做的事，因此五城混混们都被他次第折降，却未免都恨他入骨。

"一日大家邀集了，各持刀棍伏在要路口想摆布他。果然不多时，霍德褐裘而来，大家喊一声，刀棍并举，一拥齐上。霍德大笑道：'老子今天若不夹生地嚼你们，你们也不晓得"赛专诸"的厉害！'说罢两臂一分，便由刀棍丛中直抢进去。恰好一个胖子正喘吁吁扬刀待剁，早被霍德一脚踢翻，就势夺刀在手，向胖子大腿上哧一声便是一削，胖子怪叫之间，一片鲜肉已被霍德嚼在口里。于是众人大惊，一齐拜倒，从此霍德在北京混混中便坐了第一把交椅，但是他在杀打行中虽有名儿，却不见和王凤山等往来，因王凤山手下有的是打手，用不着他。

"如今王凤山忽地和他拉交儿，或者有特别用他处也未可知。您二位都是斯文人，不晓得他们这等人怎的凶实。霍德这小子，只要将顺了他的毛儿，真是不忌生冷，便是斫皇杠的勾当他也肯干。裤腰带上拴脑袋的莽儿，凶得紧哩！"

敏政听了，付之一笑，当时和嘉庆款谈数语，彼此别过。从此嘉庆越发深恶和珅，只得给他个锋芒不露，待时而动。在邸之暇，却以角抵做娱乐之具，单挑选十来岁的俊壮孩子，各穿起锦衣绣袄，头绾双髻，打扮得玉娃娃似的，扑跌为乐，换了一班又一班，闹得外边纷纷议论，都说嘉庆狎比娈童。嘉庆闻得，越发自喜。不想风气所被，京师像姑们登时大行其道，至今故老们讲究起来，还说北京玩像姑的风气是由于嘉庆作俑哩。无稽之谈也就不足深论了。

如今且说和珅自嘉庆登极以来，好不心头惴惴。过了个把月，见嘉庆依然待他优渥异常，很拿他当个老臣元辅，凡有大政必和他商议而行。和珅为人本来机警非常，就知嘉庆反面里大有文章，于是终日慄慄，越发地暗嘱党羽窥探圣意。

这时朝臣等窥知圣意，都要争先抓个干脆，来打这将死的老虎，一来溜溜皇上的沟子（俗谓逢迎曰溜沟子），即得圣眷；二来趁势沽个直臣名儿，将来载在史书上是不会有亏吃的，于是你一本，我一本，都将和珅的罪恶赃款一宗宗揭奏起来。吓得个和珅每日价起坐不安、茶饭无心，有时节独坐藏珠楼，对了许多的奇珍异宝，但见满眼的璀璨陆离，毕竟没一样可以慰慰这颗心的。正这当儿，却又消息传来，有位朝臣论列了和珅四十多款。和珅一想，四十款中只要一款坐实，便不得了咧。

俗语说得好："狗急跳墙，人急造反。"于是和珅暗和王凤山等商议一番，但见凤山道："事有凑巧，奴才有个肝胆朋友，名叫霍德，现方在御厨中当差，这件事他去最妙。"和珅大悦，便登时盛筵席、大陈金帛，在密室中准备停当，由凤山唤到霍德，和珅亲自款陪，十分隆敬，闹得个"赛专诸"承宠若惊。正在搔搔头、摸摸屁股地不知怎样方好，只见和珅恭恭敬敬斟了一大杯酒置在自己面前，忽地双腿一软，登时矮了半截儿。正是：

　　老奸今识批鳞险，大事宁辞屈膝求。

欲知后事如何，且听下回分解。

第十四回

乾清宫侍卫捉刺客
平仲祠双侠问山樵

且说霍德见和珅双膝跪倒，不由大惊，连忙跪扶道："相爷这是怎的？可不折坏了小人！"和珅这时业已泪流满面，便悄悄将自己恳求之意一说，又道："霍壮士如允此事，此后和珅家业当与壮士共之。戋戋金帛，不足言酬高谊哩。"

霍德猛闻和珅之谋也是一惊，但是他凶性天成，又自恃身手勇力，因慨然披项道："俺既蒙相爷如此厚待，这一腔热血便卖给相爷吧！"和珅大喜，这才挽起霍德，依旧入座。酒至半酣，先将所陈金帛都给霍德送到寓处。于是霍德雄赳赳趔趄起辞。

和珅道："且慢，古语说得好：'红粉赠予佳人，宝剑赠予烈士。'今俺有宝刀一口，却正合壮士之用。"说罢，命左右由藏珠楼上取过一柄短刀，七宝镶鞘，甚是精致。

霍德接来，锵啷啷拔刀一看，但见一片寒光湛湛如水。那刀只有一尺来长，锋芒晔晔，不可正视，端的是口上好的苗刀。原来和珅当国，四方进献，他须挑了上份儿，其余的方入皇家，所以后来查抄和珅，很有些奇珍异宝为内府所无，这把苗刀便是一宗赃物了。当时霍德藏了短刀，慨然起辞，和珅拉了他手儿直送至府门外，方彼此一眨眼，霍德便扬长而去。

且不提和珅葫芦里卖什么药，如今且说乾清宫外有一个守门的侍卫，此人名叫元惺，系满族正黄旗人，便是当年响当当著名督抚噶礼的后人。当时噶礼在两江总督任上，因贪酷被皇上拿问赐死，所以他的后人贫乏不堪，喜得元惺还能自立。

这元惺又生得十分异相，尖头削颊，两只大眼睛赛如铜环，皮肤颜色便如枯树皮一般。有生以来谁也没见过他的笑容儿，无论行、立、坐，总要挺起腰板儿，他生得身量细而且长，远望去森森耸耸，便如一株老松，并且秉性凝重，富有膂力，在乾清门值班时，无论祁寒暑雨、大风严雪，他都有一定座位，寸步不移。因此同僚们每背地里笑道："元大哥就似个倔巴棍子，倒像他家奶奶老怪物哩。"

原来噶礼之母很是异性，她见噶礼贪酷无状，甚不谓然，气愤之余，便勾起她的酒德，因此越气越饮，越饮越气，久而久之，只要三杯落肚，便大骂噶礼不止。及至噶礼被罪入狱之后，皇帝本没决意赐噶礼之死，不想有一天，噶礼之母进宫贺节，皇帝偶然问起她儿子究竟为人怎样，你猜这老太婆怎么对答呀？古人说得好："其父攘羊，其子证之。"这老太婆竟闹了个"其子攘羊，其母证之"。

于是皇帝叹道："其母都这般说，可见噶礼死有余辜咧。"于是噶礼竟正国典。当时京师有句俗语道："噶礼母，不护犊。生也由汝，死也由汝。"所以元惺同僚们如此说法。

一日元惺又和同僚入卫，时当夏令，人家都是轻纱软葛，元惺还是粗布单袍儿，石佛似坐在那里。大家便笑道："喂，老元哪，你也该换换季咧，窝出病来不是玩的。"一人笑道："你晓得什么？人家元大哥是专练这套寒暑不侵的硬功夫哩。"又一人笑道："你也别说，就看咱元大哥这副苟不言、苟不笑的气度，便像个大元帅的样儿，将来一外放任，损死了也是个提督镇台。"元惺听了，通不理他们。于是大家随意乱踱，七言八语。

一个道："真他娘的丧气，昨天俺到悟真道人处算了命，他说俺不出两日定见血光之灾，幸有紫微、武曲两星运照本命，还不碍事。凭空地心里添个大疙瘩还不算，又费了一两头的卦金。有这一两头，咱们下个羊肉馆多么写意呀。"

一个笑道："哈三哥就是好吃牛羊肉。你提起羊肉馆来，招得俺胸口间腻孜孜的，这会子左右没事，咱们且到小罗子那里抄个便宜茶喝吧。你还不知道哩，近来小罗子供奉御画之暇，画得好春宫儿，那眉眼儿开得就别提多妙相咧，内监们争着买去玩，所以小罗子大得其利，咱去搅他下子很不为过。"

众人道："妙，妙，反正咱这里有位不动坛的老和尚，还怕误了差事不成？"说着一拍元惺肩头道，"老元哪，你若口渴时，俺们给你端碗茶来，等下了值，咱们是广德楼的请儿，你看如何呢？"元惺一哼之间，众人已嘻嘻哈哈直奔如意馆而去。

原来这如意馆是供奉御画之所，其中供事都是写生妙手。因清代皇帝都好游心艺苑，特设此馆，以娱宸衷。那馆便在乾清门左边，相距甚近，馆长罗小峰和这班侍卫甚是厮熟，所以大家又去起腻。这一来不打紧，倒做成了元惺独力救驾的功劳，居然可与汉朝忠臣金日磾名垂不朽咧！

且说元惺见众人去后，依然危坐愈恭。正当日长如年，困人天气，熏风吹处，元惺稍为疲倦起来。刚似乎两眼一合，只觉耳边有人促呼道："起，起，捉捉捉！"元惺惊醒，纵身跳起，方举目四望之间，便听得如意馆中砰啪扑哧一阵跌撞，接着有人乱叫乱骂，复有人极力大叫道："有刺客咧！"

这一声不打紧，元惺不遑他顾，先拔腰刀，叫声苦不知高低，百忙里却是空鞘子。原来他入值时，经过闹市，却被个不开眼的扒儿手给偷去咧。当时元惺急怔之间，便见一个凶神似的大汉手挺短刀，业已火杂杂抢进宫门，这时门内小监等都吓得呆在那里。

说时迟，那时快，那大汉一个箭步业已蹿到门阈之下。于是元惺大呼，赤手扑去，先给他骶羊触角，嘣哧一头便撞向那汉后脊。那汉冷不防向前一扑，右手中那把短刀正戳入门框木缝中，咔嚓一声，一下子夹牢。急忙力拔之间，背后元惺早已双张铁臂拦腰便抱。那汉子赶忙一闪，手已离刀，也只得赤手应敌。

哪知元惺耸跃本领虽差些，却有力如虎，两人这一手搏，真个是拳脚如雨，死追蛮打。三晃两晃，那汉子一拳揸来，却被元惺接住手腕，两人趁势一撕扭，业已搅作一团，吭哧声一齐跌倒。元惺力大，方要翻上身子来个骑虎式，力扼敌项，只听身旁大叫道："唔呀，好混账王八羔子，真个要造反咧！"声绝处，一棍飞到，正砸住那大汉脚骨上，他更不客气，老实实抽回大棍，又是一连几搞，这才搞得大汉颓然仆地。元惺就势几拳，只打得那大汉口鼻流血，便忙忙把缚定，一看那耍大棍的却是罗小峰。

两人未及交语，众侍卫随即赶到。元惺一眼望见那个哈侍御偏额上一处刀伤，长血直流。原来哈侍御等方到如意馆，恰值那大汉提刀闯入，张皇四顾道："乾清宫在哪里呀？"大家见他持刀，更搭着神色有异，哈侍御喊一声，当头便捉。那汉刀光起处，刺伤哈侍御，急忙跑出。那罗小峰情急之下，便拾了根顶门木棍随后赶来，恰是元惺摔倒那大汉的当儿。

当时大家捉住那汉，反倒相顾失色，情知这档子事关系行刺，非同小可。正没作理会处，只见哈侍御细看那大汉，失惊道："噫，你不是御厨中厨夫霍德吗？你竟敢做此逆事，这其间定有缘故！"霍德冷笑道："什么缘故？你是什么东西，配来问俺吗？老子有话，自有讲处哩！"

这一闹不打紧，登时满朝大扰，早有该管的人先将霍德带交刑部，当即有当值大臣奏闻嘉庆，于是厨夫霍德行刺宫闱一段事顷刻间轰动京师。大家听了，纷纷议论，那机警官员们早猜到是和珅的逆谋，这般血海关系的勾当谁敢去多嘴呀？只惊得个和珅魂飞魄散，百忙中一切不顾，先弄了点儿鹤顶红藏在身上，准备着事儿一发作，立刻吞入肚，终日在府中唉声叹气，起坐不安。众姬妾等见相爷不欢喜，只得尽力子浓妆艳抹，争妍取媚。哪知这老奸对酒增愁，看花转闷，只每日独坐藏珠楼中，书空咄咄。过得两天，却闻得刑部中将霍德以疯人定案，牵赴菜市口吃了一刀，和珅这才强打精神，放下心来。每逢进见，却也窥视不出皇上意旨。

这时川、楚、陕白教之乱正闹得十分起劲，于是和珅便想起拥兵自重之策，请自出督师，以平教乱。嘉庆笑道："卿是两朝元辅，国家重臣，调燮阴阳，以臻郅治之隆，方见卿家的相业。扫平小丑自有一将之任，何足劳卿家呢?"和珅听了，只得闭了侫口，从此嘉庆时时召见他，或谈论治道，或从容赐宴，更兼温谕频颁，赐予稠叠，闹得个和珅竟自模模糊糊，也不知是福是祸。

这日正在深思自叹，对镜徘徊，在大厅廊檐下踱来踱去，只听嗒嗒嗒草鞋声动。和珅望去，却是个山野道人，竹笠棕拂，飘然而至。仔细一看，不由惊喜趋下，把臂道："汪道友你从哪里来呀？数十年中俺竟没寻着你哩。"那道人笑道："相公不须寻俺，时会一到，俺自来寻你哩。相公可还记得四十年前咱们在城南刘相公庙雪夜煨芋，抵足深谈，俺一番期许相公的话吗？现宰官身正好度人，何况相公握衡平之枢，居造福之位，一念之善，四海蒙庥，阴骘善果，何等广大！可惜相公富贵熏心，大造其孽，贪一瞬之荣华，随历劫之业报，眼睁睁钟残漏歇，你还寻俺做甚？便是佛也救不得了！"说罢，举拂一挥，声如霹雳。那和珅目定口呆、形神并丧之间，只见那道人衣裾飘拂，竟自冉冉踅出。

原来和珅少年时，家贫读书，膏火无资，每夜晚便在刘相公庙神灯下咿唔半夜。其时庙中老道便是这个汪道人。神殿中，一个念书，一个在蒲团打坐。一夜大雪，两人向火煨芋，火光照处，显得和珅满面红光。汪道人叹道："和君，你不可自视菲薄，据你骨相，将来怕不位极人臣？却须好自为之，勿堕恶业。今夜之话，君须记取，俺不久也便云游他处，此后相见，但勿忘雪夜煨芋一番话便了。"

和珅听了，也没在意。及至他居权得势，不由暗怪汪道人是个异人，便连年遣人物色汪道人，通没影儿。和珅得意之下，想起少年贫苦，便派人重修相公庙以做纪念。不想今天汪道人忽然自至。

且说和珅良久神定，连忙传问仆人："可见汪道人进府？"大家都称不知。和珅细想方才见那汪道人，依然是四十年前的容貌，不由爽然自失。再思及他隐约一番话又非佳兆，慨叹一番，还痴心想那汪道人或便在刘相公庙也未可知，于是屏去骑从，只带一小童踅向刘公庙，一问庙中道众也都没见。和珅感慨之下，循览庭除，只见一处处都是自己少年时脚踪所踏，那一痕淡日斜照苔阶，还是四十年前一片景色。

逡巡间，踅至西廊下，却见壁上用瓦锋画题一诗道：

相业那堪问，乱邦恨有余。练飞三尺白，到此意何如？

那诗字儿歪歪斜斜，后缀"水王"两字。和珅看罢，不由毛骨悚然，情知"水王"暗合"汪"字。细味那诗，闹得一肚皮不自在，当日回府，只觉得无精打采，便独宿在花园精室中摄养精神。午夜风起，吹得满园中寥寥萧萧。老鸦悲鸣，又仿佛有人窸窣走动，喟然长叹。及至叱问，通没人搭腔，闹得和珅通夜也没睡安生。

次日晨起，方在梳洗，忽圣旨急宣入朝，就在乾清宫便殿中垂询政要。和珅奉旨，不敢慢急，便登时趋入内室，穿戴上朝的衣帽。他素日排场，凡上朝衣冠都归一个宠姬伺候，照例地衣冠都毕，对镜望望容止。当时和珅整冠已毕，那宠姬便俏摇春风地绕到和珅背后去舒袍摺儿，无意中向前面镜中一望，不由啊呀一声。和珅急忙回望，只见那宠姬花容失色，却捱着鬓角儿皱眉道："俺清晨起来贪凉爽，花下梳头，想是冒了风气，方才胁下作疼，所以失声。"和珅听了，也没在意，便匆匆入朝而去。

这里宠姬怔了一会子，便向同伴们悄悄数语。众人惊道："你这死妮子，快别拿神见鬼咧！相爷好端端地入朝，你说这样不吉利话，相爷知得了还了得吗？"大家一阵七言八语，吓得那宠姬再也不敢哼一声。不想便是这日傍午，钦派查抄和珅的人员业已率领许多内役一拥到来。当时见人就拿，见物就封，那一番热闹情形便如《石头记》中北靖王查抄宁国府一般，也就不必细述一切咧。

原来和珅在乾清宫便殿奏对之间，嘉庆忽地天颜震怒道："和珅，你多年误国，罪难擢发，今日可知罪吗？"和珅大惊，赶忙免冠碰头，连称死罪。正这当儿，只见由壁衣中转出四名角抵小童，不容分说，早将和珅拿下，便登时交付刑部，勘问罪状，一面价派员查抄。当时所抄得的赃物真个骇人听闻，据说不亚于明朝严嵩的赃物。不消说是珠用斗量，金如山集，唯有那串珍珠朝珠，便是嘉庆皇帝都没开过这种眼。于是嘉庆震怒，先下诏宣布和珅一切罪状，然后旨下赐白，诛却和珅，果应了汪道人"练飞三尺白"的谶语。

后来那宠姬流落民间，嫁了个秀才相公。她曾向人说道："和珅最后入朝的时光，俺从镜中却见他项拖白练哩。"那秀才喜闻故事，茶余酒后便询问和珅府中许多逸事。

宠姬道："和珅淫侈之状不可尽述。他所居室中从不点灯烛，却有一颗夜光珠悬在帐头，满室通明，更无烟火气。又有块温璞重可数十斤，置在座隅，便盎然生暖。避暑时光，有碧色鲛绡之帐、水精鱼藻之榻、龙须之拂、冰蚕之帨。最奇的还有一具仙音枕，其质空明，非金非石，枕之则百乐竞奏，唯心所念。至于他的淫乐之法更为奇特，有四脚貂裤、合欢机，更有暖室镜壁为冬月裸逐之需。至于服用饮食，其精美奢侈更不必说，便是寻常一味，都有专精其艺的伺候。不瞒你说，俺便是伺候小炒肉一味的。"

这句话不打紧，秀才登时馋涎拖下老长。原来这秀才平生好吃口儿，当时秀才跃然道："妙妙，你会小炒肉，快显显手段给俺尝尝。"宠姬笑道："哟，可了不得，难道你不想过了吗？你一年到晚喊破嗓子地教书，巧咧许够一味小炒肉的钱。"秀才道："怎么呢？"

宠姬笑道："我劝你压压馋虫吧！这小炒肉须一只整猪，只项脊之间三寸长的一条肉方能合用。你一买肉都是论两，如何做得成小炒肉呢?"秀才听了，不由叹气，只好咽的声咽口唾完事。

哪知事有凑巧，过了两天，秀才居然命人抬了一口肥猪来。原来这年恰该秀才值社，有一头荐补的猪该由他宰割来分给社众。当时宠姬一见那猪，便笑道:"可惜是口死猪，做出小炒肉，味亦大减。俺在和相府都用活猪割取一条肉哩。"说罢，真个由猪项脊间割了肉，便赴厨下。这里秀才好不高兴，便在房中温酒，专等尝小炒肉，装一霎儿的和相爷。(此语含着无限的伤心，但看今之中等军阀，都恨不得趁机会装一霎儿的大将军，此兴彼伏，循环不已，此世乱所以没底止也。)

须臾，宠姬端得小炒肉来，只那漂亮颜色、馨香气味早已将秀才馋得猴急不堪。

宠姬道:"你且自饮，俺还须到厨下料理。"于是趑入厨房，摒挡一切。不移时，趑入房中，只见秀才整个儿地趴在椅下。宠姬失惊，扶起他一看，原来因小炒肉味美得过分，急吞狠咽之余，竟将舌头也吞卷了半段。从此里巷传笑，落了个话柄儿，说人要吃肉，先须用线拴住舌头。就这节笑话看来，那和珅穷奢极欲，如此焉有不败之理呢?

以上便是嘉庆皇帝用角抵小儿拿办和珅一段逸事。以此之故，那川、楚、陕三省教乱，因朝廷没暇专意征剿，也便日益披猖。只三四年间，三省里督抚屡易，又命邻省出兵协剿。无奈当时官吏泄沓成风，武备堕弛，更没人能为朝廷分忧，只苦了遭劫的百姓。只有陕西高天德教众稍微好些，攻陷城邑，严禁杀戮。如川、鄂教众凶锋所至，简直一言难尽。

作书的一张嘴难说两家话，因演述教乱之原，只得将本书主人翁杨遇春暂为搁置，今却须专笔来接述咧。

且说杨遇春一班人随额经略平定苗疆，在长沙小驻，随即启节北上，真是鞭敲金镫响，人唱凯歌回。一路上旌旗紫转，大军所过秋毫无犯，百姓们夹道纵观，无不称叹。只有杨遇春偶然想起冷田禄，还未免时时太息。逢春却憨头傻脑终日乐得咧开大嘴。

倩霞是孩子腔儿，只要大军一驻，她定要各处去游览，一山一水，一古迹，一名胜，琳宫也罢，梵宇也罢，她必要逛个尽兴。别人鞍马劳顿都要歇歇儿，唯有于益偏有这份闲心儿，倩霞每去逛，再没有不拖着于益的。因于益素性萧散，便是从军立功也都是游戏的意思。大家看惯，也便不理会了。

一日军驻一处，地名回马坡，那所在傍山近水，风景清幽，北望一峰，嶙峋拔起，上面青郁郁树木中隐露红墙一角。倩霞和于益趑近山趾，只听清磬一声，冷然飘忽。于益喜道:"这些日被军中鼓角吵得人昏头奋脑，咱快去逛逛。"正要拔步走去间，恰好一个山樵由树林影里负薪趑出，随口作歌道:

盖世勋名只等闲，青骡隐迹去悠然。

白云自足留君住，何必青城始得仙？

那樵夫一面唱，一面趑近山趾。倩霞便道："喂，樵大哥，此山何名？上面可有好逛的所在吗？"樵夫道："好叫姑娘得知，此山名平仲峰，山清水秀，山上还有平仲祠，地势幽雅，且是好逛得紧哩。你这位姑娘要去逛，左近山家有的是山兜子，俺与你雇一乘如何呢？"倩霞笑道："不须劳驾。"

于益道："樵老兄，你还会唱诗，怎不读书考秀才去呢？"樵夫道："惭愧惭愧，俺如何会唱诗？这首诗却是平仲祠壁上的，也不知是哪个文墨过客所题，俺天天去给祠中老道送柴，日子久咧，那老道便将壁上字都教给俺，俺念着曲儿似的，所以胡乱唱唱。那祠壁下还有一统大碑，字儿密杂杂，俺可没法认它咧。"说罢，将柴担一换肩，徐徐自去。

这里于益和倩霞也便信步登山，一路价穿林拨草，转过许多窄径，那地势越发幽秀，杂花山鸟点缀山光，细泉穿沙锃铮悦耳。倩霞一路踊跃，如何肯安生，见了野花便揪来插鬓，须臾粉红熳碧，堆得头上花姐姐一般。又撷了两手花儿，却憨笑道："可惜这些不知名的好花儿不能叫俺若芬姑看看，她多读书籍，定然识得的。"说罢，随手一搓，将花朵儿揉了一地。

于益这时高瞻远瞩，忽远指道："霞姑，你看那是什么？"正是：

世念淡时看物化。道心生处见天机。

欲知后事如何，且听下回分解。

第十五回

献逆俘将士论功
归故里兄弟联骑

且说倩霞随于益指处望去，却是远峰间一股云气苍莽莽地倏忽变化，因笑道："您难道没见过云气？便是俺在滕家庄的后湖中玩耍，那清晨日落水气涵虚，也就似这云气哩。"

于益忽笑道："霞姑你在那样好玩所在岂不受用，为甚跑来大营耍子呢？"倩霞听了，竟猛然对答不来，只得干笑道："您可说吧，俺也不晓得是怎么档子事。那么你老人家生在山水之乡，又有田园之业，不愁吃，不少穿，为何也跑了来呢？"于益大笑道："你可说吧，俺也不晓得是怎么档子事。"

倩霞听了，只是憨笑，却不由登时凝然倾想。两人一时间反倒没话，但趁着山风肃肃盘桓而上。那倩霞衣裾飘动，俨若御风。于益从后面自言自语地道："红颜一春树，流光一掷梭。"

须臾趄过一条小小溪桥，松杉夹路，直接祠前。两人趄近祠，方在瞻望祠额，只听汪的一声蹿出只大花狗。倩霞略闪之间，只见一个破衣老道徐徐趄来，两只眼精精灼灼形如野鹿，却笑面佛一般直撅撅站在门前，也不晓得作个礼儿。

于益道："有扰道长，请问这平仲祠是怎的个古迹儿呢？"那老道龇牙一笑，只用手向内指，原来却是个哑子。倩霞也不理他，便和于益逡巡趄入。

只见祠内松荫森森，阶草芊芊，倒也十分幽静，正殿三楹，额题"英风高韵"四字，东壁下果有一统大碑。

两人厮趁入殿，只见那神像塑得甚是别致，是一位紫髯将军，全身甲胄，佩剑横刀，英气如生，跨一骑大青骡，作飞驶之状。那将军揽辔回望，紫髯飘动，仿佛叹息的样儿。倩霞正在手掠鬓角憨憨呆望，只见于益在东壁下去看那碑文，忽地鼓掌大笑道："好一个'盖世功名只等闲'哪！"

倩霞忙凑去，一读那碑，却是南宋名将姚平仲的一段小传。那神像便是平仲战败，骑骡入青城山修道的一段故事。故老相传，平仲由此处弃兵入道，所以特建此祠，以存古迹。

当时倩霞笑道："我当是什么古迹儿哩，原来是姚平仲一段事。这姚平也是个冷性人，热闹闹地领兵带将，真难为他放下一切，便当老道去。"于益越发大笑道："妙，妙！好一个'盖世功名只等闲'哪！"

正说着，只听山下大营中暮角悠扬。倩霞一望天色道："时已不早，咱也该转去咧。"于益信口道："转去就转去，俺看转去是转去，不转去也是转去！"倩霞听了，不由微怔道："您说的是什么？"于益道："转去就转去。"

倩霞正在摸头不着，恰好那野道人趄来，于益大笑着，一把拖牢他，道："你看是转去好，不转去好呢？"道人听了，挣脱身，嘶嘶两声，撒脚便跑。这里于益也便手舞足蹈，一气儿疾趋下山，倒累得倩霞碎步如风，便如流星赶月似的。直跟到山脚下，于益方才驻步，稍复故态，闹得个倩霞小眼儿只是滴溜溜地转。

于益道："真个时光不早咧，今夜五更头就须起营，为时无多，俺到底是转去不转去呢？"倩霞微嗔道："您今天好端端的，为甚说起话来没头没脑？咱这不是转回去吗？"于益正色道："对呀，俺看你也该转回去哩。"倩霞听了，赌气子不去理他，只咕嘟着小嘴儿低头走路。

须臾将近营门，恰好逢春奉令去放夜哨，兴冲冲从营门趄出。于益道："喂，杨老弟，你叫俺转去不呢？"说罢，望着营门大旗只管点头。逢春道："于兄才转来吗？逛得什么古迹儿？少时俺回头再快快耳朵吧。"于是匆匆价各自分头。

当晚，倩霞在自己帐中正在纳罕于益那会子一番情形，只见于益躬身趄入道："霞姑，俺这可要转去咧。"倩霞一望他，业已换了寻常衣服，用佩刀掮着小包裹，仿佛要上路的模样，不由惊问所以。

于益道："俺本无意功名，如今跟人家仆仆北上，倒冤苦了这两条腿子。俺从此便要转回家去咧。俺已留书在帐，辞别经略并时斋等，要先走一步儿咧。霞姑你若到京玩玩还可以的，咱们再见吧。"

倩霞大怔之间，于益已转身而出，一耸身形，早已瞥然不见。倩霞惊定，连忙去告知遇春。遇春大骇，急同倩霞出营四望，哪里还有于益的影儿？便奔到于益帐中一看，果有两封书札置在案头。一是辞别经略，一是留别遇春等，大概都是无意功名的话头。

遇春和倩霞正在爽然若失，逢春和滕芳也便闻信跑来。逢春噪道："于兄本是俺拖他来的，他这一壶子未免烫得太热点儿，等俺赶回家去拖他转来。"倩霞听了，便一述于益游平仲祠的光景。

遇春叹道："于老弟性情恬淡，俺是知得的，如今且由他去，便禀知经略吧。"当时经略闻禀，深为叹异，从此满军中诧为异人。唯有倩霞经于益这番激触，不由暗想道："像于益从军平苗，颇立功名，他一个男人家还不欲功名羁身，像俺叶倩霞，因逞一时意气要显能为，也在大军中混了一场。如今苗疆底定，俺总算叫了响儿咧。如今经略凯旋，一到北京，无非庆功受赏，俺

286

若再混在里面，倒像蛇足一般。仔细想来，不如便回滕家庄，挽挽俺'疯妮子'三字名头倒也罢了。"主意既定，便登时照猫画虎，也如于益一般，作书留别经略等，趁五更时分悄然出营，竟自施展开飞行术，直奔滕家庄。这且慢表。

且说经略大军平明起行，百忙中又不见了叶倩霞，在她帐中捡出她留别之书。大家看了，无不啧啧称叹。滕芳当时也要追倩霞，同回滕家庄，逢春噪道："既如此，咱们大家散伙。难道北京皇帝便是大老虎，张开大嘴专等吃人，吓得你们都要溜之大吉？"亏得遇春和杨芳再三相劝，滕芳方才随行。

当时经略得见倩霞留书，只连叹道："奇女子！奇女子！只看她这般来去无端，便是古之剑侠也不过如此哩。"

不几日行抵北京，皇帝派人在长辛店行郊劳之礼，并驾幸正阳门，受献俘之礼。那一番风光威仪好不热闹严整。道上观者真个是人山人海。一见那军容之肃、士马精妍，并杨遇春等英风凛凛，无不额手称庆。

须臾兵卫夹道，剑戟如林，拥定三辆囚车踅过。头一辆是吴半生，缚得秋鸡子似的，在车中垂头耷脑，一言不发；第二辆是石柳邓，这时节蓬头跣足，赭衣遍体。柳邓身格魁梧，缚坐车子内，还有半人来高，两膀上虬筋如梗，怒目横眉，只那凶睛瞬处，吓得观者掩面不迭，不由悄悄议论道："好凶苗，只这胎貌便吓得煞人。错非额经略真还制不住他哩！俺想那苗婆儿石姑姑不定怎样丑八怪似的，不然会那么泼辣作怪？"

正说之间，又一队卫兵拥来，大家一望囚车中人，登时千态并作。也有搔首的，也有点头的，也有咂得嘴儿怪响的，也有微微叹息的。其中一个老先生撑起大眼镜，一撅胡子，尽力子一跺脚道："唔呀！古书籍实在不欺人的。古称深山大泽实生龙蛇，有其美者必有其恶。俺活了这大年纪，今天却见了人妖咧。"

语声绝处，身旁一个小媳妇子尽力子将那老先生一搡，道："依我看，你这老怪物就是人妖哩。"众人有晓得他两人底细的，不由都掩口而笑。原来那小媳妇是个私门头，便被那老先生包占着。

当时众人纷纭之间，石姑姑囚车业已徐行而过。这时石姑姑还依然苗锦奇丽，蛮髻玲珑，俊目四瞟，只有微微娇吁。忽地咯咯碟碟说了几句苗语，便如娇鸟啼春一般，听得众人都怅然神动。直至囚车过尽，居然还有伸脖远望的，便相与乱噪道："古称蒙面以斩妲己，将来出决石姑姑，怕不要刽子手的好看吗？"

不提这里市人乱噪，且说当日额经略觐见天颜，便口奏平苗情形，并略奏杨遇春、杨芳等各人的功绩。皇帝大悦，温慰有加，便令所司按功叙官，自经略以至士卒都各升擢赏赉有差。这一番凯旋盛况简直地震动朝野。

不多几日，朝命下，额勒登保进封伯爵，长龄、德楞太按秩加级，杨遇春功最多，超擢京营副将，杨芳擢升参将之职。杨逢春、滕芳、滕荟都为都司，武鸣凤死于王事，忠勇可嘉，特加封副将衔，并赐恤金。于益不欲为官，宜遂其志，着和叶倩霞并赐彩帛以旌其功。

此旨一下，大家好不高兴，额府内真个是群英济济。那马宽依然健在，和遇春相晤之下，只喜得摩挲老眼道："时斋努力，这不过是你发轫之始，咱那柄金错刀兆头儿好得紧哩。"说罢哈哈大笑。从此额府诸将连日价吃酒庆贺，唯有遇春偶想起武鸣凤、冷田禄来，心下还有些啾唧。这其间只快活了个逢春，终日价笑面虎似的。

一日大家饮酒，谈起行止，你说向那里赴任，我说向这里为官。大家正在兴高采烈，只见逢春悄没声地将酒杯搁下，仰起脸儿道："你们这般鸟声嗓，难道要散掉不成？"说罢眼圈儿一红，大嘴一噘。

众人笑道："那是自然要散咧！属要猴的，没得猴弄，不散等什么呢？世上没有百年不散的筵席，杨兄，趁大家还聚会着，且吃一杯吧。"逢春听了，抬起舍哥儿似的两只眼，望望这个，瞅瞅那个，尽力子一挤眼，双泪忽落。

这滕芳好不促狭，便愀然长叹道："咳！从此咱们东一个、西一个，风流云散，各人干事业，各人有运命。况且世事无常，国家多故，咱大家既受皇恩，又都是武将加锋，俗语说得好：瓦罐不离井上破，将军难免阵前亡。咱这当儿齐齐整整饮酒作乐，知道哪一会儿效命疆场呢？啊呀，杨老弟呀！嘉会不常，盛筵难再，俺劝你多喝一盅吧！"

众人一望滕芳促狭神色，正在暗笑得肚疼，只见逢春一面听，一面已经哭得抽抽搭搭。滕芳绷起面孔，又叹道："咱不久热辣辣地一散，总还是生离。俺如今想起死别的滋味，咱那个活跳跳的武大哥而今安在呢？"一语方尽，只见逢春大嘴一咧，哇的声放声大哭。

大家见状，不由哄堂大笑，滕芳却鼓着腮帮子，没事人似的，于是杨芳笑顾滕芳道："你这人真促狭，如何单叫杨老弟不欢喜呢？依我看，杨老弟就该乐不够才是！你想不多几日，你和时斋哥两个定要乞假省亲，那时节衣锦还乡，登堂拜母，这是一乐咧；不久完婚授室，洞房花烛，这又是一乐咧；刻下苗乱虽平，但道路传闻白莲教日盛，各处里很不安静。倘一日朝廷用兵，咱们这班人焉知不又聚在一处呢？那时节风云际会，上马击贼，取金印如斗大悬肘后，这个乐儿越发地大得多咧！区区目前聚散，何必伤心呢？"说罢哈哈大笑，偷瞟逢春，咯噔声止住哭，只双眉一展之间，早扑哧声笑咧。

滕芳冷然道："杨芳兄真有你的，俺刚放下线，你就势便提起来咧！"于是逢春大悟，指着滕、杨两个道："可恶，可恶！你两个一般是促狭鬼，却来耍弄俺老逢。"

众人听了，越发大笑。遇春道："乐不可极，咱这般喧哗，恐经略得知，大不稳便哩。"当时大家尽欢而散。

不多几日，吴半生等都已正法。滕芳兄弟因遇春不日请假省亲，大料着不日必要迎娶若芬，便忙忙先自回家准备一切。杨芳自赴陕西西安参将之任。唯有逢春，虽已放出某处都司，他却不欲赴官，便同遇春请假归省。

　　当时大家行踪既定，便连日价置酒高会，又在陶然亭置备酒筵，野游欢聚。这当儿正在秋初，万物萧疏，大家方在把酒凭栏欣赏野趣，只见一队队男女各捧香楮迤逦而过。问起酒家，方知近来那个西山活佛越发地符水惑众，并且畿辅间党徒颇多，细问起来，便是刻下流行的一种白教。

　　遇春叹道："现时此种邪教盛行于川鄂、陕西一带，地方大吏都不闻问，真正可虑得紧哩。"逢春笑道："咱不必虑他，可是杨芳兄说的话咧，朝廷一旦用兵，咱这班人又聚在一处咧。"大家听了都为一笑。过得数日，大家拜别额经略，各奔前程。

　　且慢表杨芳赴任，滕氏兄弟即返乡园，且说遇春兄弟联辔登程，便命张起另备两骑马，一驮行装，一备张起代步。只走了一日，张起业已不耐烦，便索性用两骑分驮行装，自己徒步。遇春问其所以，张起道："好叫主人得知，小人这两只腿子若闲在一旁便要生病。"遇春一笑，也便由他。

　　哪知张起一路上横冲乱撞，又捡了许多石子随手打鸟儿。一到旅店，倒头便睡，睡醒了，只知吃酒。有时节想起他死鬼爹来，还要大哭一场。逢春气将起来，便要撵掉他。遇春道："此人颇有至性，你不听得额经略的议论吗？天下人没有废材，只要用得其当哩。"于是一路行去。

　　这当儿兄弟归程，款款情话，日则并辔，夜则连床，讲一番武功战略，拟一番家园风光，真个是笑口常开，归心似箭，比当时赴京求名旅途寂寞大不相同了。那逢春又谈起自己赴经略大营时道途所遇许多险阻，真是欣感交集。

　　这日薄暮时分，宿在一处村店，那张起吃得醉醺醺，睡醒一觉，业已二更来天。他偶然内急，便摸索到后院墙根下去大便。偏巧干燥得紧，正在吭哧吭哧起劲的当儿，忽地微风送响，也有一阵吭哧哗嗒之声钻入耳朵。

　　张起就月色抬头四望，原来紧靠墙左边便是店家两口儿的住室，灯光射窗，那声音就从室内发出。张起暗怒道："好哇！俺这里屙泡屎打甚紧，难道便污秽了你的院子，就这样来形容俺？"想罢，屎也没屙完，跳起来趋近窗下，就窗缝向内一觇，不容分说，一脚踹开房门，大呼抢进。只惊得店家两口儿一齐怪叫，赤条条跌翻在地。

　　那店婆儿急想抓衣来穿，方一伸手去取榻脚下的裤儿，哪知店家冷不防手掩肚下，向上猛一起，正撞着店婆儿的鼻头，登时长血直流。这时张起竟怒吼吼拖着店家的腿子重新摔倒，乱噪道："你这厮男和女斗，已经不像模样，你还要赤条精光的压煞人家，你不服气，咱两个便比试！"说罢，就要虎势扑上，只吓得店婆儿白羊似的钻入里间。

正这当儿，只听窗外有人喝道："张起不得无礼！"张起听得是遇春的声音，抛掉店家，直撅撅跑出，便述自己方才所见。遇春笑喝道："不许胡说，快去给马匹添夜料要紧。"说罢方要转步，忽闻一阵读书之声顺风吹来，清韵铿锵，十分悠扬。

遇春久困鞍马，忽闻书声，不由心旷神怡。仔细一听，便在店跨院竹树深处。方要趁步去仔细窥听，只听店婆两口儿却咯咯嘣嘣拌起嘴来。正是：

　　　　琐语偏能传异士，订交从此会风云。

欲知后事如何，且听下回分解。

第十六回

访书声异人谈数学
拜慈帏乐事叙天伦

且说遇春正想去窃听书声，只听店婆儿又笑又唾道："真他娘的丧气！天下就有这般的大傻瓜，难道他魁魁似的大汉子就人事不懂吗？也逢着你这馋货儿不等客人们安歇悄静就没人样。如今吃那傻瓜张扬得一街两巷，什么意思呢？"

店家道："哟！谁家烟筒不冒烟哪？这很不算回事！倒是那林先生真有点儿鬼八卦儿，怪不得你今天到跨院中汲水，他说你气色猥琐，须小心磕碰。如今你真个磕破鼻头，难道咱俩那档子事也是他数学本上注定的吗？"店婆唾道："别胡说咧。"说着噗一口吹灭灯，招得遇春暗暗好笑，却因他们说什么林先生，大约就是这读书之人。

此时月色如画，照得那跨院一带粉墙上竹树影儿凌乱如画。遇春信步趄向跨院角门前，侧耳一听，却是读的《左传·城濮之战》一段书。左氏叙战文章本再好没有，又搭着读韵悠扬，精神百倍，真有千军万马、辙乱旗靡恍在目前的光景。

遇春生平就好读左氏之书，当时引手推门，徐步而入。只见小小院落十分幽雅，向南一带纸窗竹屋，阶下盆花石几位置楚楚，都涵浸在月光中掩映作态。室中人朗诵正酣，遇春伏窗望去，只见那读书人有三十余岁，生得白皙清癯、神韵孤迥，秃着头儿却披一件宽博长袍，正在两指拈卷，涵咏神味。北墙上却挂着一柄长剑，墙下窄几上还堆着几卷《素书》并棋奁酒榼。

当时遇春乍觇高致，不由神往，便拱立半晌，然后慢慢推门趑进，长揖道："足下高致，幸恕冒昧，小可因夜读高韵，便欲识荆，敢请姓氏。"那人连忙站起，还礼之间熟视遇春，却笑道："尊客原来是杨时斋将军，幸会，幸会！"遇春愕然道："足下如何识得小可呢？"那人大笑道："将军平苗伟略哪个不知？所过之处，人都要看煞东坡。俺虽僻处蜗庐也早识云仪哩。"说罢，趋就下座，重施宾主之礼。遇春落座，甚是愕然，略谈数语便叩姓氏。

那人道："俺姓林，名樾，闽南人氏，纵游四方，亦无定业。幸生平颇谙数学星卜等事，便挟薄技流转江湖，不过为读书学道之资罢了。"遇春听了，越觉此人语气不凡，不由叹道："今觇先生高致，使人名心顿淡。"林樾道："俺少年时亦曾从军，为国杀贼，自通数学，乃知功名间须有福命。如将军者，正是其人，此后位至封侯，荣贵无量，勋名盖代。福命本如此，将军名心如何会淡得呢？"

遇春听了，连忙逊谢，因略叩林樾韬略等书，无不对答如流。遇春惊叹之下，一望壁剑道："先生磊落如此，不消定说能击剑了！"林樾大笑道："惭惶得紧，俺那剑便是昔人无弦琴之意，聊具此物，以壮俺读书之气罢了！"说着，取下壁剑抽出一看，果然是把多年锈铁。遇春见了不由拊掌大笑。

林樾道："实不相瞒，俺当年从军，只有十四五岁的光景，只以望气占星等术供奉军主，至于击剑武功却未尝学。"遇春失惊道："足下天资直如此颖异，一定是少有神童之誉咧！"林樾道："这又不然。俺不过赋性有偏，近于术数之学罢了。"说着，由砚角下取出两个红纸封儿，取一个递给遇春，那一个仍压砚下，却笑道："俺早知将军今夜此时必然枉驾相访，故预书数语以博一笑。"

遇春连忙打开一看，果然上写："某日某夜某时，杨遇春将军相访谈话。"遇春惊叹道："先生神术，端的赛如邵康节了。那一封儿又是预说的什么呢？"林樾大笑道："少时自知。"于是起携遇春，到庭中徘徊玩月。

这时月华如水，照彻庭除，仰望天空，更无纤云。唯有蜀、楚分野间白气漫漫上冲霄汉，便似一道银河横亘天际。林樾遥指长叹道："将军见吗？不出一年，川、楚间兵劫当起，阴气肇乱，法当起于女子。然而将军功名也就因此大盛。"遇春戚然道："真个此气有些异样，如此咎征，不知人民劫运还能消弭吗？"

林樾叹道："天象垂警，国运当驳。必待人心厌乱，那时方有转机。此时乱气正逢勃如釜中之气，如何会消弭得？如无端消弭得，天生将军又不合于气数了。"遇春道："先生如此说，无论何人都逃不出一'数'字了。"林樾笑道："那是自然！不消说吾辈凡人，便是神圣仙佛也都在气数中流转哩。"

遇春听了，大为叹服，正在望月慨然，只听背后有人跑来，声如奔马，砰啪一声响，林樾拊掌大笑。遇春回望来人，却是逢春，业已一脚踏碎一盆兰花儿，方在那里发怔。

原来逢春被泡尿涨醒来，不见遇春，便跳起来喊张起，也没人搭腔，踅向下房，一看张起正睡得四脚哈天。逢春推醒他，一问遇春，张起道："那会子大主人在院中步月，莫非出店去了吗？"逢春心疑，却因尿急，便踅向跨院墙外，先去小解。正听得遇春语音，和一人畅谈什么气数，所以他冒失失直撞进来。

当时遇春忙给逢春、林樾彼此一指引，并谢舍弟鲁莽。林樾正色道："此亦定数，这盆兰应在此时坏在令弟脚下。将军如不信，且检看俺砚下那一封字儿便见分晓。"遇春诧叹之下，连忙大家入室，取过字柬一看，不由叹道："先生神数，真个惊人！"

林樾道："此不足奇！有理必有数，本如形影。但理著乎显，数寓于微，圣人设教，只言穷理。理果能穷，自能前知。不言数，而数已存乎其中。但穷理以尽性，不索隐而探微，正恐浅识之士，骛心玄远，流于奇衺，但矜趋避，转遗性分应尽之事，所以罕言天数，只好俟人自会晤了。"

遇春听了，只有连连点头。两人又讲回文韬武略，彼此越发倾倒。只苦了杨逢春，一字也不懂，听得他没精打采、呵欠连连，因站起道："大哥且在此谈天吧！俺还要找补那半截觉儿去哩。"遇春听了，便站起告辞，拉着林樾手儿道："先生如此高材，怎便无心用世呢？当今国家多故，正是男儿报国之秋，先生怀宝迷邦，却可惜得很。"

林樾叹道："俺自通数学，颇知命薄，却是三四年后，俺当追随将军马足之下，自有一番聚会。"遇春喜道："既如此，俺省亲之后，不久既回京营，先生何妨屈驾敝营，以便朝夕领教呢？"林樾笑道："还早，还早。人生聚散越发是有定的，迟早一刻都不得。"说罢，将遇春兄弟送出院门，拱手自回。

次日遇春登程，去走别林樾，只见院门反锁。店主道："林先生就好乘兴出游，不问远近哩。"遇春听了，只得爽然登程，一路上还叹慕林樾不止。逢春却笑道："依我看，不通数学也好。譬自家推数，知得死期，白白地预先不自在，不如糊里糊涂，给他个时至则行，免却多少烦恼呢。"

兄弟两人联辔笑语，一路上说不尽许多风光。路过滕家庄，遇春不欲耽搁，便悄然而过。不一日行抵四川边界，因张起脚力异常，便命他先去报信。张起欣然道："俺这两条腿正闲得要麻木咧。这一去溜溜腿子，且是快活。"

逢春道："你到重庆，但打听腾蛟村是没人不知的。"张起听了，一面结束行滕，换上多耳麻鞋，提了朴刀，一面嘟念道："腾蛟村，腾蛟村……"念了十来遍，记得牢牢的，便匆匆而去。这里遇春等也便徐驱装骑，按站进发。

这日行距腾蛟村十余里路，只见景物依然，村墟如故，并且乡音入耳，十分熨帖。逢春马上大笑道："大哥可还记得赴京之时俺追赶你吗？那时俺从于兄处骗了十余两头，真是笑话。如今于兄想已早经抵家，正盼念咱哩。便是俺伯母和俺父母见张起去报咱回家之信，也不定怎样的欢喜哩。"遇春欣然道："正是，正是。咱在军中时虽常有书信寄家，如何及得这番亲叩膝下呢！"

兄弟俩说得高兴，便一紧辔头，放马跑去。只见道中各岔路上很有些衣冠齐楚的乡客，并有些赶小贩生意的人，前后厮趁，都奔腾蛟村而来，一个个眉欢笑眼，有的道："人家那家门儿辈子厚德传家，行惠乡里，后人们会错得了吗？"有的道："俺听说杨府哥儿们也要衣锦还乡。真是庄运兴隆，几年的踢跳小孩儿们如今都响当当挣得大官大职。"

有的道："还是少年人儿没准性儿，就有放着现成的官不愿做的。你可知

293

咱们邻村冷先生的儿子，那小伙子讲漂亮法不亚如杨府哥儿们；论哪桩武功本领都是顶呱呱的，不知为什么事，只额经略凯旋的当儿，他忽然嘟嘟二百五咧（谓逃跑也）。眼睁睁挣官到手，他就没福消受，总是当年冷先生没做过阴功事哩。"

一人笑道："俺看如今的事都是碰时气罢了。即如村西头施茂德秀才，那老头儿既穷得叮叮当当，又脾气古怪到十二分，亲手拾着白花花的银子二百多两，他就会双手去交还失主。你看他这样的憨透腔，他就能走这步洪运！只明天回亲时陪上一席喜酒，以后竟剩了舒着嘴巴子，吃嚼女婿一辈子咧！"

众人笑道："你看着施老头儿眼热，快些叫你令正多弄几回瓦，千万别冷了热窑就得咧。"众人一路说笑，遇春等听了，料是村中人有什么嫁娶喜事，当时也没在意。

须臾里门在望，便闻得一阵鼓乐之声。当年杨秀才在时，有时乘骑趁墟，凡回到村头上，定要下骑步行，于是遇春等一遵老例，兄弟俩牵了四匹大马，鞍辔鲜明，又搭着长袍高靴，胁下佩刀，英风凛凛。村中小儿们只认是路过的将官，登时乱噪道："走哇，咱看官去呀！"登时都溜溜瞅瞅跟了一大群。

遇春等刚趋至街心，只见对面尘头大起，并且有个妇人老声老气地笑喊道："你这两个蛋蛋子，总是又听了你王八大叔的话咧！如今喜堂行礼还须待一霎儿，老早地撺弄俺去摆的哪家子古董呢？"

便有个孩子噪道："大婶呀，你走不动，俺背你去吧！只要你老赴席回头多给俺偷俩肉圆子就有咧。"又有个孩子道："大婶要这般老来俏哩，还巴巴换双扎花儿的新鞋子，虽然支使得俺大叔多瞟两眼，哪里晓得自己脚趾头吃苦头哩！"

妇人笑骂道："小猴儿，你们再要牵扯，真个要跑脱鞋子咧！"一路喧笑，堪堪撞到面前。遇春手扯两骑方要闪路，只听逢春大喊道："娘哪！噫，噫！快回去，俺和俺大哥都回来咧！"

这一声不打紧，遇春方仔细看那妇人就是郑氏的当儿，只见郑氏拍掌大笑，莽熊似一迈步，真个簇新新鞋子甩脱，便这样一个箭步蹿到遇春等跟前，一只手拖住一个，满脸上都是笑，却眼角边热泪直淌，乱噪道："啊呀呀，我的肉肉孩儿们！难为你就和苗人拼了一场来咧。怪得于益说你们不久当回，不想今天就到咧。"

于是遇春等赶忙叩拜，这才细看郑氏，依然红光满面，却簇新新长裙短袄，红花满头。这时只喜得死劲子搂住遇春等问长问短。

正这当儿，遇春却听得背后有人老远地吵来，道："这个惫懒老婆，天生的没紧没慢，人家贺客一总到齐，她想还梳头裹脚的臭排场哩。"郑氏眼快，望见是杨鸟枪，便噪道："你快莫胡呛，依我看咱还转去吧，明天给人家道喜也不迟哩。"

这时鸟枪业已望见遇春等，只喜得笑一声，向前便跑。不想他这时靴帽袍套，外挂着一双厚底靴子脚，只身儿一扑之间，不由一跤栽倒。逢春赶忙由郑氏手中夺出手，跑去扶起，遇春也便跑来。

鸟枪大笑道："喂！家里的，咱还去给人道喜做甚？竟等着人家给咱道喜吧！"说着，乱拉那四匹马，向遇春道："你娘昨天还念诵你哩，先快到你家再讲。"遇春兄弟忙忙叩拜毕，遇春道："叔婶今天似乎是与人贺喜去，那么人情要紧，便请致贺去吧。"

郑氏道："哪儿呀！便是于益性儿真古怪得紧。他自一个人儿先转回家，便风风火火地托媒觅亲事，如今娶咱村西头施茂德秀才的女儿为室，今天恰是喜期哩。"逢春喜道："既如此，父母便去致贺，少时俺兄弟也去吃喜酒哩。"

正说之间，只见拖郑氏的两个孩子，一个将小拇指伸入口中向遇春呆望；那一个却拾起郑氏的花鞋子，提了鞋带，只管悠荡。郑氏虽然老气，然而这当儿，当了大侄、大儿的面，未免脸上有些热辣辣。哪知鸟枪更不客气，便一把夺过鞋，啪啪啪一摔尘土，没事人似的递给郑氏道："快去吧，人家花轿到门，还须你接接轿，说套吉利话哩。"这里遇春等拉马移步之间，老夫妇也一路拌嘴，喧喧而去。

且说遇春等一径到家，叩见了李氏娘子。当时那一番悲喜交集情形自不必说。遇春望见母亲鬓发虽皤，慈颜如故，不由喜慰异常，便略述在京际遇并从军征苗、蒙恩得官一切情形。

李氏喜道："便是于益先来时，俺已略闻你等从军情形。这总是天恩祖德方有这番际遇。此后报国正长，却是可喜得很。"正说着，逢春噪道："伯母自见张起，想必料到俺兄弟要来咧。"遇春恍然道："是呀！"李氏道："什么张起，难道是你兄弟先遣来人吗？咱家中并没见此人。"

遇春听了甚是诧异，只得命婢仆安置行装。逢春那两骑索性儿不卸却，便命那仆人先拉向自己家去。原来自于益归后，便给李氏娘子雇来婢仆各一。他不但对于李氏越发尽心，便是对于乡邻中也越发慷慨异常。李氏娘子也问过他急于觅婚之意，他只笑而不语。

当时李氏娘子向遇春等说起于益回家后情形，大家也都摸头不着。李氏见逢春魁魁梧梧，很有个武员气度，不由喜道："怪不得你总舍不得你哥子，如今果然挣了点子功名。我想起你和于益偷跑时，险些没把你爹娘急煞。如今你快同你哥子去见你爹娘，也叫他早欢喜一霎儿呀。"逢春笑道："好叫伯母得知，俺们已见过多时咧。"因将方才路逢父母之事一说。

李氏听了不由哈哈大笑。这一笑不打紧，乐得个遇春真如乍膺九锡。原来李氏娘子素性端凝，遇春有生以来从没见母亲启齿大笑过哩。

当时李氏道："既如此，你兄弟便歇歇儿，用过饭，且先到于家致贺去吧。"逢春笑道："伯母好想不开，咱为甚饱了肚皮方去吃嚼他呢？可不便宜了于阿哥！"说罢，拖了遇春匆匆便走。李氏笑吟吟跟出来，眼见他兄弟晃晃荡荡厮趁而去。这一来轰动全村，遇春等还没到于家，早已跟了许多人。

须臾趱近于家，早有迎门仆人飞报入去。遇春等方踏上门阶，只听背后有人唤道："杨兄少会呀！"正是：

贺客在阒含喜意，伧人入望蕴奇情。

欲知后事如何，且听下集分解。

以下数集紧接杨遇春率领群侠各显奇能，平定三省教乱。其间热闹新颖之节目不一而足，是为全书之收束结穴，劝惩之旨悉存乎中，如啖蔗者然。这回方到佳境也。

第 四 集

第一回

捆劣董逢春逞莽性
抢酒肉张起困村农

且说遇春兄弟方趄至于益门首，忽听背后有人相唤，回头一望，却是西北邻村藤摇村的梅四先生，业已扎括得靴帽袍套，头上晃着金闪闪的秀才顶儿，屁股后头跟着地保，像煞有介事体似的。

原来此人是个老滑劣董，半辈子专吃混饭。他少年时节曾向人家寡妇家去踏脚，被地痞捉住诈财，多亏于太公排解了事，所以他对于于家十分尽礼，岁时令节往往来问候，因此也识得遇春等。还有人说他和他寡嫂有一腿子，想是在村中揽事没够，未免伤人太多，那悠悠之口也就无足深论了。

当时遇春兄弟趋上，彼此见礼，只将个梅四先生乐得龇开黄板牙，大说大笑，眼欢似瞧着遇春等的服饰，又是夸赞，又是乱问得官的情形。遇春草草略述，梅四大笑道："好，好！真是英雄出少年！将来你兄弟闹到红顶大花翎的份儿上，俺给你把门去如何呢？"逢春听了，甚为厌气，恰好鼓乐声近，夹道男女登时欢呼道："花轿快到咧！"逢春因拉遇春道："咱快进去，省得碍人道路。"

哪知梅四先生拖住遇春只管问长问短。这时花轿由东将到，笙管嗷嘈，夹着许多执事人等并瞧热闹的男女业已挤满门首。少时，于家迎亲的男女大宾也都吉服迎出。逢春方白瞪着眼望着梅四先生，只听郑氏道："逢儿呀，你兄弟怎不快进来？这门首儿还有礼节哩！"说着，笑眯眯扭将来，一面给逢春舒展袍后襟儿，一面指挥着于家仆人在门限儿上铺设红毡，摆置马鞍子。

正在忙碌碌，只见鸟枪鸒鸡似的眼睛，大步赶来，不容分说，撮住郑氏肩头向内便拖，一面道："你这婆子真是狗揽八堆屎！新房里许多事，摆妆奁咧，铺被褥咧，一霎儿坐福咧，上头咧；下半晌，便须准备子孙饽饽、长寿面，如今连系交杯盏的红丝绳儿还没预备，一股脑儿许多事还不够你张罗的？却跑到这里来浪张。"

郑氏一望鸟枪脸子，只比关老爷稍差一色，便使劲子摔脱道："俺里场的事用不着你操心！我看你少喝一盅儿，好多着哩！难道喜堂里你没执事吗？"鸟枪听了，一转身重复跑入。不提防二门限一碰靴子脚，险些栽倒。郑氏唾道："裁煞这老王八！"

众人暗笑之间，逢春早耐不得咧，便道："梅先生，你不是也贺喜来吗？走，走，咱快进去。"梅先生道："啊呀！俺只顾讲话，忘了正事咧。俺只好明天来贺喜，今天赴城中办点儿公事。不瞒二位说，俺如今穷忙得紧，敝村人放不掉俺，硬举俺当村董，整年价吃了自己的清水老米饭瞎跑穷腿。便是昨天傍晚敝村中捉住个偷儿，只今便去送官哩。"说着，向西一望，道，"俺的人也就来咧。"

逢春等随他眼势望去，果见街西头尘头大起，闹嚷嚷趸来四五村汉，拥定一个倔头倔脑的汉子，十步一棍地打将来。逢春眼快，不由失声道："噫，怪呀！这汉子分明是俺的仆人张起。喂！梅先生，你怎说是偷儿呢？"说着，气愤愤趸近梅四。恰好喜轿将到门，鼓乐声喧，人语嘈杂中又夹着一阵喜鞭炮。梅四先生听不清逢春的话，只含笑道："不错的，偷儿叫张起。"逢春大怒，登时一掌掴去，梅四先生往后便倒。

不想一个喜娘儿正挖挲着两只小脚儿扭到他身后，想来接喜轿。这一来登时撞了个仰面朝天，一声啊呀未出口，两脚一扬之间，梅先生已一堵墙似的倒将下来。帽弁一脱，早从喜娘小肚上滚倒就地，他那颗半秃的光头儿正好在喜娘香裆中用力一撑，意思是想借势爬起。不想喜娘被撑得痛不可忍，气愤中一阵乱踹，早将右脚踹入梅先生外套开襟中。

梅先生不管好歹，只唧唧跳起之间，那喜娘啊呀一声，小鞋儿登时挂落。于是喜娘挣坐起来，只得抱了一只光袜脚连嚷带骂，百忙中西来村汉也便趸近，只挤得于宅门首马仰人翻。

梅先生红着半边腮颊，大跳道："反了，反了！杨逢春你便做到一品官儿，也不该凌辱斯文，欺压乡党。做什么你便扇俺耳光？你问问梅四先生可是好欺侮的？"逢春喝道："你擅敢诬……"

遇春连忙抢近喝住，一望张起，料其中定有螺丝转、杭榔头（俗谓缘故之意），便一面向梅四连连赔礼，一面道："这张起委实便是小价，不知何故被捉？"于是亲自拾起大帽儿给梅四戴在头上，那秀才顶儿也便歪在半边。

那梅四正愣怔怔要说缘故，只听喜娘叫骂得已带哭声，便有两个邻右妇女不管好歹，跑向前便来挽拖，一面笑道："喜大嫂呀，别骂咧！当着许多男人家怪砢碜的。这才是撞喜哩！起，起，花轿到咧！"说着用力便拖，那喜娘却只管打坠儿，亏得那个邻妇眼快，一瞅喜娘又一瞅就地下，登时红着脸儿道："哟，我的妈！"说着赶忙拾起花绿绿一件东西，一转身儿影住大家，鼓捣了一阵子，这才见喜娘绷着脸儿站起，便如没事人一般，使劲子一推众人奔向喜轿，却狠狠向梅四脑袋上白瞪一眼，攒眉而去。

这里梅四还要指手画脚，无奈花轿临门，于是遇春道："咱们且到书塾中细谈吧，少时贺喜不迟。"说罢，和逢春、梅四并张起、村汉等一同举步。张起噪道："梅先生，你看如何？俺说俺是过路的，你却不信。如今俺主人在此，你说是怎么办吧？"遇春喝道："不许多话！"

须臾趱到书塾门首，遇春一望，整洁如故。原来于益生性好静，自葛先生去后，这书塾便改为客室并习静之所，仍有院童日加整理。当时大家入去，自有院童先引遇春并梅四客室落座，只好让张起等且到厢室。遇春一瞅逢春不在跟前，便道："梅先生，且少待，等俺问问小价究竟是怎么档子事，再来奉教！"于是趱入厢室，却只有村汉们正在交头接耳，连那地保也一旁发愣怔，一见遇春忙都站起。

遇春笑道："张起在哪里？"地保道："方才那位爷台风风火火将他拉向前院室内去咧。"遇春赶去一望，只见逢春正气愤愤地在室中来回大踱，催问张起被捉之故。于是张起从头至尾说出一席话来，倒招得逢春拊掌大笑。

原来张起自恃飞腿，自奉主人先去报信之命，便迈开健步如飞走去。一路上唯恐忘记村名，便将"腾蛟"两字颠三倒四嚼念。当日日平西时本可到腾蛟村，不想他却岔过去咧。只见偏西方向烟树重重好大一片村落。张起暗想道："俺主人家曾说过的，腾蛟村非同寻常，老远地望去便有气势，前面那村落一定是咧。"正在踌躇，恰好一个村老背了两袋谷猫着腰子蹒跚趋过，猛见张起奔马似跑来，两足通似不沾地，不由驻足诧望。

张起道："喂！你这老头儿来得正好。俺问你一声，前面村落就是腾蛟村吗？"村老一听张起直撅撅口吻，未免没好气，便随口道："正是藤摇村。"张起道："老头儿，忙什么，俺且问你，那村中可有姓杨的吗？"村老越发没好气，便道："岂但姓羊的，便连姓猪的都有哩。"张起不待人家说完，早已趱出一箭多远，望得个村老只管发怔，暗道："这小子倔头倔脑，并且两只圆彪彪亮眼睛，便是脚下也煞俐得异样。近来左近村很不安静，敢是黑道上的朋友吧！"逡巡之间也便趱去，这且慢表。

且说张起径奔前村。俗语云，望山跑死马，既跑到前村头上，业已天光薄暮，累得个张起又饥又渴，口干舌燥，一阵阵饿腹雷鸣，登时觉得眼冒金花。原来张起从小儿忍饥挨饿，留了个病根儿，只要一泛上饿来立时须吃东西。

当时张起忙忙四望，只见清溪一道环抱村流，距村头里把地，临溪岸上却有一片大窝铺，铺外挂着鱼罾、鱼叉等物，从席缝中隐透灯光，顺风儿挟着喧笑之声。张起暗想道："俺此去一到主人家，进门便嚷饿，未免有些不仿佛。那窝铺中既有居人，不如向他们买些饮食，用了再走。"于是奔到窝铺外，便闻里面有四五人笑语声音。

一人道："喂，老高呀！今天俺们吃嚼你，不为过分。你只在南村刘财主家守了两夜，便得了许多犒赏，足抵你撒两天网的。你若死心瞎眼，过河拆桥，以后再有这样肥事，俺们便不耐烦给你拉纤哩。"

便有个壮汉声音道："得咧！诸位老兄，俺老高脾气就不会剜剜屁股，唻唻指头（俗谓悭吝也），今天是鲜鱼大酒咱们敞开了乐。"一人笑道："刘财主家闹贼还不为奇，因财主是可扰之家；俺听说南村里给人看菜园的王妈妈丢了布衫儿、棉裤套，还有东村姚大娃的媳妇子连月布子都丢咧。这贼老官也真不开眼！"

一人笑道："你晓得什么！这事该来问我才对。姚大娃的媳妇子是贺老妈妈的老闺女。贺老妈妈很积攒些体己钱，暗含着都给了老闺女。偏搭贺老大（贺妈妈之子）查落得紧，一到妹儿家，便眼张失落地各处乱瞅，所以大娃媳妇子将银两藏在月布中。俺听说那银两连碎银渣都算着是大小三十二件，足足的库秤四十一两三钱五分，微壮点儿哩。"

一人笑道："怪呀！人家月布中的银两数儿你怎知得如此详细呢？怪道你常向大娃媳妇门首晃来摆去哩。"那人急道："你这是什么话！人家大娃媳妇失银后，悄悄向贺老妈妈哭诉情由，所以俺才晓得。"一人道："哦，哦，这越发奇咧。难道人家母女俩拉体己嗑儿，这其中还夹上个你吗？"那人越急道："好啰唻！俺虽没在座，就不会听人说吗？"一人道："你到底听谁说呢？"那人愤然道："俺就是听贺大媳妇子说的。"

这句话不打紧，招得大家哄然大笑道："是了，是了！这就不用说咧。俺们若再搜个根儿，你老兄不须吃酒便红了脸儿咧。贺大媳妇子白白胖胖、骚骚俏俏，也真煞好的哩！"说着，一阵放杯箸的声音。

张起听了，先就席缝一张，只见窝铺内有四五个短衣村汉席地而坐。矮案上两盘熟牛肉、一巨箩气蛤蟆似的大馒头，还有一瓦缸红炖鲤鱼。靠北墙一只酒坛儿，泥头打去，案上四五只大碗业已斟满白酒。张起一见，不由馋涎拖下，方要拔步趄进，只见一人伸拳道："老高哇，咱两人先闹两拳。"说着怪喊道，"全来了哇！"张起不由接声道："两相好哇！"说着，略一驻足，便见里面众人互相诧异道："咱们一群人都在这里，这是哪个呢？"

一人道："不用说，准是卖切糕的舒白嘴。那小子专吃白食，长只狗鼻子，顶好的嗅头，想是闻着香气儿寻了来咧！"一人笑喊道："老舒哇，今天人多酒肉少，对不住，没得你吃的，你少来拉相好吧！"张起笑道："没得老舒，却有老张哩，没别的，俺向众位买杯酒吃如何呢？"说罢，一掀苇帘儿，鞠躬而入。

众人一望张起粗莽形容，好不诧异。座中一个细高条子汉子便道："客官，你不晓得，俺姓高的，今天是请村众们吃酒，并非卖酒食的，请你向村中小店内去吧。"张起道："俺喉急得很，非立时吃不可。却有一件，俺并非白吃食。你不放心，俺先亮亮梢如何？"说着，由怀内掏出两锭银子。众人眼光随着白花花银光一滚，只见两锭足有十余两，再瞧瞧张起形容并语音，正在互相怙惚，那高姓却不悦道："你这人好没道理！你钱多，管不得俺不卖呀!"

张起道:"卖不卖由你,吃不吃却由我哩!"说着,端起一碗酒,咕嘟嘟灌将下去,大把捞起肉,只顾乱吃。众人噪道:"难道俺这里犯抢吗?"说着纷纷跳起。正乱着,高姓大怒,一捺拳便扑将来。张起大笑道:"咱打完了再吃也使得。"说着,翻身跳出窝铺,一个箭步蹿到空场,随后众人也便大骂拥上。

您想一群村汉如何是张起对手?不消半盏茶时,一个个跌跌滚滚。高姓怒极,趁空儿趔转身,拎了鱼叉重复抢来。张起打得兴起,抡起两条铁臂打入叉光中,直将高姓逼到溪沿,趁高姓一叉刺来,张起略闪,随手抓住叉杆,尽力子只一搡,大喝道:"去你娘的!"只听扑通一声,叉和人一齐落水。众人一见,喊一声,向村中便跑。张起都不管他,奔入窝铺,这回却大得自在,顷刻酒肉齐进,并点缀了数十个馒头。一眼瞅见酒坛儿,又嘴对嘴灌了一气,便踉踉跄跄拔步趔出。

这时业已天黑如漆,不辨路径。张起傻人也有傻算计,便向狗吠多处撞去,打算进村儿。不想凉风一吹,酒力上涌,方趔经一片树林,早已扑通一声栽了一跤,于是酣然一觉,这且慢表。

且说众村汉待了一霎,重复聚在一处,那高姓也由溪浅处挣上来。大家哪里气得过,蹭近窝铺,听听没动静,这才一拥进去。只见满案上汤汁淋漓,杯盘狼藉,大酒坛倒在地下,泼了一片酒,那两锭银还依然在案。

一人笑道:"这小子,真是个二百五!只顾嘴头快活,却忘了银子,真是因小失大哩。"一人沉吟道:"这厮来路透着不对,除了黑道上的人,不会这样漫散用银两的。无怪咱左近村中只管失窃。昨天梅四先生还令地保知会大家留意形迹可疑的人。咱快去寻地保,大家商议集合人捉住这厮再讲。"

高姓道:"对,对。那地保就在俺隔壁住,诸位便到俺家用点儿家常饭再去行事。"说着,揣起银锭和村众直奔村中。原来这高姓捕鱼为业,和梅四先生稍沾瓜葛,所以说起话来就比别人响亮些。

当时众人路经短林,却微闻鼾声,暝黑中大家也没理会。须臾趔到高家,业已二鼓来天。大家方入去,谈得几句恬,却听得隔壁地保吩咐他婆子道:"如今左近贼老官闹得凶,连姚大娃媳妇子的月布都偷去。你那背人物件儿也要小心着些呀!"众人听了,相视而笑。

正这当儿,只听大门外喊道:"大小子开门来呀!"高姓道:"俺爹回来咧!"说着跑出。须臾引进一人,便是张起所遇的村老。高姓道:"爹给俺姑姑送谷去,怎不住下呢?却奔奔磕磕走黑道儿。"村老道:"俺本想住下,因在途中见了个问路的汉子,不但形迹可疑,并且问咱这村儿什么杨家。如今左近闹贼,所以俺连夜趔回。"说着一说那汉子形貌。

高姓一听,正是那夺吃酒食之人,便取出两锭银子一说所以。村老惊道:

"此人定是强梁歹人，事不宜迟，快去寻地保商议。"

不提高姓和村众饭也不顾吃，便大家会同地保准备捉人，且说这村中有座小小的真武庙，住持庙的却是一个火居老道，老伴儿才三十来岁，生得煞煞俐俐，便在庙旁筑了几间草房住家儿。这妇人给大户人家佣工，等闲价不得来家，但一来家，不怕是大天白日，那老道定要反锁庙门跑回家去。因此村人望见庙门反锁，便故意地向他家拍门打户地去要钥匙。久而久之，落了两句口号儿，是"要真武庙老道的钥匙——讨人嫌没够"。这也不在话下。

便是这日大户家有些喜庆事，早筵已罢，那妇人偷摸了一包果饼肉食之类，瞅个冷子趿回家把与老道。老道一瞅妇人梳洗得光头净脸，新衫儿、新鞋子，并且红郁郁脸蛋儿，大有微醺之意，不由心头动动的，便嘻开嘴，拖住她道："你偷吃酒，吃够咧，却把残落东西与老公。"

妇人笑唾道："不知好歹的东西，你闻闻俺嘴中可有酒气？"说着一张口凑近老道面孔。于是老道兴不可遏，妇人推道："你灰扑扑两只手别污人的新鞋子。这时光来不得！"说着脱手跑掉。

老道追唤道："今晚不来家，咱明天再讲。"妇人笑道："你只在庙中挺死尸吧。"老道没法儿，只得运用道力安顿下作怪物件。当晚在庙中闹了一壶酒，就着老伴儿所赠食物且吃且饮，其乐陶陶，不由高起兴来，便拉开哑嗓子以箸击节，信口唱首《道情》，道：

> 最逍遥，老道人。住云房，松鹤邻，诵经讽忏休来混。
> 三杯绿蚁消尘念，一枕黄粱梦谷神，阿婆拉过床头困。
> 这便是金丹大道，说什么炼气修真。

老道唱得高兴，须臾酒尽，困将下米，也便没什么胡思念咧。刚吹灭灯火要困倒，只听隔墙娇滴滴一声喊，老道猛闻，登时拔脚便跑。正是：

> 梦魂未到睡乡境，魔障忽开色界天。

欲知后事如何，且听下回分解。

第二回

闹喜堂新郎逃俗例
议婚事妯娌叙家常

　　且说那火居老道忽听得隔壁墙娇喊道："花花花，花呀花花。"老道一听，通身麻痒，如飞跑向自己家中，百忙中忘关庙门，进得自家篱门，倒关了个结实实。

　　原来这老道是个老骚儿，不怕猪八戒他二姨戴上朵花儿，他也要盯她两眼。久而久之，便搭上了个村中烂污妇人，诨名儿"海来号"，生得一人半高，甩屁股，沙槁腿，两只半大脚歪歪侉侉，据说还很有考究的。她自己常说她们小脚娘儿们，行缠藕覆，重重包裹，既至被底摩挲、肩头助兴时，不过叫男人家受些鲍鱼气味。俺这脚虽外观有限，却终日价下稻田，泡灌得白洁异常。冬天不消说，自然是搭向男人背腋之间，熨暖如炉；便是夏天，白亮亮地叉开来，给男人家驱个蝇儿，挠个痒儿，再着了紧蹦子翻个上下，叫男人歇歇腿子，你问那小脚女人办得到吗？她执论如此，人家也没法笑她。

　　若说起她的长相儿越发奇特：一张苦瓜脸，两道吊梢眉，金线眼边，高牙床支出多远，外带着两只大黄龅牙。俗语说得好：情人眼里出西施。那妇人只管丑得鬼也似的，老道偏和她热得火也似的。她每到老道家中，便以叫猫做暗令子，所以老道一闻暗令，如飞而至。

　　当时两人厮挽入房，彼此解衣，各不客气。老道趁着酒兴，偏要将灯剔得亮亮的以助兴致。正在风狂雨遽，闹得婴儿姹女就要结胎时，只听篱门外响如奔马，接着有人大喊道："呔！里面有人吗？杨家宅子在哪里呀？你们鸟村人直怎的欺生？俺擂了半趟街的门通没人搭腔。再不搭腔老子便打将进去咧！"

　　老道大惊，忙吹灭灯火，和妇人屏息良久。幸亏外面那人哇呀哇地大吐一阵，模糊糊乱骂道："好嘛，俺今晚非寻问杨家不可！"老道一听，只吓得高兴全无，便悄向妇人道："糟咧！这厮半夜价探问咱村中杨富户，定是大强盗。"

　　那妇人余兴未尽，一扭身儿道："来哟，你一个精光老道，怕他怎的？"正说着，忽闻庙中一阵磕撞之声，足音橐橐，直入正殿。老道忽想起没关庙门，便噪道："完咧，完咧！"妇人唾道："你哄哪个？既完了，俺怎么没觉得呢？"老道恨道："都进去咧。"妇人使性子推起他道："明明淹蛇似的才蹭得人痒痒的，倒说都……"老道急道："你还胡噪！快起来，帮我向庙中望望。方才喊的那人似已进庙，被他摸去物件，岂是小事！"于是两人重新点上灯，忙忙结束。

妇人先抄起一根门闩，老道没得兵器，一瞅床脚边有根衣杆，便抢在手中。倾耳一听，只闻正殿上鼾声如雷，却没别的动静，因嘱咐妇人道："咱两个进庙，看光景行事。若那歹人样儿凶实，切不可惊动他。咱须先寻地保，集合多人再动手。"妇人恨道："这鸟强盗早不来，晚不来，单等人那么着他偏……咳！你看俺先毁他个样儿！"

这时老道业已拎了提灯，两人方跑出篱门，只见横道口火光一闪，早有一群人各持棍棒蜂拥而至。当头一人正是某地保，一面走一面向高姓道："喂！高先生，少时咱办住人，那两锭赃银依我说不必露出，只说那人硬夺酒食，便是盗贼哩。梅四先生不是什么好交代的角色，咱拿出两锭，他准疑惑咱不定昧起多少哩。"

老道一见，赶忙迎上。那妇人虽是烂污，究竟因黑夜找老道有点儿不好意思，于是赶忙退入篱门。这里老道匆匆一说所以，高姓道："巧咧，那人既寻杨家，定是夺俺酒食之人，俺们也正寻他哩。既是庙中有响动，咱们快去。"说着，两下里合在一处，一拥入庙，竟奔正殿。火光腾处，早见龟将军足下卧着个彪形大汉，行装朴刀掷在一旁，刀头儿却压在身底下。

大家一见便要动手，地保道："慢着！此人既有行装，又像不是歹人。焉有贼老官掮着行李卷的呢？"高姓道："不必管他，捉住他再问。"于是吩咐众人先将绳儿做个圈套，趁大汉沉睡如死，由脖儿下套停当，左右两人各持一端，仿佛勒人的架势。

大家一声喊，大汉猛然惊醒，只坐起之间，老道已趁空抽刀在手。那汉子大怒，一声喊只有半截儿，已被人勒紧咽喉。三个人方在乱滚，大家这里业已棒棍齐下，早有两村汉抢上来，一拧大汉两腿，丢翻在地，即便捆缚停当。

那大汉一瞅众人，知是窝铺中事儿发作，便大笑道："你们这干鸟人，好生歹斗！俺并不曾白吃你酒食，曾留下两锭银子哩。"高姓喝道："胡说！你这厮定是歹人。如今某保正也在这里，朋友到官去吧。"那汉道："俺叫张起，俺主人杨家就在此村，你等如何诬人是歹人呢？"老道道："这越发胡说，岂有仆人不识主人门户，还半夜三更乱喊询问之理？咱快遣人去请梅四先生是正经。"便有两人应声而去。

这里众人不听张起分诉，丢他在殿，便一齐拥入老道室中。某保正端足架子，一面得意，一面只嚷口燥。老道忘其所以，今见保正老爹惠临，一会儿又要接梅四先生的大驾，这茗候一层是万万免不得，于是隔墙叫道："喂，家里的！快快端正茶水，一会儿俺便取去。"

不想偏有个促狭鬼知某大户家有喜庆事，老道的老伴儿定不暇来家，便溜将去悄悄一张，却是海来号正猱头撒脚地在灶下烧水，于是忍笑踅回。那老道还绷起面孔道："这老婆真没紧没慢，等俺瞧瞧去。"

须臾端得茶来，大家斟起便饮。那促狭的攒眉道："好咸水！倒格外有些海味儿。"众人会意，不由都笑。正乱着，去的村汉和梅四踅来，一问张起来历，张起哪里有好气，只是乱骂乱嚷。梅四大怒，所以今天郑重其事地送盗赴官。

当时遇春听罢，也觉好笑，便踅回客室，向梅四一述情由。梅四惊道："这还了得！有屈贵价，多多有罪。"说着跑入前室，先向逢春连连作揖，然后趋近张起就要亲解其缚。张起却瞪起眼睛道："咱们堂上见！哪个王八蛋才来解绳！俺两锭银买了一顿饭，还成了强盗咧！"遇春连忙喝住。

这时高姓和保正也逼定鬼似的踅来，不待张起再骂，早将两锭银掏出，就见梅四眼睛随银一滚，却狠瞅了保正一下子。遇春笑道："小事错谬，不足介意，此银仍归高姓将去，众位散掉，梅老先生就势随个贺礼，且是便当哩。"

正说着，只听院中有人大笑道："大哥、老逢，你二位来得好巧！这才是福神喜曜临门，哪里还有什么福神喜曜哇。啊呀！幸亏俺逃将出来，不然闷煞咧。"说着一脚踏入室，却是于益，穿一身崭新的新郎服色，十字披红，一顶插金花的大官帽却拎在手里当扇儿扇，脑额上汗气蒸蒸，腮颊都红。

当时大家厮见，两下里话都不够说，却将个梅四先生挤在旮旯里，走也不好，不走也不好，为难半晌，只得目示保正等都溜出去，自己方蝎蝎螫螫蹭到室门口，想要冷不防溜之大吉，不想张起却笑道："梅先生，咱们那档子事是云过天青，少时就吃喜酒咧，您别去吧。"

这一声不打紧，于益却望见梅四歪着秀才顶儿，神情儿十分好笑。方要趋近周旋，又见张起灰扑扑时一身行装，却秃着脑袋，不像跟遇春同来的。当时于益莫名其妙，登时闹了个张愣巴（呆望之意）。于是逢春大笑道："于老弟，你平日价自夸机灵，见事了然，怎一般也蒙住咧？"

这里遇春即便略述张起一段事。于益笑道："如此说，梅先生越发该在此饮酒咧。俺且摆个和事盅如何？"一言未尽，只听院内有人噪道："这是怎么说呢？俺只到茅厕里尿泡尿的时光，即将个新郎跑掉了。一辈子占旺相、取吉利的大事，谁家不按古例儿面福星、坐喜神呀，他却拿起脚子就跑，也没见这班喜娘儿浪蹄子，就不会替俺拦拦他，只会坐在炕脚头专等吃喜酒、接喜钱哩。也是俺那个木头疙瘩不管闲事，你里里外外地当知客，又腆着一嘴巴骨子骚毛，上了年纪的人，就不会先嘱咐新郎别离福座儿吗？"

于益就窗缝望去，正是郑氏慌慌张张跑得裙幅都歪拖，摇着个戴喜花的小纂儿直奔前室而来。遇春不晓就里，方要迈步迎出，早被于益一把拖到壁角大椅上，急语道："大哥稳坐别动。"说着，猫儿似伏向椅后。这里郑氏业已闯然而入，一眼瞅见梅四先生，彼此干瞪一下子，便向逢春道："你老子再不做好事，挺大个新郎瞎跳掉他就会没见着！"一回头望见遇春，便趱向前，笑道："你也来贺喜咧，可是你见新郎不曾呢？"

你想遇春是个礼法君子人，今见长者有问，哪里还敢大刺刺地端然而坐，只臀尖略为欠起的当儿，于益着了老鼻子的急咧，于是脱口道："大哥，别离座儿！你只说没见新郎就得咧。"（情急中往往有笑柄。里有荡子通其邻妇，会夜入其室，适其夫归，乃伏米袋中以避之，然惧甚而战。夫顾而噆曰："此何物耶？"妇惶遽失语间，荡子乃遽应曰："米，米。"附录一笑。）

这一来大家都笑之间，郑氏不容分说，早将于益由椅后拖出。于益忙央道："好婶婶，那新屋中人都挤满，热气腾腾，再叫俺石佛似的面冲东南方坐什么福，俺哪里当得起！再者杨大哥等都到，俺主人东家的能不来应酬吗？"

郑氏笑道："快不用你来客气！新人新郎大似皇上和娘娘，今天是没人敢争礼的，快去重新坐福，没得惹福神老爷见怪，将来两口儿一辈子乌眼鸡似的。你忘了韩湘子抛了林英，云游访道，就因成亲当儿背了福神吗？"

正说着，鸟枪也寻了来。于益没奈何，只得向遇春攒眉道："大哥记着，将来大哥完婚时，千万将二婶婶先设法安置起来，免得她老人家摆布活人。"郑氏也不理他，便梗起小纂儿督着于益而去。这里遇春等也便随鸟枪都赴正宅，致贺饮宴，不必细表。唯有梅四先生不待席终便溜之大吉。

当晚遇春等各自回家，张起拜见过李氏娘子，遇春说起张起一段事，母子们笑了一场。次日遇春兄弟遍拜村中父老，接着父老们都来看望。一连忙了两大，于益新婚，三朝已过，早猴了似的跳出来，不是来寻遇春等谈天儿，便是邀向书塾快聚。这期间却忙煞了郑氏，因为遇春等订期祭墓，她是个老家局儿（长辈之意），自然须导引上祭，便没早没晚地来聒噪李氏娘子。

这日郑氏正和李氏商议上墓之事，恰值于家新妇施氏前来拜门儿。当时酬应一番，送得施氏去后，郑氏不由笑道："大嫂嫂，你看人家新媳妇不眼热吗？多咱咱们家也抬两个花不溜丢的媳妇来才是个乐儿哩！"

李氏笑道："俺正有件事要和婶婶商量。今遇春兄弟既已在外订姻，难得他们又乞假来家，趁这当儿给他兄弟双双完姻，倒也省却一桩心事。"

郑氏拍手道："啊呀！大嫂嫂你怎么想来？自他兄弟得官来家，俺便怙惙这档子事，可是说书唱影的话咧，有什么中军元帅，就须有掌印夫人。不然他们威威武武地去上任居官，闹了半天，还是个光棍子，不惹人笑吗？却有一件，咱这两个媳妇不是北村里、南垞里，闹乘花花轿便抬得来。如今老远的道路又搭着近来各处闹什么他娘的红教、白教咧！程途中未免使人不放心。

若错过他兄弟在家的机会又觉不好。俺往往夜间思量起便睡不着。可恨那天杀的不晓得咱们养儿子的人盼着看看媳妇儿，好扑嗒声放下一颗心，他却说人家见儿子得了官，乐得没觉困咧。有一天晚上，他端着酒盅儿只管喊喊，吃俺爬起来，将酒倾掉。你说不恨人吗！"

李氏笑道："婶婶既有同意，俟俺和遇春商议迎娶之法。依俺之意，命遇春兄弟同日完姻更显热闹些。"郑氏一听，只乐得手舞足蹈，咧开大嘴，笑得眼睛没缝儿，便道："妙，妙！俺想起他兄弟俩初遇葛先生时，横不榔子卧在野地里。几年的傻孩儿如今都人也似的娶媳妇，真也是件乐事哩。"正笑着，忽一沉吟，登时眼角边湿淫淫的，急向李氏道，"大嫂哇，你看他兄弟完婚后，媳妇儿是带去不呢？"说着眼张失落，十分着急。

李氏故意笑道："傻婶婶，咱们这当儿还跑得动、颠得动，要媳妇在家做甚？自然是带出去咧。"这句话不打紧，登时招得郑氏眼泪纷纷，道："啊呀，可罢了我咧！您说他们小两口儿热辣辣的，嗯嗖一走，不坑煞人吗！"李氏笑道："定法不是法，娶了媳妇再议别事。"

正说着遇春踅入，却见郑氏噘着大嘴。李氏娘子和遇春一说方才所议一段话，遇春沉吟道："娘说得是，孩儿等不能家居，母、婶跟前正需媳妇侍奉。况且刻下各处不靖，武职人携带眷属更非所宜。"

郑氏听了，不由噪道："遇春哪！快别这样说。俺是因你们完姻后热辣辣的，这一走未免叫人刮心割肝地怪舍不得。其实俺正愿意连媳妇都去。不然在家的在家，在外的在外，轻易到不了一搭儿，若要给俺们添孙孙，那就……"

李氏唯恐她再说下去有些不雅相，便连连摇手，郑氏道："嫂嫂，你看俺虽是粗鲁人，俺也尽会体谅年轻人儿哩。难道你我当年没做过媳妇吗？"李氏笑道："哟！婶婶真是提起娶媳妇来乐疯咧！咱且商议正事吧。"

遇春笑道："如今滕、凌两家虽是远道，孩儿算计，在乞假日限中完姻还能赶得上。滕家那里不愁没人来送亲；只就是凌家只有新妇一人。好在新妇邻姆岑妈妈和新妇甚是相得，便请她同来，且是妥当。稍停两日，孩儿便遣张起先北赴滕家通知一切。回途过长沙，便护送凌家新妇并岑妈妈一径到这里。俟两家新妇都到，母、婶等再订吉期迎娶便了。"

李氏娘子道："如此甚好！事不便迟，你便给滕、凌两家写好书信，打发张起去吧。俗语云：笨雀儿先飞着。再者人家嫁女也须准备些妆奁咧并鞋鞋脚脚咧，早得信息，诸凡从容些。"

遇春道："张起脚力快得很，俟孩儿等祭过墓后，再打发他去不迟。"郑氏道："你还说哩！你弟弟二憨头似的，收个仆人也像个半吊子。那天于家大喜事，俺在那里忙了一天，跑得脚鸡眼生痛。次日早晨，俺方在洗脚，那张起却三不知跑将进来给俺磕头。"说着拊掌向李氏道，"大嫂哇，你说那才是笑话哩！慌得俺抱着只湿漉漉的脚没处放。亏得他二叔才起床，被还没叠。

俺刚用被掩住脚，不想逢儿冒失鬼似的跑进来就想叠被，吃我瞪了一眼，他方才和张起趑出。如今道途中很不安靖，张起去可以的吗？"

遇春道："不打紧的。如今咱川中白教虽然蠢蠢，却是秘魔山一带闹得凶些，大道上还算安靖。"正说着逢春趑入，向郑氏道："娘，快家去吧。俺父亲因寻不着那颗顶珠儿正在没好气哩。"

原来鸟枪自遇春等从军后，一高兴也便捐了个监生头衔，弄了个金顶儿，他却一向不好意思便戴。便是前两天于家喜事，他寻出顶珠摩挲良久，又信手儿搁起来咧。今因祭墓大典在即，在势没法不戴，所以要预为之备。

当时郑氏笑道："可了不得，他比俺还忙哩！俺刚求对门何大嫂做鞋去，他倒扎括起帽儿来咧。你爹那颗鸡蛋黄儿不是在靠东柜窑窝儿内俺那针线笸箩里吗？"逢春听了，回头要走，郑氏道："你别给俺瞎抓去。那笸箩内针包咧，布包咧，粉线匣儿咧，还有零零碎碎的丝绸包儿，其中都没有。有两个梨大的线团儿，你捏捏哪个劲实，顶珠儿便在里面。便是你爹前几天信手丢在床上，三不知垫了人胯骨一下子，俺赌气子给他藏起来咧。"

逢春愣了半晌，却笑道："这般左一个包、右一个匣的，俺哪里记得清爽？你老人家自己去寻吧。"

郑氏笑道："你爷儿俩一对儿费无忌（俗谓废物之意）！"正说着，只见一人闯然而入。正是：

> 家庭琐屑传情致，都在春风喜气中。

欲知后事如何，且听下回分解。

第三回

祭祖茔光动乡间
起遐思情传倩女

　　且说郑氏正要站起去寻顶珠儿，只见鸟枪匆匆趸进道："唯有你事儿啰唆，一个顶珠儿碍你甚事？却藏得有影无踪。如今对门何大嫂又在咱家，专等你去找鞋带子要纫鞋，你却在这里坐了个四平八稳。"

　　郑氏噪道："这何家老婆也是悭吝鬼，寸把鞋带子就不肯白搭上。"因向李氏道："大嫂还没见哩，去年俺求她做条裤，她倒落了俺二尺布。俺拿过裤来穿一穿，就是兜不住屁股肚。"

　　李氏听了，只笑得合不拢嘴。遇春不敢笑，只得转过脸儿去。逢春却噪道："娘别尽管合辙押韵地唱诗咧，快走吧。"唯有鸟枪没事人似的，眼看郑氏笑眯眯地和逢春匆匆趸去。这里李氏娘子便将方才所议完婚之事一说，鸟枪听了自然欢喜。

　　过得两天，祭墓之期已届，祭品香楮、鞭炮等物早已准备停当，并喊了一班鼓乐。祭台上红花彩绸配搭得十分整齐。

　　这日清晨，郑氏老早地打扮停当，衫儿、裙儿、外套儿，焕然一新。偏巧何大嫂做的新鞋儿有些挤脚，没奈何只得忍痛一时，便这样俏摆春风地由家门扭向遇春家。这时村中男女夹道纵观，郑氏素常满街跑是没人不识的。大家一见郑氏，便噪道："二婶婶，今天好风光哪！养儿一场，这才显出你的功劳来哩。"

　　郑氏笑道："不当家哗啦的，俺有什么功劳！无非大家帮衬罢了。"众人听了，不由大笑。又一个村童跑上来道："二奶奶呀，你好歹给俺偷些祭果儿来，不然俺单在这路口上丢石块，撒泡尿，不是污你新鞋子，便是垫你脚趾头。"郑氏笑道："小猴儿，快躲开！"逡巡之间，可巧脚下一撅，郑氏攒眉道："都是你这猴儿会说吉利话儿！"

　　正这当儿，隐隐闻得遇春门前鼓乐声动。郑氏一听，撒脚便跑，便有一件黄澄澄的东西掉落于地。村童拍手道："噫，噫！二奶奶，掉咧！"郑氏一望地下，连忙拾起一物，戴在耳朵上便跑。

　　原来郑氏今天特煞的高兴，她当新媳妇时有副真金耳环，只却扇时戴了一霎儿，以后便压入柜底，永没施展，今天却戴将出来。样儿古老却着实有分量，钳口儿既大且松，所以掉落。

当时郑氏跑到遇春门首，只见祭台儿业已抬出。鼓乐暴作之间，接着一阵鞭炮。鸟枪这时业已顶冠束带，踹着两只靴子脚匆匆由内跑出，望见郑氏便噪道："你免劳进内吧，嫂嫂等就出来咧！真是磨陀老婆不拾闲，磨了锅台磨炕沿。"

郑氏一梗小篡儿，方要吱喳，只见李氏娘子满面春风中却带了些戚然颜色，早和遇春兄弟厮趁而出。那郑氏不容分说，抢上前携了李氏道："嫂嫂，咱们前头走吧，省得他二叔说俺误了大典。"

李氏道："这却使不得。今天是遇春兄弟得官祭墓，皇上家名器为重，倒是叫他兄弟先行，咱们只随后就是咧。"观者听了，无不暗赞李氏出言得体。便有两个年高父老相视点头，其余年轻男妇们只知瞧热闹儿。只见遇春兄弟穿着崭新的公服紧跟祭台儿，随后是李氏、郑氏，一个是从容大雅，一个是烂漫天真。唯有鸟枪却是提起长袍儿三脚两步早已跑到祭台前面，意思是先向坟地内张罗去咧。

原来杨氏坟茔起先原有看坟的，后来杨秀才家境不佳，也便从简去掉。近些年来都是鸟枪岁时整理。那坟茔地基虽大，树木却稀些。近三两年方由鸟枪栽植些新树，并修葺了原有的坟房儿，原想招人来看坟，只是没有相宜之人。上年时有个邻村人情愿不受雇来看坟。不想过得几天，他在坟房内夜间招赌；又有一个携老婆的来看坟，鸟枪以为他有家眷，自然可免闲情儿。不想过了个把月，鸟枪只见村中无赖们大把价提肉携酒没早没晚地向坟地内跑。

那老婆初来时，本是猱头撒脚，这当儿头儿也光咧，脚儿也煞俐咧，并且穿起两件新布衣，见了鸟枪只管丢眉溜眼。鸟枪虽有些瞧科，也还没发作。不想一夜里，有两个无赖在老婆那里争起锋来，火杂杂动了刀子，几乎闹出人命。鸟枪没法儿，只得次第撵掉，赌气子不招看坟的，所以这当儿自去张罗一切。

且说遇春等一行人趄进坟茔，只见墓草凄迷，松啾声咽，微风萧萧，衬着半阴晴的天色。遇春一阵伤感，便要落泪。一望母亲，早已珠泪纷纷，因勉强笑道："今天孩儿们得官告墓，母亲等请节悲感才是。"口中只管如此说，那语音早已呜咽。

郑氏一见，哪里当得，大嘴一撇就要放声。亏得逢春噪道："今天谁也不许伤感，倒是行过礼后，俺和大哥除除墓草是正经。"于是鼓乐声停，向坟所摆好祭果，行礼如仪。鸟枪早领了两个壮汉向坟房中准备茶水。

这里喜鞭炮砰訇大作之间，早有许多贫家小女儿一窝蜂似拥将进来，都围定祭台儿光着眼乱望。还有几个梳歪髻的小女儿，口中衔了二拇指头，蹭近李氏等只管上上下下地打量。百忙中瞅着遇春兄弟，就有吓得掩眼儿的。原来村中习俗叫作"抢福果儿"吃。

当时郑氏故意瞪起眼睛，向一个拖鼻涕的小女喝道："谁家一个姑娘家跑到人家坟地里来？你看俺一脚端出你去。"那小女一听，登时吓得撒了酥儿。众儿女一见也便要跑。李氏笑道："婶婶，你这是何苦呢？吓着人家孩儿不是耍处。"于是唤住小儿女等将祭果一一分给。其于福胙等命抬将回去，以备阖家饮福。

这里遇春兄弟便掖起袍襟，在左近借了两把锄头，就墓前芟除荒草，望得观者无不点头赞叹。李氏和郑氏就茔中巡视一回，一面向坟房中落座吃茶，一面道："咱这坟地饶是二叔如此经管还是荒落，咱早晚还是寻个看坟的方好。"郑氏笑道："嫂嫂快别提看坟的咧，不是招赌就是养汉，委实气煞人哩。"正说着，只听鸟枪在外面吵道："你这贫婆儿来晚咧！要吃福果怎不早来？如今分完咧。"

李氏等向外一望，却是个四十多岁的贫婆儿，生得安安详详，一手挎只饭篮儿，一手拄杖，向鸟枪笑道："俺并非来讨福果儿吃，只因方才在坟外草地内拾得一物，料是上坟的娘娘们失落的，所以俺特地送来。"说着由怀中掏出一物递给鸟枪。

郑氏眼快，不由一摸耳朵，跳起来如飞跑出，一把拖住贫婆道："你这人倒好实心眼儿，见了外财都不取。"说着，由鸟枪手中抢过只金耳环戴在耳上，便拖那贫婆直入坟房，望得李氏娘子暗暗称奇，不由笑吟吟迎上，道："你这位大嫂真是拾金不昧。快坐下，咱谈谈。"

贫婆局促道："娘娘们在这里，俺如何敢坐！"郑氏不容分说，将她按坐下，一问来历，原来这贫婆姓李，丈夫叫褚诚，就是距腾蛟村百余里外的山中农家。起初本有数亩山田，因历年歉收，又搭着褚诚诚实有余，谋生无术，久而久之，竟至一贫如洗。夫妇虽竭力给人做短工儿，艰难度日，仍是衣食不周。

这时李妈妈却由邻村中散工回头，因那主人家刻薄得很，有限工资被他一折二扣的所剩无几。李妈妈闷闷地踅经坟外，无意中拾得耳环，不由暗叹道："横财不发命穷人。俺一个穷人家忽得金环，没的倒招出是非。"所以一径地送将来。

当时李氏听罢连连点头，又见那李妈妈言谈动作十分诚实，不由心下怜惜，因漫问道："你丈夫在家只仗做短工度日，就难怪你衣食不周了。"李妈妈叹道："这无非是小妇人命苦。俺丈夫并非懒惰之流，他诸凡农务都会，如种园修植树木等事也来得，就吃亏了赤贫如洗。如今只仗出赁点儿房租儿添补度日。"郑氏道："你既赤贫，如何还有闲房出赁呢？"

李妈妈道："您不晓得，俺家上辈子所留的老房儿甚是宽敞，就是深山中太僻静咧，没得买主，所以至今还在。"正说着，恰好跟鸟枪的村汉进来换茶，郑氏便道："你给俺飞回家去拿两串老钱来，等俺谢谢这位大嫂。"李妈妈忙道："娘娘们如要赏赐俺，俺立时就走咧。"说着提起篮儿便要跨出。不想李氏娘子正思量觅一佣妇，因笑道："李妈慢走，左右你做短工儿，且到俺家忙两天如何呢？"李妈妈道："如此，小妇人当得伺候。"

须臾遇春等踅进，问知李妈妈来历，因笑道："俺小时节常向山中去玩耍，却没到过你那山村。"李妈妈笑道："俺那片山村叫青螺峪，地形儿弯环曲折，只有一小小路口形如悬瓮，不是山中人休想寻着道径哩。"于是李氏等出得坟房，又向墓前瞻恋一番。只见那新栽的小树儿长得支支离离，不甚茂盛。因向李妈妈笑道："你家丈夫既晓得栽树，你也懂得一二吗？"李妈妈笑道："俺们山村人眼望的是树，嘴吃的是树，整年价和树打交道，有甚不晓得的呢？"于是娓娓一说栽植修养之法，真是头头是道。

李氏方听得十分有趣，郑氏却噪道："李妈妈呀，你这话俺明白咧。养树就如养小人儿一般，先须摸着他的性儿哩。"鸟枪噪道："你就晓得养小人儿。"于是大家一笑，便寻归途。过了两天，遇春便修好书信，打发张起先赴滕家庄，这且慢表。

不提遇春等家庭风光，入则膝下承欢，出则良朋快聚，且说那叶倩霞自回得滕家庄，见了父亲一清并滕蒙，述知平苗一切事儿，大家欢喜不尽。一清道："如今苗乱虽平，只是刻下白教各省里闹得十分兴旺。又搭着奸相在朝，百政颠倒，大乱之起必在旦夕，将来杨时斋怕不有大事做？"因笑顾倩霞道，"你这妮子，快不要去跟人憨跳咧。"倩霞笑道："俺高兴便去，不耐烦便不去。横竖俺也没吃着皇帝老儿的俸禄，自由自在，且须碰俺的高兴哩。"

滕蒙大笑道："霞姑，你事事讲碰高兴不打紧，自你一高兴赴京盗珠，后又一高兴潜赴苗疆，几乎没把俺们急坏了。还是你若芬姑有些知你性情，当时为寻你闹得人仰马翻，她却淡淡地道：'霞姑性儿活泼，既乘兴而去，必然兴尽而返，便不寻她也使得的。'如今你真个先自跑回，竟被你若芬姑一语道着咧。"

倩霞笑道："俺出门一趟，谁也不想念，就是想念俺若芬姑哩。"滕、叶两人不由拊掌大笑，一瞧倩霞早已趋入内院。

当时倩霞既晤若芬，自然彼此欢喜。倩霞略说遇春平苗本领，早招得小鬟仆妇等都悄悄挤向帘儿外，便如听评书一般，不由得东喷一声，西喷一响，不约而同地暗想道："俺家姑娘轻易没有笑容儿，只似一盆水澄澄的。如今杨姑爷如此本领，难道她还不咯咯地笑一声吗？"于是争就帘缝一瞅，只见若芬依然没事人似的。

当时大家退下来，一个仆妇便赞道："咱家姑娘无怪将来是一品夫人的命儿，你看人家多么大样大量的呀！听了天大喜事就会不笑笑。像那等拾个秃大钱就乐得拍屁股的人，再也没大福的。"一个小鬟却笑道："俺偏不信姑娘真不欢喜。你等我暗暗留意，偏要寻出姑娘欢喜的证据来。"

众人笑道："你真个能寻出姑娘欢喜的证据，俺们没别的，准先托薛媒婆给你寻一个绝俊的小女婿子。"小鬟听了，红了脸便来扑打。正闹着，只听若芬唤人倾脸水。

原来倩霞一面谈，一面掸尘净面，若芬也就势除下金钏，随手儿置在榻头，就用倩霞面水洗洗手儿。当时仆妇等应声趋进来端面水，只见若芬正在和倩霞对坐吃茶。那小鬟一眼便瞅见榻头金钏，便向众仆妇抿嘴一笑，即便端起面盆趋出。

须臾仆妇等都来，小鬟悄笑道："如何？俺说姑娘不喜是故意拿这劲儿，果然被俺看出喜的证据来哪。你想姑娘素常价行止动作不消说是都有准规矩，便是戴个花儿、卸个朵儿，无论怎样忙再不会丢三抛四。今日为何将手钏儿扔在榻头上就忘了戴呢？"众人听了，不由会意，相视而笑。从此倩霞除和若芬做伴外，依然跟一清精研武功。过得些时，滕芳兄弟也便由北京抵家。滕蒙询知遇春等乞假省亲，十分欢喜，因笑道："俺一向在家闷得紧，将来有机会，俺也要出外散散去哪。"

不提兄弟聚首各谈别后之事，且说倩霞和若芬一处欢聚，不多几日，已复儿女常态。隔一两日，便磨着若芬到后湖中去玩耍一回，或闲得压油儿，便磨着若芬讲回典故儿、教回针黹儿消磨光阴。只是倩霞听起典故儿，便精神百倍；只要手儿一拈针，登时呵欠连连，招得小鬟都笑道："叶姑娘拈针儿就似秀才相公掀书本，一摸便困，却怎的抡刀舞剑又那么妙相呢？"倩霞赌气子道："天下无难事，只怕用心人。俺偏要学学它哩。"于是每日饭后定要伴若芬做些针黹。虽不能飞针走线，然而好歹能连缀上，也就算很难为她哪。

便是这般光景，一转眼个把月。一日午后，若芬不在房中，倩霞一个人低垂玉项做了一霎活计，只觉脖儿低得发闷，便停针向窗外一望，只见院宇静悄，日影迟迟，只有溜溜的微风吹得檐前铁马叮咚，不由暗想道："真是人是地行仙，几日不见走一千。俺在苗疆跳荡时如在目前；而今却坐在深闺绣榻做这耐性活儿。"

这一想不打紧，登时觉金戈铁马，旗帜翻飞，恍如见遇春等跃马如龙、挥刀蹴蹋，自己便如提刀跳跃，奋斫于千军万马之中。又一联想，竟想到遇春兄弟抵家后家庭风光。再一联想，竟想到若芬将来于归，许多没头没脑的念头儿竟乱糟糟地都拥上来，登时闹得脸烧耳热，百忙中一针戳去，竟戳到手指肚儿上，于是略一定神，暗笑道："好没来由！人家若芬姑若想揣时斋叔抵家光景倒还罢了，俺这不是没来由吗！"想罢，赌气子丢下针黹，趋到院中试回拳脚。

正在熊经鸟伸，打得十分起劲，只见一个小鬟笑嘻嘻地跑来，道："叶姑娘怎不瞧瞧去？如今俺家主人们都眉欢眼笑地商量着送俺姑娘出阁哩。俺还听说俺姑娘的小婶婶叫什么凌妥姑，和俺姑娘是一个喜日子出阁哩。"

倩霞愕然道："你别胡说咧。"小鬟一扭头儿道："姑娘不信便罢。方才俺家杨姑爷打发人来下书并送喜帖儿。那来人叫什么张起。啊呀！叶姑娘，你还没见哩。那来人长得山精似的，说起话来瓮声瓮气，几乎将俺吓栽一跤。啊呀！叶姑娘，俺姑娘被人家抬了去，您不想她吗？"小鬟一面噪，一瞅倩霞业已没影儿咧。原来她说到"张起"二字，倩霞早已跑向前厅，果见滕蒙兄弟正询张起一切细事。

当时大家厮见，滕芳便笑道："霞姑，你时斋叔问候你哩，并请你伴送若芬姑到他家盘桓几天。"倩霞以为是真，不由笑逐颜开，便道："真个的，几时起程哪？俺正闷得什么似的哩。"

一言方尽，只见滕蒙哈哈一笑。正是：

天桃喜信方传到，折柳离情可奈何！

欲知后事如何，且听下回分解。

316

第四回

辞故里妥姑就婚礼
落贼船岑姆起疑团

且说滕蒙笑道："倩姑莫听你芳叔乱说，今俺打算亲送你若芬姑去哩。"倩霞一听，登时觉心头热辣辣的，不由秋波一转，狠狠瞅了滕芳一下子，索性踅回内室去寻若芬，只见若芬依然没事人似的。

倩霞呆了半晌，忍不住小语道："阿姑大喜呀！"一声未尽，只觉鼻翅儿酸酸的，并且百忙中抓不住话茬儿，于是趋近若芬，挽了手儿，自己的脸儿倒挣了个通红。

若芬道："霞姑不必如此，暂时相别，不算什么。难道你还同寻常女子视行路艰难吗？以后相忆，尽可去看望俺哩。"说着将倩霞拉坐身旁，随手给她整整鬓角，道，"吾辈女子，终须给人作家。你这时舍不得俺，恐日后俺还有时舍不得你哩。"一言未尽，只听帘外有人笑道："你两个舍不得都是白搭，一个个都须叫人家抬了去！"

倩霞冷不防竟吓得一哆嗦。一瞧帘际却是滕芳，笑吟吟钻将进来，向倩霞道："霞姑不须恋恋，等消停时，咱不会到你时斋叔家玩玩吗？可有一件，你要去时须知会俺。你再拿出唧嘣一走的老把戏，俺可不能寻你去咧。"倩霞听了，不由嫣然一笑，便搭趁着和滕芳踅出，且看滕蒙等准备行程，并忙碌着厚赏张起。知他不能耽搁，便即时遣他直赴长沙。

这里滕蒙便匆匆结束行装，轻装快马并带了家人李成送若芬径赴川中，按下慢表。且说那凌妥姑自和杨逢春订姻后，依然和邻姆岑妈妈形影相依。

一日岑妈妈由凌母墓所挑了一篮野菜，方踅出墓田，只见岔道上尘头滚滚，便有个彪形大汉行藤毡笠，胁下佩刀，脚不沾地似的奔过。眨眼之间，已到半里之外，看那方向竟奔自己村中。岑妈妈也没在意。

上年岁的人脚步迟慢，又搭着近来身子啾唧，踅了半晌方到村中。转过一条街坊，却见众人围着那大汉乱噪，道："你这厮少来撒野！像你这般硬撅撅来问，人家谁来理你呀？你自家都凌呀岑呀的闹不清爽，也就可笑得紧。"

一个少年掉臂道："这厮两只大怪眼，依俺看来不是好人，咱撺他出村是正经。"那汉大怒道："你撺哪个？俺问你们岑妈妈住在哪里，便不是好人吗?"说罢一勒袖儿就要动手。恰好村众望见岑妈妈,因噪道:"如今岑妈妈就在这里,你自家去问吧。"说着一哄而散。

这里岑妈妈一望大汉莽样儿,不由心下怙悌道:"这莽汉无端寻我,倒要小心。"原来这大汉便是张起。遇春前者路过长沙时,张起并没见过岑妈妈,到得村中一路偏声偏气地乱问,众人都不理他。张起没奈何,又问凌家。众人见他说话没头脑,越发不理。张起大怒,所以和村人哄将起来。

当时岑妈妈怯手怯脚地问知张起来意,只喜得哈哈笑道:"原来你是奉杨爷之命来接凌姑娘的!快向老身家下暂坐,等俺引你去拜见凌姑娘。"当时这一喜,腰脚顿健,不一时已到家门,便引张起入内安置,自己如飞跑到妥姑处一说所以。妥姑沉吟道:"那么张起可有他主人的来书吗?"一句话问得岑妈妈恍然道:"还是姑娘心细,我就没问他这层。"于是匆匆跑去,少时持了一封书札进来。

妥姑接来拆看,真是遇春之笔。书中大意略述完姻并遣张起护行之意,更坚请岑妈妈相伴同行。妥姑念一句,岑妈妈脸上喜气添一层,及至念完,只将个岑妈妈乐得前仰后合,便笑道:"姑娘自家大福气便罢了,如何还挈带俺去享福呢?"妥姑这时未免赧着脸儿,既不好意思怂恿她去,又唯恐她真个不去,不由置下书札,嫣然道:"你若不去,俺也便不去哩。"

岑妈妈大笑道:"可了不得!这偌大干系俺可担不了。好姑姑,俺去,俺去!"于是坐下来夹七杂八地道,"咱们这一去倒没别的挂恋,就是她老人家这坟墓须托付人。再就是咱们这片草房儿。"噪了半响,忽笑道:"哟!这是怎么说呢?人家张起现在外面等候拜见姑娘,这当儿腿子都许站直咧。"于是匆匆趱出,引张起进来拜见妥姑。那妥姑详询一切,甚是得体。当晚张起仍到岑妈妈家住了。

次日,岑妈妈和妥姑商量行程,摒挡一切,家具无多,便觅了妥当村人看护凌母之墓。两处房儿也便赠予村人,为岁时香火之费。忙了两日,妥姑泣拜母墓,业已准备登程,不想岑妈妈抖擞精神,忙碌了几日,忽然感冒起来,一头歪倒只管呻吟。妥姑没奈何,只得延医给她调治,将个张起急得蚰蜒似的。因为起程须行水路,便时时趱向码头,一来散步,二来想留神雇觅船只。好在那码头距村不远,张起拔脚便到。

转眼耽延十余日,岑妈妈病方大好。这日张起去雇船儿,就河路下趱了一周,只见许多船户,也有卸载的,也有搭客挂帆的。张起望了半响,都不中意。因他忽然心细起来,要觅个带家眷的船户。一来妥姑乘坐方便,二来道路上不致出岔儿。

当时张起一路瞧望,只见一个艄婆儿青帕覆髻,拎了一篮米菜,从自己身旁趱过,随后一个黑黝黝鲜眼睛的船户用树条儿提着一挂白鱼,却笑道:"如今食用诸物一天贵似一天,便如这挂鱼就用了一百老钱。昨天咱买了两束柴草也就是几十文。"艄婆随口道："就因生计不易，所以俺才劝你戒酒哇。"张起一听这番柴米油盐的话儿，以为他两人定是两口儿，于是跟在后面。

果然行不多时，便见苇岸边泊着一只江行船儿，一连三个舱房甚是宽绰。船面上还有一个二十多岁的船户，生得白厖厖面皮，紧眉攒眼，正勒起两条毛腿在那里洗脚。旁边一个五六岁的孩子背着个大葫芦（船户小儿，皆背葫芦，取其落水易浮也）只管跳闹。

艄婆等上得船去，便喝道："阿大，如何尽管顽皮，搅你舅舅！"说着，接过船户那挂鱼便入舱中。于是张起趄登船上，道："今俺有女眷们要赴四川重庆，你这船只可以去吗？"

那黑面庞船户一瞧张起，便笑道："俺是江行长船儿，只要价钱相宜，哪里去不得呢？您有几位女眷哪？"张起道："只有一位姑娘和一位老妈妈。"船户登时一瞅那洗脚的少年，便道："喂！老八呀，买卖来咧，你快去后艄烹壶茶来。"

那老八一听，也便笑逐颜开，忙忙擦脚。这里船户道："您老贵姓哪？一向哪里发财，这是携眷回家吗？"张起道："休得乱道。俺姓张名起，是护送主人的家眷赴重庆哩。"船户便道："原来是张二爷，失敬，失敬。俺叫林阿大，伙计马老八，便是俺的妻舅。您老只管放心，俺林家船在这码头上是有名的船价公道，伺候客人的殷勤周到更不用说。您老赌好吧。"于是和张起一商船价，果然不贵。

张起随手掏出一锭银，约有四五两，递给阿大道："且给你一些订银，你便赶紧收拾船只，今天傍晚俺们便下船哩。"阿大大悦，接过银两，却悄悄一吐舌，因喊道："老八呀，爽利拿茶来呀！快叫你姊子做中饭。张爷赏个脸面，就在这里用饭吧。"张起道："不须咧，少时再见。"

正要拔脚之间，只听岸上有人唤道："喂，林老大！你揽着生意了吗？巧咧，俺的货船今晚便开，干脆，咱两个那桩交代你收到，俺租价儿也该交货咧。什么话呢，货在你这里过一夜，减一层成色，吾是找扣租价的。"

张起一望，却是个醉醺醺的船户，惺惺着眼儿趄来，便见阿大道："你胡噪的是什么？下半晌货准到你船上就是咧。"那船户听了，笑着转步。这里阿大方又周旋张起。那船户又回头道："阿大呀，咱事儿办妥当的，少时送货须要你去。你那个马老八诡眉诡眼的，俺一百个信不及他。他半道上一高兴，放倒鲜货，抽个头儿完了事，依然是整包整裹，俺哪里去查账咧？"

阿大顿足道："你这是什么话呀！你不知马老八是俺妻舅吗？"那船户道："是你妻舅管甚事？你们胡炒包子烂炒面的勾当，俺不能不小心罢了。"张起听了，摸头不着，便向阿大道："难道你这船上还夹贩鲜货吗？"阿大道："您听那醉鬼瞎扑哧，您就不用杯茶再去吗？"张起道："不咧。"于是下船趄回。一看岑妈妈等业已将随身行装收拾停当。

张起一说船已觅妥，岑妈妈道："既是傍晚下船，姑娘且去别墓吧。"于是和妥姑径赴凌母之墓。妥姑拜墓之余，不消说是瞻恋彷徨泣不可抑，便是岑妈妈也搭了许多眼泪。及至趱回业已夕阳西下，便忙忙唤觅挑夫，一行人簇拥妥姑竟自下船。

那岑妈妈和妥姑徐行出村，不由得步步回头。须臾码头在望，客船上的人乍见妥姑容光，无不伸项延望。张起先跑到船边，唤阿大安好跳板，以为那艄婆定要接出来，哪知只有马老八直着两只眼睛站在船头，一面看妥姑等直入中舱，一面忙碌着接递行装。

须臾诸事都毕，业已天晚，各船上灯火错落并贾客们笑语喧哗，倒也十分热闹。张起自在前舱里歇了一霎，不多时阿大送到晚饭，张起因问道："先时光俺见船上有个艄婆儿，想是你家里的咧。此后送茶送水叫她来也方便些。"阿大笑道："不瞒你说，俺因她孩子瓜子的太累赘，已经寄顿在人家船上咧。"张起不便再问，只得唤出岑妈妈端进饭去。当时也没在意。

次日清晨，放喜鞭炮，打鼓开帆，照例地讨要吉利钱。张起一一开付，暗瞅两个船户倒也殷勤和气，这才放下心来。不想走得两天，阿大和马八便有些倔头倔脑，并且有时节向中舱内溜眼儿。

一日清晨，岑妈妈只听得船舷边哗哗的，推窗一望，却是马老八正掏出雅相物儿尿得起劲。岑妈妈赶忙掩窗，便喝道："你们船户常载人家眷口，难道不晓得行路规矩吗？"

老八道："你这位老妈妈，偌大年纪倒像大闺女似的脸嫩，这有什么稀罕呢？"说着皮肉作响，似乎是那雅相物儿敲触大腿，将个岑妈妈气得作声不得。亏得这时妥姑在前舱中吩咐张起什么事体。岑妈妈不敢告知张起，恐他火燎性儿登时发作，只得暗暗留神。

不想次日绝好的顺风儿，两个船户忽然泊船不走咧。张起问其所以，阿大眈起眼睛道："您常出门的人，莫非真的不懂得吗？前面不远便是一片大险滩，俺们性命交关，非同容易，咱那格外酒钱须先把给俺哩。"张起大怒，和他吵了半响，还只得如数与他。

又一日，船到了一处荒岸。距岸不远有座小庙儿荒落不堪，连庙门都没得。庙额剥落，却隐隐有"甘侯"两字。马老八不容分说，一径地落帆泊岸。张起诧异道："此时天光尚早，如何便停船呢？"阿大道："你瞧不见吗？这不是经过甘侯祠了吗？往来船只谁敢不荐神祈佑呢？不然，他老人家发下神鸦兵来一阵翅儿扇，那还了得！"

张起道："这甘侯又是何人呢？如此破庙有什么神道？"阿大道："你少说无礼话！庙破神自在，这甘侯就是三国时东吴大将甘兴霸，灵异得凶哩！"张起还待和他争执，不想岑妈妈听得"神道"两字，早已绷不住劲儿，便道："荐荐神也使得，无非是香烛酒肉等物，却不可太烦费了。"

320

阿大也不搭腔，竟赴后舱料理祭品。这里张起在前舱中和岑妈妈方谈了几句话，只听船头上阿大唤道："祭品都齐，张爷快来行礼吧。"张起趋出一看，不由要笑。只见船头矮几上摆定三色祭品，鱼便是鱼，却只剩头尾；肉便是肉，却皮包骨头；鸡便是鸡，却唯剩架装（俗谓鸡骨架也），衬着七长八短的一束香、少颜没色的一搭黄钱、滴滴拉拉的一挂纸锭，还有个狗肾似的半截脱皮的蜡头儿，一股脑儿粗估去，也不值二百文钱。

张起暗想："如此举动是不会有大启发的。"于是向小庙儿行过礼，不提防阿大拉起怪嗓子，喊道："张爷大喜呀！"说罢和马老八搂起祭品等只向水里一倾，回手掏出个小红帖儿向舱中便跑，一面道："今天老客们荐神，俺须见见姑娘叩喜哩。"张起忙拦住他，便命岑妈妈将出一串钱，道："如今祭品钱、叩喜钱都在这里了。"

阿大睁起眼睛道："这不是成心搅吗？俺船上荐神老例，损煞了是四两头，少一毫都不成功。"张起大怒道："你是使船儿，你还是打杠子呢？"说着，一捻拳头。阿大冷笑连连，也便端起篙来。慌得岑妈妈在中间作好作歹，归根儿把与阿大三两银方了事。便是这般光景，将个张起怄得火星乱爆，然而也没法，只好掂算着船到重庆，痛捶阿大等一顿。

这日船住了，阿大等上岸买菜，张起方在船头上徘徊眺望，只见岑妈妈溜溜瞅瞅地趋来，道："啊呀，您看这船户有些不妥吧！"

张起大惊。正是：

夜阑闻语怀疑处，始信江湖少坦途。

欲知后事如何，且听下回分解。

第五回

来霞港娣姒巧遇
腾蛟村兄弟完姻

　　且说张起当时惊问所以，岑妈妈道："你且莫慌，等俺说出听的他们话来，你看他们像正经船户吗？怪得你说雇船时，这船上有个艄婆并孩子，原来阿大将那艄婆租给他们同行咧。昨夜俺在中舱内服侍姑娘困下，只是翻来覆去地睡不着，却听得阿大和马老八在后舱里只顾喊喳拌嘴。少时语音渐大，老八道：'你无论怎么说，租赁俺姊子的钱损死了也得咱两个四六平分。'阿大道：'这话奇咧！那是俺老婆，干你鸟事？'老八道：'你老婆是不错，俺姊子只许和你睡，不许和人睡哩。你拿出当年的婚帖来，俺家许你出赁老婆吗？'

　　"阿大顿了半晌，却笑道：'俺就依你四六平分。只要咱前途利市，何在乎出赁你姊子几个钱呢！你看咱目下这注肥财，隔两天就要到手。将来出手之时，总要寻个阔绰门户，那惯养瘦马的所在却得不着好价钱哩。'马老八道：'俺早有打算咧。一俟得手后，咱便跑他娘的回船哪。'张爷，你听此话，不很透尴尬吗？"

　　张起本是粗莽汉子，哪里将林阿大等放在心上，因大笑道："这种没脸的王八们，不定胡呲的是什么哩！妈妈不必狐疑，便有警动，俺尽能料理他们。"正说着，遥见阿大等回来，两人也便把话掩住。

　　从此张起果然留神，又时时颠弄朴刀，或就船头起舞一回。有时节单手提锚，抛出多远，望得阿大等连连惊叹，道："张爷好大力量，俺们比起您来就似只小鸡儿咧。"于是竟自恭顺许多。张起见状，越发不以为意。

　　哪知阿大等奸谋早定，便如猫儿将捕，必要先藏牙爪。这日船到一处荒江，两岸上草树连天，四无村落。遥望前途十来里外烟树霏微，似有镇聚。阿大道："前面便是嘉陵驲，船过税卡，好不麻烦，咱虽非商船，他也定要搜索一回，恨不得女人裆中都要摸摸。咱不如暂泊此间，等夜深时稍取迁道，偷过税卡，省许多事哩。"张起一听，倒也有理，于是依他住下，阿大等便整治酒来。

　　须臾天色傍晚，皓月东升，照得空江中苍苍凉凉，十分幽旷。张起坐在船头，一面揣念滕蒙等早当起程南下，一面望着亮晶晶的月儿，只觉心头宕动，意思想高唱两句，方觉舒畅。

正这当儿，只听后艄上叮叮当当一阵响，却是铁勺敲釜之音，便闻阿大哑着喉咙大唱道：

> 风火船儿浑铁篙，老子生性本粗豪。
> 一杯酒酹长江月，一尺银鳞尺五刀。

阿大唱罢，哈哈大笑，道："马老八，你也来个曲儿，少时吃酒也快活些。"马老八道："这话不错，咱竟剩了快活咧！你且听着吧。"于是唱道：

> 靠水吃水快活三，江上生涯岂等闲。
> 莫言艄公不晓事，风流且使卖花钱。

两人唱罢，相与拊掌。张起方要进舱，只见阿大拎着矮几提着酒壶趑来道："今天没别的，俺们略备小意思，要奉敬张爷三杯。"张起方待谦逊，那马老八已端了肴菜由后舱趑来，便登时摆设停当，牵衣促坐。

张起本来直性，又非江湖老手，哪识其中机关，逡巡之间已被阿大等拉坐下来。此时皓月当空，江风微拂，张起便道："今无端生受你等，使人不安。"老八道："得咧，俺的张爷，这算什么呢！"于是大杯价斟起酒来，且谈且饮。

少时饮至半酣，阿大道："张爷抛掷铁锚那等妙相，想是常玩船上勾当，识水性吧？"张起道："俺哪里识水性，不过笨气力罢了。"阿大不由目视马老八，道："那么张爷力量可称神力，可能演一下子叫俺们开开眼吗？"张起一听，不由技痒，一望船桅下有块镇船石头，足有三二百斤，便笑道："俺且举这石块，试试力量。"说罢，站起来撩衣迈步，趋近石块，双手端牢，喊声："起！"早已高举过顶。

林阿大喝彩道："好哇！"说着，一拖马老八，挺然站起，两个一阵价揎拳勒袖，并大赞道，"人家张爷这才是梆的硬的真功夫哩！等他老摆下来，咱们也去试试。"一面噪，一面趋近张起背后。张起得意之下，更要再显能为，便举定石块，就船头回旋数回，招得阿大等簇在背后，只是怪嚷。

逡巡之间，张起一足已踏船沿，这时却惊动妥姑，忙和岑妈妈趑向前舱门。月光之下望得分明，只见张起手举大石块，身临船沿，背后阿大等正要手做推势，岑妈妈一声啊呀未出口，只听扑通一声，张起已顺流而去。妥姑大惊，正想抢出跳水，早被马老八跳转来一把拖牢，大喝道："姑娘不必害怕，俺们做的是贩卖生涯，只有送你到享福处的，决不有玷于你。"

岑妈妈大怒，便拼着老命跳起来便是一掌，不但没打着，早被马老八连妥姑都推入舱中，便反扣舱门，和林阿大回帆转舵，竟自逆流而上。

不提妥姑等被困贼船，且说张起漂荡荡顺流而下。正在危急，不想江风暴起，又搭着夜潮忽涌，一个大浪头竟将他推到一处苇港岸儿上。张起昏迷良久，吐了几口清水，苏醒过来，只冷得抖衣而战。略一沉吟，又是一阵着急，只是这深夜中没法理会。幸喜距港岸数十步外微露灯光，张起奔去一看，却是个小窝铺，里面乱糟糟的虾筐鱼篓，草铺上还有卧具，就地下一块破席头，还摆着一瓦盆熟虾并有两只粗杯子、一大砂壶酒。看光景是渔人铺屋，却静悄悄不见人儿。

张起这时正冷得水淋淋的秋鸡子似的，便不管好歹，斟起一杯灌下肚去。方要再斟，只听窝铺外有人笑道："老伙计回来了吗？真是有福的不用忙，俺刚煮熟虾、烫热酒，你就舒着嘴片子来吃咧！"声尽处，趸进一个老渔人，猛见张起，不由吓得一哆嗦，便道："你这人好生古怪，怎半夜三更价来扰老汉的酒儿呢？"张起赧然道："您不晓得，俺方才被贼船户暗算落水，所以到此。今请你容俺一宵，明晨俺便去赶贼船。"于是一说落水之由。

渔人惊道："竟有这等事！既如此，你只管用酒，且脱下湿衣来，等俺与你烘干。"于是由卧具中寻出一床夹被，与张起暂遮身体；便就窝铺外燃柴草烘那湿衣。少时，又一老渔人趸来，问知情由，十分叹息。

张起换上干衣，觉得精神壮旺，不由向两渔人连连致谢，又愤然道："俺无端遭贼人暗算，便当连夜赶将去。"渔人道："这荒江黑夜却使不得。但是你去追赶是向前途，是回后路呢？据你所说贼船情形，定是劫掠有色妇女贩卖给青楼人家。这种人必取回路，以便将妇女藏入窝处，再慢慢出脱。依我看向后路去赶为是。但是你须天明去赶，就怕脚步快也来不及咧。"

张起一听甚有情理，便道："俺脚步倒是飞快，那贼船逆流而上必然迟钝，看来还能赶上。"于是草草宿了一宵，次日谢别渔人，便奔回路。你看他施展出全副脚力，真赛如腾云驾雾，来往风帆见了的无不诧异。只半日之间，早已趸过百数十里。张起一路留神，凡遇来船必高声问道："老客们可见一只灰白布帆船儿过去吗？"来船人都道不曾见。张起越发慌急，那两条腿子便如缚了神行太保的甲马一般。

正这当儿，只见迎面飞也似来了一只大官船，帆影开处，桅杆下站定一人，正和一精干仆人指点笑语。张起这时跑得大汗满头，两眼都直，仓皇中正要高叫问讯，只见那人失声叫道："岸上人不是张起吗？你如何撞到这里？"

张起仔细一望，却是滕蒙主仆。原来滕蒙自起程后并无耽搁，过得河南界，便寻旅店寄顿下马匹，改就水路。恰巧张起等登程，因岑妈妈闹病耽搁些日，所以此时竟自巧遇。当时张起喜急之下说不得话，只有连连招手。于是李成命将船拢岸，将张起挽将上来，喘息良久，方才将妥姑被难之事匆匆一说。

滕蒙笑道："如此说，贼船距此不远，想还在来霞港停泊，咱快回船赶去。"因顾李成道："你便去换了水衣，准备行事。"说罢，命张起就头舱歇息，登时回船。大船上水手多，便添上八根篙楫，如飞赶来。

不多时，将到来霞港，张起一眼望去，早见林阿大那灰布帆船儿泊在港嘴芦苇深处，于是大怒，就要跳向船面。滕蒙笑道："你且歇息吧。这两个鼠辈，李成自能料理他。"正说着，李成换了一身水衣靠，斜背短刀，趑向舱门。滕蒙道："你此去，不必杀掉他们，只擒付该管就是。"

这当儿距阿大船儿约有百十步，滕蒙便命靠住船，一行人趑到船头，张起和滕蒙隐身桅杆后，便见李成用一个顺水投鱼式，一个扎猛钻入水，浪花微动，隐隐见水线一道直奔贼船。原来李成在滕家庄后湖中不时地泅水玩耍，因此也略通水性，只不及滕芳精通罢了。

按下这里滕蒙等眼看擒贼，且说岑妈妈自被困后，只有顷刻不离妥姑，并且拼着老命，不住地破口大骂，便虎也似把住舱门。

这日早晨，马老八刚向舱门一探头儿，岑妈妈跳起来便是一把，竟抓得他长血直流。这时马老八上岸去买米菜，只剩阿大在后艄上整理中饭。正撅着屁股刷洗锅滞，一面自语道："真是钱难挣，饭难吃。俺虽然掠得一枝花，不愁不发财，只是俺老婆这些日子也被人家弄翻过来咧。可恨马老八他还要分俺租老婆的钱！休要惹俺性起，瞅个冷子给他顿板刀面吃。"语声方绝，忽觉屁股上奇痛彻心。阿大啊呀一声，未及掉转身，早被李成一脚踢翻，明晃晃短刀一摆，喝道："你这厮稍动一动，俺便是一刀！"说着衔刀在口，解他腰带，捆缚停当，揭起船板丢将下去。

岑妈妈听得动静，抢到后舱门，见李成正在插起短刀，只吓得开口不得。于是李成草草一说来历，岑妈妈方道得一声："谢天谢地！"只听岸上马老八唤道："喂！林姐夫快接一接，俺还顺便割肉去哩。"

李成听了，赶忙伏身舱门后，便见马老八诧异道："锅儿柴儿摆得七横八竖，怎么没人儿呢？"说着，提菜米一跃上船。只两足方落船舷，李成大喝道："人儿倒有一个，正候尊驾哩！"于是抢出来，飞腿扫去。

马老八急闪之间，已到后艄，仔细一看李成，大料事情出了岔儿，却是他自恃会两手儿，也便不惧，因拍拍胸道："好汉们做事不忌生冷，你这厮便是官中捕役，咱也须见个高下哩。"说罢双拳一摆，和李成打在一处。只三晃两晃之间，早被李成一脚踢出丈余远，吭哧一声跌在船舷上。

李成飞步赶去，方要捉拿，马老八就势一滚，扑通落水，却一冒头儿，大喝道："小子，你也洗个澡吧。"说着手扳船舷，便揪李成右腿。原来马老八是个江湖间拐贩人口的怯贼，没开过眼睛，不认得水衣靠，以为敌人不识水性，他想在水中占上风儿。哪知这一来弄巧成拙。当时李成趁他揪势，一跃入水。两人这一路拳脚水战，只闹得白浪如山，早惊动许多镇上人都来观望。只见水中两人打了个翻江搅海。端的怎生光景？但见：

水花四晕，浪影横飞。拳到处，如揭水精帘；脚蹴时，俨翻冰雪窟。连环进步，波痕冲破玉龙飞；转纽移形，涛声震如狮子吼。猛然高跃，陡掀起两座银山；倏尔低潜，乍凹下一片玉海。

正是：搏兔亦须用全力，一场水战不寻常。

两人这一路水中大闹，望得观者摸头不着。正这当儿，便见一只官船如飞棹近那只泊船。官船上一个威凛凛的客人大呼道："众位不必惊疑，俺是特来捕贼船户的。"众人听了，不由齐声大呼。

马老八一着急，早被李成一把揪牢按下水去，使用手法将他后项一拗。马老八咯喽一声，乖乖口大张，登时受用了几口水，不能挣扎，早被李成抛上官船，随即一跃而上，于是官船上人将马老八捆缚停当，又由泊船船板下提出一人，于是官船客人自通姓名，向观者一说原委，又道："贵处可有什么官府吗？"

众人道："有的，俺这来霞港有巡检衙署。"正说着，又踅来一人。众人道："巧咧，此人就是本地地保，滕爷有事交他办吧。"滕蒙连忙招那人上船，说明缘故，便命李成随地保押了林、马两贼送交巡检。

这里张起早由泊船上命岑妈妈扶定妥姑，便上官船。滕蒙和若芬让入舱中，彼此一接谈，妥姑方知若芬就是自己的大嫂儿，并且是都奔婆家门。当时悲喜交集，那一番亲热情形不必细表咧。须臾张起由泊船上搬毕行装，李成和收封贼船的官人也便踅来，一边是回帆开船，一边是办理公事，这都不必细表。

且说李氏娘子自命遇春遣张起去接两个新妇，便登时忙碌迎娶之事。新衣新衾并新房中许多陈设，一件件都得手到眼到。亏得李妈妈甚是能干，这期间省了李氏许多心。那鸟枪夫妇更不消说，不但手脚不闲，并且加上两张嘴，夫妇俩每有商议，定规抬杠，从天亮吵到天黑，以是为常。

后来郑氏索性我行我法，更无商量。那一大堆的妈妈吉例儿简直的就多咧。自响门时起（婚期前一宵便动鼓乐，俗谓响门），便摆布得新郎屁都不敢放。特郑重其事地命遇春录了一纸，一条条的便如仪注单儿，老早地贴在壁上，以免遗忘。

遇春还不怎样，唯有逢春一见这许多吉例，早已攒起眉头。一日，噘着嘴寻于益闲谈，不由突然问道："那天俺娘特地抓你去坐福，到底是怎样滋味呢？"说着只管搔首。

于益一听话中有因，不由暗想道："那天俺被杨二婶摆布得好不难受，就这等罢了未免太便宜他。"因笑道："吓！那滋味别提多么难受咧！她老人家叫俺面向喜方，婆儿似坐在床头上，腰儿挺着，脖儿梗着，眉儿低着，眼儿睁着，盘膝打坐，两手叉腰，纹丝儿不许动。直坐到两个更次，坐得人头迷眼花、浑身麻木，外搭着腰酸腿胀心扑嗒。这还不算数儿，并须紧闭了嘴，不许言笑。像这些呢忍一下子还可以的，唯有一桩顶肉麻，就是和新人并肩而坐，简直如灶王爷、灶王奶奶一般，任凭闹新房的人百般打趣，却不许笑一声儿。据说是若笑了，就泄喜气，分明有十分福，可以笑掉九分哩。"

逢春听了，登时倒抽一口凉气，道："这可怎么好，你说的这套刑法一些不错，俺娘业已开出吉例单儿贴在墙上咧，俺老逢委实受不得。于哥儿，咱们没讲究，你想个法儿，坐福那一场你替我去吧。"说着，站起来便是一揖。

于益大笑道："岂有此理！做新郎的事如何替得？并且是公坐公有福，婆坐婆有福，谁也替不得。倘俺去替你，被二婶婶看穿了，管保又出俺来哩。但你一定要免这套刑法，俺也有个法儿。"于是附逢春之耳喊喳数语。

逢春大悦道："妙，妙！只要脱过那重难关，漫说是装醉鬼，装什么都使得哩。"于益笑道："你记着，可别举发出我来呀。"于是逢春喜洋洋别过于益，径自趱回。偷眼儿瞅他母亲忙碌得小纂都歪。他既得了于益的锦囊妙计，也就不去理会咧。

李氏娘子家虽一般准备青庐，十分忙碌，然而没多吉例，也就消停许多。又因李妈妈十分勤能，便和鸟枪商议着叫将她丈夫褚诚来看守坟墓，并且在家帮忙。只诸事粗粗就绪，业已过得月余。

一日郑氏方和鸟枪拌了两句嘴，赌气子趱出来，只见村中孩子们一阵乱跳道："杨二婶，怎还闲在这里？你家新媳妇儿都来咧。"郑氏笑道："你们别胡说咧，俺家两个新媳妇相离远哩，是走不到一块儿的。"孩子道："您不信就罢。那会子你家张起在杨大婶家说的哩。"说着拍手道，"您老别害怕，你家的新媳妇差一点儿没被人家抢了去哩。"

郑氏一听，登时黄了脸儿，撒脚便跑。恰好刚近李氏门首，只见遇春和张起匆匆而出，门首备好两骑马，正要扳鞍认镫，并且有许多观者正在交头接耳。郑氏不管三七二十一，便大噪道："可他娘的没王法咧！哪个婊子生的敢抢俺家新媳妇？遇春你去捕贼，且等等儿，等我跟你去将那贼捣个稀糊脑儿烂。"

正乱着，恰好一个老头儿掮着空扁担趱来，郑氏闯上前去，由他背后猛一抽扁担，老头儿冷不防扑哧一跤。郑氏都不管他，一连两个箭步早已蹿到马前。慌得遇春忙笑道："婶婶莫惊，一些岔儿也没有。俺这便赴府城码头上去接新亲。俺母亲正要遣人去知会婶婶哩，您入去自然晓得咧。"说着，拉马便走。

这里郑氏还愣了愣，唾道："这村中孩子们只会瞎说，吓人这么一跳！"

说罢，随手拖着扁担就要进大门，招得邻右妇女都笑，道："二婶婶敢是喜糊涂咧，硬生生夺人扁担做甚？"一句话提醒郑氏，一望那老头儿方由地下气哼哼爬将起来，光着眼呆望。

郑氏大笑道："这是怎么说！人家老胳膊老腿的，栽这么一跤。"于是趋近前交付扁担，连忙万福，道："你老人家别怪罪俺，你是上年纪的人，有担待的，你看胡儿上都是土，等俺给你掸掸吧。"一言未尽，只见那老儿连忙后退道："表奶奶呀，这个孙儿怎么敢当呢？"郑氏仔细一望，却是邻村老表亲某翁，论起辈儿来，郑氏可不大两辈儿！

这一来，观者大笑之间，郑氏忽觉肩头上有人狠狠地拍了一掌，回头一望，却是鸟枪，急匆匆地道："嫂嫂在门首等着你哩，你却在这里胡喊喊。俺这就到于家书塾料理一切，少时新亲就到咧。"一面说一面跑去。

郑氏一望门首，果见李氏娘子笑吟吟招手。方要拔脚，只见鸟枪又跑回道："还有一件事，你无论怎样须依着我。"郑氏诧异道："什么事呢？劳你如此挂心。"鸟枪道："少时新媳妇们到来，你千万别向书塾门前睇吼儿去（俗谓偷瞧曰睇吼）。等媳妇娶到家，由你整天价端详她都使得。你这婆子急燎星似的，俺不能不嘱咐哩。"郑氏唾道："没的拉淡！俺睇吼不睇吼倒不要紧，你这套话老实说向逢儿去嘱咐倒还有用。"

鸟枪道："他不能去睇吼哩。"郑氏唾道："那也难说，有什么老子就有什么儿子。俺当年才到新亲公馆时，也不知是哪个没脸的管闪在大门旁咧着大嘴傻笑哩。"一句话不打紧，只招得个笑比河清的李氏娘子也咯咯不已，因唤道："婶婶快来谈正经话，别只管和他二叔算老辈子的账咧。"于是亲自趔出门，将郑氏拖将进来。

大家入室落座，李氏将那会子张起趔回报告的途中一切情形述了一遍，只惊得郑氏连连念佛道："可了不得！那两个贼船家该怎么死呀！幸亏遇见滕家船只，不然……"说着跳起来要走。

李氏道："你忙什么？遇春和他叔都分头接迎新亲去咧。于家佣工们也都在书塾中伺候哩。没的你这婆婆真要先相相媳妇吗？"郑氏道："不是呀，俺家去，快给老佛爷烧炷香儿哩。"李氏笑道："那又何必忙在一时呢？如今倒巧咧，两媳妇一同到，咱就斟酌迎娶喜日吧。"

原来李氏娘子早借得于家书塾做新亲公馆，并请施娘子陪侍一切咧。当时姒娣两个商妥喜日，郑氏想起许多吉例儿，便稳不住屁股，匆匆回家。一寻逢春，却在于益处闲谈。郑氏便道："你和人家滕大爷没会过面，这当儿不用你去接待。俺告诉你，从响门日起，不许你出大门儿。"

逢春笑道："就是吧。俺从响门日起一直到坐福，您那吉例单儿俺都背诵得滚瓜烂熟咧。"郑氏笑道："这便才是。"

不提母子这里闲磕牙，且说遇春到府城旅店中会着滕蒙，大家厮见，各叙契阔。早有岑妈妈趑出，拜见过遇春，并略述被难之事。遇春更不耽搁，即时命张起雇了四乘小轿，命滕蒙并若芬、妥姑、岑妈妈等坐了，自己骑马前导，直奔腾蛟村而来。随后是张起押定脚夫，挑了行李，四十来里路，不消日平西时已到于家书塾。

这时塾门前悬灯结彩，村中男女聚观，甚是热闹。便有鸟枪和于益双双迎出，滕蒙下轿厮见，便由遇春引入客室。随后若芬等三乘轿子略为一驻，岑妈妈先下轿来，便和施娘子并迎候的仆妇等扶出若芬、妥姑，一拥而入。这一对玉人容光耀入观者眼中，不由都啧啧称羡。

正这当儿，只听有人噪道："众位快闪闪，俺这伺候新亲的起了个早五更，倒赶了个大晚集。都是方才那只浪狗屙了一堆屎，三不知被俺踏了一脚。您说臭烘烘一只脚，俺能不家去换换鞋吗？"

众人一望，却是村中阮奶奶，穿一身新布衣裤，跑得小篡儿奔拉着。望到脚下，果然是双青梭布新鞋子，想是来得慌张，大绿鞋带子还拖下一条。众人一闪之间，便有个小厮笑道："哟，今天阮奶奶好标致呀！不用说别的，就是这双新鞋子，不用说俺阮大叔见了快活，便是我也心头痒痒的哩。"一言未尽，只见阮奶奶啊哟一声，往后便倒。正是：

　　　　喜动乡闾瞻气象，凤鸣协吉在须臾。

　　欲知后事如何，且听下回分解。

第六回

逃福神急煞老阿娘
避教乱拟地青螺峪

　　且说阮奶奶听得小厮打趣她，正要瞅是哪个，不提防阶石光滑，栽了一跤。便跳起笑骂道："小猴儿，你又觉得什么痒痒咧？"说着直奔进去。原来阮奶奶有五十来岁，能说会道，一肚子杂耍儿，就像个百事通，村中凡有喜庆嫁娶等事，她没有不在场的，所以李氏娘子特地请她来照应一切。

　　当时阮奶奶趑进内厅，见过若芬、妥姑，见施娘子正相陪款谈，自己插不下嘴去，便趑到厢室，和岑妈妈客气两句。正这当儿，张起引人送进行李，阮奶奶跑来跑去，一一安置，正忙得没入脚处，只见嘻嘻哈哈挤进一群妇女，一个个扭头折项，溜溜瞅瞅，扎括得花花绿绿，你拉我拖。

　　这个道："你碰了俺的花儿咧。"那个道："你踏了俺的鞋儿咧。"有的还悄手蹑脚趁在人背后，一面笑，一面望着阮奶奶摇手儿。便这般一窝蜂似的卷到窗子帘边捉缝儿向外偷瞅。

　　恰好施娘子脚步声动，大家就呼的声掩口后退，少时又挤眉弄眼地围拢上去。阮奶奶一望，却是一班瞧新媳妇的，无非是张家婆、李家嫂，七大姑、八大姨之类，于是趑近前笑道："你们来得正好，快些进去递递茶水，陪人家拉个嗑儿，也替俺手脚忙碌。"

　　一个媳妇一撇嘴道："你老人家敢自见过大阵仗，能者多劳哩。俺灰扑扑样儿，若进去，不叫人家笑掉大牙吗？"又一个媳妇红着脸道："俺可不进去，人家都娘娘似的，咱见了人家说什么呀？"又一个小女歪着髻儿，手指头掏着嘴道："妈呀！你看这两个新媳妇不长不短、不胖不瘦；头儿脚儿、眉儿眼儿怎么安装来就怎的俊煞个人哩。"阮奶奶见此情形，赌气子不去理她们。

　　须臾，李氏娘子打发李妈妈过来见过若芬等，又谒见滕蒙，敬致主母之命。滕蒙连连谦逊。当夜于家书塾里外价摆设筵席，大家叙谈热闹，自不必说。次日，滕蒙到两院中拜见李氏娘子并郑氏，大家酌定吉期同日迎娶。一连两天，饮酒欢聚，好不有兴。这期间却忙煞个郑氏，闷煞个逢春，娘儿俩简直顶了牛儿咧！郑氏越忙，逢春越想溜出去。郑氏恐他溜出去破了吉例儿，所以越发查看他。

一日于益抽空儿去瞧逢春，郑氏便噪道："于老侄，你看你兄弟这拧行行子，可把俺累坏咧。等喜日坐福的当儿，你也给俺着个眼儿，要叫他破了吉例儿不是玩的。你忘了你大喜日，俺特地寻你去坐福？你看你小两口儿多么和美呀！你如今也该替俺费点儿心才是。"

于益正色道："就是吧！这档子事婶婶满交给我。他若溜脚，我一把就抓他。那坐福舒服法俺岂可偏了老弟，总得也让他舒服一番哩。"郑氏听了，大悦之间，恰好家人来唤出去。逢春忍不住，悄笑道："于哥真有你的。"于益也笑道："别的不打紧，你事后若举发出俺来，俺是不依你的。"

不提小兄弟暗中捣鬼，且说杨家喜期转眼已到。响门这晚上，两院里悬灯结彩，大吹大擂，门首闹过，还须到新房中吹唱一阵，以坐实"响房"两字。这当儿一切执事人不分男女并上下，都许挤向新房听吹唱。照例地唱两出吉利戏，什么《全家福》咧，《龙凤配》咧，闹过一回。郑氏高兴，一面监察逢春按她的吉例儿步步做去，一面又点了出《万里封侯》。

次日喜期，村中男女贺客老早地趱来，一时间鼓乐喧天，茶酒款待。将到巳分时，两院里发去喜轿并迎亲的宾客。新房中，一切铺设并喜堂中许多点缀以及礼生喜娘等早已都安置停当。那一番风光好不热闹。

但见：

春风满院，喜气盈门。弁者襄者，来往于桂砌兰阶；村客来宾，笑语于高堂广厦。笙歌缭绕，都是双声；裙屐纷纭，横摆一字。屏开孔雀，画堂深处逗香丛；篆袅金猊，宝炬光中并红蒂。银河天上，行看此夕渡双星；金屋人间，顷刻相逢联二美。正是：百年佳偶前姻定，五世其昌后日祥。

当时杨宅两院一般风光，只将个郑氏忙得如开锁猢狲，并且急得如热锅蚂蚁。因她虽然闻得两个新妇一般俊样，究竟不曾目睹；况且闻得妥姑曾经改装行刺，大料着便是俊样煞，也定要泼辣煞。巧咧若是风娘娘似的，自己那傻儿子定要大吃苦头，因此她心头怙惙自然比李氏娘子凶得多。况且百忙中还须监察逢春，所以闹得自己走马灯似的跑进跑出，刻无停趾。

好容易鼓乐声中彩轿到门，新人下轿，喜娘等挽入喜堂，和逢春行起拜堂大礼。一时间鼓乐鞭炮纷然大作。这时郑氏一颗心只管乱跳，反索性藏到新房里间。因少时就要挑蒙头，媳妇丑俊是不能退换的。

须臾新郎、新妇拉定红丝，趱入新房。喜娘等扶新妇面冲喜方端坐于榻。郑氏溜将出来，早见喜娘递给逢春一根红绸缠就的喜杖。逢春望见郑氏，便道："妈呀，你去挑这劳什子吧，俺去歇歇腿哩！"郑氏道："可了不得，你别气我咧。"喜娘笑道："也没见您娘儿俩这当儿还磕牙哩！"于是俏生生趱将过来，把住逢春执杖之手，向新人流苏蒙帕上只一挑，登时有一片光华飞射出来。喜娘随即念歌道：

> 红巾小小裹风光，不许檀郎认面庞。
> 此刻四眸互视处，个中喜煞老阿娘。

念罢，向郑氏道个万福，连忙退下。不想郑氏眼光一总儿没瞅着她，只见妥姑那一番端美姿态，真是温柔大雅，这才心头一块石落地。方指挥喜娘安排一切之间，一瞅逢春忽然不见，郑氏大惊，赶忙从院中揪将进来。

逢春哀告道："好娘，俺到院中疏散疏散，也不算背吉例。这新房内人气蒸腾，并且触处红得眩眼，哪里当得！"郑氏道："既如此，你且在新房对间里静坐，单等傍晚就要坐福咧。好孩子，别拗着娘。"

乱过一阵，接着便内外贺客纷纷都到。遇春那边诸般光景自然亦复如是，无非是贺喜吃酒许多礼节。作者便总括一笔道："于是遇春兄弟完婚已毕。"

不多时天色向晚，两院里华灯喜烛点得火龙一般。郑氏怙惚着坐福大典，重新扎括得花娘娘似的。正在新房中监定逢春，指挥喜娘们铺设鸳鸯锦褥。方将妥姑掇弄到褥一头儿，道："逢儿呀，你们一辈子占旺相的事儿，可不许腼腆。你便和媳妇并肩坐吧。"语声方绝，只听于家馆童急匆匆在院内唤道："二老太太呀，俺家主母这两日陪侍新亲累着点儿，方才在家只管闹头晕，可巧家中安神药也没得咧，您这里有药时快给俺点点。"

郑氏忙道："这是怎么说呢！倒累着你家主母咧。你略等等，俺给你寻药去。"这时逢春正在新房中连吃喜酒，一大壶斟起来，业已壶底朝上。郑氏便道："少吃些吧，少时坐完福还有交杯盏哩。"说着，跑向自己房中去取药。分明是记得药包儿在几抽屉中，却翻寻遍再也没有。末后，还是从针线笸箩内寻出来。忙碌中不暇查问是谁抓置的，便匆匆交与于家馆童，一面嘟念道："逢儿坐上去，别背着喜方呀。"说着踏入，却不见逢春，忙问道，"新郎呢？"

喜娘道："他吃酒没够，您去寻药，他就灌酒去咧。"郑氏笑道："也没见你们，就怕跑大了脚！替他灌灌酒不结了嘛！"一看妥姑端正正坐在那里，真是替月圆姿，羞花润脸，红烛光中越显得丰艳非常，不由喜得郑氏只管孜孜含笑。

待了一霎儿，不见逢春转来，不由焦躁，自己到院前后喊了一回，不见答应。正在慌张，恰好鸟枪吃得红郁郁脸儿踅来。郑氏道："你爷儿俩都没正经，只晓得灌丧黄汤子！如今就要坐福，逢儿钻到哪里去了呢？你还不命人去寻。"于是鸟枪在院中大呼小叫，一壁价点起灯笼火把命人去寻；一壁价老两口儿坐在新房外间只管互相埋怨。郑氏道："你一个做老子的，却什么事都不留着心眼，就叫逢儿撞出去。"

鸟枪道："这话奇咧！你整天价跟在他屁股后头，如何反来怨我呢？都是你讲些妈妈例儿，闹得孩子毛手毛脚。你看人家大嫂嫂什么例也没有。俺由那里来时，业已诸事都毕，就要摆合香喜筵咧。咱这里不但人仰马翻，倒索性连新郎都丢掉，我就看你吵着坐福吧！"

郑氏道："你这话通用不着。难道你不愿孩儿们旺相吗？这坐福是周公大礼，俺要有才学，撰得出周公大礼，还不嫁你这二百五哩。"鸟枪眙着醉眼道："你不嫁就拉倒，谁还稀罕你不成！"郑氏怒道："老王……"一个"八"字未出口，忽想起新媳妇在里间儿，这样家范未免不可以示新妇，于是借事为由，跳起来道："这些没有用的人只会吃饭，等我自家寻逢春去。"

正乱着，遣去的人次第趄回，都说是遍村寻到，就是没影儿。郑氏一听，这一急非同小可，由人手中夺了一碗提灯，方要撒脚，只见于益匆匆跑来道："这是怎么说呢？坐福吉例儿如何耽误得？二婶婶，俺帮你寻去。"郑氏一听此话，越发着急，一张脸赛如红布一般，豆大汗珠儿只管钻出。于益见状好不得意，便簇拥了郑氏如飞便跑。

这时郑氏心乱脚忙，出得门来，简直不辨方向。不消说是由于益掇着东颠西撞，一路上磕磕碰碰。须臾闹了一个更次，串过许多熟识人家，敲门打户，夹着狗咬吵吵，登时惊动全村，都说是杨鸟枪家丢了新郎。

于益跟在郑氏后面，一路大叫逢春老弟，闹嚷嚷趄南跑北。那郑氏连急带气，外挂着脚趾生痛，不由气喘吁吁，大汗如浇。偏搭着今天喜日薄施粉黛，被汗渍一冲，闹得条条缕缕，再用袖一阵擦抹，早已弄得如刘彪他妈一般。

正这当儿，恰好趄到一块街石前，脚下一蹶，便趁势一屁股坐在石上，愤然道："于老侄，咱回去吧，哪个王八蛋再讲什么浪吉例儿！你看逢春这东西把人急不霍乱吗？"说着话音哽咽，只管用手去拭眼角。于益暗想："自己施于人的这套刑法比起自己受于人的那套刑法也不算吃亏咧！"于是长长地舒了一口气道："真个的哩，咱各处都寻到不见他，莫非他三不知钻向我家吗？"郑氏恨道："由他去吧！他不怕不要老婆，俺都不管。俺要回去咧。"

于益笑道："您别着急，咱且搭趟腿，看是如何。"于是两人起行，方到于益门首，馆童迎上道："那会子，杨二老爷跄跄跟跟来寻主人，如今却醉困在客厅里面哩。"

郑氏听了，三脚两步闯入去，一看逢春，正歪在客榻上酣睡如雷。于益笑唤道："逢老弟，快起来，找补坐福去吧。"哪知逢春这时真个睡着咧。当时模糊糊眼未及启，便噪道："于哥，你这计策真不错，俺妈万也想不到俺藏在这里哩。"说罢，唧嘣跳起，三个人登时各有各态。逢春是光眼乱望，郑氏是又气又笑，只望着于益点头儿，于益是拊掌大笑，并连连顿足道："逢老弟，别来葬送人，俺是不晓得什么计策的。"

郑氏笑道："得咧！一言抄百总，是俺那吉例儿招得你们作怪。啊呀！可急煞俺咧。如今坐福豁免，快去合卺吧。"于益忽一把抓住逢春道："二婶婶，您看如何？俺原先说得明白，他若溜脚，俺一把就抓住他哩。"于是郑氏大笑，拖了逢春便走。

当晚杨家两院里合卺风光不必细表。过得三朝，滕蒙坚辞要去，遇春挽留不住，便在书塾中置酒饯行。在座者遇春兄弟外便是于益。大家吃得半酣，谈起平苗等事，不由眉飞色舞。滕蒙忽慨然道："俺家叶一清兄他曾说过，如今患气方盛，不久将有白教之乱。俺兄弟便道：'可惜这次苗乱叶先生不曾施展能为，为国尽力；将来若果有教乱，先生定当出而有为咧。'"逢春贸然道："对呀。"

滕蒙道："哪知叶先生两眼看天，却笑道：'俺志不在此。俺若非倩霞妮子来赘人脚，俺早就飘然远引咧。日后俺向平愿毕，终当从吾所好。'"遇春爽然道："叶先生倒高超得很！只怕咱在座诸人都没有这番恬退高致。"于益听了，只微微含笑，恰好空中有一缕白云随风舒卷，因笑道："便如这天际云儿，俺看为霖为雨，终不如悠悠荡荡的快活哩。"遇春随口道："各人志行是万有不齐，只是叶先生说患气方盛，却大有见识。"因将曾遇林樾谈气数一段事一说，滕蒙甚是惊异。当晚酒罢，大家谈至夜深方散。

不提次日滕蒙别过李氏娘子并杨、于等便整归程，且说李氏妯娌两人娶了这般两个媳妇儿，真是心满意足。若芬侍奉婆婆自不消说是孝顺之至，唯有妥姑，偏能在那样公婆跟前也能如若芬一般。为日不久，竟将个急燎星似的公公、风娘娘似的婆婆侍奉得无可无不可，因此老两口儿老牛拉不转的性儿倒叫媳妇给拘束住咧。

那郑氏整天价嘻着笑口，只怵惕着遇春兄弟假满北去。然而两轮日月不肯饶人的，不知不觉已过了两三月光景，堪堪假满。一日李氏向鸟枪夫妇道："如今遇春等就要北去赴官，媳妇儿还当同去为是。"鸟枪道："同去自是正理。"叔嫂商议已定，各自告知媳妇。哪知小妯娌不约而同地道："如今世乱未已，媳妇等还是在家伺候公婆为是。"李氏等只得由她们，便忙忙给遇春兄弟准备行装。

临起程头一日，于益走来话别。逢春道："于哥，你闷在家里左右没事，便还是同去吧。"于益笑道："这次俺可不奉陪咧。但是日后俺去的路程比你们还远得多哩。"说罢，哈哈大笑。

正说着，于家馆童寻来，道："主母等主人回去用晚饭哩。"于益听了，拔脚便走。逢春因笑道："大哥，你看于哥倒甚是亲爱他娘子。"遇春道："于老弟性格儿有些古怪，忽热忽冷，不可捉摸。或者热性，就是冷念见端，亦未可知。"

不提这里兄弟窃语，次日拜过父母，带了张起登程北上，且说李氏娘子在家中悠优颐养，并有若芬帮理家政，闲暇时，或家庭清谈，或邻姆过从，只过得数月快活光阴。不想霹雳一声，忽哄传湖北白莲教主陈二寡妇占据襄阳，揭竿而起。为日不久，又哄传川中秘魔山王三槐教众蠢蠢欲动，闹得各处里风鹤惊心。村庄中篱落之谈越发无所不有。唯有鸟枪偏不信许多传闻，每逢人家唏嘘聚谈，他便掩耳而走。

说也奇怪，他和浑家抬了一辈子的杠，独这桩事两口儿却所见略同咧，一任人家惶惶恐恐，他夫妇却满不理会。又唯恐李氏娘子听哄传害怕，便不时地走去譬晓。哪知风声越来越紧，湖北教乱已屡破州县，闹得天翻地覆。冷不防风声传来，朝廷派查办四川的钦使乌林阿不久将到重庆。于是谣言大起，有的说拿解川督进京的，有的说是趁三槐未起事先来解散白教的。听得个鸟枪夫妇都没好气。

一日和李氏娘子闲谈起来，郑氏道："嫂嫂不要听外边瞎三话四的，由他闹塌天，咱只家中坐，多给老佛爷烧灶香，便天大事也没咧。他们没主见的，又是想搬家咧，想避难咧，都是闲得没干。"

正说着，恰好李妈妈趱入，因笑道："要真个风声不妙，说避难的话，俺家青螺峪便再好没有。真是严密密葫芦一般，只消将峪口塞断，漫说是贼人进不去，他连道径都寻不着哩。"

郑氏笑道："李妈，你可没的说咧，放着好日子不过，为甚钻死葫芦头去呢？"正说着，只见于益匆匆趱来。原来自教乱哄传以来，李氏便命于益时时探访消息。当时郑氏笑道："于老侄，你探得风声怎样？他们这里又吵着移家哩。"一语方尽，鸟枪也趱来。

于益道："近来风声有些不妥。王三槐那里业已反形大露，要响应湖北。便是这里教徒等也很不安静。昨天俺到府城中探得教徒等都已暗置器械并白衣等物，并且钦使乌林阿将到重庆府。城中有远虑的人很担忧着教徒们要出大岔子哩。如果有意外之事，咱这村离城不远，恐难免波及哩。"

李氏慌道："如此咱们移家青螺峪倒不可太迟咧。"鸟枪这时不由也心下狐疑，因道："既如此，明天俺和褚诚先到青螺峪安置一切。咱三家人口便先搬去，随后再移辎重家具等物，如何？"

李妈妈道："正是哩，早些移去消停得多。倘若没变故，只当去逛回山景儿。"于益笑道："提起山居来，倒合了俺的脾胃咧。"鸟枪随口道："山居本来怪有意思的。"

一言未尽，只见郑氏站起来，向鸟枪便是一口酽唾。正是：

　　避兵方觅桃源地，反目又占脱辐爻。

欲知后事如何，且听下回分解。

第七回

教匪聚众打村坊
于益横刀诛火判

且说郑氏因舍不得离老窝儿，听众人你一言、我一句地商量移家，本就怪长气的，今见鸟枪也竟顺着竿儿爬向人家那一头，不由倔气发作，便恶狠狠地唾道："你有意思，我还没有意思哩。俗语云：破家值万贯。哪里就乱到这里咧！"

于益笑道："二婶婶要不移家，倘若乱起来，人家来抬了您去怎么办呢？"郑氏笑道："他若抬俺，俺就坐在他炕头上当老太太去。"

当时大家一笑，也便暂听消息。李氏娘子终究放心不下，便一面命褚诚先赴山中稍为安置，一面命若芬料理家具，更时时力劝郑氏不可执拗。不想郑氏通不理会。这时这两口儿旧性复发，鸟枪不来劝还好些；若一张口，两人定要咯嘣半晌。

一日于益又赴府城，却探得乌钦使只有一两站的路程便到重庆，又探得郝振寰物色美妓伺候钦使。再暗看街坊上教徒们来来往往，很透着忙碌。于益心下怙惚，信步趸到一处，却见一美色妇人江湖技妓打扮，正在人丛中飞丸跃剑。

于益驻观良久，暗诧道："此妇不但神态有异，眉棱间隐含杀气，便是这般技艺纯是真实武功，定非猥妓一流。如今作此行踪未免有因。"沉吟间，美妇做场已毕。便有个衣履鲜明的人直趁上船，于益也顺步跟向岸旁。

须臾，见那人含笑下船，匆匆自去。便有闲人相与谈论道："这位便是府衙中的仆人，是奉了府尊之命物色美妇伺候钦差的，想是看中了卖艺的娘儿咧。"于益听了，越发怙惚，便又在别处探望半晌。及至回途，复经那美妇船旁，却见有两个精壮教徒从船上匆匆下来，那美妇只大剌剌地送到舱门，两教徒却回身恭恭敬敬地肃然一站，然后拔步。

这一来，于益大疑，一路暗想道："岂有寻欢之客对妓女如此恭敬的？巧咧那美妇就是教门中有能为的人，她一去接近钦使，难保不出意外之事。就此看来，及早移居是正经。"于是匆匆趸回，向李氏等一说所见。大家都各吃惊，便登时各家下唤集佣仆收拾家具。

正忙碌得一团糟，不想郑氏两口儿吵起架来。原来郑氏一定不移居，便连妥姑婉劝都不成功。气得鸟枪双脚乱跳，她却没事人一般。大家没法儿，只得连日价迭往劝驾。哪知郑氏是醉鬼性儿，越扶越逞强，一任大家苦劝，她只是不点头，并且故示闲暇，大盆价晾酱，大束价捆干菜。百忙中将体己鸡蛋也拿出来，巴巴地泡起盐水，腌在大坛内，摆列得屋内院内堆头垛脑。

人家进去，她便一宗宗指与人家看，道："你看这些物儿都是俺土里刨食挣得来的，好容易哩就搬家？没的都便宜了人家。再者，老佛爷是不会亏人的；再搭着门有门神、灶有灶神，俺一年四季价不管风里雨里地给他老人家烧香拨火，难道就没个保佑吗？可是人家说得好来，生有处，死有地，你忘了当年黄巢造反，他那个好友某和尚藏在树窟窿内，还被黄巢无意中咔嚓一刀祭了旗哩！"（相传某寺老僧与黄巢最相善，僧复善推命，预知数当死于巢手，于是倾资事巢。巢感甚，恒念无以为报。及巢将起事，僧跪述所以，且求免戮。巢大笑曰："吾能造命，何有于数？然事起仓促，恐误伤，师宜觅佳处暂避。"于是僧谢而起，每伏一处，辄悚然曰："黄巢来矣！"则惊走，如是者屡。最后得老树窟而伏。俄闻杀声动地，巢拥众及树而止，则喟曰："今法当祭旗，生物尽避，则奈何？"一人指树曰："此亦生物也！"于是巢刃下，而某僧毙。予忆闻此俚典时，方六七龄，先大人方宰鱼台。时当放夜学后，予及诸兄姊环拥先妣，听讲此故事。先大人就案封书札，偶需糨糊，因命予。予神往故事，不即取，姊捽予总角，疼甚，因大啼。此景恍惚，遂已四十余年，今江山人物瞸焉如失，予所亲爱，唯姊及仲兄健在耳。属笔至此，不知泫然之何从也。）

大家听了正没作理会处，已闻得鸟钦使业已到境。这日下半晌，李氏娘子命若芬前去劝驾，郑氏委实没法再执拗咧，只得勉强应允，便连夜价收拾家具。一时急就，你想如何来得？次日天亮大家都跑去帮同料理。

正在乱抓瞎，便见村人一阵乱跑，大呼道："了不得了！如今府城中杀了个尸山血海。白教中恽三娘假扮艺妓割了钦差的脑袋。大教目王树风打破府城，捉了知府，顷刻就要分屠各乡哩！"

这一闹不打紧，只见郑氏啊呀一声，一个震颤，腿子一软，咕叽声跌坐在酱盆里；如飞爬起，便抱腌蛋坛儿，手儿一滑，啪喳声坛碎蛋滚。郑氏赶忙去抓，却闹了两把蛋黄儿。

正挓挲着两手不知怎样才好，只见鸟枪急匆匆跑来，向李氏道："嫂嫂，咱快走吧，丢这拗性婆娘由她去。"说着一搡郑氏，登时一个踉蹡，妥姑连忙扶住。郑氏大怒道："你为什么搡人一跤呢？"说着，举手向鸟枪一甩，只听嗒的一声，鸟枪脸上业已淋了许多蛋黄儿。

大家又急又笑，正在乱成一片，只见于益浑身结束，手提一把明晃晃长刀，飞步抢入道："大家且莫乱！此时教徒四布，咱移家反不相宜咧！不如俟乱事稍定再移。此时却恐本地匪人勾引小队教徒搅扰村坊。俺已集合了村中数十个精壮少年准备防御。"因向鸟枪道，"二叔，您但照看各院家小，不必惊乱，俺自能保护咱村哩!"说罢，匆匆跑去。

不提这里全村中都登时关门大吉，且说于益率领了精壮少年就进村道口间往来巡视；又派个精细少年在府城来路要道上暗探动静。乱过一日，却不见什么警动。

当晚，于益趑回，郑氏劈头便问道:"咱们明天移家可以的吗?"于益笑道:"您别听人家瞎三话四，哪里就乱到这里啊? 倒是您多腌盐蛋，准备麦秋时犒劳短工是正经。"众人听了，不由都笑。村众们便有想连夜迁移的，于益道:"据俺看来，此时王树风等初据地面，一来布置事忙；二来定要收买人心，左近地面必不致遣党徒来骚扰，咱所虑的就是本地匪人勾串教徒。自明日起，凡我村众各备刀棍金鼓，分伏村中要隘，一有警闻，一齐虚张声势，但吓走心虚的教徒便止。其余本地匪人俺自能杀一儆百，使他不敢再来，然后慢慢移家，方为妥当。"

村众听了，皆唯唯称是，便连夜准备一切。次日便如于益计划分伏停当。时将过午，于益方领精壮少年在村头横刀骋望，只见府城路上的暗探匆匆跑来道:"于爷快些准备，今有府城著名土匪龙天培和东乡里火判官洪大头勾合了百余无赖教徒来扰咱村，现已距此不远咧!"

于益忙望去，果见来路上尘头大起，因吩咐所领少年道:"快将咱预备之物摆列起来。"众少年应诺，登时就村首道口摆列停当，却是茶酒果饼堆满长案，便如路祭桌儿一般。于益一挥手，众少年雄赳赳各抱长刀列位几后。于益这时全身结束，外套大敞衣，胁下佩刀，早已趋就几前，卓立而待。

不多时嚣声渐近，从尘头岔涌中有百十余人，各持刀械，着地卷来，乱糟糟并没列行，其中教徒占一大部，一色的白衣白带，其余便是许多杂糅角色，没得刀械的便持大杠短棍之类。

当头却有两人，一个是长瘦身材，黄面短须，两道疙瘩眉，一双毒蛇眼，浑身青衣裤，脚步伶俐，手持一根凹面镔铁铜，便是龙天培；那一个有四十来岁，宽膊肥脊，身材高大，腰束红带，下穿蛇皮裤，衬着赤足草鞋，上身只穿一件大红缎绣花背心儿，露着两条虬筋盘结的黑紫健臂，提一把泼风似短柄夹钢斧。再望到他那颗出品的大脑袋，倒将于益吓了一跳，原来这厮便是东乡中著名土匪火判官洪大头!

此人本是个滚了马的大强盗，平生作恶多端，因他纠人行劫，临去时总要放一把火，将事主家烧得精光，所以得火判官之目。他那脑袋肥而且大，便如紫肝颜色，并且两额角磊磊砢砢，似乎是肉角突起。再衬着髻髻乱发，本就怪模怪样，不想一张肥脸上却是个塌陷鼻头，胡椒似的小鼠眼，大嘴一咧就要通到耳岔上。

当时洪大头提斧踊跃，猛见于益并几后众少年，不由诧异，便喝道:"你是什么人咧，擅敢在此? 如今天兵到咧，还不让路!"于益抱拳趋上道:"洪、龙两兄不必如此，咱们同是本地人，总该有些香火情分。俺于益久仰二位，

339

今特备茶酒，结个相识如何呢？实不相瞒，敝村中首领人就是在下！"

龙天培一听"于益"两字，登时一愣。因他素知于益大名，却不曾见过，今见于益那一番矫健精神，未免有些怯手怯脚。洪大头却不管好歹，便冷笑道："你这厮做此软局来哄哪个？俺杀入村去何用你来款待呢？你既是村中首领人，很好，快交出十万银两以助兵饷，并将村中妇女都领出来由俺挑选。不然惹俺火判官性起，保管叫你这片鸟村顷刻灰烬哩！"

于益大笑道："洪兄不可如此！如今乡里扰乱，你既依附到白教中，应该维持乡里才是，如何反为虎作伥呢？既如此，咱们见个高下也使得。"说罢，一甩敞衣。几后面众少年一声喊，登时一个号炮，飞上半天。便听得全村中呐喊如雷，金鼓齐鸣，早有一片刀光棍影从各隘口隐隐跃跃。众教徒本悉乌合，又是因龙、洪勾引私出劫掠，一时间不得主意，竟都怔住。龙天培颇颇机警，当时只喊得一声："且慢动手！"那不知死活的火判官早已一声怪叫，火杂杂便奔于益。斧光摇处，就是一个饿虎扑食式。

于益拔刀迎战之间，那火判官一柄斧早已嗖嗖嗖势如风雨，那一路马前枪、开门炮倒也闹得烟尘抖乱。于益冷笑，略一沉吟，已得主意，便丢开浑身解数，一柄刀上下翻飞，蹿高耸下。须臾舞到酣畅处，只是一团白光，人影都无，耀得众教徒眼花缭乱。但见洪大头时被白光裹得东磕西撞。那龙天培见势不妙，正要硬着头皮去提铜助战，忽地虿然一声，那白光射到面前。天培目光一眩之间，忽觉左耳根痛彻心苗，急忙一摸，业已去了一只耳朵。

众教徒大喊不好，正要崩退，只见那白光就地一滚，疾如闪电。洪大头一声惨叫，突见有两件物儿飞上半空，啪嗒声同落于地，却是钢斧并半截血淋淋的胳膊。天培大惊，一摆铜就要率众逃命。

说时迟，那时快，便见白光一敛，于益横刀拦住去路，却笑道："你等慢去，话须讲明，今日此举倒是谁的起意？"天培忙道："便是洪、洪、洪大头约俺们来的。"于益笑道："这就是了。龙兄不必害怕，咱们还是好乡里。以后如有勾引教友胡闹的，还望龙兄传语，拿洪大头做个榜样便了。"说着，一整面容，杀气森森，由地下拖过个半死的洪大头，刀光起处，只听扑哧一声。

几后众少年和声大喊，天培大惊。正是：

> 诛恶不辞刃飞白，保村方免血流红。

欲知后事如何，且听下回分解。

第八回

整团规结怨无赖子
走深山移寓见娘村

且说于益一刀剁去，洪大头身首异处，那颗圆彪彪的肥脑袋早滚向数步之外。这也是火判官一生杀掠放火之报。

当时天培并众教徒都惊得作声不得。便见于益提起首级，命手下少年挂在村头树枝上，目光一瞬，威凛凛瞟向教徒等。众教徒大惊，方要乱窜，于益却笑道："诸位听真，俺村人和贵教中无冤无仇，这都是洪某一人之过，但是贵教中若放不过敝村，尽管再来，俺于某静候厮杀，决不含糊。"

天培忙道："于爷息怒，您的神威俺等都已晓得咧！"于益大笑道："如此，俺还当尽主客之谊。"说罢，横刀长揖，便请众人来用茶酒。但是洪大头死蛤蟆似的尸身横在地下，众人恨不得插个翅儿早飞将去，如何还敢扰人茶酒？于是乱糟糟谢一声，争先恐后地回头便跑。这一阵挨肩簇背，倒招得于益哈哈大笑，便命少年等掩埋了洪大头的尸身，即行回村。

这一来于益威名登时大播。王树风从先大闹苗疆时，本是遇春、于益等手下的败将，当时闻知此事，吃惊道："这个太岁只求他不来干预咱们便是万幸，如何还去拨撩他？"于是痛饬教徒不可向腾蛟村去踏脚，但是腾蛟村左近村落不多日子已被教徒等分队肆扰，杀掠烧劫无所不至。每当入夜，远近里火光腾踔并男女哭声遍野，真是惊心动魄，吓得个郑氏整日价小九儿一般，巴不得顷刻移家。她那股子老牛似的拧劲儿竟给吓掉咧！

哪知郑氏越心急，越一时不能移家。因王树风既据重庆，复分队徇下左近各县，连胁带裹，教徒们越来越多，以致土匪蜂起。腾蛟村又是富庶村落，父老一想，若于、杨两家移得家去，直然地没有主心骨咧。于是大家集合了，坚意挽留，请保全村。

于益道："诸位还不晓得，俺的移居不过送家小等入山避乱。至于俺仍当居村，一来捍卫桑梓，二来不废农业。俟俺入山安置毕，俺还想操办团练，为本村久安之计哩。"

众父老道："既如此，何妨暂缓移家，将团练稍办出些具体再去？咱本村也稍有所恃了。"于益听了，也觉有理，便登时挨户召集少年置备器械，定规法，明纪律。不消几日，业已凑集了二百人。于益便分为左右二队，从中拔两人为队长，按日训练，都以军法部署。

左队长姓丁名悦，是个考老的武童；右队长名叫苟由仁，此人生得麻面黄须，翻眼撩睛，行步奋拉头。少年时很不安分，后来无以为生，在本城捕班中当狗腿混过些时，因倚势诈人钱财，被捕总撵掉。他回家没事做，便交了左近许多无赖搅闹村坊。每逢庙会或墟集，由仁等便打扮得奇形怪状。或抹个三花脸儿，或戴朵纸花儿，扭扭跳跳地唱起秧歌，硬和各摊案上要钱。人家不给，他不但破口秽骂，还登时用小刀自劚面目，长血直流，归根儿得钱方罢。

一日又在墟集上胡闹，正在地下撒泼打滚，忽觉胯骨上来了一拐棍子。由仁合眼噪道："好嘛，你这厮动手打俺就好说咧！今天老爷们和你小子干上咧！乖乖地给两串老钱，少个钱边儿你看俺可饶你？"睁眼一望，却是本村韩长者。由仁羞得红着脸，站起来道："您老赶集来啦？俺今天颇有酒钱，咱爷儿俩闹一壶吧！"原来这韩长者是由仁的老表亲，由仁没落子了便去乞贷，所以见了韩长者十分恭谨。

当时韩长者微笑点头，两人厮趁到一处饭摊上坐定，由仁真个的从兜肚内掏出一大把钱来递给饭伙，乱喊着要酒要菜。韩长者也不拦阻，只向饭伙略使眼色。少时两人吃过两杯，韩长者道："由仁，你莫怪我说，凭你这长大汉子，怎的也能以想法儿生活。如今你干这营生不觉削脸面吗？"由仁赧然道："不瞒您老说，俺从小儿放荡坏咧，以致如今落了个四不相的样儿。俺就是跑山营生还将就得。左近山中曲曲弯弯、旮旮晃晃的所在俺都透熟，所以前两年俺曾在青螺峪一带打猎，便是许多的崎岖密道，俺没有不到过的，因此颇颇得利。"说着自己清脆脆一个耳光，道，"没出息的东西！不想俺后来发疯似的一阵赌，连鸟枪火药本儿都输得精光。如今只得跳丑脸儿求饱肚皮，这就叫没法儿哩！"

韩长者笑道："倘俺给你些资本，你还去打猎，不强如干这个吗？"由仁喜道："如此敢自好！"

须臾酒罢，那饭伙仍将那把钱递与由仁道："韩先生已经命俺记了账咧，请你收回这钱吧。不然，少时一转弯你来寻账，俺如何当得起？"由仁方在干笑，韩长者已从容自去。

过了两天，韩长者果然把给由仁资本。从此由仁入山业猎，不消说山中道径越发熟稔，但是他打猎得资，依然随手乱用。于益因见他身手伶俐，所以拔为右队长，按日价领队操练。看看个把月，于益见所办团练粗粗具体，正想移家入山，不想苟由仁恶性发作，闹出一件事来。

原来苟由仁从先在捕班中当狗腿时，未免和群盗鼠窃有番交接，或连个手儿坐地分肥，后来还时时往来。这当儿教乱既起，地面大乱，于是群盗等

342

大得机会，每夜价四出恣扰。一夜，由仁持械夜巡，却遇着一伙土盗，其中有两人识得由仁，彼此一搭话，土盗道："如今苟爷高发咧，想定得意吧？"由仁道："得咧！白白效劳，没得什么钱钞，还不如你们写意哩！"

土盗笑道："苟爷高兴，瞅个冷子跟俺们去发点儿外财不好吗？这当儿乱糟糟，你们团总哪里查落去呀！"又一盗道："便是查落着，也不算甚大事。俗语云：团练团练，狐搭狗干。你们团总又没帅印，又没大令，难道他敢把谁怎么样不成？"

由仁听了甚是有理，又搭着近日手头窘，于是掺入伙儿竟去行动。俗语说得好："吃惯嘴，跑惯腿。"由仁既尝了甜头儿，如何还肯收脚？于是时时和人去劫，却幸得不曾露马脚。

也是合当有事，一日由仁吃得半醉，因件狗屁不值的事，竟拿出队长架子将本队团丁名叫傅遂的暴打一顿。于益知得咧，问其所以，由仁便道："这傅遂不该在操练整队时偷瞅人家看热闹的娘儿。"原来由仁新近所得劫资不少，便搭上了个邻村的荡妇，正打得火一般热。这日那荡妇打扮得浪模浪样来瞧热闹，却被傅遂瞟了两眼，所以由仁醋劲发作，假公济私地大抖威风。

当时傅遂暗恨道："你这厮不断地去和那老婆那么着，却嗔人家这么着。等俺在筋节儿上纠人去捆个对儿，先送给团总再说。"主意既定，便暗暗留神。

有一夜二鼓来天，傅遂方在邻村路口上暗中伏窥，果见苟由仁彳亍而来。到得村头，却一径地直趋斜径。傅遂暗诧道："怪呀！这条斜路是赴破窑的一股小道，他半夜里向那里去做甚？"于是悄悄跟去。须臾，行抵破窑，只见苟由仁忽地驻足，轻轻拍掌，便闻窑内有人道："苟大哥来了吗？咱们便拉出去吧（谓行劫也）！"说罢从窑内跳出四五个壮汉，火燎一举，傅遂赶忙伏在深草中。便见苟由仁提刀指挥道："今夜便向北村里走走吧，少时还在此聚齐。"于是大家呼啸一声，火杂杂直奔北村。

这里傅遂更有个老主意，便伏定不动。待了一个更次，果见由仁率众人转来。大家提包负筐，兴冲冲直入窑内。原来这座破窑荒废多年，四面深草没膝，只有孤身流丐等时来居住。

当时傅遂欲觇究竟，便悄悄蹭到窑门口，向下一张，只见里面火把明亮，四五壮汉正拥定由仁在里面分赃争竞，一个个横眉溜眼，彼此间就要厮打。地上是衣饰财物分作数堆。

由仁道："咱们干这营生义气为先，别只管吵窝子架！"于是指挥分配，众皆无辞。由仁自取一份儿，裹包停当，便交与窑中老丐道："此物暂寄在此，等俺消停时再取。"因又笑道，"今天咱们虽然利市，但俺有些不高兴。"群盗笑道："您也算罢了的，人家那小娘儿细皮白肉的，叫你干燥了一阵脾，还待怎样呢？咱们干这个就是这档子事上须留阴功哩。"说着，各包赃物，纷纷站起。傅遂赶忙闪入深草之间，由仁已率众出窑，当即各散。于是傅遂趸转，连夜价报知于益。

于益且惊且怒，次日绝早便传命全队合操。那片操场就在村社庙前广场上。当时本村父老、首事人等陆续到场。左右队摆列整齐，十分威武。候了半晌，却不见于益到来。那由仁正得意扬扬地在队前往来徐步，忽然颜色暴变，呆若木鸡。父老等惊望去，却见于益面色上厚堆严霜，大踏步直入场来。背后两健仆抱刀跟随，一个手拎大绸包裹，那一个却揪着一名老丐，只吓得抖衣而战。原来于益趁空儿稳住由仁，早已驰往破窑，人赃俱获咧。

当时众父老摸头不着，不由都迎上问故。于益道："诸公勿喧，少时自知。"于是径就公座，拍案喝道："带苟由仁！"这一声不打紧，只见苟由仁贼眉鼠眼就要跑掉，逡巡之间，早被执法团丁一把拖来，于是于益唤过报告证人傅遂，命他一述所以。

父老等听了，正在相顾失色，却见由仁气扑扑地大叫道："您莫听傅某一面之词，这是挟嫌诬陷俺！"于益喝道："现在不但傅遂是证人，还有丐人亲手收你寄顿的赃物，你如何厮赖得？"由仁叫道："您好糊涂，他们是串通诬陷俺！"

于益怒道："你这厮好张利口！"由仁也愤然道："便是俺认了行劫，你须不是官府，又把俺怎么样呢？"于益大怒道："你既在俺团下，俺就能按规法从事。团丁出劫，你自问可有脑袋？"说罢，喝命缚了由仁。

那执法团丁是个黑魁魁的浑愣儿，平日价见由仁大模大样，正气得他鼓鼓的，于是不容分说，亮出明晃晃大斫刀闯上前去，噗嚓声，揪住由仁辫发就要推出。于是众父老一齐进劝，于益不听，只管连声喝斩，并慨然道："法之所在，如何废得！使法可废，咱这团练也不必办咧！"

正在不可开交的当儿，却见一白发老婆婆号哭而入，百忙中向于益等只顾磕头。大家一望，却是由仁的老娘朱婆子。父老趁势道："由仁以团丁反去行劫，在法当斩。但是他有老娘，也自可怜，请团总贷他一死，尽量施责，以申规法如何？"说罢，向于益一齐长揖。

于益一望，许多花白胡的长辈儿又搭着朱婆子只是哭拜，俗语云乡官难作，就在此等处。当时于益略一含糊不打紧，不想后来被由仁蜇了大大的一钩子。古人云蜂虿有毒，真真不错哩。

当时于益难却众情，只得喝命拖翻由仁，就当场棍责一顿。只打得皮开肉绽、血流满地，然后喝命撵出团去，登时除名。那老丐不消说挨了顿打，立时逐出。于益因此事未免又耽搁些日，重申团规，再选右队长。及至诸事就绪，方保护了李氏等一班人徐行赴山。

那青螺峪山径崎岖，好不难走，亏得山中人有业兜抬的，盘旋窄径，驰走如飞。先由褚诚进山去，雇好山兜并挑夫等在峪口相候。不多时，李氏等竹舆都到，纷纷下来，大家一看那山口形势，好不踌躇。只见峥嵘峭壁，衬着一线的曲屈鸟道，那山口儿高悬半空，草树蒙翳，乍望去就似乎没有路径。若芬和妥姑都见过高山大川的还不觉怎的，唯有郑氏和施娘子望见山势甚是骇然。

这时，众挑夫业已接挑了行装，由窄径中盘旋而上，一行山兜儿也便摆列开。大家正要纷纷乘坐，只见郑氏噪道："我的佛爷桌子！这险门子的事俺可不去咧。山兜儿倘一滑脚，俺真成了鸡蛋滚山哩！俺与其摔煞在这里，还不如吓煞在家里哩。"说罢，眼张失落，甚是着急。

于益笑道："人家怎么坐山兜来不打紧的。你老人家若害怕，便坐了末一乘山兜，俺紧跟在后；再者还有一法，您老坐上去，只给他双眼一合，就当是坐炕头儿。"说话之间，李氏等都上山兜，三个小姊妹排在中间，果然只剩末后一乘。可巧两个兜夫也会凑趣，一个是骨瘦如柴，一个是面黄肌绉，淹淹奄奄，好似两天没吃饭一般。郑氏一望，越发惴惴。

正在进退维谷，一眼望着李妈妈，便道："李妈呀，你搀扶俺上山吧。俺可坐不惯这浪兜子。"李妈笑道："二老太太，只怎的胆小？俺一来须照看娘娘们；二来您老那脚比不得俺们，走不到半里路管保就起大泡咧！再者，草地里还有一种线绳长虫，专以缠人腿腕子，您老还是坐兜儿吧！"

郑氏听了没法儿，只得上兜。果然一如于益的话，双眼紧合，便听得兜夫一面上肩，一面嘟念道："合该咱们晦气，单剩个分量重的恰恰轮到咱肩头上咧。喂，老三哪！鼓鼓肚子，绷绷腿，给他个使劲子干哪！"说罢，直追前队。

郑氏听了，甚是长气，却紧合双眸，不敢哼一声儿。不想因害怕之故，心既揪缩作一堆，不由诚中形外，累及肢体。当时郑氏猴在上面，缩作一团。虽不像个团球儿，也就未免摇晃颠簸。刚走得里把地，前面兜夫喊道："您老快缩缩脚尖子，只管戳人腔沟，可受得哩！"不多时，后面兜夫又喊道："您老别只管歪屁股，偏重了，俺山肩头是来不及的。"噪得个郑氏纹丝儿不敢动，百忙中又不敢睁眼。于益随后只暗笑得肚痛，却一面催兜夫道："快走，快走！"

郑氏耳中但听得风声树声并左右里鸣泉奔涧汩汩怪响，直然如驾云一般，不由心头小鹿怦怦乱撞。起先时走数步一呼于益自壮胆儿；末后于益故意不应，郑氏以为是于益落后，失掉保护人，便越发怕将起来，但是双眼闭久，十分难受。

正这当儿，忽听兜夫相呼道："歪刺个歪！"郑氏正在怙惚，却闻得脚底下水声如雷，于益忽唤道："二姊姊坐稳哪！"郑氏欲待高应，却苦于作声不得，心下一着忙，不由双目陡张。这一来不打紧，但见一条窄径，草深苔滑，左临深涧，奔涛箭驶，简直的没底儿；右也是峭壁千寻，仰不见天，偏偏前面是个胳膊肘样的拐弯儿，兜夫一足业已踏向弯路。

说时迟，那时快，后面兜夫一喊："小心！"咯吱一声，那兜儿已悬空际。郑氏只微嘶一声，后面兜夫已一跃而过。恰好转过弯，是一方丈大小稍平之地，郑氏方重新合眼，颠三倒四地乱念"龙天菩萨"。两兜夫不容分说，啪的一声将兜儿蹾在地，一抹额汗道："你老人家这不是成心搅吗！俺怎么说来？不叫你歪屁股等着俺过，你偏趁俺使巧劲的当儿，不说是紧凑些，接接人气力，倒将个屁股歪来歪去。俺一面照看您屁股，一面还须使巧劲。倘一下弄差了，不干了杆吗？老实说，这趟买卖俺不奏咧！"说着一抱肩，蹲在地下。亏得于益连笑带劝，允给他们多加酒钱，又向郑氏笑道："您老只看前面山兜怎么平稳稳地走呢？放开了心，自然身稳咧！"于是兜夫噘着嘴重新上路。

郑氏这次索性地一切不虑，只当逛山景儿。这一来好不自在，但见奇峰怪石，空翠暗岚，一层层画儿似迎将来。遥望前面一行人蠕蠕如蚁，出没于山光树影之中。须臾越走越幽秀，早遥见一片山庄，烟树霏微，一阵阵鸡鸣犬吠，俨似云端飘落（不减一幅桃源图。作者属稿时，正当畿辅用兵，郡邑糜烂，世安得有此境以庇吾民乎？叹叹），便是青螺峪山环腹地。

那片山庄名为见娘村，相传明末时，有一直北孝子遭世乱，其母被掳，时孝子年方十余岁，仰天大痛，矢志寻亲。茧足间关，历时三十余年，足迹几遍天下，经许多兵戈虎狼的危险，后来却在重庆地面获遇其母。于是孝子奉母偕隐此村。土人钦慕其行，因以名村。

当时郑氏高瞻远瞩，心神舒畅，又见道路渐次平坦，一处处山田高下，青葱如画，不由喜得指手画脚、东张西望，将颗头摇得拨浪鼓儿一般，又一面吱喳道："这片所在好种黍，那片所在好种稻。"累得两个兜夫通没好气，赌气子脚下加劲，飞也似转抄向李氏前面。

李氏娘子忽见郑氏小篆影儿由兜旁刷过，因笑道："婶婶仔细，忙什么呀！"一言未尽，郑氏前面兜夫脚下一蹶，扑哧声趴在地下。郑氏顺势一溜，早跌在兜夫背上。偏巧那兜夫脊骨棱棱，只垫得郑氏乱喊道："你背上有什么物件呀？垫人这么一下子！"于是众皆失笑，赶忙都停舁稍息，由于益扶起郑氏。一望见娘村还只有半里来路，那褚诚早跑去张罗一切。村头上早集拢了许多男女遥遥观望。

于益道："咱们步行去吧，也舒舒血脉，省得二婶婶扒了筋骨。"于是当头引路。李妈妈扶了李氏跟在后面，施娘子一抖机灵来扶郑氏，若芬、妥姑一见，也连忙趋上，慌得郑氏乱嚷道："可了不得！你们这三个一拧拧脚儿，自家走路还怕不牢稳，再来扶我，不累煞你们吗！"说着，一扬大脚道，"不瞒你们说，俺就知到山中须跑山道儿，所以俺临行之前，脚也洗咧，鸡眼也挑咧，便是那个里高底儿俺也去掉咧！如今鞋子里面哥儿五个好不舒服。"因瞅妥姑道："就是这媳妇拧性，临行头天晚上，他公公洗罢脚出去咧，俺看盆内碧清滚热的水儿，那般叫她趁势也洗洗脚，剪剪指甲，她只是不……"

正说得高兴，只见众舁夫都愣着听，若芬、妥姑都笑着转过脸去。郑氏正在莫名其妙，只见施娘子通红的脸儿撮了郑氏便走，道："你老人家如何当着许多舁夫尽管讲究脚呢？"

郑氏笑道："不是的呀！你们年轻人儿不晓得，脚要少时受了病，到老来是受罪的。"施娘子忙道："快别说咧，你看人家都进村咧。"正说着，后面舁夫也跟来，于是一行人直奔村口。

这时村中男女望见两个老太太领着仙女似的三个媳妇，不由都眉欢眼笑，交头接耳。早有李妈妈约定的熟识邻右婆儿迎将上来。大家相见，李氏娘子只略为客气致谢，早已慌得大家乱吵道："只要您不嫌简慢就得咧！"于是拥定李氏等一直进村。

李氏娘子随路留神，只见村墟幽静，处处是碎石短墙，白板双扉，山鸟乱啼，杂花生树，约略有百数十户人家，真有黄发垂髫并怡然自乐之致。

须臾，趱近李妈妈院门，果然屋宇宽大，就是破落些。便有褚诚引一行人进内安置。这里于益一面打发舁夫，一面进院，就前后一看，甚是中意。

当日，李妈妈忙碌得裤子要掉，晚饭后大家奔驰疲倦，即便各自安歇。

次日，于益方想去会会村中父老，再为转去，恰好父老三四辈前来过访。于益深致请加照拂之意。父老笑道："俺们虽居山中，当年令祖太公和杨秀才先生那样的行惠乡里，俺们都是久仰的。今于兄和杨宅移居此间，俺们倒是叨庇德人宇下了。"

于益听了，连连谦谢。大家便乱问起教乱情形。于益略略述说，大家惊道："原来这教乱根儿这么个情形，竟要闹翻三两省想做皇帝，这不是反了吗？可笑俺山中一些不晓得。前些日子还闹吃村社，大家都喝得醉猫一般。后来方闻得什么钦差在府城中因嫖婊子，不知怎的被婊子割得头去。又听说那婊子凶得紧，她还有个叉杆儿（指王树风）越发凶实，连知府老官都捉来咧。"于是于益又一说府城情形，大家更为骇然。

一人便道："咱这里只消封住峪口，他就有百万神兵也不怕他。"一个父老踌躇道："咱这峪后面蚰蜒坡虽然难走，也是条道径。"一人笑道："那条道不但毒蛇恶草，没法去走，还须钻过两个山窟窿。除非有穿山甲的能为方走得。再者那条道除非咱们老古董样的人还晓得，便是咱村中少年们大概都不知，山外人益发不消说咧！"

于益听了也没在意，当日和父老等就村前后瞻眺一番，只见峰峦环抱，甚是严密，于是放下心来，即便入内，见过李氏等就要趱回腾蛟村。

李氏道："俺家两院左右是于老侄和他二叔照应，今也不必多嘱咧！"于益听了，方要拔脚，郑氏却噪道："老侄呀！你记着，俺那东房里还有半缸米须要晾晾，免生虫儿。后房内还有散烟叶儿须捆成把子，省得干泼撒了。再

347

者俺住房前的酱缸咧，咸菜缸咧，下雨时须盖上，不然会生长尾巴蛆的。"

郑氏一面噪，于益这里一面屈指，道："这是四样咧，你老人家索性都吩咐了吧。"郑氏笑道："还有一样，你告诉你二叔，别整天价灌黄汤子，里里外外都须着个眼儿。"于益道："吓！这是五样咧。"

这时妥姑进来递茶，忍笑道："娘不须吩咐咧，于兄尽能料理。"不想郑氏见了妥姑，若有所触，便拍手向于益道："真个的哩，还有一样儿，俺那后房东间里有个花花纸糊的藤笸箩，你认清了，盖儿上有红蝠的便是。里面是俺和媳妇换下来的……"

妥姑忙道："娘用茶吧。"郑氏都不理会，便道："换下来的鞋子。像俺还怕什么呢！因有媳妇的鞋脚，倘被人抖擞出来，不觉着怪不仿佛的吗？你叫你二叔将那笸箩藏严实些。"妥姑听至此，回头便走。李氏笑得只抹眼睛，便道："就是吧，我的老太太。"一声未尽，只见于益悄悄地放开五指，乱摇道："唯有这一样儿俺可不管咧。"大家听了，不由哄然大笑。

李妈妈道："左右隔几天俺就到宅里去望望，您有什么事不会吩咐俺吗？"郑氏道："对呀，那么你去时，大老太太宅中冷清清的，也不值得起火燎灶，你就到俺炕上去睡吧，反正都是老东旧伙的，遇见这种荒乱年头儿，只要多个人着眼就好，什么避讳不避讳呀！再者他二叔也是老实人。"

一句话不打紧，竟羞得个李妈妈脸儿通红，扭头便走。于是于益含笑趋出，又吩咐褚诚数语，便直奔腾蛟村而来。正是：

山中岁月何潇洒，世上风波几变迁。

欲知后事如何，且听下回分解。

第九回

浣花溪新抚访贤
北京城国安混迹

上回书交代到于益回村，偕同杨鸟枪照料农事并各宅的家事。隔两月，即行入山一趟，接济粮米，并一面作书，烦便人去报知遇春、滕蒙等。一切琐事按下慢表。

如今且说鄂、川、陕三省教乱既起，一时间攻城掠县，烽火连天，万民涂炭。再加着群盗游民越聚越多，三省大吏虽调兵剿捕，无奈素驰兵调，统帅非材。有的逍遥河上唯事观望，有的还借贼自重，乱费帑饷。贼走一步，兵送一步，实在挤到脸子上，便彼此打一仗。幸而捉几个被胁的良民，便张大其词，冒功请奖，不说是毙贼无算，便说是某渠魁就擒。因此闹得贼遍三省，也就兵遍三省。俗语说得好："贼过如篦，兵过如剃。"当时百姓流离死亡之惨也就可想而知咧！

其时三省之乱比较起来，陕西略好些。因高天德不尚邪法，又能禁部下恣意淫杀，所到之处止于搜刮金资粮饷。遇着官吏士绅还不十分仇视。唯有川、鄂两省闹得最凶。王三槐极其残酷，仇视官民；田红英、冷天禄等是残酷之外加以纵淫，因此部下效尤，凶锋所至，大肆掳掠。一时的金闺弱质并小家碧玉也不知揉搓煞多少。

其时川督阿弋色乱起不久，看事不妙，便忙忙打点重赂送给和珅，登时他调而去，继任的也是庸吏。陕抚某人因天德乱起，措置乖方，也便另易新抚。唯有湖北田制军虽然冗阘无才，却因属吏中有两个好帮手，一是首府宫槐，一是首县汤无畏，所以红英等虽凶，田制军还能保住省城，敷衍一气。

原来田制军虽非将才，究竟是文学大名士，肚儿内多装两本书，两只眼睛便不致总糊着。及至乱起，也便识出宫、汤两人是精干贤员咧，所以破格委任，倚之办贼。

至于川中还能强勉支持之故，却因新抚初抵任时，正当王三槐分拨教众大掠两川锐气方盛的当儿。王树风既据重庆，便命恽三娘占守，自领悍贼三四万人夺得民船无算，竟自沿江焚掠，直犯成都。

这个警闻报来，省垣大震，只吓得新抚手足无措。没法儿只得召集僚属胡乱商议守御之策，一面飞调各镇兵急速来援。正乱得没入脚处，警闻报到，王树风一路长驱累下各县，前锋所指，堪堪就到观音峡咧。

原来这观音峡距成都不过百数十里之遥。当时新抚闻报，只急得搓手。这日在抚衙又和僚属们会商抵御之策。大家正在面面相觑，互推核桃车（俗谓犹疑不决）的当儿，只听抚衙外喧呼震天。新抚大惊，只当是有了变故，连忙命文武巡捕官前去查看。

须臾巡捕官来报道："好叫大人得知，也不是贼众，也不是民变。"新抚顿足道："好啰唆！到底是甚事呢？"巡捕道："是一班商民并夹着许多秀才人等各执高香，口称要见大人有所请求，现已屯聚在仪门之外咧！"

新抚听了，甚是诧异，只得带领巡捕传呼而出。刚到仪门，已望见来众不下数千人，果然都手执高香，烧得烟气腾腾；并且每人手里一张禀状，风儿一吹，飘飘乱扬。当头却是一班秀才并体面商人，一个个顶冠束带，愁容满面。

大家望见新抚，和声大呼道："大人要保全省垣无限生灵，端须破格重用刘青天哩！"说罢，呼啦一声，一齐跪倒，接着禀状乱扬，香烟乱举。

这一来新抚大骇，因他到任不久，哪里晓得这个黑老虎（官场中，谓候补人员不得意者，曰黑老虎）去！

当时新抚沉吟一回，只得命人接了禀状，一面传进士、商四五人细询所以。于是大家历陈刘清的异常政绩，并后来赋闲之由。商人道："刘爷爱民，并能拿办教匪。使当时刘爷能行其志，焉有今日之乱！"

秀才道："唔呀，大人是要俯顺民情的。今日商民等此举并非寻常借寇，大人不信，但看川中妇孺提起刘爷来都呼为'刘青天'，要没有善政善教治于民心，这'青天'两字是不会有的。"

新抚听了，又将禀状细阅一番，大概是历陈刘清的异政，并请擢用办贼之意。当时新抚委决不下，姑且命士、商退出静候消息，便请进藩、臬等会商此事。

正这当儿，恰好有几位位望隆重的绅耆也因此事来见新抚。大家异口同音的力荐刘清。新抚道："既如此，俺便当札委擢用。"众人道："刻下刘清屏居浣花溪畔，已年余来不曾听鼓，但饮酒读书，徜徉自适；又慕严君平之为人，只以卖卜自给。因他自卸任以来，为日不久便告了措资长假咧！"

新抚踌躇道："这只好传呼他来见，令他具禀销假，俺再委用吧。"众人唯唯。座中一个白发巨绅却含笑不语。及至众人告退，巨绅独留，因向新抚道："大人不欲保境则已，如欲保境，便请不拘官场仪例，降礼访贤，以示异数，然后刘清可得而致，必能感激驰驱。不然，彼官情已淡，若只以俗吏遇之，窃恐刘清未必肯出。"

新抚道："老兄此话亦有理，但……"巨绅笑道："大人屈己访他，既得其用，自己又获礼贤下士之名，仔细算来，是没得亏吃的。"新抚欣然道："如此事不宜迟，便请老兄陪俺去一趟何如？"巨绅应诺。这里新抚方命传呼舆马，巨绅笑道："浣花溪畔却不宜摆设驺从舆马哩！"于是新抚失笑，便重新和巨绅都换上便衣，屏去从人，徒步出署，一径地出得城来，便沿锦江东岸迤逦行去。

过得繁闹船舶云集之所，又行得五六里，遥见稻田弥望，风景清幽，一处处静女提篮，儿童晒网，菱塘苇岸，青葱如画。未到浣花溪业已使人心旷神怡。原来这浣花溪是成都著名胜地，便是当年杜老卜居之所。那片妙景早被个诗圣写绝，也就不必作者来点缀了。

当时，新抚正在徘徊，欣赏野趣，巨绅遥指道："您看那塔尖左近一带，烟树霏微一片村落，便是刘清寓居之所了。新抚一望，那塔高耸耸直入云表，俯临江流，因笑道："此塔倒也伟丽得很。"

巨绅道："此名回澜塔，是明时川抚余一龙所修，为的是永镇水患。后来张献忠乱蜀，毁过此塔，即于塔中拆出一面石碣，上有谶词，道：'修塔余一龙，拆塔张献忠。吹箫不用竹，一箭贯当胸。'后来献贼果被我朝肃亲王一箭射杀。如今白教声势猖獗，若不早为扑灭，怕不像流寇似的吗？所以大人此行不可缓哩。"

新抚听了，连连点头。两人且行且语，须臾穿过一带桑麻田地，曲径透迤便通村落。恰好一声牧笛，便闻对面疏林中有儿童扣角作歌道：

南涧之水白石烂，中有鲤鱼长尺半。短衣蔽体乃至骭，黄昏饭牛至夜半，长夜漫漫何时旦？

余音摇曳之间，却从林中转出个骑牛牧童儿。巨绅便道："小哥，你是从村中来吗？是哪个教给你这儿歌呀？"牧童笑道："便是俺村中的刘青天教给俺的。他老人家歌儿多得很，可恨俺记不得许多。"

巨绅道："刘青天在家中吗？"牧童笑道："这等清和天气，怕他不肯安坐在家哩！不是寻人吃酒，就是溪头钓鱼去咧。却是俺来时他方摘下卜招牌，你要寻他，就须急急赶去。"说罢，向新抚望了一眼，道，"您这位老头儿也去寻刘青天问卜吗？凭您这方面大耳，福态福相，没的须多出卦礼哩！"说着，驱牛自去。

于是巨绅和新抚相视一笑，忙忙趑进村，直抵刘清寓所。只见草屋一区，竹树萧疏，门临野塘，双扉静掩。有个老仆模样的人正坐在门外塘石上织草鞋子，见巨绅等到门，连忙趋近，道："您二位来得不巧，要寻俺主人问卜须候明天。俺主人方从三五邻人闲游去咧。"

这时新抚跑得满头大汗，不由微露不悦之色，巨绅便道："咱且入内歇

351

坐，候他一霎儿吧！"于是由老仆导引进得院内。只见药栏花径楚楚有致，草堂三楹，十分爽垲，院有孤松一株，风籁谡谡，清荫袭人。

两人进得草堂，随便落座，只见素壁长几，除书剑酒具外没有他物。白木短榻上却有一套北京荣宝斋印的袖珍《缙绅爵秩全函》，红布面儿上发垢渍满，看来是做枕头用的。那巨绅随手开帙一看，却连本书都无，是一册子《南塘兵书》并一长册子日用账，上面一条条大半是欠的人家酒债，于是一笑置下。这时老仆已烹进苦茗，仍然将那未织成的草鞋子拎起来。

巨绅道："难道你主人还课你织鞋吗？"老仆道："俺主人卖卜，有时节不敷用度，老奴便胡乱织鞋添补日用。"

两人听了，不由相顾称叹，巨绅便将来意一说。那老仆知是新抚降临，却并不惊喜失措，只叩过头，退立一旁。两人坐候良久，颇有室迩人远之叹，于是巨绅吩咐老仆代传新抚来访之意，即便和新抚慢步而回。

不想新抚方入衙署，又接得一桩警报，是某镇营兵因事哗变，竟已据地屯聚，瞅空儿想投教匪。偏偏此项兵卒甚是精锐，起先本是群盗投诚，在川中震慑地面甚得其力，共有五营之众。这时却因某总镇误听蜚语，疑惑此项兵私通教匪，要乘机起事，颇有分调其众然后再拿办首领之意。不料事机不密，被首领等知得，所以登时哗变起来，聚众数千，据了某处的山寨。某总镇使人去兜剿，倒被叛兵杀了个落花流水。当时新抚得报，真是火上浇油，正没作理会处，左右忽来报某巨绅偕同刘清进见。

原来当日刘清出游趱回，老仆一述新抚来访之意，刘清沉吟一回，便趋谒某巨绅道："刘清本是川中官吏，今抚宪有命，只消一纸札委便效驰驱。不想因明公过誉，致抚宪枉驾，真令人惶悚无地。如今名分不严，所以叛变四起，刘清何人敢逾名分！"巨绅道："足下高论固是，然非此不足见抚宪求贤之诚。如今乱事方亟，咱们便进谒抚宪吧！"

当时新抚闻报，登时接见。一见刘清气概言论好不心折，因攒眉道："如今教匪大股已抵观音峡，偏此时叛兵又起。倘兵匪势合，越发可虑。为今之计，只好烦老哥先去御匪，俺一面再责成某总镇相机招抚叛兵何如？"

刘清道："大人策划虽是，但恐某镇难抚叛兵，因彼此怀疑，势难就范。若施剿除，则此项精锐健儿又未免弃之可惜。今刘清不才，愿假大人威德，驰一骑入叛卒之垒，收抚其众，即将之以御教匪。如此，或可两得其用。"

新抚听了，方在沉吟，巨绅是深知刘清的，便道："刘君此计甚善，愿大人勿疑。"于是新抚大悦，立命刘清具禀销假，登时下了委札，并加了抚院营务处的官衔，便要抽拨兵马随刘清前去招抚。哪知刘清一切不用，只弄了两骑马，携了老仆匆匆而去。

不提这里新抚静待好音，且说那班叛兵共有数千人，其中渠魁一个叫王文豹，生得身长力大，弓马娴熟，久于行伍，便是广元县人，为人豪直不屈；

一个叫何通武，也是个意气男子。当时两人率众据住山寨，自杀败某总镇来剿之兵，越发意气发舒。

这日王、何两人正在山寨里商议行止，忽听寨外一阵喧笑。须臾，一个头目来禀道："今寨外卡卒捉住个疯癫老儿，口称是奉他主人之命来投招抚檄文的，并命寨主等前去迎接。"文豹方深诧异，那通武是个火燎性，登时跳起来，大叫道："这还了得！快将这疯老儿捉进来，先剁他个七八段，然后再杀他主人。什么鸟官吏便敢到此胡闹！"

文豹道："慢着，这老儿想有来历也未可知。你可曾问他主人是哪个吗？"头目道："他主人名叫刘清，就是从先做过咱广元县人称'刘青天'的哩！"文豹大惊，因顾通武道："兄弟！你几误大事。这位刘青天是川省第一好官，佛儿似的人，看待百姓就如儿子，再不会虚诈不实，天可怜见，他来救咱们，咱不就抚还待何时？难道真个当强盗吗？"

何通武道："话虽如此说，也不可大意。咱且试试刘清是否诚心来招。如非诚心，俺还是剁杀他。"于是和文豹附耳数语。文豹点头，便登时召集寨众吩咐一切，一面价唤进老仆，看过檄文，便命他回头去报刘清。

这里山寨中一声令下，登时鼓角喧天，旗帜招展，一队队整起军容，王、何两人全身披挂，胁下佩刀，骑了两匹高头骏马，领了数十凶悍头目，一声号炮迎下山来，便滔滔价直赴头卡。

且说那老仆转回报命，刘清一笑，主仆俩便策马前进，未到头卡，便听得卡里面鼓角怒号。老仆道："叛众们虽接了檄文，主人此行还须仔细！"刘清笑道："吾以诚心待人，不自今日为始，叛众虽凶悍，不足为虑。"

正说着已近头卡，只听一声呐喊，由里面拥出一队步卒，一个个横眉怒目，各抱长刀，霍地一分，排作燕翼。中有两骑并辔而出，一个便是王文豹，那一个却是何通武。这通武相貌狞恶，生得赤发环眼，状如夜叉。这当儿黄绡抹额，乱发四飞，一声咤叱，登时拨马抢来，随后文豹方抛镫下马。

通武早由马上向刘清声喏道："来者敢是刘青天吗？恕俺何通武不能全礼。"说罢一抖辔头，直抄向刘清背后，忽地锵啷啷拔出长刀，大呼道："杀呀！"众步卒一声呐喊。那老仆大骇之间，却见何通武率领步卒直奔前路。于是刘清大笑道："俺已戴将头颅来咧，背后却没得一人一骑哩。"一言未尽，何通武业已率众矬转。于是王文豹趋上，恭敬敬向刘清声喏毕，便亲自带住嚼环。一时间人马如飞，直赴山寨。

刘清一路留神，只见由头卡直到寨门，兵众森列，剑戟夹道，望见刘清都做出摩拳擦掌的样儿，刘清都不理他。

须臾进得寨门，向左右一望，越发地兵仗森严。当时刘清下马，直入敞厅。王、何两人叩见毕，刘清便宣谕新抚招抚之意，谈吐间声若洪钟，厅内外健儿耸听，无不相顾动目。那文豹方致辞道："俺等冒死叛变，原非得已。

今天幸青天见临，俺们即当束手归命。倘负青天恩意，有如皦……"一言未尽，只见何通武跳起来，道："王兄快别掉句子咧，今咱们大家的爸爸来咧，快些磕阵头，跟他老人家去就是咧！"说罢，扑翻身纳头便拜。

这一来不打紧，只见厅内外的人登时都矮了半截儿。于是刘清哈哈大笑，却拍案大呼道："快些将饭来，俺来得路忙，肚儿委实不做主咧！"

文豹大悦，登时命人摆列酒饭。刘清更不客气，便据案狼吞虎咽的一阵。少时扪腹道："如今俺食困发作，还须睡一霎儿。"于是大踏步转入后帐，竟自酣睡如雷。直至傍晚方醒。这夜就宿在叛兵寨中，倒累得王、何两人放心不下，给刘清坐了一夜的更。

当时刘清招抚就绪，回见新抚。新抚大悦，立加刘清同知衔，便委他带领此项兵马前去抵御教匪。果然一战大捷，退却匪众百余里。从此观音峡便设了重兵，即命王、何两人在此设防。那刘清却擢升知府，提兵防守省垣，因此之故，川中不至过于糜烂。

转眼间过得三两年，这三省教匪越闹越凶，朝廷虽屡换疆吏，屡派提兵大员分头剿办，无奈当时文武因和珅当国积习相沿，都养成了冗阘萎靡的性质，一时间要挺脖儿、拔腰板给国家担当这样大事，如何来得及？所以和珅虽诛掉，一时间殊乏人才，将个嘉庆皇上闹得旰食宵衣，不时地严旨屡下切责疆吏，并下诏罪己，然而都不济事。但闻得警报日至，只好在深宫燕坐之余时时长叹罢了。

不想戡乱有时，妖运当终，便有贤相荐才收拾乱局。你道所荐之才是哪个？这不消作者来表白，看官诸公自然晓得是本书中的主人翁杨遇春了。要述这段大关键的情节，先须转笔，述那为主复仇、破家亡命的义仆梁国安。因为作者只有一张嘴、一支笔，说着这里就须撂下那里，看官别忙，且待作者慢慢述来。

且说梁国安自襄阳幸脱性命，直奔北京。一路上忧愤交萦，行抵中途不由病了一场。及至北京，未免衣服褴褛，形容枯槁，便持了许烂腿的书信去谒见他阿叔京营千总许某。当时许千总接见之下，看了书信，一望国安面黄肌瘦的样儿，不由暗想道："俺侄儿好生胡闹，你无端引个病夫来，怎么安置呢？"只得略询国安数语，命在营中闲住，俟有机会再设法补入行伍。

国安一肚皮本就郁郁，想起锥心的心事，往往无端地咬牙切齿。人家问他，他只有抚心长叹，有时节竟自放声大哭。大家以为他沾点儿疯病，越发没人理他。不想为日不久，国安接得烂腿之信，知小二业已殉主死掉，不由痛哭昏厥，良久方醒。从此又复一头病倒，睡梦中只是乱喊乱骂，将个许千总厌恶什么似的。没奈何将国安移入自己小寓中，打算着俟他病好给资遣掉。

哪知国安病势甚重，百忙中又转了热症，后来竟一息奄奄，形容如鬼。

许千总见调理无效，正待命人抬国安出去，委之野外，只听背后有人笑语道："俗语云：救人须救彻。这人好歹还有口气儿，咱一百拜都拜咧，难道还惜末后一搭撒吗（俗谓拜也）？"千总一望，却是娘子谢氏。

原来这谢氏却是北京住户，她娘家住在后宰门左右，开一爿古玩铺，谢氏之父谢老板为人和气，又精于鉴别古玩，因此宫中太监等都喜欢到他铺中闲坐谈个天儿。其中有位张太监，名守信，本是河间儒家子弟，幼习诗书，因天阉入宫。此人秉心忠直，并识古今治乱大体，寄兴所至，酷好文雅书画，因此和谢老板甚是莫逆。两个有时赏鉴起书画来，真是越说越高兴。

有一日，谢老板书画橱中藏有人家寄售的一册《秘戏图》，的确是仇实甫的真迹。张监见了，怫然道："此种猥亵之画，便是真迹亦不足贵。"谢老板晓得他的脾胃，便取出一件古贤画像来给他看。张监大喜道："这件东西且待俺带进宫去，瞅空儿进于主上，也可以有裨治道。"

守信既是太监，又且是道学先生的样儿，所以谢老板妻女等并不回避。其时谢氏只有十余岁，便拜那张监为义父。后来张监在宫中地位日高，也便无暇来谈天儿。但是两家岁时馈遗还时时不绝。及至谢氏嫁到许千总处，仍然如在母家，岁时价通问张监不绝，这也不在话下。但是许千总初娶谢氏时，还是个京营正兵，多亏张监之力，只半年的光景便擢升千总。许某感激之下，不消说看待谢氏如活菩萨一般，真是叫他向东不敢向西，叫他撵狗不敢撵鸡咧。

当时许千总见娘子发话，忙赔笑道："还是娘子心慈悲，俺只怕他死在寓中不吉利哩！"谢氏道："不打紧的，他倘若好转来也未可知。"于是仍命人抬国安入室，日加调理。也是国安病灾当满，从此便渐渐痊愈起来，心下感激谢氏，自不消说，在寓没事，未免也效些奔走之役。

一日谢氏整备了几色时新果品，命国安送与张监。国安略整衣履，便担起礼物向张监外寓而来。你道是什么外寓？原来那时节阔绰太监都有外寓，为瞅空儿休息行乐之所。其中陈设豪华，园亭花木、寝室客厅无一不具。更奇的是一般地广置姬妾，都是花朵似的人儿，终日价擦脂抹粉，品竹调丝；再就是拢袖而坐，专伺候主人来时干鳖一阵，应个虚景儿。

这姬妾们大半是小家妇女，被太监出钱租得来的。因为太监既肯出大钱，并且他行乐是有名无实的，譬如摆一盘仙桃仙果给他看看，仍然是个囫囵，人又何乐而不为呢？但是其中也有笑话儿。曾有两个妇女被租了一两个月回得家来，后来太监又来租，便是说出大天来，两个妇女却再也不肯去咧。

女伴们心下诧异，问其缘故。一妇女道："你不晓得，陪太监睡觉苦头儿大得多哩。他虽没那话儿，比有的还凶。有的呢，咱不过破些气力，泄人家那股子劲儿，陪他睡觉，咱不放出些情态来，他不是意思；咱放出些情态来，咱就吃了大苦头咧！"女伴笑道："为何呢？"

那妇女唾道："你想吧，他那股子劲儿发作，没处发泄，他可肯饶人哩！将人颠耸得昏头奄脑，外挂着抓咬啃打无所不至。还有一件，将人引逗得一团火，没结果眼儿，这还不是老大苦头吗？"那一妇女却笑道："俺不去的缘故倒不因此。因俺那主人下作不堪，他虽没那话儿，却想法用别的替代。"说着红了脸儿。女伴促问良久，那妇女却笑着一伸舌儿。当时太监们积习如此，所以张监虽贤也未能免俗。

且说梁国安一径地趱到张监外寓，只听跨所花园内人语喧哗，并有人噪道："这一下子可干咧，快别惊它，由它树上闹去！且命人去寻耍猴的人，或可捉下来。"

正这当儿，恰好应门仆人趄出，国安一说来意，仆人笑道："既是俺主人干女处打发来的，不是外人，如今俺主人现在园中，你便跟俺来见见吧。"说罢，引国安便奔园内。国安一路留神，只见园内亭榭参差，花树翳如，五间的倒座儿大厅，回廊曲折，直接假山。假山后却有一座三层高楼，楼前一株老槐耸干直上，枝叶儿拂及楼檐。这时却有几个园丁仆役都聚拢在树下仰面乱噪。

其中一人秃头长袍，气象阔绰，仰着脸儿，连连顿足道："你们这班猴儿崽子，管干吗的呀？怎猴子逃掉都不晓得！"国安放下礼担，抬头望去，果见老槐顶枝上蹲着个带铜索的墨猴儿，只有半尺来长，甚是可爱，正用爪遮额，俯视众人，做出得意神气。

不想树叶晃动之间，树下一仆猛指道："在这里了！"这一来墨猴一惊，嗖一声蹿上楼檐，一连几蹦，便如兽头似的蹲在楼顶上。那秃头人越发骂道："王八蛋们，还不快取枣儿去逗下它来！"

正这当儿，只见那墨猴身形一晃，众人大惊。正是：

不是猿公恣跳掷，何缘身手显英雄。

欲知后事如何，且听下回分解。

第十回

捉墨猴英雄显身手
投奸阉教匪逞机谋

　　且说众人见那猴儿身形一晃，只认是又跃向他处，且喜它不曾动。大家正要去取枣儿，这时应门仆人已向秃头人回过话，带领国安来请安。原来那秃头人就是张太监。那个墨猴儿最是他心爱之物。因那猴儿十分灵警，专会研墨，张监虽不善书，却好临池，每日需墨，便叫猴儿去研，以资笑乐。

　　当时，张监不暇和国安说话，望见担盒内有马牙大枣儿，便道："你送此物来却正用得着。"便命人抓了一大把，乱抛上去。不想众人气力小，并且手下没准儿，一把枣子只有三两枚抛到楼檐，气得张监只管搔秃脑袋。

　　国安不由笑道："待小人抛几枚看看。"说着，从地下拾起掉落的枣儿，两指捻定，手腕一挺，众人喝声："好！"只见那枣儿正打入猴儿怀中。那猴儿拈来便吃，一连三四个枣倒招得张监也笑起来，便道："你这手法虽然妙，但这般喂它，它越发不下来咧！"国安道："且待小人上去捉它下来吧！"张监喜道："你有这手法，好极咧！却是这么高的楼怎么上去呢？"国安道："小人自有道理。"说着，向猴子端详一回，便道，"不知这猴儿可有什么心爱的物事？"

　　便有个快嘴仆人道："他就是好研墨。"国安笑道："如此，快取墨砚和水盂来。"众人应声取到，却不晓得国安怎的施为，便是张监望着数丈的高楼也未免心下怙惙。但见国安取礼担中铺的红纸塞紧水盂口，连墨砚一并揣入怀中。略为扎拽长衫儿，脱去鞋子，光着袜头儿，从容趋近那槐。双脚略顿，早已猴儿似抱向树身，然后唥唥唥一气儿手移足随，不消半盏茶时早已由竖干趱到横柯上，微风动处，人柯乱晃。

　　这时众人仰望，只管相视吐舌。但见楼上那猴儿见人趱了来，只吱吱地叫两声，却光着眼愣望，意思是自矜得所，不怕人来。但是那横柯距楼檐还有四五尺高下，并且柯身稍细，不能吃力。国安方一使劲作跃势，那柯儿登时便颤摇不定。

　　众人仰望，正在替国安打软腿儿，便见国安趁那横柯一起之势，踊身一跃，抓住檐椽，说时迟，那时快，横柯向下一趁，国安双足业已悬空。张监方吓得黄了脸儿，便见国安全身一荡，登时用个倒卷珠帘式，虎躯略拧，早已翻上楼檐，趁势脚下趋风，却大宽转奔向楼檐右角，就仿佛不见那墨猴一般。

果然那墨猴并不惊窜，越发光着眼看国安做作。但见国安索性儿蹲在檐角，也学墨猴的样儿。那墨猴摇头晃脑，外带着挤眼动嘴，满身乱搔，国安这里亦复如是，招得众人又惊又笑的当儿，但见墨猴向国安吱吱叫两声，便登时收起惊态，越发望得起劲。

于是国安又抛了两枚枣子，墨猴接食，越发欢喜，然而国安只如不见它，便由怀中掏出墨砚等物，注上盂水，从容便研。张得那墨猴目不转睛，不由站起来，且前且却。国安仍不瞅它，须臾一个呵欠，趁势歪身便睡，只光袜底一抬之间，却将砚瓦蹴翻。于是墨猴引爪搔首，颇露技痒之状。

众人望到这里，不由屏息无声。便见那墨猴溜溜瞅瞅凑向砚瓦，瞅个冷子撮起砚墨，方想跳去，只听铜索响动，那猴儿吱吱地一阵急叫，便见国安一跃而起，早将那猴儿提在手中。喜得个楼下张监连连喝彩。原来国安诱到猴儿，只将脚悄踏铜索，便一下子捉住咧！

当时国安施展能为，便抱定墨猴跳向横柯，仍然缘树而下。张监大悦，忙命人好生接过墨猴，细一端详国安，连连夸奖，便立时厚赐赏钱，又笑道："你这人倒伶俐得很！你回去替俺谢谢姑奶奶。你有空儿何妨常到这里，咱们谈个天儿呢？今天却劳乏你了。"

国安叩谢过，挑起空担儿，转身之间还听得张监笑向众仆道："你瞧梁某人好个骨格儿，又有如此身手，俺看章公公外寓里那些护院的还都不及他哩。"一仆便道："主人何妨便留他在此护院呢？"张监大笑道："你又来咧。咱生平不做亏心事，要甚护院的呢！"

国安听了，不解所谓，便匆匆暨转复命，并述捉猴得赏一节事。谢氏夫妇听得国安蒙张监夸奖，自然欢喜，因此之故，许千总待国安颇施青目，不多几日便将他补了名正兵。

那国安自入营伍，每当下操，无论马上步下诸凡武功自然闹了个超超等。但那时京营中上官们都是循资熬到的武夫，只知玩玩走马，吹吹大烟，何曾理会到兵士的武功？因此国安虽抱绝艺，也只好与众浮沉。

不想风云气动，不久杨遇春省亲销假，身莅京营。那逢春不愿离了哥子，所以也在京营供职。两人这一来大整营务，认真操练。

一日，又当大操，试及短兵。须臾众兵丁次第试过，点到国安，遇春危坐半响，见众兵丁技艺平平，正有些倦闷，忽见国安声嗃如雷，手抱单刀，趋进当场，只一路脚步沉着的光景，已有龙骧虎跃之势。遇春望见，不由精神立振，便离座下阶，以观其艺。

这一来全场神耸，但见国安从容容放开门户，嗖嗖舞起，纵横排戛，家数非常，并且力稳气沉，蕴蓄有余。须臾一路大撒手（刀法中名目）舞罢，声喏而退。遇春大惊，便登时提笔记名，亲赐花酒，退下操场还向逢春称叹不置。从此国安名动全营，试必冠军。不多几月，便被遇春擢为排长。方想从容提拔他，以励余众，恰值湖北、四川、陕西各省的教乱警闻次第报到京师，朝廷慨武备之弛懈，便风风火火命各处认真经武。京营拱卫重兵自然须特别加劲。

遇春正忙得不可开交，又接到于益来信，知桑梓罹劫，全家入山，未免又添了一番悬念，便将张起打发回家，助于益护守村坊。国难家事两者交萦，不由将提拔国安之意暂为搁置。

转眼间一年有余，也是国安命里该有小驳杂。一日国安偶到街坊上，信步趑至一胡同口边，只见肆檐下一个老儿出售杂货。摊儿上碎铜烂铁乱七八糟，其中有柄短剑，看鞘儿颇颇精致。那老儿一面拭鞘，一面自语道："既要好货，又不肯出价钱，白白地搅人半晌，这是哪里说起！"国安见是宝剑，不由驻足接过，抽出一看，只见精光耿然，似乎锋利。用指弹弹，仿佛是口纯钢物儿，因随口道："这把剑怎么卖呀？"

老儿笑道："您老相中了，价钱是好说的！您看这锋刃儿、脊背儿，多么加重，多么劲实！的确是百炼精钢，老炉地道货。咱不像王麻子只卖空名头，方才有人给过五两头咧。您老若要便算四两银，咱拉个主顾，什么多多少少的。"因一端详国安道："您老在营务中，这把剑很配您使。将来上阵立功，得了大官大位，方知这四两头花得很值哩！"说着，哈着腰儿，满脸赔笑。

国安听了方在沉吟，只见一个穿紫花布的少年敞披大衫，口唱窑调，斜眉瞪眼地趑来。一见两人正在讲交易，不由微瞟国安，忽地向天拍手道："忒另另，飞，哈，好他娘的一只大呆鸟哇！"

老儿忙道："某爷，别这么着呀，什么意思呢？"少年笑道："闲话休提，今天你利市得紧，咱那勾当快拿来吧。"于是不容分说，一伸手便抓摊上的散钱。那老儿登时鼠须撅起，一把抄住少年的胳膊道："俺年有年规，月有月礼，一些不欠不少。你如今再要胡闹却不成哩！"

那少年红了脸，业已微嗔，却强笑道："你这老小子好大胆，竟敢架俺胳膊。那么，你先借给俺散钱吧！你眼睁睁飞来峰的四两头就要到手，还不该孝敬爷爷点儿吗？"

国安一见他两个言三语四，就要放下短剑。那老儿又急又怒，便大嚷道："某爷，你真个成心搅吗？只管胡吣的是什么？俺这也是将本求利的生意呀！你再不要脸，俺立刻喊厅上的抓你去哩。"（当时北京厅坊，如今之警察。）说着，恶狠狠一操。

那少年不曾提防，登时闹了个豆儿蹲，便爬起来大骂道："好嘛，你这老小子，真正死心瞎眼。你打听打听，爷爷是干吗的呀？雁过来他得拔根翎；

格蚤（格蚤似虱，而善跃，啮肤颇毒，吾乡俗又谓之狗蚤）蹦了来，他还得卸只大腿哩。你就想吃独食，咱们骑驴看唱本——走着瞧！俺不叫你马上见过节儿不算朋友。"说着，一跳丈把高，一直地骂入胡同而去。

这里老儿连忙向国安赔笑道："您看，在北京做份小生意，真是什么气都得受。方才这街痞倒咶吵您咧！您一时没带钱，只管先拿剑去，随后赐价就是。俺天天在此出货摊，是有名的古董老王，诚实不过，是没人不知的。"说罢，斟了杯滚热的香茶敬将上来。

看官须知，京师老奸商贩专有这套兜搭买主的本领。只要你上前一问价，那算非买他的不可。他那路侉恭维能令你明知上当也得买，何况国安真觉那把剑委实不坏呢！于是两下里登时成交。

国安乍得宝剑，十分高兴，便佩在胁下，信步儿转入胡同。方走到胡同那一头，只见方才那少年正在东张西望，一见国安，便迎上笑道："您这位爷台怎么拿白花花的银子买臭铁片子呢？那老东西专以骗人，您不信细瞧那把剑是水银蘸淬的，你还不寻他交代去！"说罢，大笑而去。

这一来，招了许多人乱望国安。国安不由诧异，便抽剑仔细一看，正在无明火起之间，众人却大笑道："你这人真是冤大发咧，四两头却买把铁片子，只好留着切豆腐吧！那老王是个滚刀肉的角色，倚老卖老，难缠得很。你若寻他退货，巧咧货退不成还招他一片挖苦话哩。"

国安听了，越发长气，只匆匆转步之间，背后已跟了一群人。到得货摊上，只见老王正笑眯眯猫着腰子收拾摊儿，一见国安，便笑道："您老还用什么货吗？"国安忍着气道："你这人不对呀！方才那柄剑明是低货，你如何骗俺四两银呢？银子是小事，但情理上可下得去？"说罢，解剑递给他。

老王如何肯接，便冷笑道："这话奇哩！俗语云，货卖当时，难道你那时没长眼睛？俺也没有保管退换的招贴，你这话向哪个说呀！"说着，拎起货包儿冷笑着就要拔步。

国安大怒，闯上前，一把抓住后项，不想老王后项上长着个茶杯大的血瘤，当时老王只痛得倒抽一口气，双翻白眼，便大怒道："你这该斫头的兵蛋蛋子，别觉着吃份鸟粮就如披了虎皮。你这般胡闹，咱就找地处说理去。"说着极力挣脱，翻转身一头撞来。国安一闪之间，但听众人大叫道："不好了，打煞人咧！"一看老王业已气绝倒地，额角上鲜血津津。

原来这一头来得势猛，年老人脚下无根，只一颠之间恰好撞到肆柱础上。于是肆主大惊，忙命人拖住国安，登时唤了当地官人，问明姓名并肇祸原因，即便送付该管。

这信息报到京营，遇春甚是放心不下，便亲赴该管之所细询国安一番。且幸是争殴误伤，于是为国安上下营救，得以不死，然而国安营中名字却因此事除掉。没奈何，只得仍寓在许千总家里。

这时许千总业已死掉，亏得娘子谢氏依然收留国安，便命他料理些家事。那遇春甚为赏识国安，这时国安既不在营，倒去了许多拘束。因此有暇时，往往去访国安，谈论武功，十分款洽。但是国安为人深沉，自己的亡命来历并一腔心事一总儿也不曾吐露。但是两人偶谈及湖北教乱，国安便恨得咬牙切齿，并将红英手下一干人如柳中方、冷田禄、马胜等许多来历并恶状等言之凿凿。

遇春问他何由知得如此详细，他却长叹不语。遇春从此方知冷田禄自气走以后，真个的径入邪途，便也将自己和冷田禄的一番交谊向国安一说。国安听了，不由拍膝长叹道："可见冷田禄是天生恶性。不然，有杨爷如此匡正他，也不致公然做贼了！"

从此杨、梁两人时时款谈。有时张监来看望谢氏，偶逢遇春，也便促坐谈笑。遇春虽不喜接近太监们，然见张监为人正忠，并且谈起朝局来很能了然于治体大概，口吻间颇有忠君爱国之意，不由暗暗称奇。至于张监等闲见不到遇春一流的人物，当时一见那番气概和谈吐，自然也暗为刮目。

但是这当儿三省教乱越闹越凶，朝廷虽睿谋独运，想要平乱，无奈满朝文武不能为主分忧，将个嘉庆愁得什么似的。幸得韩城老相国王杰自和珅诛掉后颇被恩遇，于当时朝政颇有赞画，便上章敷陈时务数条，其中最切要的是广开言路，以策治安；破格用人，以求将才；严责疆吏，以戒冗阘；端正学术，以范人心。

这道章疏奏上，皇帝方慨然要去施行，不想被个坏蛋太监从旁说了两句似是而非的话，将个皇帝闹得龙心不定，就此将王杰章疏抛在脑后。原来他说开言路，无非是辟幸进之途；破资格，就怕开滥窃之渐。你道这坏太监是哪个？原来就是和珅的党羽，幸而漏网。此人姓章名华，以佞巧有宠宫中，刻下地位不下于张监。

当日和珅肆恶，窥伺圣意，大半是他先递消息，自和珅死后，他便也暗暗收敛下来。但是这种人属绿豆蝇的，随便下个蛆还是免不掉的，所以王杰疏上，他就给打了个破头星。他和张监比较起来，真是一薰一莸。

张监有时和遇春偶谈起章监，只气得奋拳抵几，这也不在话下。转眼间，教乱披猖已是三年有余，且幸三省教匪意见不一，只知快意胡为，还没有枭桀之材从中联络大举北上的计划。当时朝臣等也就都揣着得过且过的馊主意，许多情形也都不必细表。

且说梁国安在谢氏处只寓得数月，便被张监唤到外寓里总管些事体。张监是很器重老相国王杰的，时时地去通款曲，也便是国安奔走。一日国安奉了张监之命，去到卢沟桥左近庄田上收一笔租项，及至回头，业已日色过午。国安行抵京门，觉得口燥，一望道旁有一小小旅店，便趁将进去，就院中凉棚儿下吃茶歇息。

方吃得一杯，只听店伙在店门外噪道："您老要打午尖，咱这里就再好不过。"说着，铃声响动，牵进一匹挺骏样的小川马，鞍辔鲜明，上负行装，褥套内露出剑柄。马后跟定一人，有三十多岁，生得短小身材，清秀面目，两道剑眉斜飞入鬓，行步间甚是飘逸，却是文士打扮，长袍缓带。更奇的是一部疏髯根根见肉，直拖及胸腹。一手提鞭，一手还把着一卷书。只一转眼之间，登时将国安吓了一跳，不由暗诧道："此人眼光锐利法，怎的便像冷田禄一般呢？并且他步履态度分明是个武功朋友，却又是文士打扮，好生可怪！"

怙恢之间，那客人已入正室，便闻他吩咐店伙道："快些随便来酒饭，喂好马匹，俺还赶进城去哩。"店伙笑道："就是吧，您到了京门脸子咧，还忙什么？您老进京有什么公干呢？大概不是升官，就是发财的勾当吧！凡是上京人除不了这两档子事。"

客人道："俺不过是来访个朋友。俺且问你，京中有位著名的章太监，外寓住在哪里呀？"

国安听得"太监"二字，不由倾耳，便闻店伙哈哈大笑。正是：

莫诧行踪多尴尬，已从言语露机锋。

欲知后事如何，且听下回分解。

第十一回

苟文明误投张公寓
梁国安捕盗王相府

　　且说国安只听得店伙大笑道："您这一问可算问着咧！若问到别位跟前，巧咧他就不晓得。俺却是城内住家，就是张太监外寓的街坊，他那门首排场得很，您一寻就着。"于是穿过某街，趸过某巷，转弯抹角地一说那街道。

　　国安窃听，却是张监那里，不由暗想道："俺主人那里交游素寡，一向没有生客远客，此人却是哪个，寻俺主人做甚呢？"怙惚之间，却闻店伙又道："您这马好俊样，俺已命人多加好料咧。像这川马在北京是很少的，您莫非从四川来吗？"

　　客人道："正是！"店伙道："啊呀，我的老佛爷！刻下四川被一群反叛王八蛋搅得一锅乱粥似的，难为您单人独马怎的走来？"客人不悦道："少谈闲话，快去端正酒饭。"于是店伙唯唯趑出。

　　国安因事体忙碌，怙惚一番，也便一径回城。不想次日傍午时分，国安正趁张监不在寓，自己在室中核算这个月份所收的租项，只见个小仆手持一张名刺匆匆跑来道："梁大叔哇，如今主人不在寓，却有客来访，您看是怎么回复他呀？"

　　国安一瞧那名刺，是"苟文明"三字，因笑道："你好没机灵，便回他主人不在寓就是。"小仆道："他说有要事来见咱主人，一口的蛮子话，俺也听不清爽。好大叔，你瞧瞧去吧！"国安只得放下所事，匆匆出来。一看那客人不由一愣，原来那客人便是昨天旅店中所遇之人，因举手道："俺家主人恰不在寓，便请进内奉茶吧。尊驾到此何事呢？"

　　那客道："且容借一步说话，俺须面见章公公再讲。"说罢，就要拔步登阶。国安道："此间却是张公公的外寓，并不姓章。尊客若访章公公，还须向某处某处。"

　　那客一听，登时神色张皇，忙笑道："如此，却是俺舛误了，倒抱歉得很。"说着一拱手，匆匆回步，张得个国安呆了半晌。当时因事体忙碌，也没在意。不想傍晚时光，张监回寓，面带忧容。国安从容叩其所以，张监叹道："如今正直大臣只有个韩城王相国，可恨章华不断地在主子跟前说他坏话。难道章华不欲教乱平定吗?"说罢连连叹息。

国安触动日间苟文明错来拜访之事,方要禀明,忽一沉吟,却又咽住。原来国安为人精细,见苟文明形迹可疑,便打算探个实在,然后再禀知张监。因为这当儿四川教匪党羽极多,苟文明特从川中来访章监,未免其中就有暧昧勾当。当时国安主意既定,只恨不曾问苟文明寓在哪里,一连两天上街踏访,通没影儿。

有一天傍晚时分,却瞅见文明在王杰府门前溜来溜去。少时,又踅向府后,毛毷毷地徘徊半晌。国安远远地蹑在他后面,一直地蹑到章华外寓门首。恰好门首有几个护院的,一面说笑,一面看街坊上来往的娘儿们。一见文明,便迎上乱噪道:"苟爷回来了吗?俺主人正等你谈谈话,少时就摆夜宴咧!今晚是翠姨娘伺候您,您看那小模样儿才是顶呱呱的哩!"

正说着,一个小媳妇从照壁前扭过去,大家一阵挤眉弄眼,其中一人便笑道:"苟爷再来时,将四川没主的小娘儿给俺们弄两个来不好吗?哪怕你玩剩下的俺也将就着,难道都留着你们快活吗?"说着,拥定文明一哄而入。

国安见状,方知文明就寓在章华处,不由越发起疑,便就左近茶肆中勾留至二鼓大后。街上行人渐少,国安这才慢慢出肆,一径地踅赴章华外寓门首。只见兽环双掩,悄然无声。倾耳良久,隐隐闻西偏房中有笑语之声,料是护院人等还没睡。然而北京护院的全挂子本领都在嘴头子上,国安哪里将他们放在心上。于是趋近西偏墙,一挫身,嗖一声抓住墙檐,趁势一耸,早已猫儿似跃上墙头。伏身一望,只见西偏房中灯光耿耿,似有人相聚谈天。于是国安飘身跳下,奔到房外,从窗缝一张,果然是群护院的正在抹牌耍子。

一人笑道:"今天咱主人真是和姓苟的十二分要好,连翠姨娘都舍出来陪他困觉。我想姓苟的这一夜也不用合眼子咧,竟剩了屁股眼子朝上咧!"一人笑道:"你这不是白眼热吗?你有本事弄煞王杰,主人虽不能赏给你翠姨娘,那个大妈妈(俗谓乳也)小朱妈儿总要叫你搞一家伙哩。"

国安听到"弄煞王杰"四字,不由大吃一惊。便见先说话的那人唾道:"你说那小朱妈呀,俺可不要她。她两只旗下片子脚怪讨厌的还在其次,俺们讲走子午运的朋友不和光光乍没胡子的女人困觉哩。"

又一人拍手道:"得咧,你别充正经朋友咧!人家小朱妈有胡没胡你都晓得,你还假撇清说人家讨厌哩。"众人听了,不由都笑。国安正想去探文明,却见一人道:"别尽管逗笑儿,说实了,今天主人盛待姓苟的,是看王三槐大银子的面上,又搭着姓苟的就要去摆布老王,所以咱主人锦上添花,给姓苟的助助兴致。不然,怎会支使出翠姨娘来呢?喂,说是说,笑是笑,主人夜宴也要完了,你们哪位向那小院外走一趟,应应景哪!"

便有两人一伸懒腰,站起道:"俺两人去去吧。"说着,去取壁上挂的提铃。国安暗喜正是机会,赶忙向丛花后一隐身儿,便见两人踢踏而出。于是国安施展出轻妙脚步，悄蹑其后。

两人自言自语地叹道："可惜王老头儿少时难免奇祸。"一人道："俺听说姓苟的明天就走哩。"那人道："他干这玄虚事毕，如何敢在京耽搁呢？你别瞧他那副胎貌，如今王三槐很拿他当拐棍哩！"

须臾，行近一带粉墙之外，恰好一个小童出来泡茶，两人便问道："主人酒罢不曾？"小童道："方才完毕。"于是两人大振提铃，由墙外放重脚步，直趱过去。

这里国安料是章华宴客之所，便近墙驻足，略一倾耳，果闻里面笑语甚酣，并有妇女声音道："小梅呀！如今小童才泡茶去，还须待一霎才来，咱们且到后轩里歇歇脚。"说着一阵小脚走动，似已趱近粉墙角门边。一人道："这小童，就是慌张马似的，出去泡茶也不带上门儿。"说着，吱扭一声掩上角门，那脚步声便循墙向后而去。

原来这院落便是章太监取乐的密室，只有妇女们伺候，一应侍仆等都不敢入。当时国安略为踌躇，竟由角门掩身而入。只见正室中灯烛辉煌，笑语杂沓，但闻一人笑道："今晚翠姨好生伺候苟爷。您看苟爷这一换夜行衣靠越发显得英气勃勃了。"便听得有妇人嘤咛一声，倏然窗纸上剑影一闪，妇人道："啊呀，我的妈！"

那人大笑道："你这妮子怎这般胆小？俺是亲自给苟爷系剑哪！"国安一听语音正是章华。原来张、章二监虽邪正不同，却是同朝奉主，如何能不相往来呢？所以国安听得出语音。

当时国安不敢怠慢，忙悄就帘缝一张，只见苟文明业已结束得浑身伶俐，那章华正哈着腰儿，拿着一鞘剑，要给他系佩上腰。文明连忙谦逊之间，身旁一个绝俊的妇人却笑道："今晚无论怎么说，少时苟爷回来，带一身凶扑扑的臭血气，俺胆儿小，是不伺候的。"

国安料那妇人就是章监的宠姬翠姨，方要再觇究竟，只见文明霍地站起道："公公，咱少时再见吧。"国安正要隐身，却见章华拖了文明又低低密语。于是国安趁势跃出小院，仍循来路出得西偏墙，便奔王相府第。原来国安常奉张监之命在王府中来往，所以府中途径甚是熟识。知得王相内宅东偏有一书房儿，是相国退食偃息之所，王相国年老好学，有时节阅涉书史，每每夜分不寐。当时国安一路沉吟，拿定主意慢表。

且说苟文明别了章监，一路暗想道："方才章监说王杰老儿不蓄姬妾，一月间倒有二十九天宿在书房，此话也未可尽信。俺还当先探寻他内室为是。"思忖间，出得章寓，业已街柝三下。

要说苟文明一身武功真也不弱。你看他紧紧腰身，施展开夜行术，嗒嗒嗒一路好跑。不多一霎儿已到王杰府墙之外。那老相国虽然位尊，仍如寒士一般，所居府第不过寻常宅舍，只有四五个仆人分居宅前后。护院人等一概都无，几乎有古贤臣不设墙篱之风，所以文明一无忌惮。至于府中道路已由章监说得明明白白，更不消用其踌躇咧。

当时文明胸有成竹，一径地越垣蹿房，直至前厅脊上。方一驻足，想听动静，忽微觉腰下一松，剑鞘儿略触大腿。文明举目四望，只见内院和东偏书房中都还有灯光隐隐，却听得一个婢女呵欠道："弄了半天，弄得人浑身怪辣苏苏的。如今只有一寸多长没完事，好姐姐，你替俺受用了吧！"便有一个婢女笑道："你辣苏苏的，谁又不痒辣辣的呢！你有一寸多长没完事，俺这里屁股紧颠还没压出他来哩。咱各人受用咱各人的吧！"

正说着，却闻有个老头儿痰嗽一声，哈哈一笑。一个婢女笑唾道："你不用耍精气神儿，俺两个早晚将你这老头儿熬倒了腔。俺就不信你总有熬劲儿。"老头儿喘吁吁地道："啊呀，真也够劲头咧！那么咱大家完事吧。"说着咕叽叽、哗嗒嗒地一阵响。

文明一听，几乎失笑，暗想道："可见如今假道学先生是信不得的。据章华说，王杰不蓄姬侍，哪知这老骚儿更会玩呢！"于是一耸身形，由厅脊跳上二门楼，略一驻足，飘落内院。先向三人笑语的厢房内一望，不由忍笑掣身，转向正室。

原来厢房内是一个老仆、两个婢女，三人各有所事。一婢是就几前矮凳上搓麻线，露着一段雪白的小腿儿，搓上搓下，所以说辣苏苏的；一婢是在炕上盘腿打坐的压衣服旧片儿，所以说屁股紧颠；那老仆佝偻在炕前头，正在刷生山药，以备老相国早点吃用，所以闹得咕叽哗嗒很不受听。因为王老夫人治家勤能，不使奴婢们惰怠，所以夜深时还有所事。

当时文明转向正室，由窗隙一瞅，只见老夫人正端坐在榻上念佛儿。榻头椅边侍立一垂髫小婢，却笑道："老夫人还不歇息吗？明天再念吧。便是你老人家念一声佛死一个教匪，也死不净人家，没的倒耽误自家睡觉。您看老爷那等整天价眉头不展还不济事哩！"

老夫人笑道："既如此，你就吩咐他们都去安歇吧。反正相爷总是在书房困的，不必在此伺候咧。"文明一听，急忙悄然拔步。方越到东跨院丛竹跟前，似觉眼前黑影一晃。要说文明在教匪中是个杀人不眨眼的角色，何曾晓得什么叫心虚胆怯？但是这当儿就要刺当朝相国，未免也有些不得劲儿，于是贼睛四望，只当有人。

恰好一竿长竹被风晃动，向他深深一拜，文明这才疑心顿释，凶心陡起，先向正室中倾耳一听，却闻得微有鼾声。文明大悦，暗道："合该这老儿吃俺一剑！"于是一路轻趋，直奔书房。偷揭帘缝一张，只见相国王杰正在秉烛看书，布长袍儿就如寒士一般。有一砂壶酒置在案，那相国且阅且饮，时时就盘中拈取食物。

文明乍望去，只见散漫漫的十分仃伝，不晓得是些什么食物。这当儿相国嘴内却一连咯嘣两声，文明方恍然。这位居人臣极品的老头儿真是好牙口，偌大年纪还咯嘣嘣地咬干烘蚕豆哩。

当时文明见状，登时悚然退立，只觉心头扑扑乱跳，暗自怙惙道："此人如此清忠，俺一剑刺杀他，真也有些下手不忍。但俺既在王三槐面前夸下海口，北行一趟，若不叫个响儿，如何成呢？"想至此，精神立振，方要拔剑，只听有人大喝道："哪里走！这回俺可捉住你咧！"

文明吓得一哆嗦，仔细一看，却是纸屏旁一个书童儿睡得愣怔怔的，捉住个挺大的耗子。老相国方在微笑，这里文明业已抢步前进，只一回手拔剑之间，叫声苦，不知高低，只觉夹脑后嗖一声，便是个金刃劈风。

好文明更不回顾，只蹿身一闪之间，早由身后抢过个虎也似壮士，手提自己那柄剑劈面便剁。文明百忙中不晓就里，只得闪展腾挪。那壮士一柄剑风驰雨骤，文明赤手纵横，步步退让，堪堪在院中绕过三匝。这时文明业已十分危急，恰好两人斗至靠墙一株大树跟前，国安喝声道："着！"手起一剑，平挺刺去。

只听啊呀一声，有人大叫栽倒。正是：

触槐壮士今难得，绕树枭徒却有人。

欲知后事如何，且听下回分解。

第十二回

叹将才老臣忧国是
急友难豪猾拯娇姿

　　且说国安挺剑刺去，咔嚓声正中树身，但见文明身形一晃，登时不见。这时书童硬着头皮闯出来，想去唤人，百忙中忘了阶石，竟自栽倒在地。国安不暇理他，连忙跃登屋顶，运目力四下一望，哪里还有苟文明的影儿！

　　正这当儿，府中群仆早已闻声四集，乱糟糟提灯棍棒，挤成一块。一见屋上有人，雄赳赳仗剑四顾，便登时乱喊乱跳。其中有个老仆名叫灵元，便是方才刷山药的，他还是相国当年做秀才时的书童。说起他年纪来比相国还大，却是张老公嘴儿，因此人就叫他作"老公公"。

　　这老仆虽上年纪，就是好逞个强性儿。少年时会手三脚猫，至老来越发高兴，每日总要踢谭腿、举石锁，再高兴还要回九节鞭。据他自己说，他的鞭法是从胡敬德（尉迟敬德，俗谓胡敬德也）学的。当年胡敬德和第十四条好汉秦叔宝三鞭两铜定了交情，共投唐室，便全仗这路鞭法，挣了个开国的国公爷。若是有人请教他这路鞭法，他算是高兴极咧，大有饭可不吃飞鞭不可不要之势。然而相府众人们偏生撰了几句口号，是"徐麻子的脸，光得有趣；吴大脚的脚，小得有趣；灵公公的鞭，笨得有趣"。

　　徐麻子是府中厨子，好用粉皂垩脸；吴大脚是府中老妈儿，好着个里高底儿，合之灵公公，所以三者并称。

　　当时灵公公手提单鞭，脱帽大叫道："房上贼王八快些下来。好嘛，你就敢来闹鬼吹灯！"说着，分开众人，就要攀墙上房。国安忙道："刺客业已跑掉，俺是梁国安，特追贼到此。"

　　众人一听，方正发愣，相国王杰早已听得明白，使命众人勿喧，唤下国安，问其所以。国安方要细述，相国一摆袖屏退众人，于是国安从头至尾将侦随苟文明一段事述了一遍。

　　王杰听了内中牵涉章华，好不骇异，沉吟半晌，便坚嘱国安不可声张。当时奖谕国安自不消说，次日方想厚赏国安并访张监，哪知张监昨夜听国安来禀苟文明一段事，只惊气得他一夜不寐，次日一早便来慰问。

　　当时王杰出见，在书室彼此落座，两人低低谈了半晌，张监愤然道："这桩事依我看来不可含糊。苟贼虽逃，现有他遗剑为证，剑柄上明明镌着'苟文明'三字，况且苟文明是川中著名匪目，其声气所被不下于王三槐。便是皇上都知得的。可恨章华竟敢与之通气来刺相国，这还了得吗？咱便当立时奏闻才是。"

王杰道："此事不可冒昧！若捉住苟文明自须奏闻，并彻底根究。如今只有遗剑，岂足为据？再者苟贼寓居章华处并国安夜侦的情形，实际上虽然如此，却没有什么明证。况且章华圣眷方隆，咱们安能扳倒他呢？依俺愚见，不如掩密下来，以后时时加以小心罢了。但是尊仆梁国安竟有如此的精心勇气，咱们倒须刮目一二。"

张监听了，唯有连连叹息，道："相国大度，虽然不究，但时局如此，加以奸监恣睢，并且乱势方滋，将才寥落，真也可虑得紧！"说着，竟自慨然泣下，因向王杰道，"近来虽也有上书敷陈时事的，但都是摭拾些韬略陈言，没一个能洞然于教匪情形。可见如今将才真不易得。"王杰道："俗语云：千军易得，一将难求。一时间哪里就有，咱们只好时时留心吧。"

张监叹道："正是哩！古人云：闻鼙鼓则思将帅之臣。俺侍御宫中，深知主上以此为念，有时节自言自语地将额勒登保念两遍，道：'这老头儿还可用吧？'俺听了，方私心窃喜，却是隔两日主上又搁置不提。有一夜三鼓时分，主上忽然问我道：'你道这额勒登保使之办贼还可以不呢？'当时俺汗流浃背，哪敢掺言，因跪奏道：'这都断自睿虑。'主上听了，半晌无语，少时却叹道：'额某虽是宿将，但有人说他自平定苗疆后已染暮气，但恣意奢侈，并声色狗马、官室服饰之娱哩！'"

王杰笑道："额公绝不至此！"张监拍膝道："着哇！当时俺不敢作声，后来俺细细探听，又是章华给额公打了个破头星。此獠不除，亦是隐患。但俺潜察圣意，也有不喜章华之处，因为章华事事的先意承旨，太过火些，往往圣意方动，他就准备一套言语答对，所以圣意有些不满他。"王杰惧然道："人君喜怒是不欲人窥测的。今章华不明此理，便恐有时失宠也未可知。"

张监恨道："凡没屪子的，再不会有好人。俺就看他张致到哪步田地！"此语一出，倒招得王杰微微含笑，便道："公公不必激愤，倒是如今将才难得可虑得很。此后咱须大家留意才是。"张监唯唯。两人又闲谈一回，方才别过。

从此国安颇蒙张监刮目。至于那苟文明一击不中，幸从树后脱得性命。当时趑回章寓，哪敢逗留，便匆匆嘱章华暗报朝中消息于王三槐处，连夜价奔回四川去了。

说了半天，这个苟文明忽然而来，忽然而去，究竟是怎么档子事呢？说起此人，也是教匪中一个大魔头。他作乱之意还含着些排斥满族的思想，不过其人为枭猾之尤，终于陷身逆乱罢了，且待作者转笔述来。

原来陕西西安府距城数十里有个百花村。村中著姓便是尤、苟两家，族大丁多，在村中很占势力。尤族中有个秀才，名叫尤昌源，颇有才情。性儿文弱，自幼聘定邻村王大户的女儿名叫素娟的为妻。苟族中也有个青年秀才便是苟文明。两人年岁相仿，十分投契，但两人性儿却大不相同。

昌源是循循自守，只知抱书本儿；文明却倜傥不羁，好酒及色，并且舞槊击剑，盘马张弓。往往深夜间怒马独出，或次晨或隔三两日，便和一群无赖少年把臂歌呼而还。到家中便呼卢浮白，醋嬉淋漓，穷日夜不倦，大把儿钱水也似用去，人都不敢问他一声儿。闹得村坊中很不安静。父老们遇着他，无不攒眉引避。文明却越发自喜，往往夜逾人垣，寻觅寡妇。

但是他二十岁上却不汲汲于聘定妻子。人家有叩其缘故的，他却捻起拳头，哈哈大笑道："无妻一身轻，有剑万事足。如今满人当道据我中土，俺一朝得志，还有许多大事待做，此时蓄妻子做甚!"问者听了，都吓得吐舌而退。

原来苟文明因两桩事儿受了刺激，所以惊人言语便发作起来。一是满人种地不纳粮；一是他考秀才时，汉人名额几乎是百中取一，满人名额却几乎是十中取一；并且满人文字狗屁不通的，固定的额多，也居然高高命中。当时，他不管轻重，便在府学前大发议论，吓得个府学老师黄了脸儿，好歹将他搀扶开，从此人都知文明深恨满人。但是卵石之势，人都笑文明痴绝，轻薄人们便戏呼文明为"疯苟"，但是文明通不理会，有时在市头纵饮，专以谩骂满人。

其实西安的驻防将军名叫兆禄，年已七十多岁，生得白胖高大，胎貌儿很像个天官爷，能日食数升米、两只大蒸鸭，并且天生异禀，夜不虚度，因胡子白得讨厌，要讨小老婆子欢喜，便日逐地不惜重价各处里寻觅乌须药。

日府学老师偶然和众秀才谈及此事，文明便道："门生家中倒有些上好的乌须药，是门生祖上秘制，不传外人的。只是满人要用，俺却犯不上给他。"那老师听了，正想巴结将军一下子，因婉转托人向文明寻到此药，狗颠似献上将军。

这一来不打紧，次日老师方打算去望望将军，趁势献个勤儿，只见将军遣人来请，立时就去。老师大喜，忙忙跑去，到得将军厅房内，只一掀帘儿，几乎吓栽一跤。只见将军腮颊都肿，拖着一部好体面的红须，便如王灵官一般，正在盛气而待。原来文明的药却是茜草末儿。

当时将军向老师大发雷霆，老师没法儿，只得一说苟文明献药一节。将军大怒，登时派部下健儿去抓文明。不想文明早已躲避，只苦了个府学老师向将军屈膝赔罪，方才了事。文明在外面鬼混个把月，依然摇摆回来。

这当儿驻防旗人豪横非常，凡所驻之地真是平蹽着走，什么包赌咧、庇娼咧、搅闹街坊、讹索商户等事时时不绝。每一出来，都是成群结队，其中分文武两档。

文的是臭排场，闹酸款，说起一口怯京腔，混充人物，俗不可耐。家里只管穷得要掉胫，他那股子先天的臭习气总是有的。偶然上街买点儿东西，必要文绉绉扭将出来。时当夏月，必要手握团扇，身上是白纱大褂，脚下是登云福履。至于衣履的新旧却诿之于不论之列。但是这等打扮就不该躬亲细务，他却左臂上挎只篮儿，里面绿的是葱，黄的是姜，白红间杂的是嘟噜肉，其余便是左一个纸包，右一个纸包，却是好茶叶、兰花烟之类。诸物中间，却翘翘然舒起只水烟袋。见了熟人，必要哈着腰儿，口内吸溜着道："您请，您请！"

看这文派光景，似乎体面不过，哪知他家中的婆子们都个个母夜叉似的。每当秋禾登场，你看这队大脚片好不凶实，简直地到田地里任意收割。田主稍为拦阻，只要旗婆儿开口一骂，众旗丁顿时蜂拥而至，丛殴田主只如寻常。

曾有个老农委实被欺负急咧，这日看见某旗婆大背小抱地向他小场中胡掳庄稼，真痛得他受不得。一瞅某旗丁正穿着大衫儿在小场中看堆儿，老农认得他在驻防营中有职分的，人都称为"二老爷"，便跑到他面前，双膝跪倒，哭诉道："二老爷救命吧！小老儿租人家数亩地种，一年价黑汗白流，驴子似的做才有今日。若都被太太收了秋去，俺一家大小只好饿煞咧！"

二爷一听，居然大大不忍，便道："老伙计，你且别哭，咱有个商量。你说不叫太太收一点儿，难道她轻碾细压地做个小场儿，就白闲着不成？咳！你经营一年呢也不容易，俺们盼秋盼一场也不容易。我老爷为人最公道，那么着吧，咱们各收一半何如？"（此作者闻于父老传述之是实事也。今之满人其威棱安在哉？然则逞武力者可长恃乎？惜乎前车既覆，来轸方遒。兵气弥漫，已遍全国，奈何奈何。）于是老农喜出望外，竟称颂二老爷不止。（人谓老农痴绝，吾谓老农不痴也。处积威之下，不得不然。今之公民大登报纸，颂扬军队，皆老农称颂二老爷之类也。其实公民有泪只好肚内流耳。）

至于其中武档子却更为凶实。专讲起哄打降，寻人斜岔儿，有软敲硬讹之分。软敲是做圈套，编篱笆，择肥而噬；硬讹是小辫一盘，小刀子一拿，不管三七二十一单拣那股实商户生讨硬借，其名又叫作"要胳膊落"的朋友。其中健者有个叫黄老妖的。这小子真是个滚刀筋，软硬不吃。从小儿私殴官刑也不知挨了多少。遍体伤疤，凶横如故，手下聚积着许多无赖，专以搅街坊、闹庙会。他曾当过死孩子，给某老板栽过大蜡；并且闯入某寡妇家硬叫人家与他洗屁股。种种胡为不一而足。

文明瞧在眼里，气在心里，久已想料理他。一日又值城外庙会，文明游逛半晌，忽见游人纷纷乱窜，便见黄老妖光着脊梁，腰裹带着明晃晃大攮子，一路大骂道："今天哪个王八蛋要出头挡横儿，咱们是白刀子进去，红刀子出来！"说着，领了一群人风驰而过。文明就人一探听，却是寻一个外路出摊的岔儿。

当时文明愤然赶去，只见那出摊的正吓得跪在黄老妖面前，满口哀告道："黄爷息怒，俺格外孝敬您摊子钱就是咧！"老妖喝道："你说晚咧！"唰唰唰便是几记耳光。众无赖一声喊，方要攒打，文明趋近，健臂一撑，早将出摊的提向身后。

老妖大怒道："你这厮竟敢出头挡横，可要死哩？"文明笑道："死算什么？你今天却遇着张天师咧。"说罢，虚晃左手，右手急进，砰啪一声响，老妖脸上早已命中。老妖怪叫拔攘，只一举手之间，文明用一个连环进步，右脚一飞，当啷啷短攘踢落，接着脚下一换步，左脚飞起，只听啪的一声横扫在老妖腮颊之间。

老妖身形一晃，咕咚栽倒。众无赖大喊齐上，文明大怒，顺手儿夹项一把，捉住个细高条子，单臂攒劲，只一抛业已仰跌两丈之外。众无赖见此光景一齐怔住。于是文明大笑，进踏老妖，拳如雨点，嘭嘭嘭这阵伤打也就少有。

始而老妖乱骂，继而声嘶，终至作声不得，然而却不输口。望得观者无不暗暗称快，却又替文明捏一把汗。因为旗丁们属窝子狗的，咬起架来总是成群。黄老妖忽吃这般横亏，岂肯甘心呢？

当时大家劝住文明，一瞅老妖早已委顿在地，众无赖扶他跑去。老妖骂道："得咧！姓苟的，咱们改日见。"便有人关切文明，劝他躲避。文明一笑，通不在意。果然十余日后，黄老妖率领旗丁数十人前来寻仇，却被文明一顿拳头打了个落花流水。从此文明颇著任侠之声。

事有凑巧，过得个把月，有一个府学秀才的娘子偶在门前买针线，一旗丁踅过，便说了些不三不四的话。秀才大怒，当时和旗丁口角起来。便是这日傍晚，旗丁约了三四人，掉臂闯入那秀才家中，将人家两口儿剥得光溜溜痛捶一顿。于是诸生大愤，便拿出看家本领，立具公禀，告到官中。

其时，文明因事没在城，及至官中传讯之时，他却踅回，便挤向人丛中单看官儿怎生判断。前清向例，凡旗丁犯事总须驻防旗官儿和地方官会审。当时那县官儿含含糊糊略问情节，还没说所以然，旗官儿便喝秀才道："你自家老婆不知约束，反叫她站门子卖骚俏，难道为你老婆断尽行人不成？我们从龙有甲份的人都是将来侯伯之苗，岂能不自尊重，调戏你的老婆？你这刁生就捏伤聚众，还了得吗？等我知会学里，一个个都革掉你们，左不过是一笸箩鸡蛋黄儿的事罢了！"

诸生听了正要大哄，只见县官向旗官儿赔笑道："某翁，不必和他们一般见识，这都是兄弟教化无方，所以士气嚣张。等兄弟请学里戒饬诸生就是咧！"说着，由怀中掏出个很好的烟壶儿，亲自去敬旗官的鼻烟儿。两颗头方凑在一处，只听噼啪两声，每人嘴巴子上挨了两记耳光。

全堂惊顾之间，只听堂下老远的有人哈哈大笑。县官大怒道："是哪个？快些抓他过来！"左右报道："方才苟秀才摇摆出仪门去咧！"

旗官儿跳起来道："快捉，快捉！这肥耳光定是他发来的。"于是登时价满城大索，文明影儿也无。倒累得府学老师狠狠心，将上半年的学租赂送旗官儿方才了事，但是苟文明越发地落拓自喜，索性府学里不去踏脚，举业全抛，只整日价和邑中少年驰马试剑，饮博醋嬉，丢得家中清锅冷灶，他只出没于娼楼酒肆之间。

一日尤秀才昌源前来相访，便进规谏。文明听了，却笑而不答，便道："你莫头巾气。俺的志向非你所知。倒是俺前些时在你家中吃喜酒，俺见女客中有个穿素的小媳妇儿丢眉扯眼的颇颇标致，她是哪个呀？"

昌源笑道："你只留心这些事。她便是俺紧邻家，现在守孀。俺听说她还待嫁人，苟兄你如相中了她，待俺与你撮合何如？"文明叩案大笑道："天下多美妇人，何必是老弟你自家探骊得珠，却把残鳞剩甲来打趣老兄，这就岂有此理了！"

两人笑了一场，也便别过。原来尤昌源新婚未久，新妇素娟有国色之目。文明所见的那寡妇母家却姓潘，中等家资，只有个小叔儿，叫郎阿二，素不务正，专依附着旗丁们傍虎吃食。几次价兜搭他阿嫂，想人财两得。无奈潘寡妇通不理他，并以利刃自卫。恨得阿二什么似的，这也不在话下。

且说苟文明一日从友朋家吃酒回头，距村十余里光景，忽见一辆双骡车儿风驰而过。跨辕的是个恶眉燥眼的旗丁，穿得缎棍一般，车中似乎嘤嘤隐泣。文明奔驰渴燥，也没在意。又趱得三四里，却见道旁有一茶肆，文明进去落座，方吃得两杯茶，只听轩子外人和驴子一阵乱跑。便听得有人喊道："喂！你这相公不对呀！俺放驴子做生意，没卖给你驴子煮肉吃呀！你这等奔丧似的跑，不是成心要驴子的命吗？得咧，你便加双份价钱俺也做不着咧。"

又一个气急败坏地道："你这厮误俺大事，俺须不得和你开交哩！"文明一听，却是昌源声音，推窗一望，好不诧异。只见昌源气急交攻，形色大变，仿佛有天大要事一般，正和个驴夫大发威风。偏巧那驴夫十分倔强，梗着脖子，拉了驴子就走。文明大疑，忙跑出轩外，问其所以。昌源一见文明，连连跺脚，便匆匆一说所以。

文明一听，登时剑眉倒竖，略一沉吟，便道："老弟你不必家去，且向你姑母家躲两日，只今晚起更以后，俺定送弟妇到你姑母处便了。"说罢，由怀中掏了一把钱抛向轩中，道："茶伙计，收了钱，俺要去咧。"一声方尽，文明脚下一捻劲，早已如飞奔向来途。望得个尤昌源呆了半晌，这当儿方晓得苟文明是个肝胆朋友咧！于是一如文明所指，竟趱向姑母家慢表。

且说文明被意气所激，一气赶向那骡车。须臾已跑了二十多里，竟自不见。方在躁汗如雨，只听鞭声响处，那骡车却从岔道短林边驶来。车夫见文明在大道上四望徘徊，因笑道："你这位相公敢是要进城去吗？如此俺捎你个脚且是便当。一壶子酒钱的勾当，你看好吗？"

文明趁势道："你生意好哇，方才在哪里卸的载呀？"车夫唾道："别提咧！俺方才给一个旗丁拉了个二婚头来，以为那旗丁必要多赏俺些喜钱。哪知那小子一毛不拔，人儿下了车立催俺走，连头口还没喂哩！"文明忙道："那二婚头现在哪里呀？"

车夫举鞭回指道："就在这短林后面小村头上，门口儿有棵歪脖柳树的便是。吓！那个小后婚真是模样儿一百成，就是哭得泪人一般。俺也不晓得哪家子，是干吗的，只一群旗丁出来进去。"

文明眼睛一转，正色道："你赍着吃违误官司吧！那旗丁是抢的人家有夫之妇，俺正寻他们讲理去哩。好嘛，你的车揽这等载，好大胆哩！"车夫慌道："俺如何晓得他是抢人，这便怎好呢？"文明道："你只要听俺吩咐，保管没你的事。"车夫喜道："就是吧，你相公便请上车，俺拉你进村去。"文明一笑，和他低语两句，车夫点头驱车自去。

这里文明更不怠慢，一望天色业已黄昏，于是一径地直奔小村头。果见一处歪柳跟前一片院落，后临旷野，四无居人。文明料是旗丁们窝聚之所，趄向后墙一听，隐隐闻得前院中吃酒划拳甚是热闹。微风送过，便闻后院小室中有妇人啜泣。

文明大怒，即便双足略顿，由后墙一跃而入。先就小室一张，可不正是素娟，双手被缚，坐在灯下哭泣。文明弹窗道："尤家弟妇不必苦楚，俺特来救你。"说罢，抢步趄进，立解其缚。素娟见是文明，不由痛泪直下，只是一时间血脉麻木，娇躯一软，就势跌坐于地。

正这当儿，却闻前院有人噪道："喂，老大呀！你这做新郎的只顾自家捣揉，饿坏老嫂什么意思呢？等俺来巴结一下子，给老嫂送些酒饭去吧。"

文明方在着急，便听前院中一阵喧笑。正是：

患难相求多意气，谁云始念愧男儿。

欲知后事如何，且听下回分解。

第十三回

干教主金壬走风尘
策时局英雄动忠愤

且说文明方在着急，只听前院中又有人笑道："很不用你去巴结新嫂嫂，来来来，咱划三拳吧。"于是猫声狗气地一阵拇战。文明趁势不暇避嫌，便一伏身背起素娟，竟自越墙而出，直奔回路。不多时，趱近一片杨林。此时新月如钩，光映道路，便见那车夫正在林中探头探脑。两人见面也不暇语，便将素娟置在车上。车夫鞭丝一扬，顷刻如飞而去。

不提昌源在他姑母家夫妇会面，厚赏车夫，感念文明，且说文明当时一口气趱回小村头，仍然逾垣而入，直奔前院。便见前院房内一班旗丁还在那里大吃二喝。文明一声不哼，提拳闯入。

众人一看是苟文明忽从天外飞来，就知事儿不妙。其中有胆小些的趁一哄之间早已溜之大吉，只剩了抢素娟的某旗丁和两个大呆鸟。

某旗丁方吓得啊呀一声，文明提拳劈面两记，大喝道："你这厮抢人妇女，端须与俺说个分晓！走，走，咱们自有所在辩理去哩！"说着，揪了旗丁大叉步趱出门，扬长而去。可笑这两个呆鸟以为文明定是闻风寻来拉某旗丁赴官理治。反正事不干己，且乐得抢的小媳妇丢在后室，趁这当儿抓个甩脆俏，真是再好没有。于是跑入后室一望，连个媳妇毛儿也没有咧。

两人怔了一会儿，只得召集无赖，大家七嘴八舌地吵了一夜，次日便奔赴城内想探听这场官司。不想趱至半途，早见某旗丁遍体伤痕，胸塌胁折，直僵僵被人打死在地。于是无赖等大惊，始而想去报官追捕文明；又一想，文明不是好惹的，大家吃个便宜酒的勾当，犯不着牵连人命。当时大家一含糊，便次第散掉，只好累地方去报官相验罢了，然而苟文明因这事也便亡命江湖。

至于素娟怎的忽被某旗丁抢去呢？这其中还有一段文章。原来那潘寡妇的小叔阿二因盗嫂不成功，便恼羞成怒，暗与某旗丁讲说停当。他用了百数银子的身价将他阿嫂卖与人家，订明时候硬去抬人。

事有凑巧，恰值那时素娟在潘寡妇室中，两人斟酌着描个花样儿。潘寡妇偶然内急，去向后院解手，只剩素娟在室中。当时某旗丁率众到门，一哄而入。一看素娟比潘寡妇又俊样得多咧，于是只作不知，抱登车上便走，并且一路大喊道："郎阿二将他阿嫂卖给俺咧，现有他字据为证。"村人耳朵内早有阿二卖嫂的风声，又畏某旗丁的凶焰，所以一任他抢去。及至潘寡妇大哭大叫撞出门来，向村众一说误抢素娟之故，村众方都吓呆。昌源也闻警赶到，所以百忙中雇驴便追哩！

且说文明亡命在外，流荡两年，探得事儿冷下来，依然趑趄，越发地任侠自喜，多读韬略等书，酒酣放言，略无忌惮。人有劝他折节读书，应举上进的，他便笑道："咱们汉族天大的家当，被满人生生占去，便如事主遭劫，如何还想在强盗手中讨生活呢？俺得有际会，定当光我黄裔，复我汉土哩！"人家听了，只有吐舌不迭。

不想文明灾星发现，又因他出头聚众抗差一档子事，被官中捉入监狱，缧绁郎当，在狱底过了三个年头，方才遇着嘉庆皇爷登极的大赦。但是金鸡虽鸣，青衿已褫，文明出得狱来，家业都无，孑然一身，未免衣食不周，褴褛憔悴，亲知相遇，大半掉头便走。文明没奈何，只得在城门洞内小房儿中和一个老更卒搭伙计。

然而他一腔意气仍然不衰，伴身长物只有一把剑、数卷书。有时高起兴来还要舞剑读书。十冬腊月穿一件破袍儿，冻得嗤嗤哈哈、拱肩缩背。大家见了，又都呼之为"癞狗"。文明听了，大笑道："疯癞的狗，虽不可贵，然而有时节还能御盗咬人，终胜你们认贼为父，奄奄然一无生气哩！"

一日，严寒大雪，城头上磐云如墨，万家烟树都沉沉于夜色中。文明无聊，替更卒敲了一阵柝，抱肩趑回小房中，只觉寒风刺骨，剔剔壁灯儿，忽见自己昂藏身影，不由长叹道："老天生俺苟文明这副钢筋铁骨，难道就这般罢了不成？"想至此，不由百感交集，便叩柝长歌道：

> 长剑起兮风云翻，昀昀禹甸充腥膻。
> 非我族兮恣冥顽，除而去之勿流连。
> 壮士壮士何迍邅，会奋八翼排天关！

文明唱得高兴，便将那更柝梆梆梆一阵乱敲，以促音节。只听门外一声吆喝，灯火齐举，不容分说，闯进两名健卒，拖出文明，按倒在地，噼噼啪啪照定屁股上便是三十大板。只打得文明山嚷怪叫，却听得有人喝道："你这厮既是值更，如何深夜里吃醉了胡唱乱敲搅闹地面？若不知改过，明天我老爷是撵掉你的。"说罢，带了健卒昂然竟行。文明一瞅前面的官衔提灯，却是城防营把总某人，大概是出来查夜咧。当时文明歌兴都无，回到房儿内越发感慨，偏那雪儿只管萧萧飒飒。

正这当儿，只听那更卒道："真他妈的好大雪，苟相公睡了吗？"说着，推门进来，手中拎了一大砂壶酒并一大包熟牛肉，置在矮足破几上。一瞅文明，愣怔怔噘着大嘴，因笑道："苟相公怎么咧？难道睡愣了吗？且闹一盅儿解解乏吧！"

文明叹道："老哥别提咧！人要走背运，处处别扭。"因将方才唱歌被责之事一说。更卒听了，倒觉好笑，便道："苟相公，你莫怪我说，你离离奇奇又编的什么唱儿、歌儿。如今白莲教闹得各处里玄玄虚虚，没的叫人拿你去当白莲教办了哩。来吧，且闹一盅儿是正经。"于是更卒就热灶上煨好酒，两人且吃且饮。

那文明三杯落肚，不由又信口开河，大发牢骚。更卒便道："如今咱陕西白教只有高天德还真能虚心用人。俺听说他教下很有四方豪杰来投哩。"文明道："恐怕高天德也是虚有其名，未必真心好士。不然，如俺苟文明他怎的不来物色呢？"

更卒笑道："你这话奇咧，你不曾去寻他，倒想他来寻你吗？"因瞅见文明猥琐样儿十分好笑，便暗忖道："俺且夸他一场，醒醒脾儿。"便正色道："苟相公，不是俺当面奉承你，凭你这般才情，若到高天德处施展施展你那文武本领，保管是如鱼得水哩。人生际遇是说不定的，俺总觉你苟相公将来必有点儿后发儿。"

文明听了，一摸屁股道："老哥说得不错，俺这后面果然发咧！"两人笑了一场，酒罢安歇。更卒打趣文明也没在意。不想文明因触动怀抱，过了两天，真个别过更卒去寻天德。一路上落落拓拓，只借卖字做盘费。到得金溪村业已纳履踵决，振襟肘见，虽不至做了乞丐，也就十分褴褛。文明都不理会，就村店中好歹住下，便居然踵门投刺。

你想高天德那样阔绰，宅门上的人见了文明这四不像的样儿，如何肯与他传禀？便登时瞪起白眼道："你先生来得不巧，俺家主人没在家。"一连三四次都是如此。末后文明气将起来，便在宅门首大嚷大闹。众仆人喝道："你这花子敢是作死？可知这里不怕你撒野！"说罢一拥而出，便要来叉他，亏得街坊们向前劝开。

文明废然踅回，暗想天德慢士如此，料不是什么有大志的人，于是踌躇一番，方想喊店家来算账，又一想店费没有，怎么办呢？瞅瞅书剑，又委实舍不得卖掉，不由长叹一声，泪如雨下。

正这当儿，却见店家直撅撅地进来，道："苟先生，您一住店便是十来天，半个秃大钱儿也不肯开发。俺小本营生如何当得起？您今天也吵寻高天德，明天也吵寻高天德，寻来寻去，倒叫人家高宅推搡出来。老实说，您先给欠账再住店吧！"文明叹道："店主不必如此，俺一总儿欠你多少钱哪？"店家道："有一天得一天，一顿窝窝头，两顿小米饭，您老难道不会算吗？"

文明屈指一算，不过五六串大钱，因将卖剩的几副对联把给店家道："你且去将这字儿卖掉，足够你的店钱。"店家迟疑道："这东西有人买吗？"文明道："你不必管，如卖不出，俺另有法儿清账。"店家嘟念道："只要你有法儿就好。"于是持联趑去。这里文明闷闷，索性儿倒头便睡。

黄昏时分，店家方趑回，果然卖了八九吊大钱，还剩一副对联，交与文明道："这一副没人要，人家既嫌曲蟮似的不好看，又说是什么强盗口吻哩。"文明叹口气接过，装入破行囊中，当即开清店账，次日用过早饭，佩剑负囊，徐行出店。

方趑出村头没多远，只见两骑马迎面跑来。文明见头一骑马上那人衣冠修伟，精神饱满，后骑上却是个仆人模样的人。彼此一望之间，不想马上那人见文明敝衣佩剑，行囊中又插着一卷字儿，觉得有些古怪，因驻马漫问道："先生莫非是游学之士吗？可好借观大笔？"

文明叹道："俺因访人不着，留滞此间。今回途中只剩得这副对联，足下不嫌污目，尽管请看。"说罢，取联奉上。那人接来，就马上打开一看，不由失声叫好。只见那对联写的是一笔狂草，其词为："大泽龙方蛰，中原鹿正肥。"真个写得是龙蛇飞舞、奇气郁勃。

那人不由连赞道："先生端的好书法，如肯见赐，便当重谢。"文明笑道："足下既爱此剩物，便当奉送，不劳惠资。"那人笑道："岂有此理！"因命仆人收起对联，由马上取下五两银赠予文明。文明不由叹道："可惜俺苟文明慕名访友，特到此间。只这副字儿见赏于足下，还算差强人意的事。"

那人随口道："先生到此荒村来访哪个呢？"文明道："便是名震全陕的金溪村高天德！"这句话不打紧，只见那人啊呀一声，跳下马来，拱手道："得罪，得罪！只在下便是高天德。先生既枉驾辱临，如何不到舍下见顾呢？"于是文明一说众仆见阻之故。

天德连连赔罪道："可恨奴辈如此无状，容俺慢慢处置他们。便请过舍下，容俺负荆。"这时马上仆人早已跳下，于是天德叱令他先去扫榻，自和文明并辔入村。

这次文明到天德门首，又是一番光景。只见众仆一个个垂手侍立，没一个敢眐白眼咧。当时天德揖文明进得客室，先将众仆叱责一番，然后互相款谈，摆酒相待。一切繁文不必细表，从此文明便为高宅食客。

原来这日高天德偶自教友处回头，恰好和文明相遇。这当儿白教日兴，川、楚两处时有信息相通。三槐书札间早微露联络起事之意。无奈天德不欲胡为，只淡淡地付之一笑。

那文明闲谈之间，几次价进言挑拨，天德意不为动，只以寻常食客相待。文明因此郁郁，颇不自得。不多日狂态复作，使酒漫骂，看得天德教下人只如虫豸。他又不修边幅，有时节头面都不洗沐，往往对客大搔足垢，厌恶得天德教下人见了文明如见臭狗屎一般。不消说天德耳中谗言日至，然而文明却不觉得，便对天德献了一片计划，大概是劝天德乘白教之势，一面价招贤纳士，潜养实力，一面价联络川、鄂，以厚兵力。一旦有事，据关中之险，以向燕、洛，进退从容。大则以王，小则以霸。其中最惊人的是劝天德号召之始，传檄四方，以"排斥异族，光复汉土"为名义，如此则义正理顺，天下豪杰必能闻风响应。

当时天德听了，虽也觉得议论伟大，见解不俗，但是一来以为文明总是纸上谈兵，狂士之论；二来那时节的高天德不过是一意气男子，连倡教乱还意持冷静，如何会有排满革命的思想呢？当时天德未免向文明闹了"先生休矣"四个大字。

文明见这一瓢水泼在石头上，情知不入，便慨然拂袖而出。过了两天，瞅个冷子，偷了天德几锭金、一骑马，留书作别，径赴湖北襄阳见红英于道院之中。抵掌狂谈之下，只见红英俊眼儿只管瞟着他的狂态，咯咯而笑。文明始而还不解其意，过了几天，红英通不照面，便有人暗向他道："老实说，苟先生你不如别处去吧。你若想俺陈教主赏识，还须脱胎换骨，另长一副俊脸子来。"文明听了，便向那人一询红英的平日行为，不由拊掌大笑，于是径赴川中去谒三槐。

这一来魔星会合，两人接谈之下，真是相见恨晚。三槐自庆得人，便连日价大会教目，置酒饮宴。文明摄衣就座，慷慨大谈当世之务，真是条理井然，别有高见。众教目听了，无不佩服。

三槐大悦，便立命文明位次王树风之右，使参赞教事，日夜价指天画地，好不引重。如散金赂买阿弋色左右并赂通和珅等事，并聚众秘魔山许多的筹划准备，大半是文明的计策。及至三槐起事之后，攻掠各处也是文明划策居多。所以文明在川隐然是教中渠魁。

这时，文明却因贤相王杰当国，累次价上章论戡定教乱，真是老谋硕画，动合机宜。三槐的暗探报到川中，文明惊道："此老不除，咱们大事早晚必败！咱虽有章华在宫中挠惑皇帝，终不敌大臣累次进言。为今之计，须先除王杰哩！"于是将自己欲入京行刺之意一说。

三槐道："此计亦妙，却是苟兄不曾到过北京。刻下北方颇整理兵备，京营中更为认真。苟兄此行还须小心。抵京后，便可寓在章华那里，就和他斟酌行事。他累年价受咱们大金银，是不能不帮忙的。"

计议既定，所以文明慷慨北来。不想遇着个梁国安，竟自闹得败兴回川。这便是苟文明一段出身来历。

如今且说梁国安自侦逐刺客苟文明之后，不消几日，已然名动京师。杨遇春知得了，好不惊异，暗想国安竟有如此能为，并且他往时说起湖北陈二寡妇一班教匪，如何晓得那等详细？颇颇令人纳罕。想到此，正要抽暇去寻国安闲话，并细问侦逐苟文明的情形，恰好杨芳从西安任所寄来一封书信。

遇春拆看，是寒暄之外，便述些陕中教乱的情形，并自己屡遏贼锋的事儿。

书中所言陕中教乱甚为详尽，末后却说房势已在吾目中不足虑。刻下朝廷大开言路，吾兄救国有怀，正大丈夫驰骋功名之会，何不本弟所述陕中乱状上书当道，以纾匡时戡乱之伟略呢？

遇春正因教乱日甚，颇切杞忧，当时见书，不由怦然动念，便沉吟一番，姑且置下书札，去访国安。

两人晤面，遇春先询回侦逐苟文明的情形，不由称叹不置，便愤然道："教乱披猖一至于此！俺颇想上书当道以策时局。足下前者所言湖北教匪中情形甚为详尽，今俺又得陕西友人函述陕乱也颇切实。俺想便本此意，竟去上书，不知足下为何知得湖北匪状如此明白？"

国安听了，不由颜色惨变，痛泪直下，咯吧吧一握拳头，抵几道："杨爷莫惊，俺有锥心隐痛，既蒙见问，今日不得不说。杨爷你道俺梁国安是什么人？俺便是湖北白莲教首田红英家的一名仆人。"

遇春一听，惊得直立起来，道："你……"国安挥泪道："杨爷且坐，俺因为主复仇，家毁人亡，孑然一身，遁迹入京。此后杨爷倘去提兵剿贼，俺国安愿随马足，万死不辞！"说着虎目中滔滔泪落，一翻身拜倒在地。慌得遇春连忙扶起，便正襟危坐，听国安从头至尾说出一段为主复仇的原委，不由肃然起敬，道："足下义气如此，天下少有！可恨田红英竟如此淫悍凶狡。此等妖妇安可一刻留在光天化日之下？如此看来，俺上书策时一事竟不可再缓了。"

两人相与愤叹一番，遇春又想起冷田禄投身教匪，十分叹息，当时二人别过。这晚上遇春便在灯下提笔起草，准备上书于相国王杰。方写得一半儿，恰好逢春趸进，问知国安所言一段情形，不由大笑道："梁国安，好男子！可惜俺一向不曾和他谈谈天儿，这是怎么说呢！"说着，拔脚便走。遇春也没理会，直至写毕书，业已三鼓大后，当即安歇。

次晨起来，想和逢春斟酌上书之事，一寻他时，左右报道："二老爷昨夜出去，至今没回。"遇春方在纳罕，只听院中逢春大笑道："梁老哥，你再称俺二老爷咱两个须打一场了。俺只知你是好男子，谁管你仆人不仆人的！"说着，和国安携手趸入。遇春向国安问知所以，不由大笑。

原来逢春昨夜一径地跑去访国安，捶门如雷，势如劫盗，闹得张监外寓中厮仆皆惊。既而问知是逢春，方才放心。

当时逢春既晤国安，握手大笑，竟自先拜下去，道："不想北京这所在竟有梁兄这等人！可敬，可敬！"于是款坐快谈，细问红英那里许多事故。少时说到冷田禄，逢春唾道："俺早知此人大大不堪，所以俺两个从同学时彼此见了就和乌眼鸡似的哩。"两人谈叙投机，逢春索性不去，便和梁国安抵足而眠，所以这时双双趸来。

当时遇春取出缮写好的书来，大家同看。国安沉吟一回，忽叠起两个指头，说出一席话来。正是：

忠愤虽思通帝座，阻君无奈有藏仓。

欲知后事如何，且听下回分解。

第十四回

嘉庆帝诅魂斥佞
额经略奉诏督师

且说国安见那篇书条陈教乱情形并用兵之法，果然言言切实，但是其中有几句颂扬圣德中，含着请皇上远避幸佞人之意，国安便道："近来俺听张公公说起，章华的圣眷依然不衰。前些日曾有某大臣因奏对之间语及古来奸阉误国等事，皇帝道：'卿家所奏，虽是杜渐防微之意，但我朝定制，内监不得干预政事。即此一事，似乎还胜前古。'可见皇上不喜人说他宠幸阉人。如今书中似乎去掉'请皇上远避幸佞'的几句方好。便是王相国代奏此书，也不致或忤圣意。"

遇春听了，连连称是，便道："亏得你看得仔细，你索性将此书请张公公细看看。如还有可修改之处，咱一并修改，岂不更加妥当？"国安应诺，当即袖书别去。

看官，你道像遇春这等人物也去依附阉门吗？原来遇春看那张监实实的忠直贤明，并且凡太监性儿都好戴高帽儿，这一去请教他，很于自己事儿有益哩！

不提国安袖书去寻张监，且说遇春静候两日，不见国安到来，以为张监事忙，不暇看书，正要去访国安探探消息，只见逢春飞步跑来，道："大哥，今天有桩事儿快人得很！俺听得那章华忽失圣意，也不知为甚事，竟自遣戍黑龙江，着该地将军严加看管。今早业已押出京去咧。"

遇春骇然道："真有此事吗？却突兀得很。"逢春道："俺初闻也是不信，方才俺向章华外寓张张，果然被官中查封咧。"遇春听了方在猜测，人报国安到来，兄弟慌忙迎出。只见国安面有喜色，一见遇春，便笑道："如今事机顺得很，可巧奸人被斥，真是国家之福。张公公因连日圣怀不悦，不敢出宫。昨晚见了杨爷此书，不住地以手加额。如今书中稍为增减字句便可以用咧！"说着，相与入室落座。国安取书交与遇春。遇春细看增减的字句，十分佩服，这时知得章华果然被斥，大料张公公亦知其详，因向国安一叩其故。

国安低声道："章监得罪之故，其事甚秘，恐怕外间都不得知。昨晚张公公说起此事，切嘱俺不可外传哩！"逢春焦躁道："你快说吧。俺们只闭了这张嘴就是咧!"于是国安一笑,便述所以。

原来嘉庆皇帝深忧教乱,见三省中警报日至,急切间又没知兵重臣倚以办贼,只愁得他老人家在宫中长吁短叹。偏偏章华这厮想使宫人们惊惶搅乱,便时时价大造谣言,将白莲教中的种种邪术说得无奇不有。竟说教门中用邪法摆布人,不论千里万里,简直呼吸可通。顶厉害的是夜遣许多纸剪的恶鬼吸取生人的魂魄。那恶鬼又能变化,或化虫豸,或化风火,或化异样的光彩,任是铜墙铁壁也挡不住。

那教中还有一种诅咒之法是有密咒儿的。如要置这人于死地,便心中存想此人,精神贯注,一面价默诵密咒,不消持诵三次,此人必死无疑。如今京师中时时夜间惊扰,明早必哄传某某死掉,便是教中施展邪法的缘故。今宫中仗着主子的福大,一时间还不要紧,然而以后也难保种种邪术闹不到宫里来。

那章华诸如此类的言语散布宫中。你想宫人小监等都是年幼的娃子,哪里禁得恐吓,于是每到夜间互相自惊,以讹传讹,闹得满宫中很不成体统。有的说见墙脚下冒绿火的;有的说见个穿白、戴白的媳妇子哭着钻入某楼下的;偶然宫人等感冒不舒服,便说是被邪法压住魂咧。便这般的纷纷扰扰、大惊小怪,久而久之,闹得妃嫔皆惊。

满人的风俗本信跳神,宫中有一所在,那制度十分卑陋,便如三间五道庙一般。其中所供也不晓得是什么神道,名为"堂子",便是宫中跳神以魇褫眚之所。那堂子虽甚卑陋,却使历代皇上无不恪恭事孝,视为祭祀中的大典。每年腊底正初,两夜间皇帝还须偕同皇后亲自上祭。侑酒荐脯之后,帝后又须对着堂子席地而坐。皇帝击鼓,皇后按拍,合唱一支娱神之曲。

若说起这堂子的来头来却越发稀奇。相传满人未曾入主中夏时,有位皇后美艳无匹,只是性儿浮荡些,又好武事,兼嗜行围打猎。一日在满洲某地放围,山草中逸出只兔儿,皇后连射两箭不中,不由纵马赶去。转过一层小山峦儿,却见短林中转出一个少年壮士,结束劲健,手弓腰矢,觑得那兔儿正在风驰,只见他款扭狼腰,轻舒猿臂,拈弓搭箭,喝声:"着!"那兔儿应弦而倒。

皇后大悦,不由瓠齿粲然,一抖辔头,跑到少年跟前。只一看,不由一张樱口嘻开了再也合不来。原来那少年姣好精壮,可称男子中的尤物。

当时皇后问知他姓氏邦族,却是山东张姓,因避仇来至辽沈一带。这时皇后情不自禁,且喜扈从等都没赶到,于是下马来,系在短林,便和张姓携手,就那碧草深处两个厮并一会子。但见皇后哧哧地笑道:"好个张傝儿,俺须离不得你咧。"

须臾扈从都到,皇后便和张姓并骑而回。从此张傝儿大得宠幸。不久被满王子晓得咧,便定计设伏,命部下健儿将张傝儿拉煞于樽俎之间。但是为日不久，皇后便诞麟儿，头角堰然，好不歧嶷。后来此儿大将起来，便袭了满王的职位。以后满人日盛，在辽东便称大号。但是宫中忽有黑眚为祟，那位皇后更梦见张侉儿披发为厉，于是在宫中立了那堂子以妥其魂。历代虔祀无敢稍懈。

这段故事虽近齐东野人之语，然也许有些来历。因为满人入关称帝后，还有太后下嫁摄政王的秽史，何况为酋长部落时代，那淫乱等事自然在所难免的了。

当时妃嫔等吃不起朝夕惊吓，便有人将章华所造的一片谣言从容中奏知皇帝，请在堂子中跳神驱邪，并说得白教中诅咒摄魂之法血淋淋的十分厉害。意思是惊耸皇帝，好便跳神。

哪知皇帝悍不信这片话，倒因妃嫔等诅咒摄魂一句话引起自己所能的法术。原来北京中有处雍和宫，是西域喇嘛的庙院，驻京的喇嘛僧人都会法术，很有道行。国初时，曾有个章嘉和尚不但有神通，并且深通释理，词翰优长，如祈雨、禳灾等事都十分有验，所以当时皇帝甚为崇奉于他，有国师之号。此风相沿，历代皇帝都喜接近喇嘛，一来是喜问他的法术，二来是故崇其教，借以羁縻西藏。

嘉庆皇帝偏生好奇，所以从喇嘛僧学得诅咒生人之法。要说喇嘛的法术真有点儿传头儿，种种幻怪实有不可思议之妙。如役使鬼物、摄魂接体、化畜移疾等事，皆能有手到擒来之效。然而他却有一种秘咒，非其教中人，他是决不肯轻传的。所以嘉庆爷以皇帝之尊威从他学了一会子，只能得到些假咒儿。

当时皇帝不过是偶然高兴游戏，也不曾理论什么有效与否。这时因妃嫔一语却触动圣怀，暗想："三省教匪如此猖獗，我何妨用诅咒之法死其渠魁，其余丑众便不难一鼓荡平咧！"于是登时传旨，命在宫中静室整备坛坐并应用的香烛、法物等。

每当宫漏三下，他老人家便虔诚洁沐，登坛作法，佛儿似坛上一坐，便瞑目存想，口中念念有词。左右侍者除室外伺候的数名小监外，便是张、章二监。大家见皇帝法官似的装模作样，又是暗笑，又是暗叹。一连两夜，闹得皇帝神似失眠，十分劳碌。

张监便从容谏道："不意跳梁小丑便烦圣虑一至于此。还请皇上节惜精神，选贤命将，以张挞伐才是。至于这诅咒等事，有验与否殊未可知，并且阴气用事，殊非天子当阳者所宜哩！"

那章华在旁只微微含笑，一声不哼。皇帝道："朕这法术须七日后方能见效。汝等勿喧，且观后验。"章华趋近道："主上忧念天下，何等勤劳！休要说法力无边，便是这一念之诚，定能感格天心，立平祸乱。窃恐这里坛撤之日，便是贼渠授首之期哩！"

皇帝怫然道："多话，都与我退出去！"于是张、章二人叩首趋出，大家面面相觑而散。

从此皇帝每夜作法。到得第六夜上，皇帝诵咒越凶，垂眉合眼，真个全神贯注。这夜只有章华侍侧，瞧着皇上唇吻翕张，不由暗笑道："这老头儿捣的好鬼。这当儿，四川王三槐、陕西高天德都是白教中响当当的大头子，他心中存念的保管就是这两人。但是活跳跳的生人一顿咒就会咒煞吗？真也可笑得很！"想到这里，正在微微含笑，忽见皇帝龙目猛张，面有喜色，却向章华道："你笑的是什么？"

章华失口道："奴才这里笑王三槐、高天德两个教魁就要死掉，不禁替主子欢喜。"皇帝脸儿一沉，道："你怎知朕想的就是王三槐、高天德呢？"章华得意道："奴才是窥测圣意而得。"

这句话不打紧，皇帝登时震怒道："你这般窥测朕意，意欲何为？宫禁之间，岂可有你这佞阉！"于是立时斥退章华，明日旨下，贷死遣戍。张公公因此事所以两天没敢出宫。

国安说罢，遇春兄弟不由都额手相庆。国安道："事不宜迟，如今书既修改停当，杨爷便去上书，一定有好消息的。"说罢，告辞而出。遇春兄弟方踅回室中要缮写那书，只见国安又匆匆转来道："今还有个佳音，是皇上曾向张公公叹息道：'不想章华那厮为人如此佞伪，可见他曾说额勒登保自平苗后颇染暮气的话不足为信了。'当时张公公虽不敢掺言，却也据实将额公老当益壮的近状奏将上去，暗瞧皇上颜色，甚是欣然。倘真个起用额公，岂非大好消息吗？"

逢春噪道："快活，快活！真个额公起用，不消说，俺们平苗的一班人又要聚会在一块儿咧！别的先不用说，大家痛痛快快喝两场子也是好的。"国安叹道："小人忧患余生，也不指望什么功名，但能将来在杨爷部下剿除妖妇，为主复仇，于愿便足。"逢春笑道："你又来咧，你是小人，谁是大人呢？"于是国安一笑，匆匆踅去。这里遇春缮好那书，即便向王杰府中投递，请为代奏，这且慢表。

且说那老相国王杰忽闻得章华被斥，真是大奸忽去，如距斯脱。老头儿一片忧国忠心早又涌将上来。他留心教乱等事，各省疆吏所报的教乱情形他早札记了重要事体为一册子，这时便慨然想上道章奏，以策时务。只是官报中的话讳饰捏隐，如何能十分确切？老头儿这日在静室中把着小册子鼓捣了半天，拟成一道章奏。细一看所言教乱并平定之法，虽也条条有理，但因据官报所言细一按之，终觉没甚实在。正在沉吟不决的当儿，只见左右传进一通书疏，另有副启，是请相国代奏，启末是"京营副将杨遇春谨禀"数字。老头儿正在踌躇自己的章奏，因微笑姑置案上，依然一条条细审章奏。

俗语说得好：文字看三遍，疵累百出。当时他老人家竟越看越不得意起来，赌气子搁在一旁，饮了一杯茶，醒醒头脑，一眼望见遇春书疏，不由暗笑道："小小武员也来上书言时事，可见如今是言路大开。不晓得他胡说的是些什么。"因信手取过，逐字细看。

不看时万事全休，一看时，顷刻将个老头儿塑在那里，直至看毕，竟大悦而起，一言不发，便将自己那篇奏草登时毁掉。少时，坐下来重阅一遍，只喜得手舞足蹈，便一迭声价命左右快请遇春。不想遇春投书毕，早已踅回。王杰正想使人去传唤，只见左右递上今晨邸抄，道："如今额爷已蒙朝命为三省经略，督师去平教乱。相爷今天还去贺喜不呢？"王杰一听，不由哈哈大笑，接过邸抄一看，只喜得连连点头，略一沉吟，一面命外厢伺候舆马，一面揣起遇春那书，登时去拜贺额公。

两人相见，王杰致贺毕，寒温数语，便笑道："如今珠轩统兵出征，不消说是方略早定。但是如今有个上书的奇士，所言戡乱诸策真是深明大略。俺今将这篇书带了来，珠轩你且瞧瞧，以备采择。俺明天再代奏上去也不为迟。"说着，从怀中取出书来。

额公一面接一面笑道："俺近几年深居简出，不甚酬接人士。中堂素有人伦之鉴，既说是奇士，此人定然可观，却是哪个呢？"说着展开那书，从头细看。

老相国高兴到十二分，便如自家得了什么宝物要特地卖弄一般，一时忘其所以，竟哈着腰儿趋到额公身旁，向书上指点道："您看这两句说教乱多么透彻！"一会儿又道，"珠轩，你是名将，你看他这一段，说用兵攻剿等语多么痛快！"

额公念两句，他这里赞一声，少时竟大说大笑，口沫直溅到额公脸上。妙在额公也闹得神游象外，看到酣畅处竟自高声朗诵，音调铿锵，一壁价摇头晃脑。两个红顶珠差不多碰在一处，望得阶下侍仆无不含笑惊视。

少时，额公看到上书人的名字，不由大笑，猛然站起道："我道哪个奇士，原来却是他呀！"一声方尽，只听啪一声将相国官帽儿撞歪一边。这一下子不打紧，却连老相国的怯乡谈都喜出来咧！忙一整帽儿，大笑道："乐子这顶大帽戴了十来年咧！珠轩，你给我碰苏了，须赔我新的哩！"于是两人相与拊掌落座。

王杰便道："莫非珠轩晓得这个杨某吗？"额公掀髯道："此人往年时曾在俺部下平定苗疆，俺如何不晓得！"因将遇春平苗许多功绩一说。王杰听了越发欢喜，便忙忙揣起那书，别过额公。方在自家书房中略为歇息，只见梁国安踅进请安，并呈上张监一封书札。书中是详叙遇春上书之由，并言刻下佞人已去，正当乘势荐贤，但请放心代奏。俺在皇上跟前必能言语帮衬。王杰看了书札，方知国安还有如此的来历，不由称叹道："原来梁壮士你还有如此的义气！好，好！你等将来为国效力，也就可以复主仇了。你便回复张公公，请他多多费心吧。"于是国安退出，自去复命。

次日王杰入朝，即便代奏遇春那书。皇上阅毕，龙颜大悦，又加着相国力荐，并张监从中揄扬，简直水到渠成。不多两天，朝命下，命杨遇春参赞经略军事，着经略相机调用。

这消息一来，先将个杨逢春乐得不知怎样才好，恨不得马上出京前去杀贼。正在咧开大嘴合不来的当儿，只见左右趋进，呈上林樾的名刺道："现在此人在外求见。"遇春大悦，便同逢春倒屣出迎。方至院中，早望见林樾长袍缓带飘然而来。一见遇春，便笑道："恭喜，恭喜！如今杨兄福曜当头，将星光大，此后功名不可限量。看来贼不足平了。"说罢，彼此一揖，携手欢笑。

入室茶罢，寒温数语，遇春道："自那年与兄一面后，端的想煞人。林兄一向游迹何方，怎不早到此相聚呢？"林樾笑道："俺早就说过，聚散有定，迟早一刻都不得。俺以数推知杨兄风云气动，所以趋将来效指臂之助。今俺尘装甫卸，便来相访，请问杨兄近日一定有大好机遇吧？"遇春一述上书得意之事，林樾笑道："如何？数本如此，不足为异的。"遇春喜道："今林兄肯来相助，真个妙极，何不将行装搬将来，以便朝夕领教？"林樾摇手道："俺就寓在这条街某店中，好在咱大家不久出京，不必再搬来咧！"

两人这里只管谈得热闹，逢春一旁却暗想道："他这套鸟数门的话俺总不大信。安知他不是早到北京，听人传说俺大哥新得机遇，特来此捣鬼呢？有咧，俺到他寓中瞧瞧去便知分晓。"想罢，悄悄趋出，一径地跑向某店，便问道："此间有位林客人住在哪屋哇？"店人道："您问的是那位新来的林客人吗？他行装都没解，说是拜访京营中的杨老爷去。您不是杨二老爷吗？没见那林客人去吗？他就住在西厢房。"

逢春跑去就窗一张，果见件囫囵行装，尘土还没掸，置在榻上，不由吃惊道："好奇怪，他真个方才到京。"于是向店人道："今林客人住在俺营中，俺特来取他的行装。"店人笑道："小人给二老爷送去吧。"逢春道："不必咧！"说着进厢房，取了行装，一径趋回慢表。

且说遇春和林樾快谈良久，遇春道："林兄直怎的见外，何必自家住在客店，还是搬来为妙。"说着要命人去取行装。林樾笑道："既承见爱，俺便从命，但行装少刻就到。"正说着，逢春提了行李跑来，笑道："林兄不必客气，俺亲自取得你的行李来咧。"林樾大笑道："亏得俺敝装上行尘还在，不然俺就似说谎咧。须知此件敝装该足下去取，也是数应如此哩。"遇春问知逢春去觇窥之意，三人拊掌欢笑，于是命人安置行装，一面价置酒款待。

宾主落座，且谈且饮，说一回三省乱状，测一回额公怎的行军。唯有逢春更加高兴，一面连引巨觥，一面将杨芳诸人一一提起，说一人，便屈一指，末后举杯道："好快活，俺们这一班人不久又聚在一处，想一个也不会少的。"林樾忽微笑道："杨兄，你莫怪俺拦你高兴。这次平教乱人家都去得，唯有你

387

一时间怕去不得哩。"

这句话不打紧，不但逢春大诧，便连遇春也为停杯愕然，正要叩其所以，只听院中一阵步履响动，逢春眼快，向窗外一张，道："噫！张起来咧，怎的来势如此匆匆呢？"声尽处，仆人等引张起趱进。

这时遇春早已站将起来，先问过母亲、叔婶的安好，张起一面道好，一面叩见过，便忙忙一说来意。遇春兄弟大惊，道："原来竟有这等事！今老夫人抱病，究竟怎样？"遇春一面说，一面汗出满额。

张起道："主人勿惊，老夫人因吃惊悸，体微不安并思念主人，所以于爷和老主人命俺到此面禀一切，敢好请大爷回家望望。"遇春听了，便道："既如此，咱明日便行。"林樾在一旁，只目视逢春，微微含笑。逢春这时不暇理会，只气愤愤地道："什么鸟教匪便敢如此胡闹！那个苟由仁又是什么东西？也没见于爷，只管好的哪家子道，有事没事的只管去游山玩景。这件事若非霞姑赶得巧，还了得吗？"

正吵着，只见仆人进来，向遇春禀道："今额公那里差人来传唤主人商议出兵之事，说是不久就要请训出京咧。"遇春听了好不踌躇，因向林樾道："俺如今方寸已乱，怎的先回家省母方好？"林樾瞟着逢春笑道："杨兄，且去见过额公，再商行止不迟。"

不提遇春匆匆价整理衣冠去见额公，且说逢春正当高兴之下，忽听张起来报这件事，便仿佛以酒煞气一般，一面拉林樾痛饮，一面命张起细说青螺峪失险的细情。

看官，你道张起来报的是怎么回事呢？且待作者转笔，从叶倩霞处述起便知分晓。正是：

　　　　健仆报惊殊鹘突，侠姑拯难说根源。

欲知后事如何，且听下回分解。

第十五回

叶倩霞养志娱亲
滕若芬怀人寄札

且说叶倩霞自送若芬于归后，好不闷闷。偏搭着滕芳、滕荟为日不久也便各赴都司任所，只剩了父亲叶一清和自家做伴儿。老人家又好静坐，除有时讲论武功，连寻常出游都懒怠去。闲得个倩霞没着没落，有时向后湖中玩玩，又未免看了亭榭游舫想起若芬在家时两个同游的光景。

一个人儿愣一会子，只觉心上掉了什么，不由暗笑道："好没来由！人家业已风光美满作家去咧，俺这是发甚呆呢？也不知当初哪个汗邪的定的例，是个女儿价，必须去给人家做媳妇。"想到这里，看了满眼景物，不由微微吁口嫩气，便索性一连几月不出，只和小婢们扑跌耍子，或教给她们个四斗门，针黹之暇，便在宽院中嘻嘻哈哈打着玩。一清知得了，也不去理她。

一日倩霞闷甚，仍去湖边散步。方趸近水亭旁，望见夕阳明灭，回映得湖光树色十分有趣，只听一声欸乃，田苇港中摇出一只小船儿，上面一个年老渔翁，头戴箬笠，正背着脸，向舱篷上置那渔竿。

倩霞以为是村中老人，便叫道："你老人家钓得多少鱼呀？且渡俺到水亭上玩玩去。"只听那老渔翁笑道："你这妮子，连我都不认得咧！"说着一转脸，倩霞惊笑道："爹爹今天是怎么咧，也舍得离那间小屋咧？"一清一面微笑，一面撑船傍岸。倩霞不等船稳，两只小脚只一蹦，早跳上船，便夺过篙来，足一点，那船荡悠悠便奔水亭。

一清笑道："你这妮子只管慌花似的，难道将来到婆家也这样儿？"倩霞嗷起小嘴，道："爹爹还说哩，若不婆婆婆家的，俺若芬姑怎会跑掉呢？都是当初爹爹多事，瞎做媒，硬生生将俺个好伴儿闹跑咧！"一清听了，不由大笑。

少时，父女两人舣船登亭，只见暮色垂湖，烟波如画，许多水禽儿啁啾投巢。一清笑道："痴妮子，你看这禽鸟儿飞鸣半天，终要投个归宿处。俺好意与你若芬姑寻个归宿处，你却如何说俺多事呢？难道你这妮子将来就不……"

倩霞急道："爹爹还说哩，俺只跟爹爹一辈子。"一清笑道："若如此，俺却叫你累煞咧。俺在此做寓公，岂是长局？便是你这妮子就好在滕家庄厮靠一世吗？"倩霞听了，只有憨笑不语。

当时父女在亭上闲眺良久，方才撑船而回。原来这时一清看得世味雪淡，连一切武功都不理会，只有时徜徉于山水间罢了。过了些日子，滕蒙由川中趱回，倩霞问知若芬于归时许多情形，又是欢喜，又是想念，便索性放下心来，安居在村，和若芬时通书信，自不消说。后来闻得川中教乱大起，倩霞放心不下，便噪着想去望若芬，且喜为日不久，若芬有信来，说全家避乱青螺峪等事，并言于益安置得十分妥当，可以无虞，因此倩霞置下去望若芬的念头。

不久，闻得和珅被诛，喜得倩霞手舞足蹈，特特地向一清道："这老贼往年时若吃俺一剑剁杀，不省他祸害天下又这么些年吗？可惜他媚川楼中那颗宝珠定叫皇家收去咧。"

一清这时正在趺坐，只微笑张目道："你倒还记得旧事哩。"倩霞笑道："如今奸相被诛，皇上定要破格选贤，以平教乱，说不定俺杨叔叔等又要为国立功。爹爹听了，可知欢喜哩。"一清失笑道："这又干我甚事。"说罢，依然合目，闹得个倩霞愣着俊眼儿瞧了会子，自语道："你老人家不喜便罢，将来教匪们闹塌天，您想找块静坐的所在恐怕还没得哩。"说着，赌气子去望滕蒙。

只见滕蒙正接到若芬一封来信，便道："霞姑来得正好，你若芬姑书中问候你哩。"倩霞取书一看，只见末后有两句，说着于益近来越发好道，往往纵游山水，不问远近，或披览道书，有时节竟换道装，惹得施娘子往往没好气。倩霞不由笑道："他们老哥儿俩倒对了脾气咧。"因将方才一清冷静之状一说，招得滕蒙哈哈大笑。

两人又谈了一番遇春、滕芳等各处的近状，原来各处不断地有信函，情话之外，并略述所闻的近来教乱。滕蒙道："今奸相既诛，不久朝廷必有一番举措。头些日，你时斋叔来信，说川中已换新抚，有一位很有大名的刘青天业已起用。便是陕西也都另换大吏，并说你杨芳叔颇为本省抚军所倚重。如此看来，教乱还有戡定之望。但是，他信中又说刻下有个什么章华太监颇能蒙蔽圣聪。据这一节看来，朝中庶政恐一时还不能清明哩。"

倩霞懒懒地伸个腰儿，道："咱们长年价窝憋在家里，便如装在罐儿内，外边闹得这样天翻地覆，咱都不大晓得。咳！随他去吧。合该教匪们贼星发旺就是咧！俺这会子也不想去杀贼，俺只想看看俺若芬姑就心满意足咧！"说着，小眼皮一搭撒，眼角边竟湿淫淫的。

滕蒙恐她伤念，便道："霞姑，你往年平苗时识得那个冷田禄吗？"倩霞凝想道："怎么不识呢？此人自经略旋师时便一气跑掉咧。"滕蒙道："俺近来听人说起，湖北教匪中有一悍目也叫冷田禄，可不知是他不是？"倩霞惊道：

"巧咧就是他。那冷田禄两只眼睛便靠不住不做贼，可惜那一身好武功。便是俺时斋叔叔都佩服他的。"这一岔，才把倩霞的伤念岔过去咧。

从此倩霞依然伴父闲居，每听人说教乱并红英、三槐等种种淫杀情形，气得倩霞一张小脸儿白了又红、红了又白，累次价想赴川鄂刺杀他们，都被一清喝住。倩霞有时闷极，见父亲趺坐习静，神态恬适，以为是个好吃的果儿，便磨着一清教与她趺坐的门径。她略得大概，便喜得跳钻钻的，如法坐将上去。不想还没得一盏茶时，早已弄得面红耳热、心头乱跳，只得咯嘣声跳将下来，望了一清只管憨笑。

话休烦絮，转眼间三年有余，一个生龙活虎似的叶倩霞伴着个老头陀似的父亲，真将人家姑娘憋得蚰蜒似的。这期间左近豪侠子弟颇有烦媒来说娶倩霞的。哪知一清静极生慧，似能前知，都以为不是姻缘，概行谢绝。滕蒙曾从容潜窃，叩之所以，一清却笑而不语。

一日，倩霞向父亲闲谈一会子，信步趄向内院，听得后院中群婢一阵喧笑，便闻一婢拍手道："你也别说，凭小兰这副小模样儿，这么一打扮，倒怪招人的。"又一婢笑道："你这浪蹄子，摸不着朱砂，红土子也是好的。你看她怪招人的，快拉去做个小女婿子吧。"群婢听了，一齐大笑。

倩霞放轻脚儿由堂屋穿过，悄悄一张，只见群婢正在后院中晾衣服，各样衣服晾满一院。原来都是滕蒙兄弟所服之衣，短袄、长衫并夜行衣等等无所不有。那个小兰却穿起长衫马褂，头戴青缎便帽，正在院中大步价摇摆得起劲儿。

众婢围作一团，都眉欢眼笑。忽一眼望见倩霞，大家一闪，那小兰足下一蹋，仰八叉跌倒在地，百忙中要撑起来，不想那半尺莲船蹓了长楔儿，一骨碌又复跌倒。众婢大笑道："你这地梨子似的身量穿不起这衫儿。若是叶姑娘打扮起来，准比你洒脱好看哩。"

倩霞正无聊，便笑一笑，真个命小兰脱下，自家扎括起来。一挺纤腰，便见袍风倜傥，只在院中略一回旋，早已招得群婢目不转睛。有的咬着小指儿笑道："啊哟！若是叶姑娘是个男儿，可不快活煞了我哩！"小兰气不忿道："叶姑娘脚儿小，走起来没根柱，不像，不像！"一婢唾道："你的丫丫儿（谓脚也）却大，只好去砸地脚吧！"

众人听了，正在喧笑间，忽然个个绷起面孔，倩霞一望，却是滕蒙手持一封书信从容趄来。倩霞慌得揪掉帽儿，两只手方去揪拉衫儿，滕蒙已笑吟吟趄近面前，目视群婢道："你们倒会逗着叶姑娘玩哩！"说着举书信道，"如今你若芬姑请你到她家望望，你去不去呢？"

倩霞猛闻此语，早已绽破樱唇，也顾不得解长衫儿，便劈手抓过那信，一面价颠倒抽看，一面笑道："真的吗？您若哄俺，俺是不依的。"于是匆匆看过一遍，还怕不仔细，又看过一回。忽地蛾眉双展，笑逐颜开，一言不发，持书向外便走。滕蒙笑道:"你哪里去?"倩霞道:"俺就去禀明俺父亲,只明日即便登程。"

滕蒙笑道:"依我看,你去不成!那年时你潜赴苗疆,你父亲险些急坏。如今川中大乱,他哪肯放你去呢?你倒是与你若芬姑寄封回书是正经。"倩霞一面跑,一面道:"不,不!"那滕蒙匆匆中也便趱在她后面。

不表这里群婢一阵发愣,有人拐去一件长衫都不理会,且说倩霞和滕蒙先后趱进一清静室内,只见一清正坐在那里展阅一册古书,只管含笑沉吟。一见倩霞等进来,便随手将那书装入一只古锦囊内,置在道书堆中,意思十分珍重,然后笑向滕蒙让座。

这时倩霞憋了一肚子的高兴,本待一口说出,却又恐一下子碰了钉子,只一犹疑之间,登时小脸儿急得通红。没奈何,长袍摆荡地扑向前,劈头便道:"爹别只管吞吞吐吐,您到底叫俺去不去呢?"说着,笑吟吟却蹙着眉头,手持那封书,一直地举到一清胡儿边。

这一来招得滕蒙大笑道:"你父亲还没见此信哩,你这个囫囵枣不把人闹糊涂了吗?"于是替倩霞一说来意。

这时,倩霞黑漆漆俊眼儿全副精神都注在父亲面上。只见老头儿并无怫然之色,一面听滕蒙说话,一面抽书念道:

> 倩姑妆次,别久念深,笔莫能述。数于家兄来函中,得悉侍祉绥吉,为慰无量。想清娥之逴,劳念远人;而远人相思,与日俱积,此情正相同耳!前者移居青螺峪避地以来,一切安善,唯日念吾倩姑不置。吾娣妥姑念及倩姑周旋渠于患难间,乃至涕零。今者蜀中虽乱,然山中日月犹然太古。近者新抚颜敏政莅任,一意振刷,庶改一新,经武整军,亦有方略,数挫贼锋,遏其冲突之势,与刘公清可谓两贤相济。唯吾人迢递相思,殊萦梦毂,倩姑而寻常女子也,则亦已耳;不然,何弗抚剑南游,以豁奇抱!而吾人得握手一笑,不宁佳耶!临书怅惘,不尽所怀,幸禀堂上,以决此行。即颂:
>
> 侍祺
>
> 若芬敛衽

当时,一清含笑念罢,倩霞一团眼光也便收转。正在俊睫乱挤、唇儿微颤的当儿,一清却道:"若妹真个多情,竟忘不掉这个疯妮子,但是……"倩霞急道:"去,去!"一清笑道:"痴丫头,哪个还抢了你的去不成!但是你这一去……"倩霞急道:"怎么呀?"一清瞟着那古锦囊,点点头儿,转笑道:"你再抢话说!我是嘱咐你,这一去须要小心,不但路上须小心,以后到了人家更须小心。再要疯丫头似的,我也管不了许多咧!"

倩霞出其不意，不想老头儿今天如此作美，只喜得一扭脖儿，道："叔叔听听，人家那里也不属外，是若姑姑俺不认得，是妥姑姑俺不认得呢？真个的咧，俺给妥姑姑保了一回媒，如今到她家，她就笑俺不成？俺小心的是什么？巧咧她还须结结实实应酬俺一下子哩！"

滕蒙听了，不由大笑。倩霞道："事不宜迟，俺早去一刻，也省得人家盼望。今天是晚些咧，就是明日动身吧。"因向一清道，"爹爹有甚话，就此吩咐吧。"说着，在榻畔椅儿上起来坐下乱成一片，荡得两只耳环闪闪灼灼。

一清笑道："咳！你既这等忙，就随你去。俺本想留你几天，赶空儿再教你两路剑法，以后俺便懒怠谈武事咧，如今却不必咧！"倩霞手挈袍襟，正要跑去收拾行李，一听此话，登时扑嗒声又坐在那里，便道："爹爹既还有剑法教俺，俺为甚明日去呢？不去，不去。"说着一跃而起。

一清见状，只管微笑点头，便不慌不忙说出一席话来。正是：

　　但见痴儿逞豪兴，谁知老子有深情。

欲知后事如何，且听下回分解。

第十六回

怜娇女临别赐奇书
救同舟截江诛教匪

　　且说一清微笑点头，对滕蒙道："你看这妮子还孩子似的憨嬉，就要自家出门，真怎么好！这件长袍儿又是怎么档子事呢？"滕、叶两人一听，这才都悟会过来，不由都拊掌大笑。滕蒙道："连俺也吃霞姑闹昏咧！"因将群婢顽皮之事一说。

　　倩霞眼珠一转，却笑道："将来俺出门时就这样打扮，倒也煞好儿的，一路上且是方便许多。"一清攒眉道："由你，由你！我说过的，管不得许多咧。我也不多留你，只留你三四天，传你两路剑法就是咧。"倩霞大悦，恨不得磨着老头儿立时就教她。当时只得拖着袍儿出来，前去换衣。

　　这里一清又将若芬书信看过一遍，随口道："时斋近来有信吗？如今朝政大有转治之机，看来时斋等又不患寂寞了。"滕蒙道："是的，时斋头些日还有信来，说这个四川总督颜敏政便是皇上破格简用的。其人才具优长，确是个稳练知兵的大员，并说他入川之初只带几名勇健标弁，直入秘魔山匪巢，盛宣朝廷威德，想要抚散其众。王三槐那等凶顽却慑于颜公的词气，竟伏不敢动哩！"两人谈了半晌，也便各散。

　　倩霞从这日起便奶干似的不离她父亲，不消说心头小把儿乱挠怅惗着什么剑术。哪知一清一字不提，只妈妈子似的教训她许多作家成人的话，听得倩霞好不厌烦。堪堪三日已过，倩霞也不敢便定行期。

　　这日晚上，父女俩谈了一回，倩霞委实耐不得咧，便道："你老人家说是还传俺剑术，毕竟几时才教俺哪？"一清失笑道："我之所能你已尽能，哪里还有什么剑术？但是俺有一件宝物，比寻常剑术更强得多，可就是不遇识者便同废物。我儿此去远游，江河间尽有异人，可便携此宝物去，随机缘访求识者。但一遇识者，也就是你终身姻缘所在了。"

　　倩霞一听，好不惊愕。便见一清由道书堆中提起那只古锦囊，恭而且敬地从囊中取出一卷书，置在案上，然后命倩霞起立，指给她看道："此书名《说剑寻源》，便是俺先师亲手所书赐予俺的。书中所言的剑术便是先师生平本领。但俺所得不过十之六七，便是俺传你的种种剑术了。其余造极的工诣

394

能归于剑气合一，如古剑仙。俺今无意用世，我儿可便携此书去，倘遇识者，也了俺一桩心愿。"说罢，将那书揭开来。

倩霞这时猛见奇书，又听说什么剑气合一如古剑仙，只喜得心头奇痒，哪里还理会到一清情词有异，便电也似眼光射向书篇。叫声苦，不知高低，只见书篇上都画满了符篆似的古怪字儿。望了半晌，一个也识不得，不由嗒然败兴，道："要识得这字儿，除非去寻仓颉老头儿去。这稀稀罕儿爹留着玩吧，俺不要它。也没见爹爹的老师就这样古怪，画出这等字儿！"

一清道："俺先师多读古书，所以用这异字，以见剑术全功不可轻泄的意思，你且好好收起，将来怕不有用！"说罢，将书入囊，付与倩霞，道，"你既要去，就是后日起行吧。"

当晚，父女又谈了会子，各自安歇，一宿无话。次日，滕蒙知得倩霞要去，便一面置酒饯行，并给她准备行装，一面给若芬写了家信交与她。

倩霞真个的改作男装，对镜一照，好一个英俊少年，自己倒笑得什么似的，只是下面这一拧拧脚儿没作理会处。亏得群婢们会想法儿，便拣了双小小靴儿，内衬絮布，给倩霞套在纤足上，踅了两步，甚是大样。

大家正在嬉笑，一婢拍手道："姑娘耳环虽去掉，还有耳孔哩。"说着，拈块瓯粉与倩霞涂严。倩霞索性端坐下，道："你们人多眼多，细看看，可还有什么破绽？"众人笑道："没得咧，绝好一个俊娃娃，便是招驸马去也使得咧！"

倩霞大悦，于是站起来，放重语音道："劳驾，劳驾！待小生谢谢诸位姊姊。"说罢，一捏两袖便是一个万福。这一来招得群婢哄堂大笑。不想滕蒙一脚踏进，便笑道："霞姑须切记着，道路上不可大意露了马脚。如今不必再换装，先演习一日吧。再者你的行装俺已检点停当，你看看，可还少什么不呢？此间有的是马，你自家挑选吧。"于是和倩霞直奔前厅。

倩霞方一迈步，一个小婢道："姑娘仔细走，乍穿大靴儿，须不得力。"说着，一同跟去。倩霞一望许多行李大包小裹，还未及言语，那小婢却噪道："哟，这些个行李，若再加上乘花花轿，姑娘就像是出阁去哩。"倩霞唾道："呸！你就不会叫俺声相公！"因向滕蒙道，"这些行李俺一概不用，只随身衣服并袱被已足。马更不用，没的一路上倒累人。况且这路行程水陆都有，俺只沿途盘短雇脚，有时节步行一程更为自在哩。"滕蒙强她不得，只得由她。

当晚和倩霞父女谈了一回，滕蒙忽想起于益来，也便作了一封书札交给倩霞。一清这时也没什么话嘱咐的。及至夜深，各自安置。倩霞歪在榻上，只是睡不去，总觉着父亲还该有话说似的，便重新爬起来，踅入一清室中。只见一清尚在趺坐，见倩霞进来，便笑道："我儿还没睡吗？明天咱们还可以谈一霎儿哩。"倩霞听了，不知怎的，只觉心头震荡，便道："爹也该安息咧。孩儿此去，不久便回。"

一清笑道："由你，由你。"倩霞愣了会子，倒也没甚说得，便爬上榻去，与一清展开卧具，逡巡退出。这次歪在榻上，倒一觉好睡。

次晨起来，群婢服侍梳洗毕，用过早饭，一清、滕蒙又嘱咐许多言语。倩霞这时结束停当，掖起袍襟，佩了南精剑，背了小小包裹，忍着笑儿，向一清、滕蒙唱个大喏，大叉步向外便走，招得左右婢仆们无不含笑，于是一行人送出庄来。一清只道得一声："我儿珍重!"只见行尘起处，倩霞脚步儿好不飞快。

大家凝望一霎儿，直至倩霞身影没入远林，方才趑趄转。

不提一清等自行回庄，且说倩霞久困索居闷在庄儿内，一旦远游，真好比羁鸟出笼。望望平阳大道，天空地迥，好不心旷神怡，不由精神百倍，一气儿便厮赶了二十余里。只见大道上行客纷纷，或骑或步，此来彼往，还夹着些脚驴子、独轮车，吆吆喝喝，吱吱扭扭。那驴夫绾着鬃儿，一掉短鞭，声如霹雳；车夫是晃动一张大屁股，随那车势高高下下的只管推。

倩霞望得有趣，暗想道："这种车子人呼为'一轮明月'，名儿好听，坐上去也必舒服。"沉吟之间，趑进一处村头热茶棚儿，倩霞随便坐在只脚凳上，就卖茶的老妈妈子要了一碗茶喝着，便道："妈妈，俺要雇辆小车儿赶前面的站道，此间有放车的吗?"

老妈妈揉着眼道："客官若雇车，巧极咧，俺家便有。"因拉开破锣嗓子道，"大小子呀，有人讲买卖来咧!"便听得有妇人没好气道："你还不快去，老厌物又在那里叫魂咧!"声尽处，由草屋内跑出个闷浑浑的笨汉，一望倩霞道："客官敢是雇车吗? 是一座是双座呢?"

倩霞道："只俺一个人儿。"笨汉道："如此，却须多破费客官些。您不晓得，独座儿是偏膀吃力，累得凶哩。您到前站去，俺也不要谎价儿，干脆两挂子溜干褚吧!"

这一褚不打紧，竟将个绝世聪明的倩姑娘给怔住咧，便道："此话怎讲呢?"笨汉道："原来客官没出过门呀! 两挂子溜干褚就是两吊老钱。"倩霞道："依你，依你! 只要你车子推快些。"笨汉道："您赗好了吧，俺是有名的孝子刘飞腿哩。"说着，转身去推车。

倩霞笑道："刘大哥，我来问你，你是孝子，好极咧，这位妈妈想是令堂，真好福气。但是方才喊老厌物的是你什么人呢?"笨汉红着脸儿道："见笑得紧，那就是俺家里的。"

正说着，草屋布帘一晃，先迈出只鲇鱼大脚，随即趑出个丑八怪似的中年妇人，一双锁红线的烂眼先盯住了倩霞，却喝笨汉道："你这王八，天生的是死肉! 这收拾车子的当儿就不会让人家客人进屋来坐坐?"倩霞忙道："不须咧。"

那妇人更不客气，趑近倩霞，只管端详，一面笑道："你这位客官大闺女似的嫩面皮，单身出门不发恐吗？俺当家的也出远车子，叫他送你到地头儿不好吗？"说着，一只粗手便来牵拉。倩霞赶忙躲开，仔细一想，不由暗笑道："这丑妇人管保不是正经货。"

正这当儿，笨汉已将车儿推在大道旁，一面价套绊上把，一面叫道："客官把行装置在一边，便请上车吧。"说罢，瞅瞅日影，道，"今天日头爷到不了地，咱就到前站咧。"这里倩霞开过茶钱，方才一笑上车。

那妇人却赶来向笨汉道："你得了车价，别自己花掉了，忘了老娘。前站王回回家煮的好黄牛肉，你带点儿来也是个人心儿。"笨汉道："就是吧。"说着，单膀略歪，推车便走。

倩霞笑道："刘大哥真是孝子，你看你家里的也这般惦记老娘。"笨汉含糊应一声，便一面走，一面和倩霞搭趁闲谈。

俗语说得好：车船店脚牙，无罪就该杀！倩霞虽不比永不出门的大妞妞，但是行路上的经验是不晓得许多的。不消几句攀谈，早已被车夫看出是生虎儿咧。于是一路上来启发连闹猴儿，不是绊断咧，便是把扭咧，只走得六七里远近，逢着热食棚儿，必要停车大嚼一阵，牛皮似的单饼蘸着大蒜、盐水，就吃了个舐嘴抹舌。

倩霞暗诧他消化得凶，哪知他时时地去出恭，便如直肠子狗一般。更讨厌的是一上把便犯食困，那车儿似行不行，有时竟停，回头望望他，却合了眼子迈鸭子步儿。

独轮车儿本是越快越稳，这么一来，直颠得倩霞东倒西歪、前仰后合。只趷得三四十里，业已闹得腰胯生痛，真将倩霞怄得火气腾腾。恰好行经一处偏坡棱儿，倩霞不管好歹，猛然跳下。车夫不提防，车歪绊扭，一兜后脖颈，扑哧声闹了个嘴啃地，于是爬起来，噪道："客人这是玩的吗？若扭了胯骨，是一辈子残疾。老实说，您不加大酒钱，前站俺不去咧！"倩霞恨道："哪个要你去？"说着，由车上取了行李。笨汉只当客人要不给车价，便索性卧在车旁大叫大闹。

正这当儿趷过一帮行客问知所以，便劝倩霞给了他车价。其中一个老客人笑向倩霞道："客官是初次出门吧，如何雇刘孝子的车？俺是他左近村的人，很知他底细。他有个老娘却不错，就是一天价挨半天的饿。他故意怄烦客人，不省得他送到前站吗？"

倩霞一听，这才知行路上竟有许多的过结儿。于是向众一拱而别，拔步前进。这一来好不舒畅，到得前站，不过日色方落。当晚宿在客店内，饭罢便睡。一夜价梦魂颠倒，还似在滕家庄一般地和群婢玩耍，蒙眬中唤道："小兰呀，你且打盆水来。"只听窗外店伙道："客官醒了吗？脸水就得。惭愧！俺叫老黄，不叫什么小兰哩。"

倩霞睁眼一望，业已天光大亮，不由暗笑道："可见凡天下事，矫揉造作总不近自然的。"于是披衣坐起，先将靴儿收拾好了，然后结带下榻，匆匆启门。结束毕，开过店钱，即便登程。

话休烦絮，从此倩霞一路上饥餐渴饮，晓行夜宿，或步行，或雇脚，都无话讲。一入湖北地面便趁江船前进。只是湖北这当儿教匪遍地，难民载途，沿江所见那一番流亡景象，好不伤心惨目。原来这时红英已占据了襄阳，声势越大。手下大教目如冷田禄等都率队剽掠，飘忽无常。当地官军只拿定了送贼的老主意，名说是追击，却是贼过去，他们去刷二岔。当时百姓不死于匪便死于兵，真是里落为墟，千家野哭。

倩霞一路上所见所闻，只好抚了那把南精剑付之长啸。几次价听船客们说起红英等种种凶淫来，真是匪夷所思。倩霞有时气极，竟想暂不赴蜀，趁便儿设法去刺红英。无奈又想若芬，恨不得顷刻晤面，只得忍气顺流而下。

这当儿，民船行走谈何容易！水路上不是官军的游弋船只，便是教匪们大帮的船只。其中子女金资都掠载得满满的，民船望见影儿先须赶紧躲避。饶是如此，江中民船还往往被捉。因此虽遇顺风，那船儿未免时时耽搁。闹得倩霞在船上好不气闷，未免有些坐立不安，在舱内外跑出跑入。有时拂拭南精剑，或跳到船面上起舞一回。便有船客发话道："你这位少爷莫怪我说，这样荒乱年景，行路的勾当，端须安靖才是。咱们躲匪船还躲不迭，没的倒去招风惹草。你拿刀动剑的，既没本领，倒惹匪船注目。倘大家跟你吃讹误还了得吗！"

倩霞笑道："匪船若来，算他是该晦气咧，俺叫他都是死。"众船客越发不悦，道："年轻人儿总要听人话，识道理，休说这等半吊子的话。"倩霞听了付之一笑。

可巧这天日平西时，有只匪船从岔道一径追来。吓得船家并客人们只是乱抖乱喊。便见匪船上四五名白衣教匪持刀大叫道："牛子们哪里走！"说话之间，两船相距只有两丈来远。

众船客大骇之间，便见自家船卜白森森飞起一道毫光，闪电般直奔匪船。但见众匪喊一声，持刀乱舞。那毫光飞射游走，不消半盏茶时，众匪徒次第价尸横血溅，突地毫光一敛，现出一人，仗剑大笑。众客急望时，就是那不听人话的讨厌少年。于是众客大惊，忙并船一处，纷纷拜谢。

倩霞道："不必如此，咱须发付这只匪船。"这时匪船上水手并被掠的难民等早已一齐罗拜。倩霞一一问过，方知也是客船被掳。众人便道："此间不知属哪县该管，咱还须报官才是。"

只见倩霞扬眉一笑，一手按剑，说出一席话来。正是：

屠龙未试惊人手，抟兔先骇旅客心。

欲知后事如何，且听下集分解。

第 五 集

第一回

小侠女蜀途叹乱象
黄芦坡村店泄奸谋

　　且说倩霞一手按剑，对众人笑道："此等教匪杀掉便罢，何须去报官耽搁行程。"于是指挥众人一一将匪尸投向江中。众难民重新叩谢救命之恩，便叩姓氏。

　　倩霞道："奴……小可姓叶。咱们同行相救，不算什么。莫非这帮匪徒便是什么陈二寡妇手下的吗？"

　　众难民抹泪道："好叫恩公得知，这帮匪徒却是大悍目冷田禄手下的，专以派出来劫虏美貌妇女。便是俺们同舟客中也有几个娘儿们都被匪徒用别船载得去咧。如今冷田禄和陈二寡妇正是一对儿淫魔，一个是搜掠美女，一个是专劫美男。前些日，两人因事口角，几乎火杂杂地厮并起来。亏得有个柳方中从中调和，方才罢手。"说着，一望倩霞面孔道，"恩公虽然英雄，此去前途若经过陈二寡妇的汛地时端须小心一二。"倩霞一听，不由梨窝一动，哈哈一笑，即挥退众客，两下里各自开船。这时本船上众客再也不敢向倩霞发话咧，一路上奉若神明，倒闹得倩霞无可无不可。

　　过了两天，果然经过红英汛地，倩霞却不晓得。忽见众客一个个蓬头垢面，其中年轻漂亮些的还将灰尘涂面，都一个个蒙头缩脚，连大气儿都不敢出。有的望着倩霞道："恩公快别向船面上张望咧，等俺们遮住你，你便藏向舱内吧。"倩霞问其所以，方知已经过红英汛地，众客们怕被掳去当男妾。

　　倩霞见状，暗暗好笑。众客们哪知就里，只管将红英许多的淫纵凶残事互谈起来。你想倩霞干净耳朵内如何听得惯这些烂污事？不由暗暗切齿道："可恨女子中竟有这等妖物！俺如今恰扮男子，天幸她的手下人若撞将来，俺便将计就计由他抢去，见那红英。且待俺戏耍她一番，然后刺杀她，方才痛快。"想到这里，侠气勃然，不但不藏伏，反倒结束得十分整齐，洗抹得一张俊脸儿红里透白白里套红，只在船面摇摇摆摆。

　　哪知天下事就是撤纽扣儿多，越想等教匪撞了来他越不来咧。不知不觉，轻舟直下，早已过了红英汛地。直至宜昌地面，大家下船，众船客向倩霞千恩万谢，分途各散。这里倩霞也便另搭了赴蜀船只匆匆前进。

一路上山迎水送，说不尽那蜀中江山风景之美，最名胜的是巫山神女祠、武侯兵书峡等处。倩霞对景生情，不由添些女英雄之感。船中寂闷，除浏览风景，便是那册《说剑寻源》翻来覆去地展玩。无奈一字不识，也只得依然收起。但是一入蜀界，舟人相语，却又把王三槐怎的披猖做了谈柄，并言悍三娘雄踞重庆怎样了得。还有说川督颜敏政自蒙皇上破格简用到任以来种种善政的。

　　一个客人便道："俺听说这位颜公还是皇上在潜邸时的故交儿，所以才破格简用。"一人笑道："你这话也沾谱儿，却还不尽然。俺听说是皇上没登大宝时，曾私行于某戏园中，和颜敏政邂逅相遇，一言投合，便识得他是一个忠鲠才干的人员，自那时便已简在帝心哩。如今颜公和刘青天真是一对儿爱才如命。俺听说前几月里，刘青天曾遣人到重庆地面什么腾蛟村中访问他的什么朋友杨姓、于姓，意思是请他朋友来相助破贼哩。"

　　倩霞听了，登时心中一动，忙拱手道："你可知他的朋友被他请去了吗？"那人摇手道："不曾哩。人家杨姓两位都在北京京营中有职分；于姓虽然家居，却恰巧出门游山玩水去咧。还有人说于姓秉性高超，故意地推托不出。依我看，如今世界哪里有这种高人，现放着有人提拔功名之路可奔，为什么给脸不要甩大鞋玩呢？难道怕富贵咬手不成！若是俺有这等阔朋友来招呼，早狗颠似的跑去咧。"

　　倩霞听了不由一笑。又听众客们互说蜀乱光景，甚是放心不下，恨不得一步踏到青螺峪看看若芬。哪知心下越忙，越有耽搁。因这时江中行旅时时戒备，处处须躲避匪船，一路上迂回瞭探，未免迟延，往往躲向僻静处，一伏便是一两日，将个倩霞急得火冒钻天。好容易趱过贼汛，江山开处，又是望不尽的重重险滩，白浪掀天，声为牛吼。但见：

　　　　平铺白浪，立竦青峰。沙涌层层，石排簇簇。跳珠溅至，俨为滚釜翻花；牛吼雷鸣，说甚品梁悬瀑！怪石争雄，急流中密排剑戟；旋涡竟绕，激水中陷阱参差。舵头偶误，一命如丝；纤唱齐呼，众夫伏地。
　　　　正是：黄河孟门无此险，鬼母惶恐说滩名。

　　倩霞一望那滩，极目不尽，但见前行的船只水手们都跳上岸去，恨不得将颗头扎在地下，拼命地拉纤。使出九牛二虎的气力，方才进得寸步。倩霞暗忖如此走法却不是自寻苦恼吗？恰好船住滩口，忙着整治牲酒祭祀滩神。倩霞便开发自己的船资，负装佩剑就要下船，改由旱路。

　　众客都劝道："如今旱路上盗匪出没，更是难走，你这位小客官大闺女似的文弱，一个人儿去走旱路，还不如咱大家伙儿仗些胆哩。"倩霞笑道："多承诸位好意，但是俺有宝剑防身，怕他怎的？"说罢，也不唤船家搭跳板，竟自一跃上岸，便奔旱路。望得众客都愣着眼儿，有的便道："还是少年人胆气壮。"有的便道："俺看这小客官是生虎儿，不知走路的险难。"更有笑的道："俺看他倒是打算盘的好手，如今祭神的小起发儿他便省下咧。小小年纪如此心计，将来怕不成了老油子吗？"

不提众客凭着自己笨眼儿胡乱言语，且说倩霞改由旱路，行止任意，好不舒畅。一路上或盘脚，或步行，无非是"晓行夜宿，饥餐渴饮"八个大字。所经之处大半是闾里萧条。问将起来，都是教匪们分头扰乱，万民遭劫。倩霞见状，好不感叹。

这日行经一处村店，胡乱吃些熟食，饮茶歇息。那店家是个老婆儿，十分和气，倩霞随口道："妈妈上姓哪？你这里生意还好吗？"

店婆道："俺姓何，只孤身一口，胡乱开小店度日。不瞒客官说，俺这里叫黄芦坡，虽是小所在，却是通成都、重庆的一条僻道。往年太平时生意很不坏，前途三十多里便是喜缘镇。住在镇上的老客们若到此，正是一个茶尖，所以俺生意甚好。如今却没法说咧，被那王三槐杀千刀的闹得路净人稀。这还不算数，更可恨的是本地坏蛋们欺负老身孤单，往往撞了来白吃白喝，外带着吹胡子瞪眼。俺没法缠他们，只得耐了性儿受，便是这般苦楚哩。"

倩霞道："此地距重庆多远呢？"店婆道："敢好还有四五日的路程，距成都倒还远些。客官若由前面喜缘镇赴重庆还不打紧，若赴成都，却须一路小心。因那条僻道上没得什么大店道，孤身客人落在山村野店中却不可大意哩。"倩霞笑道："小可是赴重庆去的。"店婆道："如此却好。"因望望日影，道，"如今天气还早，客官要歇息歇息，俺这里也有清净所在。"倩霞因贪赶路程，虽然觉累，还不怎样，就是两只小脚在大靴儿内跑了半日，须要重新整理咧。于是趁势跟那店婆趱入后墙一处草房内，外有槿篱，篱外便是堆积柴粪之所，虽有些秽气发越，然而却颇为清净。

店婆趱去后，这里倩霞赶忙溜溜瞅瞅地跑向柴堆后蹲了一霎，然后趱回草房，一面价脱了靴儿束袜莲钩，一面瞧看房内，木几木榻，布衾大枕，倒也十分干净。近面墙上挂着一幅《风尘三侠图》，只是那李靖画得十分文弱，便如《西厢记》里张生一般。两旁配一副对联，是：

百年佳偶从今定，千里姻缘一线牵。

那红纸颜色全然脱落，就如墙壁一般的黑，少说着也有三四十年光景。细看上下款，还有"某兄何先生合卺之喜"，并"友人某某拜贺"等字样。

倩霞不由怊惆道："看此光景，这屋儿就许是店婆当年的新房。她如此款待俺，倒要多把与她些茶资哩。"正在暗笑，只听院内有人粗声暴气地喊道：

"喂，老何呀！咱们今天是简急麻利，快快来两壶老白干、一盘炒鸡蛋，外带着硬面大饼。俺们受用了还有要紧公干哩！"

便听得店婆长出一口气道："你哥儿俩真是捎着大刀闯孤贫院，专以苦害穷人。你怎单看中了俺这块土地了呢？你们赊了多少账都记在瓢把儿上，如今却又来寻人晦气。"

倩霞由高窗上隙缝望去，只见院中站定两个短衣男子，一个是白尪子脸，生得獐头鼠目；一个是短髯如猬，双睛暴叠，腰中还掖着赶驴驮的短鞭，正向着店婆嬉皮笑脸。

店婆一张拉拉脸子苦得要滴水，两人只如不见。白尪子笑道："老何呀，你赶快整治酒饭是正经。俺这账是皮拉好户，并且方才在喜缘镇上揽了一桩好生意，说不定便发大财抖将起来，大爷们一总还账，由你算利钱如何？"

短髯的道："李大哥，你要来废话，老何她敢不整治酒饭，俺马上便按倒她那么一下子。俺可是老嫩不拘、生冷不忌。"说着，笑嘻嘻凑到店婆跟前，冷不防向干瘪腮帮上一搣大指便是个响萝卜。店婆唾道："汗邪的，老娘晦气，算撞着饿鬼，该舍食就是咧！"

白尪子道："俺且问你，苗老九这两天从这里过来吗？"店婆道："不曾见。"于是两人相视，一阵子挤眉弄眼，便噪道："如此快来酒饭，俺还须赶赴十里墩抓他去哩。"店婆道："你们猴急样儿，敢是报热丧去吗？"白尪子道："你不晓得，俺们在喜缘镇上人和店中揽了一宗财神爷的阔买卖，须得苗老九帮同俺去哩！"店婆唾道："没的扯淡，阔买卖便罢，如何还财神呢？"白尪子吐舌道："说起俺这客人来，吓你个仰八叉！你当是哪个？就是颜敏政颜大人的公子，前赴成都看望他老子哩。"

倩霞听了，不由倾耳，便听店婆道："你扯谎也不沾谱儿！颜大人既做四川总督，他公子来省亲，自然是仆从轿马一塌糊涂，所过地面还少了办差的吗？用你这驴驮子，可不是笑话哩！"

白尪子道："你懂得什么！凡做大员大位的人，都比人心眼多八十个。颜大人一来想落好名声，显他清俭；二来这种荒乱年景，他岂肯叫他公子一路铺排招盗贼的耳目？所以只命一个老仆人服侍公子轻装就道，一路上随便雇脚到得喜缘镇。"说着一挤眼道，"但是俺们是干什么的呀，他行装内的金银财宝还会瞒得过俺吗！你说是财神爷不是呢？"

店婆冷笑道："好嘛！你别只管吵财神，你可知头顶上还有个天爷爷。他老人家不叫你发财，那横财还许咬手哩！"说罢，恨恨地趸向门灶去治酒饭。两个男子也便趸入厢房中，一会儿低低密语，一会儿嘻嘻哈哈，甚是得意。倩霞也没在意，依然歪在榻上略为歇息，却听得那店婆往来唠叨并两男子咽哺饮啜之声。

倩霞心思一倦，略为盹睡，猛然醒来，业已日色将午，方站起来，整整行装，要喊店婆开发店钱，只听篱外脚步走动，那白尪子道："喂！许三哥，咱且到这老新房中闹一觉儿再去寻苗九吧。"

短髯的道："你别没紧没慢，咱快倒净了脏，干正经的去吧！"白尪子道："咱们这泡肥粪白撂给她却有些不合算。"短髯的道："你真罢了，你要不发财，真得说是怨命。反正这肥粪是人家店婆出的本，撂给她也显得咱不是白吃白喝的朋友。"

两人胡噪着，一路踢踏便奔柴堆之后，便听得白尪子道："哟！这里丧气，咱别处厕去吧。你看这圆团团、湿漉漉的尿窝儿，准是店婆干的营生。"倩霞一听，几乎失笑。便闻短髯的扑哧一笑道："你难道没长眼睛，你看这不是两只大脚印，怎会是女人尿的呢？"

白尪子道："怪呀！真个是大脚印，却又怎生夹在尿窝子两旁呢？明是女人蹲尿的哩！"短髯的道："俺说你没紧没慢你还不服气，不快些倒脏，只管考教尿窝子做甚？"于是两人哈哈一笑，接着吭哧有声，似乎是各自厕屎。

白尪子道："怪咧！越事忙越犯大肠干燥，刚出个头儿，又进去咧。"短髯的哼了一声，接着扑嚓一下。白尪子道："哟！你的眼子倒痛快，却像个直肠子狗。"短髯的笑道："你若听俺的话，不省了这当儿既跑了叔伯腿，又着急吗？凭一个大闺女似的公子哥儿和一个糟老头子，咱随便一来便做翻他咧，还巴巴地去寻苗九，无端叫他掺咱的份儿。咱和他女人有交情，难道和他也真有交情吗？"

倩霞一听，大吃一惊，暗道："这两人准不是好人，颜公子雇他驴驮好不危险。"于是越发凝神听去。即闻白尪子笑道："你这呆子，哪里晓得俺的神机妙算。你当是俺做成苗九吗？那小子凶脾气你是知道的，他若晓得咱们和他女人有一腿子，他岂肯善罢甘休？说个丧气话，咱的脑袋都系在裤带上咧！如今咱约着他做这件事，等他杀人落两把血，诸事完毕之后，咱再瞅个冷子将他做翻。一来咱们放心大胆地玩他老婆，二来咱给颜公子报了仇。将来阎王老爷子要查落出这笔账，见咱这番义举，就许将功折罪。咱分明该下十八层地狱，或者提升到十七层上都说不定哩。"

短髯的道："妙，妙！真有你的。颜公子雇咱两人，多添一人。他倒好说，恐怕那个糟老头子既起疑心又惜小费，就要说话哩。"白尪子唾道："你真呆透腔，咱只须知会苗九，叫他抄便道先下去，在鹰愁涧地面专等做活儿就是咧。"短髯的大笑道："俺真佩服你，咱这一下子人财两得。阎王老爷子又不计较，快活，快活！"白尪子忙喝道："这是什么事你就大嚷大笑？倘被日游神听了去，那还了得！"倩霞听得要笑，连忙忍住，便闻两人由积柴后踅过篱前，兴冲冲地喊道："老何呀，咱们再见咧！"说着一路踢踏，直出店门。

这里店婆恶狠狠地瞅了两人的后影儿，方悄骂道："这干现世报，哪一天死绝了，俺算熬出来咧！俺就盼你脚印儿随走随灭吧。"正这当儿，却闻背后倩霞笑道:"妈妈,收得店钱去,俺也要去咧!"店婆忙回身,笑道:"客官歇过来了吗?今天也不巧,俺与客官寻个清静所在,偏那两个挨刀的又撞来胡吵。你看俺这生意怎么做呀?"倩霞趁势道:"方才那两人好像是赶驴驮夫。"店婆道:"正是哩。他两个宝贝,一个叫李大,一个叫许三,常在此道上来往,贼头贼脑,一百个不是东西。他寻那苗九,却是个有名的惯贼。那颜公子雇他驴驮就许晦气哩。如今他们赴正西上寻苗九,料没好事。你客官若雇脚,倒须小心。"

倩霞一听,越发恍然,于是别过店婆,一径出店,且行且想道:"这位颜大人敏政官声甚好,他的公子赴蜀省亲,又这般的轻装减从,想也是个素秉家教、读书知礼的贤明公子。如今眼睁睁要落陷阱,俺既得知,岂能坐视呢?"想到这里,便要转出向西去追杀李大、许三。忽又沉吟道:"如今的奢淫骄慢的公子哥儿本也可杀,倘那颜公子是那等人,俺何苦去救他呢?不如去觇觇他再说。"于是嫣然一笑,便奔前途。

不提倩霞去觇公子,且说那位颜公子你道是甚等之人?原来他名叫慕曾,表字沂生,因当年颜公为山东沂水县令时,公子降生,故取此名。那公子自幼儿聪明绝世,过目成诵,真是三教九流、诸子百家装了一肚子去,并且好读古书,多识奇字。年方舞勺,业已中了本籍的一名秀才。内才如此,至于外貌上更是蕴藉潇洒,丰神濯濯,早有璧人之目。一向随父在京流寓,及至颜公蒙皇上殊擢川督的当儿,公子业已二十余岁,越发学问大进,气量恢阔。当时便欲随侍赴任,一来侍奉老人家,二来参赞机宜,与父亲办些章奏笔墨,既可省父亲心力,又可以自己添些办事的真经验,比那书本上的学问又自不同咧。

不想颜公因蜀中荒乱,不欲携眷赴任,便命公子依然在京寓奉母读书,并命老仆全祥、健仆沙顺伺候京寓,自己竟轻骑减从直抵任所。

你想这时四川业已被教匪们闹得翻过天来。颜公抵任,一面价料理教匪,画筹戎机。可巧幕中文案们学问平常,要紧章奏等还须颜公亲自动手。不消半载,将个老头儿闹得克化不来咧,于是函唤公子速速来蜀。公子接到此函,十分欢喜,忙禀知颜夫人,一面饬沙顺整理行装。正要谆嘱老仆全祥好好地伺候京寓,只见全祥直撅撅地进来,一言不发,向公子磕了四个大头就要辞去。

公子吃惊,忙扶起他道:"全老伙,你这是为何呢?"只见全祥委委屈屈说出几句话来。正是:

> 据鞍顾盼矜堪用,老将由来不畏难。

欲知后事如何,且听下回分解。

第二回

蜀川道公子走风尘
喜缘镇侠女小游戏

原来这老仆全祥年已六十来岁，为人忠直，并有把子笨气力，是颜家顶有资格的老苍头。自公子在怀抱时，便是他负抱提挈，胳膊上拉的青屎也不知有多少。以后便伺候书塾，跟随赴考，真是无役不从。他就如公子的保姆一般，所以公子呼以全老伙而不名。

当时全祥见问，流泪道："老奴犬马力尽，已然成了废物，实实无面在此咧！"公子听了，便知他拧性发作，因笑道："老伙儿，你别误会，俺并非不带你去，皆因四川荒乱，跋涉不易，你又上了几岁年纪……"

全祥一听，登时撅起胡儿道："老奴虽然老迈，还幸得结结实实。像沙顺等那小行行子，俺还料理他四五个哩。再者，一路上许多过节儿，哪里不须小心！那沙顺懂得什么呢？"公子见状，料他是非去不可，只得点头应允。全祥大悦，便登时寻出他少年舞弄的一柄竹节铁鞭来，擦抹得耀眼增光。

大家便笑道："全大爷，这次保驾越发要卖卖老咧！但是在路上，你须少喝盅儿，逢了硬作的，你有铁鞭去打，就怕是遇着软作的稂秧之类。"全祥笑道："我老人家两只眼岂同寻常。要在俺眼前弄玄虚，他算晦气定咧！你瞧着，俺马上就戒酒，那算什么呢！"于是兴冲冲服侍公子即便登程。果然一路上滴酒不闻，每到旅店，他便恨虎似的在公子房门首一坐，休说是串店妓女并闲杂人等不许来探头探脑，便是店伙们也不许无故进房，一路上，和人吵嘴怄气。便是如此光景，直行抵喜缘镇上。

也是合当有事，他由前途雇的驴驮本可直抵成都，却因下一道峻坂，驴夫们照例地有些小起发儿。那全祥倔气发作，三言两语便和驴夫闹僵，所以重新雇两个驴驮，便是那李大、许三。

当时全祥和公子落在人和店内，雇好驴驮，便要登程。李大等诡计早定，便向全祥道："不当人子，俺两个都是苦哈哈，家中老婆们都饿着肚皮。好在俺们家下距此不远，求你老先支给些脚钱，俺安了家下再走吧。"全祥道："你说得可好哩！这半天的耽搁靡费算谁的呀？"正说着，公子出来，见李大等实系贫苦，也便应允。

及至李大等趱去，全祥却没好气，主仆俩闷坐好久，全祥道："公子不晓得走路的勾当，不必开口。如今平白地蹲店，这是哪里说起？"那公子被他看管了一道，委实难受，便笑道："这些时俺一总儿没好生用饭，你且到街上，看有新鲜糕点与我买些来。"于是全祥应诺趱去。

这里公子如脱桔械，方在室内来回闲踱，想到店门首眺望眺望。忽闻一阵弦索叮咚并莺声燕语，向院中一望，业已有两个妓女扭将过来，后面跟着个恨虎似的老鸨子。头一个有二十余岁，细高身材，冬瓜脸，水蛇腰，单眼皮，薄嘴唇，两只半大脚赛如韭刀，并且一嘴黄板牙，掀床露根，手内斜抱三弦。后一个有十五六岁，却梳着卧龙舟式的大纂，堆满了一头草花儿。生得不满三尺，圆面堆腮，两只死羊眼呆而且白。歪腰胯，撅屁股，下面却是一双小脚，然而却像驴蹄子愣长出个尖儿，俗名为"鹅头式"，一手拎着花汗巾，一手拿一面八角鼓儿，晃得山响。便这般扭头折项笑嘻嘻地一径趱近。

公子方要掩门，已被那大妓女伸入三弦，咬着唇儿笑道："你老听个曲儿吧！"后面老鸨子便扑嗒声向院中凳儿上一坐，摇着头笑道："你老便赏个脸吧！孩子们老远地奔了来，不难为她们吗？"因向小妓背上一扑，道，"死妮子，你就像块木头，少时你若挂不住客，等老娘揭掉你的皮。"

那小妓冷不防向前一撞，八角鼓哗啷一声正撞在大妓的屁股上。于是两人一阵撕扭，直从公子挓挲的两臂下钻将进去。不容分说，一屁股对坐榻头，拨弦便唱。

那小妓刚娇音款吐，唱得一句"姊在房中绣麒麟"，公子忙道："快不要唱！"大妓道："哦，俺晓得咧！你准管是要听荤曲儿，这个现成，《摘黄瓜》《十八摸》，外挂着《打牙牌》《大姑娘洗澡》。你要再听扎实浪荡的，还有《潘金莲大闹葡萄架》《小寡妇闹五更》。你老喜欢哪个曲儿，待俺拿准了嫩腔儿，小工细调来伺候你。"

公子听了，直然地满盘不懂，忙挥手道："你们别吵，俺是不听曲子的。"两妓一听，忽地咯咯乱笑。那小妓并且咬着指儿，斜睃大妓道："阿姐，真走字儿。"大妓居然脸上微红，向门外老鸨一使眼色，老鸨早眉欢眼笑地咧开肥嘴，喊道："伙计，上房里伺候水咧。"

这一声不打紧，门柜上伙计高声答应之间，那小妓早趱着脚儿跑出。这里大妓更不客气，便笑吟吟凑向公子道："你这个人怎的腼腆？你早说要那么着不结了吗？俺们关关门是一吊五，外挂着三百钱的杂儿。"正说着，一个伙计笑着端进一盆热水，放下便走。那大妓接手儿便去掩门，向公子一努嘴儿，道："喂！你也快着吧。"于是不容分说，回手解裤儿，向下便蹲。

那公子等闲价哪里见过这等排场，正呆坐暗诧之间，只见大妓白馥馥一张屁股业已凑向水盆。那大妓女胡乱撩得两把，站起来，提着裤儿，凑向公子，道："快着吧，你是床上头床下玩吧！"

公子大骇道："去，去！哪个要玩什么呀！"大妓一怔道："你不要听曲儿，不是要关个门儿吗？如今人家这个都脱出来，你还装憨儿哩。"公子听了，这才恍然，忙唾道："岂有此理！"不想语方出口，那老鸨在院中却唤道："金子呀！你别拗手拗脚，惹得客人不喜欢，随他怎样的玩吧！"

这时公子只急得无地缝可钻，不由闻鼙鼓则思将帅，方晓得老仆全祥真似个护法伽蓝，只得忙寻出两吊钱把与大妓道："你快快去，就算俺玩过咧。"不想那大妓见公子俊脸儿急得红红白白，她倒登时心荡起来，便一手提裤，一手去拖公子腰带，道："来，来！快着些，不怕你少为见些意思哩。"

正这当儿，忽闻小妓笑道："你这个老头子瞪着眼看俺干吗呀？"公子听了，知是全祥转回。这明明地关了门，房中有妓，这算怎么回事呢？于是气急之下，给他个蒙头南卧。

这时大妓也便拎钱推门，砰一声和全祥撞个满怀。大妓方啊哟一声，全祥却指着脸子，唾道："你们趁生意就这等不堪？若是我在这里，一定提着脚又出去！"大妓笑道："你老人家不听个曲吗？"于是一路嬉笑，和老鸨等方才踅去。

这里全祥一脚踏入，因跑得尘汗交加，放下食物，见地下放着现成盆水，便向脸上撩了两把，用巾去擦，忽地嘟念道："该死的店伙们，只知要人的茶水钱，却弄些剃头水与客人。胡骚乱臭，还夹着他娘的断头发沾须挂嘴，这是哪里说起！"

公子听了，几乎失笑，只得暂且装睡，微开眼缝，却见全祥就榻前悄悄一张，微叹道："公子准是被她搅乏咧，竟自盹睡，可不知丢掉物件不曾？"于是将行装等物一一查看。

须臾，店伙送进灯烛，全祥道："俺嘱咐你，别叫串店妓女搅俺公子，这是什么意思呢？"店伙赔笑道："俺一眼没照到，她就溜进来咧。"于是公子一笑而起，便命店伙去泡新茶，又命全祥将糕点等物摆在案上。公子一看，果然精致。全祥问知李大等还没转来，便抱怨道："以后行路的勾当公子少要答话，江湖上骗诈局子多得很，老奴偌大年纪，所闻所见的就不在少处。"

正说着，只听院中有人笑道："伙计，你忙去吧，这屋内既是颜客人，俺们是熟朋友，是约定了在此相候，俺自家寻他就是。"于是唤道："少卿兄，累你久候咧。"说着一推门，昂然竟入。

公子等一看，却是个英英少年，遍体行装十分齐整，那一副姣好面目，另有一番风流倜傥的丰采。只见他负装佩剑，脚下是两只小乌靴，亭亭然站在室内，俊目一张，向颜公子略一端详，忽然失笑道："原来尊兄不是少卿兄，如此俺却冒昧咧。"

颜公子见那少年如此丰标，不由爱慕，方站将起来，道得一声："岂敢！"那少年更不客气，便拱拱手放下行装，竟和公子对面落座。黑漆漆眼珠一转，方要接谈，恰好店伙送进新茗，少年便道："你说颜客人在此屋，俺当是俺的熟朋友，原来却不是。"店伙道："你的朋友或住他店也说不定。"全祥忙道："正是哩，你这位客官快寻贵友去吧，别耽搁了。"

那少年也不理他，随手斟上两杯茶，先敬公子一杯，然后自饮一杯，攒攒眉头，噗一声喷在地下道："这等劣茶叶如何吃的？少时咱换好些的。"又随手拈起糕点向口便吞，却拣了一块蜜饯状元糕与公子布将过来，道："颜兄也用些，小可奔驰半日，真觉肚儿内发空咧。"

公子方在客气，那全祥站在一旁，只诧异得不可开交，暗想道："这小哥儿倒真洒落，他倒似主人咧！似这等抓吃抓喝，走到天边上，也不用家中大人惦着咧。"正要向公子使眼色，只见少年道："颜兄上姓俺是领教过的了，官印台甫怎么称呼呢？"公子道："兄弟名叫慕曾，表字沂生。"少年道："久仰久仰，尊齿呢？"公子道："虚度二十三岁。"少年笑道："如此，小可是兄弟咧，你却大俺一岁。"

全祥暗惊道："不妙，这小哥掇人门风，顺竿就爬。他还许套笼着和俺公子拜把子哩！"因直撅撅地道："尊客请寻贵友去吧，俺家公子因蹲店闷闷，要早些安歇咧。"少年笑道："颜兄如患寂闷，小可陪你作竟夜之谈都使得，俺便从实，不另去寻店咧。"公子道："最好，最好。"

全祥见状，只好干眊眼。便见少年注定公子面孔道："小可曾读相人书，颇能望气。今见颜兄如此的雍容华贵，一口的北京语音，莫非和这现任川督颜大人有些瓜葛吗？"全祥一听，只管乱挤老眼。哪知公子也喜滋滋注定少年的俊庞儿，竟不去理他，便脱口答道："那颜大人便是家严。俺此行直赴成都，便是省亲去哩！"少年拊掌道："巧得很，俺的熟朋友也许赴成都，俺一路跟寻他，咱们正是一路。啊呀呀！萍水相逢，真是有缘，颜兄曾用过晚饭吗？"

公子道："尚未。"少年道："如此妙极，咱一同用吧！"于是一迭声喊进店伙道："你这里可有什么上等的酒饭吗？"店伙道："小店中饭分三等，下等是……"少年喝道："快说那上等的。"店伙笑道："上等的无非是干鲜蜜饯，全副高摆；参筋翅骨肚，高汤厚味；清蒸爆炒，外挂着满洲烧烤。你要吃外国大餐却没得的。只就是价儿昂些，八两头一桌。"

少年笑道："好讨厌，既要用，还怕贵吗！酒呢？"店伙道："花雕、陈绍、关东白干，一概俱全。"少年笑向公子道："酒这物件，俺倒没甚考究，颜兄喜欢吃哪种酒便吩咐他。"全祥暗道："不妙，他是向俺公子身上推咧。"方要搀语，公子已笑道："就来陈绍吧。"店伙笑道："不瞒爷台说，俺这陈绍都是卖整坛儿，是一两银一坛。"少年道："好啰唆，来一坛儿就是。俺告诉你，如今酒饭带茶水钱，俺一共开发你十两头如何？"

店伙一听，只乐得屁股要笑，连忙口称"谢谢你"，方要转身，少年道：

"这种茶吃不得，有上好武夷寿眉快些泡来！"那店伙唯唯，一路喊将去之间，这里全祥却心下少安，以为店伙既向少年称谢，这东道一定是少年做定咧。方暗自怙惬道："看他不出，小小人儿竟如此阔气。"便见公子失笑道："足下只顾吩咐酒饭，俺还不曾领教尊姓大名哩。"

少年迟疑道："小可姓叶，没得表字，人家都叫俺叶青云，小可也便是叶青云了。"公子方赞道："好个名字！足下丰采真是神仙中人，不愧'青云'两字。"

这里全祥又暗自想道："这小哥又似个憨骨儿，怎的自己名字还马马虎虎呢？和俺公子的呆性儿却凑着对儿咧。"便见公子道："叶兄出门访友，想是有要紧公干吗？"少年道："说来好笑，因敝友十分文弱，性复诚实，只会念书，偏又带了个既糟且倔的老头儿做伴当，小可有些不放心，所以赶来寻他。"说着一瞟全祥。全祥暗道："你不用暗含着当着和尚骂秃子，须知我老人家眉毛都是空洞的，就不能叫你绕弯儿吃了白嘴去。少时先吃嚼你再说。"于是赌气子踅向外间。但听得里间内两人说说笑笑，越谈越对劲儿，就仿佛多年的旧交儿一般，听得个全祥暗诧道："怪咧，俺公子平日价大巴子元帅似的没说没笑，并且最懒怠应酬生人，今天怎的日头从西出来咧！真是人家这小哥挂人缘儿。"思忖间，由帘缝瞅去，只见两人对厮面，探着身儿，彼此眉欢眼笑。

正这当儿，店伙送进新茶，全祥接过，移步进内，先给少年满斟一杯道："叶少爷尝尝此茶可还中吃？"少年道："你老人家歇着吧。少时提了酒来，打去泥头，你先尝一下子。俺花会子钱，别叫店家哄了咱。"

全祥一听，越发心头一块石落地，便搭讪着与公子斟了杯茶。须臾酒菜都到，忙得全祥手脚不迭。便在里间内调开桌椅，真个是碟盏盘碗堆满春台。另有一盘大块烤肉，椒盐香气直钻鼻孔，上插两把精致小刀儿，以备旋割旋吃。

须臾，全祥斟上酒来，单看少年怎的让座。哪知公子却站起拱手道："店中仓促，不成敬意，叶兄便请上座吧。"

全祥听了，不由暗暗跌脚。正是：

　　咄嗟筵来不速客，一时宾主未分明。

欲知后事如何，且听下回分解。

第三回

不速客再戏佳公子
入歧途偏逢恶盗妇

且说全祥方暗急公子抢做主人，只见少年道："岂有此理！今晚是小可敬意，颜兄不要客气。"说罢，径就主位。

全祥大悦，忙拉开客位椅儿假作进酒，一探身竟将公子挤入客座。于是彼此吃过一小杯，少年道："颜兄请自家随便饮啖，俺是饭到一盅酒，不能慢饮的。"说着，将干鲜蜜脯等物随手抓吃，许多菜品竟不去动，但是两颊上业已泛出些淡红春色。

全祥暗道："这小哥如此浅量，却要一坛酒。可惜俺老全戒了酒咧，不然剩下酒来，俺且落得受用。"正思忖间，一样样菜品流水似堆来。公子且谈且饮，也不过略为伸箸。这时全祥又添了一桩心事，见满案菜品没处销发，不由替少年惜钱。然而公子等却高谈阔论，十分有兴。

少时，公子拉开书橱，看得个少年俊眼乱眨，因笑道："颜兄一般价也是个肚皮，怎就装得这些书籍？古人说'千卷撑肠'，端的不虚。小可这里有把宝剑，颜兄且看如何，可能为古书上说的名剑吗？"说着，取过宝剑，锵啷抽出，一片寒光登时映得烛光闪闪。

公子失声赞道："好剑！"方要接过细玩，只听窗外哟了一声，全祥跑出一张，却是李大转回，蝎蝎螫螫地站在窗外。全祥恨道："你怎的这时才来？只顾你去安家，明天耽搁俺上路怎么算呢？"李大道："这来得还晚吗？俺两人来回直赶，脚都磨成大泡咧。"便听得室内少年大笑道："颜兄看此剑就似有知识一般，专能断取伤天害理人的狗头哩。"

李大惊道："全大爷，如今屋内那俊样客人是哪个呀？"全祥撅道："你管他是哪个呢？反正他坐不着你的驴驮就是咧！"于是依然蹲入，便见公子对烛光细玩剑上的款识，沉吟道："此剑名叫'南精'，古人宝剑中却没此名，想是近代的一柄宝剑。俺听家严来信说，如今蜀中讲剑术的只有重庆地面杨、于两姓。因杨、于两人和刻下人称为刘青天的素有一面之识，家严是听得刘青天说哩。不知叶兄也耳闻杨、于吗？"

少年听了，只眼睛一转，随口道："俺也略为闻得。但此剑既称名剑，颜兄高才，何妨见赐一诗呢？"这一来正搔着公子痒筋，便欣然道："当得，当得！便请叶兄即示原唱，弟当奉和。"

一句话不打紧，少年的嫩脸儿登时绯红。恰好全祥端上香稻米饭，少年道："饭来，饭来，颜兄慢饮，等俺吃饱再作诗吧。"于是跳起来，取了只青花大碗斟满了上尖儿酒，一气儿灌将下去，向公子举碗一照，道个"干"字，登时两腮上桃花泛起，便提起一只乌靴蹬在椅儿上，倏地将烤肉端过来，取小刀一阵寙割，接手儿取过三大碗饭，泡了高汤，你看他连饭并烤肉一阵搅拌，只向公子道得一个"请"字，便举箸大嚼。顷刻间风卷残云，连汁都尽，啪的声放下箸儿，意犹未足，便取过两张荷叶饼，又卷了烤肉大葱，只嚼得爽脆有声，然后扪腹大笑道："颜兄慢用酒，恕俺不奉陪咧。"说罢跄踉站起，便就榻上跂脚高卧。

这一来，望得全祥只管发怔，百忙中他却将行装等类都提到下首榻上，以示拒客之意。哪知少年更不理会，反登时鼻息有声，酣然入梦。

这里公子须臾饭罢，全祥忙碌碌将席面撤到外间，也顾不得吃，先附公子之耳道："这客人鬼鬼祟祟，说话没根柱，少时他醒来，待他开过十两头之后，你可别客气留他呀！"公子笑道："不打紧的，俺看此人豪爽迈俗，一定是个好人的。"

正说着，恰好那少年稍为转侧，两人把话掩住。全祥到外间瞧了满案菜饭，只愁得耸眉头。更可恨的是陈绍香气只管往喉咙里钻。老头子咬定牙关不破酒戒，只胡乱吃饱，唤店伙撤去。听听街析，已是二鼓大后，忙踅入里室。只见公子和那少年对厮面卧定，也就要寻周公谈天儿去咧。

全祥暗道："这倒不错，一个是吃饱食困，一个是酒后眯瞪一觉儿，倒好似亲哥儿们咧。"于是悄悄推醒公子，向少年一指。公子蒙眬道："老伙儿也去睡吧，明天还起早哩。"全祥道："老奴怕不晓得，但……"

少年欠身道："老人家晓得什么呀？准是俺这十两头花值咧！你莫想不开，有的酒馔，别都便宜了店家。"说着，揉眼跳起，道："什么时候咧？"全祥忙道："已经二鼓大后，您便开过十两头，寻贵友去吧。"

少年道："那忙什么，俺就住在此，明天再给他吧。"于是直就下首榻上将行装等轻轻提开，倒头便睡。全祥没奈何，只得踅出，就外间徘徊了一会子，再去瞅瞅，只见公子自覆一被，却将压脚被与少年盖在身上，不由自捻胡儿，沉吟道："人总须长个好模样儿，到处里挂人缘儿。"于是悄悄退出，也便一觉酣眠。但是他怀念上路，如何睡得沉，方才鸡声三唱要爬起来的当儿，忽听公子在院中道："叶兄，昨宵简慢莫罪，咱改日见吧。"

全祥猛闻，唧嘣跳起，恰好公子一步踏入。全祥扼腕道："叶客人先走了吗？他撂下十两头了吗？"公子笑道："你如何这等小气？那只好咱花吧。"全祥顿足道："怎么样？俺就怕公子须上当，他明是个江湖上的崩骗手哩。"

公子道："小事一段，不算什么，咱快上路吧。"全祥哪里有好气，便喊过店伙来开发饭资。看了这白花花的十两头把给人家，便如割他的肉一般。正和店伙抹零找尾地乱吵，偏那李大不睁眼睛，却求全祥将喂驴的草钱也算在里面，被全祥骂了个狗血喷头。

李大不服气，两人几乎打将起来。亏得许三一挤眼睛，从中间作好作歹，大家方才整装上路。一出店门，那全祥便碎米糟糠只管唠叨，将李、许两个呼来叱去。公子料他是心痛那十两头，也不理他。

这日傍晚，行抵合溪驿地面一家客店。全祥方服侍公子下得驴驮，直奔店中东厢房，只听正房帘儿一响，便有一人大笑道："好巧，好巧！颜兄才到吗？俺已歇息多时咧。这房中十分宽绰，来吧，来吧！"

全祥一望，登时倒抽一口凉气，赶忙道："叶少爷请吧，俺们另寻他店去咧。"说着一拖公子。哪知公子脚步更快，早已向那人拱手登阶，相逊而入。原来那人非别个，又是那前途的少年。

当时全祥愣了一会子，倒欣然安置行装，直入上房，劈头便道："叶少爷既做主人，好得很，俺家公子便事事由东吧！"原来老头儿憋了半天，憋了个馊生意，以为这句话将人扣牢，使他做主人没得躲闪。便见公子和少年相让落座，互相谈笑，便似多日没见面一般。

须臾，店伙送进灯烛茶水，少年道："此等茶吃不得，快泡武夷寿眉来。"全祥暗道："沾谱儿，他这套排场又来咧。"因一抖机灵，向店伙道："今天俺这位叶少爷是要高摆上等全席，外挂烧烤、整坛的陈绍，连茶水钱在内，给你十两头。"店伙喜道："如此好咧，俺先谢谢您哪。"全祥忙向少年一指道："主人家在那里哩。"少年笑道："你老人家倒好记性，倒省得俺费话咧。"于是和公子对榻，各自安置行装。

须臾茶罢饭到，索性就外间内摆列停当，一席盛筵如昨晚一般。彼此间方才落座，全祥忙斟与少年一杯道："此酒不错，这店家没哄咱哩。"少年微笑，只点点头儿道："你老人家如此心细，你可知明天该到哪一站吗？"

全祥道："若出门连站道都不知，可还像个人哩！明天是福全聚的午尖，下半晌经过白马峡、鹰愁涧等地。至于住宿所在，只好走着瞧吧。"少年笑道："你知得就好。俺告诉你，明天是鸳鸯浦住宿。俺倘若一时赶不到，你就先替俺吩咐酒饭吧。"说着瓠齿粲然，拊掌大笑。

正这当儿，却微闻李、许两人在院中喊喊喳喳。全祥也没在意，便服侍公子等用罢酒饭。少年呵欠道："颜兄便坐，俺要先困去咧。"说罢踅向里间，公子也便逡巡跟入。

这里全祥瞅了一席酒筵，简直地没法摆布，不由暗笑道："呆鸟嘛！今天这小哥被俺拿话扣牢，他花钱，俺为甚不畅开了受用呢？"于是坐下来，大吃二喝，一坛陈绍也装入肚大半，醺醺地唤店伙撤去家伙。

老头儿饮得兴起，踅到院中一望，只见皓月当空，亮如白昼，瞅瞅李、许都在下房中睡得四脚哈天、恶模恶样，不由暗忖道："这两个王八蛋一路上和俺顶嘴瞪眼，准是欺俺老迈。他还不知我老人家的本领哩。"于是兴冲冲跑入屋内，抖出他那把竹节铁鞭，便跑向下房外面，咕咕咚咚舞将起来。闹了阵子，虽然将李、许等惊醒，自己也便疲乏不堪，跑入室内，一瞅公子等早已对榻酣眠，即便踅向外间，拿定了老主意不去困觉，唯恐那少年冷不防又先踅去。哪知酒力发作，支持不得，老头儿恨不得用棍儿支上眼皮。逡巡之间，心头一模糊向榻便倒。

正在梦识颠倒之间，忽觉有人尽力子摇撼他，道："老伙快起，你看这事儿怎么办哪？"全祥睁眼一看，却是公子，惊耸耸地立在榻前，四野鸡声早又乱唱。不由一骨碌爬起，向外便跑道："姓叶的准是又先溜咧，等老奴赶他去。"公子连忙拖住他，变貌变色地附耳数语。全祥顿足道："公子真是实心眼儿，你听他那花胡哨怎的？他明是遮羞的话，借此脱身，说别的，先省下十两头。凭李大、许三两个怯脑袋，他就敢在鹰愁涧做手脚？他还说得冠冕，先走一步，途中保护。咱们真叫他冤苦咧！饶又花十两头，还添个心头怙惚，这是哪里说起！"

原来那少年五更头上爬将起来，负装佩剑，便将所闻的李大等诡谋悄悄地告诉公子，嘱公子路上小心，到鹰愁涧地面他自有道理，说罢拱手出店，瞥然不见。至于这少年毕竟真是叶青云吗？这点儿节目若待作者来点明，未免显得阅者诸公太笨咧。

当时全祥一路抱怨，赌气子开过店资，将李大等吆喝起来，整理驴驮，即便登程。特地地斜背铁鞭，以示威武。哪知远行无轻载，何况老头子本没甚筋头儿，行不数里，又将鞭解下插在行装上。李大等暗暗好笑，也不睬他。唯有公子心头甚是怙惚，然而见李大等甚是和顺，也便心下少安。

这日午尖既罢，平安无事。全祥悄向公子道："如何？这明是姓叶的花枝柳枝地骗嘴吃，您还信他那一套哩！便有事故，难道老奴没有铁鞭吗？"公子听了，越发地心下释然，却搔首道："俺看叶客人总是个大方不拘的人。"全祥听了，只鼻孔里一笑。正要收拾登程，只见李大向公子赔笑道："今天一路上多半是崎岖山路，您老没别的，须赏点儿酒钱，只当痛顾驴子。"

公子失口道："咱今天还经过鹰愁涧吗？"李大吐舌道："我的老佛爷，谁吃了大虫心肝豹子胆敢走那里呀！那所在四无村落，荒草连天，不用说是打杠子的窝儿，便是毒蛇恶兽还不要命吗？咱一过白马峡便抄上道，宁可绕些远儿哩。鹰愁涧，好嘛！您便多加一倍驴子钱俺也不敢去哩。"

全祥道："少说闲话，住宿时加你酒钱便了。"于是一行四众匆匆登程。公子见李、许两人十分卖气力，一道上驱驮飞跑，暗笑是那点儿酒钱的效力。

须臾，那路径果然越走越崎岖。抬头一望，四外都是层峰大壑、荒草长林，便顺着一条窄径盘纡前进。李大等驴鞭一鸣，回音远震。那一轮红日也便看看挫西。公子偶望全祥，不知多早晚又将那竹节铁鞭背在身上，并且猴在驮子上东瞧西望，仿佛精神得了不得。

正这当儿，驴铃嘟嘟，早已穿过一条深沟。但见歧路纵横，平漫漫夹着丛莽，便见李大发出尖厉厉的怪嗓子，一面呵斥驴子，一面向许三道："喂，老三仔细，咱们绕上道去呀！"于是一拍驴屁股，反就下道。

不想那驴儿一败道，铃声乱响。说时迟，那时快，登时由丛莽中惊起一只苍色老鹞子，铁翅一矫，便由驴脸上刷将过去，接着唰啦啦山风暴起，尘沙迷空。李大方骂得一声："驴子王八蛋，你真要下汤锅咧！"那驴子一惊之下，将头一摆，往斜刺里岔道便跑。李大等出其不意，登时被驴闪跌在地。这时风势越紧，两头驴驮载了公子主仆，简直地飞将去咧。

不提李大等急忙爬起，拼命地便赶，且说公子等紧拉驴纲手，被风刮得两目难睁、气息倒噎，没奈何，由它跑去，便如腾云驾雾一般。须臾，天色傍晚，大风亦息，两头驴驮忽然咯噔声站住。此时全祥在后面，早顺势从驴屁股上掉将下来，忙去瞅公子，且喜那驴驮夹在两株树中间儿，所以公子还在驴背坐了个四平八稳。

全祥扶下公子，回头望望，哪里有李大等的影儿。公子见暮色苍茫，又没宿处，不由心慌。全祥道："您看前面小土坡儿丛树里兀的不是透出灯光？咱且寻人借一宿儿，明天再作区处。"于是主仆各拉驴驮到得灯光处一觑，道声惭愧。原来仅有一家人儿，孤单单地双扉紧闭。看那土墙短篱十分破落，大约是穷苦人家。全祥无奈何，啪啪一叩门，便听得里面娇声辣气地道："该死的，挨千刀的，这早晚就转来，一定是没买卖。难道老娘屋内有和尚怕你堵着吗？"

双扉启处，趖出个三十多岁的长大妇人。一张苦瓜脸，衬着高挑眉、大颧骨，两只大眼滴溜溜乱翻，还搽脂抹粉的，梳一个牛角髻，踹着两只鲇鱼鞋。一见人和驴，不由咧开大嘴笑道："俺当是俺当家的转来哩，原来是两位客官。如今天晚，您敢是借宿儿吗？"

公子忙拱手道："正是哩。但打搅府上，多多不安，容明早多谢房金。"妇人拍手道："这位少爷多么会说话呀！谁家背着房走哇，快请进吧。"于是将身一闪，由全祥等拉进驴驮。那妇人急匆匆先关上门，跟在背后，笑道："俺家茅檐草舍的，只有两个院儿，客官们便住西院吧。"说着，前头引路，由角门儿趖进去。公子等仔细一看，除三间草房之外，空落落的一无所有。公子自进房歇息，那全祥便将驴驮系在屋后。那妇人跑来跑去，一面价抓乱草喂驴，一面价端进热汤水，闹得公子甚是不安，便连连致谢道："大嫂尊姓？为何独自忙碌，主人没在家吗？"

那妇人咬着唇儿叹口寡气道："俺姓阮。也是俺前世不修，嫁得个活现世报，他只在外胡乱趁生意，所以小妇人独自在家。"正说着，只听啪啪啪大门叩得山响，妇人笑道："这次许是俺丈夫来咧。"说罢跑去。

这里公子方眉头不展地和全祥怀念李大等，只听东院中脚步乱响，有人说话，但闻得妇人唾道："老娘手段准比你强得多，你只料理这院里吧。咱快些整治饭，大家吃饱，好干正经。"便闻得东院中斫柴淘米炊饭之声。

这时将近二鼓，月色大明。公子忽见窗上人影一闪，便闻房后驴驮微微移动，正要命全祥查看，只见妇人进来，笑道："俺方才与驴儿衔上口橛咧，省得它叫唤招惹歹人。俺丈夫方才也转来，就叫他去院外巡更，你老放心吧。"说着，只管瞅定了公子面孔目不转睛。

公子连忙致谢道："大嫂请便，俺也要困歇咧。"妇人道："饭食就得咧，俺便端去。"于是匆匆趄入东院，又闻得有人喊喳。全祥倾耳道："这妇人乔模作样的，有些不规矩。你听东院中似乎有三四人说话，难道都是他的汉子吗?"公子喝道："不要胡说!"全祥道："胡说不胡说，先寻寻防身家伙再讲。"于是就行装上一寻铁鞭，影儿也无。公子笑道："那会子驴子惊时，你背着鞭，定是途中脱落咧。"正说着，妇人端进米饭盐菜，公子等谢一声，匆匆用罢。主仆一路辛苦，胡乱就榻歪倒。

方要蒙眬，只听房后驴儿一阵踢蹴，便闻东院有人叫道："怪呀!"那声音很像李大。主仆一怔，登时跳下榻来。正是:

> 客路惊魂方少定，杀机互伏又相寻。

欲知后事如何，且听下回分解。

第四回

叶倩霞跟踪除众盗
苟由仁起意劫娇娃

且说公子主仆听得李大语音，连忙跳起。只听妇人和一个男子一齐喝道："你两人好生无礼！谁家没有驴子呀？你就向西院乱闯。"便闻李大等喝道："你这厮瞒俺驴驮意欲何为？你打听打听李爷是干吗的呀！"说着脚步乱跑，已入角门。

公子等大诧，急就窗孔望去，便闻有男子大喝道："你是干吗的，俺又是干吗的呀？实对你说，老爷这就宰掉你们一干牛子咧！"一声方尽，便见李大、许三各提驴鞭抢入角门，随后是一个凶神也似的大汉，和那妇人，各提一把泼风刀如飞赶到。

那妇人只绾一个朝天椎，赤露上身，撒着裤脚，一个健步早已抢到李大面前，明晃晃刀光一闪，向李大当头便剁。不想李大忙闪身，恰好许三一步抢到，那驴鞭一架的当儿，妇人喝声："着！"刀落鞭断。许三一个啊呀未出口，业已被斜削去半个脑袋，惊得李大拼死地舞起鞭子向那大汉没头脑地乱打。

那大汉刀势一松，早被李大冲到角门。便闻妇人大喝道："哪里走！"嗖的声蹿到背后，平挺那刀向李大后心便刺。李大着忙，就势反将拦他的男子恶狠狠劈胸一抱，只听扑嚓一声，刀入背心。李大惨叫一声，倒闹了死人活嘴，吭哧一下竟咬掉了男子鼻头。那男子大叫，尽力地摔脱死尸，战抖抖跳将起来，方嚷着声，乱抹面血，妇人喝道："屄王八，真是废物，还不快些料理那两个去！"

这一声不打紧，只吓得公子主仆抖衣而战。全祥不暇言语，便抄起门闩，抢向门首，想给人家个冷不防。哪知足没站稳，那男子血淋淋地提刀早到，顺势一腿先将全祥踹翻，一个猛虎扑食式便奔公子。

公子一闭眼睛，那刀锋离顶门只差分寸，只听锵唥一声，似有人用刀架住。公子忙望，却是那妇人赶到，尽力子一搡那男子，道："你这王八可要作死，谁叫你杀他呀？老娘还恐吓着他哩！等老娘稀罕够了，由你摆布。"

那男子大跳道："哈哈！你这歪剌骨，原来看中了他咧！须知俺杀人放火了半辈子，难道冷不防还戴个绿帽儿不成！这可真成了贼王八咧。"妇人唾道："你看如今的官强盗哪个不是贼王八呀！偏你就戴不得？"那男子恨道："俺偏杀掉他，省得你浪张！"那妇人冷笑道："老娘也跟你混够咧，咱们简直地吵散伙吧。"于是随手一刀，竟将那男子削了个血脸儿，扑哧声死尸栽倒。

那妇人擎刀大笑，方要去拉抱公子，只听咔嚓一家伙，先由窗外打进一个血淋淋的人头，接着有人大笑道："大嫂子，他不着稀罕，你且来稀罕俺吧。"声尽处，跳进一人，负装佩剑，并且手提铁鞭。公子一望，方在如同做梦，便闻全祥挣扎着喊道："叶少爷，快来救命，老奴这两只眼剜与你都不多。"

妇人大惊，忙扬刀抢向来人，但一望人家那副面孔，不由擎刀不下，便不管三七二十一乱喝道："你也是投宿的吗？老娘且有本事稀罕你们，你们便都从了我吧！"

那人笑道："大嫂慢吵，你等做的阴功事儿俺都晓得。那两个驴夫本来该死，便是你两口子方才火并，俺也管不着。但是地下这老头儿大概你不稀罕。那位公子虽然怪招人的，然而被你吓昏，也就不足稀罕咧。今简断截说，俺同你赴东院细细地讲稀罕去，难道还怕他两人飞上天去不成？"说罢，置鞭解剑，反一把拖定妇人便走。

好笑那妇人为男色所迷，也不思量提着人头的人是怎生个来路，就仗着自己凶实，手中有刀，竟笑眯眯跟定那人直奔东院。

这里主仆两人惊魂少定，看了那男子尸身正在不知所为，便闻那妇人大说大笑，并那人唯唯之声。全祥道："公子看叶少爷虽然来救咱，但他那秀气样儿恐不是妇人的对手，咱不如趁此时先跑吧。"

正乱着，忽闻那妇人浪声妖气地笑道："老娘业已脱光，乖乖儿，你也快着些吧。"全祥顿足道："坏咧，快跑，快跑！"方拖定公子要走，便闻妇人忽地喊了一声，登时便静。须臾那人笑嘻嘻地踅来道："小可一步来迟，致令公子受惊，如今咱便连夜里赶赴前途的站道吧。"于是匆匆一说所以。

原来倩霞自将李大密谋告知公子后，便先赴鹰愁涧专等苗九。果然等个正着，当即杀掉苗九，取了首级。直候至天色傍晚，公子一行人竟不曾到。倩霞大骇，以为是出了什么岔子，便奔回原路去寻。却从那岔道上见着李大的草笠儿，于是顺踪赶去。趱得不远，又从道旁草中拾得全祥的铁鞭。倩霞料得公子等或是岔向此路，于是就月下施展开飞行术。

正走得起劲，只见数步之外短林中人影一冒，便闻李大唾道："今天真他妈的别扭，咱们鹰愁涧好好的约会，如今又惊了驴子，岔向此道，这可瞎摸海去吧。"许三道："你看前面影绰绰有个人，咱们且问一声。"因唤道，"喂，前面的大哥呀，你曾见两头驴驮此道上过去吗？"即有一男子应道："此条背道上没得岔路，或者从此过去。前面没多远便是俺家，说不定向俺家去

419

投宿哩，咱便一同走吧。"李大道："如此却巧咧。"于是三人合在一处。

书中交代，这个答语的男子便是妇人的丈夫，诨名儿"阮盖王"。原是小偷出身，拐孩子、剜墓子无所不为。后来搭上那妇人，便劫人窝盗，大做起来。那妇人本是个凶悍烂污货，系屠户的女儿。十五六岁上便被人捉了对儿。哪知她毫不羞耻，竟自裸体握刀，寻向捉她的门首，一气儿秽骂三天，因此得了善骂之名。她小名捣嘴子，自嫁了阮盖王之后，人便叫她捣大嫂。你想"软盖儿"哪里禁得住捣？所以被老婆制得俯伏在地。这时阮盖王却在湖北地面投入罗有高手下，做些采割拐带的勾当，因此到处流转，单拣那险僻所在落脚，又随便劫杀行旅哩。

当时倩霞悄悄趁在他三个后面，一径地直抵草房前。由阮盖王叩门，让李大等进去，倩霞由旁边墙上也便一跃而入，伏定身躯。但见阮盖王安置下李大等，便就院中和老婆低低密语。但闻阮盖王笑道："今天却巧，你遇着两个，俺遇着两个，少时咱各办各事，这时且叫他们吃顿断命饭吧。"

倩霞一听，便知公子等必在西院，姑且伏觇究竟。但见李大等起坐不安，只向阮盖王追问驴驮。胡乱用过饭，恰好捣嘴子来收家伙，李大便道："你这位大嫂见俺的驴驮来吗？"阮盖王瞪起眼睛喝道："什么驴驮呀！"

正这当儿，西院房后驴驮踢蹶起来，所以李大等登时发作。及至捣嘴子杀掉李大等之后，倩霞早又在隐僻处张得分明。及至捣嘴子一翻脸，杀却阮盖王，去拖公子，倩霞早已隐身窗外，所以将苗九的脑袋先抛进去。

当时倩霞述罢一切，公子主仆唯有连连拜谢。倩霞道："事不宜迟，这里人命关天，咱便快些去吧。俺送你主仆到大路上，自有区处。"说罢，拾起宝剑佩在身上。全祥也拾起铁鞭道："好个凶恶无耻的妇人，她若再来胡闹，俺便和她拼了！"

倩霞笑道："你们搅人家一顿饭，临走也该谢谢主人。"于是引公子等趸赴角门口。只见捣嘴子赤条精光撅着张大屁股，白羊似的趴在李大的死尸上，正压得好摆摆儿。全祥仔细一瞅，两腿两臂都就尸捆缚停当，只有脑袋还可晃动，却是嘴内含了布团，只好光着眼乱望。

全祥大怒，伸下手去向屁股上便是两掌，骂道："该坐木驴子的东西！我叫你见了人就吵稀罕，如今由你稀罕去吧。"哪知捣嘴子腿虽捆牢，脚还能动，恰好全祥站近她脚边，被她尽力子猛然一钩，全祥一跤栽倒，一张脸正合在她臀儿上。全祥赶忙挣起来，只抹白胡儿，呸呸乱唾。

倩霞笑道："此等恶妇不值污俺利剑，且自由她去吧。"于是就东院屋内一搜寻，却从破篓内寻出一纸字儿，上有"湖北总教二等教目罗有高"的钤记，又批着"给予阮某"等字样。

公子见了莫名其妙，倩霞道："怪道那妇人自夸来历，真个是湖北教匪们派出来的。咱不必管她，快些去吧。"于是一行人趸回西院，拉了驴驮，出得大门。

这时颜公子便如奶哥儿，只紧跟倩霞肘下。不提防倩霞足下一蹶，忙哟了一声就势坐在地下，又巴巴转过脸去，重新蹬蹬乌靴，方气急匆匆，红着脸儿跳将起来。公子道："叶兄奔驰半夜，一定累咧，且上驴驮走吧。"倩霞笑道："这懒驴子只好驮你们，俺还嫌它憋气哩。"于是命他主仆忙忙上驴，三个人转出僻径，直奔大道。

这里捣嘴子亲热热地搂着个臭死尸，肥屁股上接得好凉露水，且自由她受用，慢慢等着出头之日不提。

且说公子在驴上只见倩霞步履如飞，不由暗暗称奇。五更头上，业已趱到鹰愁涧。残月之下，见那苗九尸身还横在道旁草内，不禁又连声称谢道："叶兄大恩浃肌沦髓，真令人寝食难忘。何妨共赴成都，容俺愚父子从容报惠，将来便在舍下托身，咱们便做一家人不好吗？"倩霞笑道："俺访友事忙，只好再期后会吧。"全祥道："既如此，俺公子只好将您牢嵌心坎儿上，一日三遍高香，当一尊活菩萨供养咧。"

三人一路说笑，又趱了十来里，业已天光大亮。倩霞道："颜兄且住，待俺区处。"于是主仆下驴，倩霞便帮同全祥卸下行装，忽地抽出剑，向两驴屁股上各扎一下，两头驴子没命地落荒跑去。全祥方在纳闷，倩霞道："前面不远便是昨天应住的大站道，俟俺去另雇驴驮方才妥当。"说着轻躯一扭，早已脚不沾地地去咧。

全祥赞道："您看叶少爷做事，不但豪爽，又且心细。但看他脚步伶俐法，他的武功本领定然不小。老爷前次来家信，说曾遣人赴重庆地面敦请什么于壮士，像这位叶少爷真不愧'壮士'二字，公子还当极力邀他赴成都才是。"公子叹道："咱虽很愿他去，你看他豪爽之概，便如天半朱霞、云中白鹤，一定是风尘奇士、施恩不望报的角色。他岂肯趁这当儿随赴官衙呢？只好日后有缘再为报德了。"

正说着，只见倩霞领了两个驴驮吆吆喝喝地趱来。两个驴夫甚是朴实，便七手八脚地载好行装。这时公子止不住携了倩霞的手儿，满面感激之色，再申前请。倩霞笑道："公子不必如此，快赴成都以慰令尊之意吧。"因向驴夫道，"你两个一路小心服侍。"驴夫道："你老赍好吧，俺的买卖不会错的。"

倩霞向公子拱手道："公子前途保重，俺还须折向重庆去。"说罢，竟奔回途，眨眨眼，影儿不见。望得个公子连连赞叹，方知他特为救自己一路追随，绕了三两天的迂道儿。

不提公子将"叶青云"三字牢记心头，且赴成都，并暂按下倩霞直赴重庆，如今且说于益自保护于、杨两家移居青螺峪之后，或在本村料理乡团，或入山省视两家。又有张起在山中护持一切，倒也十分平安。

于益闲时节除了逍遥漫游，便是玩索道书。虽然恽三娘等雄踞重庆，闹得一塌糊涂，却久闻于益不是好惹的角色，不但禁止部下前去骚扰，并且想说动于益入教相助，便两次遣舌辩之士，赍了重礼厚币到腾蛟村苦苦劝说。

于益暗想："若公然拒绝，难免她恼羞成怒，前来胡闹。虽自揣怕不着她，未免惊吓两家的家小。"沉吟一回，便对来使道："如今贵教中尽有能人，谅一时也不缺在下。俺近来正作丹篆的功夫，一俟火候成熟后，恽头领若有用在下处，俺再趋候麾下未迟。"那恽三娘信以为实，又搭着教务忙碌，也便将此事暂置。

不想过得些时，颜公到任。先自轻骑减从，直入王三槐贼寨，宣谕朝廷德意后昂然竟行，便和那刘青天筹措办贼，动合机宜，官声大著。这时于益道心坚定，一切事看得雪淡，也便不以为意。

一日于益方在门首闲踱，只见一骑骏马上面坐着蓝顶大翎的军官跑来。一见于益，便下马拱手道："此间有位曾经平苗的于益于老爷在哪里住哇？"于益略一沉吟，便笑道："尊官寻他何事呢？"军官道："俺是总督标下的差官，奉俺总督大人之命，持有手函，来请于老爷出山办贼。"

于益笑道："此事也诧异，谅一个山野闲人怎便惊动总督大人呢？"军官道："足下不知，皆因刘青天和于老爷素来认识，所以向总督面前荐贤。他住在哪里，便请指示。"于益心下一怙悸，便拊掌道："巧得很，此间便是于爷舍下，俺正来访他，待我与你先传报一声何如？"说着，转身趑入。

这里军官欣然呆候。少时一个仆人出来道："尊客来得不巧，俺家主人久出远游，俟他回时，再去叩谒大人吧。"那军官没奈何，只得置下颜大人的手书怅然而去。原来于益鬼混避进去，却命仆人如此说法。从此于益越发地纵游山水，恐当途再来物色。又因村中和山中都甚是平安，也便不以教匪等为意。

哪知天下事偏出意料之外，不想那个被于益责逐的苟由仁竟瞅个冷子滋起事来。古语云"蜂虿有毒"，真真不错。原来苟由仁自被于益责逐后，不多几日，便鬼混入教匪中，又招了一干无赖旧侣为虎作伥，有暇时仍赴青螺峪一带打猎玩耍。虽知得于、杨两家都赴山中，他因在教中劫掠得意，银钱趁手，也没暇十分注意。

不想过了些日，教势日盛，那恽三娘为要买人心计，忽然禁止劫掠，违者斫头。这一来，苟由仁财源既断，依然是个穷光蛋，没奈何，约了旧日的神偷妙手干些小勾当。然而这偷偷摸摸的油水能有几何？大家晤面，只好彼此吵穷。

一日，这干宝贝又聚在一处，你弄两壶苦酒，我弄两块狗肉，彼此间将酒破闷，都喝得惺惺着眼各陈苦趣。说到劲头儿上，一人愤然道："咱做这教徒倒弄得头紧脚紧，便如多年的婆婆重新做媳妇。依我看，大家出了鸟教，吃旧锅儿粥，倒落个无拘无束。"

一人笑道："不是教门不好，是咱这里这个浪婆娘胡做作罢了。自己浪够咧却约束别人，显她是好人。你看在王三槐部下的人们哪一个不是横抢横夺顶盖肥呀？咱是时气不济，没机会到王三槐那里，只好等雁似的等那浪婆娘淌点儿口水（指卒饷也），是一辈子解不了穷的。"

又有一人大笑道："喂，老哥！你要解穷，投奔王三槐也容易。"说着用两指交叠道："他就好这个营生，你只须将你婆子扎括得花鹁鸪似的送与他，就成功咧。巧咧挈带着俺们都会得意哩。"

那人正色道："你也别说，咱若有美色女子献给三槐，一定得意。可惜房下的模样儿比猪八戒他二姨强不了许多，这却没法儿咧。"大家听了，不由大笑。由仁却登时心中一动，便道："众位，这话作准吗？美色女子俺倒稳稳地有，并且一串儿就是三个。可就是抢她到手有些费手脚。她三个便如三棵灵芝草，有两只大老虎看守。众位若办此事须候机会，还须听俺布置一切。咱抢了她三个，便由青螺峪山后仙姑庙僻港所在上船，人不知，鬼不觉，竟奔秘魔山去献活宝，你道好吗？"于是向众人如此这般一说缘由并他的计策。

众人喜道："好虽是好，只是青螺峪山口不易进去，若惊动山众，事儿便糟咧。"由仁笑道："好笨货，谁叫你们去闯山口哇！咱就从后山险道蚰蜒坡做手脚。那条秘道除了我谁也不知。管叫他们丢了三个媳妇还不知怎生丢的哩！可有一样，那只大虫大家却须当心。俟俺去探准他每夜里何处上宿，咱就预备一切，可以相机动手。如今却又正是机会，昨天俺听得那一只大虫又去游逛山水哩。"众人喜道："妙，妙！俺们先去准备船只并闷香软兜之类，单等你招呼吧。"于是商量停当，匆匆各散。

过了两天，由仁在见娘村探准底细，便召集了大家分头做事。下午时分，大家跟由仁趸到青螺峪山后，抬头一望，但见林莽遮天，直然似没有道路。由仁道："咱的软兜儿便置在此。钻那两道山洞，须背负她们出来哩。"于是穿林拨草，即便率众前进。

说也奇怪，分明似没有道路，那由仁左转右转，偏能一路无阻。须臾穿过两个山洞，里面漆黑，略辨道路。众人道："怪不得苟大哥叫预备火燎，原来为夜里用的。"苟由仁低着头，也不言语。

及至过得蚰蜒坡，业已日光将落，早望见见娘村的后身儿。由仁等各就丛莽隐僻处蹲伏下，只等入夜行事。

不一时村柝敲起，星光动野。约莫有二鼓以后，由仁方要先去探探动静，忽地一只野狗跑将来，不容分说向由仁左腿上便是一口。众人忙赶去打狗，那由仁急忙摇手之间，那野狗大嗥大叫。

这一来不打紧，村犬齐出，声如潮涌。由仁率众人忙另伏他处，便闻村中警锣大鸣，即有一队村丁执械列炬，就狗咬处逶巡一周，方才回村。由仁等屏息多时，遥听得村人都静，方慢慢蹭将出来。听听村拆，业已三鼓大后，由仁道："时光不早咧，咱总是赶着夜里上船才好哩。"于是领大家直奔那李妈妈家的后墙。

这时除由仁之外还有四个无赖，都也有些狗儿刨的本领，便跟由仁嗖嗖跳进墙里面，却是一层大场院。但见由仁直奔靠西的房儿，大家跟去，就窗孔一张，里面却鼻息如雷，睡着个彪形大汉，壁上挂着单刀，还有条生铁棍倚在榻头。

众人悄问："这是哪个？"由仁连忙摇手，便从怀中掏出闷香盒儿塞向窗孔，扭动机关，便听里面大汉阿嚏一声。由仁揣起香盒，低语道："如今一半儿成功咧，这鸟大汉便是有名的飞腿张起哩。且待俺跳入内院，开了这院角门儿，以便行事。"

众无赖道："这后院的后门也先开了，越发便当。"于是两下里分头行事。由仁果然施展他神偷本领，轻轻一耸身，由角门墙上跃入里面，一径地轻启角门。四无赖悄然趈入，由仁暗嘱小心，大家便猫儿似跟由仁扑向正房。

刚转过夹道，便闻正房西间内啪的声棋子一响，接着有娇脆脆声音道："大嫂嫂，俺学下棋，你也不让俺两步。"

大家听了，悄向窗缝一张，只喜得心头乱跳。正是：

劫娇未遂进身计，窥艳先觇仕女图。

欲知后事如何，且听下回分解。

第五回

郑氏夜奔蚰蜒坡
倩霞大闹仙姑庙

　　且说众贼向室内一张，只见靠东壁桌儿前对坐着两个美妇正在着棋。靠榻头立定一个美妇，眉目之间另有一派英妩之色，正双扬玉臂伸了个懒腰，却笑道："于嫂嫂是神仙娘子，下起棋来，该有些仙着儿，如何倒被俺阿嫂将杀咧！"

　　那美妇笑道："妥妹妹，你别笑俺。俺和若嫂嫂高手棋，厮并了一晚上，就不容易哩。妥妹妹，你困倦了怎不先睡呢？"立着的美妇笑道："你不晓得，今晚俺婆母向村北头周姆姆家斗牌去咧。她老人家若输了钱，是不叫人散的，不定多早晚才回，俺如何先睡呢？"

　　正说着，忽然云鬓低垂，阿嚏一声，香躯一矬，顺榻便溜。坐的两美妇赶忙来扶，并笑道："你困了，先去睡吧。"一语未尽，两人一对儿软卧于地。原来由仁早又施展熏香咧。

　　于是众贼推门而入，三个贼蹲在地下，由仁等将三美妇一一服侍到三贼背上，便前后拥护了直出内院，趄出后院大门。由仁又恐张起或者醒来，便从贼袋中摸出一把双簧紧锁，将他房门锁牢，然后赶上众贼，当头引路，这且慢表。

　　且说这晚上郑氏在村北头周姆姆家斗牌，说起来也真别扭，闹了一晚上也没开胡，郑氏输得粗脖子红脸，越输越不许散，直至三鼓后方罢。周姆姆准备夜酒款待胡友，郑氏将酒煞气，喝得乜着眼，听大家讲说近来教匪们惯用邪术夜摄妇女。

　　其中有个快嘴婆子外号儿"血胡溜"（俗谓有一尺说一丈之意）的便说道："你也别说，像咱们这干老棺材瓢子自然怕不着他。像那家中有俊闺女媳妇的真须小心点儿。昨天他们传说，西庄里老李家的媳妇子半夜三更光溜溜地被一个小伙子背将出来。亏得她婆婆觉察咧。你说呀，人急了，什么法儿也会想出来。她婆婆恰好月经到咧，便从腿叉里掏出那宗法宝，向那小伙子当头一下。那小伙子扑地便倒，仔细一看，却是个纸人儿哩。"

　　郑氏扭头道："俺就不信，自是你胡拉八扯罢了。照你说来，大家腿叉内都须夹着那宗法宝方才妥当吗？"众妇听了，不由大笑，便纷纷告辞。唯有郑氏是独行没伴，周姆姆笑道："杨二婶小心点儿，别叫小伙子背了去。"郑氏笑道："我老人家吃了几杯酒是天不怕，地不怕。等俺捉住什么小伙子你瞧瞧。"于是一溜歪斜便奔归路。

方去北村口不远，忽见斜刺里丛树小道上唰的两条黑影儿一闪，接着便有三个黑魆魆的人儿，似乎各背一人，举步如飞，向村外僻道上便跑。郑氏暗诧道："怪呀，真是夜不说邪，难道真有教匪们夜里背人吗？俺且看他跑向哪里。"当时她借着酒力壮胆，便不管好歹撒脚便赶。无奈前面黑影儿跑得飞快。哪知郑氏偏有个拧性儿，非看看纸人儿不可。且喜她两只大脚穿的软底鞋，虽紧趁在后，前面人并不觉得。

须臾，离村里把地，前面黑影等忽然站住，轻轻一拍手，又由丛草中钻出三四个黑影，只是淡月之下望不分明。便闻最前面那黑影道："如今媳妇子都到手唎，快上软兜吧。"

郑氏一惊，险些闹个后坐儿，暗道："好奇怪，纸人还会说话，又有什么软兜儿。"怙愶之间，早见后来的三个黑影各抖一物，接背了背上的人，一行人匆匆举步。郑氏有酒仗胆，并好奇心起，依然随后紧跟。一路上穿林拨草，践历沙砾，扎得脚板生痛。不多时，已趱赴蚰蜒坡，那路径越发崎岖。约莫趱过四五里远近，夜风一吹，郑氏忽然酒醒，举目一望，乱山杂沓，怪鸟夜啼。

这一来不打紧，吓得郑氏腿子直抖，暗道："我这不是撒愣怔吗？知他们是人是鬼，便跟了他乱赶。"正要勉强转步，只见一干黑影在一个砑硇洞口前略一逡巡，兀地火燎齐燃。亮火射处，登时将郑氏吓栽一跤，想要大喊，竟惊得发不出声唎。此时不暇他计，便拼命跳起来，跟一干人进洞便赶。原来她望见软兜上是三个媳妇，并且就是若芬、妥姑和施娘子。

当时郑氏这一人洞，这个苦头就大唎。因为人家跑得飞快，火亮余光射到后面，如何能照径分明？更兼洞中曲曲折折，湿泥老苔十分滑脚，两旁并头顶上悬石纷垂，锋积峻嶒，撞一下子，登时皮破血出。那郑氏又急又慌，狠命地乱扑乱赶，跌跌滚滚，左磕右撞，及至出得洞口，业已闹得披头散发，脸上是长血直流。百忙中摔脱一只鞋子，郑氏也不理它。抬头一望，业已东方发白，鸡声喔喔。郑氏这时倒觉胆儿略壮，因为天光大亮，那一干人还依然奔走，便料得不是什么纸人，然而她却不敢声喊。

逡巡之间，又跟人家趱入一处山洞。这洞中越发难走，低矮处便须偻身撅屁股。郑氏一不小心，方豪起屁股，哧一声，已被石锋划破裤子。她挣扎之间，业已穿得好体面的屁股帘儿唎。这当儿，漫说裤破，便是肉破她也不觉得。便这等滚滚爬爬，又出得这处洞口，这郑氏的小模样儿也委实够瞧的唎。

这时天光早已红日东升，郑氏从里把地外望见若芬等被软兜兜了飞跑，不由心胆俱裂。方觇得一干人从斜刺里窄径上要偏东走。郑氏心下着急，呼一声眼前乌黑，可巧一个三尖子石块又嵌入她光板脚缝里，饶你有泼天本领也挣扎不得咧！于是一跤栽倒，当即略为晕去。及至醒来爬起，忙望那一干人，早已影儿不见。郑氏大骇，便疯虎似的奔那斜刺里的窄径。正在健步如驰，只听身旁短林中有人唤道："妈妈慢走，小可借问一声，这里是赴青螺峪的山后便道吗？"

郑氏一望，却是个俊秀少年，遍体行装，负装佩剑，业已笑吟吟趋到跟前，一见郑氏模样儿，只管微微含笑。郑氏哪里有好气，便喝道："你且闪开，俺有天大的事，丢了人咧！"少年道："妈妈偌大年纪如何还会丢人？哪个欺负你老人家，小可与你去出气如何？真个的问个路儿，你就不说？"

郑氏道："扯淡，俺是追人去哩！"说着，一拨少年，自己一转身，不想露出一大块白亮亮的屁股。少年大笑，便赶上一把拖住道："无怪你说丢人，你真个光屁股跑吗？你追什么人，快些说来，待俺同你去。"郑氏大怒，极力乱挣，无奈挣不脱，便喘吁吁道："好嘛！你这人准是和贼人一党，故意地拦住我，等我追不上人再说。须知俺腾蛟村杨家也不是好惹的。"

那少年惊问道："那么杨遇春是你什么人？"郑氏一面挣，一面道："是俺侄儿。"少年大惊，释手道："原来是杨太伯母。您有甚急事快些说来，俺与您料理去。"郑氏惊急之下，也不暇问少年是何人，便颠三倒四价略述原委。

少年大惊道："竟有这等事！您老可看准贼人的去向吗？"郑氏忙向斜刺里偏东道上一指。少年道："如此，咱快去。"于是脱下所负行装，丢入道旁草间，不容分说，背起郑氏便奔那道。郑氏但见道旁树木成排价迎面奔来，倏地便过。不多时，望见苟由仁等已奔到仙姑庙僻港边，港内有只船儿舣棹而待。少年道："您看不得杀斫的事，且藏在丛草中，千万别作声，待俺先去料理船上的贼徒，绝其逃路，方才妥当。"说罢，将郑氏安置好，拔出宝剑，身形一晃一道电光也似。

郑氏分明见那条光影从由仁等身旁飞过，他们只如不见，只乱着放下若芬等。大家且不上船，便乱吵道："苟大哥，咱们话须讲明，这三个美人由你去献王三愧，你得了好处忘掉大家，俺们不是白做这件挨雷劈的事吗？"

由仁道："岂有此理！咱们是有福同享，有祸同受。一条草绳上拴蚂蚱，跑不了你，蹦不了我，你道好吗？"郑氏望见若芬等，只急得双手乱搓，怒气冲天。忽地把心一横，方要抢去，只见妥姑一声娇叱，踊身跳起，双拳一分，便奔由仁。这一来，出其不意，众贼倒一阵大乱，呼啦一闪。原来妥姑在软兜上早已醒来，情知落入奸计。她本会些寻常手脚，所以这时竟拼命地发作起来。却是她生手慢脚，哪里济事！

当时由仁喝一声，即便交手。妥姑怒极，放出生平本领，三晃两晃，看看不支。正在危急之间，只见由仁扑地便倒，随即有个披头散发疯子一样的人吭哧一声爬在他背上，一把撤牢，乱啃乱咬，外带着放声大哭，两人顷刻滚作一团。

众贼大呼齐上之间，便见一片剑光忽地由船上飞到，只着地一旋，已有两贼头颅滚落在地。众贼一声喊，方要乱跑，忽地剑光一敛，现出个英风凛凛的少年，手提一颗血淋淋的人头，向众贼一抛道："哪个稍动，即便杀却！"众贼一看那颗头，是他那船上的伙计，于是相顾大惊，都如木雕泥塑。

这里妥姑方失声惊唤道："倩霞姊，快来救我！"只见由仁业已被那疯人一下子翻在身底下，竟自骑马势式将上去，乱咬乱抓。

少年赶去，向由仁下身只一剑，那由仁大叫晕去之间，妥姑也便赶到，仔细一瞧那疯人，不由惊叫道："婆母，快起来，如今好咧！俺那个倩霞姊可巧来救咱咧。"这时若芬业已望见倩霞，流泪之余，又见她一身男装，真个是莫名其妙。唯有施娘子仍吓得抖个不住，又望见郑氏，还死命地骑在那大汉身上，一面乱颠乱耸，一面骂道："贼强盗，你不还我媳妇儿，今天是你死我活！"忽望见妥姑在旁，便跳起来，抱住大哭。于是若芬忙赶来，先一手拖了倩霞，又一手去拖郑氏，止不住悲喜交集，泪落不止。倩霞便道："且不要乱，待俺料理贼众，再作区处。"

正这当儿，只听背后喊声大举，有许多刀棍影儿由树林中转将出来。倩霞惊道："难道后面还有贼众？"方要提剑抢去，只见当头一个老头儿，须发上尘苔狼藉，便如才出土的人儿，手持一根大闷棍，眼张失落地骂骂咧咧。后跟一人舞刀如飞，随后是一干村壮，各持刀械乱哄哄地卷来。

倩霞认得那舞刀的是张起，忙高叫道："张起慢动手，俺在这里！"一声未尽，那老头儿抢到跟前，不容分说，向倩霞举棍便打。唰唰唰一连数棍，真闹了个烟尘抖乱，并骂道："好小子，真把人冤苦咧！你抢人媳妇还不够受吗？怎连个老太婆你都撮来呢？"倩霞一路躲闪，方要去拦张起，那老儿早又奔向愣住的众贼，抢棍便打。恰好一贼该晦气，登时应声而倒。

这时张起望清少年是倩霞，又惊又喜，便火杂杂拖转那老儿道："如今滕家庄的叶姑娘在这里，料众贼插翅难逃，且审明他等再作区处吧！"那老儿一望倩霞，只是发怔。

书中交代，这老儿便是杨鸟枪。原来他昨夜睡醒一觉之后，爬起来拾根闷棍就院外逡巡一回，还不见郑氏踅转，便赌气子奔向周姆姆家。敲门一问，方知郑氏早已踅去。鸟枪暗恨道："这婆娘非捶不可，准是没要够，又向别家斗牌去咧。"一路上且想且走。忽见淡月朦胧中道旁有一物亮荧荧的，拾起一看，却是妥姑戴的一只垂莲式的耳环。

鸟枪猛见，越发恨道："这婆子万要不得咧，自己斗牌，如何还带着媳妇？"又一想，妥姑向来是不出门的，如何耳环落在此间？这么一想，不由举步如飞，想看个究竟。莽熊般撞进门，先到自己室内一瞅，郑氏依然没影儿。急跑向内院，只见正房西间内灯火明亮，却静悄悄的，门是大敞大开，急就窗一觇，连一个人儿也没得咧。

鸟枪大惊，忙转向夹道，只见角门又开，不由惊喊道："嫂嫂，且醒醒，莫非媳妇们都在东间内睡吗？"李氏惊醒，忙应道："没得呀！"鸟枪大叫道："不好了，三个媳妇都不见咧。"李氏娘子方喊得一声："你怎么说？"鸟枪早已跑向后院。一见后院门又已大开，他便极力怪叫张起，不想张起通不搭腔。一看那房门并且倒锁，鸟枪料事有异，便三脚两脚踹开门，从榻上捉住张起一阵推搡。恰好张起被熏的香力已过，跳起来道："干吗呀？"于是鸟枪匆匆一说所见。张起大怒，从墙上摘下单刀就要拔步。还是鸟枪有些主意，便登时鸣起警锣。

不多时村壮齐集，鸟枪略述所见，登时打起火燎，由鸟枪当头引路，匆匆便赶。先由那拾耳环之处向北略走，大家乱噪道："向北便通蚰蜒坡，是走不得人的，咱不如分东西两路去寻吧。"

正说着，一个少年忽由道旁拾起一个钱荷包，里面只装着两枚打庄的骰子。鸟枪认得是郑氏的物件，便道："不须说咧，快向北赶吧！"村壮中有识得道径的，便同鸟枪当先引路。大家穿过一层洞口，只见鸟枪一声喊，从地下抓起一物，向怀内便揣，并急道："快走，快走！真说不得咧，难道她偌大年纪还被人剥光了吗？"大家也不暇理论，直又穿过那处山洞。

趱得不远，却又在草间瞧见一件行装。众人喊道："从那斜刺里偏东道儿上便是奔仙姑庙僻港的路，那里大半是贼人接手之所哩。"于是张起喊一声，和鸟枪直奔将来。恰遇倩霞横剑瞭望，所以鸟枪不分皂白便打将起来。

当时鸟枪一下子怔在那里，若芬、妥姑连忙趋近，亲热热一边一个拖定倩霞，道："倩姑快说怎的改装到此，并且巧救俺们？"鸟枪见她妯娌拖住个陌生的少年，越发呆咧。但见少年道："少时再说吧，且先料理贼众为是。"

正说着，恰好由仁大叫醒来，一腿已断，更跑不得。倩霞提剑赶去，大喝道："你们这干螽贼起此歹意意欲何为？快些说来，俺或可饶你不死。"

只见由仁微微冷笑，恶狠狠说出一席话来。正是：

但修旧怨行恶计，岂料残生剑下亡。

欲知后事如何，且听下回分解。

第六回

青螺峪聚美小款曲
颜公子访侠逗姻缘

且说苟由仁一腿已断，痛得面目改色，但求速死，当时便冷笑道："俺妙计不成，唯有一死。你这厮不必张致，此事起意定计都是俺一个人儿哩。"于是自报姓名，并怎的怀恨于益，怎的定计劫若芬等，想献与三槐，怎的入院施展熏香得手，一切之事都滔滔说出。听得个少年方挫牙关，张起大怒，一刀下去，早已了账，吓得怔住的众贼一齐跪倒，哀呼乞命。

张起还想排头杀去，却被倩霞止住道："你等只留四个人来背软兜，余者速去。"众贼没命地叩头拜谢，留下四个人如飞奔到那只船上，七手八脚踢下那没头伙计的死尸，撑船便走。这里四贼只得战抖抖听候发落。

这时鸟枪却望见郑氏正偎抱着施娘子坐在地上，还一面指天画地，山嚷海骂，并数落她追来的缘由。说到热闹处，便跳起来，一拍屁股道："那会子，俺真想和贼王八拼命来！"不想双掌方下，脆脆的肉皮声响。鸟枪望得分明，方唾道："你也像个人！"只见那少年更不客气，竟跑到郑氏身后，摸着一块光屁股道："妥姑姑，快将腰巾来，先给她老人家兜上点儿吧。山风儿硬，吹一肚子风气如何使得！"

施娘子望见，便忙站起来，解下腰巾，就郑氏腿叉里竖着一兜，胡乱系牢。这一来，绝像个很大的月布。鸟枪方望着他浑家模样儿，难画难描，只见郑氏急吼吼地推那少年道："你们小人儿怎这等不知礼数，俺便八十岁也是妇道，你怎便趁势摸摸索索。看我一脚踹开你！"说着，一伸光脚板。

鸟枪跳过来道："来吧，我就料是你干的把戏，若非此物引路，巧咧还寻不着你们哩！"于是从怀中掏出一只鞋子。郑氏接来，伸脚便穿，道："这宗事儿却真亏了你。"于是妥姑踅来，附耳数语。郑氏大喜，莽熊似抱住倩霞，就腮上嘬了两口，道："啊呀，好一个叶姑娘，俺先谢谢你。"

倩霞道："你且别乱，如今大太伯母不知怎样着急，咱快回村细谈吧。"一句话提醒鸟枪，便和倩霞喝令四贼抖开软兜，将若芬等次第背起，只剩个大胖的贼背了郑氏，由倩霞、张起夹护两旁，叱令快走。

这次郑氏摸到软厚厚肉脊梁，可要解解老辈子的乏咧，于是实啪啪向下直压，压得个胖贼直翻白眼，却又不敢稍微落后，直穿过两处山洞，到得见娘村头业已筋疲力尽，不由啊呀一声，一跤栽倒，只跌得郑氏吭哧一声。一瞧那贼大汗如浇，业已口吐白沫，于是倩霞喝令众贼止步，若芬等次第都下。

众贼叩头道："如今请高抬贵手，放小人等狗命吧。"倩霞喝道："我告诉你，我就是滕家庄大战苗疆的叶倩霞姑娘，你们如不甘心，只管再来胡闹！"说着，一足踢去。不想噗一声甩脱乌靴，登时露出一只尖尖的脚儿，慌得妥姑忙拾起靴儿与倩霞穿好。村壮们惊视之间，三个贼早爬起来，也顾不得去拾软兜，就地下挽起胖贼，如飞跑掉。

这里大家一拥进村，方到那李妈门首，早见李氏娘子扶定李妈妈含泪而待。当时大家不暇述说，便由鸟枪谢遣村壮，和一行人都入去，便由倩霞先述岔向青螺峪山后之故。

原来倩霞急于晤见若芬，自别过颜公子之后，便忙忙直奔腾蛟村。距村不远却遇着个牧童儿，向他一问青螺峪的道径，牧童向一股蜿蜒小道一指，道："由此奔青螺峪的后身，比走前面山口还近得多哩。"倩霞一想，左右于、杨两家都在山中，何必先赴腾蛟村多一番周折呢？于是循牧童所指之路竟奔山后，不想无巧不成书，恰恰地巧遇郑氏。

当时倩霞说罢，并述自己接到若芬书信后改装来此并道途中一切的光景，听得个郑氏眼欢似瞅定倩霞，忽然笑道："怪不得俺媳妇妯娌俩只将个叶姑娘挂在嘴头上，小小人儿竟有这等本事！俺那会子还怨你瞅个冷子摸俺屁股。如今由你性儿，摸俺哪里都不打紧咧。"

李氏娘子一瞅郑氏裆叉，不由笑道："二婶婶且和这位叶姑娘都去扎括扎括再谈吧。"一句话提醒妥姑，拉了倩霞并郑氏便走。这里鸟枪慰问李氏、施娘子数语，便同张起出来去谢村众。

大家得知倩霞巧救若芬等一节事，无不惊异。且说若芬见李氏没吓坏，心下稍安，便略述倩霞生平。施娘子道："俺听俺丈夫说过她在苗疆从军时许多的功绩。"李氏凝想道："是咧，给妥姑做媒的不就是这位姑娘吗？如今咱可别放她走咧，也好保护咱们。"

正说着，只听帘外笑道："谁要放她走，俺娘儿俩先就不依。俺方才许了吃白斋的心愿，非叶姑娘招了小女婿子，俺一辈子不开斋的。"说着趄进，却是郑氏，业已整得光头净脸。随后是妥姑携定倩霞，早已云鬟雾鬓，换了一身女装，婷婷盈盈，依然是娇痴女儿。喜得个李氏连忙站起，方要敛衽称谢，倩霞笑道："那会子被贼胡闹，俺还没暇叩见太老伯母哩。"说罢，徐徐拜倒。慌得李氏挽扶不迭，道："姑娘倒怎的说，俺还没拜谢你哩。"郑氏噪道："嫂嫂，你那一份礼俺捎带着与你叩在这里吧。"说着，向倩霞咕咚跪倒。若芬等一见，呼啦齐跪，慌得倩霞左右挽扶。

乱过一阵，然后大家落座。倩霞述过滕蒙致意，便从怀中取出滕蒙致于益之信交予施娘子。施娘子展读毕，便叹道："书中词意，虽承滕爷期许功业，但他近来一心好道。他若不又去漫游，怎的遭此险事呢？"

倩霞笑道："于叔叔的性气俺是知得的，俟俺劝说他，或者就不想和老道打交道咧。"大家听了都笑，于是互相款谈，十分欢洽。那郑氏站起就走，道："叶姑娘，你别客气，就和俺住一屋吧。"妥姑道："娘不要忙，俺已命人收拾前厅隔壁西跨院去咧。那里宽绰清静，方便得很。"郑氏道："如此俺看他们收拾去。"

须臾早饭，大家陪倩霞用过，李氏忽觉疲倦，若芬等便邀倩霞到西间内畅叙契阔。下午大后，那岑妈妈在腾蛟村闻得警信，也便跑来慰问一切。原来岑妈妈一向在村，与杨宅两家照应一切。当时，施娘子询知于益还没转来，十分闷闷。

过得两天，不想李氏娘子因吃了惊恐，夜冒风寒，忽然一头病倒，十分沉重，睡梦中惊惊茸茸，只是呼唤遇春兄弟。这时于益也便转来，及见倩霞，得知苟由仁一段事，便道："近来教匪们越发披猖。俺料那颜大人还许放俺不过，因此俺时时出游，以避其搅。如今倩霞来得正好，刻下村中安如泰山，俺更可纵游山水办俺的大事咧。"倩霞笑道："什么大事倒招得俺于婶婶终日怙惙，就怕你白日飞升抛下她哩。你看教匪日甚，将来皇上想起咱们平苗的一班人，只怕不容你逍遥自在哩。"

于益笑道："匹夫不可夺志！漫说是皇帝不能强俺，便是三头六臂的人出来也强俺不得。"倩霞笑道："你也别将话说满了哇，天下事哪里料得！"大家谈笑一回。于益道："如今杨伯母思子甚切，即当遣张起入京报知。便是遇春兄职务羁绊不能便来，逢春来也可少慰伯母哩。"大家点头称是，便忙忙令张起北上，所以张起到京，正是额公起用遇春等准备从征的当儿。以上所叙，便是张起来京之故。

当时逢春和林樾听毕，即便罢酒。逢春只焦躁得摩肚皮，林樾笑道："凡事有前定，俺没说这次出征你不准就去吗？"正说着，遇春趑回，望着逢春挥汗道："你看这事怎处？如今额公出征在即，俺既蒙恩派为参赞，势当随行，但是母病又甚，更当急去省视。"逢春脱口道："大哥不必着急，方才张起细说伯母病状并非甚重，不过是思念你我，俺便随张起先去省视，随后再从征如何？"因顾林樾道，"这倒应了林兄的话咧，俺不准就能从征哩。"于是林樾大笑。遇春沉思半晌，也只得如此办法。

逢春却笑道："林兄真有个鬼八卦门儿，你能晓得额公方才所谈的军事计划，俺才服你哩！"林樾笑道："这有何难？额公用兵大意就是先扼湖北，截断他川陕的联络；然后再相机用兵，首清湖北，次肃四川，最后方收拾陕局。"因屈指道，"自教众乱起，而今已六个年头，合成九数，便是妖匪歼灭之期。不出三年，公等功业便大就哩。"

遇春骇然道："额公所谈计划诚如兄语，因为四川有颜敏政和刘清尚可支撑危局。陕西高天德，既比他匪较善，且喜杨芳还能助陕抚料理一切。唯有湖北陈红英最为骁悍难制，所以额公想先提大军控扼那里。并且近来陈红英雄踞襄阳，手下各教目分据险厄。她已僭称什么圣莲女帝，宫室服用业已僭拟无度。便是她的教下悍目等都加以种种伪封号。她猖獗如此，只怕三年光景未必能平吧！"

林樾笑道："此辈亦乘气数劫运，时至自灭，不须虑得。"二人谈至夜分方睡。次日，逢春和张起匆匆就道，直奔家乡。这里遇春一面飞函报知滕芳、滕荟并杨芳等，一面整理一切，邀同梁国安随额公出征。一切繁文暂且慢表。

且说逢春一路上紧赶慢赶，不日抵家。大家晤面，各谈些两下情形，自然欢喜非常。李氏娘子欣喜之下，也便病愈。逢春便噪道："伯母这场病简直地和俺过不去。不然，俺和大哥都去杀贼，何等快活！"因顾于益并倩霞道，"咱们过两天快赴大军去吧。"

于益笑道："你别拉俺，这次俺可不奉陪咧。"逢春笑道："俺知你曾却颜敏政招致之意，自鸣得意。等有机会，俺偏拉你出去，单叫你做不成老道。别人不用提，于嫂嫂先须念俺的好处哩。"倩霞拍掌道："妙，妙！俺也算一份儿，咱偏想一百个法儿将于叔叔撺弄出去。"众人听了都各大笑。

转眼间过得个把月，逢春只盼遇春来信，以便奔赴额公大营。于益也不理他，越发地谈玄讲道。那倩霞更闲暇无事，或从于益讲些武功，或从若芬等说说笑笑。

一日郑氏同若芬等都在西跨院中闲谈，恰值午饭，便开在倩霞屋内共食。那郑氏果然一口白斋，就那么硬吃淡饭。大家见她淡得难过，施娘子便笑道："咱自祝告着叶姑娘早晚定姻，二婶婶就心愿都毕咧。"

倩霞笑道："那么她老人家就吃一辈子白斋吧。"妥姑笑道："这是什么话呢？"倩霞道："俺早思之烂熟咧！俺一个人儿何等摆脱一切，俺为甚落世俗圈套去定姻呢？"

郑氏道："可了不得！谁家姑娘家许说这等话呀？当初周公老爷子最通人情不过，所以才定下婚嫁大礼。俺不晓得别的，俺就晓得两口子熟火罐似的，你靠着我，我靠着你，和和美美过一辈子，比什么都强，你当是一时半晌吗？天长日久，孤零零地只钻自己的被窝儿，你当是玩的吗？便就俺偌大年纪，偶然隔些日不见俺那口子，还觉着没着没落似的哩。"说着，一瞟若芬等道，"像你们年轻人儿还用提吗？"

施娘子笑道："哟，你老人家别说咧！亏得此间没有外人，什么意思呢？"郑氏正色道："怕什么呀！俺说的实话，孤阴不生，独阳不长，这不是眼前道理吗？是个母就须配公哩！不然，老天爷为什么用那样巧妙手段把男女的凸

433

儿凹儿制造得合合适适呢？"说着伸眉展眼，仿佛没事人一般。这一来招得施娘子笑不可止，便是若芬和妥姑也忍不住樱唇齐绽。

正这当儿，只听院中有人嚷道："娘吵什么合适呀？俺一径闷在家里，怎还合适呢？"说着闯进一人，正是逢春，背后还跟着个摇摇摆摆的于益。

郑氏方又要张口，早被施娘子一把掩住。妥姑红着脸儿去拉倩霞道："都是你，都是你！"倩霞百忙中想寻事隔断郑氏的胡噪，便笑道："于叔叔等来得正好，俺今有一册古怪书，是俺父亲赐予俺的。大家看看，谁能认得那字儿，俺便服他。"妥姑趁势也打岔道："你只有服的人就好办咧！"于是倩霞寻出那古锦囊，取出那册《说剑寻源》。

大家齐看那字，都各搔首。逢春道："俺是不成功，于兄多读道书，想还认得。"这时于益只管沉吟。倩霞以为他能认奇字，乌漆漆两眼只管盯住他。却见于益道："尊公赐你此书，可有甚嘱咐吗？"倩霞道："俺父亲只说了两句没要紧，叫俺好好收藏，又是什么将来缘法都在此书。俺想这字儿谁都不认得，是没得人缘的咧！可惜此书画载剑术之秘，大睁着眼不认得字，也是恨事哩！"

于益一听，索性合了眼，只管沉吟，并嘟念道："缘法，缘法！"逢春望得不耐烦，猛嚷道："你认得那字吗？"于益张目道："俺哪里认得！"逢春唾道："俺见你只做嘴脸，只当你认得哩。"大家听了，都各一笑。于是倩霞收起书来，便随手挂在壁上。

恰好那正院中有村客来访，于、杨两人起出，接待过送客去了。逢春道："这两日闷得很，且向村头望望吧。"说着和于益步向村头。

正在徘徊舒眺，只见两骑马从大道上徐行踅来。前一骑上是个老仆，后一骑上是个翩翩公子，意态温雅，衣冠整洁，满面上书气盎然，用鞭一指村中，道："老伙儿，咱就在此下马吧。"于益方暗想这少年骨相不俗，只见那老仆和少年一齐下马，一径地踅近村头。

那老仆向逢春恭敬敬地一站，道："借问一声，此村中有位于益老爷住在哪里？"于益方道："他……"逢春向于益一指道："只这位就是于老爷，你寻他做甚？"老仆一听方笑逐颜开，那少年早拱手趋上，道："原来足下就是于君。小子颜慕曾，奉家父之命前来叩谒，并有要言相商，且请到府面陈。"于益一面还礼，一面暗道："这一下子可坏咧，他定要缠账不清哩。"原来于益等听倩霞说过颜公子，并且颜大人曾遣人请过他，所以料得颜公子忽然过访，定是颜大人放他不过。

当时于益没法儿，只得和逢春引路一径踅回，就正院中客厅落座。宾主寒温罢，款谈数语。颜公子久知逢春等的大名，对逢春十分起敬。须臾仆人献过茶，那老仆全详安置了行李马匹，也便踅进伺候。便由公子向于益一说

434

来意，果然一如于益所料，颜敏政这次更是竭诚敦请，所以特命公子将意，就如自己亲到一般，并命公子专候于益应允，不然不许转回。

那公子殷殷致辞，好不恳切，闹得于益只管搔首，唯有暗恨逢春嘴快，便笑道："公子不须如此，于益本一山野鄙夫，并且疏散性成，实系不能应命。公子不弃，只管在此盘桓，将来由鄙人作书，叩谢大人提拔之意便了。"那公子如何肯听，当时敦请再三，于益只笑而摇首。逢春躁得不耐烦，便道："于兄你就去一下算得甚事？你多早晚杀贼尽兴再回来，误不了你当老道不结了吗？"于益听了还是微笑。

逢春赌气子踅出客厅，略一逡巡，向西院中便跑。恰好倩霞掀帘踅出，逢春不容分说，拖住便走道："霞姑快瞧瞧去，你救的那个颜公子恭恭敬敬地寻将来，定要叩谢你这位大恩人。"

这句话不打紧，郑氏和妥姑等人一齐都出。郑氏便噪道："真也是呀，救命大恩他是应当叩谢的。咱且瞧瞧这颜公子的小模样儿再说。"倩霞笑道："你听俺二叔胡说哩！颜公子他如何晓得俺在这里？俺如今已非男装，对厮面他也不认得俺。"逢春道："你不信便罢，他虽不知你在这里，他却真个候在正院客厅中，正和你于叔叔缠个不清哩。"因将颜公子敦请于益之事一说。大家听了都各惊异。

倩霞眼珠一转，忙道："别的闲事俺不管，二叔你们如向颜公子提俺一个字儿，俺马上就离此地，只叫他和于叔歪厮缠去吧。哈哈，俺看于叔叔这次是怎么办！"逢春笑道："施恩不望报，正该如此，俺为甚向他说你呢？却有一件，霞姑从此须藏得严实实的，颜公子不定几时才去，你若被他张见，一定又是个小麻烦咧。"倩霞脖儿一梗道："那也没什么麻烦的，不过受他个头儿罢了。"于是逢春转步，随后悄悄跟了一大群人，就客厅窗外悄悄一觇，果见颜公子正和于益娓娓而谈，真个生得珠圆玉润、风神濯濯。

大家见了，都望倩霞抿嘴儿笑，于是一同转步。郑氏跨进西院，便噪道："好个俊公子哥儿，俺看他眉儿眼儿就是太觉斯文些，不然，他那俊样法倒和倩姑娘像一对儿。"妥姑忙一拉郑氏，逢春却嘻开口憨笑，倩霞也没理会。

少时，于益也笑吟吟踅将来，望了倩霞只是笑。倩霞道："于叔叔，你仔细，你若向颜公子说出俺来，俺是不依的。"于益笑道："人家口里谈起叶青云来，只管感念不置，干你甚事？"大家听了不由都笑。

从此，颜公子一住十余日，坚意敦请。于益哪里肯应，只一味价殷殷款待，闷得个公子垂头耷脑。哪知暗含着更闷坏个活跳跳的叶倩霞，原来她因西跨院密迩客厅，唯恐颜公子张见她，只好由后边角门踅入正院，和妥姑等终日厮混。又搭着颜公子真个不去，于益又真个不应允，这期间倒急坏了她，便和逢春力劝于益出山。那于益却依然将头乱摇。

一日，颜公子早饭后闷坐良久，在空庭散步一回，只见一个花白狸奴由西跨院跑出来，望着公子前蹿后跳，十分有趣。公子信步去捉它，逡巡之间已入角门，抬头一望，不由心怀大畅。正是：

秘籍未曾觇凤篆，良缘引到赖狸奴。

欲知后事如何，且听下回分解。

第七回

识奇字公子结良缘
据襄阳红英称女帝

　　且说公子一望满院中花木清幽，十分宽敞，地平如砥，靠墙根还有小小兵器架儿。正室三楹，帘影深垂，东间儿茜窗绰约，有微微篆烟从帘隙氤氲而出，静悄悄不闻人声。

　　公子暗想道："这所在如此幽雅，定是于益习静参道之所。可奈他不肯出山，这便怎处？"沉吟间步入正室，向东间儿一掀软帘，有一股微妙幽香扑入鼻孔。只见室内几榻整洁，并有镜奁妆台等类。靠北是一张美人榻，罗帐高揭，上置锦衾角枕，榻帏深垂，下有踏凳。东壁长案前堆两本书籍，还有只古锦囊挂在壁上。壁上挂一幅《庄子说剑图》，画着五个剑士瞋目按剑，短后之衣，生气勃然。另有一具红泥长囊也挂在壁上，似乎是囊琴，却又扁而且细。

　　颜公子为人沉酣典籍，凡百物事都不大留心，何况陈设等物？当时公子只觉这室儿甚是雅洁，便随意坐在案前揭阅那本书，却是一本缺篇少幅的《聂隐娘传》并一本少头没尾的《会真记》。公子拈起《聂隐娘传》，略为翻阅，暗笑道："文人狡狯弄笔，便幻出这等女儿。世界上哪里有如此奇女？"将书置下，不由想起敦请于益的心事，一阵阵思烦倦困，趄就榻上，将身卧倒。方一着角枕，只觉另有一股脂香发气，甜甘甘的好不令人神魂舒畅。

　　正在迷离之间，忽觉有人轻唤道："公子醒醒，怎长天大日的困倦起来？"公子睁眼一望，却是于益，手内折叠着一卷道书，道："俺寻公子问两个奇字，不想你却在这里。"公子连忙站起道："此间想是足下习静之所，俺冒昧高卧，得罪，得罪。"于益随口唯唯，两人就案前落座。公子指示毕书上奇字，于益赞道："公子端的博学。"忽一沉吟，取下壁上锦囊，抽出一册书道："俺今日斗胆试试公子奇才。此书字迹委实奇怪，便请指示如何？"

　　公子一看书面，题着"说剑寻源"四字，因笑道："这定是足下所藏的剑术秘籍了。"于益道："俺如何有此宝书？这便是此室主人的哩。"公子听了，也没在意，便将那书反复细玩，拍案惊叹道："此等剑术秘籍旷世难逢，用此奇字想是著书人慎重真传之意。可惜小子不谙武功，只能认识此字讲解书中之义罢了。藏此书之人定然非凡。"说着，揭到书末尾，忽见有一行细字道："书付倩霞儿永宝之，一清识。"

公子沉吟道："这倩霞便是藏书之人？怎的却好似女郎名字？"于益大笑道："不必管她，不但此书是她的，便是此室也是她所居。公子既识此字，她必然恭敬请教。你且少待，俟俺寻她去。"说着含笑跑去。

这里公子一面手执那书，细玩词意，一面就榻前来回大踱。忽然袍风一漾，漾起榻帏一角，只见榻下脚凳上尖翘翘放着一双褪旧女鞋儿。

看官须知，这若在纨绔公子，顶体面了也须瞅两眼，怙惕一下子，颜公子却不理会，依然顺势向榻歪倒，只管细看那书不提。

且说于益趑向正院，恰值倩霞在李氏娘子室和若芬、施娘子大家闲谈。这室内只有逢春夫妇，于益悄笑道："逢老弟，今有件事和你夫妇商量。当初你夫妇撮合都亏倩霞，如今倩霞有绝好的一门良缘，咱大家与她成就起来岂不甚妙！"因将颜公子能识奇字之事一说。

逢春悄笑道："妙，妙！这事儿容易得很，咱就此撮合起来吧。"妥姑微笑道："你且慢吵，别将事看易了。倩姑对我无话不谈，她是立志不嫁的。如今妙在有颜公子能识奇字的机会，只须令颜公子盘马弯弓，别轻易放箭，倩姑为学剑术起见，便不容她不变素志咧。俺再竭力劝说，或可事成八九哩。"

于益笑道："妙，妙！俺也是如此落想。待俺先瞧瞧颜公子去。"于是重新趑回，就窗外唤道："公子少待，书主人就来。但是此人性儿高傲，轻易不求人，如今她求你讲解奇字，你却须端足架儿，拿定筋节，折服她的傲气。万一你有意思求她些事儿，便大可有挟而求了。"

公子唯唯之间方在不解其意，窗外于益又已趑向正院。方一脚踏入，便听得逢春憨笑道："倩姑你只吵施恩不望报，这次俺看你去见颜公子不哩。"倩霞笑道："俺若知他能识奇字，早就去求他咧，还等到这时？大约着不须俺求他讲解，他想起俺救他一场，难道还能拿调腔吗？"又听得妥姑咯咯地笑道："那也难说。你只须不负他讲解之功，他一定乐得没日没夜教你这个得意门生哩。"

于益听了，就知逢春夫妇已向倩霞说明原委，暗含着打趣她，便一声不哼，没事人似的趑进去。这时倩霞正背着脸儿向妥姑笑道："也没见这颜公子怎悄没声地就钻到俺室内去咧？亏得俺的鞋脚儿都藏在榻下，不然什么意思呢？"一言方尽，只听背后道："实不相瞒，人家早已在你榻上睡了一觉咧。"

倩霞猛吓得一哆嗦，回望是于益，便笑道："真个的吗？于叔叔，你就该拦阻他才是。"于益道："岂有此理！主人岂可拦客高卧？并且人家就叶青云榻上歇息，干你甚事？"于是众皆大笑。

那倩霞正苦于不识奇字，难学真传，今忽有人识得，真是高兴到十二分。当时便不暇多话，跟了于益便走，却不知怎的，一颗芳心只管扑扑乱跳，暗想道："好奇怪！俺叶倩霞东颠西跑各处游行，什么人物没见过？怎的今天见个亲手拯救的颜公子倒有些不得劲儿呢？"怙惚间已到自己室内。这时心头小鹿越发撞得厉害。只见于益将东间软帘一掀，倩霞忙望去，果见颜公子安稳稳卧在自己榻上，不但头枕角枕，并且手抚锦衾。可巧榻栏干上有倩霞换下来的一条束裤罗带，那带穗儿直拂到公子额角。哈哈，说也不信，便是这番平平无奇的光景，登时将个生龙活虎似的叶姑娘小脸蛋儿臊得通红。

正在趑趄之间，便见于益笑喊道："公子快起，人家书主人亲来领教咧。"公子呀了一声，抛书站起，便见眼前光华四射，于益身旁站定一位绝世丽姝，高髻淡妆，笑吟吟梨窝微晕，忽地徐徐万福道："公子别来无恙，可还记得小可叶青云吗？"

这一声不打紧，直将公子呆在那里，仔细一端详，不由翻身便拜，连道："奇事，奇事！"慌得于益扶起公子道："公子欲知原委，且听俺说。"于是三人落座，由于益细述倩霞的来历。

公子一面听，一面端详倩霞，惊叹之间早挂出欣慕的颜色。那于益口虽忙碌，眼也不曾偷闲，互觑两人的神态，不由心中暗笑。及至把话说完，公子叹道："怪道叶青云那等豪爽不羁，原来是当代侠女叶姑娘救脱俺主仆性命。小子到成都后，曾将此事面禀家严，家严感谢之下即便饬令所属物色叶青云，以便报德。梦想不到，是姑娘乔装游戏。"说着站起，向倩霞又是一个大揖。

倩霞还礼笑道："公子到此多日，俺所以不敢相见者，就怕你们斯文人儿礼数太多，惯会缠人，不怕针尖大的事也只管道及不清。"于益大笑道："礼多人不怪，咱且吃杯茶谈正经。"说着瞧向窗外，恰见全祥后影儿从角门边走过，刚要唤他泡茶，公子也便张见，忙唤道："老伙快来，你我的大恩公在这里哩。"

倩霞方笑道："好厌气！"全祥业已闯然跑入，一见倩霞，那一阵吐舌咂嘴惊异之状倒招得三人哈哈大笑。于是公子草草一说原委，全祥喜道："竟有这等事！"于是扑通跪倒，向倩霞便是四个大响头。倩霞忙扶他起来，转笑道："你老人家越发白胖了。记清了，咱到下站还要那十两头酒筵。"公子等听了，不由大笑，于是全祥泡得茶来，还毛毛眵眵瞅了倩霞两眼，方一路嘟念着出去。

这里三人用罢茶，那倩霞跳起来，从榻上取了那书，即便向公子殷殷请教。这时于益在旁，一声不响，只秃撒着两眼，单瞧公子的神情儿。只见公子一壁厢对书，一壁厢注定倩霞，先将书中剑术一条条说了个天花乱坠，只喜得倩霞抓耳挠腮，便笑道："好来，好来！真是与君一席话，胜读十年书。一条条想是纲领大概，至于详细节候功夫并湛深妙理还求指示。依俺之意，尽此一日的工夫你都教给俺吧。不然令人茶饭里也思，睡梦里也想，如何当得？"

公子一听，略为沉吟，又慢慢抬起眼皮，注定倩霞道："这个却性急不得。"于益一听，情知公子有些意思咧，便噪道："对，对！性急不得，慢慢地来，自然八下里都合适咧。"公子道："姑娘如欲得此书的奥妙，先须如小学生一般从认此字上入手，你想可性急得来？"于益点头道："不错。"听得个倩霞只管发怔，顿着小脚儿，咬着唇儿，眼欢似看定那书，通没作理会处。

正这当儿，逢春大笑而入道："倩姑娘有此奇书，偏偏颜公子识得奇字，真是天缘凑……"于益赶忙尽力子一使眼色，道："你别乱吵，你能识此奇字吗？"逢春吐舌道："俺可没此本领。"哪知于益眼色使得过火，却被倩霞略为瞧科。

看官要晓得，英雄儿女原是一档子事，是真英雄便有性情。叶倩霞虽然是个飞行侠女，立志价摆脱俗情，但是她如月芳年，眼见若芬等都嫁得英雄夫婿，若说她小心眼内不生感想，这就不在天理人情中咧。你看古来侠女至不济还要寻个磨镜少年做配偶，可见是儿女情长不易消灭。何况颜公子这等人物，朗若玉山照人，并且能识奇字，这一桩先缚住倩霞。再者回想巧巧救他脱险一场，不能不说是有些缘法。综此种种原因，所以倩霞一瞧于益眼色，不由一点红云渐渐地晕满两颊，慢闪秋波，只好向逢春笑道："二叔若认得此字，不省得俺苦苦求人吗？"

公子忙道："姑娘莫怒，咱且慢慢计较。"于益道："对，对，事缓则圆，咱们别尽管在人家闺阁打搅咧。"一句话提醒公子，便向倩霞连谢无状，当即和于益等转回正院客厅。

这里倩霞对着一卷书痴痴呆想。想一回父亲付书的情形，又想一回途救公子的情形，又想一回再巧不过两人在此晤面，并且偏是他识得奇字；又一怙惚于益的神色，不由芳心怦怦，闹得面红耳热，痴对那书大半晌。

千头万绪正没作理会处，忽望见榻上角枕已被颜公子压了个凹儿。倩霞略起遐思，竟觉得软洋洋的浑身无力，便长叹一声，执了那卷书就榻歪倒。正在似忧似喜、百无聊赖的当儿，只听帘外咮地一笑，随即有半个娇面孔露在帘缝。倩霞忙翩然坐起，那人已搴帘径入，直就榻上坐定，用一手挽了倩霞道："倩姑姑，你猜俺来有什么话说？"

倩霞一瞧是妥姑忽然有些厮缠人的样儿，不由因逢春、于益那会子那番神色，联想到妥姑定是一党，便矫作镇静道："俺非你肚里蛔虫，如何知你说什么！"妥姑笑道："咱今打开窗户说亮话，如今颜公子敬慕姑娘，恰好他尚未授室。"倩霞脸儿一绷，道："你别说咧！"妥姑道："说，说，说定咧。"便一气儿赶下道，"他方才已求你于叔叔等做个大媒，诚心求婚于你。你是怎么办吧！人家话儿更说得老气，只要你允此婚事，那卷奇书便算装在你肚儿内咧。"

倩霞惊笑道："他就是如此说吗？俺拼着不认奇字都没要紧。俺是立志不嫁，难道你不晓得吗？你由着于叔叔作难去吧。阿弥陀佛，一报还一报，人家恨不得磕头礼拜求他出山，他怎么作难人家来呢？"原来颜公子和于益等赶回客厅，谈过数语，即便求婚。

于益慨然以月老自任，他料得倩霞定有一番缠账，所以先使妥姑来软磨，却没想到反将自家缠在里面。不然蜀中王三槐之乱，若非他两个一咬扣儿怎会平得爽快呢？由此看来，颜公子小小一段婚姻也就大有关系了。

当时倩霞说罢，一歪身仍然卧倒。随手捞那书掩上面孔，并用脚尖蹴着妥姑的臀儿，道："去，去，你这个人敢情相与不得的，越趁人心下发烦，你越来打趣。"妥姑笑道："啊哟！这可臊的是哪家子呢？当初你怎么硬掐脖儿磨俺来呢？如今……"

倩霞呼一声丢掉书，道："如今怎么？难道俺逢春叔的人物还不好吗？"妥姑笑道："好，好，好！正因他好，所以俺才想你好。你若好了，是挂带着颜公子也便好。你们是一床两好，俺故此做这个好人儿。"倩霞斜丢她一眼道："你多早晚也学得刮嘴搭舌？倒真似个媒婆子的嘴咧。"妥姑道："闲话休提，你到底怎么办吧！人家于叔叔还听俺回话哩。"倩霞唾道："你管他哩！"

妥姑趁势也便歪倒，竟附倩霞耳根低低密语。那倩霞只合了眼儿，连道："不，不！"妥姑道："你看此事真是姻缘天定，你父亲付你奇书，便有深意。怎的那么巧你救了颜公子，偏是他识得奇字。你若不允此婚，真是当面错过习剑术的机会，恐怕走遍天下，也无人识此奇字咧！"倩霞张目道："俺不习剑术也使得。"正说着，恰好那罗带穗上飘下一条乌油油的短发，妥姑灵机忽动，便拈发笑道："你看这根短发不像你的。"于是又附倩霞之耳悄悄数语。

这次倩霞忽然十分忸怩，道："你这话倒不差，咱们女儿枕榻岂可容男子醉卧？这便怎处呢？"正说着，只听帘外哈哈一笑道："啊呀！叶姑娘可憋煞我咧！你老实实一口应允不结了吗？"倩霞忙推妥姑跳起之间，已见郑氏闯然竟入，乱噪道："俺没别的盼望，俺就盼望你允此亲事，先开开俺的白斋也是好的。不瞒你说，俺再淡上两天，真个口中淡出鸟来咧。"后跟二人却是若芬、施娘子。

倩霞一瞧，料是于益布置的十面埋伏，因趁势慨然道："俺虽有意允此亲事，归到颜门，但是如今蜀中方乱，俺既做颜家媳妇，自然须助颜大人平贼。若于叔叔不去助俺，俺的手段如何是王三槐的对手呢？如今这段姻事不必问俺允不允，先问于叔叔去不去吧！"

一言方尽，只听院中大笑道："你这步棋俺已料个不差什么咧，谁叫俺好管闲事呢！俺便依你如何？"说着赶进两人，正是于益、逢春。

倩霞道："于叔便依我还不妥当，你若反悔不去呢？"逢春笑道："我的保人，他若不去，朝着我说。"

正乱着，恰好李氏娘子听西跨院内说笑热闹也趑将来，因笑道："倩姑允此亲事再好没有。你于叔若撒赖不去，待老身作保何如？"众人一听，都各拍手称妙。

倩霞见此光景，情知于益、逢春便如孙悟空搬取如来佛一般，自己是不能不伏首皈依咧。正在笑滋滋乱望众人没作理会处，只见郑氏攒眉道："叶姑娘你便允了吧。真是如今的年轻人儿不好说话，俺记得当年他二叔求亲时，俺只探探他不缺鼻子、不少眼，便模模糊糊搭趁上咧。若像颜公子这样漂亮脸蛋儿，俺可不会说假话，还用大家伙如此撺掇？俺早一口允定，还怕猛然出个破头星哩。"

众人听了不由哄堂大笑。唯有倩霞极力地咬住樱唇，不使开绽，但是眉梢喜气哪里遏抑得住，只低头面色一红的当儿，大家已知事儿停当，便由于益、逢春两个大媒先去回报颜公子。公子自然是心花怒放，更喜的是于益出山，于是匆匆价转赴成都，禀知颜公一切情形，以备使人专迎倩霞完姻并于益相助办贼，这且慢表。

如今且说那湖北教首陈二寡妇田红英自占据襄阳以来，真是声势日盛。五六个年头累败官军，蹂躏各地，一时杀戮凶淫之惨也就不必细述。手下各大教目如冷田禄一般人各率悍股分据险要。亏得一干人但知威福任意，抢掠快活，殊无远虑。就中唯有柳方中有些机谋智计，累劝红英联络川、陕两处，以便伺隙大举北犯。

无奈这时红英业已器小易盈，淫乐迷志，就襄城中大修宫室院囿，土木壮丽，僭拟王居。其中分前殿后宫，修得来千门万户。前殿为朝集教目之所，后宫为燕息淫乐之地。多蓄男妾，朝夕进御。更选精壮美男千余，入为宿卫军，一色的熏香剔面，打扮得如优伶一般。红英自号为"圣莲女帝"，出入间鼓吹喧天，幢幡宝盖，前张黄盖，后竖翠旗。红英结束得衣服奇丽，或坐软舆，或乘骏马；另有十二个童男，都是珠冠锦衣，各扮作天女天魔，手执巾拂提炉等物，在面前摆作头踏。所过之处异香馥郁。

那红英等闲价更不轻出，伪言静居修真，更广为种种妖幻之说，以坚教徒之志。其实红英却日居后宫，宫中有所望真阁，修造得便如隋炀帝的迷楼一般。红英除略为料理兵事外，便时居此阁恣其淫乐。

你想红英荒惑如此，哪里肯听柳方中的计策？又搭着官军累败，志满而骄，便是教下军事她也一大半靠给冷田禄、马胜等人。冷、马两个骄淫满志，和红英是一个病儿。两人初为争红英之宠，早已渐渐地各不相下，势同水火。

马胜有时高兴，还肯到红英跟前点缀旧情；那田禄本是流水性儿，这当儿劫掠得娇花嫩蕊，还愁没精神采撷不了，哪里还肯施舍菩提露再倾向那两瓣旧红莲呢？于是每见红英情意疏落，反假意劝红英节惜精神以就大业。好在红英此时委实不缺他，也便不以为意。

哪知马胜专会与人小鞋穿。一日和红英款洽之间，红英笑道："你这桩事就是没够！你看田禄倒老气多咧！"因将田禄劝语一说。马胜通不作声，只连连作势道："俺说与你吧，你这朵过时的残花只有俺来做个秋末的冷蜂儿，人家是不来这里的了。"因将田禄近日跋扈淫恣之状一说。

原来田禄率领精悍教匪雄踞武昌、襄阳之间，地名荆花堡，与襄阳取掎角门户之势，屡却官军，他的功绩最多。虽有宫槐、汤无畏颇能相机运筹，白鹏、飞燕十分英勇，无奈田禄骁悍异常，又搭着吴兴礼等一班大教目各拥悍匪四出游扰，处处价被其牵掣，所以宫、汤等竭尽智勇，只办得一个守住省垣。其间田制军屡欲招抚田禄，因知他的出身来历随杨遇春平过苗疆，便两遣舌辩之士前去说抚。

田禄大笑，都将使人唾面逐出。红英知得了，虽然心喜，却未免也稍有怙惚。那田禄恃功而骄，自不消说。一日，田禄掠得一名美妇，十分妖娆，只就是泪痕不干，轻易不笑。那田禄用尽方法，竟不能博其启齿。问其所以，那美妇叹道："吾本孀居，亦无子女，只有一个弟弟依吾相居，如今被你等一番劫掠，吾弟竟自相失。骨肉都尽，吾的欢乐从何得来？"说着，痛哭不已。田禄道："俟吾与你查访他，或能相遇亦未可知。"因问明美妇之弟的面貌。

事有凑巧，不消几天竟有人来报，说那美妇之弟已被掠在总教下，充教主男妾之列咧。于是田禄使人求取此男。红英虽舍不得那男子的模样儿，然为笼络田禄起见，居然放出肥肥禁脔。

又过了些日，红英偶念旧情，更要问问田禄特求此男是何意思，便命人去唤田禄，准备叙旧。哪知田禄正在密室中置酒为乐，左拥右抱。当时使人承唤进得密室，仔细一看，不由吃惊。只见密室中衾枕横陈，花香馥郁，四壁上满嵌明镜，下铺锦毡绒毯，更有许多秘戏精图贴满壁隙。有五六个美妇人都脱得只着红兜肚、红鞋儿，正在那里踢毽儿耍子，端的好一番光景。

这一番奇艳光景直将使人怔住。只见田禄短衣高坐，正望了一群妖娆拈杯大笑。当时使人忙致红英之命，田禄冷笑道："俺这里还只愁快活不了，烦你回复教主，只说俺偶沾微恙，恙愈便去。"那使人怕他厉害，不敢违拗，只得趑趄转复命。

红英信以为实，也没理会。不想那马胜的暗探早将田禄欺谎一段事报知马胜，那马胜装在肚里也不说出。一日，马胜正思量排去田禄，自揽权势，方在皱眉深思之间，只见一人匆匆而入。正是：

欲知密侦心头事，都在仓皇急步中。

欲知后事如何，且听下回分解。

第八回

争权宠冷马大火并
伸天讨江汉动干戈

　　且说马胜一看来人却是他的暗探。马胜道："你为何慌忙如此？"探子道："好叫马爷得知，如今总教主因汤无畏拟出奇兵抄袭我们的某路，特命冷爷火速赴援。不想冷爷逡巡玩命，所以触动教主盛怒，立时想去亲捉冷爷，以正其罪。多亏柳爷相劝，方将此事按下。"马胜一听不由大喜，便狗颠似由他驻扎之所驰赴红英处。正值红英余怒未息，闻得马胜来见，便冷笑道："这干旧人没一个好东西！立命他速回原防，不许觐见。"

　　那马胜且有个赖皮性儿，便登时鹄立门外。半日之久，业已更枋敲动，恰遇柳方中从内出来，马胜便做鬼脸杀鸡儿地央他说情儿。方中沉吟半晌，却笑道："老兄莫怪我说，你进见不打紧，却不许说田禄的坏话。俺好容易按下一堆火，哪里禁得你去拨撩？你等争权宠事小，却要顾全大局。自家内讧没有不败之理哩。况且近闻朝廷颇有意起用额公，咱教正在用人，岂可无端水火！"马胜道："你放心吧，俺说田禄做甚？俺不过告告奋勇去御敌人罢了。"于是方中引入马胜，自行退去。

　　这里马胜见红英于密室，用了许多小心温存的手段，方将红英服侍欢喜。他情知田禄根深，不可猝拔，果然不提田禄，只讨了那赴援差事，将无畏奇兵杀退。从此马胜在红英跟前大得脸面。然而红英虽不悦于田禄，还不致发生事故。哪知贼运当败，偏有事儿来挤凑。

　　一日马胜部下掠得两个美女，路过荆花堡，却被田禄部下硬夺去献于田禄。又一日，各大教会会饮，那田禄顾盼自雄，旁若无人。马胜本已酒多，见此光景，未免气愤愤的。恰好田禄行酒，座中有个教目抵死不饮。田禄叱道："哪个不饮，叫他晓得俺的拳头！"

　　那教目没奈何，只得攒眉领酒，一口气喝呛咧，大呕大吐。田禄大怒，竟立命左右生叉出去。满座上面面相觑，正在没趣，田禄飞向马胜一杯，道："马兄快饮，你是尝过俺拳头滋味的，不须俺再废话了。"

　　马胜一听，顷刻气冲两胁，待要发作又是不敢，只得一捺盛气，反哈哈一笑，草草饮过。从此马胜决意排除田禄，只伺隙而动。可巧这日和红英款洽之间，因红英提起田禄，马胜便趁势进言。这当儿正是额公提兵出征的当儿。

且说红英听马胜说罢，仍挽了马胜脖儿扑两扑道："你别胡说咧，难道田禄就这等不知好歹？他既在荆花堡重地，又搭着近来北京的大头子很有意起用姓额的。他军事忙碌，自然不像你只有闲心儿想这勾当。"

马胜冷笑道："你也被一干男妾搞昏咧，只钻在望真阁中受用，哪知田禄弄的好乾坤哩！"因将田禄前时节推病并抗命不赴援两段事细细一说。

红英听了，蛾眉微竖，只恨恨一咬唇道："哦，哦。"马胜忙道："慢着咬，还有俺的舌头哩。更有些情形颇关重大，你既不信，俺便不说吧。"红英道："难道田禄还有异志吗？"马胜道："异志与否俺也不敢说。但他前者曾拒田某招抚之命，异志呢，想未必有。但他每每酒后大言道：'自古没有什么女帝。'将来大业成就后，只怕你这圣莲女帝的大号也就有些不牢稳了。"红英怒道："原来田禄如此可恶，为今之计，急需除此患害。"马胜道："虽如此说，机事不密则害成。此事只在你自决于心，也不必去请教那江汉先生，只给他迅雷不及掩耳，以会议军事为名将田禄召得来，暗下埋伏，捉下杀掉才是。"红英道："此计亦好，但荆花堡十分重要。"马胜忙道："不须虑得，难道俺老马还不会独当一面吗？"

两人计议停当，又复高起兴来。百忙中要取春药助兴，连呼侍女只是不见。良久，进来个垂鬓小婢，红英嗔道："她们哪里去咧？"原来伺候密室的四名俊婢轮番上值。这夜里该名红红的值役。田禄素有心计，因俊婢接近红英，他便密输厚赂，结为腹心，凡有什么消息便暗报于他。

当时小婢道："俺红姊方才还在室外，因忽然肚儿痛就趄去咧。"马胜等听了也没在意，便和红英大整旗鼓，尽兴而散。便趁势不回原防，逗留襄阳，单看田禄被戮，自己好接他事权不提。

且说田禄这日忽接到红红的密报，正在紧挫牙关，冷笑沉吟，果然红英大令到来，立命他急赴襄阳会议军事。田禄大怒，立选精锐两队，吩咐停当，命他们随后悄悄进发。自己是轻骑减从，奉令便行。可笑冷、马两人火杂杂就要厮并，那个足智多谋的江汉先生柳方中还一些不晓得。这日正接得探报，知额公统领大军长驱入鄂，连夺教中数处险隘，直抵汉江岸起凤桥地面扎下大营。这所在据建瓴之势，正是武汉险塞、荆襄要隘，与荆花堡遥遥对峙，并且擅上游之地势。那随营勇将并有杨遇春、梁国安等人。这一来，和汤无畏等兵势一合，真是声势百倍，与从前的官军大不相同。

方中正想去见红英斟酌计划，忽闻红英唤田禄会议之事，便暗笑道："瞧不起她一个妇人家，倒也有些打算。"便匆匆趄赴总教。只见前殿上业已布置得杀气森森，不但殿阶下甲士如林，并且壁衣后隐有刀斧光影。那红英全身劲装，外罩唐猊软铠，背后是一排长大女卒，明晃晃抱定她那把杀人不见血的雁翎长刀。

方中见此光景登时一怔。红英笑道："俺正要请你去哩，譬如咱教中有人胸怀叵测，你道该除掉不呢？"方中不晓所谓，随口道："正该除杀。但不知教主心疑哪个？何不明正其罪，却要壁后置人？"

红英默然良久，一挑眉儿道："不必多话，少时便见分晓！"正说着，吴兴礼、韦怀琳等次第都到。那红英盛气高坐，没甚言语，只翘首东望道："怎的马胜还没来？"原来马胜寓所就在总教府东偏，只带了百余名卫卒。于是方中一面心下怙惙，一面说一回近日所得的探报。

红英恨道："正因劲敌当前，军事急迫，咱内部岂可不整？"正说着，忽闻东偏喧呼隐隐，须臾便静。方中毕竟机警，因急问道："教主所疑莫非便是冷田禄吗？"红英狞笑道："不是他是哪个！"方中大叫道："不好了！"

一声未尽，只听城外鼓角喧天、呐喊如雷。吴兴礼等大惊，方道声："准有变故！"只见左右飞报进来，道："今有冷教目精卒困城，按兵在外，不知是何意思，请令定夺。"

红英大怒道："这还了得！"正说着，阶下甲士发一声喊，刀剑齐举之中，便见一人形如健鹘，手提血淋淋一颗首级，剑光一晃，早将众甲士吓得纷纷乱闪。那人大踏步直进前殿，大叫道："奸人马胜无端蛊惑教主，现已被俺取得首级！"说罢，掷头于地上，气吼吼提剑而立。

方中见是田禄，正张皇不知所为，哪知红英猛见马胜的首级，登时一副花容立变作罗刹面目，霍地跳起，由侍女手中抄起雁翎刀，大喝道："冷田禄，你跋扈如此，还不知罪？竟敢戕杀同人，不要走，吃俺一刀！"说罢，踊身进步，向田禄举刀便落。

只听锵啷一声，却被吴兴礼抽剑架住。红英还要赶去，忽觉小肚儿上硬邦邦地顶到一件东西，并且两腿被人抱牢，一看，却是韦怀琳长跪于地，没口子乱叫道："哦呀，同类相残，万万使不得！"说着，方中趁势拖住红英，那边吴兴礼也命田禄将剑入鞘。

田禄愤然道："俺冷某并非怕死，但是死于奸人之手却委实不甘！如今俺擅杀马胜，便请教主定俺罪名，是杀是刚，俺若皱皱眉头不算丈夫。取人一颗脑袋岂要壁后伏人，也就可笑得紧。"

红英道："你命卒困城，足见你心虚觉罪。"两人正在乌眼鸡似的各不相下，恰好探子飞报道："今有清营勇将梁国安已率奇兵迫出士元坡，想侧袭荆花堡。额某前锋杨遇春亦提大军由起凤桥纷纷发动。"方中趁势大叫道："现在军情紧急，教主和冷兄如何还只争意气？"

那红英气愤愤的又不便说出马胜的一番讦言，只得转为一笑，即命田禄速回原防，相机应敌。兴礼等不敢耽搁，也便一齐辞出。兴礼叹道："韦兄，你看这光景便非吉兆。咱起事同人，如今竟毁掉一个老马咧。"怀琳道："这事儿想是老马欲毁田禄所致，但是田禄也跛扈极咧。事非吉兆自不必说，却是俺今天这颗头儿居然顶到教主肚儿上，也算是一番异数哩。"原来怀琳久慕红英，却因内才外貌不成功，总爬不到高枝儿上去，所以自幸如此。

不提吴、韦怏怏然各返防地，且说红英留方中商议应敌，便屏退左右，先将马胜讦田禄之语细细一说。方中拍膝道："此事教主若先和俺商议，何致马胜死掉？田禄跛扈则有之，却不致便有异志。今马胜自速其死，无非是另派教目接防原地，这也是小事一段。如今心腹之疾教主却须留意：一是杨遇春智勇双全，威名久立。更兼那额勒登保用兵如神，像那苗疆豪杰都一个个败在他手。二是那方才报到的梁国安，既骁勇非常，又且深明湖北的地势。教主更须当心的便是他和教主当年另有一番周旋哩。"说罢，拈起两根鼠须，只管沉吟。

不想红英自起事以来，骄恣得意，早已将梁国安忘在九霄云外，当时便笑道："你莫吓得猢狲似的。俗语云：兵来将挡，水至土填。怕他怎的？你这样脓色军师也就少有。杨遇春俺久闻田禄言其为人，也并非三头六臂的角色。他侥幸平却苗疆，那是未逢敌手罢了。至于这没名少姓的梁国安又是哪个呢？"

方中耸然道："教主怎如此善忘？五六年前他和妻子名叫小二的，屡谋刺杀教主，他一向在逃，他就是你家旧仆梁国安哩！"红英一听，不由勃然变色，顷刻一整花容道："那厮亡命在外，原来竟不曾死掉。他此来无非添个在劫之鬼罢了。"

正说着，人报马胜寓所的卫卒死掉四五名，还有马胜尸身未曾料理。原来马胜这日在寓所十分得意，专听田禄被戮的喜音。时至将午，闲得没干，便踅入后室，唤过两个随行的美姬，自己赤了下身胡闹起来。正在捐了人家雪白的小腿儿十分得意，忽闻寓外一阵喧动。美姬惊道："来不得咧，你还不快瞧瞧去。"

马胜正在起劲儿上，哪肯便撂下车把，只模糊糊地道："一百个没事。"语声方绝，忽闻前院卫卒大呼并砑訇跌翻之声。说也凑巧，马胜刚刚要水到渠成，只猛惊之间，气儿一提，登时精闭火遏，他那件雅相物儿越发地伟大异常。那美姬不管好歹，将身儿一阵乱扭，这才将个偏头强脑的大主儿登时下野。那马胜弄昏，不知所以，忽然从热辣辣里硬脱出来，便如兴冲冲的人上台，忽地冷哈哈下台，百忙里他如何肯？正在赤身厮赶那美姬之间，只见旁边那美姬怪声大呼，嗓音都岔。马胜方一转身，早见田禄雄赳赳手提血剑飞步抢入，大喝道："马胜哪里走？"只一脚踹翻旁边的美姬当儿，马胜料知事坏，忙提椅一掷，趁势飞登窗案，就想踹窗逃去。

好狠田禄，用一个白蛇吐芯式，上竖剑锋，踊身一跃，扑嚓声剑入马胜脊背。马胜一声惨叫，扑通声仰跌于地。说来好笑，他那件未泻火的物儿居然向田禄还似乎略点头儿。

看官须知，冷、马两人挤火头儿便从这物件发生。如今田禄瞧在眼里，怒在心头，他老人家便是多么客气也不成功了。于是田禄赶去，尽根一削，啪嗒声那物儿落地，然后割取了马胜的首级，直提出来。总教下虽有守门卫卒，哪个敢试田禄的剑锋呢？所以被他直闯入殿。

当时红英闻报，甚觉不平。方中道："如今用人之际，教主岂可自伤田禄？快整起精神料理对敌为是。"红英点头，便一面命人整备衣衾棺木，一面命人唤到皮匠，准备缝头。自和方中趄向马胜寓所一看，倒也十分可惨。只见院中横躺竖卧着四五具卫卒尸身，一路血迹直到后室。室内马胜的无头腔子死蛤蟆似的仰卧于地，胸口剑创是从背后穿过，鲜血淋漓，直浸到小腹。更有那雅相物儿业已孤零零削落尸旁。

红英见状，未免睹物怀人，凄然泪落。张得个方中在一旁只咬小指儿，暗想道："原来老马真有这等的奇具，怪不得他和田禄势不两立，像俺老柳就差得多咧。"思忖间，只见红英回首道："你看田禄就如此歹毒，这是什么意思呢？"

方中道："事已如此，不必说咧。但是少时皮匠来缝头，依我看这物儿也须缝上，方算全尸。不然，马老哥英雄一世，难道叫他死后去当老公吗？"

红英道："正该如此。"于是唤过那两个美姬细细一问田禄行凶的情形。正在太息之间，外面从人已取到马胜的首级，并领进一名皮匠，匆匆地与红英叩头，当即动手缝头。飞针走线，须臾已毕。方中偷瞧红英俊眼，屡顾地下那话儿，暗想道："此物曾经她多年赏鉴，心爱不过，俺何不趁势溜一沟子呢？"因向皮匠喝道："如今头虽缝完，还须你来缝缀此物，必须要严丝合缝生成一般。倘有疏忽，小心你的脑袋！"

几句话不打紧，将个皮匠吓得战战兢兢地道："小人只会缝脑袋，却不会缝此物。若是娘儿们的有些破绽，她本有原帮原皮，小人还可以勉强着手。如今此物齐截截地另在一下里，便是巧手绣女也不成功，何况小人粗手粗指呢？"

方中喝道："休得胡说，快些动手！"皮匠没法儿，只得从地下捡起那物，颠了颠很有斤两，便累累垂垂地按向尸身肚儿下，端详半晌，没作理会处。还亏他心思灵便，取出锋快的皮刀，先将肚儿下割嵌起四条长皮，然后就那物根儿上也嵌开四条薄皮儿，这才两下里安附停当，取针线动手。

不想血渍既湿滑，他又须一手托物，缝了两针依然脱落。张得那两个美姬砢碜得什么似的，正要逡巡避去，哪知方中却又量材酌用，因顾她等道："你两个快去助助手儿。"两美姬无可奈何，只得蹲下身去，老实实四只玉手托扶停当，这才由皮匠胡乱完工，匆匆入殓掩葬。一切繁文不必再表。

那红英回得府第，怏怏良久，方将此事抛开。一面飞遣精细探子暗探清营，一面和方中商议应敌。

一日正和方中指天画地，只见四出的探子接二连三地报来。正是：

一场内讧匆忙过，四路军情次第来。

欲知后事如何，且听下回分解。

第九回

梁国安大战士元坡
杨遇春伪逐冷田禄

且说红英这日正和方中指画议论道："不想北京老头儿如此不知好歹，俺一时价没暇北上，他倒派什么姓额的来寻人晦气。如今须从速联合川、陕，大家伙儿长驱北犯，使姓额的首尾不能相顾哩。"

方中耸肩道："咳！如今稍迟些咧。俺料那姓额的川、陕两处一定早有布置。这当儿咱方想联成一气，怕是不易。可惜教主前时不从俺的计策。为今之计先须固住自己，然后使王三槐、高天德南北进攻，以分额某的兵势。"

正说着，川、陕两路探子次第来报道："如今川督颜敏政会合刘清，大起兵马，又聘得腾蛟村壮士于益，又聘得侠女叶倩霞为子妇，现已与颜公子完婚，赞助军务。颜敏政自奉到额公进兵之命后，便命于益为先锋，四出游击。叶倩霞随颜公大营策应各路，刻下方助刘清单取重庆要地。王三槐已分遣教下四将郭建业等分头抵御。小人来时，那赛二郎谢天福已被于益所斩，便进兵于秘魔山的东路。教众屡败，军锋直抵牛嘴坪，方和郭建业彼此相持。便是重庆恽三娘处也十分震动哩。"

陕探道："刻下陕抚亦奉到额某进兵之命，额某并调派勇将滕芳协同西安参将杨芳相机进兵。小人来时，大教目华封祝方和杨芳相持陕北地面。高天德严守渭南，急调陕南大教目何起凤商议御敌，一时间还没甚胜负。但是高天德不喜用教中法术，只凭武功本领。华封祝和杨芳交锋，倒能先胜了两阵哩。"

红英等听了，十分惊心，方中沉吟道："天德不用法术，莫非他另有见解吗？"红英唾道："什么见解，无非是他那冷静怪僻的性儿罢了！俺就担忧他那里或先有失闪。像咱川、鄂两处，武力法术所向无敌。那北京老头儿便起倾国之兵，派十个额勒登保又奈我何？但不知田禄回防后怎生御敌？想不久必有捷音报来。士元坡那里现有高佩忠扼守，谅梁国安绝无能为。"方中道："教主不可大意，士元坡防地甚重，高佩忠勇而少谋，不如檄调吴兴礼协助于他，方为万全。"红英笑道："高佩忠部下有勇将胡成、王茂林，料无意外之事。"

正说着，只见探子匆匆入报道："教主不好了！如今梁国安兵困士元坡，活捉高佩忠，刀劈王茂林。刻下胡成竭力死守，杨遇春统大军直压荆花堡，相距已二十余里。冷教目正一面拨部下去援士元坡，一面准备迎敌哩。"

红英听了，霍地站起，大怒道："梁、杨那厮竟敢如此猖獗！待俺亲去杀退他们。"方中道："教主岂可轻动！"因细细问过佩忠被捉并捉后的情形，沉吟良久，微笑道："国安是一勇夫，倒不足虑，唯有杨遇春智勇双全，不可不除。今遇春止住国安不杀佩忠，想是因此要拉拢田禄，使他归降。他们本是同学旧友，或者就出此计哩。"

红英惊道："那还了得！如此俺更须亲去，一面退敌，一面监视田禄咧。"方中笑道："此时教主不必去，且待俺去相机定计，管保轻轻地捉得杨遇春。那时有用教主处再去未迟。"于是附红英之耳低低一说。红英拍掌道："此计大妙，料遇春也非铁汉，只须俺放出手段，他也就随手儿转咧。"

两人计议停当，方中便驰赴士元坡。先命胡成只取守势，又悄悄驰赴荆花堡和田禄计议一切不提。

你道那高佩忠怎的被捉？原来梁国安深明地势，知这士元坡为荆花堡侧面的要地，便请命额公，提一支奇兵前去袭取，遇春却提大军由正面直取荆花堡。知得田禄在此防守，便向国安叹道："冷田禄误入迷途，终属可惜，俺念同门之谊，颇想劝他归正，吾只以诚心待人，必能感动于他。"国安道："不可！冷田禄狼子野心，已与你绝交断义，只可力取，是没得他法的了。"遇春沉吟道："也不尽然，只好临时再作区处。"于是两人分头提兵前进。

遇春素来谨慎，因额公檄调滕荟尚在未到，只取进逼之势，并不急攻，便在那里距荆花堡二十余里的地面扎下营寨，便趁夜里略带护卒就田禄营垒外巡视一周。只见警备森严，甚是合法，不由暗想道："原来冷田禄军识大进，此人做贼，真真可惜。"踌躇一番，闷闷踅转，只见林樾正在偏帐中布著叠卦。遇春笑道："俺正有些疑问，便烦先生一决。今劲敌当前，俺想不以力取，坐收臂助如何？"因将欲劝田禄之意一说。

林樾笑道："将军只宜勿动，暂候滕荟到来力攻为是。不然防有牢囚之厄并阴人相缠。"遇春大笑道："岂有此理！冷田禄便不允降，俺再和他马上周旋，难道俺还会被敌所擒不成？"林樾道："卦数如此，将军须要仔细。"遇春听了也没在意，便略待滕荟，一面使人迭探国安到士元坡交战的情形不提。

且说国安兵抵士元坡，高佩忠大怒，不待国安扎稳营寨，便遣胡成、王茂林双马齐出前去踹寨。那胡成生得八尺长躯，威风凛凛，善用一杆浑铁枪，王茂林生得傻大黑粗，凶恶无比，用一把双手马刀，甚是了得。

当时国安应战，两下里混杀一场，没甚胜负。次日，国安结束整齐，横刀纵马，率领左右骁弁直抵佩忠营前大呼搦战。两下里就平阳之地排成阵势，擂鼓三通，画角齐鸣。门旗开处，早见高佩忠抖矟大呼而出，头裹红巾，身披火烧云簇花战袍，下至腰带足靴，一色都赤。使一根火尖枪，跨一匹红鬃马，便如从洪炉里钳出的火炭一般。左有胡成，右有王茂林，背后树起一面火焰飞纹的蚩尤大旗，正中间斗大一个"高"字。

三骑马跑到阵脚，势如"品"字，两下里一声喊，佩忠挺枪大喝道："贼奴才！你亡命多年，兀自不死，今又投身清营，来犯故主。"国安喝道："妖贼哪里走！待俺一个个捉住你等一班狗彘，替俺主人报仇！"说罢，磕马如飞直取佩忠。高阵胡成大呼，挺手中一杆浑铁枪飞马接战，两下里荡起征尘，顷刻间杀了数十回合。那个胡成虽勇，却当不得国安义愤填膺，其气甚锐，长刀霍霍，风雨般裹将上来。

少时胡成略一手慢，早被国安一刀削去半个头巾。茂林大怒，一摆手中长刀替回胡成，大呼酣战。原来这王茂林著名骁勇，从前官军也不知被他毁掉多少，国安自从征入鄂以来早闻其名。

当时国安不敢怠慢，两人刀去刀来大战百十回合，那茂林越杀越勇。国安怯惙之间，一面价觑他破绽，不由忽想起拖刀手法，于是虚晃一刀，拨马便走。茂林大笑赶去，佩忠方喊声"小心"，只那两马头尾将接之间，忽见国安扭转蜂腰，刀势一翻，斜刺里连削带斫。茂林喊声："不好！"脑袋一偏，长刀未及起迎，只听扑哧一声，国安刀锋过处，茂林马上尸身竟由头项之间抹了个斜岔儿。两下里一声喊，国安兜转马，那马尾一摆，早已血溅数尺。

佩忠大惊，挺火尖枪，一马飞出。国安喝道："饶你须臾不死，明日再战。"说罢，拨马便回。佩忠大怒，几次纵马冲突却都被劲弩射转，只得命人拖了茂林尸身即便回营。原来国安先在陈家时就晓得佩忠马上功夫委实不弱，便定了个因己之长攻其所短的计划。当夜在营挑选了四名健卒，都是手脚伶俐、步下如风的角色。

次日，佩忠带了胡成老早地列阵搦战。只见敌阵中鼓声起处，旗影一分，国安短衣舞一柄朴刀，纵步而出，背后是四名步卒各抱短刀，腰带绳索，大有准备捉人的光景。另有左右骁弁勒马横刀，压住阵脚。

佩忠大骂道："贼奴，你摆此阵仗待怎的？"说罢飞马挺枪便取国安。两人是一个马上，一个步下，当时这场好杀也就少有。正是：

杀气阵云浑不辨，一时步马大交锋。

两人大呼酣战，往往来来，百十回合后，竟自搅作一团。佩忠是长挑急刺，盘马如龙；国安是猛跃轻趋，身轻似燕。若说佩忠马上本领真不含糊，无奈国安步下高强，便如一贴老膏药一般只管贴在他身上，朴刀闪闪，只不离马前马后。百十回合后，国安又刀法一变，一矬身躯，那刀光直平铺下来，专取那马肚马足，或猛然一跃两三丈，倒提刀锋，向下便揸。累得个佩忠顾下照上，万分吃力。

正这当儿，忽见国安就地一滚，明闪闪上竖刀锋，便刺马肋。佩忠忙提辔闪过刀锋，不想那马后足一起，恰好国安用一个平地升雷式向上一跃。说时迟，那时快，眼睁睁国安头颅扫着马足，大叫一声，仰面便倒。

佩忠大喜，赶忙回马一枪，哪知国安是用的诱敌之计，倏地一闪身，趁来枪扎空之间，早已轻舒左手拖住枪杆，竭力一拉，那马就是个脚失前蹄，那右手朴刀一扬，向佩忠脊背便斫。佩忠大惊，赶忙弃枪一抖辔头，下面两足尽力只一磕马肚，那马咳一声四蹄齐奋，从斜刺里蹿出两丈远，算是躲过刀锋。

两阵上一声喊，慌得佩忠红巾脱落，长发四披，急拔佩刀想再迎敌，不想手忙脚乱，急切间还没拔出，后面国安业已大呼赶到，于是佩忠长啸一声，纵马而逃。高阵上胡成大骇，一摆枪飞马抢出，却被清阵上左右骁弁截住厮杀。只两阵上战鼓如雷、喊声大举的当儿，国安施展开飞行术，早已赶佩忠直入高阵阵脚，敌阵劲弩便如飞蝗般射来。

好国安，舞起朴刀纷纷挡落，一个箭步直从马尻后蹿将上去，扭住佩忠背后的勒腰带轻轻一提，早已摘离鞍心。佩忠大呼，急待挣扎，国安喝声："着！"用一个背死狼的手法早将佩忠按掷于地，左右四健卒一齐拥上，便将佩忠捉缚停当，蜂拥回阵。这一路家数纯是灵妙轻倩，侠客本领与那狠杀蛮斫大不相同哩。

当时胡成望见佩忠被捉，惊愤之余，拼命大战那清阵骁弁。国安力擒佩忠，也有些筋疲力尽，于是匆匆回阵，鸣金罢战，打动得胜鼓。望得个胡成气愤冲天，只得率兵回营，一面价小心守御，一面遣人飞报与田禄、红英，请速派援队不提。

且说国安捉到高佩忠，原想解赴额公大营。正在踌躇之间，恰好遇春使人到来，除贺他战胜之外，便坚嘱勿杀佩忠，以备将来别有作用。国安不晓得遇春用意，只得将佩忠小心监押。连日去搦战，胡成只是坚守不出，却探得柳方中正在奔走士元坡、荆花堡之间，闻得遇春和田禄尚未交锋。国安摸头不着，只得姑且按兵，静候滕荟到来并遇春处的动静。

话分两头，如今且说杨遇春既有意诚劝田禄，便使人先报额公，禀明计划。额公知遇春兵机素裕，必有把握，便吩咐来使命遇春切防田禄狡狯，相机进行。其间使人往返，便已是五六日。遇春已问得国安连胜情形，所以使人嘱国安勿杀佩忠，以备有用。即奉到额公回示，遇春大悦，正要克期向田禄搦战，准备说降，忽探得柳方中悄到荆花堡计划一切。林樾便道："方中这厮诡计多端，加以田禄为人反复无常，将军欲以至诚待人，窃恐今非其时。依俺之意，将军就诚劝之计反手以擒田禄，倒是一条妙计。"遇春不悦道："先生如何以诡诈教人？遇春生平决不为此。"林樾大笑道："如此说来，将军牢囚之危定不可免咧。"

正说着，左右来报道："今有一队巡卒误入敌人汛卡，悉数被捉，却被冷田禄尽皆放回。"遇春笑顾林槭道："先生你看如何？可见是田禄见天兵压境，有输诚之意哩。"林槭通没言语，只微微含笑。遇春都不理会，便传进数十名巡卒细问所以。

巡卒道："小人等被捉后，通没受罪，只押在囚禁之所。不多时有人领俺去见冷田禄，小人等齐声乞命，但见他高坐帐中，双眉深锁，命俺等近前，细问将军的起居饮食一切琐事，他听了只慨叹不已，便命左右赐俺们酒食压惊，又微叹道：'也是你等的幸运，今天柳教目不在营中，你等便快些去吧。'"

遇春听了，不由也慨然长叹，便挥退侍卒，更不向林槭再议。次日便结束整齐，率领一彪兵马鸣鼓进攻，单索田禄打话。两下里阵势排开，遇春方在勒马横枪，往来驰骋，对阵上鼓声起处，田禄倒提一柄方天画戟跃马而出，结束得浑身纯青，越显得英姿飒爽。后面一骑马压住阵脚，上面那人装束诡异，形容古怪，只背负长剑一口，便是柳方中。

当时遇春猛见田禄，不由熟念涌起，便纵马大呼道："冷田禄，你好生不自爱！你我苗疆相别后，你如何便自做贼？如今快些悔悟归诚，俺当保你不死。"田禄大怒道："休得胡说！俺大丈夫自有事业。依俺看来，你当归诚于我才是。"说罢，飞马挺戟，电光似直杀过来。遇春喝道："且慢动手！为兄还有良言奉告。"田禄道："等俺捉住你再说！"于是运戟如风，连连击刺。

好遇春略为招架，还想趁空进言。只见田禄大呼奋进，招招紧逼，不由直气发作，大喝道："冷田禄！你如此至死不悟，也就难怪为兄了。"说罢拎枪纵马，两人登时杀了个翻翻滚滚。

这一来真是棋逢对手，顷刻间杀了数十回合。两人不约而同地都弄了些虚招数。在遇春是肚儿内装了透鲜的招儿，定想以至诚劝降田禄；在田禄也有一番用意。所以两人枪来戟去，虽闹得山摇地动，究竟是外面的声色。

这当儿，两马盘旋，看看难解难分，忽见田禄喝声："着！"用画戟划开枪影，拨转马冲开阵势，向斜刺里拍马便走。遇春大呼赶去，两骑马便如风驰电掣。陡见田禄猛地扭身撒手，向遇春便是一镖。遇春忙闪过，却大笑道："这是咱们在葛先生书塾中玩过的老营生。冷老弟，你真个戏侮为兄吗？"

一言方尽，只见田禄拨转马，哈哈大笑道："时斋兄端的想杀小弟了！"说罢掷戟下马，扑翻身便拜。正是：

　　　昔时故友今成敌，诚伪难分一瞬中。

欲知后事如何，且听下回分解。

第十回

诈中诈狂且赚故友
玄又玄名将遇神姬

且说遇春忽见田禄抛戟拜伏于地，不由越发怆然动念，决不踌躇，忙掷枪下马，扶起田禄道："冷老弟，别来无恙？你今既幡然觉悟，便随为兄回营，共图杀贼，以报皇家。额公大度，定不追究你的罪过。来来来，便请上马，并辔回营。"

田禄叹道："俺久欲自拔归正，只因头些年提兵大帅个个是褊心狭度，俺唯恐自送其死，所以踌躇至今。幸遇大哥，活该是俺见天之日。也是俺疏略些，前些日，俺放转贵营中一群巡卒，致招柳方中之疑，方才阵上所以俺假意厮杀。如今俺随兄归去，自无不可，但不如趁此机会便捉方中。须知方中正是教中的主要人，若捉得他，那红英失却谋士，便不难擒获。大哥趁此便回，不出三两日间，俺定当生致方中，率众归诚便了。大哥一得荆花堡，那士元坡不战自下，便是襄阳也要大为震动。"说罢，和遇春执手唏嘘，痛陈前过，并殷殷致问于益、逢春等人。

你想遇春本是个至诚无伪的人，这一来，正暗合了他肚儿内透鲜的招儿，于是大悦之下，深信不疑，便道："老弟今番举动方不愧葛先生的弟子。既如此，俺当静候佳音。"说罢，各自上马，遥听两阵上兀自呐喊连天，原来彼此间正自强弩射阵。于是田禄一摇画戟，飞马回阵。

说也不信，一个实啪啪杨遇春居然也会假意价大呼追赶，直将田禄杀入敌阵，方才各自收兵。不提田禄回营见了方中自有一番交代，且说遇春回营，恰值额公遣来两名骁弁，一名戚雄，一名孟扬，都是久经战阵的勇将，一来遣他们听遇春指挥，二来又坚嘱遇春切防田禄狡诈。当时戚、孟参谒毕，遇春喜滋滋向林樾一述田禄之话。

林樾听了，索性地笑而不语，只命戚、孟小心守营，并连日妥固外垒。遇春笑道："田禄不日捉得方中，便率众归诚，咱便当提大军直压襄阳，此间营垒无须再为妥固咧。"林樾听了，仍是微微含笑。

转眼间两日已过。这日早晨，忽见林樾占弄卦数，少时微叹而起，自入偏帐。遇春还没在意，不多时，却见戚、孟两人从偏帐匆匆出来，彼此相觑，仿佛不得主意似的。遇春觉得诧异，便暗暗将戚、孟唤入自己帐中，一问所以。两人低语道："好叫将军得知，林先生说今夜晚间主有贼星入营，命俺两人就营帐左右小心巡逻，如有所见，立即擒拿。"遇春道："正当如此。但是冷田禄若遣使人来，你等却不可冒昧。"两人听了，唯唯而退。

当夜晚上，二鼓敲过，遇春在自己帐中静坐一回，又默习回《玄女秘籍》，因湖北教匪颇恃妖术，所以遇春预为之备。但他心中不信玄虚，默习一过也便抛开。正怙惚田禄不知怎的便捉方中，何以至今三日尚无消息。思忖间，忽闻营外微微哗动，须臾伏卒大呼道："捉住奸细了！"遇春大诧，正要命帐前军校前去查问，只见火燎腾处，四五伏卒拥定一个长大汉子，反剪双手，大叉步竟入帐中。那汉子步履捷疾，浑身青衣，并用块青帕连头带面的一蒙，只露着灼灼双睛，向遇春挺然一站。

遇春见此光景，疑是方中弄的邪法，便一手仗剑，正想叱问，只见汉子一面自揭蒙帕，一面大笑道："时斋兄，如不相信，便请赐缚。俺冒死到此，正有要言相商。"说罢，面对烛光，却是那闹翻湖北名播当时的冷田禄。

这一来不但遇春耸然，便是帐内外军校都各大惊，便一个个摩拳擦掌，只看遇春眼色行事。但见遇春欣然色喜，立刻释剑道："冷老弟，你单身至此，足见诚意。想是那柳方中不易捉获吗？不必介意，你既来归，咱再慢慢计划。"说罢，命田禄对面落座，方要细问所以，只见戚、孟雄赳赳提刀趸入，田禄笑道："俺拼得带了头来了。"于是自披脖项道："取，取！"遇春忙喝住戚、孟，一说巡查奸细误会之意。

田禄道："如今事不宜迟，擒捉柳方中就在今夕。俺自那日回营以来，方中甚是见疑，俺以武功捉他本易如反掌，无奈他见疑之后便以妖法自卫。这三日以来，他又在营设坛，祭炼什么混元一气的法水，教徒们饮此法水，即能刀枪不入，便在今夜就要成功。俺想破他此法，除非是大哥显些《玄女秘籍》的能为，趁势便捉方中。过得今夕，那方中却势不可制了，所以俺蒙面到此，恐教徒或有觉察。再者俺若遣人来报此事，恐大哥疑俺别有诡谋。不知大哥敢从俺去破方中的邪法吗？"

遇春慨然道："老弟输诚如此，又有何疑？"说罢，起身结束，佩了短剑，就要和田禄匆匆拔步。戚、孟道："将军不可冒昧，还须向林先生斟酌才是。"遇春道："不入虎穴，焉得虎子！吾以至诚待人，人必不我欺，何况冷田禄是俺同学旧友呢？你两人不必惊动林先生，且看俺功成顷刻吧。"戚、孟两人不敢深阻，眼看遇春跟田禄匆匆而去。

戚、孟都是粗莽汉子，料遇春必有绝大把握，当时真个不去惊动林樾，依然地加意巡逻，单盼遇春成功转来。哪知更漏频催，堪堪五更将尽，遇春影儿也无。须臾天光将亮，两人心下着忙，正要去告知林樾，只听营垒外喊杀连天，便有外卒飞报道："不好了，冷田禄自领大队前来袭营！"戚、孟大惊，连忙率众登垒一望，只见众教匪耀武扬威，蚁附攻垒。中有一人跃马指挥，用画戟挑着遇春的将巾，大叫道："杨遇春已被俺生擒，降者免死！"

戚、孟既骇且怒，连忙挥众抵御。滚木、礌石、灰瓶之类乱糟糟打将下来。那田禄施逞能为，弃戟下马，拔出佩刀，一跃三丈余，率一队精悍教匪就要肉搏登垒。亏得孟扬手疾眼快，拈弓搭箭，觑准田禄咽喉嗖的一声，田禄急闪，那支箭掠项而过，真个是弓劲弩铦，却将后面一个长大教匪贯颅射落。

众教匪纷纷齐退之间，垒上又是一阵佛郎机、连珠弩砰訇齐放，这才将田禄等好歹御退。戚、孟退回，将夜间遇春被赚之事向林樾一说，并且伏地请罪。林樾叹道："杨将军该有此厄！不必惊慌，将军等只加意守营便了。"于是一面使人飞报额公，一面指挥戚、孟防守一切，并差伶俐探子去探遇春消息，随时报告。这且慢表。

你道杨遇春为何忽然被捉呢？这期间都是柳方中的诡计。就遇春有意劝降田禄，他便布置了一番圈套，由释放巡卒以至田禄夜邀遇春，全是他定的步骤哩。

且说遇春当那一夜跟田禄直赴荆花堡，一路疾趋，须臾便到匪营之外。只听得传铃喝号，十分森严。田禄道："方中这厮很有党羽，咱须悄悄进去为是。"于是引遇春由营垣左边各显耸跃本领轻轻跳入。穿过几处幕帐，忽望见正北一幕前灯烛齐明，果然高搭法坛。从香烟弥漫中望去，果有一人披发仗剑，正在那里似乎是布罡踏斗。

田禄道："此人便是柳方中。"遇春大喜，按剑道："俺就去杀掉此贼，不信他什么邪法。"田禄道："且请稍待，到小弟帐中稍为歇息，并商议除他党羽之法方为计出万全。不然他的党羽鼓噪起来，又须费手。"遇春一想甚是有理，坦然不疑地随田禄直入大帐。有数名侍帐护卒，一见遇春纳头便拜，田禄喝道："快烹茶来，并小心帐外，以防柳方中心腹人或来窥探。"说罢，与遇春彼此落座。

田禄道："大哥性儿不信法术，但是方中这厮真有些奇怪道理，他并能接遇真人。此间有所圣姑祠，那女神每每现形，层出不穷地传他法术，所以少时大哥去捉他须用那玄女秘术，不可尽恃武功。"遇春笑道："那厮大言惑众何足介意！如今快议定除他党羽，从速行事吧。"田禄正要开言，恰好护卒捧上香茗两盏，是两个红白茶瓯，田禄哈哈一笑，亲身将红瓯端与遇春。

遇春奔走多时，正觉口燥，便引瓯一吸而尽。这一来不打紧，忽觉通身疲软，便如中酒一般，正在心下诧异，只见田禄拍手大笑，一叩帐壁，倏地钻出个丑陋先生，正是柳方中，手提短剑，向遇春劈头便刺。遇一闪之间扑通跌倒，恍惚听得灵风飘起，并有人娇叱道："方中不得无礼，咱都是龙华会上的人，奈何相残？"于是遇春倒头晕去，仿佛如梦。及至醒来，哪里有什么营帐？只觉冷露沾衣，野风习习。仔细一看，却身卧旷野之中，斜月荧荧，约莫有四更时分。

遇春跳起来，摸头不着，却料得是中人诡计。先一摸所佩短剑，业已没得，并且觉筋骨弛懈。走了两步，颇颇迟钝，不由暗惊道："那会子所饮之茶定然有异！为今之计，须作速觅路回营，再作区处。"但是四下一望，歧路纵横。方在徘徊莫适，只见正北上树木丛丛，仿佛是一片高阜，隐有寺观。遇春正想奔去问路，忽闻一阵仙音缥缈，笙管嘈嘈，倏地由那一片高阜丛树中闪出一对红灯，须臾陆续闪出十二碗灯，排作两行，和着一片仙乐竟向遇春冉冉而来。

若说遇春曾平苗疆，什么怪异事也都见过，断不致见异则惊，无奈他这当儿身落牢笼，被那盏异茶所困，浑身本领施展不得。当时无奈，只疑是方中等又闹玄虚，便默诵护身秘咒，静观其变。

哪知那两行红灯竟不退避，须臾近前，却是十二个美姝，一色的高髻宫装，霞带飘拂，后有一队女乐也都是霓裳羽衣，便如仙女。一见遇春，那当头两美姝便吐出呖呖莺声道："星主勿惊，俺家娘娘特命奴婢等前来迓驾，以便星主渡此难关。"

遇春惊道："你等是什么人？你家娘娘又是哪个？"两姝道："星主莫问，到那里便见分晓。"于是不容分说，袅袅趱近，一边一个伸出两只兜罗绵似的手儿扶了遇春。顷刻间后队改前，笙箫大作，引了遇春直奔那一片高阜。闹得遇春惊惊惑惑，只好颠三倒四价念那护身秘咒。

哪知众美姝通不理会，一个个步履飘忽，俨如御风。须臾直抵高阜。穿过一片苍松翠竹，忽现出一所壮丽祠宇，业已重门洞开。远望里面灯火辉煌，亮如白昼，却静悄悄一无声息。祠额上一溜珠灯映照出"圣姑之宫"四字。遇春暗诧道："怪得田禄说有什么圣姑女神，好生奇怪！"思忖间，已被众美姝簇拥入祠，直抵前殿之下，但见珠帘窣地，默不闻声。

两美姝扶住遇春就阶下高声报道："星主已到。"声尽处，珠帘高揭，由殿内转出两个垂髫雏鬟，遇春一望，越发诧异。只见两雏鬟一个着碧绡之衣，一个着雾縠之服，业已生得妖艳非常。她们后面还亭亭站定一个仪态万方、精光四照的美妇人，结束得麻姑仙女一般，罗裙袅娜，微趱金莲，笑吟吟满面生春，喜滋滋梨窝堆俏，手执云拂，款款迎来。背后还有两个姣好侍儿，一个捧印，一个抱剑。一行人迎至阶下，众美姝和女乐自行退去。

这里遇春方在惘然莫测，那美妇已命两垂髫扶定遇春，道："星主勿得惊疑，此间劫运当开，妾奉帝命以镇兹土，便请进殿叙话。脱君此厄何如？"说着，和遇春历阶而升，直入殿内。里面陈设越发庄严，并有许多红蓝册籍堆置靠东壁长案之上。遇春不管好歹，姑且就座。那美妇对面相陪，嫣然道："妾知君此夜当有此厄，所以命奴婢相邀，不必惊心。星主渡遇此厄，后福正未可量哩。"

遇春称谢道："夫人既见拯救，实深感佩。但遇春一个凡夫怎当星主二字？夫人究竟如何神道，便请见谕，一俟将来教乱戡平，待遇春奏明当今，加你封号何如？"美妇听了，咯咯一笑，因回顾侍儿道："你们看星主与俺相别没多日，业已忘却本来咧。俺与他同承帝命，他只在尘世上略一驻脚，便懵懂如此。"侍儿听了，便相视而笑。

美妇道："吾与星主天上相别没多日月，总之皆为此番浩劫而来。吾本帝前侍书女，某日诸神朝觐之辰，吾不合顾君一笑，帝命谪蓓此土，血食一方，俗称吾为'圣姑'，专在此茫茫浩劫中保全善类。"因指那红蓝簿籍道，"那便是此方人民的善恶簿子。凡逢劫不死者，皆隶善簿。"

遇春怒道："夫人既承帝命来分别善恶，如何反教那妖人柳方中种种邪法呢？"美妇笑道："吾何曾教他法术？那是他们托吾为重，以坚教徒的信心。"遇春道："夫人既保全善类，就该助正破邪，早使妖氛殄灭呀！"

美妇笑道："哪里有这般易事！此辈既应运而生，岂可擅灭？便是他们将来成败都有帝命主持哩！"因正色道，"星主莫要小看他们，如今清运已衰，天祚将移，焉知他们不替兴朝局呢？便是俺邀星主来，一来脱你此厄，二来还有要言奉商。"说着水汪汪眼波一转，似含着无限深意。

不想一句话激恼遇春，登时怫然道："夫人正神，奈何袒邪？俺杨遇春堂堂男子却不愿闻此悖逆之言。闲话少说，夫人能指俺道路固妙；不然，俺便自家去吧。"美妇道："星主且慢，你已中了人疲软的奇药，不解散下来哪里行得？"因左顾雏鬟道，"可扶星主且入后殿，饮吾神水，解散药性。"

当时遇春十分疲软，便身不由己被人家搀入后殿。方到殿外，业已闻得异香馥郁，饶是遇春这等正气还有些神摇魄荡。及到殿中仔细一看，哪里是什么神殿仙宫，简直像闺香绣阁。象床上锦帐高悬，钿几上花香四彻，几中间金猊篆袅，也不知焚的什么异香，但觉钻入鼻孔另有一股辛芳气味。

这时那美妇另漾出一副神情，便斜睃秋波，请遇春几旁落座，自己下面相陪，却笑顾雏鬟道："你们这班憨妮子只管瞅星主怎的？还不快取解药来。"说罢，斜引红巾，含睇而笑，却向遇春道，"真是尘世上容颜易老，星主别俺无多日月，业已苍老许多咧。"

遇春只听她一派的玄虚话，虽然摸头不着，然而一想到小时节曾遇过山洞中太阴炼形的仙人并得秘书，看来鬼神幽秘之事未可谓无。想至此，便恭敬敬地道："遇春愚蒙，不晓玄妙。但夫人既是帝命正神，应识未来，请问这白莲教首妖妇陈红英还能猖獗几时？何日授首呢？"

美妇大笑道："星主此话罪过不小。那陈红英上应女曜，尊贵无匹，她倡此番杀劫，也是帝命使然。你不见她五六年间震动天下吗？以后之事却不可预示。总之你我此番堕落尘寰却为的甚事来？"说罢，就胸前彼此一指。

459

遇春听了，老大不悦，暗想道："此妇便是神灵，也沾八分邪气，不然为何偏袒妖妇呢？"沉吟间，那雏鬟笑吟吟捧到盏热腾腾的白水，其中有粒红丸儿，大如粟米。美妇接过，从鬓边拔下簪儿，只一搅，那盏水顷刻色似桃花，馨香扑鼻，含笑递与遇春道："此名'回元丹'，星主饮此，精神立复，俺当遣人送你回营。"

遇春持盏，十分踌躇，无奈通身疲软不支，只得谢一声，一饮而尽。啊呀，不饮时万事全休；一饮时只觉奇香彻脑，一股温习习的热力从咽喉直注丹田。若说精神果然陡长，只就是手足四肢越发无力。百忙中温热之气直冲下部，登时觉心旌摇摇，神荡思淫。再看那美妇，竟自满面含春，翩然站起，一径地偎向遇春并肩而坐，只那衣裳飘拂之间，也不辨是细细肌香、甜甜发气，真个令人骨节欲融、春心如醉。

遇春大骇，赶忙收摄心神，想要躲避。逡巡之间，已被美妇一手揽住脖儿，一手握住手儿，却将红馥馥香腮偎向遇春道："星主，你如何一落尘劫便昧本来？咱两人思凡堕落，帝命有一段姻缘。你本当辅佐陈红英以成大业。吾镇兹土，亦所以暗护真主。功成之后，你我当同返天上。你我神人虽殊，却体魄可接，趁此良宵，快完成帝命良缘，吾当置你真主之旁，将来富贵寿考，为盖天一品之勋臣，且是生平意足哩！"说着一扭纤腰，竟自扑入怀中。

这一来遇春大怒。原来他自听美妇袒护红英，便猜疑她是什么邪神妖物，今见她不但说出一席撩天刮地的无耻话，并且劝说自己辅佐红英，不由勃然大怒，猛地一推。正是：

> 妖姬欲布摩登席，正士推翻欢喜禅。

欲知后事如何，且听下回分解。

第十一回

陈红英献身施蛊术
额经略击虎得妖人

　　且说遇春猛地推开那美妇，大喝道："你这贱妇究竟是什么邪物，怎敢通没羞耻无端戏我？难道你是陈红英一党吗？"那美妇亦怒道："杨遇春，你死到临头还如此张致，俺且叫你识得陈红英！"遇春大怒，急待跳起来去抓美妇，无奈身软如绵。

　　正这当儿，却闻院中有人大喝道："杨遇春你休不识好歹，如今你身擒兵散，俺家冷教目业已提兵去捉额某，你还敢如此倔强！"嗖的声闯进一人，正是方中，用剑一指美妇，向遇春道："不瞒你说，这便是俺家陈教主。如此地抬敬于你，无非是看你是条汉子，不忍杀掉，令你弃暗投明，辅佐新运。你若执迷不悟，也就难怪俺老柳咧。"说罢，一挤丑脸子就要扬剑。

　　红英微嗔道："这时节用不着你，还不退去，俺自有法儿令他归降。"于是方中耸肩而出。

　　这里遇春气愤已极，反索性一言不发，却因面前娇滴滴的美妇就是那杀人不眨眼、名闻天下的陈二寡妇，但见她眉儿、眼儿、手儿、脚儿通没些异人处，无非是妖艳绝伦，她就能煽动教乱创造这场大劫？正在暗自诧叹之间，只见红英咯咯地笑道："杨遇春，你既落俺手，不愁你不服侍于俺。俺本想以礼相待，收你做第一外宠，同创大业，今既如此，俺看你倔强到哪里去！"说罢，一声娇唤，忽由殿外趓进四个十七八岁的美男，不容分说将遇春推抱登榻，各捉手足，顷刻已仰面朝天。

　　遇春怒极，更不作声，只给他个把心一横，看她怎样。不想两雏鬟含笑趋近，一个便与遇春解衣掠裤，那一个更是老气，便伸进纤纤玉手一阵摩弄。再看红英时，业已自弛褒衣，露着白生生下体，含笑近榻。两雏鬟闪身一笑的当儿，说时迟，那时快，红英流眸登榻，只用手向下一探，遇春大骇，顿然觉淫思火炽，中峰特起。原来他所服红丸却是红英秘制的一粒春药。

　　当时遇春愤愤之下，自悔误入牢笼，辱身至此。窘极之间，忠愤填膺，赶忙一正心神。再看红英哪里还花嫣柳媚，简直像一个粉面罗刹，爬在自己肚儿上，就要吸精饮血一般，于是一阵骇怒，顿然间中峰立缩。然而红英如

461

何肯罢，依然地扑抱遇春，尽其妖媚之技。

你想这种事儿一头儿热如何成功？当时遇春咬定牙关，通不理会。倒累得红英淫性大作，欲罢不能，便抛了遇春，拉了一个美男，竟就一张躺椅上兴云布雨，又命其余美男和垂鬟侍女等捉对儿就榻下地毯上任意交媾。

这一来，满室春光，好不缭乱，真个是有声有色，极尽妍媚淫荡之致。在红英之意是引动遇春情怀，哪知遇春心神一正，便如老僧入定一般，任你群魔肆侮，他只是不闻不见。红英没奈何，只得和方中商议，总要想法儿制服遇春，便拨了几名精细守卒，将遇春暂押入望天窟水牢内，以便慢慢劝说于他。

当时方中便想命田禄一面去突攻林樾，一面请红英出其不意引一队精兵去抄袭额公大营。哪知红英因劝降遇春不得，心下有些不高兴，便道："额某老迈，不足介意，他所倚恃便是杨遇春，俟俺设法劝降他后，那额某反掌可擒。"因此只命田禄去突攻林樾一阵。

如今且说额公兵驻起凤桥，便飞檄调取滕荟随营听用。初接到梁国安的捷报十分欢喜，继而接到遇春欲诚劝田禄的密禀，老头沉吟一回，只嘱咐遇春小心在意，又唯恐或有意外，所以又遣戚雄、孟扬驰赴遇春军中，相助进战。老头儿筹划都定，只盼滕荟到来，俟闻得遇春得手后，便命滕荟从间道袭击襄阳，以为擒贼擒王之计，那其余股匪自可不劳而定咧。

那额公待遇士卒脱略不过，都以儿子畜之。只要士卒们不犯军法，彼此便嘻嘻哈哈。老头儿高起兴来，或赐一筒关东烟，或赏一杯老白干，士卒膺赏，视为无上荣耀。

这日额公料理军事毕，便秃头趿屦踅到帐外，命一班善习扑跤的护卒较艺为乐。老头儿看得起劲儿，便亲自下场，比示他们两路手法。众护卒一齐伏地欢呼，额公却大笑道："不中用了，吾这副老手脚终不及君等少年。"正说着，人报滕荟已到，额公大悦，便一迭声唤进来。只见滕荟遍体行装，精神炯炯，赶忙趋跄近前，参谒如礼。

额公拊掌道："水底鱼来得正好，咱少时再说正经，且与老夫较量三合，叫他们瞧手法。"原来额公性儿随口便是诙谐，颇有与人无所不狎侮之风。在侍卒等一向见惯，倒不以为奇，只是滕荟忽见额公如此态度，倒有些不得主意，赶忙悚然退立。

额公将长袍儿略为扎拽，举手道："来来来，较艺之道是不准客气的，咱不过玩一场子叫他们认认手法罢了。"说着，嗖一声一个箭步直取滕荟。滕荟没法儿，只得荡开手法和老头儿推拦靠抱，便用那大手搏的路数，一路颉颃进退，真个是灵猫一般，功力悉敌。

哪知老头儿越来越猛，毫不客气，也不知是觇滕荟的本领，还是自家卖老力气，逡巡之间，一把叉牢滕荟，却顾护卒大笑道："你们看，俺摸得个大鱼儿。"说着，右腿进步，向滕荟裆中一插，两膀一甩，便是个双龙撼山的大甩手。

这一来滕荟却吃不住劲儿咧。原来武功家较艺，真是当场不让父，举手不留情。滕荟虽然逊让额公三分，然而到此胜负关头，不禁不由便施展出全副能为。当时，滕荟叫声"不好"，趁甩势一跤跌翻，只脊背略为沾地之间，额公再进步想要将他扶起。不想滕荟卖弄轻身之功，猛一提气，真是个风鱼跃浪式，嗖一声蹿出三丈来远，趁势用一个回风顺流的姿势，翻转身贴地跑来。

这里，老头儿一下扑空，百忙中他又穿了双厚底镶云的大鞋子，足下一顿的当儿，登时甩脱一只。老头儿拊掌狂笑之间，滕荟早拾履呈上，于是众护卒齐声欢呼。额公却拖住滕荟，一竖大指道："俺输给你咧。好好，这才使俺放心。待两天袭取襄阳，俺是派你去定咧。"

滕荟摸头不着，正要随额公进帐细问一切，恰好林樾使人到来，飞报遇春遭赚并田禄趁势攻营之事。气得老头儿连连跺脚，骂骂咧咧，便向滕荟略述遇春欲诚劝田禄，致入牢笼，一面令他飞赴林樾营中，探明遇春被赚后一切情形，设法儿专救遇春，一面饬令全营警备，以防教匪们或仗邪法来搅扰大军。

原来这时教匪中诸般邪法千奇百怪。自倡乱五六年以来，大家传说添枝加叶，越发弄得闻者心惊，其实是些障眼法儿惑人心目。

当时湖北颇有几个端正士绅倡办团练，练乡兵，筑坚圩，以谋自卫。只要武备充实，教匪也就不敢去犯，并大家相诚以正心之法，便可御邪。再就是准备了猪狗秽血的激筒以备不虞。至于额公更不以邪法为意。然而，营中兵卒们却未免悄悄准备，既奉到额公加意警备之令，大家逐夜留神，这也不在话下。哪知活该恶人当灾，那个四魔中的罗有高，他竟想趁火烧鱼来加害额公。

原来罗有高一班人自升为二等教目跟随田禄以来，五六年间剜坟刨墓，割折小儿，真是无恶不作。依然勾搭着夏氏，旧情不断。好在冷田禄业已厌弃这块唾余，那毕得立又是个厾王八，一切取公开主意。唯有蒲三利还往往掺在里面起腻。

这时他们领了一干狐鼠党辈，便在起凤桥左近任意价出没胡为。有高和夏氏又习得变畜本领，往往趁夜间攫逐小儿，吓人掠财无所不至。毕、蒲两人却不会变畜本领，然却会些不完全的隐身小法儿，过了那作法的时辰，便或露衣角，或露足趾，甚至齐截截露出一颗脑袋虚悬空际，十分可怖可笑。两人自知不成功，也不敢出去作闹，只暇时用资笑乐而已。

这时蒲三利掺在夏氏里面，倔头强脑，居然和有高抗衡，已不像从前恭谨模样。有高怙恶在心也非一日。及至闻得遇春被赚之信，有高暗想道："如今这两个厌物挡在俺面前，俺总不能独占夏嫂儿。俺趁势先毁他们，然后自立奇功，偷取得额某首级，不但夏嫂儿是俺独占，倘若教主见喜，俺一下子爬到高枝上去，这个乐儿就大咧。"算计已定，便向毕、蒲一说所以，竭力怂恿。

毕、蒲听他说得天花乱坠，易如反掌，真个有些踊跃。夏氏恶狠狠地唾道："你两个别不知死活咧，那额公福大命大，不消说是正不怕邪，凭你两个那等没考究的隐身法，便想去取他首级，没的枉送了小命儿，屁也不值。"

有高道："这也难说，俺因是兄弟义气，所以让你们去建此奇功。你们既畏首畏尾，且看俺老罗的手段。"夏氏笑道："你的手段只会变夹尾巴狗，巧咧还是个母子货。"三利跃然道："别作笑谈，罗兄这主意倒也不错。俗语云：蛇无头不行，兵无将立乱。咱真取得额某首级，也是件奇功哩。"有高拍手道："对呀，胆小不得将军做，待俺取得首级来，你们莫要后悔。"蒲、毕一听，都争着要去，末后议定还是三利去。夏氏再三嘱咐莫忘时辰。

那三利十分高兴，挟了利刃大踏步便行。堪堪去了两个更次不见回头，有高道："三利为人颟顸，或者半道上反悔了不去也未可知。毕老哥，你素来机灵，去瞧瞧吧。"得立不知是坏计，欣然便行。这里有高闲得没干，便独据夏氏，玩了个称心足意。

原来夏氏本有床笫功夫，自和冷田禄交接以来，更加了些填肌内视之术，所以有高想毁蒲、毕据为己有。

当时两人直缠至五更时分，蒲、毕两人只是不回。有高暗揣己计得售，越发高兴。夏氏究竟关心，又推开有高，遣人到额公营前探探消息。叫声苦，不知高低，只见蒲、毕两颗脑袋业已高标在营门之外，并有布告道："妖匪蒲三利、毕得立两名，黉夜窥营，枭首示众。"那夏氏得知凶耗，放声大哭，有高道："不须悲痛，俺今夜便去替他两人复仇。"夏氏没奈何，只得由他。

原来当夜额营中有一班值夜的护卒巡逻一回，都聚在值帐中赌博消遣。大家正在摆弄钱注，有一人偶一回头，忽见自己方才下的一大注钱竟自不见，此人素来机警，料得同伴中没有草鸡毛（俗谓无赌品者），便暗暗留神，故意地又下一注，双手掩面打个呵欠，却从指缝中瞅去，忽见烛光一晃，突地一只大手由案下伸来。此人大叫一把捉牢，同伴料得有异，忙取准备的秽血向案下一阵乱泼，登时弄得蒲三利全身出现，贼睛灼灼，面目如鬼。

原来蒲三利专门好赌，又爱个小便宜，他用隐身法混入额营，误打误撞地恰遇着护卒们正在赌博，触动所好，竟忘掉所事，猴在一旁，观看良久；忍不住暗抓一注钱，便藏身案下，乐得什么似的。若说三利这当儿威实实的二等教目还短这注钱花吗？俗语说得好：狗改不了吃屎。三利本是鼠窃出身，这也就难怪他咧。

当时三利大悦之下，哪里还理会什么时辰？及至二次伸手，恰好时过手

464

现，所以被捉。当时众卒由案下拖出三利，先打了个尽兴，然后问明他姓名并党伙之类，大家缚了他，便想报知额公。那机警护卒道："据三利之话，就许有党伙续来，咱不如伏在营外要路准备捉人，一并价再去上报为是。"大家听了，拨两人看守三利，即便如计而行。果然为时不久，又从要路上捉得个该晦气的毕得立。

原来得立颠颠预预，脚下慌张，行近要路口绊了一跤，后襟上挂了挺长的一根棘枝他也不晓得。众卒忽望见一根棘枝凭空地半竖飞跑，不由都暗暗会意，猛然地取出激筒向棘枝噗地一射，便见现出一人回头就跑。大家赶去，揪鸡子似的揪来，一问姓名，正是三利一党。于是大家趑回，业已天色将明，便连三利押赴大帐，禀知额公。

额公命提进蒲、毕，略问他们隐身邪法，便笑顾左右道："山鬼伎俩，只以自速其死。教匪邪法大抵如此，汝等观此可以释然了。"便命牵出斩掉示众，殊不以为意。

不想这夜三更时分，额公料理了一道陈叙军情的章奏，又命某参谋草了两道调兵的檄文，用过经略的大印，方和某参谋相对座谈。忽闻帐外风声怒吼，飞沙走石，帐外护卒一阵喧哗，并乱吵道："虎，虎！"额公大怒，霍地提剑出帐。

这时淡月朦胧，便见一只牸牛似的大黄虎一抖毛威，竖起懒龙似的大尾巴，震天价一声吼，直向额公扑来。额公倏然一矬身，冲过扑势，顺手一剑，那虎已掉身来攫。

好额公，虽然上了几岁年纪，那茹南池一家技击端的非凡。只一阵飞腾剑击，那虎已负伤数处，狂吼连连。少时爪尾乱动，又发作一阵惨叫的怪响，额公运剑将那虎逼近帐门，众护卒各挺标枪，方要攒刺，只听某参谋大喝一声，由帐门飞出一物，啪的声，正中虎额。

说也不信，那虎啊呀一声，翻身便倒，就地一滚，登时化为一个乌大汉，业已呻吟成堆，负创不起。众卒齐上，顷刻捉翻，拾起那飞出之物，却是经略印匣。原来某参谋仓促中取印击虎，不想竟镇破了化畜的邪法。至于这假虎为谁，也就不必点明了。

且说额公回帐，提进化虎的罗有高，研问再三，知是教匪中著名的恶目。当时大怒，即命推出斩首，和蒲、毕一并示众。可笑有高为了个鸡皮三少的夏氏想毁蒲、毕，自己也便交待咧。可见古来那个真心夏氏，以一妇人死掉许多人之记载匪诬咧。

如今再说那夏氏见有高化畜而去，竟又被额营枭示了首级，当时痛悔之下，便也瞧科有高一番坏意，想起和得立夫妇情长，不由暗叹道："可怜他如此结果，看来在贼中胡闹终没收煞。俺当夜里偷得丈夫的头来，掩埋了他，自家脱身贼中，寻个收园结果吧。"算计已定，只待晚间行事不提。

且说那捉得蒲、毕的一班护卒知得营中又捉得化畜的罗有高，越发地十分高兴。这夜晚大家出营，巡至要路口一所破瓦窑地面，大家坐地稍息，有的敲火，吸筒旱烟。

正这当儿，忽听窑后窸窣有声，大家趋去一望，却是一只花山羊，见了众人就要跑去。其中一卒大笑道："俺正有些肚饿，咱且捉来烧吃吧。"说着，信手一激筒射去，只见那羊娇滴滴一声啊呀，扑地便倒。正是：

> 化羊昔有三娘子，异事今看一妇人。

欲知后事如何，且听下回分解。

第十二回

水底鱼探险望天窟
刘青天策划秘魔山

且说众卒见射倒那羊忽化妇人，料得又是那话儿，不由拥上捉牢，由一卒晃开火亮，一照那妇人面目，登时都乐不可支。大家彼此会意，先喝问妇人的来历，便笑道："你这妇人既为偷取丈夫的头来，还情有可恕。你若想死，就此将你押赴大营；你若想活……"

夏氏泣道："俺如何不想活？便请诸位放俺去吧。"众卒大笑道："哪里有这等便宜事？俺们决不为难于你，并且叫你快活哩。"于是七手八脚将夏氏捉入那所破窑中，大家便有匀有让地次第和夏氏一阵嬲戏。可怪夏氏居然应付有余。末后，经夏氏婉转央告，众卒方才放她跑掉。

不提夏氏从此搜括金资脱离贼中，且说滕荟驰赴林樾营中，一问遇春被赚后的消息，林樾道："据探子来报，杨兄现被禁于通天窟中，这所在三面皆山，绝无路径，唯有西面是一广阔深潭，总汇山溪之水，便如小湖一般。教匪们设人把守，只有他们的船只可通彼岸。抵岸后还有许多的险道，方是通天窟。但俺以数测之，杨兄应有数月厄运，此时滕兄去营救也是枉然。不如回大营禀明经略，且自剿贼为是。"

滕荟哪里肯听，便笑道："不瞒你说，若说水中功夫，俺还略知一二。"遂不听林樾之话，便扮了个卖柴汉子一径地混入荆花堡。距匪营西去十余里之遥，果然有片深潭，积水澄明，深不可测，遥望潭东面群山环抱，果然是飞鸟绝迹。再一看潭边汛房十分周密。

原来冷田禄等设此险地，不单为囚禁敌人，皆因搜括的金资宝物太多，便借这望天窟为郿坞之藏，里面有所聚宝库，都是湖北人民的膏血。后来匪势一蹶不振，也就因叶一清寻通山径，偷取他的金资以济官军，使红英等无以聚众，方才败事。此是后话慢表。

且说滕荟挑了一担柴草，正在汛房左右徘徊相度，只听背后有人侉声侉气地喝道："兀那汉子，张望什么！这是什么所在呀？"滕荟回望，却是个长大卡卒大叉步抢来。

滕荟听他是河南口音，便故意慌作一团，道："俺是外路卖柴的，因见靠潭岸草木甚旺，想出脱了此担柴草，就势打点儿山柴，回家去奉养老娘，不想却惊动爷台。那么俺奉送这担柴草，放俺去吧。"

那卡卒听滕荟也是河南语音，因大笑道："当不当撞着老乡。实说与你，你今天若非遇着俺是你乡亲，那还了得？"滕荟佯惊道："为何呢？"卡卒道："皆因俺家教主将杨遇春囚在望天窟内，防有清营能人前来窥探，命俺们在此把守，见有形迹可疑之人捉来便杀。"

滕荟越发假作慌张，抽脱柴担道："爷台便请笑纳此柴，放俺一命吧。"卡卒笑道："老乡莫慌，俺这是上命差遣，概不由己。咱们既是乡亲，你且随俺来，给你柴资。"滕荟做出怯头怯脑的样儿，跟卡卒直到卡房。且喜别个卡卒不来理会，两人拿出老乡谈一攀话，甚是对劲，滕荟方知那卡卒姓袁名柱，就是滕家庄左近的人，投身贼中已有六七年，家中还有老母。

卡卒叹道："老乡，你如今流落异乡，卖柴奉母，虽然困苦总还母子相依。像俺袁柱就可怜极咧！俺那个苦命的老娘不知还在也无。"说着，掉下泪来。滕荟道："你何不回家望望去呢？"卡卒吐舌道："你不晓得，教中规法厉害，既不许脱教并告假。倘若潜逃，捉回就是死数。"滕荟趁势道："这只好俟教主得了天下，你那时衣锦还乡，再见老母咧。"卡卒失笑道："哼！教主得天下，叫她且做梦去吧。俺失足教中，这叫作上了套儿就得拽磨。俺就看你母子相依，令人眼热。"

滕荟暗想："这小子倒还有天性，将来有用他处也未可定。"因笑道："爷台既如此想念老母，俟俺有便回乡，与你带个信去，令她老人家知你在此得意发财也好欢喜。"卡卒大悦道："老乡，如此敢情好。"便取出柴资硬塞在滕荟怀内。滕荟恐露马脚，只得收起。次日仍去卖柴，不消三天，众卡卒都熟识咧，便群呼以老乡。大家捏手搦脚，无所不至地欺负乡下人，袁柱撞见，即便呵斥众卒。

这时袁柱已准滕荟就潭边割草，滕荟累次想泅水过去，探望望天窟的道径，又恐被人张见。事有凑巧，这日滕荟老早地又到袁柱卡房，只见两具整齐食榼里面都是精美酒馔，还有两个船夫一面出卡房一面道："袁爷少时就下船吧。"

滕荟问其所以，袁柱唾道："俺教主浪性发作，只管想软服了姓杨的，好和她去快活，所以变着法儿用好酒食去将养人家。哪知姓杨的通不转意。如今这食榼却该俺坐船送去咧。吓！那望天窟虽是囚所，里面那铺排陈设便是暴发户儿都没有那么齐整哩。"滕荟趁势道："真的吗？你带俺去开开眼如何？"袁柱道："使得。你却须紧跟俺，倘若走错路，只好在里面转磨一辈子哩。"于是命滕荟帮提了一具食榼，即便到潭边一同下船。

两个船夫张起片帆，双橹齐摇，顷刻已达彼岸。滕荟留神一望，好不惊心，只见草树连天，羊肠细路都藏在悬崖绝磴之间，乍一望去，俨似无路。

那袁柱却不理会，一径地宛宛转转觅路而进。滕荟留神所经之路，不远有株枫树，上面还挂块木牌儿，料得有异，便笑道："好大片山场，这准是财主家发卖树木挂牌记数吧？"袁柱大笑道："我的怯老哥你真怄人。这挂牌的枫树都是记路的标识，不然哪里走得通？"滕荟骇然道："这所在就如此险法？"

袁柱笑道："这还不算险，从望天窟后身儿北达聚宝库还有一条极险之径，名为'蛇倒退'，连俺们在此把守之人都不识那路；只有教主的心腹数人有时节从那路输运金资宝物。"

滕荟听了，默然不语，一面走，一面留神路标。须臾登高跃下，曲折了四五里光景，又渡过一座窄窄的石梁，地势渐平；却见一片高崖下，现出一个硿砑山洞，石扉紧闭，外面有五六守卒佩刀来往。一见袁柱都拥上来，见了滕荟，未免狼顾惊诧。

袁柱道："此人是俺老乡亲，庄户人没开过眼，跟来望望。"众守卒笑道："这位老乡两只眼睛好精神，别是个傻里尖吧？"袁柱道："休得取笑！且交代正经，容俺们送进食榼。"一卒道："慢着，他老人家那会子咿唔了半晌，也不知是背书是唱诗，如今却盹睡咧，等俺去瞧瞧再送进去。不然，擅自惊动他，他又该开台大骂咧。"于是趄向石门，举手向门左扇刻的个桃儿上一按，脚下略动，双扉立启，却微闻沙沙沙似有机关响动。那卒自行进去，这里滕荟却笑道："这门儿却好玩得紧。"

袁柱笑道："你说好玩，保管你玩不灵哩。"于是置下食榼，向门右扇桃儿上一按，砰的一声门儿立闭。滕荟趁势也置下食榼，向左边桃儿上如法一按，不想那门儿分毫不动。滕荟越按越没事，招得众守卒哈哈乱笑。便有一人道："老乡，别露怯咧，俺教你个乖吧。"于是上手按桃，下面用足略触门框上刻的一尾鱼儿，顷刻间门儿复启。袁柱等只顾嬉笑，这里滕荟早已记牢。

不多时，那卒跑出招手，于是滕荟和袁柱提了食榼逡巡入洞。只见里面十分宽绰，都是随石崖辟就的小房儿，也一般装饰窗门。洞院中花木楚楚，从高处悬崖一丝丝透下天光，便如沉阴欲雨的天气。靠北面形如小舟的石室一区，深垂帘儿，杳无声息。

袁柱低语道："杨某便居此室，你不便近前，将食榼交与俺送进去吧。"于是双提食榼，推帘便入。这里滕荟赶忙就窗隙一张，只见遇春正在木榻上正襟危坐，榻头还堆了许多书籍，不但毫无颓唐神气，并且面色丰腴，怡然自得。滕荟不敢久觑，仍然站向帘外。

少时袁柱退出，吐舌道："如今差事交代毕，咱快去吧，这里面阴森森的总有些怕人。"说着，匆匆同出，即便撑船趄回卡房。

滕荟一路怙惙，看天色已不早，便假称肚痛，借宿卡房。知得袁柱好喝盅儿，便沽酒市脯请他吃喝起来。那袁柱三杯落肚，无话不谈。滕荟便道："你当此看守差事真个担心，俺听说杨遇春本领了得，倘若跑掉可不是玩的！"袁柱笑道："你放心吧，无论他什么本领也休想跑掉。窟后面高山万仞，窟前面深潭无底，除非他有老鼋大闹通天河的本领，能踏水如平地，才能跑掉哩。"滕荟不由心中一动，暗想道："若是叶一清在此，今夜就可救出时斋咧，这只好俺去先透个消息再说。"原来武功中有踏水若平地之法，非运气内功造诣绝顶不可，除叶一清外，更无人会得哩。

当时滕荟算计定，便大杯价苦苦劝酒。不多时袁柱大醉，一头歪倒，人事不知。滕荟不敢怠慢，便悄离卡房趁向潭边，除去外面短布袍儿，现出一身漆布水靠，携了防身短刀，一个扎猛扎下潭去，哧一声水花略晕，连点儿声息也无。

好厉害的积水潭，漩溜下吸，其凉刺骨，饶是滕荟这等水功还有些支持不得，便闭了一口气，从水底游泳而进。又恐潭东面守卒或有觉察，既到潭岸边，不敢便上。逡巡间刚一冒头儿，只听一卒道："喂，老二，你瞧鱼跃风咧，明天准要刮大风。"那个老二笑道："巧咧就是王八探头儿，老哥你先走一步，俺告个便儿，随后就到。"说着就滕荟冒头之所蹲下身去。

滕荟潜伏良久，以为他们都去咧，探头一望，先闻得一阵臭烘烘，一看那老二正背着脸子屙屎。滕荟也不作声，悄悄挺刀，趁上跃之势尽力子向他屁股上便是一下。那老二哼了一声当即了账。滕荟提刀四望，认明日间所记的道路，便施展夜行功夫竟奔石门。且喜门外守卒们都已在所度皮帐中酣睡如雷。滕荟忙去按门，悄悄入去不提。

且说遇春自入望天窟后，只一心秉正，将自己的生死利害付之天命。虽经红英百般使人劝诱，遇春都不理会，只是想起李氏娘子来未免时时长叹。又不知自己遭赚后军事如何，据红英使人报说，冷田禄业已战败林樾、梁国安等，现和教众正在围攻额公的大营，早晚间退却额公，便要直下武昌。

遇春听了这片恐吓之话虽然不信，未免心下烦躁，因此在洞中只命守卒取些书籍消遣。这夜静坐观书，看到《孝经》上说的"身体肤发受之父母，不敢毁伤"的几句话，不由愀然长叹，暗想道："俺杨遇春堂堂男子，虽说是报国辱身，不致侪于好勇忘亲之流，然无端遭人陷阱，也就好生不智哩。"

正在感叹，只见烛影一闪，一人促步急入道："时斋别来无恙，咱怎的设法出险方妙？"遇春见是滕荟，又惊又喜。

两人厮见过，滕荟先一说来踏探的情形，并将额公与教匪按兵相持，只待救出遇春方进兵痛剿之意一说。遇春惊道："经略此番却是失计，谅一遇春何足轻重？今老弟既到军中，便应劝经略克日进兵，努力杀贼才是。今你先来探我，岂不有误军事！"说着，忠愤之色溢于颜面。

滕荟不由暗暗叹服，便道："话虽如此说，你总须出险方能办贼。为今之计只好耐性些日，待俺去邀得叶先生来，方能设法偷过深潭哩。可惜俺没得踏水功夫，不然，负兄出险岂不方便？"

正说着，夜风飒然，洞门外丛树乱鸣。滕荟恐守卒知觉，便匆匆别过遇春，拔步出洞，依然如法反关石门。方趄至潭边一脚踢下那死卒去，恰好洞外卡房有一卒出来小便，望见人影，只认是同伴，便随口唤道："老哥，小心哪，那岸边惯有水蛇蹿出来咬人腿脚。"一声方尽，只见那人影咴一声没入潭中，那卒赶去一望，毫无动静。正闹得毛森森的疑狐疑鬼，忽望见那死卒因跌滚甩脱的鞋子，不由失声惊呼。众卒闻呼，跑来一望，认得那鞋子是老二的，只疑他是失足落水不提。

且说滕荟浮水趄回卡房，且喜袁柱依然酣睡，便连夜价回禀额公一切情形，并言须速邀一清以救遇春。额公道："如此作速前去，好在近日接得川、陕的两路军报，我军节节胜利，十分得手。此间教匪业已胆落，那汤无畏方提一彪军马游击吴兴礼、韦怀琳各大教目于鄂北一带，业已连破匪寨十余所。红英、冷田禄等只忙着拨遣匪众，援助吴、韦以抗官军，料一时间不敢来取攻势。一俟遇春出险，俺再进剿不迟。"滕荟听了，便匆匆直奔滕家庄，这且慢表。

你道那川、陕两路军事毕竟是怎生光景？作者一张口难说三处话，只好转笔慢慢述来。

且说那颜敏政既得颜公子回报一切，好生欢喜，便遣仆姬等人赏了聘礼，押了舆马，将倩霞、于益迎将来。当时并欲敦请逢春，无奈逢春欲赴额公大营，只得罢咧。

倩霞拜别李氏等人，自有一番恋恋，一面寄书与一清详告一切，一面同于益直赴成都。

不多日，颜公子择日完婚，一切风光不必尽述。至于燕婉之暇，颜公子抗颜为师，先教这个女弟子许多奇字自不必说。就中单表于益和颜公晤面后，彼此钦慕，颜公知于益高尚，只以客礼相待。那刘清与于益相见，甚是欢喜，先叙回华阳观订交的旧事，又问回遇春兄弟的近状，不由掀髯大笑道："今诸兄都为爱国之桢，可见俺当年赏识不谬！今幸于兄来相助为理，看来贼不足平了。"于益道："怎见得呢？"

刘清道："如今川中匪目因倡乱五六年来彼此间争攘利权，大有内讧之势。那王三槐信任苟文明，委以教事，他只钻在秘魔山中恣其侈乐。如今苟文明领一股精悍教匪，便在秘魔山西南一带地名红术岗拥众自雄，和三槐渐相猜忌。由此看来，其势已在吾目中矣。今吾当先复重庆，于兄可一面提兵游击，渐逼秘魔山，以阻挠匪徒呼应连络之势；吾当一面规取重庆，一面设计离间三槐、文明，然后再合兵进剿，则蜀乱可定。"于益听了甚是佩服。于是颜公坐镇成都，便命于益为前锋，提兵直进秘魔山的东路，命倩霞随同刘清率领了骁将何通武，由观音峡祭纛誓师，直取重庆。仍命王文豹把守旧地。

不提刘清大军鼓行直下，且说于益领了数名骁弁，一面分拨出剿逐各股教匪，一面自领精锐杀奔秘魔山的老巢。这消息报到山中，三槐自恃能为，殊不理会。知得东路上有两处险隘，一是柴石岭，一是牛嘴坪，是谢天福和黑风怪牛保义两人把守。谢天福为人精细，料无闪失，唯有牛保义是个浑愣儿。

一日三槐方思量去调郭建业助牛保义把守牛嘴坪，忽见一人大叫而入。正是：

> 方思良将能摧敌，又见惊闻忽骇人。

欲知后事如何，且听下回分解。

第十三回

牛嘴坪于郭交战
铜鼓寨何叶争功

且说三槐正要调郭建业，只见苟文明大呼趱进道："了不得！如今于益斩掉谢天福，手下骁弁连破咱教众数处，今已堪堪杀向牛嘴坪，教主怎的通没区处？"

三槐惊道："有如此事，俺为何还不见报来？"文明冷笑道："俺昨天已得报咧，可见你这里连探子都是废物。"三槐一听，正在惊怒交并，也冷笑道："俺三槐本是废物，苟兄还须担待一二。"

两人正在白眼相看，恰好探子来报谢天福阵亡、失劫柴石岭的警闻。气得三槐大骂于益，又怒探子报事来迟，便叱令左右推出斩掉。文明得意道："教主空有冲天之怒，料那牛保义守不得牛嘴坪，文明不才愿与教主效劳。"

哪知三槐正在气头上，又因文明言语不逊，登时犯了素常的疑忌，便拿出无赖样儿，哈哈大笑道："去得一牛，换得一狗，难道咱教中连个把人都没得吗？"一句话羞得文明面红过耳，只得忍气退出。一句戏话不打紧，两人暗中越发相忤，这便是两雄分裂之兆。这里三槐便飞调郭建业去助保义，按下慢表。

你道那谢天福在白教四将中也是一条铮铮好汉，为何被于益一下斩掉呢？原来谢天福步下武功自觉非常，又练得一手劈山铁掌，任你金刚似汉子，也当不得他骈掌一削。此法在大手搏中极其厉害，他当年做乡里无赖时，常以此法要人性命。便是他投身教中，也因掌杀当地势豪所以亡命。

当时于益所拨骁弁在各处连摧教众，声势大振，天福闻得早已怒不可遏。这日于益兵抵柴石岭，天福大怒，霍地跳起来，结束齐整，飞身上马，提了那柄镶金镏银的三尖两刃刀便去搠战。两下里就平阳浅草上排开阵式，鼓声来处，于益提一杆浑铁枪，跨一匹紫骝马，纵辔大喝而出，一望天福，果然威风凛凛。

天福瞧于益虽然精神异常，却黑瘦干枯得紧，因大笑道："你这厮枉有虚名，原来是枯瘦鬼。"于益大怒，飞马挺枪直杀过来。彼此间一交手，天福方暗惊于益名不虚传，于是施展出全副本领，刀枪来往，二马盘旋，大战至百余回合不分胜负，两下里收兵歇息。

次日于益方深思制胜之法，恰好天福又来叫阵，于益换了一柄大砍刀即便迎敌。彼此战至日色过午，还是杀个平手，各自一兜马跳出圈子。天福大喝道："你敢和俺赤手步战吗？哪个要暗挟寸刃，便非好汉。"

于益一听，只乐得心头奇痒，暗笑道："合该这小子要倒霉，若讲玩拳撩脚，是俺老于没出书塾就干惯的把戏哩。"于是用刀一指，大笑道："好好，当得奉陪！"说罢，各自回马入阵。

天福那里是火冒钻天，恨不得将右掌擦去一层油皮；于益是从容不迫，只吩咐数名健卒各挟绳索，其余兵卒严阵以待，准备冲营。不多时，对面鼓起，那天福换了一身纯白的短衣靠，用一个轻燕掠风式从斜刺里两膀一振，跳向当场，啪一声左手搭右丢个解数。这名为"轻云遮日"，就显出他右掌的能为。这劈山铁掌在达摩拳法中真个非凡，无奈撞着个百艺精通并善运罡气的于益，真是针尖遇着麦芒唰。

当时于益在阵中一见他丢此解数，早已了然，却故意价徐步而出，忽地一摆拳踊跃而进，便取攻势。只双撑铁臂之间天福不由暗喜，原来于益故用出外家拳派，显见得没有运气的能为。

当时两人换形移步，巧抵轻趋。这一阵推拦钩拒便如一对灵猫儿滚作一团，望得两阵上鼓声都息。

少时天福暗运右掌，做足了十分气力，猛地觇准空隙，向于益小腹间一掌搠去。不想却如搏絮抓风，登时将一只铁掌陷入敌人腹皮内，其软如绵，一下子被吸得结实实，并且紧似生成，热如烈火，要想抽回怎的能够？此法名为"纯绵裹针"，是运气的绝顶功夫。

当时天福大骇，五指欲化，只痛得汗如雨下，百忙中用左拳打去，于益格过，大喝一声，鼓腹一纵，那天福身不由己，早已仰跌寻丈之外。于阵健卒一拥齐上，顷刻间缚捉入阵。这里贼阵上其余悍目方大叫放弩射阵，于益举手一挥，众官军长枪短刀早已冲杀过来，一直地踹入贼营，杀贼无算，登时夺得柴石岭。一面分兵驻守，一面斩掉天福，特选了一名长大健卒，用长竿挑了天福的首级，一路上教匪丧胆，溃散无数。

这日兵抵牛嘴坪，就数里外扎下营垒。牛保义大怒，率领一队乌衣悍匪，号称短刀手，各持一柄二尺多长的牛耳泼风刀砍刺如风，直抵于营前俯仰叫骂。保义望见天福首级高揭营前，只气得跳掷如风，山嚷怪叫，便指挥乌衣队乱鸦似的闯向于营，却被劲弩射回。

原来于益知保义是个浑愣儿，那队乌衣匪十分猛锐，便想设法擒捉保义，以免摧折官兵。次日，方和骁弁等暗作计较，却值保义来搦战。骁弁便道："这种浑匪不须于爷劳动，待末将等前去捉来。"于是开阵迎战，却被保义率领乌衣队大胜一阵，官兵死伤百余人。原来保义不晓什么阵法，只凭勇气横杀蛮矸，保义脚踪所到，众卒皆争先恐后，哪怕前有龙潭虎穴，众卒全不理会。这是保义从好些教匪中，特选与自己性儿相同的编作一队，因此五六年来所向无敌哩。

当时于益对败回的骁弁道："如何？今此贼只可智取，俺现已探明地势，略有准备，一俟歇两日，俺当以计擒之。"正说着，忽报王三槐现遣大教目郭建业驰抵牛营，相助为战。于益沉吟道："郭建业倒是精细一流的人，但是保义性儿未必肯听他说，咱只相机做事罢了。"于是使人赴侦牛营，且听消息。

原来那郭建业奉三槐之命，忙率一队心腹悍匪驰抵牛营。保义胜了一小仗，方自恃本领兴冲冲地要捉于益，一见建业哪里有好气，便怫然道："教主既遣你替俺职任，为何事前通没信息？你既到来，俺便告退吧。"

建业道："牛兄如何这般说？教主遣俺到此却是帮助牛兄。"保义冷笑道："多劳大驾，待俺捉住于益，你便庆功去吧。"建业知他的牛性，也不和他计较。

次日，建业方想去搦战于益，忽闻营外战鼓如雷，喊声大举。建业大骇，忙结束整齐，正要提枪上马，左右飞报道："不好了，今夜五更时，牛教目领了乌衣队前去悄悄矸营，拔开敌人鹿角，喊一声扑将进去；不但是座空营，并且大帐前全是陷坑，牛教目奋勇跳出，却被于益率众从左边埋伏处杀来，当即被捉，乌衣卒全队悉没。如今于益在营前单搦郭爷搏战哩。"

原来于益探准保义浑愣性儿不禁拨撩，当夜四更敲过，备好陷坑，埋伏停当，便选一班伶俐骁卒前去偷营。一见保义，回头便跑，果然撩得保义性起，便挥乌衣队趁追势就去踹营。不想中了于益之计，闹了个滚汤泼老鼠。

当时建业闻报大惊，略一沉吟，反微微冷笑，便派两名悍目出营迎敌，自己却领一队心腹伏向营后。

且说两悍目奉命迎敌，不由心头乱跳，因慑于于益的威名，彼此不敢当先，互相客气一阵，当不得营外叫骂连天。两悍目商议道："咱给他开门炮，俩打一个，倘再敌不过，咱只好跑他娘的，叫姓郭的去当灾。"于是硬着头皮双马齐出，各挺手中长矛。一望马上敌人果然是个黑瘦汉子，两悍目心头惴惴，只得大呼齐上。不想那黑瘦汉手忙脚乱，尽力子用手中长枪划开矛锋，把马一兜，回头便跑。两悍目相顾诧异，忽闻营后喊杀连天，闹得两悍目不知所以，只得率众拒守营前，这且慢表。

且说建业料得于益趁胜搏战，是用声东击西之法。在营后伏觇片时，果见于益领一彪人马横刀跃马直奔营后。好建业通不作声，直待敌人前锋冲向鹿角就要大呼奋矸。这里建业一声呼哨，伏卒冲出，先是一阵飞蝗劲弩，早将敌人前骑射倒许多。于益忙举刀向后大呼且退的当儿，那建业飞马挺枪，直取于益。

于益横刀捺住来枪，仔细一看建业，好一派威风凛凛，端的不愧"赛白

475

袍"三字。但见:

> 铠甲如银白马驮，神枪动处蟒翻波；
> 当年漫说征东将，奈此郭家建业何！

于益看罢，暗暗称奇，便喝道："你家牛保义已被俺一阵捉得，你是识时务的就当请降才是。"建业冷笑，拧枪大喝道："休得张致！"于是两马相交，刀枪并举。于益细留神建业枪法，神出鬼人，并无半点儿破绽，知非一战能擒。两下大战百十回合，于益横刀镇住来枪道："且叫你这厮多活些时。"说罢，兜马便回。

建业不敢追赶，便引众抄向营前，杀退那假于益一干敌人，且自回营，思索破敌之计。从此两下里互相攻守，互有小胜负。建业曾夜斫于营，于益曾飞行刺郭，无奈彼此间各有准备，因此相持至数月之久。这期间，刘清规取重庆的一路军马也就闹了个山摇地动。

且说刘清大集将弁，统率雄兵，由观音峡祭纛进剿，一时军容好不威武。这日刘清升帐，誓众已毕，只见缨弁如云，士气百倍，唯有倩霞劲装佩剑，侧坐刘清一旁，这是刘清以宾礼相待之意。众将弁知得倩霞本领，正在注目，只见刘清对众道："今有先锋之任，提振全军锐气。"说罢，目视倩霞就要拔令。

倩霞嫣然色喜，方待假意谦逊，只见何通武大呼道："此任末弁愿往。叶姑娘虽然英勇，终是女子，未免贻笑于敌人哩。"原来何通武自以为是川中老将，见倩霞弱不胜衣的模样，哪肯心服？当时倩霞微微冷笑，也不开言。

刘清分派事忙，也没理会，便道："将军欲任前锋，却须仔细。"于是命通武为先锋，其余将弁各有分派，然后笑向倩霞道："姑娘看老夫派遣可还妥当？姑娘便随老夫策应各路吧。"倩霞听了，还只是略绽樱唇，于是提兵前进。

当夜，驻军某所，倩霞忽怏怏然称病告退。那刘清虽然满腹经纶，却摸不着女儿心性，见倩霞毫无病容，便安慰数语，不放她去。一路上所剿匪寨捷报时闻，何通武越发意气扬扬。倩霞却对于战事全然不问，每当驻军，便骑匹骏马，跨了轻弓短箭，就营左近射猎为乐。刘清以为是女儿娇憨常态，也不以为意。

这日兵抵铜鼓寨，已距重庆百十来里，一望匪营屯幕云连，把守得十分严密。原来这一所在地据险隘，为重庆之门户。你道守寨的教目是哪个？却是恽三娘的丈夫吴代。

这吴代本是个褴褛货儿，自作乱以来，才从浑家学了两手儿宣花大斧头，骑上大马，耍得那斧嗖嗖嗖真也威实。却有一件，就是见不得阵仗。因他气

476

力来不得，只好用柄木斧头外包银皮，却应了古语咧，是个"银样镶枪头"。

因他手下有一名勇士，姓陈名毅，此人本是川中大盗，后入教中。生得黄面凹腮，狰狞异常。生平长于步战，两腿上都有黑旋毛儿，腾踔如风，叱咤如雷。善用一柄虎头金棍，重可七十斤；又善能飞戟刺人，百发百中。吴代仗了他，所以恽三娘命丈夫把守此地，以备自家高兴时唤来破闷。

原来三娘虽是教匪，却与红英正自相反，只知亲爱其夫，绝无淫乱行为。不想那吴代一守此地，三娘却暗含着积了许多阴功，不然，三娘夫妇怎会漏网善终呢？皆因这陈毅凶淫非常，往往值临阵交锋，他必须钻入后帐，御女三四人，方才踊跃上马，精神百倍。所掠子女非杀即淫，吴代看不过，往往硬索一半儿去悄悄放掉。

陈毅有时性起，或指着吴代脸子大骂，吴代只放出癞象皮的手段，依然是嘻嘻哈哈，因此陈毅也奈何他不得。好在吴代通不管事，除有时分派教众出发打掠，陈毅将他撮弄到大帐上摆个样儿外，余外之事通不用他。所以吴代在营只办得吃喝拉撒睡五字，再就是去当浑家被窝中的差使。妙在吴代也只是亲爱三娘，眼前多少如花女，他正眼儿也不去瞅。

这日探得刘清大军一路长驱，势如破竹，已抵铜鼓寨数里之外扎下大营。吴代大惊，孛着胆子领数骑到刘营外偷觇。只见旌旗招展、笳鼓喧天之中，却有一片青葱葱、白濛濛的云气笼罩营上。吴代不晓得是军中旺气，正在指手画脚，呆着脸子纳罕，忽听斜刺里弓弦一响，嗖的一箭从耳根擦过，早有十余巡骑大呼赶来。

吴代大惊，回马当先，领众便跑，回到帐中，还有些变貌变色地道："这次可要干了杆咧。一个刘青天杀到这里业已当不得，何况还有个侠女叶倩霞呢！"陈毅且怒且喜道："你休如此脓包，看俺斩将退敌，并捉得叶倩霞来。却有一件，不许你来索要。"吴代一缩脖儿道："俺索要她难道当姑奶奶去吗？"

不提吴代心惊胆落，知得倩霞飞剑厉害，一夜也没好生睡。且说何通武累破匪寨，得意非常，既抵铜鼓寨，闻得守将是吴代，不由哈哈大笑道："且捉得雄的来，自然引将雌儿来。"

他这话本来粗鲁，通武说出此话，一瞧倩霞在座，方有些不好意思。只见倩霞微微冷笑道："你这话却失检点，等你捉得恽三娘再夸海口不迟。"通武意气之下，便大叫道："姑娘莫要小看人，俺若不破却这里，杀到重庆，趁势活捉三娘，情愿拜在你的裙下。"

倩霞眉儿一挑道："军中无戏语，你可要仔细。"通武大叫道："俺值得向姑娘夸嘴？"

两人正在磕牙斗嘴，忽报营外教匪搦战，通武便令骁弁王杰前去迎敌。但闻营门外战鼓如雷，须臾人报王杰中伤败回，通武殊不为意，又遣骁弁赵标出马。须臾杀声大震，通武方摩拳擦掌地以待捷音，不想人又飞报道："赵标阵亡。"众皆大惊之间，通武跳起来，大叫道："备马，备马！什么悍匪如此张致？"声尽处，帐下一人又手大叫道："谅此鼠辈何劳将军亲自出马？末弁不才，愿取敌首献于帐下。"

通武一望，却是军中称为"打虎将"的吴保和。此人生得长躯伟干，威凛凛黑煞神一般。他少年时逐猎入山，曾拳毙一虎，故得此名。善用两口雌雄剑，好生了得。当时通武大悦道："吴兄若去，待俺与你掠阵。"因顾倩霞道，"姑娘何不也去瞧瞧呢？"于是跨马齐出。

那倩霞果然闪在门旗角下看他厮杀。只见陈毅头裹黄巾，只披一件齐腰短衫，下穿虎皮纹的短裤，足踹麻鞋，背插一排短戟，一拄金棍，凭空地跃来三丈多高，用一个云中散花式向保和当头便打。

通武愕然道："姑娘瞧此贼倒也凶实，这是哪个呢？"倩霞也不理他。但见吴、陈两人顷刻间步马相交，杀作一团。剑起处，化作两道寒光；棍到时，飞出一条金蟒。

大战良久，保和渐渐不支。通武大怒，一摆长刀，正要纵马夹攻，只见陈毅虚点一棍，回头便走，保和大呼赶去。说时迟，那时快，陈毅猛回身一扬右手，一道寒光直奔保和咽喉。保和一声喊，已中短戟落马。

陈毅狂笑，举棍未落之间，通武一马抢到，嗖嗖嗖抢开长刀直取陈毅中路。要说通武马上刀法果然厉害，无奈陈毅捷疾如风，舞起金棍，只在通武前后左右腾踔盘旋。那通武因倩霞在后瞭望，只得抖擞精神力战陈毅。可怪是陈毅棍法时时变幻，并不实杀实斫，只以耸跃取胜。

未及数十回合，通武刀法渐乱，却听得倩霞咯咯地笑道："马，马！"一声未尽，陈毅跳向马后，照准马尻便是一下。通武急回刀格去，业已不及，那马咴一声蹿出多远。通武落地，未及爬起，陈毅纵步赶上，方要举棍，恰好压阵骁弁一齐拥到，一面价抵御陈毅，一面救回通武。

这一阵大乱，将刘清也惊动出营。众骁弁齐战陈毅，喊杀连天。那陈毅杀得性起，哇呀呀一声怪叫，金棍起处又是两骁弁落马，余弁齐退，势如山倒。刘清大惊，亲挽雕弓，暗地里嗖的一箭却正中陈毅巾角。

这当儿匪阵上吴代只吓得战抖抖，立命鸣金，这才彼此罢战。陈毅跳回，大叫道："俺正杀得高兴，你为何竟命鸣金？"吴代道："你不晓得，俺见敌阵旗角下立着个小娘儿，就是到处闻名的叶倩霞。俺瞧她小脸儿上气扑扑的，怕她飞剑来寻你晦气，所以鸣金。"通武跺脚道："俺若知叶倩霞藏在那里，早捉将来咧！"

不提吴、陈这里胡噪，且说刘清回营，见死了赵标、吴保和，伤了王杰并两名骁弁，好不颓气。通武这时不由豪气顿尽，却向众弁失惊打怪地道："原来这悍匪就叫陈毅，但是他仅仗步下能为，也不算什么；待俺禀知刘爷，调取王文豹来，定然一战擒贼。"

倩霞听了，只是抿嘴儿笑，众弁便道："今叶姑娘现在这里，定能擒贼，何必远求呢？"通武一瞅倩霞的当儿，倩霞早翻然趋出。于是通武果然去禀明刘清，请飞檄调取文豹。原来文豹本领马上步下均都来得。但是他为人精细，既见檄文到来，暗想道："叶倩霞步下能为怕胜不得一个陈毅？今巴巴地调取俺去，必有缘故。"于是星夜赶到刘营。

通武劈头便道："王哥快来吧，好与俺转转面孔。"文豹道："呆兄弟，现放着叶姑娘在营，你是先锋，挫了锐气为何不求她呢？"通武听了，一声不哼。文豹悄悄就众弁一探听，方知何、叶两个暗含着各不相下一段情形，便暗自沉吟道："这段功劳总须让与倩霞，方才大家和气，好笑何通武竟不识窍。"于是与众弁暗议停当，次日次第去战陈毅，连文豹都大败而回。

大家当着倩霞只嚷陈毅厉害，本想激动倩霞。哪知倩霞肚内暗笑，只给他个高腍脸儿，通不兜揽。这时刘公已听文豹密禀何、叶一段光景，老头儿沉吟良久，拊掌道："有了，有了。"因附文豹之耳低低数语。文豹微笑，自去知会通武。

这里刘公一面布置，一面愁得眉头不展，只向倩霞叹气道："今陈毅勇不可当，这便怎处？"倩霞听了，还是抿嘴而笑。哪知老头儿更会装扮，愁得什么似的，连日免战，一任陈毅辱骂叫阵。倩霞心头得意到十二分，老头儿也就暗笑得肚痛。

一日倩霞正在自己帐中拂拭那把南精剑，低垂玉项，若有所思，不禁用纤指弹弹剑铗，又画了几个《说剑寻源》上的奇字，忽地嫣然自笑道："好奇怪，只有这几字既难记又费解，怎的一到他口中就说得怪有趣的呢？好没来由，俺在此胡闹怎的，还是寻他……"刚说到一个"他"字，只见帐幕一揭，那个"他"竟自含笑踅入。倩霞见了，赶忙释剑起迎，百忙中抱怨道："俺正想回去跟你认字去哩，你看他们只管欺负俺。"说着一挑眉梢，似嗔似喜，动问过颜公起居，不禁拖了颜公子的手儿并肩而坐。

颜公子道："俺此来一为奉父亲之命前来犒军；二来还有点儿小事儿，特来做个和事人。"倩霞笑道："你不怕有一大车事俺都不管。你来得正好，俺便跟你回去认字去吧，没来由受他们的欺负。"说着眼眶儿一晕，只管伏首拈带。

颜公子笑道："你与通武争气，俺已尽知，没的为小节误却公事，还是快快抛开，你去除却陈毅，莫误戎机为是。"倩霞嗔道："人家瞧不起女人家，用你来多管闲事？无论谁来出头说，那算白搭。"颜公子失笑道："真的吗？今有一人专诚求你，应不应尽都在你，俺还是不赞一词哩。"说罢，从怀中掏出颜公与倩霞的手谕，是命她即除陈毅，以利师行。

这一来闹得倩霞翻然跳起道："你这人好没轻重，这点点事为何闹到大人跟前?"颜公子笑道:"好冤枉,俺是听大人面谕才知此事,你如何疑俺闹的?"倩霞扑哧一笑,水灵灵俊眼一转道:"不须说咧,这准是刘老头儿小题大做,闹到大人跟前,并搬你来做说客。却有一件,俺就不服气何通武小觑俺们女人家哩。"

声尽处,帐外步履声动,便有人哈哈大笑。正是:

坐帐款谈方娓娓,负荆请罪又匆匆。

欲知后事如何,且听下回分解。

第十四回

叶倩霞杯酒斩凶渠
田大郎深宵救良友

且说倩霞正绷着脸儿和颜公子对瞅笑面，只听帐外大笑道："一个人就吃亏了这张嘴（引《负荆》剧语，恰合），何老弟，快来赔礼！"说着，趋进一人，却是文豹，后跟通武，却用两手掩了脸孔，忽地扭了两扭，仿佛袅娜得了不得，先向倩霞深深万福，然后一手按地，折倒老牛似的纤腰拜将下去道："嗨！小奴何通武得罪姑娘，望祈恕罪。"

颜公子赶忙搀扶之间，将个倩霞只笑得前仰后合。文豹道："如今云过天空，刻下刘大人已置备下和事酒儿，专候你两人前去厮见哩。"于是不容分说，颜公子领了倩霞，随后是文豹、通武，一干人直赴刘清的偏帐。好笑通武没得遮羞儿，只在后面模仿倩霞的身段儿亦步亦趋，招得营中人都个个含笑。

须臾近得偏帐，早见刘清含笑迎出。倩霞这时倒有些不好意思，只得自谢无状，即便请令赴敌。刘清笑道："不须忙得。"于是引众进帐，业已酒筵罗列。先揖颜公子上座，然后命倩霞等依次落座。

刘清举杯道："今天叶姑娘一出，定然破贼。但是俺方得探报，匪中大教目王树风就要赴援铜鼓寨，咱总须神速进兵方妙。"说着亲斟一杯，置在倩霞面前道，"姑娘莫怪俺将琐事去惊动尊翁哪。"倩霞谢一声，方要举杯，只听营外喊声大作，左右飞报道："陈毅又来裸体搦战！"倩霞大怒道："待俺去扑杀此贼，再领赐酒未迟。"于是退出偏帐，匆匆结束，提剑便出。

这里众人欣然相待，但听得战鼓如潮，喊声大作，恍如天崩地塌。须臾，人报道："叶姑娘杀赶陈毅，绕阵三匝，竟自追过贼阵之后，许久不出，恐有闪失，请令定夺。"通武大叫道："这还了得！"刘清一挥手，通武已大步出帐，将个颜公子吓得变貌变色。

刘清起携公子道："咱也去瞭望瞭望。"于是由文豹引路，直到阵旗角下。只见对面贼阵后纷纷大乱，众教匪叫苦连天，自相践踏。遥见通武率领一队锐卒横刀跃马只向贼厚处冲杀将去。

须臾，贼众喊一声，便如波分浪裂，突地一股剑光飞处，现出个绝代佳人，

481

右手仗剑，左手提着个血淋淋的人头，便是陈毅，一道电光似飞到刘清面前，掷头于地，却咯咯地笑道："妮子没甚本领，致这厮几乎跑脱哩！"这时喜坏了颜公子，望着个英娇娇的浑家，忽自觉勇气发作，方要弯倒腰瞧瞧陈毅的头儿，恰好那头儿滚势方定，就仿佛向他一龇牙儿，吓得公子一哆嗦之间，忽见通武率众忽地卷回。遥望贼营前尘头大起，火杂杂赶到一支生力军。

刘清莫测其故，不敢引众攻击，当即打得胜鼓，引众人回到偏帐。只见那杯酒余温尚在，倩霞笑吟吟一吸而尽，好不得意。须臾，通武进帐来禀原委，方知匪中吴代险些被擒，正要夺取其营，却被王树风引生力军恰恰赶到，所以引众卷回。刘清道："可惜失此机会，只好慢想破贼之策。"于是大家为倩霞贺功把盏，尽欢而散。

按下这里两下备战，且说那陕西高天德自起事之后，严禁教中邪法，又常派人到各队股中宣扬教中劝人为善之意。因此之故，陕中教众虽然闹得一塌糊涂，却比川鄂两处强得多咧。队股所到不过抢掠金资，淫、杀两事还为稀有。天德虽据渭南，依然恋恋那金溪村，收拾得铁桶一般。这时闻得陕抚奉额公之命，领杨芳、滕芳克日进剿，不由暗叹道："可惜俺高天德行年四十，居然做贼！杨、滕两人也是好男子，一决雌雄，且不必说，可叹他们不识俺的生平哩。"

正在感叹之间，左右忽报道："外面有一客人，行藤毡笠，气象甚伟，自称是教主故人，新自西安来报机密。"天德喜道："快请，这是俺好友田孝达。"说着站起来，迎向厅门。

原来天德生平有一契重之友，姓田名孝达，为人恬退，素矜名行，家无立锥，事母至孝。老母殁后便隐居蓝田山中，只以樵采射猎自给，人称为"小专诸田大郎"。生得白面长躯，沉毅静默，若论武功本领，和天德堪称伯仲。他又会作"五里雾"的大法，却偏不以法术为重，和天德所见正自相同。

他本是天德的少年同学，当田母未殁时，天德见他家贫，时致馈贻。孝达虽然感激，却未尝口头称谢。田母尝叹道："儿啊，咱母子受人之惠，却怎生为报呢？"孝达笑道："娘只管放心，朋友有相勖以正之道，孩儿报他之法却不在寻常金资。"及至田母殁后，大郎忽影儿不见。

天德乍失良友，十分想念，广托诸友各处物色，哪里有大郎的影儿？但是过得三两年，却闻得蓝田山中有一壮士，杀除山盗，庇护居民，靠山左近竟可以夜不闭户。天德听了也没在意。后来白莲教起，蔓延陕中，天德朋辈日夜价怂恿天德加附白教为陕中教主。天德听了，十分踌躇不决，不由长叹道："若使田大郎在此，正可一决此事啦！"踌躇了两三日，当不得诸友相劝，只得入教。

为时不久，忽接得大郎一封书札，也不知是从哪里寄来的，那书内极叙契阔之余，便力陈白教非正，万不可陷身其中。天德见了只好付之一叹，更越发物色大郎，依然不见。直至天德起事，雄踞渭南，正忙碌碌分拨教众滋扰各处，忽然田大郎踵门来见。

天德大悦，倒屣而出，只见大郎布衣草笠，态度翛然，那姣姣面色也就苍老了许多。两人厮见握手，只喜得各自泣下，于是抵掌款谈，天德方知大郎携妻子隐居那蓝田山中，十分自在。

天德叩其来意，大郎却笑而不语。这时天德帐下剑戟层层，兵卒侍列，好不威武，那大郎斜目睨视，只如不见。于是天德置酒高会，并命手下大教目都来认识大郎。

夜深酒罢，便与大郎抵足而眠，畅叙契阔，好不快活。及至夜深，大郎忽叹道："高兄可能从我去吗？"天德惊道："哪里去？"大郎道："你好发呆，这教中岂堪着脚？即今不悟，祸当不远，不如从我结邻山中呢！"

天德沉吟良久，道："与人共事，中途弃之不祥。俺只恨你那封书札来得少迟，如今既入教，势成骑虎了。"大郎道："今还有一条中策，兄可速寻替人，付以教务，自谋摆脱，亦全身之道。不然，恐将来玉石同碎。你不见川、鄂两处惨扰人民，作恶多端吗？将来教运一衰，宁有幸全之理？"

天德憬然道："吾亦念及于此，所以自起事以来力禁淫杀，终欲阐扬教中一片善言至理，此实天德所持的坚心毅力，也使天下知白教中未尝无人。至于事之成败，只好付之天命了。"大郎听了，点头太息，便不复再语。

次日，天德醒来，大郎已不知何时走掉。天德教务忙碌，也便暂时抛开。及至少暇，便带领骑从亲访大郎于蓝田山中。但见谷口云深，荒径树翳，询问山民以大郎所居，山民道："田大郎自渭南回头时，便移家此山深处，连俺们都不知其居哩。"

天德听了，驻马延望良久，只得太息而回。从此大郎又绝踪迹，直至额公传檄陕抚，催促进兵，天德见战乱当起，不由暗叹道："俺若三两年前从了杨芳就抚之言，而今陕中可免一场兵劫了。"原来杨芳自到西安参将任所，累次剿匪，甚著威名，和天德亦累次交战，彼此都是佩服的。

那时陕抚某公是个优柔不断、没主张的角色，杨芳曾遣人讽示天德，谕以就抚之意，天德颇颇意动。无奈陕抚不敢主持，诚恐天德若一反复，这血海干系自己哪里当得起？因此将这事搁置起来。

当时天德正要使心腹机警赴西安去探陕抚进兵的消息，恰好田大郎又飘然而来。天德大喜道："田兄肯来相助，妙极，妙极！"于是请大郎去探消息。所以天德一闻故人相访，连忙大悦起迎。

且说天德站向厅门首，一望来客用大笠深掩眉际，急切中看不清面目，趋走捷疾，具有虎跃龙超之势。须臾至前，那来客猛一掀大笠，天德大骇，几乎失声惊呼，忙挥退左右，竟和来客把臂而入。来客道："俺今日戴将头来，此番商议实为陕中百万生命。"于是慨然一说来意。天德拍胸道："将军诚意如此，这是第二番惠爱天德了。但不知陕抚之意一如将军之诚实不欺吗？"来客道："彼为方面大员，讵肯失信？俺见你是条好男子，所以重提招抚之事，应否尽在于你，且与俺置酒解乏要紧。"说着解衣磅礴，哈哈大笑。

这一来闹得天德惊疑不定，便道："容俺和教友们大家商议。"来客笑道："此等事唯当自决，筑室道谋又管甚事？能从便从，否则准备厮杀。两语可决，何必拖泥带水呢？"

天德不由慨然道："俺意已决，少时咱就去谒抚军如何？"来客听了，拊掌大笑。于是天德一面置酒款客，一面暗自通知两名心腹教友陪来客饮过酒，共宿帐中。次日，竟和来客单人独步，寸铁不携，直赴西安慢表。

说了半天，这来客是哪个？不会听书的还瞎猜是田大郎；会听书的却知里面必有新颖情节。原来来客非别个，就是天德的劲敌杨芳。诸公听了，未免暗笑道："作者先生胡诌了这部长书，未免江郎才尽吧？怎的瞅个冷子，闹个乱劈柴的笔法呢？杨芳和陕抚进兵剿匪，为何却轻入虎穴呢？"殊不知杨芳颇重天德是条汉子，本惺惺惜惺惺之意，竟建议于陕抚再主招抚。本是一片爱才诚心，却几乎断送了天德性命。这期间还有一段情节，细细述来，因一人之贪婪，致陕民罹刀兵之浩劫，正自可叹得紧哩。

原来这时陕抚某公本是个吏员出身，人虽精干，却是贪得无厌。他有个心腹幕友外号儿"虾先生"，因此人生得不满三尺，木瓜脑袋连骈腿，外带着是个驼背。小模样儿本就可观，偏又有登徒子的毛病儿，因此淘渌得身似弯虾，故得此名。此人貌虽不扬，却机械满腹。历任随着陕抚所到之处，那地皮立低三尺，因此陕抚甚是喜他。

当时陕抚奉到额公进剿之命，正有些不得主意，恰好杨芳来献招抚之策。这时陕抚只求本省没兵乱，也便心满意足，于是欣然应允，命杨芳相机办理。

杨芳去后，陕抚心下畅快，便想顺水推舟，就势酬酬这把与自家刮地皮的好手。这日晚上，公事已毕，在内室里和众姬妾哈哈了一阵子，便趿着鞋子，抱了水烟筒，趄向虾先生屋内。只见他正偎在榻上，抱定一根三镶玉嘴的大烟枪，眯齐两眼，若有所思，榻头堆着两封银子。一见陕抚进来，他只扬起脑袋点了点，并不起身。

当时绍兴幕友的架子都是大得很，陕抚见状，并不为奇，于是凑榻歪倒，随手将烟筒置在烟盘内道："老兄这银子又是新进的财吗？"虾先生咕噜了一句，欠身坐起，抄起陕抚的烟筒便吸，一面用手中纸煤儿向虚空乱画圈儿。吸了两筒，然后道："哪里是新进的财，这是俺此月薪金，准备寄家的。"

陕抚笑道："好叫老兄得知，这注钱且莫寄家，准备赏人喜钱吧。"虾先生一愣道："俺喜的是什么？"陕抚道："不久便有件大大的保案出奏，你老兄入个名儿，不是升官之喜吗？"因将招抚天德之事一说。

虾先生听了，攒眉咂嘴，手中那纸煤儿直烧到他指头他方跳起，笑道：

"如此制军更大有升官之喜咧。却有一件，你若只图升官，便没得说；若还要趁势发大财，晚生还有个绝妙的计较，一来可免后患，二来这注财若发起来，不要说你老先生钱用不尽，便是晚生稍沾余润，也就足够喝粥的咧。"说着，喜得个弯虾身子就要直将起来。

陕抚见此光景，不由叩其所以。虾先生道："高天德倡乱连年，他家中所积金资岂可数计？都在金溪村为郿坞之藏。"说着，用手掌做个切势道，"制军只须趁他就抚，给他这么一下子，一面发兵先抄金溪村，岂不是泼天富贵？至于天德既就诛，那其余教匪势当自乱，然后命杨芳提兵进剿，你老先生便安坐着升官发财咧。"说罢，哈哈大笑。

陕抚本是个财迷角色，听得此计，自然字字入耳，当时点首微笑，又和虾先生咬了阵耳根，可怜这陕中兵劫算是遭定。

正这当儿，帘儿一启，却有一精壮仆人进来换茶。虾先生道："田升呀，你是新来的人，摸不着废物所在，你叫李安向你师奶奶要些好茶叶来。"那仆人眼光一闪，当即唯唯退出。

次日杨芳同天德恰好到来。陕抚大悦，一面遣心腹与天德置备行馆，一面传见天德，抚慰备至，命他就行馆以待朝命，并许以保奖官爵。天德谢道："小人无知作乱，今蒙恩招抚，愿回散教众，做一无辜良民，于愿已足。"

陕抚如何肯听，便饬天德就行馆待命，却做准备，并禁闲人出入，那赏赐的酒馔却流水似送来。杨芳不晓就里，便进谒陕抚，请从速张贴收抚天德的布告，以定匪乱。陕抚道："布告固当速贴，但余匪万一鸱张，也不可不防。你可领一队兵马驻扎在渭南某要路上，以防不测。"杨芳只认是陕抚虑事精密，欣然奉命而去。

这里天德在行馆住了两日，行动坐卧俱有陕抚派来的人追随伺候。天德是直性人，殊不理会，想见杨芳谈谈，也不见来。

这夜三鼓时分，正在对烛闷坐。那行馆外无居邻，本是一所废衙，四围空地便是堆积军营刍草之所，本有数十名营卒看守这片草场。当时天德听得馆外老树吟风，十分寥萧，无聊之中，又自念道："如今俺既就招抚，此后当谢绝人事，和田大郎隐踪山中，倒也自在。"

正这当儿，忽闻檐前飒然风动，霍地一个黑影儿翩落，帘儿一启，闯进个青衣仆人，手抚剑柄，直到案前。

天德大惊，以为是突有变故，不管好歹，抄起案上一只浑铜烛台方要打去，仔细一看，不由大惊。正是：

变故当前殊惴惴，故人何事到匆匆。

欲知后事如何，且听下回分解。

485

第十五回

起陕乱天德称兵
发窖藏苍猿引路

　　且说天德仔细一看那青衣仆人，却是田大郎，不由置下烛台道："好奇怪，你怎的忽到此间？莫非已知俺就抚之事吗？"大郎只说道："此间非叙话之所，快走，快走。如今变起顷刻，你就要性命不保哩。"于是拖了天德，直奔向行馆后墙，业已闻得馆四围呼哨连连，并有刀剑相触之声，且喜馆后面没甚动静。

　　当时两人一跃出得馆，一口气便奔南城门，叫声苦，不知高低，只见城门守卒业已准备得麻林似的。大郎低语道："高兄莫慌，俺自有妙计赚出城去。"于是和天德直抵城门，高叫开城。守卒们抢来一看，便笑道："田二爷吗，难道这时光还出城找相好去吗？"大郎笑道："俺领个朋友要去玩玩，少时俺回头叫城，还须劳乏你哩。"守卒道："当得，当得，如今因为困了一只老虎在城中，不得不仔细罢了，不然，俺也寻小娘儿快活去咧。"于是匆匆开城，大郎等拔步便走。

　　方走出一二里，扑奔了赴渭南的大道，回头一望，那城中业已火光陡起。天德仔细一望，正是那行馆的方向，不由略为瞧科，转复大怒道："可恨杨芳如此的歹毒险诈，大郎莫去，咱回城去杀掉他再讲。"

　　大郎道："此事与杨芳无干，今且不暇细谈，等闯过前边扶风驿再讲。"于是两人施展开飞行术，嗒嗒嗒一路好跑，那大郎引天德转奔小道，又趱得十余里，却闻后面人马喧嘶，蹴踏之声有如风雨遝至。回头向大道上一望，业已火燎烛天，一彪追来的兵马飞也似赶将过去。

　　大郎和天德就深草中伏了一霎，然后起行，却遥见大道上兵马队中一骑如飞，也岔向前途小道。大郎道："高兄仔细，这是分拨的报马去知会扶风驿的汛将，叫他们截获逃人哩。"天德大怒道："大郎助俺杀敌，咱怕他怎的？"大郎道："如此高兄且用此刀。"说着，从腿叉中拔出一柄泼风似的短刀，道："此刀是俺在行馆外杀掉一个巡卒所获哩。"

　　天德接过刀来，掂一掂十分称手，不由精神百倍。再望那彪兵马业已去远，不知向哪里瞎赶獐去咧。天德这时怒气攻心，巴不得有人厮杀。

须臾将近扶风驿，两人留神前面汛营中一无动静。行次一片长林前，大郎方回首道："高兄，咱穿过此林，便悄过营卡吧。"一声方尽，只听道两旁深草中一声喝号，大郎足下一绊，险些栽倒。天德足势收煞不住，只一足迈出之间，早被兜起的绊索兜翻。两旁一声喊，抢出十来个伏卒，方要捉人，天德大怒，就地一滚，随即一个虎跃式奋迅而起，短刀一摆，方要排头杀去，只见众卒惊呼，纷纷乱窜。

　　那大郎剑光起处，早已斫翻四五人。于是长林中伏卒尽起，大呼兜围，只喊："休走了高天德！"光燎腾处，有一将跃马当先，挺手中枪向大郎便刺。天德认得是汛将汪庚，一摆短刀，和大郎短剑并举。

　　要说那汛将汪庚也是陕中勇将，无奈今天撞着这两个太岁，只在马前后跳跃如飞，那刀剑光芒照得汪庚目不及瞬。不消顷刻工夫，大郎踊身一剑，汪庚大叫落马，天德赶上一刀，当即了账，便趁势撞入卒队，一气儿杀翻十余人。余卒大骇，只剩了四散奔走。那天德杀得性起，还要厮赶，却被大郎拖转，趁势闯过扶风驿，连夜价奔到渭南。

　　这时守渭南的教目等只知天德就抚，及问知逃险的缘由，不由都怒不可遏。正在纷乱当儿，金溪村心腹教目使人到来，嘱咐渭南教目等仔细一切。因为前夜间，陕抚派一队兵马到金溪村口，称是高天德就抚之后，情愿输家财以报朝廷，所以派人来籍取。心腹教目等见情形可疑，只推须天德亲来方能应命，官军不听，就要来抢取，却被心腹教目等杀退。

　　天德一听，越发瞧科是杨芳诱降自己，不由拔刀斫案道："好杨芳，你竟是如此不堪，俺须与你势不两立哩！"教目等听了，都各愤然。大郎笑道："高兄莫诬赖好人，此番变故的原委俺探得后就想回报于你，不想你就抚太速，已和杨芳抵省，寓于行馆。俺想夜入行馆，说与你变故，偏巧那个鸟幕友一连病了几日，需人伺候，夜间不许俺离他，所以俺昨夜才入行馆，那变故已要发在顷刻咧。"于是将此事原委细细叙出。

　　原来田大郎自到西安探访陕抚发兵的消息，便略闻得街坊上风言风语有招抚天德的消息，并额公檄催进剿，将遣勇将滕芳相助进剿之言。大郎不敢深信，想混入抚衙探得切实消息。

　　事有凑巧，恰值虾先生有一俊仆，有一天晚上，瞅个冷子从师奶奶房中钻将出来，虾先生骂了两句，他只红了脸儿躲开。虾先生起疑不过，偷眼瞧师奶奶云发蓬松、桃腮带赤的光景，他少年时本是偷摸女人的老手，见此光景，有什么不明白？于是悄悄吃个哑巴亏，借事为由，将俊仆一顿撵掉，吩咐别个仆人另觅新仆。

　　可巧那大郎寓所正和仆人的外家斜对门儿，两人彼此出入间本来晤谈过，于是大郎趁此机会黉夜入衙，去做虾先生的新仆。那夜晚上，陕抚和虾先生一阵咬耳朵，低低密语，便是定的诱杀天德之计，是在行馆外堆柴纵火哩。

不想都被大郎窃听得。

大郎更探得额公并杨遇春素日威名和川鄂两处剿匪胜利等事，不由替天德暗暗惊心，所以夜入行馆，救了天德。

当时大郎述罢，天德方如梦初觉，一面价分拨教众准备抗拒官军，一面价恳求大郎相助为理。大郎大笑道："岂有此理！如此说来，高兄竟不晓得俺的来意吗？你即今拔足，还未为晚，俺此来仍是劝兄偕隐之意。如今朝廷朝政渐清，颇能选贤用人，额、杨两人都是当代名将，加以武侠义勇之士奔走景从，具此魄力，已占胜势。再看白教中，川、鄂两处恣意跳梁，唯逞淫杀，劫运当终，理难久存。高兄磊落男子，何不自思全身之计呢？"

天德听了，只管沉吟不语。大郎连连叹息，不复再语。恰值探子来报，陕抚因走脱天德，急檄杨芳提兵进剿，现连破几处教众，已直抵陕北，与大教目华封祝正在相持。那滕芳业已抵陕，先扼守了扶风驿，一面防护省垣，一面相机进逼渭南。天德听了，只顾忙碌抵御官军，连日价不见大郎，及至想起他来，大郎又不知何时去掉。天德惆怅一番，只得决定心意准备迎敌。

不提这川、陕两处分头大战，且说滕荟直奔滕家庄，搬取叶一清以救遇春。也是遇春该遭数月的磨折，那滕荟抵庄之后，只叫得连珠箭的苦。原来一清自倩霞赴蜀后，为日不久，他便别过滕蒙，飘然远游。滕蒙问他何处去，他只笑道："远咧，远咧。"临行之际，却嘱咐滕蒙勿动他所居之室。

滕蒙问其缘故，一清笑道："吾辈还有一面之缘哩。"当时滕荟一扑是个空，向哥子述知遇春在险一节，兄弟俩只急得抓耳挠腮。没奈何，只得分头裹粮，就左近山水幽胜处去寻一清，作万一或遇之想。

转眼间过得两月，围滕家庄左近数百里处处踏遍，更不见一清踪迹。滕荟恨道："可恨老叶就这等古怪，真个藏向深山老峪当老道去了吗？"滕蒙道："俺在登封山下曾遇一土人，他说近月余来，山中人家常见一个布衣道士，芒鞋行笠，背负一剑之外，领着一头苍色老猿到处游行。那苍猿十分机灵，善解人意，便如道士的道童一般。并有人见他两个涉险如飞，出没于高峰巨壑之间。可惜那土人记不清道士的面目，莫非一清真个遁迹此山吗？"

滕荟笑道："等俺过两天且赴登封山寻个仔细。"滕蒙叹道："叶先生来得飘然，去得洒脱，真令人莫测踪迹。俺自接到倩霞由蜀中与一清来书，具禀因秘书奇字与颜公子结婚之事，方恍然一清赐书与倩霞是完结儿女的挂恋，自己有高隐之志。如今果然鸿飞冥冥，弋者何慕了。"兄弟俩讲论一番。

次日，滕荟方要结束裹粮前赴登封，忽见仆人飞报道："叶先生回来咧。"兄弟一听，踊跃而起，方双双抢至大门首，只见叶一清居然道装，负剑携杖，后跟一头苍色老猿于于而来。

那苍猿生得雪眉金睛，颔下有缕白髯，十分异相，也穿一件短道袍，一步三摇，甚是好笑，追随在一清之后，俨如侍者一般。当时两下里趋近厮见，拊掌欢笑。滕荟一把拖住一清，急切间只张大了口。一清笑道："老弟来意俺已尽知。不然，俺回头一次做甚？遇春兄应有这场困危，咱救他太早了倒恐生出别项波折。俺且权住一宵，明天同赴鄂中如何？"

正说着，只见那苍猿戛然长啸，一清大笑道："猿道友，你的事体也正多，咱就一同去吧。"滕荟等听一清这片话，简直摸头不着，却看见一清就能前知，不禁十分惊异，于是相逊进内，一清真个直就旧室，三人落座，进茗款谈。可怪那苍猿自就外廊端然趺坐，任仆人等百般引逗，它只是不理。

于是滕荟先自述遇春遭陷并自己来寻一清之意，一清唯唯。滕蒙取出倩霞的来书，一清略为一阅，微笑道："这妮子从此可省得来缠俺咧。"说着按滕纵谈，都是些山水闲情。滕荟皱眉道："先生看遇春兄不久可出险吗？"一清笑道："事到临头，咱再设法料理。你看俺那猿道友还有三分静气，咱急躁怎的？"于是一说得苍猿为伴之由，滕荟等越发惊异。

原来，一清云游至登封山祝嵩峰下，就一片林壑深处正想诛茅筑屋，山民道："此间有一只老猿，甚是劣性，凡有人来，都被它扰得去掉，所以这片所在没得人家。"一清笑道："俺一个云水散人，本与猿鹤为友，怕它怎的？"于是草草结庐，居住下来。

那老猿果然来扰，并且来去如风，捉它不得。一清大怒，便运用飞剑想慑服于它。那老猿被一道剑光兜住，狂走山中，总是躲避不得，这才跪伏于草庐之外，皈伏一清，并执洒扫之役。每日价采取山果供献一清。一清时时跟它纵游山中，凡幽洞秘径人迹不到之处，那老猿无不尽知。

那老猿岁久通灵，晓人语意，并会胎息导引之法，跳荡尽兴时，只和一清相与趺坐，顷刻不离。一清倒似得一道友，戏以"猿道友"呼之，那猿便应声跑来。它曾在山中寻得丹砂、硫泉许多奇物，一清知此猿大有灵性，所以带将它来。

当时三人畅谈良久，一清又问鄂中的战事。次日，辞别滕蒙，与滕荟直奔鄂中起凤桥去谒额公。额公见一清风神清整，又是一番气象，不由十分起敬，只以客礼相待。

这时梁国安业已夺得士元坡，斩掉匪目胡成。荆花堡大震之下，红英便调吴兴礼来御国安。那汤无畏一彪兵马有白鹏、风燕游击各股匪，十分精锐，早已斩掉韦怀琳，势将从间道袭取襄阳的后路，闹得柳方中拨遣悍匪奔走各路，十分忙迫，所以田禄、红英虽困得杨遇春，无奈敌人林樾和戚、孟二将守御得法，累月价彼此相持，竟一些便宜也占不得。

当时额公略述军情，一清道："事不宜迟，今先救取杨将军，再作进剿之策。"额公见一清如此人物，便请相助破贼。一清笑道："经略大名播于海内，又有诸贤相辅，教徒不久当灭，何须一清供役行间？"额公慨然道："若说匪势本不足畏，但是他掳掠所得，颇能散之部下。所谓财能聚人，故此俺用兵以来，瞬将年余，虽川、陕两处我军招招得手，唯有鄂中匪势不见一时便为我所制，这便是她财多能聚人之故。俺探得红英教首有一窖藏金资之所，大约不在襄阳即在荆花堡一带隐秘所在。将来咱们如能破其窖藏，也是一端制胜之法哩。"一清唯唯。额公又特赐盛宴，一清一无所用，只少饮清水趺坐导息而已。原来，一清早已能辟谷服气咧。

次日，滕荟依然扮作樵夫，引了一清直抵那袁柱卡房。袁柱笑道："老乡哪里去来？许久不见，俺还是真想你哩。你莫非回老家走一趟吗？你与俺带信去不曾呢？俺那个老娘还好吗？"

滕荟趁势道："你家老娘耳不聋，眼不花，挺着腰板，梗着脖儿，吃得又白又胖，跟前还有一大堆孩子，外挂着还有个白胡子老伴儿呢。"袁柱一愣道："打嘴，打嘴！你这话不像一句咧。俺老娘已孀居，哪里来的孩子并老伴儿呢？"

滕荟一指一清道："你不信，便问这位老乡，你老娘刻下真有人管吃管穿管睡觉哩。"袁柱一听，只管发愣。滕荟笑道："俺说与你吧，你家老娘现在金大户家佣工看孩子，那白胡老伴儿就是金大户。此位道友就是金大户的邻居，慕此间山水之胜，所以和俺同来。"

袁柱长出一口气道："这还罢了的。俺老娘有什么话不曾呢？"滕荟道："别的话没得，就是叫你不要做贼。"袁柱叹道："谁愿意做贼呀？无奈逃不脱罢了。"于是和一清又老娘长老娘短地闹了一阵。

待至夜晚，别个卡卒都去，袁柱方引逗苍猿作耍，却被滕荟一把捉牢，明晃晃短剑一亮，搁在脖儿上。袁柱大骇，一个"老"字未出口，滕荟道："你道俺是哪个？俺便是额经略麾下的军官滕荟。你若想脱此贼巢，俺正有用你之处。不然便吃俺一剑！"慌得袁柱没口子愿脱贼中。

滕荟放他起来，由一清述出来救遇春之故，袁柱跌脚道："你两位早来两天好咧，如今杨将军已不在望天窟，俺听说是移向窟后深山中什么所在，大概须经过蛇倒退的险径，距聚宝库不远，另有红英心腹人看守，连俺也不晓得那所在，这便怎处？好在潭那面有个看守望天窟的巡卒李七，此人和俺甚好，他早有意脱离贼中。你二位过得潭去，先在他那里访问并落个脚儿，慢慢向山中寻求才是。"滕荟道："李七这人你可信得过他？"

袁柱道："此人还是贼中教目罗有高等的旧友，他投到此间，罗有高等都不理他，亏得俺时时周济，方不致冻饿死掉，所以他待俺如老子一般。俺二人见面便饮，又是酒友，您持俺一件东西去，再转述俺的意思，不会有差的。"

于是滕、叶在卡房少为盹睡，三鼓以后即便起行。袁柱取出一物，却是一个小小的酒葫芦。滕荟接来揣起道："此物为信，倒也有趣。"恰好那苍猿跑来偷觑，一清道："猿道友，你瞧什么？俟俺回头与你带些山中果儿来。"

那苍猿听了，一阵跳跃，便为前趋。袁柱笑道："猴儿闻得入山，自然要去，但是怎生过潭呢？"那苍猿通不理会，跟定滕、叶便行。

不提袁柱自回卡房且听好音，并一清背负苍猿，踏波过潭，在彼岸上会着泅水而过的滕荟。且说那李七自那年怀银跑掉之后，真是东干东不着，西干西不着。后闻田禄、有高等在教中甚是得意，他便奔将来。不想有高等无人念旧，多亏袁柱收留他，好歹叫他当了名巡卒。

这夜正在卡房睡醒，想起自己和有高等都是一辈人，而今有高等阔绰一场，已经都不得好死，自己虽没落儿，还能在此睡个自在觉儿。少时又想起夏氏刻下不知流落何处，当年那番热辣辣的情意，也真不堪回首了。想得没头没脑，便爬起来，挑挑残灯，方伸手要取床头酒壶喝一下子，只听扑啪一声房门大开，先跳进只苍色老猿，随后跟定二人，一是云水全真，一是短衣壮士。李七大惊，方要唤声，早被那壮士一把揪牢，一晃短刀道："莫要声张！俺特来有事奉求。"

李七吓得战抖抖，只张大了口，于是那壮士一说来意并袁柱的一番言语，回手从怀中取出酒葫芦。李七一见，登时心头惊定，便道："既如此，咱们都是自己人，且自商量正事吧。"于是滕荟放他起来，先问回遇春所在，李七也是不晓得。

一清道："既到此间，咱只好分头入山，慢慢踏访，左右只在山中哩。"李七道："好在此间巡卒都是倒运鬼才派到这里，大家除吃饱困觉外，不问闲事，你二位住个一年半载也使得的。"从此滕、叶两人连日价分头入山。可怪那苍猿忽然不见，一清事忙，也不暇去理论它。

转眼五六日，滕、叶两人遍踏山中，凡险峻幽秘之区无所不至。一日，两人会面在李七卡房，正在彼此述说所经之地，愁思遇春不见踪影，只听清亮亮一声猿啼，便见那苍猿跳跃而入。正是：

　　　金银气旺难终闷，尽在灵猿一啸中。

欲知后事如何，且听下回分解。

第十六回

杨遇春脱险七盘谷
恽三娘行刺成都城

　　且说滕、叶正在和李七谈话，忽见苍猿跳入。一清拍手道："猿道友，你一向跑向何处？莫非你探得杨将军的踪迹吗？"滕荟方笑道："叶先生真好作笑谈，咱都寻不着，何况老猿呢？"只见那苍猿闭了口，欢欣跳跃，望一清直比手势，又呼一声蹿上屋梁，只管搔抓。一清喜道："这光景它就许从山中最高峻处寻出杨将军的踪迹。"

　　那苍猿一听连连点头，一阵价抓耳挠腮，开口一啼，忽从口中落下一个白莹莹的物件，毫光直射。滕荟拾起一瞧，怪叫道："哈哈，这是哪里的一颗大珠呀？"

　　一清见了，料得有异，把手一招，那苍猿跳落屋梁，你看它躬身开口，用爪儿从腮袋内取出许多大珠，光彩煌煌，都是稀世之珍。末后又取出一面小小的金牌儿，上刻"聚宝库珠宝第几号"的字样。原来猴儿嘴内都有腮袋，是天生的藏枣粟之用哩。

　　当时滕荟只诧异得什么似的，李七骇然道："这聚宝库俺只闻其名，大家传说就在望天窟后深山中，除非红英心腹人，谁也不知库在哪里。如今这老猿竟自寻得，真也作怪。"

　　一清听了，只管沉吟，便向老猿道："猿道友，你真个寻着聚宝库，这件功劳也就不在寻着杨将军之下哩。"因顾滕荟道，"额公说得明白，教匪披猖全仗财能聚人。如今咱尽取其藏，合该妖匪当灭咧。"

　　老猿听了，便乱牵一清衣袂。滕、叶大悦，便命李七将珠和金牌收起，随那苍猿即行入山。一路上攀萝附葛，迥非寻常蹊径。且喜滕、叶两人身体轻妙，尚能追随。

　　须臾行抵一处危崖，石壁千寻，中通一蚰蜒细道，便是"蛇倒退"。两人跟苍猿渡过危崖，只见乱石纵横，草树连天，向北一望，忽遥见一峰凸起，势如张帆。滕荟指道："噫，走来走去，却望见石帆峰咧，从那峰下取道，便可迂回直抵起凤桥，俺是听袁柱说过的。"

　　一清瞻望一回，忽然面有喜色。这时苍猿业已啸一声，连蹿带蹦，直向那石帆峰奔去。距峰数里之遥，只见乱石层叠中有数株矮松低覆着一个山洞儿。那苍猿到得洞口，回顾滕、叶，举爪乱招。两人逡巡跟入，曲折良久，渐次平坦，那地势却越走越高，又穿一条窄道，却得一小小窦口。从荒草堆塞中，苍猿当头钻出窦，一清等仔细一看，不由大悦。原来四面石壁峻嶒，仰视天光一条条从上面悬石缝中射下，却又是个很宽阔的大洞。洞中有天然的石室，其形如舟，长可数丈，以人工嵌凿的户牖，十分坚固，一字儿共是九间。总门上锁得牢牢的，上额刻就"聚宝库"三个大字。

那苍猿不容分说，便跃登一牖，将两根窗棂轻轻一拿便落，似乎是它特地安置停当一般。滕、叶凑向牖，向内一望，只见里面橱箧罗列，也不知多少行次，单是堆积白银之所便如小阜，真是金银气晔晔灼灼，好一所藏珍聚宝之窟。喜得滕荟只管吐舌，方要跟苍猿跃入室，一清低语道："如此重地，这洞外必有看守之人，咱且探探动静再说。"于是和滕荟放轻脚步，直奔洞口。只见两扇石门闭得生成一般，试引手向外推推，分毫不动。

两人倾耳良久，却微闻远远地有人笑语并扑戏之声。正没作理会处，只见老猿趋向洞门之右，却从壁根裂隙处乱爬一阵，居然偏着身儿挤将出去。两人如法挤出，从草树森森中早望见天光豁然，原来业已出得洞咧。

一清等略一定神，手按刀剑，先趑向洞门一望，只见那石门不但是灵妙关键闭牢，并且用铁汁灌缝，门上面只凿一朵白莲为记。两人正在矮着身儿遮遮掩掩向四外留神，忽见偏东向百十步外，从树荫中现出一支标枪尖儿。一清道："滕兄小心，那所在就许是护卒的卡房哩。"

一言未尽，只听背后大呼道："哈哈，你这厮胆子真不小，竟敢来此张望！"一清忙拉滕荟就草中一伏，却见两个巡卒空着手儿从背后土冈后转出，一路牵挽，把臂抱肩。一卒道："今天且喜杨遇春没发脾气，卡房里老孙等四人都出去打雀儿去咧，只剩下那雌儿，咱们趁空乐一下子，哪些不好？"

一卒道："今天不知他娘的怎的，俺只觉心慌眼跳，你高兴自家乐去吧。"前一卒唾道："你还和我假撇清，你没高兴，为甚来此张望呢？"于是一路说笑，直奔那标枪尖儿的所在。

滕、叶两人各自会意，便悄悄趁在后面，只见那两卒果然趑进一处卡房。滕荟当先便佩起短刀，竟去拔得标枪。这时卡房内早闻有妇人连连哭骂，一清啪一脚踹开卡房，滕荟挺枪闯然而入。那两卒只剩得一声惊喊，早已双双毕命，却吓得那妇人抖衣而战。

一清方要问她还有多少卡卒，忽闻偏东向人语微微，滕、叶出房忙望，早见四支标枪从树林中转出，霍地闪出四名长大卡卒，望见滕、叶不由大吃一惊，便喊道："喂！你两个是荆花堡大营新拨来的人吗？怎的那位老哥又是道士呢？"说话之间，滕荟笑嘻嘻迎上前去，那四卒还在发怔，滕荟喝一声，标枪已到。

你想那四卒怎抵滕荟？不消半盏茶时，早已都尸横血溅，一清急叫且留一个活口，业已不及。一清埋怨道："留一个问他遇春兄的消息也好。"滕荟这才后悔，于是重新踅回卡房。那妇人吓得只是叩首，哭诉道："小妇人姓方，就是起凤桥良家妇女，被这班卡卒抢来业已多日。可怜小妇人求归不得，便是这般苦楚。"

一清心中一动，道："你不必害怕，俺们是额营中人，来此探事，自当送你转去。不知从此到起凤桥你还记得归路吗？"方氏道："从此到起凤桥只有一条极僻的小路，小妇人还能记得，此地名为七盘谷哩。"一清喜道："你可晓得这山中囚禁着一位杨将军在哪里吗？"一言方尽，只见那苍猿跳过来，向偏东乱指。

方氏道："俺不晓得什么杨将军，只见卡卒们日日向偏东去送饮食，回头便乱吵什么死囚不好伺候。"滕、叶听了，又一想把臂两卒所说杨遇春没发脾气的话，料遇春定在此洞左近。怙悢之间，那苍猿乱指偏东，吱吱地叫，于是滕、叶跟它走去。

须臾那地势越走越洼，似入幽谷，满地下丛兰芳蕙正在盛开，微风一过，奇香袭人。靠东是一面峭壁，石缝间悬兰纷垂，俨似花屏。壁下有一盘凌霄花纠结盘拏，上缘石壁，老干凌虚，便如结就的大花架一般。从清阴低覆之中危蹬数级，似乎上有悬洞。

滕、叶正在诧望，忽闻一阵书声隐隐。那苍猿叫一声，腾上危蹬，分披花叶，须臾挤身入洞，只露出头儿向滕、叶招手。两人随后跃上，不由大悦，和苍猿进得洞去，却又是一个所在。曲曲幽邃，颇似望天窟，但内中逼窄，只有覆瓮似的一所天然石室。室内结就草榻，那遇春正在里面危坐读书，业已长袍缓带，如村学究一般。面色丰腴，甚是从容，只是发须甚长，又似个火燎判官。

当时三人晤面，各相惊喜，便由滕荟述说访取一清并苍猿引路之异。遇春叹道："为俺一人，倒多累一清先生并老弟哩。"于是和一清执手欢悦。一清略述额公所言的军事得手，遇春越发欣然，不由额手道："教匪势蹙，便是国家之福。俺自被迁到此，外间事一无所闻，但是红英等盘踞根深，恐一时尚难定乱。"

一清笑道："朝廷洪福，百灵效顺，俺这猿道友无端发现了红英的秘藏，看来就是教匪当败之兆。"因将所见聚宝库之事一说。遇春惊喜道："竟有如此异事？此项金资若设法搬取以助官军之用，真是制胜的一端哩。"一清道："俺已算计停当，只须如此如此，人不知，鬼不觉，便可搬取此项金资哩。"

滕荟道："既如此说，事不宜迟，咱便分头行事吧。"于是三人出得洞，仍回卡房。方氏哭拜，便求拯救，滕、叶道："俺今还有用你之处，请你做名向导，引俺从此至起凤桥何如？"方氏道："当得，当得。"一清道："兵贵神速，如此咱便分头行事。"滕荟笑道："一清先生救时斋过潭后，回守此间，大约半月光景也便了事，那时再相助破贼才是痛快哩。"

一清笑道："只要俺这猿道友肯有耐性，俺便久住军中又有何妨？"于是和苍猿附耳数语，那苍猿连连点头，竟自趫向洞去。

这里一清引遇春便仍由石壁根的裂隙钻入聚宝库洞内，一径地循旧道回至望天窟李七的卡房。李七问知一切，只惊得下拜不已。遇春道："你和袁柱既不欲做贼，便趁便都投赴官军去吧。"李七唯唯，当即整治饭食款待遇春，幸喜别个卡卒都不觉得。

待至夜分，三人同至潭岸，此时微月始升，照得潭水一片白茫茫。李七不由暗想道："难道他两人都识水性吗？"正思忖间，忽见一清略为矬身，一径地负起遇春，大叉步便奔潭边，纵身一跃，业已卓立水面。

恰值长风倏起，但见一清撒开步法，便蜻蜓点水一般，衣带飞扬，飘飘欲仙，顷刻间，如狎水白鸥，直达彼岸。望得个李七张口结舌，怔想道："这般本领只怕冷田禄也来不及。官军中有如此能人，何愁不灭贼？李七快投官军是正经哩。"

不提李七悄悄趱转，且说一清等踏过深潭，会着袁柱，依一清之意，便欲趱转七盘谷。当不得遇春再三请赴林樾营中少为盘桓，遇春并言林樾数术之异，于是两人施展开飞行法，连夜价离却荆花堡。不及巳分时，业已望见林樾营垒，守御得十分得法。一清赞道："林先生果然名不虚传，但他知杨兄当有数月灾厄，不知能识你今天转来吗？"

遇春笑道："数术虽精，不过能预知大概，若小小节目都识得，不成了活神仙吗？"一清大笑，忽遥指道："你看前面兀的不是迎接你来也？"遇春忙望，果见前面尘头大起，旌旆飞扬，营门开处，飞出一彪军马，忽一变行列，势如燕翼。中有一人，长袍缓带，扬鞭引众而来。

须臾近前，正是林樾，滚鞍下马，大笑道："且喜时斋兄脱此厄运，更喜叶先生发现聚宝之库，足以制贼之死命。俺已专人去禀知经略，请从速遣人赴七盘谷运取金资哩。"遇春听了好不骇然，唯有一清并不惊异。当时三人厮见过，联袂回营。官军望见，无不欢呼踊跃，登时气盛百倍。

少时戚雄、孟扬进见遇春，由林樾述说近数月相持的情形，方知冷田禄累番恃勇进攻，都亏林樾指挥戚、孟守御得法。那柳方中偶来作弄邪法，曾趁月黑抢营，施展他的纸人豆马之类，都被官军用秽血射退。近来因梁国安已进占士元坡，和大教目吴兴礼相持，田禄恐有闪失，时时赴吴兴礼处协助一切，所以近日倒不曾来攻。

当时大家一面叙话，一面谈论进攻之策。遇春颇指望一清出些计划，哪知一清只有唯唯含笑，见林樾神清气爽，谈笑风生，不由又微微太息。少时，遇春就偏帐置酒款宴一清，在座的有林樾、戚、孟，彼此说回遇春出险、灵猿引路之异，又说回各路的战事，真是酒逢知己，这场快活酒吃得好不高兴。

遇春笑道："将来乱定叙功，林、叶两先生都当第一，只有俺杨遇春偾事陷身，可笑得紧。"

这时林樾正在举杯欲饮，不由微叹，置酒于案，却笑道："俺两人如何及得你的福气？不但俺两人，全军中除却额公又谁及得你的厚福呢？"说着，目光霍霍，一瞟一清，道："俺怎的与叶先生做个弟子才好。咳！可惜俺林樾这点儿福分也没得。"一清正色道："你先生自有安身立命处，何须羡慕一个野道士呢？"于是彼此相视，拊掌大笑。那戚、孟听得怔怔的，插不上嘴去，却只顾大杯价吃酒。

当晚，遇春与一清同宿一帐，不觉又谈起林樾数术之精。一清道："林先生神骨太清，相法却薄，能探数术之秘，尽知自己亦流转于数中，所以他慕俺道人行径，恐怕将来大功告成之时，他却享不得高官厚禄哩。"遇春惊道："这是何故呢？"一清道："届时自知。你不见他叹慕你的福气吗？"听得遇春十分怙愯。

次日，一清自趄回七盘谷和苍猿看守聚宝库，以待滕荟引人来运取金资，这且慢表。这里遇春一面下令营中不许张扬自己出陷，一面遣人飞禀额公，领取攻守的意旨。

如今且说额公那日忽接到林樾的密禀，说是据数术推测，教匪中所聚金资都在七盘谷，应归朝廷，以裕饷源，并请选健足能驰走山谷之人，以备运取此项金资。额公看毕来禀，不由大笑道："匪中虽有聚宝库，俺一向遣人访探都不知其处，这七盘谷又在哪里？叫人怎生运取呢？看来书生之言毕竟玄虚。"

正这当儿，忽人报滕荟进见，额公大悦，以为一清、遇春定都来咧，便连忙跄踉起迎，直至帐外，却不见叶、杨两人，只见滕荟领着个半村半俏的媳妇子趄来。额公料知有异，便退回帐中。

须臾，滕荟进见，具禀遇春脱险已由叶一清送赴林樾营中，并陈苍猿引路、发现七盘谷聚宝库之异，由七盘谷一条秘径直到此间，多亏难妇方氏引路。于是唤方氏进帐，与额公叩头。

额公听滕荟说罢，不由暗惊林樾数术之奇。老头儿连年用兵，就愁的是教匪财厚聚众，势难遽衰，这一下子真欢喜极咧！竟忘其所以，亲手儿扶起方氏，一迭声地命左右多取银两赏赐予她，即时派人送她回家；一面又细询滕荟从此赴七盘谷的秘径，并知一清和苍猿在那里看守，以防红英等万一再遣心腹人去。

额公喜道："一清先生真是异人，连那苍猿都如此灵性！俺预计搬取此项金资须月余方能竣事，事毕之后，你须急赴宜昌金沙坪地面，谨防王三槐教众由蜀窜鄂希图与红英合势。因刻下蜀匪业已不支，吾意欲蜀乱定后，然后合兵大举，一鼓而剿灭鄂匪。所以近些日吾命林樾、梁国安姑且按兵未进。"
于是兴冲冲下令军中，凡有膂力能步履轻捷、驰走山谷之人，可自声明，以
便特编健队运取金资。此令一下，应者纷纷，须臾得百余人，都是剽捷善走
之流。便每人付以腰囊背袋，各携短刀一口，由滕荟率领引路，即日悄悄出
发，便奔那七盘谷。

众健卒踊跃应募，以为纵然道路崎岖，料不至十分难走，哪知既入秘径，
方才叫苦不迭。一路上穿荆拨草，升高坠下，便如一队爬山虎一般，所历之
处猿鸟绝迹，好容易趸到石帆峰地面，方才路径稍平。

看官须知，智者千虑，必有一失。那红英、柳方中等虽然狡黠，却因此
秘径可恃，是万万不会有人发现的，所以坦然竟不设备哩。

且不提滕荟等直入七盘谷往返价搬运金资，且说额公方打发滕荟去后，
便接得川中探报，备言蜀匪势衰，颜敏政肃清各路教匪，堪堪就围攻秘魔山
的老巢。额公大悦之下，一面便派人前去犒军，一面盼滕荟事毕，面授机宜，
以便去截扼金沙坪的要路。

正这当儿，杨遇春使人赉禀到来，请示攻守的方略。额公沉吟一回，便
亲挥手札数行，令遇春等暂守勿进，以待合川中官军同定鄂乱，按下慢表。

你道那川中教匪怎的势衰呢？趁这当儿且转笔述来。原来刘清大军直压铜
鼓寨，倩霞飞剑斩掉悍匪陈毅，本可一鼓而下铜鼓寨，不想大教目王树风引众
赶到，登时又将匪营把守得铁桶一般。连日价彼此接战，大杀大砑，将个吴代
吓得屁滚尿流，三五日间茶饭无心。一日揽镜自照，竟自瘦了一半，不由暗叹
道："干鸟吗！原来当鸟贼这般苦楚，再要不走，吓便吓煞咧。"

正在毛眙眙地望着那把木斧头发怔，忽听营外战鼓如雷，左右飞报道：
"王教目又在对敌，便请吴爷速去掠阵。"吴代一听，只恨无地缝可钻，因自
己是守将正身儿，只得硬着头皮跨马提斧，溜瞅瞅地蹭出营来。只见王树风
正和何通武枪刀并举，搅作一团。

吴代偷瞅官军阵中，有个小娘儿英姣姣提剑而立，那模样儿颇有些类似
三娘。吴代怔望之下，忽想起就是剑斩陈毅的叶倩霞，正在吓得战抖抖，忽
闻通武大喝一声，恍如霹雳，接着大刀一旋，白光照眼。吴代大惊，只叫得
一声"我的妈"，扑通声栽落马下。

贼军后阵上一阵大乱，亏得树风拼命抵御，方才没被官军冲动阵势，于
是两下收兵。树风回得营来，一看吴代业已面无人色，不由暗笑道："这种脓
包货，俺若非看三娘面上，早将他一刀杀掉。"因慰问数语，且理守备等事。
哪知吴代一下子吓破胆，坚意要去。

树风一想："他是三娘丈夫，我来了他去，一来三娘不是意思，二来他一
去，未免动摇人心。"于是正色道："你这当儿万万去不得的。你可知刘青天
诡计多端，暗侦巡骑各处密布？此去重庆百十余里，道路中难免有他的耳目，

你倘被他捉获还了得吗？"

树风此话本是吓止于他，哪知吴代信以为实，只愁得什么似的。过了两天，两下里越战越凶，那吴代只思量脱身之计。事有凑巧，一日吴代偶趱至后营卡路上望望，只见一个少年卡卒只有十七八岁，通红的脸儿，由卡房低头跑出，一路嘟念道："难道这样事儿只许你快活？张得人火冒钻天，俺且别处寻个儿去。"一抬头望见吴代，便奔过来低低数语。

吴代笑骂道："滚你妈蛋吧！你还来告发人。俺今天是不耐烦，若耐烦时，将你两个都是一顿军棍撵掉。可怜，可怜，你们为甚作践人家穷娘儿们呢？"小卡卒被骂，如飞跑掉。原来吴代为人略无仪节，匪卒等无论何事通不避他，也没人怕他。

当时吴代悄悄趱向卡房一张，却见个长大卡卒正按抱着个小媳妇子如此云云。草铺旁还猴着个五六岁的孩子，一面哭，一面擎起支凤阳花鼓儿向卡卒要打。那妇人衣衫褴褛，头罩青帕，有二十多岁，颇有几分姿色。一见吴代闯进，赶忙尽力推开卡卒，抓穿裤儿。

那卡卒背着脸子，猫着腰子，还不知就里，正在得意当儿，如何肯罢？正想再去胡闹，背后吴代一掌已到，那卡卒吃惊，回望是吴代，反倒放下心来，便道："吴爷，你这是怎么回事呢？俺这是花钱找乐儿，彼此愿意，您为甚搅人呢？"

妇人哭道："你说此话天理良心！俺身上有数百钱你还搜去，你还花钱吗？"吴代大怒，想要振起威严，无奈他天生的皮屑脓性儿，急切间发作不出。正这当儿，那孩子却叫道："妈呀，咱快去吧！他这里没数的兵卒，若人人都来欺负你，如何了得？咱还不如回重庆乡间趁生意去哩。"

吴代心中一动，便忙喝出卡卒，细问那妇人来历。方知妇人姓申，是个流转江湖的花鼓娘儿，跟前只有个小孩儿，名唤招儿，母子一向流落在重庆乡间。吴代这时正想不出脱身之计，于是向申氏低低数语，但见那招儿横起小眼儿道："俺不要你野男人家做爸爸。"申氏笑道："既如此，吴爷快快装扮，咱快去吧。"

不提吴代匆匆改装，和申氏等遮遮掩掩竟自丢下铜鼓寨的要地，且说恽三娘自闻得陈毅被斩的警报，晓得叶倩霞的厉害，惊怒之下，便想亲援铜鼓。百忙中，又怀念吴代，想派人替他回来，后闻王树风驰赴铜鼓，方才心下少安。

这日，正深思官军招招得手，皆由颜敏政调度有方，能除去此人方妙，只是省垣重地警备森严，须要设法混入，倘再如前者刺杀钦使一般扮作游妓，又恐有人识破。正踌躇间，忽一女卒笑嘻嘻地飞报道："娘娘快瞧瞧去，俺家吴爷领了个花鼓小娘儿来咧，那模样儿却笑得煞人。"

三娘听了，只当是铜鼓有失，呀了一声乱踩金莲迎出帐去。早望见吴代身穿短衣，头绾椎髻，脸上用烟煤抹了个三花脸，腰系一面细腰花鼓，活脱地似个龟奴，后跟一个花鼓娘儿并一小孩。三娘方噫了一声，那吴代望见三娘，早已痛泪交流。三娘大惊，以为铜鼓寨定然有失，便忙拖了吴代直入帐中，不及问其因何做此模样，先忙忙询问铜鼓是否有失。

哪知吴代捻了三娘手儿，只管哽咽，只挣出一句道："啊呀！俺的娘子，俺几乎与你不面咧。依俺看，做这教徒有甚好处？咱两口儿从先没做教徒也活了这么长大，快快丢掉此间，走咱的清秋大路吧。"

三娘见吴代猸狖样儿，又气又笑，只得按着性儿问明缘故，方知铜鼓寨没事一大堆，自己这个英雄夫婿是吓将回来，扮装逃出，不由咬着牙儿，用纤指将吴代额角一戳道："呸！难为你也是个男人坯子，你竟敢弃职潜逃！若按军法就当斫头。"一言方尽，只见吴代登时矮了半截，抱住三娘两只腿只管发抖。三娘长叹一声，扶他起去。

正这当儿，忽闻招儿在帐外哭道："妈呀，咱走吧，俺那个假爸爸若不是你三言两语哄开盘问他的人，早叫人家捉去咧，如今他却丢咱在此。"三娘听了，忙命女卒唤进申氏母子，略问数语，见申氏一身装束，不由忽得一计。可巧招儿见吴代脱下花鼓，忙去把来玩弄。三娘因道："你这花鼓卖与我吧。"那招儿甚是黠慧，忙递与三娘。申氏道："娘娘爱个鼓儿，只管留下，小妇人便当回家。不瞒娘娘说，小妇人流寓在城外西乡山旯旮儿里，须要早些转去。"

吴代忙道："你那所在僻静不呢？"申氏笑道："那所在名叫洗心湾，是小河汊上，极静僻的所在哩。"吴代回顾三娘道："既如此，咱两口儿也跟她去过安生日子吧！这种鸟教徒俺真做够咧。"

三娘听了，恶狠狠将蛾眉一挑，吴代方才不敢胡吵咧，于是三娘取金资厚赏申氏母子，喜得招儿只是欢跳。三娘道："你母子有空儿只管来看望俺，咱都是妇人家，你不要害怕。"申氏一面叩谢，一面道："娘娘有空儿也向俺家玩玩去吧。"三娘含笑，随口唯唯，一面命左右女卒送她母子出去，一面慢闪秋波，瞅了吴代小模样儿，又是微笑，又是点头。忽然亭亭站起，将吴代拖入复室，道："俺有点儿要紧事儿和你商量，你能干不能干呢？"

吴代大悦道："干，干。"正是：

　　　会向严城刺疆吏，莫疑曲室叙鸳交。

欲知后事如何，且听下集分解。

499

第 六 集

第一回

憨张起气走秘魔山
莽逢春夜探花鼓寓

　　且说吴代见三娘将他拖入复室，满面生春地问他能干不能干。那吴代本笃于夫妇之好，见了浑家那副俏模样儿，以为定是他差使到咧，于是笑吟吟一面唯唯，一面抱住三娘便向榻沿上只管努嘴。

　　三娘唾道："好没人样！今俺欲赴成都一行，干一大事。你有胆量同俺走一趟！也不叫你担惊冒险，也不用你拿刀动斧，只须与俺去个配角儿。那时成功回来，你也可以响当当地充个人物，转转面孔。不然，你夹尾巴狗似的从铜鼓寨偷跑来，不惹得王树风见笑吗？"于是，附吴代之耳低低数语。

　　吴代吐舌道："可了不得！俺宁可贻笑于人，在此与你看家吧。俺劝你也不必赴成都闹玄虚去。将来王三槐那狗娘养的事坏了，咱就给他个溜之大吉，犯得上这般冒险吗？"三娘知他胆怯，便不再语。只自己准备衣装，一面差探子去探成都的动静。不多日，探子回报："颜敏政寿辰在即，又因各路军事得手，大做寿辰，并犒赏各军，纵乐三日。小人来时，那四外趁生意的并江湖杂色人等业已都赴城中，不绝于途。"

　　三娘大悦，一面命手下骁目等紧守重庆，一面挑选了个机灵小教目名叫仇乙善唱花鼓的，即时各易衣装，悄离重庆。这里吴代只好暗捏一把汗，只盼浑家功成转来慢表。

　　说到此间，就有明公怀疑道："这部洋洋洒洒的《奇侠精忠传》说到此间，凡书中重要人物，不差什么都稍有点缀，各显其能，怎独将个杨逢春搁在见娘村白不去理呢？莫非作者善忘，出此漏洞吗？"不知叙事有先后，搭笔有忙闲。作者经营一部书，便如大匠营建章之宫，其中千门万户都有预定的安置。诸公别忙，你看杨逢春就要来咧！

　　原来逢春自于益等被颜敏政聘入成都后，本想稍迟些日奔赴额公大营去寻遇春，不想李氏娘子渐次病好后，那郑氏因那夜追赶苟由仁等吃了大累，冒了夜风，一下子伏下病根。她身子强壮，不易发作，及至发作起来却病势不轻，一困倒便是数月。

　　逢春大恐，每日价服侍医药，倒将投军之事搁起，只闻得额公调度那三省军事十分得手。于益、倩霞时通音问，便是颜敏政也两次来书，欲邀请逢春在川办贼。逢春见大家都去杀贼，真将他急得蚰蜒似的，终日价噘了大嘴，只骂林樾往日在京时，不会说吉利话，所以自己真个一时不能从军。偏巧那张起和逢春正在同病，唯恐人家将贼杀净，于是两人往往干眨眼，一对儿没好气。

也是郑氏病灾未退，一日，忽觉身儿稍愈，想些鲜鱼做汤，逢春便命张起道："你与俺飞到北村王疤眼家取两尾新置的鱼来，越快越好！"原来这北村的王疤眼是名渔户，父子两人同户异炊。可巧疤眼的儿子也是疤眼，大家叫起来，只以大小分别。

当时张起应诺，如飞便跑，还没半盏茶已自跑回，却是巴巴地来取鱼钱。逢春顿足道："好蠢材！你不会暂为赊取吗？"张起一声不哼，一五一十地数得钱去。这里逢春方趑向郑氏榻头问问病状，只听张起在院中大喊，道："喂！二老爷！您吩咐人话就糊糊涂涂，到底是寻大疤眼或小疤眼呢？"这句话侷声侷气，倒将郑氏吓得一哆嗦。

逢春喝道："你只取得鱼来便了，管他大小疤眼呢！好蠢材，真正讨打！"张起重新跑去，一路上没好气，暗想道："合该俺老张晦气，人家都去高高兴兴地杀贼，偏俺主人被二老奶奶拴在家里，连带俺老张也不得去，这是哪里说起！"

正在低头胡撞到北村头，只听后面树林里有人唤道："喂，张爷哪里去？咱爷儿俩多日价没喝一场子咧！您来得正好，今天是鲜酒活鱼，咱且得一盏儿吧。"张起回望，却是小疤眼，业已喝得乜起眼睛，脸上红扑扑的，一手提着用柳条串的两尾噘嘴鳊，一手拎着只王八皮酒壶从树荫中彳亍而来。

张起迎回去，一言不发，抢了那鱼便走，却被小疤眼一把拖牢，问明所以，不由大笑道："什么要紧的事！你就慌张马似的。老奶奶要吃鱼，停会子咱向老的那里取。他那里尽有欢蹦乱跳的，且叫那养汉老婆馋得上下淌水儿。"张起怔道："你怎的骂俺老奶奶呀？"小疤眼笑道："你莫误会，俺是骂俺那二婚头养汉的妈哩。走，走，咱快吃酒去。"原来大疤眼自弄得个后老伴儿，才将小疤眼分居出来。

当时张起身不由己，被小疤眼捉弄到家中，登时烹鱼对酌起来。张起本没酒量，但是正在心头闷闷，姑且以酒杀闷。那小疤眼也有一肚皮垒块，却是因大疤眼宠着那后老伴儿的许多琐屑事。你看他三杯落肚，一歪脖儿，便陈谷子、乱芝麻地吵将起来。末后，竟横着眼子叫道："早晚叫那老劈叉认得我，我不把那老蚌叉搲个稀糊脑儿烂不算数儿！"说着，气吼吼一撒酒杯。

正这当儿，恰好小疤眼的老婆来换温酒，因撇着瓢儿似的大嘴，从鼻孔里笑道："你别叫耗子听了出来龇牙咧！如今张爷来取鲜鱼，少时你能从老的那里取来，俺就佩服你。"小疤眼道："哈哈！怎么你也瞧不起俺？张爷，咱

504

这就去，回来再吃酒。"于是，拖了张起一阵风似的跑到大疤眼家，一推门儿，却关得结实实。小疤眼骂道："□娘的！真有精气神儿！难道大天白日还关个门儿摆布俺老子吗？"说着，捏起拳头擂鼓似一阵敲。

便听里面歪声浪气地笑道："你怎的刚才出去就转来，难道你还不放心吗？老娘是咯吧吧好朋友，这门儿若不关牢，你还许疑心哩！"声尽处，门儿一启，走出个五十多岁的白胖婆娘，一见小疤眼，登时脸子一沉。

小疤眼一声不响，拖了张起便闯。那婆娘跟在后面，噪道："干什么呀？你扯了生人风风火火的，你老子外边撞尸去咧！俺那屋内鞋鞋脚脚，你同了生人且慢乱闯。"于是紧走两步，抄向小疤眼前面，双手一挖掌，叉住房门。小疤眼嚷道："人家张爷买鱼来咧！快寻出来，不然，俺还没工夫来理你哩。"婆娘道："巧咧，你老子没置得鱼呀！"张起道："如此，俺别处去买吧。"小疤眼道："什么话呢！那会子俺爷儿俩一同置鱼，俺老子明明携了四五条大鲤鱼回家，怎会没得呢？"说着，抬脚便闯。

不想那婆娘正叉开两只鲇鱼脚百忙中去推小疤眼，一下子正被踏在脚尖上，趁势向外一扑，揪住小疤眼的小辫儿，连推带骂道："难道老娘犯抢吗！"小疤眼大怒之下，又搭着酒后脚下无根，三晃两晃，两人一同跌倒。可巧那婆娘被压在下，正仰起两只大脚，乱喊乱蹿，恰好大疤眼一步闯到，见此光景，只气得乱跳道："坏咧，坏咧！好小子，真可以呀！"于是抢上前去，捉住小疤眼一只腿向下便拖。那小疤眼百忙中揪住了婆娘的裤带，一时间不肯放手，但听哧啦一声，小疤眼被老子拖下，那张起眼中却望见那婆娘一件妙相物事。张起见不像话，便去拖大疤眼，也掺在里面乱吵。

正这当儿，却听背后人喝道："你这蠢材真正该死！俺那里呆等鲜鱼，你却在此酗酒。"张起回望，是逢春寻来，不由咕嘟了大嘴。原来逢春久待张起不至，便先寻到小疤眼家中，却见小疤眼的老婆正在前室内大吃二喝。逢春问明张起方才吃酒并和小疤眼去取鲜鱼，好不有气，便一径地寻将来。

当时，逢春耐性儿劝开大疤眼一家儿，赌气子鱼也没取，领了张起回头。一路上哪里有好气，未免"蠢材""笨货"地乱骂。张起通不作声。

须臾抵家，郑氏问知缘故，倒笑了一场。次日，觉身体越发好些，当日午饭多吃了些，正在偎衾闲坐，忽听逢春在外院拍案大骂，跳得砰砰山响，又听张起瓮声倔气地喊道："哪个要吃酒？都是小疤眼扯俺吃。如今二老爷蠢材、笨货地骂了人一大堆也就是咧。您心中不痛快，不得抽身去杀贼，谁又痛快呢？"逢春听了，依然跳骂半晌。

那郑氏病中气虚，既猛吃一惊，又自恨自己不愈误人正事，心下一烦躁，登时又裹积了些食水，不消两日又重新啾唧起来。逢春慌了手脚，也不暇去寻张起的斜岔儿，且自调理郑氏。这期间却闷煞个张起，不由叹道："如今二老奶奶又病倒，俺主人不知几时才能脱身。俺张起闲在这里只落得个蠢材、

505

笨货的名儿，怎的打个响当子才好？如今就近想营生，鄂、陕两处的贼且不必管他，能将川中大头子王三槐设法儿弄煞，也显得俺张起蠢笨出个样儿来。那秘魔山并非天上，难道俺就去不得吗？"主意既定，只自喜得手舞足蹈。过了两天，竟自影儿不见。逢春初时忙碌医药也没理会，后来以为他去寻遇春，即便抛在脑后。

又过得数月，郑氏病体大愈，又闻得三省军事招招得手，逢春再也耐不得咧，正想去奔赴额营听候差用，恰好接到遇春的手书，除略言鄂中军事之外，便是命逢春投颜敏政处协同办贼。

原来这时鄂中军事经额公指挥着杨遇春、汤无畏等一班人分路进逼，已将红英、田禄等控制得不能恣意跳梁，所以暂取守势，只一意肃清川中，然后合兵进剿鄂、陕，所以命逢春就近在川办贼。

当时逢春得书大悦，便匆匆结束，辞别了李氏娘子一干人，直奔成都。说也凑巧，却正是颜敏政做寿的前几天。这时逢春服饰阔绰，很像个武员样儿，却有一件，就是两脚打地，自负个小小行装。你道逢春弄不起马吗？他因在家蹲了一年余，未免有髀肉复生之感，这时要练练腿脚，唯恐生疏了飞行术，所以步行起来。但是一路上纳头闷走，没得搭讪，未免又想起张起。

这日行近成都，只见官路上舆马纷纷并肩挑背负等人，十分热闹。方抵关厢，已闻得城内外弦管嘈杂并欢呼笑语之声。那街坊上的城防兵卒也往往三五成群满面喜色，就仿佛过什么节令一般。逢春就人一探听，方知颜敏政明天正做寿诞，一切游人不禁，所以城内外甚是热闹。

这时逢春走得口渴，方趄入一家大店门内想打个茶尖再进城，店主人方含笑起迎，问得一声："客官辛苦，从哪里来呀？"便见一个三十多岁的军官模样人，背着手儿从正房内徐步而出，向逢春端详了两眼。

逢春却向店主道："承问，承问，俺是奉额经略之命来投成都颜大人的。"店主还未答语，那军官却笑吟吟趁来，拱手道："啊呀！老寅兄来得好巧！兄弟也是来投效颜大人的，咱们将来便是同僚，都系自家人了。倘承不弃，咱便同室何如？"于是一伸手儿，竟自来接逢春的行装，满面春风，十分和气。逢春连忙谦逊，那军官道："得咧！咱们混营务的，到哪里都是弟兄，何况您是额公的人。便是兄弟也是北京长龄长将军荐来的。长龄和额公是老部属、老同事，咱们这交情又近一层了。"于是，不容分说，竟和店主人邀逢春进室，安置停当。

逢春一面拂尘盥漱，一面瞧室中行装等十分整齐，知是北京京油子一流人。少时，彼此落座，各通姓名，逢春方知那军官姓宋，名大中，以守备前程前来投效。

大中知得逢春履历，越发地恭维亲近起来，便一迭声地唤到茶点。相与用罢，逢春想会钞，那军官哪里肯依，彼此推逊良久，还是由大中会过。一瞧日影，业已将交巳分时，逢春道："宋兄，咱赶着进城觅小寓，今天还可以进谒颜公哩。"宋大中吐舌道："哪里有这般易事？俺从先投效某处，在寓中蹲了个把月方才进谒下来。何况颜公明天做寿辰，哪有工夫传见投效人员？咱且进城觅寓再说吧。"于是两人负装起行。

一入城中，只见三街六市上越发热闹，虽在军事期中，大有承平景象。过了许多大店道，大中都不顾而过，末后，直抵督署左边一家客寓内，大中方才安置下来。逢春道："宋兄觅寓此间，定为进谒颜公就近吧？"大中道："正是。此间就近，消息灵通，便是将来咱候差也便当许多。"于是嘻嘻哈哈，与逢春仍居一室，一面去探知颜公须寿辰过后方才见客，一面命店人准备齐整中饭，款待逢春。

饮酒之间，大中诙笑间作，倒也是个爽快朋友，闹得逢春甚是过意不去。饭罢之后，便悄悄吩咐店人道："今天晚饭与俺来一桌上等酒筵，比方才这中饭还要整齐。"店主唯唯。须臾，日色过午，大中道："今天左右没事，咱到街坊上瞧瞧吧。"于是两人徐步而出，就督署左右散步一回。

方趱过两条小胡同，只见督署辕门外一片空场中围拢了许多人，纷纷乱挤，并有市井少年等掉臂从人丛中挤出，一面喝彩道："妙，妙！不用听唱儿，只瞧瞧人家的俏模样儿就算值咧！"说话之间，人群中一阵软腔花鼓渊渊大作，接着手锣一响，似乎有人说科开场。

逢春等挤进一望，却是男女两人正在作场，演唱花鼓曲儿。那男子身段精悍，面目伶俐，一身青绸短衣，足下是搬尖洒鞋，绾起个朝天椎髻，插一枝山栀花儿，正在眼望四方，婆娑作态。背后场儿旁坐定一个三十来岁的俊俏妇人，头绾一个嫩梳装的髻，上罩青帕，鬓边插一排珠兰花儿，越显得云鬟笼情、香腮带笑；穿一身洒花湖色短衣裤，下衬鸦青色宫缎小鞋儿尖翘翘，好不伶俐。正一手拢鬓，笑吟吟站起来，方取了一柄说科的遮羞打趣的扇儿，要走向场中。

只见那男子手锣敲动，便如联珠撒豆，少时一丢身段道："十年磨一剑，霜刃未曾试；今日把与君，谁有不平事？哈哈，小子为何道这两句？"说着向人群一瞟道，"喂！人家那位老爷子发下话来咧，说是成都大邦之地，君子之乡，又值总督本人千秋寿诞，凡作场唱的曲儿，须要对得起高人君子。一不要上寿献颂，讨人厌烦；二不要风花雪月，撒村数胡；三不要妖魔鬼怪，煽助而今白莲教的邪气。须要唱些忠孝节义、武侠热闹的故事。啊呀呀，好难题目！论理说，俺这俏皮伙计扭扭捏捏，越唱浪荡曲儿越相宜。"于是那妇人笑着凑去，向他顶上啪的声便是一扇。

那男子一缩脖儿，接着说道："什么《荡湖船》咧，《姊妹逛花园》咧，这等曲儿她唱最妙，但是人家那位老爷子又不答应。那么，唱个《除三害》，既没有人家描眉画眼的周处将军；唱个《景阳冈》，又没得涂脂抹粉的武松都

507

头。今天这题目虽不能对景挂画，也不离板儿，小子真真来不及。只好请教俺这伙计吧。不瞒众位说，俺这伙计绰号'万人迷'，一口的好准调，叫她服侍诸位，管保准对劲儿哩！"说到这里，那妇人又一扇打去，男子趁势一个筋斗，滚入下场脚，置下手锣，拉开身段，砰砰砰一阵花鼓。这里妇人也便抖扇作势道："今天婢子唱段红线女夜入魏城的故事。"

众观者听了，都各含笑喝彩，于是花鼓起处，妇人和男子婆娑作态，进退颠颇。妇人顿开娇喉，趁着花鼓音节婉转顿挫，歌声入云。唱到红线女慷慨飞行夜中景况，并魏城中刁斗森严、剑戟拱卫之状，真有千军万马、金戈晃耀的声势。那妇人唱到酣畅处，翩翩飞动，俨如御风而行之状，末后竟反折弓腰，髻将及地。众观者都是力巴头，只有齐声喝彩，唯有逢春暗暗纳罕道："你别瞧这妇人真有点儿实在功夫，倒也可爱得很。"思忖间一望，大中竟自两眼都直，注定妇人的俏庞儿，口涎直拖下来。

逢春正觉好笑，但听手锣一响，作场已毕。众观者抛钱齐散之间，逢春张望大中，竟自影儿不见。但见那男女两人收场毕，杂在众游人中，纷纷地转向署后的道路。逢春方要转步，猛见大中从岔道上直着眼儿趁出，一径地跟在妇人背后。逢春笑道："京油子们就这等好把戏，俺且去看个究竟。"于是悄趁在后，直到署后一家小门前，眼见大中跟定妇人昂然直入。

逢春方要跟入，忽一沉吟："未免有碍大中的面孔。"于是，含笑转步，只望了望门上贴的"新到凤阳花鼓寓此"的字样。及至回店坐定，那大中也笑吟吟地转来。逢春不便致问，但见大中十分高兴，这时居然丑态毕露，只是夸赞那花鼓娘儿，一面颠头播脑，一面价拉开粗嗓子模仿声调，并且不住地瞧望日色，便如猴儿坐殿一般。逢春也没在意。

须臾，天色将晚，逢春到门灶上问问酒筵尚在未齐，于是信步踅出，就街坊上游玩一回。这时督署左近各商店都各悬灯挂彩，十分热闹。逢春信步徜徉，不觉已是二鼓以后，忽猛醒道："岂有此理！今晚俺还有东道款酬大中，岂可只管闲步！"于是匆匆回店。那酒筵业已齐备多时，一寻大中，却不在店内。店人道："宋爷方出去没多时，说是向督署后白相一回去，巧咧今夜便不回头哩。"

逢春听了，不由恍然，只是眼前一席酒筵没得客人未免可惜。沉吟一番，便一径地出店，踅向督署后那花鼓寓所去寻大中。方要叩门，又恐大中万一不在里面，这玩笑场中自己是很不在行的。倘那妇人向自己扯扯拉拉怎么办吧？不如偷进去张一下子为妙。想至此，从墙左边悄然跃入，只见到座房中灯光映映，有男女低低讲话。踅近就窗孔一望，正是那唱花鼓的一对男女。

男子道："如今就去办要紧事体，和他缠账做甚？快快切掉他，即刻去行事。仇乙这里革囊都准备停当，专等着首级来咧。"逢春大骇之间，便见妇人一挑眉道："你说得也是，这且看他的造化吧。"

正这当儿，忽闻大中作昵声叫道："啊呀！大嫂子，快来吧！这是什么时光，如何慢腾腾的？"妇人应道："来咧，来咧。"逢春忙蹲身一伏，便见妇人掀帘而出，直奔正室。逢春不敢怠慢，便用个游蛇贴地式唰一声蹿向正室窗外，向内瞅时，只见大中正涎着脸子拉抱妇人，道："咱就玩一下子吧。"

妇人微嗔道："俺应你住宿本是戏话，俺劝你快快趱去，好多着哩。你道俺是哪个？"说着双眉立竖。大中笑道："你是哪个？无非是个唱花鼓的婫子，难道我老爷住你不得？"妇人听了，反倒咯咯一笑道："老娘是婫子，且叫你认得婫子来历。"于是一翻短襟，嗖一声亮出把泼风似的短刀，劈头揪住大中，娇喝道："不瞒你说，老娘便是大闹重庆的恽三娘，今来刺取颜敏政的首级。你这厮竟敢戏侮于俺，也就好大胆哩！"

那大中啊呀一声，三娘短刀分心便刺。逢春既骇且怒，方要举步抢入，忽听侧房中男子道："您抛下他交我料理，快入督署去办事吧。"逢春听了，顾不得去救大中，赶忙飞身登屋，伏在脊坡边且觇动静。便见三娘换了一身纯青衣靠，背插短刀，一道烟似的从室内飞将出来，只道得一声："仇乙，且备好革囊，少时老颜就到咧！"声尽处，身形一晃，业已翻落短墙之外，突突突，好伶俐步法，竟自直向督署的后垣。

逢春觇得分明，忙一跃出墙，紧跟在后，恐防她或有觉察，相距却有数十步之远。正在厮赶之间，那督署后垣业已在望。忽闻一阵巡锣响亮，提灯一闪，有一班值夜更卒由垣东绕将过来，便见三娘伏身树后，逢春想要大呼，又恐将她惊走。逡巡之间，一班更卒已由垣后迤逦向西。

一卒道："少时咱下了班掷骰子玩吧？明天老爷子寿辰忙碌，今夜总要早安息，没暇查落咱的。"一卒道："那也难说，老爷子专好抖精神，他这当儿还许在东花厅九间房内批阅公事，再不然就和太太等谈家常哩。"一路胡噪，灯光渐远。

逢春觇定树后，想给她个冷不防，于是脚下趱劲，突然一个猛虎扑食扑将上去，只听砰一声，翻身栽倒。正是：

　　杀机互伏浑难辨，黄雀螳螂喻最工。

欲知后事如何，且听下回分解。

第二回

尸光阵贼渠逞邪法
重庆城两美大交锋

且说逢春猛然奔树后一把抱牢。哪知三娘连影儿也无，倒将自己蹶了一跤，爬起来，略为踌躇，心慌意乱，料三娘业已入署，于是不管好歹赶向署垣后，一跃而入。偏偏垣内便是后花园，只见亭榭参差、树木翳如，夜色微茫中，一时间不辨道路。

逢春想起更卒"东院"之语，便愣怔怔偏东向撞去。可巧撞到个角门前，门儿虚掩，逢春入去，见里面一列正房十分宽阔，正有个老头儿生得瘦削削，在书案上料理文牍。逢春本不识颜公，方暗想道："人家传说起颜公便如天神，怎的如此寒瘦？"思忖间，便见老头儿自语道："这首寿序也还将就得过。"因唤道："锁子呀，你且将这篇文稿送到九间房去。"即有一垂发小童由外间应声而进，接了文稿便走。

逢春料那老头儿是幕友之类，便一矬身儿方想跟在小童之后，便见眼前黑影一闪，吓得小童一缩脖儿道："老黄爷子（黄鼠也）别开玩笑，俺便绕道儿走走。小时没胆气，到老没出息。"于是出得角门，竟沿着一带荷池偏南便走。逢春趁在后面，眼见那黑影跟定小童。小童不敢左右张望，纳头便走。逢春虽料定那黑影儿准是三娘，却恐自己趁将去，被她觉得了，必然跑掉。正在怙惚之间，小童业已去远，却猛闻偏东向有人微语道："大人公事还没完，少迟一会儿就屋内安歇咧。"

逢春正在倾耳，却见提灯一闪，有两个仆人从偏东向小径中趑过。逢春暗喜，待他两人去远，忙飞身便奔小径。不过百步之遥，就望见一所齐整跨院，里面是灯烛辉煌，悄然无声。逢春不暇细望，就院门掩身而入，只见一列九间精室，偏左两间帘幕深垂，阶前一株合抱不交的老桂树，却闻得厢室内鼾声大作。逢春就帘缝瞅去，只见里面一个秃头长袍的老翁，有五十多岁，气象端肃，十分精神，正在烛下检阅文件，一手按着茶杯道："全祥哪，换些热茶来。"

逢春听他唤"全祥"二字，料是颜公，正想撤回身跃登桂树以觇三娘的动静。说时迟，那时快，但听檐前扑啦一声，逢春急回头，白森森刀光已到，忙一闪身，回手拉刀，叫声苦，不知高低，原来竟自没带得！于是从斜里一拧身儿蹿出数步之远。正在赤手张皇，眼见三娘飞步赶到，嗖嗖嗖短刀翻飞，风雨般裹将上来。

这一下子逢春可真急咧，于是将自己学的似通非通的赤手夺刀法施展出来，一面价掉臂大呼，一面价窥隙直上。要晓得逢春本领虽不及遇春等人，但这赤手夺刀之法却是葛玄一专门的拳派，逢春略得一二，也就不同寻常。

当时两人刀去拳来一阵好斗，早惊起阖署军健，顷刻惊锣响亮，齐奔东花厅。三娘见势不妙，一挫牙关，恨不得一刀将敌人杀死。

正这当儿，背后哇呀呀一声怪叫，嗖一声先飞过乌油油的一宗暗器，接着有人骂道："好囚攘的们，竟敢在俺全大爷跟前撒野！"声尽处，暗器已到，扑咚一声正打在三娘右腕上，只觉冰凉挺劲，痛还在其次，最难当的是连汤带水，臭气烘烘，竟有几点臭汁儿溅入三娘香口之中。熏得三娘一阵恶心，头晕眼花，手儿一颤，当啷啷撒手扔刀，回身便跑。脚尖儿略为一挫，正想上房逃去，只见斜刺里剑光一闪，早有一个小娘儿挡住去路，大喝道："哪里走！吃俺一剑！"

好三娘，真是惯家，趁势就地一滚，躲开剑锋，双合玉手，捧起一抔土，就跃起之势向敌人当头一扬，嗖的声用个平地涌泉式跃登屋脊。那小娘儿提剑略怔，一揉眼睛之间，恰好逢春从后扑到，不容分说，双张铁臂一把抱牢，便出全副气力，大叫道："恽三娘哪里走！俺杨逢春跟了你大半夜，可捉住你咧！"

这一声不打紧，小娘儿急叫道："噫！逢春叔放手。是我，是我！"逢春杀得糊里糊涂，百忙中听不出语音，便骂道："好你个夜叉婆，俺捉的就是你。"

正这当儿，院门外火燎齐明，拥进一班军健，当头一人正是那老仆全祥。一见逢春抱牢倩霞再也不放，不由大诧道："你不是杨二老爷吗？怎黉夜到此，又抱牢俺家少奶奶呢？"逢春就火光一瞧，所抱真是倩霞，并且睡髻惺忪，光景是睡后又起，于是连忙放手，也不暇具言所以，先和倩霞登屋瞭寻一回，哪里还有三娘的影儿。

这时颜公闻警也自趱出。先由倩霞领逢春谒见过，颜公喜道："杨将军肯来相助最妙不过。方才之警又多亏将军御退奸人，尚望请道其详。"于是逢春具述跟迹恽三娘之状。

颜公惊道："如此说，贼妇还有同党仇乙，快去捕来！"于是，一面命军健等飞赴花鼓寓所，一面查看院中形迹。先从地下捡起三娘所抛的短刀并有一具锡夜壶，业已摔扁在地，全祥道："老奴猛地闻警，百忙中没得器械，所以取此物击贼。"大家听了都笑。

倩霞笑道："都是逢春叔抱住俺，不然捉得贼妇亦未可知。"正说着，颜公子匆匆趋来，居然也提着柄松纹古剑，先起居过颜公，然后与逢春恭敬施礼。不想他倒提长剑向下一揖，几乎扎着脚面，招得倩霞抿着嘴笑，连忙接过剑来，付与左右。

此时逢春颇觉不得劲儿，便问道："霞姑，俺闻你在铜鼓寨刘清军中正和王树风相持，怎的却在署中？"颜公子道："便因家严寿辰，所以暂返署中。"颜公大笑道："都因老夫寿辰，竟招得这等恶客来。但是贼妇无聊，出此下策，可见是智索能尽，贼势已蹙了。"于是先行转步，引逢春等进得九间房中。

逢春谦逊一番，就下首坐定，方要详述额公遣他来投效之意，颜公道："此事俺已知得，令兄遇春已有书信到来，除荐举足下之外，便言鄂中匪势亦成釜底游魂。今将军来得正好，且同老夫镇守省垣，将来有一要务须将军辛苦一趟。"逢春问其要务，颜公却笑而不语。正说着，军健转来复命，说那花鼓寓所宋大中被杀在内，余无一人。颜公听了，情知三娘、仇乙都已在逃，便命人殓葬大中，一面饬防城军弁，加意警备。从此逢春且随颜公助守成都慢表。

且说恽三娘一击不中，逃回重庆，只见吴代又似瘦了好些。原来这数日中王树风累次败阵，告急文书雪片似向秘魔山飞去，却没得什么消息转来。三娘听了，只得严守重庆，且觇铜鼓寨的动静。原来刘清兵压铜鼓寨，又有倩霞相助，本可急进剿贼，他却慨念教匪们无知从贼、潢池弄兵，存了个不欲多杀伤之意，便一面多张布告，示朝廷宽大德意，一面作通俗俚歌数首，力辟邪教之害，使人传布贼中。教匪们读了俚歌，往往相与唏嘘道："若使刘青天早来抚咱们，咱何致做贼呢？"因此，教众无斗志。

王树风知得了，深以为忧，便下令："军中有敢唱刘青天俚歌的，即便斫头！"因此，贼中军心越发暗中涣散，这也不在话下。

且说倩霞累胜王树风，树风忽接连两三日只是免战不出。刘清笑道："俺闻得王树风往年在苗疆作乱时曾用摄魂邪术以害花连布将军，莫非他又弄甚邪法吗？"倩霞笑道："他定是累败气慑，有甚邪法？"正说之间，人报树风挑战。刘清道："姑娘端须在意，俺这里有朱书四字，是俺往年卖卜时遇一异人所传，云可却一切邪法。"于是用案上朱笔，命倩霞伸出玉臂，写了一个连体字势。倩霞略辨，是"光明如日"四字，正暗笑刘清捣鬼，只见他正色呵笔，将四字涂作圆日样儿，然后掷笔笑道："此并非道法敕禁之术，不过是正气去邪之意。"倩霞笑诺，即便出得大帐，匆匆结束，提剑迎敌，何通武踊跃而行。这里刘清也便由护卒围拥，亲去掠阵。

门旗开处，倩霞飞步便出，只见王树风结束纯黑，满面上阴气森森，提刀跳跃。背后一队黑衣卒，稀疏疏只有数十人，业已排作一个方形的阵式，门户井然，却稀疏得很。刘清望去，暗自沉吟道："阵法中虽有鱼丽疏网的阵

512

式，但非阵卒矫健，一可当百，不易取胜。他今排此阵法，倒要小心。"因命通武暗暗留意。

正这当儿，树风大叫道："叶倩霞休得逞强！你敢破俺此阵吗？"倩霞喝道："累败贼徒，还敢张致！"于是，一摆南精剑，纵步如飞，直取树风。树风大怒，也便施展出平生本领接战倩霞。来往数十回合，树风虚晃一刀，回头便走。后面黑衣卒倏然一分放开门户。那树风闯进阵门，厉声秽骂。通武大怒，正要纵马闯去，只见倩霞业已如电光似纵步入阵。

那贼阵中忽一阵画角悲鸣，其声惨厉，黑衣卒齐声怪叫，便如鬼哭，倏地一变阵式，旋风也似团团趋走。但见凉飙暴起，惨雾漫漫，顷刻间一股灰颓气色从阵冲将起来，笼罩得全阵都似在愁云苦雾之中，并且血腥扑鼻，阵里面神号鬼哭。

刘清大惊道："此名尸光鬼户之阵！"忙掣剑在手，一整官帽，正要指挥骁弁冲杀上去，便见通武横刀纵马飞赴阵中，顷刻间东冲西突，搅得一干黑衣卒翻翻滚滚。须臾闻得倩霞一声娇叱，登时有一股剑光腾起，光彩如虹，直入下罩的阵云中，并且大震一声，恍如霹雳。

两阵上各吃一惊，便见敌阵立乱，势如山倒，如有许多影绰绰的鬼物随风而散，只剩得稀疏疏的黑衣卒纷纷乱窜。便见通武奋矟如雷，引倩霞直杀出来。那倩霞倒提南精剑，业已髻鬟散落，血溅满身。再看通武时，却又神色异常，势如疯虎。后面王树风提刀赶来，却被刘阵上劲弩射回。于是两下里草草罢战。

刘清回营，一问倩霞破阵情形，倩霞道："俺初到阵内，还没甚异相，后来王树风抵俺不住，便嚼破舌血向空一喷，顷刻俺便觉如在深夜，四面价啾啾唧唧如有鬼物攫拿。俺仗剑四矟，只如搏风击絮，更难耐的是血臭透脑。正在危急，俺这剑端之上忽铮然一声飞出一道光彩，恰值何将军矟阵而入，所以趁势冲出。"

刘清一面听，一面瞧倩霞神色如常，心下少安。再瞧通武却气色颓靡，因大惊道："俺一时疏忽，未曾写给你朱书，致为邪气所中，法当大病，方能复元。今当速回观音峡替得王文豹来，一面好好调理！"于是命通武去讫。

这里倩霞一述南精剑之异，刘清诧叹不已。次日王树风又来搦战，倩霞大怒，便欲迎敌。刘清笑道："尊公寿诞已近，姑娘且去称觞。一俟回时，吾自有破敌之策，并可以直薄重庆，一鼓而下。"倩霞领命，径赴成都。

说也凑巧，只抵署一日，却恰值恽三娘前去行刺。当时倩霞俟颜公寿辰过后，匆匆回到刘营，具言三娘行刺并逢春投军等事。刘清喜道："可见是贼势已蹙，杨逢春来端的可喜。"

正说着，文豹踅入。倩霞向前厮见过，便问刘清破贼之策。刘清大笑，却命左右从后帐中领过一个小娘儿来，浑身装束俨如倩霞，眉目面庞儿也有几分相似。刘清笑道："吾人破敌便在此人。王树风那厮所排凶阵十分厉害，他定料得你大病不起，俺所以从此一点，赚他中计。"于是，如此这般计策。倩霞听了，拍手称妙，于是兴冲冲和文豹各自准备慢表。

且说王树风自用凶阵困败倩霞，料倩霞必然大病，便连日搦战，十分高兴。无奈刘营坚守，只是不出。过了一日，果然探得刘营中人人叹气，都称说倩霞大病。过了几天，并探得倩霞将赴成都调理，路经某处，刘清只派一队步卒护送。树风暗喜道："合该老颜受俺牵制！若活捉得他子妇来，何愁他不为我用呢？"于是，自选悍匪一队，悄悄迂回其道，偷过刘营，竟向某处埋伏。

他知得此时刘营只是坚守自家营中，竟坦然不备。到得某处，便分伏要隘。只得半日工夫，果见刘营护卒一个个垂头耷脑地踅来。中有一乘软舆，帘儿半揭，其中坐定一个媳妇子，病帕包额，眉黛不舒。树风留神望去，谁说不是倩霞呢？于是呼哨一声，伏卒尽起。护卒等大乱，一声喊，丢下软舆，纷纷四散。

树风大悦，顾不得追杀护卒，命悍匪肩起软舆便奔归路。树风防倩霞在病中，究竟本领可畏，便亲自横刀紧跟软舆。哪知那个病倩霞并不发作，并且吓得掩了面孔，索索地抖。树风得意之下，正在叱众疾驱，只听路旁土冈后一声鼓起，登时闪出一彪军马，一字排开，拦住去路。为首一将挺枪跃马直取树风，大喝道："泼贼哪里走！识得俺王文豹吗？"众官军一声喊，先去抢了软舆，追杀悍匪。

树风大怒，舞刀纵步即便迎敌。那文豹一条枪神出鬼没，树风心挂本营，不敢恋战，便虚晃一刀，冲出重围。再看那软舆已被官军小队簇拥了从斜刺里便奔赴刘营的道路。幸亏文豹不曾赶来，只略杀悍匪，竟逐软舆而去。树风暗惊道："不好咧！刘清这厮既识破俺计，须防他趁俺本营空虚去做手脚。"想至此，心慌意乱，领残败余众，仍取迂道奔回本营。

这时天色渐晚，树风奔走厮杀得饥渴困乏，甚是狼狈。一行人方撞到本营外垒跟前，只听垒堞上一声鼓起，登时竖起一面长方大纛，上写斗大一个"刘"字。其下一人长袍缓带，左右骁弁侍立，正是那天下知名的刘青天。

刘青天拊掌大笑道："王树风，好个笨贼，吾已收降汝众，待你多时了！"声尽处，降匪满垒，一齐大叫道："吾辈都降刘青天，你待怎的？"

树风大惊，正在仓皇无措，垒上一阵劲弩早将树风悍匪杀倒许多。这里树风方在挥刀跳跃，早听得背后喊声大举。王文豹挥军掩至，一色的长矛步卒，向众悍匪便似穿蛤蟆一般一个个搠倒在地。树风大怒，便和文豹交战。怎当得气虚胆怯，走投无路，只得喊一声，舞刀如飞，拼命价闯出圈子。百忙中，急不择路，落荒便走。少时背后杀声渐远，树风趁微月之色细辨道路，且喜是赴重庆的一条僻道。回顾左右，只剩得自己一个影儿，不由慨然长叹道："俺王树风好生晦气！因截取倩霞，反中人诡计，失却铜鼓寨，只好去寻恽三娘再作区处。她去刺颜敏政不成，料想也不能笑俺。”一路怙惙，顷刻踅得十余里，回望铜鼓寨连连太息。

这时月色大明，野风徐起。忽闻芦苇战风萧萧瑟瑟，抬头一望，眼前一片白茫茫，早有一道长河横住去路，却从深苇对岸隐约透出一点灯光。树风暗道：“谢天谢地，幸喜还存渡船。”于是踅向岸边，大呼唤渡。但闻苇丛中娇应一声，柔橹欸乃，摇出一只小小渡船。

树风料是艄婆，也没在意。但见那船儿徐徐摇来，上面有人作歌道：

阿侬生小爱孤蓬，
水宿烟餐西复东。
趁得渡钱买白米，
生涯只在浪花中。

歌声歇处，船儿到岸，上面站定个丢秀秀的艄婆儿，细纱蒙面，月光下仿佛艳绝，笑问道：“客官过渡吗？俺这船是有老例的，先把钱来。”树风道：“有的，有的。”说着跃身上船。

那船儿登时一晃，艄婆忙用橹稳住船，道：“你这人好生莽撞。”于是微微回船。这时树风饥疲交萦，又唯恐刘军赶来，便一屁股坐在艄婆脚下，催促道：“快快渡过，俺多与你渡钱。”

艄婆笑道：“你忙，俺还不忙哩！谁家弄惯这船儿？若非教匪们一干断头鬼搅得人不安生业，俺还不渡客趁钱哩！多早晚王树风那厮一朝授首，俺便可回家安生去咧。”树风听了，只好干瞌眼。

须臾，船至中流，那艄婆停船道：“客官快把渡钱来。”树风道：“你这婆儿好生小气！俺一时没带得钱，便怎处呢？”艄婆道：“你有随身物儿押给俺也是一样。”树风且怒且笑道：“俺随身之物只有此刀，你一个妇人家有甚用处？”说着递过刀来。

那艄婆接刀大笑，掂了掂，一掳面蒙道：“王树风，你这把刀作孽非小！从此可以放下此刀咧。”

树风一望是倩霞，情知事坏，跳起来方要夺刀，早被倩霞一刀斫翻。从舱内抢出两名健卒，当时捆缚停当，便登时回船登岸，押赴刘营。原来刘清料树风败后必奔重庆，所以命倩霞预伏此处。至于软舆中的小娘儿却是刘清预为物色的一名貌似倩霞的乡妇。刘清探得树风去劫假倩霞，便趁贼营空虚，一鼓而下哩。

当时倩霞押转树风，十分赞服刘清的妙计。刘清道：“兵贵神速，趁王三槐援兵不至，且速下重庆为要。”于是命文豹作为后路，自和倩霞提大军，连夜价直薄重庆慢表。

且说三娘行刺不成，回得重庆，十分闷闷。又连日价见吴代精神恍惚，只管嚷官军厉害，想躲向僻乡去养养精神。三娘一想，只有那花鼓婆申氏住在城外西乡山旮旯里，倒也僻静。便即时命吴代改易衣装去寻申氏。三娘这里见王三槐的援兵不至，情知秘魔山东路军事吃紧，正在担心，这日早晨，恰好申氏领了招儿前来看望。

三娘叹道："俺如今整日价提心吊胆，倒不如你们乡户自在了。"申氏笑道："娘娘何不也向俺家玩玩去呢？"三娘道："傻婆子！俺如今落在王三槐手下，怎能自由呢？"申氏笑道："俺看娘娘是一百个想不开，王三槐他图做皇上，所以不辞辛苦，娘娘却为着什么？"三娘听了，慨然长叹。

正这当儿，探子飞报到树风被擒的警闻并刘清设计赚夺铜鼓。三娘大惊，登时唤集各教目传令警备。须臾飞探又到，言刘清亲提大军连夜价直杀将来。各教目闻得"刘青天"三字，无不面面相觑。

正这当儿，忽闻城外画角隐隐，鼓鼙声动。三娘大怒，正要率众登城，左右飞报道："刘清兵马已距城十余里咧！所过之处，我军汛卡不战自溃，大半投降。"三娘听了，更不暇语，率众登城望去，早见来路上尘头大起，马蹄蹒踏之声便如万鼓骇震。须臾旌旆飞空，错落价卓立不动，业已在四五里外扎定营垒。五营四哨各按方向，中有一杆大纛飘起，便是刘清中营。极目一望，势如星拱，那一片整肃光景，好不骇人！

众教匪见此阵仗，方知朝廷势大，正在都变貌变色地指手画脚，只见有两名官弁张弓挟矢，驰马而来，直抵城壕边，大呼道："天兵已到，降者免死！今有谕降檄文，快快自悟！"说罢，各自张弓搭箭，射上檄文，便在城壕下驰骋一番，方才回辔。

这里三娘既见谕降檄文，忙即毁掉，以免惑乱众心。无奈"刘青天"三字深入于川民心中，众教匪自不免交头接耳。三娘见此光景，又添了一番怙悷。当夜整备城守，一宿无话。

次日，官军鸣鼓而进，就平阳排开阵式。三通鼓罢，叶倩霞跨一匹枣骝马，穿一身大红蜀锦战袍，提一杆乾红缨的火尖枪，磕马抖辔，如一朵红云般飞出，直临战场，大呼："夜叉婆，快来纳命！"原来倩霞知得悍三娘马上武艺了得，她是好胜性儿，所以也要显自己马上的能为。

当时三娘早已率众出城，排开阵式准备厮杀。既见倩霞不由大怒道："你这疯妮子，竟敢小觑于俺！"于是一磕银鬃马，抢两口雌雄剑，便似一条雪练般飞到当场。

倩霞一望三娘结束雅淡，恍如月中素娥，唯有两瓣金莲却穿着红缎凤头小鞋儿，便如胭脂点雪，十分鲜艳。当时四汪秋波萦回一注，本是一腔盛气，不知怎的，倒都笑靥微舒。

倩霞憨憨地用枪一指，道："你这老婆，秀俐俐的倒也可爱。你正该帮人

516

作家，拈针弄线，做个奶奶娘子，哪些不好？为甚钻在贼窝中厮混？可见你'夜叉婆'三字名不虚得。你怎不学你丈夫吴代缩项不出呢？"

三娘喝道："休得胡说！你这妮子只会装病赚人。如今撞在老娘手里，且叫你难逃公道。"倩霞笑道："公道、母道，且叫你心儿内着标！"于是纵马拧枪，向三娘分心便刺。三娘双剑一张，方要夹住来枪，倩霞一笑，早抽回枪尖儿，来了个老龙乱点头式，向三娘肚儿上晃动。这一来，撩得三娘性起，舞剑飞马，直取倩霞。两人顷刻荡起征尘，来来往往一场好杀。但见：

> 娇声咤叱，玉臂纵横；双马盘旋，两阵呐喊。神枪到处玉龙飞，宝剑挥时丹凤舞。花攒锦簇，阵云翻离合神光；电掣霜飞，旗影分红白色相。
>
> 一个是无双侠女，乱洒梨花；一个是绝世妖姬，双旋秋水。
>
> 正是：抽刺势忙，不倒金枪终得趣；翕张力苦，双钳玉剪总吃亏。

两人这一阵酣战厮拼，八个马蹄翻盏撒钵，风团儿似来往追逐，都杀得香汗涔涔。少时霍地一分，都按辔喘息。三娘是咬着牙儿厮望，俏霞是笑嘻嘻地一抹额道："贼婆娘，你敢再来，算你是好些的！"

三娘喝一声，磕马冲去，两人重复交手。两阵上看呆，反倒静悄悄的，但见两骑马搅作一团。少时，倩霞喝一声，回马便走。方轻扭纤腰，暗按枪锋要回马取势。说时迟，那时快，三娘飞马赶到，撒手一剑，明晃晃一道寒光直奔倩霞顶门。

好倩霞，一个镫里藏身闪开去，趁一跃翻上马背之间，两骑马业已头尾相接。倩霞扭身一枪，三娘左手宝剑亦到，只听当啷一声，火星四溅。倩霞趁势一搅枪锋，嗖一声竟将那剑搅脱丈把高。

三娘呀了一声，正想回马，好倩霞用一个顺水推舟式平挺枪锋，已送至三娘胁下。两阵上喊声大举之间，三娘略扭身儿，一把拖住枪杆，尽力子一拉，两骑马竟自相并。两人右手各自持枪一端，倩霞一手去抓三娘的腰带，三娘一手也便抓倩霞的领衣。只两手相接之间，不约而同地都要右手助力，各自抛枪的当儿，两马都惊，霍地一分，泼啦啦各自跑回本阵。

但见官军阵中一声喊，长矛一举，竟由地下挑起一只凤头小鞋儿，大叫道："恽三娘今天截脚，明天再来授首吧！"三娘大怒，再要出阵，当不得倩霞已自率众回营。三娘望着小鞋儿在矛头上招招摇摇，好不有气。原来，那两马一分的时光，三娘鞋儿便已甩落咧。

次日，三娘暗想道："叶倩霞果然了得，俺马上占不得便宜，今当以步下胜她。"于是匆匆结束，提剑出阵。不想那倩霞早已和她所见略同，已自笑嘻嘻结束劲健，提剑而待，指着三娘笑喝道："臭蹄子不羞，自家鞋子都踏不牢，还来张致！"

三娘大怒，顷刻间使个旗鼓，奋剑便剁。当时双剑既交，登时簇起两起寒光，须臾人剑不分，化作一团白气。要说三娘剑术端的可观，无奈倩霞自习得秘书后，那剑法越发神妙。不多时，三娘不支，只得虚晃一剑，败回阵去。

这里官军一声喊，方要进攻，却听得本阵鸣金。倩霞只得引军回营，便叩所以，刘清笑道："吾已谕降贼众，不可过逼。两日来，吾观贼妇意气不振，不出数日，定然非降则逃，又何必肉搏进攻，多杀伤我士卒呢？"于是下令合围。顷刻间，大军分两翼包抄而进，将座重庆城围得铁桶一般，却遥作困势，并不急攻。

三娘登城一望，但见旌旗满野，军声浩浩，不由浩叹而下，一面饬教众守御，一面想选骁卒突围，奔赴秘魔山去请援兵。当晚在帐中起坐不安，便悄悄提剑登城，巡视一回。但见皓月当空，城下刘军中刁斗声繁，十分雄壮。三娘对月凝思，正在芳心缭乱，只听一阵风过，夹着刘军中一片歌声，道：

> 刘青天，刘青天，佛心佛面非等闲。
> 饥来食我，寒来衣我，父乎，父乎，忍不我顾？
> 破斧从征净兹土，归来归来勿跳梁。
> 弄兵一旦还吾皇，大家同为圣世氓，妖氛指顾当销亡。

一片歌声，遒烈中带着和畅。三娘方暗惊："刘清这俚歌惑人得紧，幸喜教徒们还不为所动。"

正这当儿，忽闻城上一处处迤逦和歌，大有四面楚歌之势。三娘大骇，情知军心已动，不由望着城头皓月，暗叹道："看来王三槐大势已去，自古恃邪弄兵没有不败。但是俺怎生区处？且去探探刘营再作道理。"于是悄悄出城，施展开夜行术直奔官军中营。只见刘清正在大帐前月色下踞坐饮酒。左右人炙肉佐酒，穿梭似奔走，有许多士卒你来我往。

刘清便骂道："你们这些东西想又嘴馋咧，纷纷离队伍，仔细俺斫掉你头！"说着，抓起一块炙肉道："喂！你吃这块。"即有个长大士卒接去便吞，那一番得意神气，便如乍膺九锡。于是呼一声别卒齐上，都伸出大手乞肉。刘清大笑，顷刻赐肉都尽，众士卒欢呼雷动。

正这当儿，只见刘清抓过一个士卒便是两个耳光，众皆大惊。正是：

> 结遇士卒如父子，将兵不愧岳家风。

欲知后事如何，且听下回分解。

第三回

凌虚阁火并苟文明
蜡烛尖缒险石元化

且说刘清向那士卒骂道："你得了饷不寄家，饿着你老娘，可还是个人？下次再如此，定要斫掉你的。今天没的肉你吃！"那士卒听了，惭愧得撒脚便跑，这里刘清哈哈大笑。

三娘觇至此，暗惊道："刘青天得士心如此，终不可敌，俺不走，还待何时？"于是悄悄趱转。

次日，三娘忽然称病，吩咐两个手下教目仔细城守。过得两天，教匪们十分惶乱，两教目支持不得，跑到三娘帐内，要请令进止。哪知三娘影儿也无，却有一封字柬留在几上，是"吾已引身远遁，你等各自为计"几个字儿。于是教匪等大惊，登时纷纷溃散。两教目无法可施，只得集合余众开城迎降。

当时刘清唾手克复重庆，虽是先声夺人，善政在民，也是悻三娘能知进退，不拿着军民的性命遭殃。不像而今的失败军阀，以军民的生命换自己的权位哩。于是刘清提兵进城，百姓等夹道欢呼，都笑道："今天老天睁眼，可迎得俺们的青天来咧！"

不提这里刘清一面出示安民，分遣部下徇下各处的教寨，一面报捷于成都，且说三娘当称病之后，便和申氏母子暗地里易装逃至西乡，会着丈夫吴代，一行人索性逃至山深处，暂避一时。后来事定，吴代夫妇方才他去，出资营运，成了个小康人家，倒落得保其首级，白头偕老。这也是三娘敬爱其夫，不落邪淫之报，此是后话慢表。

且说颜敏政既得捷书，好生欢喜，恰值前些日，于益亦有捷书报来，言已夺得牛嘴坪。因王三槐见郭建业久战于益不下，唯恐有失秘魔山的屏蔽，没奈何，檄调苟文明驰往助战。哪知苟文明与三槐不和，不肯尽力，只以防守山之西路为名，意存观望，只遣手下的中等两教目前去助战。

建业不知就里，以为两教目必然勇敢可恃，便抽暇去见三槐面禀军事。因郭营中捉得于营中两个细作，想悄悄偷路过去，却搜出一个蜡丸，中有秘札，其词隐约，大概是"于益命文明待时而动，去逆效顺"等语。建业既见此书，不敢隐匿，所以抽暇赴山。哪知此书便是于益探得王、苟不和，用此反间之计。当时于益趁势提兵杀入郭营，两教目哪里抵挡得住，所以轻轻夺得牛嘴坪，已进兵至余蛮潋地面。

建业闻警，因余蛮潋已距山三十来里，所以驰抵该处，又自拼死相拒。当时敏政一面书复刘清，备极奖慰，一面调取倩霞去助于益，又一面提取王树风，监押起来。将个杨逢春闲得技痒难耐，屡请差遣，颜公只笑而不语。

按下这里，如今回笔且说张起自那日赌气子径奔秘魔山，一路暗想道："俺要刺取三槐，最好是投入山中，方好于中取事。"主意既定，迈开飞腿，不两日，已将近秘魔山。可巧路遇两个教徒，彼此一款谈，张起模糊糊一说自己入教之意，两教徒道："巧咧！俺正有公干去见教主，咱同去吧。"张起也不问教主是驴是马，跟了便走。

原来这两个教徒是苟文明部下的，因苟文明和三槐各不相下，所以教中人都称为教主。张起既见文明，哪里肯耐性做事，当晚便提刀入帐，竟刺文明。文明健跳而起，抽刀架住，大喝道："你这厮原来是奸细，擅敢来刺俺苟文明！"

张起一听，这才知是闹拧咧，因大呼道："一个王三槐真把人支使糊涂咧！"于是拔步出帐。及至文明飞步追出，早已影儿不见。张起这一呼不打紧，文明登时大起疑心，便以为是三槐遣来的刺客，从此怙惙在心。不多日三槐檄到，命他去助郭建业，文明哪肯尽力，所以只遣两教目去，竟失却牛嘴坪。

且说三槐自雄踞秘魔山以来，日以货财声色为事。自恃山深并碉卡坚固，他便在里面养尊处优，因红英自号"圣莲女帝"，他便自称"金天大帝"，终日价造作神语愚弄教徒。既见官军势盛，谢、牛诸人次第被擒斩，于益军锋已至牛嘴坪，也心下十分焦躁。这日见建业亲来，呈上所获的蜡丸秘札，三槐大怒道："怪得老苟这厮近日越发不像模样，原来他勾结于益，竟要反教！此獠不除，真是心腹之患！"

建业道："教主且慢，恐是敌人反间之计亦未可知。过两日便是教主演道之期，他例应前来听讲；若不来时，可见他是心虚，然后设计除之未晚。"三槐听了，只得按下这口鸟气。

不想次日牛嘴坪失事的警闻报来，建业大惊，忙驰赴余蛮潋去挡于益。这里三槐正在怒气冲天，不想文明闻警，使人来献计道："今官军堪堪围山，教主当亲临前锋以作士气。所有守山事务，文明不材，愿效驰驱。"

他这计划未尝没理，只是三槐一闻此计，越发疑心文明是要火并了他的山巢去降官军。当时大怒，对来使冷笑道："苟教目此计倒也罢了，掀出俺去，他守山寨。好在明日是演道之日，且请他来当面商议。"于是使人匆匆回报。

文明问知三槐言语情形，知三槐不听此计，不由大扫其兴。恰好连日价掠来几个美妇，文明只顾了饮醇酒、近妇人，昼夜快活，早将听讲之事抛在脑后。于是三槐大恨，特选了长躯多力的心腹准备停当。

过得两天，去请文明面议军事。文明只当是三槐回过味儿来要用他的计划，便匆匆结束，只带几名心腹护卒欣然而来。和三槐晤面之下，略谈军事。三槐笑道："苟兄所献之计甚妙，但俺还有心腹之言，只可出吾之口，入君之耳，咱们且向凌虚小阁内密谈吧。"原来三槐山巢中有一座峻壮小阁，是三槐伪称接遇神人之所，并有时在阁习静。里面是复壁曲室，十分幽奥。三槐广收女教徒，凡有美色的，三槐必诡称此人根器深厚，法当亲闻神人传道，于是诱至阁中，恣其淫媾，寻常价是无人敢登此阁的。

当时文明不知就里，随三槐昂然登阁。只见阁里面宽敞精致，寂无一人。此时三槐忽做出一副严厉神气，向那白衣神像前倾耳伛偻了半晌，猛然嗷应一声，转向文明道："神人有语，苟文明犯有大罪，法当跪听宣布！"文明一惊，却又大笑道："王教主，你这便不对，你我都是创教的人，这等把戏你如何反来欺俺？"三槐大喝道："什么欺你！神人说你私通官军，罪恶甚大，现有于益与你的蜡丸秘札为证。"说罢，取秘札抛与文明。

文明既骇且怒，然而却神色坦然。王三槐若能察言观色，当时便立辨真伪，无奈他先蓄了疑念，哪里还能观察得仔细！但见文明看罢秘札，只气得呼呼冷笑，反握拳抵几道："王教主，不瞒你说，俺便是私通官军，你又当怎样呢？"

三槐怒极，猛跳起一扣复壁。文明情知有变，突地一个乌龙探爪，隔几蹿过去，便抓三槐。三槐一闪身，猛飞一脚，咔嚓声几翻于地。

两人正在扑跳，一声喊，伏卒尽起，铁膊如林，争向文明。文明转身，便奋起拳脚，从伏卒中冲将出来，要奔阁门。不想阁门边伏有一卒，此人颇有笨力，猛地抢出来捉住文明。文明用一个鲤鱼打挺式挣脱敌手，方一足跃登阁门外的栏槛，后面三槐业已抢到，一把扑去。本想拖下文明，不想去得势猛，文明忙闪之间，早已头下脚上翻跌下去。

你想那阁高可数十丈，文明纵有筲跃能为，也难逃一命咧！当时阁上乱定，所有文明的心腹护卒尽数杀掉。三槐立遣别个教目驰入文明军中代将其众。事方就绪，重庆被官军克复之警闻又早报到，并且树风被擒，悍三娘不知下落。

三槐一听，真赛如高楼失脚，正要亲赴余蛮溆去助建业，不想警报频来，郭建业已经退向山下头卡，忙忙抵御。原来叶倩霞已到于营，那建业支持于益本已勉强，何况又加个倩霞呢。

当时三槐得报，只急得顿足搔首。没奈何跑向头卡一望，只见漫山遍野价都是官军，业已遥作包围之势。幸得卡关险隘，建业督众竭力守备，一时间尚能抵御。

三槐觇望良久，见教众们颇现恐惧之色，因大笑道："神人有语，此辈官军都是此山下在劫之人，不出数日，均当灰飞烟灭。"于是一面命建业竭力守御，一面回山寨大集教众，又假托神语激励人心。

　　众教徒被惑已深，果然都踊跃从命。那二卡、三卡之间都选骁悍教目把守，唯有山后有一最险所在，名为"蜡烛尖"，壁立直上，绝无途径，却正当山寨之后。三槐因那里非人踪所到，也就不设防备。

　　且说郭建业连日价守御头卡，只办得一个守势，更不敢临阵交锋。于益等督率官军十分踊跃，碉楼虽险，无奈于、叶两人飞跃的本领惊人，剑光到处，守碉楼的悍目等登时头落。不消三五日，卡关外所有的碉楼尽皆摧破。众教匪尸骸遍地，与死伤的官军，也就十分可惨。

　　官军进逼，直到卡关，建业骇怒之下，只得杀下关来，拼命迎敌，大战两场，依然败回。于益夺得头卡，势如破竹，直抵三卡。那一带寨圩越发地坚固异常。建业拼命抵御之下，两下里死人如麻。

　　于益叹道："教众负隅，彼此间多伤生命。俺学道之人没来由却干预此事，都是霞姑强俺出山所致哩。"倩霞笑道："于叔叔且莫埋怨，俺近两日来探看山前后的形势，已得破敌之策。只须从山后入去，火攻山寨，敌人自乱。"因如此这般一说所见。于益欣然道："如此，霞姑且去细探道径，大家设法儿。"

　　不提这里于益姑且按兵，一面使人传布刘清的俚歌以乱敌心，且说倩霞扮着个村姑模样，身藏宝剑，一径地悄赴山后蜡烛尖高峰之下，端详冒险的道径。只见那山峰便如天柱一般，只距离数丈高下，多生丛树，远望去又如一座宝塔。峰顶上雪岚回合，隐隐露出个极峻削的尖儿，直然地路径都绝，猿鸟绝迹。

　　倩霞徘徊良久，没作理会处，正在仰首沉吟，只听背后有人喊道："咄！你这位娘子好生大胆，如何自家到此乱走？"倩霞回望，猛吃一惊，只见背后来人十分怪相，生得骨瘦如柴，双瞳闪绿，颊面上长毛毿毿，绝似猢狲，手内拄着一支铁杖匆匆而来。

　　倩霞暗做准备，一面却笑道："俺是近村妇人，迷途至此。难道此地多有野兽伤人吗？"那人笑道："虽没有野兽，近日却有个野人，专以在左近山村抢吃抢喝，搅得四邻不安。俺前天从峰顶采茶回头，却被那厮路劫了去。俺今探得那厮就在前面不远一带森林里藏伏，所以想去捉获他。你这娘子，快躲开吧！"

　　倩霞听那人说从峰顶回头，不由心中一动，因随口道："俺跟你去瞧瞧野人如何？"那人笑道："娘子不害怕，去瞧瞧也使得，却须隐藏在妥当所在。不然，他若伤犯你，俺可不管。"倩霞笑道："就是吧。"于是随那人迤逦向前，一二里之遥，早望见一片森林。

那人到此，方在穿林撩草，一面回顾倩霞道："娘子且登高树，看俺引他出来。"方要嚽唇呼哨，只听森林内哈哈狂笑，突地风也似跳出一个野人，乱发四飞，衣衫不整，面目上尘垢堆满，只露着灼灼双睛，手舞一株带枝叶的小树，不容分说，直抢将来。

那人铁杖一举，刚要放对，倩霞仔细一看，失声道："张起，你如何撞到这里，又这等模样？"于是拔剑上前，隔开两人。那人怒道："你这娘儿独身仗剑，准是山寨里的教匪们。须知俺石狼天生天养，独往独来，自小儿没怕过人哩！"倩霞笑道："你且慢吵，俺并非山寨中人，此人名叫张起，亦非野人。老兄家在哪里，可容借一步说话吗？"

这时张起忙跑过来和倩霞厮见，又向那人唱个大喏。那人转身引路，曲折走去。须臾，抵一坟墓之所，只有两间草房儿。那人逊客入内，里面是草榻木几，壁上悬挂兽皮之类。大家落座，张起先具述赌气子跑出，想刺三槐，却误刺文明一段事。

原来张起自误刺文明逃出后，只在秘魔山后一带探寻入山寨的道路。为日既久，不免形容狼狈，颇似野人，只得就山村人家抓抢充饥。虽闻得山前有官军剿贼，他也不晓得是从哪路来的，只想刺杀三槐，他方赌过那口气来。

倩霞听了不由大笑，便一述山前官军的情形。那人听了，望着倩霞十分惊异，因一述自己来历。原来他姓石，名元化，生有异相，登高升险，捷疾如飞。从前某村中有一处女，一日山行，忽为一老猿所污，归而得孕，便生下元化。从她怀孕时，已为父母所逐，既生元化，适在山中，因指石为姓。后来，石母逝世，元化便负土成坟，自己也庐墓此间，相守不去，只以逐猎禽兽并采那蜡烛尖上所生的异茶自给。

当时元化述罢，便炊黍供客，谈笑间十分直爽。倩霞心有所触，便笑道："你这般一个男子家，倘从俺至官军中，何愁不建功立业寻个出身，不强如老死山中吗？"元化笑道："俺在此有吃有喝，天不束，地不管，守俺老娘一辈子，却不是好？谁耐烦去寻什么出身？你看额经略官位虽尊，一肚皮忧劳军事，料想还不如俺自在哩！"说罢，哈哈大笑。

倩霞暗道："此人不但有些豪侠之气，还孝心得很。"因笑道："你孤零零住在此间，不怕教徒们来扰吗？"元化笑道："俺是不好寻他们的晦气，所以不去理他们。他们倘若来搅，俺顷刻直上峰顶，怕他怎的？"倩霞忙道："那样高峻的峰顶，又无道路，你怎的上去呢？"元化笑道："好叫娘子得知，那峰顶俺常去采茶，且是跑得溜煞。娘子要知怎的上去，且看此物。"说着，从东壁下草筐中取出一盘黄而且亮的坚韧草绳，抖开来约有十余丈长，其细如筋，其坚如丝，用手掂一掂，甚是轻松便利。

元化道："此种异草他处所无，这便是俺登峰的长梯。"于是一说用此草绳之法。倩霞一听，只喜得合不拢嘴。料元化是正气豪侠的一流人，于是一

523

说自己窥探蜡烛峰之意。元化慨然道："俺虽是个草野之人，食毛践土，理当报效皇家，娘子便去知会山前官军，明天咱便行事何如？"倩霞大悦，当即趱转于营，一述所见并破敌之计。于益大悦道："便是如此，俺但看贼寨后火起，即便力攻贼寨便了。"

不提这里暗传号令，命各队兵弁准备明晚厮杀，且说倩霞连夜价挑选了十名轻捷有胆量的健卒，各携短刀，悄悄地趱回蜡烛峰下，就元化家略为歇息，业已日色过午。元化道："事不宜迟，上得峰顶，还须取路下去，就寨后觅地埋伏哩。"

倩霞想惑乱敌人的耳目，便将所带来的衣装等与张起打扮起来。须臾扮好，是头戴假赤发，身穿飞焰纹的黄衣裤，脸上用朱色涂得鬼怪一般，手执一面小红旗，便如火神爷座下鬼使，只差着没架火鹁鸽。

大家见了都笑，于是各佩短刀，携了火种，由元化携了草绳并一具大铁钩，一行人趱至蜡烛峰下。张起不管好歹，见元化将钩儿系在绳端，便抢将过来，向峰上一堆丛树间便抛。只听哗的一声，绳儿只上去丈把高，便落下来。

元化笑道："俺习抛此绳，少说着也有三年苦功，你一个生虎儿如何来得？"于是趱过去，接绳在手，略为定息，便如用索鞭一般盘旋收放。须臾舞弄圆满，猛地矬身蓄势，趁一跃之间，放手向上一抛。说也奇怪，但见那绳儿脱手直上，势如长虹，啪的一声那钩儿早挂在上面一株大树的横柯上，绳儿下垂，恰及于地。

大家见了，无不称奇。元化却笑道："张老兄，你先上去挈系大家吧。"张起一缩脖儿，大家一笑之间，元化耸身攀绳，便如蜘蛛戏丝一般，竟自手移足随盘旋而上，弹指之间已达横柯，便跨坐停当，依次价援系众人。

那草绳收放半晌，倩霞已次第都上，各自攀缘丛树，存住身体。于是元化由横柯上向上面丛树再为抛挂绳儿，大众又如前法陆续上升。话休烦絮，如此七八级方到顶峰，其中有一健卒心摇目眩，偶一失手，竟自一落千丈。倩霞甚为太息，就峰顶举目四望，真是置身天外，下望山寨，十分了然。峰顶上大可数亩，野茶树甚多，却有极峻险的鸟道可通峰下，便正是贼寨的后身儿。

倩霞吐舌道："此峰险峻如此，石老兄上既不易，下却也难。"元化笑道："俺有抛钩之法，还有摘钩之法，依然可以缒绳下去。振绳一顿，其钩便脱哩。"于是藏绳峰顶，准备事后再取。由元化当头引路，一行人直下峰顶，说不尽的攀缘之险。既至峰下，业已日色平西，那山寨后的道路元化熟悉得很，当即分头埋伏停当，专待夜间行事，这且慢表。

且说郭建业拒守三卡，连日酣战，并见教众们每每地互相耳语，情知官军势大，教众动摇，便向三槐道："今事体已急，教主当大出金资以励士气，或能拒退于益，然后团结各处的教众重盘旗鼓。"三槐听了默然不语，建业太息而出。又拒守了两日，忽见官军按兵不动，三槐惊魂稍定，便又在凌虚阁上纵其淫乐。建业叹道："看此光景，吾辈不知死所了。"

这夜晚上，便进见三槐道："敌人忽然缓攻，必有诡计，教主岂可便自大意?"这时三槐正斜倚隐囊，背后有两个媳妇子给他捶腿，左右有两个长大教目雄赳赳佩刀侍立。三槐打个呵欠，指着两教目道："俺已命他等准备好咧，如事有不测，便当暂投湖北陈教主处，再作处理。"建业大惊道："不可，不可！教主舍自己根基，投他人宇下已为失算，况且近日额某进兵神速，陈教主自顾不暇，焉能庇人?"

正说着，忽闻寨后隐隐喧哗，三槐都不理会，却目视壁剑道："今晚且自快乐，待吾明日作起因风起雾之法，杀退官军便了。"建业顿足道："小术终不可恃，咱教中起事以来，何尝不屡试法术，又济得甚事呢?"

正这当儿，忽地一阵长风吹处，隐挟着寨后呐喊之声。说时迟，那时快，突地红光闪处，照得窗牖都红。建业惊道："哪里火起呀?"方要拔步去望，忽听得三卡上杀喊连天、人声如沸。建业骇极，方一脚踏出厅门，只见左右飞报道："不好了，如今寨后起了神火，各处都着，并有三个神道模样的人领了一队健卒飞着杀人。一个是仙女模样，一个是火神鬼判模样，还有一个赛如猿猴。三个神道正在飞腾乱杀哩。"建业大惊。正是：

莫讶飞腾显神道，会看指顾净山寨。

欲知后事如何，且听下回分解。

525

第四回

双侠计破秘魔寨
三雄会战士元坡

　　且说建业闻报大惊，不暇去望寨后，刚要飞奔三卡，一转身之间，却和一人撞个满怀，正是三槐提剑跑出。建业忙道："教主且去防备寨后，小可急需拒敌去哩！"说罢，匆匆便走。这里三槐率两教目飞奔后寨。抬头一望，业已火势冲天，一处处队幕都着，远近高下，直接寨后。果见烈焰弥天中有三五人飞跃赶杀，那刀剑之光一瞥一闪便如穿云疾电一般。众教徒乱喊乱窜，顷刻大哄。

　　三槐奔走怔望之中，瞥见一个飞行女子逐一队教徒们奔向寨右。三槐转怒，方要提剑赶去，忽闻背后雷也似喝道："着刀吧！"眼前小红旗儿一晃，忽地飞到一个赤发鬼使，不容分说，向三槐举刀便剁。三槐一剑格去，正要放对，只听三卡上震天价一声响亮，红衣炮轰震如雷，接着便听得兵匪呐喊，哭号震天。

　　三槐大惊，顾不得再斗鬼使，急返身领众奔向三卡。早见教众们势如山倒，潮水也似败下来。中有一人倒提朴刀，血污满身，飞步跑来。三槐急望去，正是建业。此时山寨中火光蒸天价红，建业背后官军赶杀如雷，一齐大呼道："天兵已到，降者免死！"

　　三槐情知事坏，便和建业一抹头从斜刺里混入奔溃的教众。此时左右护侍的只有两名骁悍教目并一队心腹教徒，约有数百人。

　　不提三槐匆匆逃出山寨，且说于益杀破三卡，提大军径入山寨，会合了倩霞等，一面扑灭余火，一间收抚愿降的教众。倩霞道："三槐在逃，急需追搜才是。"于益笑道："前些日经略知蜀匪势蹙，已有密示到来。预料三槐必将奔鄂，已在扼要所在遣人准备，咱只料理此间各处的股匪便了。"因将那扼要所在一说。倩霞大喜，张起却一声不哼，少时，却匆匆趱出。于益等忙碌事务，谁也没理会，便安置教众，簿籍寨中的金资粮械，并发放许多的被难子女，又从凌虚阁中抄出许多的违禁物品。一面飞书向成都报捷，一面椎牛酾酒大犒士卒。一寻张起，却又影儿不见。

　　这日，事务稍暇，于益便在凌虚阁上置酒，与石元化把盏庆功。酒至三巡，十分款洽。倩霞笑道："石老兄建此奇功，定蒙朝廷爵赏。"因顾于益道，"便是于叔的老道也恐当不成咧！"于益拊掌大笑之间，元化却道："俺天生天养，只知守着俺那土中的老娘，朝廷爵赏只好赐予别个。"

此时于益四望阁外，但见群峰苍莽，空翠扑人，不觉翛然意远，得意忘言，执了一盏酒，欣眺风景，半晌不语，只顾嘻开口连连点头。少时，却笑顾倩霞道："俺此番出山都因你生拖活拽，然而俺的老道却哪个也夺不得哩。"

倩霞笑道："哟，哟！于老叔又要着魔咧。"于是一阵欢笑，当即罢酒。元化辞去，于益、倩霞挽留不得，便亲送至蜡烛尖峰顶，但见元化缒绳而下，果然能振绳摘钩，不由相与叹为异人。

过得两日，事务稍暇，于益便带了一个从人去致谢元化。由前山取道趱去，行至半途，忽命从人转回，寄语倩霞小心军事。倩霞听了也没在意，不想过得两日，于益竟不转来。倩霞亲向元化处一问，于益却不曾到此。倩霞料得有异，回检于益装篋，却得诗一首，道：

炼气餐霞志未偿，勋名跃马亦荒唐。
自怜差胜姚平仲，一剑功成报我皇。

倩霞得诗，恍然知于益是遁迹入道，太息一番，只得飞报颜公，自收束军事不提。

且说王三槐等从乱队中逃出秘魔山，一路上步骑相杂，众教徒一步一叹，离山不远，业已逃散了大半，幸得建业和两教目竭力维持。三槐马上顾盼，好不颓气，因向建业叹道："俺创教数年，不想竟有今日。为今之计，只好且取道奔向鄂中。只是大路上官军来往，且恐后面追军或至，这便怎处？"

建业道："大路上或有不虞，只好从僻道直奔宜昌地面的金沙坪，从那里入鄂倒也方便。但恐陈教主那里也是战事吃紧。"三槐道："事急投人，也说不得，且看事做事。她那里若驻脚不得，咱再转向陕中。"两人马上嗟叹，想定了无聊主意。一行人转就僻道，所过之处合该村民遭殃，抢掠胡为，自不消说，幸得后面没得追军，三槐心下少安，便又假托神语以安众心。

这日行抵金沙坪，只见两山夹道，中通一径，长松密樾，乱草荒荆，弥望皆是。转过一带长林，教徒们奔走辛苦，声声嗟怨，三槐却大笑道："人都说颜敏政善能料事，若在此伏兵，咱大家哪里逃得？"

一声未尽，只听前面山隘间一声鼓起，突地竖起一面红旗，上书斗大一个"滕"字。画角鸣处，早闪出一队刀牌步卒，腾越如飞，着地卷来。当头一人横刀大叫道："俺滕荟奉经略之命在此恭候多时！"说罢，刀光如雪，飞舞抢来。

三槐大惊，几乎坠马。众教徒一声喊，回头便卷之间，只听长林内鼓声

527

又起，叫声苦，不知高低，早见一面大旗，上书"杨"字，从林内卷舞而出，当头一人英风凛凛，手持朴刀，领一队长枪步卒，大呼道："王三槐！快来纳命！识得俺西蜀杨逢春吗？"

建业大怒，急叫道："教主勿惊，看俺斩掉这厮！"于是飞马挺枪，率众抢路。这里三槐正在张皇，后面滕荟业已赶到。两个骁悍教目双马齐出，滕荟刀光起处，先将一个斫翻。三槐一惊，跌于马下，刀牌卒一拥去捉，三槐却健跳起来，狠命地向深草中一钻，顷刻一股羊角风起，蓬蓬然吹向山隘。刀牌卒寻向深草，却不见三槐。

这时滕荟早杀掉两个教目，去助逢春。只见建业舞动一条枪，正和逢春拼命厮杀，于是挺力抢上。这一来，分明是两只猛虎在建业马前后盘旋，饶建业武功通天也有些招架不来咧。然而建业志在必死，酣战滕、杨，精神转奋。

正这当儿，只见残余的众教徒纷纷投械，号泣愿降。建业长叹一声，一兜马跳出圈子，大呼道："郭建业今日殉教而死，由你们献首庆功去吧！"说罢，掉转枪锋，向咽喉只一搠，登时尸横马下。

滕、杨见了，不由都点头赞叹，怜建业是个汉子，即命手下人埋尸道旁，免其枭首。急会合手下搜寻三槐，只是不见。逢春正在焦躁，只见归降的教徒道："俺等被王三槐所惑，深恨他误却许多人。那三槐会使障目邪法，能从风隐身远遁，或者进向前路亦未可知。"

滕荟正没作理会处，刀牌卒等却一说羊角风起之故。逢春噪道："如此说，快向前去寻！"正要会合队伍赶向前面山隘，只见前面步卒一声喊，就要列队冲去。滕荟等望时，却见远远的一个火神鬼使般的怪物横捎着一人如飞跑来，及至近前，却是张起。

滕、杨等出其不意，各吃一惊，忙止住步卒们，跑上去一拖张起。哪知张起走得势发，两腿如飞，并且哈哈狂笑，直将滕、杨拖出老远。亏得逢春攀住一株大树，方将张起脚步止住。一看所捎之人并非别个，就是那混乱西蜀自号"金天大帝"的王三槐！业已被缚得草把子一般，昏头奄脑咧。于是滕、杨大悦，先草草一问张起怎的捉得三槐。张起从赌气子去刺三槐述起，直至大破秘魔山寨，然后述及捉得三槐之由。

原来张起听于益说出金沙坪是扼要所在，便悄没声地直赶将来。不想他举步如飞，早抄到三槐以前过得金沙坪，他也不晓得。想询人探问地名，无奈他那模样儿十分奇怪，土人见了纷纷藏躲。后来好容易拖住人，一问地名，方知已过得金沙坪百余来里咧，于是唾一口重新跑回。

正在发开脚云催雾趱，只见一个小旋风蓬蓬而来，张起骂道："合该老张丧气，走个道儿也遇着什么妖神邪鬼（俗谓旋风中必有邪祟），难道俺老张怕你不成！"声尽处，只见那旋风略一凝驻，忽似闪道一般，从斜刺里就要飞去。

张起大笑道："好奇怪，你既躲俺，俺偏要和你玩玩。"于是略一侧身，迎风直上。只听砰的一声旋风立散，中有一人大叫而倒，业已神识迷惘，只模糊呓语道："教友们杀呀，神人有语，俺王三槐终有天命的。"张起仔细一看，只乐得手舞足蹈，于是缚好三槐，捎起来便奔归路。原想捉交于益等，不想恰遇滕、杨。

滕、杨听罢大悦，便也述出来此之故。原来杨逢春既闲在颜公麾下，累请差遣，颜公只说有待。过了些日，累得于益的捷报，颜公向逢春道："吾料三槐穷蹙，必将奔鄂，将军可领一队健卒就金沙坪地面埋伏，擒获于他。此系擒渠重任，端须仔细。"

逢春大喜，踊跃便行。不想逢春到得金沙坪，滕荟已早在那里。当时两人晤面，各述原委，并惊叹额、颜两公所见略同。原来滕荟往返七盘谷，潜运金资宝物，不消半月光景业已竣事。

一清道："吾事已毕，请从此辞。"滕荟道："先生岂可便去？且同回额公大营，再定行止。"一清笑道："不必如此，滕兄转去，仍为我寄谓额公，定乱之时，少减杀戮便了。"滕荟听了，十分恋恋，便道："先生既无志功名，何妨少待，一晤令爱呢？"一清道："儿女子事，吾已安置妥当，何必牵挂？"于是，领了那苍猿，别过滕荟，竟自飘然而去。这里滕荟怅望良久，只得暗暗嘱咐李七、袁柱瞅空儿投赴额营，便一径地回见额公，具言所事已毕并述一清隐去之状。

额公听了，十分称叹，便总核所得金资，以应军需。后来那七盘谷地面，土人还互相夸诧有陈二寡妇窟藏的许多奇珍异宝，每当月明风静，金银气上烛霄汉，并说有陈二寡妇的珠屐一双，藏久通灵，化为一双白燕，每每翱翔空际，遇着有福气的人，便屙屎下来，竟是绝大明珠。这许多的财迷话、无稽语虽无足深论，亦可见当年陈二寡妇豪奢淫纵，可谓绝世人妖了。

当时额公已料定三槐势败，必将窜鄂，所以命滕荟驰赴金沙坪截擒，可巧逢春亦到。滕、杨述罢，张起乐得打跌，因向逢春叩头道："小人无端和您怄了一场气，因为不甘'蠢材'两字想去刺取三槐，不想误打误撞倒弄了个活的。今便交给您，向颜大人报功去吧。"

逢春大笑道："看来你还是个蠢材，颜大人亦听经略节制，这三槐要犯应交与滕爷押赴经略处才是。"滕荟道："杨兄此话殊为得体。你主仆大功一件，算是有在这里了。"张起道："什么功不功，俺这场气总算没白怄就得咧！"于是滕、杨分手，匆匆价各奔回路。

不提逢春率张起等转赴成都，报命颜公，复奉颜公之命协同倩霞搜剿川中各小股余匪，且说滕荟押了王三槐星夜价回见额公，具叙所以。额公大悦，一面价飞章奏捷，一面张贴告谕晓示远近。即命滕荟驰赴遇春军中，协助进剿。

鄂中教匪闻知三槐被擒，不由大震。这时梁国安在士元坡和吴兴礼屡次交战，相持日久。兴礼勇虽不足，却机智有余，颇能守御。不想红英近来因军事棘手，娇性越发躁烈，每每使人诘责兴礼玩忽退敌，又命两个心腹狡童去监视其军。兴礼不悦，越发和国安虚相周旋。

及至三槐就擒的警闻报到，兴礼暗叹道："教中势衰，俺再不去也虚负'鬼谷子'三字咧。"于是，向两狡童撒个瞒天大谎，假称趁黑夜去劫敌营，竟领了一队心腹悄悄逃去。后来乱定之后，江湖间有个自称鬼谷子的星士，须发皓白，甚能健谈当年教匪之乱，人都疑是吴兴礼，此是后话慢表。

且说当时两狡童得知兴礼逃去，只吓得屁滚尿流，幸喜梁国安不曾觉得，便飞禀红英，请令定夺。红英大惊，便自赴荆花堡拒敌，即命田禄驰赴士元坡以御国安。方安置停当，正是滕荟到遇春军中的当儿。

遇春道："今蜀匪将定，势当合兵进剿，咱便先下荆花堡，直薄襄阳如何？好在近日汤无畏有密信，声称将取道抄袭襄阳的后路，如此，必能收前后夹击之效。"

林樾笑道："汤军袭取后路当需时日，今仍当先破士元坡，以免牵制我军。况此时贼中健者只有冷田禄，此人就擒，红英无能为矣。"遇春道："先生说好便好，既如此，遇春还须亲自一行，向田禄作最后之忠告。倘他能觉悟投诚，也不枉俺同学一场。"

林樾听了，十分称叹，登时下令，命戚雄、孟扬连日价轮流进攻荆花堡绊住红英。滕荟、遇春却悄悄驰赴士元坡以助国安。到得那里，却恰值田禄骁勇，国安已输却两阵。当时大家晤面，各自欣喜。

次日，三人结束整齐，正要前去搦战，人报田禄业已引众杀来。于是门旗开处，三人纵马而出，左有滕荟，右有梁国安，遇春居中。望见田禄，横刀跃马，依然是往日的风姿，却见气色不华，想是为酒色所困。

遇春不由慨然道："冷田禄！你失却信义，诡计陷人，俺杨遇春命不该绝，依然好端端在这里，可见是朝廷威德，非尔辈乱徒所能侮！今俺念同学之谊，不忍你终陷迷途，你如能觉悟投诚，俺还能在经略面前保你不死。不然，国有常刑，作乱者必诛，你可早早醒悟！"说罢，满面恳挚之色。

原来遇春出险并七盘谷失却窟藏之事，这时红英等早已知得咧！因为李七、袁柱瞅空儿逃投额营，那袁柱以酒为命，带着个酒葫芦，一路且行且饮，饮得两条腿子软软的，未免一下子落了后咧。恰好同伴卡卒等觉得袁柱在逃，追将上来，一索捆翻，押赴该管。刑讯之下，袁柱醉醺醺地便将滕、叶两人所做一段事和盘托出。

红英闻报大惊，深怨田禄疏忽，袁柱死掉不消说，便连同伴卡卒也都被袁柱牵连而死哩。当时田禄瞪起凶睛，大喝道："杨时斋，休得巧言！俺和你

530

交义久绝，昔友今敌，俺既投身教中，岂可反复无常！你下得毒手，窃人宝藏，还有甚面目讲说信义？"说罢，磕动座下马，挺一杆三脊长矛直杀过来。

只见遇春身旁一声大叱，恍如晴天霹雳，便有一将抡动长刀，纵马而出。正是：

> 义声昔动襄阳郡，豪气今看梁国安。

欲知后事如何，且听下回分解。

第五回

士元坡滕荟刺贼渠
获鹿冈田禄遭淫报

且说冷田禄挺矛杀来，早激怒那为主复仇的梁国安，抡动长刀，瞋目大叱道："冷田禄贼奴，害人家室，煽动教乱，豺狼蛇蝎之辈，还不早来纳命！"说罢，长刀旋风，直取田禄。

两马既交，刀矛并举，国安是誓复主仇，舍死忘生；田禄是抖擞精神，逞雄负气。但见闪闪刀光裹住了嗖嗖矛影，两阵上战鼓频催，呐喊连天。大战数十回合，正在难解难分，那滕荟长啸一声，抡动两口镔铁长刀从斜刺里飞马助战，刀光起处，矛影立分。

好田禄并不惧怯，你看他使动长矛风旋电掣，前格后拒，解数满身，好不轻倩灵妙！三骑马盘旋大战，望得个遇春神游象外，忽想起当年学塾习艺冷田禄那番矫捷光景，并且这时遇春已知于益遁迹入道，越发地触动感慨，于是纵马大呼道："冷老弟且住手，难道愚兄的许多忠告你终不见纳吗？"

田禄大喝道："哪个是你老弟！且待俺杀到北京，连你那皇帝老儿都斫掉头！"一句话激怒遇春，这才剑眉一挑，挺枪杀上。端的怎生光景？但见：

> 四马盘旋起阵云，刀矛交处乱纷纷。
> 士元坡下争雄日，太息同门邪正分。

遇春这一助战，使开了一条枪神出鬼没。田禄虽勇，本已难当，况且梁国安义愤填膺，锐不可当。再加上滕荟两口镔铁刀也不是省事的主儿，那田禄虽武功通天，也难逃公道了，于是虚晃一矛，败回阵去。贼阵上射住阵脚，两下退暂且收兵。

国安回得营来，气吼吼地道："咱大家再力战一会儿，那厮就擒，也未可知。"遇春笑道："此人武功不同寻常，容俺慢想擒他之策，并且他来去如风，还须防他暗做手脚。"便忙忙传语营众夜间仔细。

不想三鼓以后，果然营众喧哗，遇春下令，妄动者斩，却见一缕白气在空中欲下不下。遇春仗剑大笑，举手一招，那白气却瞥然而去。营众不由都

532

称奇道怪，以为教匪邪法。遇春道："此并非邪法，凡运剑神速，便能不见人的身形。这就是冷田禄来做手脚，见俺准备，所以便去。"众人听了，都各吃惊。

于连日酣战之间，遇春已暗暗踏明袭取襄阳的一条僻径，因向滕、梁道："咱只须假袭襄阳，田禄定然追截。乘他营垒空虚，可以一鼓而下。你两人只须如此，田禄势当腹背受敌，或能成擒亦未可知。"

且慢表滕、梁称善分头准备，且说田禄连日价酣战劲敌，十分气愤，没得消遣，只派人掠取妇女把来作乐。一日掠得一个媳妇子，眉目之间很像他昔年所污的徐大户家新妇贾素姐儿。

田禄大悦，正抱定人家抚今思昔，兴致如狂，只见左右飞报道："不好了，杨遇春引一彪军马取僻道暗袭襄阳去了！"田禄大怒，没奈何放下个赤条条的媳妇子，匆匆结束，一面吩咐手下骁目等准备敌人抢营，一面引众便赶。不多时，果然见僻道前头尘埃隐隐。少时赶到，田禄见袭军果是遇春的旗帜，于是大呼而进。便见袭军将尾做首，霍地一分，中有一人飞马抢刀直取田禄，却是滕荟。

这一来田禄见非遇春，不由心下着忙。原来他因闻遇春去袭襄阳，料得骁目等还能抵抗滕、梁，本营不致有失。今见来人是滕荟，便知遇春定要乘虚攻下本营，心中着急，恨不得一矛了却滕荟，好去奔救本营。哪知滕荟两柄刀且是风也似裹将上来。

两人大呼酣战百十回合，田禄转怒，喝声起处，手法一变，一条矛俨似虬龙翻飞卷舞。滕荟一见，暗暗喝彩。那田禄正抖擞精神卖弄本领，只听背后呐喊连天，飞也似卷到一彪兵马，为首一将正是遇春，挺枪大叫道："冷田禄，你本营已失，还不下马投降！"

田禄既惊且怒，把心一横，抖动长矛，划开滕荟刀锋，霍地兜转马向遇春分心便刺，嗖嗖嗖一连几下，直取要害。遇春见田禄这等凶顽，知他向善之机已绝，慨愤之下，不由长啸一声，还枪接战。这才放出平生本领要捉拿田禄。正是：

> 神枪到处鬼神号，玄一家风气自高。
> 一念正邪分虎鼠，会看麟阁姓名标。

遇春这一放手大战，连滕荟都看得呆了，但见两骑马搅作一团。田禄是奋呼无前，遇春是从容不迫。看到好处，不由飞马助战。这一来两下夹攻，只杀得田禄大汗如浇，吁吁气喘。

你道田禄此战为何不济？原来他那会子方和那媳妇那么酣战一场，虽没有真刀真枪，但精神气力之所费也不下于驰骋战场。何况遇春认定他甘心做贼，忠义所激，下手无情，田禄安得不败呢？于是田禄自知不妙，一阵价手忙脚乱，方使开一个解数荡开遇春枪锋，从斜刺里磕马要跑，说时迟，那时快，滕荟右手刀起处，喝声："着！"

田禄忙闪开刀锋，挺矛欲冲之间，滕荟一翻左腕，刀锋儿又奔向田禄肩头，哧一声刺中肩窝。田禄大叫，翻身落马，滕、杨大呼，双马齐抢去。哪知田禄撒手一矛，接着便嗖嗖两镖，趁势跳起来，冲出重围，竟自影儿不见，只剩了许多教匪乱喊乱窜。

遇春下令不必多杀，便和滕荟领众回得士元坡。一面检点所降的教众，一面专候国安的捷音。原来遇春趁田禄追赶袭军之际，早已轻轻破得他的本营，所以随后杀来，和滕荟前后夹攻，这便叫"逗虎夺窝"之计。

且说田禄急忙忙闯出重围，只觉肩头上痛不可当，鲜血流溢，便裂下一块衣襟草草扎裹。此时身边只剩了一柄七宝镶嵌的短匕首。田禄落荒奔走一回，不由连连叹气，仔细一看，已将近获鹿冈地面。这所在北通襄阳，西至荆花堡，是个小小的岔道儿。

田禄暗想："失却士元坡，无面去见红英，不如且奔襄阳，见了柳方中再作计议。"主意既定，一路上唉声叹气。须臾到得获鹿冈，业已日色平西。上得冈来，回望那士元坡，还似乎尘埃涨天，杀声隐隐。田禄长叹一声，正要下冈，只听土阜后一声号炮飞上半天，霍地闪出一队步卒。当头一人手捻朴刀，大踏步直抢将来，剔起双眉，目眦欲裂，大喝道："冷田禄哪里走？今日须还俺主人的命来。"

田禄见是梁国安，登时一股惊愤之气直彻肩窝，疼如刀割。没奈何，拔出匕首，大喝道："臭奴才，休得张致！今日之事不是你便是我了。"说罢，一挫牙关，踊跃而上。

两人这一交手，端的是性命相扑。国安是使发朴刀，长挑远斫；田禄是挥霍匕首，耸跃为能。却有一件，田禄是疲战之后，又中肩伤，败窜之余心慌意乱，并且狭路逢仇，良心上一过不去，自然就气馁许多，所以田禄本领虽强似国安，这时竟渐渐不支。

正这当儿，国安大呼，一柄刀越来越疾，忽用一个顺风扫叶式拦腰一下，田禄急闪之间，忽地肩头奇痛，接着眼前人影一晃，飕飕飕阴风暴起，尘沙乱飞，恍见陈敬瞋目而视。田禄大惊，只脚下略一迟慢，国安刀锋已哧一声扫及右胁。这时田禄顾不得疼痛，狂叫一声，跃起三丈多高，当啷啷匕首抛去。国安大喜，飞步便赶，随后步卒也便如飞跟去。但见田禄施展开飞行法，真似弩箭离弦。国安步下功夫却差得多，然而也不稍放松。众步卒眼见两人如流星赶月般登时不见，只得一路整队跟随，慢表。

且说田禄一气儿飞出十来里，回望国安已自不见，心下稍安。这时右胁肩窝一齐大痛，不由喊一声晕绝于地。及至醒来，业已明月始升，遥望道左山坡下从丛树中微露灯光，似有人家。于是强撑起来，踅向灯火处一看，却是个小小村户，柴扉静闭，却闻得磨声隆隆并叱驴子之声。田禄疲困已极，当即叩门。

须臾，踅出个朴实实的短衣男子，一觅田禄形状狼狈，便道："客官当此深夜从哪里来？若要寻宿，还须踅向前村。俺这里是山家住户，只两口儿卖豆腐为生，不方便得紧。"田禄拱手道："俺是山行小贩，不幸遇劫，且负微伤，实系趲路不得，没奈何就贵府借宿一宵，明日多酬房金便了。"

正说着，却闻院内有娇滴滴妇女语音，道："既是借宿的客人，你就请人家进来吧。与人方便，自己方便。前屋内驴儿磨完，俺与你喂向后院去吧。"男子听了，连连应诺，于是肃客入内。田禄一面蹒跚而进，一面暗想道："这妇人想是男子的妻子，倒是个痛快妇人。"

须臾进得前室，仔细一看，却是爿磨坊，里面横七竖八都是做豆腐的家具。门灶上热腾腾的大豆腐业已将熟，靠北面设有几榻，倒也干净。于是宾主落座，田禄一问那男子，却姓殷，名果，是个远方人，流寓此间，和妻子贾氏磨豆腐为业。田禄却不敢道出姓名，只一阵胡诌掉谎。

谈话之间，疼痛转加，并且饥腹雷鸣。殷果道："客官想是饥了，俺这里还有熟馍盐菜，并有新出锅的大豆腐，你老且吃一点儿吧。"田禄道："多谢，饭资一总酬谢。"殷果笑道："这算什么！俺不像东村卖酒的奚老儿，人若赊壶酒还得押与他当头儿。"

田禄一听"酒"字，登时满怀心事涌将上来，便道："此间有卖酒的？妙极，妙极！主人家且与俺赊两壶如何？"殷果笑道："俺没说吗，那奚老儿向外赊酒要押头儿，啰里啰唆的，客官少吃些吧。"田禄笑道："押头儿现成，且将此物去。"说着，解下那七宝匕首鞘儿递与殷果。殷果但见那鞘儿耀眼生光，他也不晓得怎的贵重，大约押两壶白酒还能值得，于是匆匆携鞘径赴东村。

说也凑巧，那奚老儿不知为什么和他老伴儿一言不合，打了个落花流水。酒瓮酒缸一股脑儿碎翻于地，涓滴也无。殷果没法儿，携鞘踅回，忽想起自己房中还藏有斗酒，且将出供客也是一样，于是径赴后院。到房中一望，只见他浑家贾氏正背着脸在榻头上洗脚，殷果一声不哼，置鞘于案，毛眦眦向榻下便取酒缸。贾氏问知所以，便唾道："也没见投宿的客人还馋着嘴巴子要酒吃。"

殷果笑道："悄没声的，反正咱也折不了本，人家还有押物在此哩。"于是匆匆取酒，灌满两大壶，径赴前室。一面价摆上熟馍盐菜，并盛上新出锅的大豆腐，向田禄道声"客官请用"，便自踅向后院去喂驴儿。这里田禄连用了两杯白酒，气血少和，精神暂复。对着冷屋空窗草草饮馔，想起自己盖世豪雄，如今兵败身伤，便如逃走的死囚一般。感愤之余，又斟满一大杯，一

535

吸而尽。

看官，要知酒之为物，最能触人情怀，那田禄且饮且想，竟将许多的旧事前尘一总儿堆上心头。从结识红英起，怎的亡命杀人，怎的大战苗疆，怎的投身白教，怎的起事襄阳，怎的轰轰烈烈威震湖北，怎的灰灰颓颓忽然大败。再回溯上去，当年和遇春等同学习艺，本是一辈少年，皆因一念之差，竟落得陷身寇乱。还有许多闲情琐事，便是将生平所污妇女一一回想。

这一来不打紧，只觉面烧耳热，别的妇女还在其次，偏偏想那徐大户的新妇贾素姐来，自己就恍如抱住素姐就榻行淫一般。于是一阵心头缭乱，自捆一掌道："该死，该死！"模糊之中，连连举杯狂饮，不多一会儿，两壶告罄。田禄站起来，哈哈一笑，方要活活筋骨，连夜价奔向襄阳，只酒力一涌的当儿，早已翻身栽倒，人事不知。

且说那殷果在后院喂好驴儿，正要去收拾豆腐担子，准备着明晨出卖，只听贾氏在屋内道："啊呀！这物儿是哪里的呀？"殷果跑进去，只见贾氏正细玩那匕首鞘儿只管吐舌。殷果笑道："傻婆子，这是前面那客人押酒的刀鞘儿，看来许值两串钱，有甚奇处呢？"

贾氏道："呸！可见你是怯条子，没开过眼睛。这鞘上珍宝甚多，所值不菲，那客人以此押酒，透着蹊跷。倘若来历不明，却不是耍处。咱且张张他去。"于是放下刀鞘，两口儿趱向前室。殷果先跑进去，便唤道："快来，快来，客人醉倒咧！好险，差点儿没跌到豆腐锅上。"贾氏应声趱入，灯光之下，先将那地下客人仔细一瞧，不由呀的一声往后一退，正撞在殷果身上。殷果方道得一声："你这是怎么咧？"但见贾氏面容大变，恶狠狠一挫牙儿，不容分说，抄起锅台上一把切豆腐的刀儿向客人劈头便剁。

殷果大骇，忙架住她的胳膊。贾氏恨道："你不晓得，这是俺的仇人冷田禄哩！"殷果猛闻，登时惊跌，挣扎起来，两条腿子只管交股儿，便道："这可怎么办呢？"

正这当儿，忽闻外面步履杂沓，须臾叩门如雷。贾氏也惊道："想是这厮的一党来咧，咱且藏起他来再说。"于是两人动手，仿佛抬死尸一般将田禄抬入内室。殷果跑出来，开门一望，却是个军官模样的人，随后有四五名官兵。一见殷果却和颜道："不当打扰，俺们是追赶匪目冷田禄的官军，跑得疲乏，到此少为歇息。"

那殷果吓得张口结舌，尚未答语，后面贾氏早趱出来道："那么尊官是哪个？莫非是久战荆花堡的杨将军吗？"军官道："俺名梁国安，今日从士元坡追贼至此。"贾氏大喜道："如此匪目冷田禄正在这里了。"因匆匆将田禄投宿并醉倒之状一说。

国安大悦，即时率众而入，将个醉猫似的冷田禄捆缚停当，向殷果道："你夫妇获此贼魁，将来官中必有重赏，且听佳音吧。"于是问明殷果的姓名并贾氏得识田禄的缘由，官兵昇了田禄，竟自匆匆而去。原来梁国安跟追田禄，因脚步不及田禄，所以落了大后。会合了四五名快腿的官兵一路寻觅，也是田禄贼运当终，竟自巧遇如此。

你道那贾氏为何认得田禄并称是她的仇人呢？在田禄就叫作"从前做过事，没兴一齐来"，在贾氏就叫作"仇人见面，分外眼明"，原来贾氏就是那徐大户家新妇贾素姐儿。自合卺之夕被田禄淫污后，无时不怀恨在心。后来徐家败落，素姐丈夫也便死掉，她便再嫁了本村的殷果。又因年荒世乱，所以流转到此。不想一个混世魔王似的冷田禄，却被个娇怯怯的妇人家断送性命，可见淫报可畏，天道自在了。

且说杨遇春占得士元坡，正和滕荟安插降众，人报梁国安连夜价押得冷田禄来。遇春听了，拊掌一笑，却又连连太息。原来遇春料定田禄败逃，定奔襄阳，所以命国安埋伏在获鹿冈，专等截擒。

当时国安进见，一述捉获田禄之由，却转出遇春意料之外，于是命人带进田禄，业已被缚得猱头狮子一般，见了遇春等，唯有瞑目而视，一言不发。遇春至此却也没甚说的，长叹一声，即命押下，命人以酒食相待。一面命国安暂驻士元坡，并肃清左近的股匪，一面和滕荟亲押田禄直赴荆花堡。就自己本营中稍为歇息，两人便整众列卒，跨马鸣鼓，剑戟丛中推出了一辆囚车，载了冷田禄，由红英营垒前驰骋三周，然后直奔起凤桥，献俘于额经略。张得个红英怒气冲天，却又不敢开垒截击，只得火速价遣人去唤柳方中，商量退敌慢表。

且说额经略见三槐被擒，红英势蹙，那士元坡、荆花堡两处指顾间也便可破，唯有陕中高天德尚在倔强。这日正思量欲急破襄阳的匪巢，势须调本省水军，以便水陆夹攻。正想去抽调滕荟以统水军，恰值夺得士元坡的捷音报来，额公大悦。

须臾，杨遇春、滕荟进见，具言擒获田禄之状，遇春叩头道："冷田禄陷身匪乱，罪有应得，但念他昔日从征苗疆，少有功绩；又在经略麾下驰驱一场，可否请经略推恩，从轻定罪。"

一言未尽，但见老经略苍眉轩动，面色一肃，微微一笑，说出一席话来。正是：

推情虽见同门谊，伸法难期国典宽。

欲知后事如何，且听下回分解。

第六回

饮死囚时斋尽友谊
推神数林樾识亡期

　　且说额经略见遇春为田禄求恩，知遇春顾念同门，义气深重，因笑道："时斋此话却不当理。冷田禄跳梁数年，不必说叛逆显著，罪无可逭；便是他杀掠地面上无限生灵，也须立枭其首，以谢百姓。但是国法虽伸，人情亦在，将军和他同门一场，俺当缓他须臾勿死，尽今日之光阴，将军且和他衔杯叙旧，以尽友谊，也算是法情两尽了。"

　　遇春听了，不由泫然泪下，便谢过经略，退回自己帐中，准备酒食去诀别田禄，这里滕荟却被经略留住，吩咐统领水军等事。

　　且说冷田禄出得囚车，被押在监房中。这时光手铐脚镣、挺粗的脖索儿，一副的全刑具稀溜哗啦。田禄讨水吃，监者不应。田禄大怒，正在破口大骂，只见两个健卒携了酒樽食椟就案上摆列停当，却笑道："冷教目别骂咧，你的好朋友顷刻就到。"田禄听了，以为是就刑在即，这定是什么断头羹饭，他却丝毫不惧，便大笑道："烦你嘱咐俺那朋友，将刀磨快些。"正乱着，只见遇春深锁双眉，徐步而入。

　　这一来田禄出其不意，反倒一怔。遇春叹道："冷老弟，咱今一切不说，且吃杯酒儿叙旧吧，经略令下，明天你的事体就有收束咧。"田禄猛闻，登时颜色惨变，顷刻却复常态，因笑道："大哥，你的盛意，俺至死铭感。明天不必管他，来来来，咱吃酒。"于是和遇春相对而坐，两健卒斟酒伺候，举饮田禄。

　　那田禄一面吃酒，一面从容谈笑，遇春也放下一切，且叙旧情。两人竟大说大笑，拉得热窑一般，张得监房内外的人都暗暗称奇。

　　须臾滕荟踅入，也便劝酒。那田禄淋漓痛饮，吃得不差什么，却瞋目直视，大喝道："俺冷田禄纵横半世，一朝被擒，死而无怨。但是俺在殷果家糊涂一醉，却被梁国安那厮恰恰擒来，这是怎么个缘故呢？"

　　滕荟大笑道："冷老兄，莫怪我说，你一辈子吃亏就在娘儿们身上。往年在苗疆，你为个乌苏拉致人邪途；如今却又吃了娘儿的亏。你道殷果的妻子是哪个？她就是贾素姐，不但她认得你，大概你也认得她吧？"于是将国安擒田禄之故细细一说。

田禄一听，登时凶气顿尽，长叹一声，喷酒满地。当夜田禄在监房中叱咤不已。次日，经略令下，命将田禄推出辕门，枭首号令。不及半个时辰，血淋淋一颗首级早已高标起来。百姓纵观，无不拍手称快。

这期间却惊动两个男女，趁夜深人静之时，男携铁锹，女挟蒿草，一径起悄赴弃尸之所。男的叹祝道："冷爷，你逞雄一世，俺愿你早升仙界，并愿你那辈子天生天阉，永远没屪子，省得为色丧命。俺那年拐你贼腥气的银子用，却对不住你哩。"那女的却一行鼻涕两行泪，哭得抽抽搭搭地道："啊呀！我的好狠心的冷爷，你当年和俺火也似热，后来却冰也似冷。如今你这般结果，你那心爱的许多狐狸精哪个来哭你一场？只有我老娘搭些眼泪送你入土哩。"于是抚着尸身又叹道，"可惜你那大头儿不能和你共葬咧。"

男的骂道："浪蹄子！这等时光，你还想着大头儿小头儿哩。"说罢，两人合手工作，将田禄无头尸身掩埋毕，然后相携而去。

你道这男女两人是哪个？原来就是李七和夏氏。夏氏自被巡卒放掉后，便悄悄藏匿在起凤桥左近，活该是孽缘凑合，及至李七由贼中投到额营，两人却无心巧遇，旧情复合，居然结为夫妇。这时闻田禄就诛，两人想起当年的情分，所以特来尽点儿心。

不提这里滕荟奉额公之命统领本省水军准备夹攻襄阳，并额公亲提大军，率遇春进驻林樾营中，督兵进剿，且说红英自见教中大教目等屡屡损折，官军日逼，各路教众又被汤无畏摧破许多，每日价败耗时闻，闹得红英情怀闷损。幸得还有冷田禄独当一面，虽是跋扈可憎，红英此时没法儿，只得竭力笼络，还痴心遇春意转，自己以身事他，得这一个好帮手，也不愁教势再盛，依然大业可图。不想一日捉得逃卒袁柱，方知遇春已去，并数年所积聚金资珍宝也都被敌人得去。红英这一惊真赛如高楼失脚，急和方中计议维系众心之策。

方中沉吟道："大教目屡屡折损，自当选拔骁健以补其缺。唯有近来众心动摇，须设法坚其信心才是。"

两人密语良久，便多遣心腹侦刺，散布教中，专探取教徒等琐琐隐事回报红英。于是红英时时假托神语，责诘琐事。有一教徒强取人两坛酒，又有一教徒舍与乞丐数百钱。两宗事儿都被红英托神语宣布出来，登时各有赏罚。当诘责时，红英服御庄严，合目趺坐，朗朗然传宣神语，便如巫婆一般。诘问已毕，必要盛夸教运当兴，天命即在教主。教众倾听之间，往往有一股异香发于座后。

这许多的狐鸣篝灯之术虽是可笑，然而教众们大半愚蠢，也便信以为真，一时间不致涣散。及至红英亲赴荆花堡以抗官军。虽觉冷田禄拒守士元坡为力单薄，也还不料便有闪失。只连日价力攻林樾，指望退却官军，好抽身去助田禄。不想那日里亲见冷田禄被遇春等押解过去，接着有人来报士元坡失陷并田禄被擒的详情。

红英正气急得乱跺小脚儿，忽左右来报，汤无畏一彪军马业已连破各股教众，渐趋襄阳的后路，并且在某教股中斩掉田甘。红英闻报，想起手足情长，不由哭泣一场。原来田甘一向在各教股中胡混，做一个有名无实的监军，不过是吃好的、穿好的、睡女人三件快活事儿。哪知快活未已，也竟吃了一刀。

当时红英气急之下，又要去力攻林营。恰好方中由襄阳到来，两人正在面面相觑，苦思退敌之策，忽听营垒外笳鼓喧天，奏起军中得胜之歌。那一片悠扬雄壮之声，细听去却是发自林营。红英大诧，方欲使人去探，忽闻林营中三声大炮，接着众官兵一声喊，震动远近。便见左右飞报道："额经略亲提大军已到林营。"红英大骇，忙和方中登垒一望，只见林营中旌旗布满，盛陈军容，将弁列队都是顶盔贯甲，胁下佩刀，只那顶上万朵红缨照得半天都红。分左右排开，势如燕翼，左队首是戚雄，右队首是孟扬。便见林樾由护卒簇拥，从队中道徐步而出。三人都是全身装束，躬属橐鞬。

林樾到得队首，躬身而立。此时万众寂静无声，那一番整肃气象说什么亚夫细柳！便见对营岔道上行尘大起，笳鼓喧天。红英忙望后路，早见旌旆迤逦，队旗招展，按骑徐驱，一时不见首尾。

须臾，队伍一分，各按方向，略略少驻，早由居中飘起一面三军司命的经略大纛。百余多亲军卫弁按骑前驱，随后是一乘八人大轿异定经略。轿后面铁骑云从，黑压压地盖将来。

这时林樾早已趋抢迎上，就道左肃然立定。待至经略轿近，便唱名如仪，反身前驱。少时，林营兵弁震天价一声暴喏，经略大轿早已如飞入营。后面各队也便靠林营各扎帐幕，刻间貔貅满野，万灶升烟，张得教徒等无不色然而骇。红英等诚恐教众心摇，当夜便亲巡各队以励众气。探得遇春又到荆花堡，只恨得咬牙切齿。次日，结束整齐，命方中掠阵，单搦遇春厮杀。

且说额经略见了林樾，略询近日交战情形，慰劳有加。次日，方欲命遇春出战并询及红英连年猖獗的光景，不由掀髯大笑道："陈红英以一孀妇称乱数年，祸及三省，倒也是两间戾气钟此妖孽。俺听说她的武功得自黄冈茹家，便是老夫也是茹南池的武派，不知她真能得茹家武功与否。如今进剿在即，俺倒要看个分晓。"正说着，人报红英单搦遇春出战，额公大笑，因顾遇春道："时斋，努力擒此妖妇，待老夫与你压阵如何？"老头儿当时高兴，便命从人服侍更衣。

须臾，红顶、花翎、黄马褂一概齐整，一部苍髯彪彪飘动。帐下侍卒见老头儿这等高兴，无不踊跃百倍。皆因额公素常价不矜威仪，每当升帐视事，往往依然是秃头长袍。今忽如此结束，可知是高兴极咧！于是，角声起处，鸣鼓列阵，遇春引额公纵马而出。早见对阵中绣旗高揭，上写"圣莲女帝"四个大字。左右列卒，一边是花拳绣腿的美男，一边是搽脂抹粉的俊妇，各执刀枪，都扎括得优伶一般。中有一骑桃花马，上面一个妖媚绝世的妇人，抡两口柳叶长刀，驰骋如飞。头戴百叶紫金珠冠，身穿猩红衬地唐猊软铠，鸾带飞扬，飘飘霞举。两只小蛮靴斜插金镫，便如笋锥一般，真有"叱咤时闻口舌香，宝刀力重娇难举"之势。

此时额公立马阵旗下，左有戚雄，右有孟扬，另有一名丈二高的彪形大汉，生得虬髯黔面，便如方弼、方相一般，掮着额公惯用的那杆九环镔铁大斫刀，微风一过，铮铮作响。这把大刀随额公东荡西杀，南征北讨，也不知饮过多少乱臣贼子的项血。这大汉名叫项义，徽州人氏，力举千钧，斗粟不饱。原是京营中一名小卒，因他食量太大，所分口粮不足自给，他便想了个愣招儿，见同伴吃饭，便去抢吃。后来闹到额公跟前，一试他的膂力，登时拔作亲军，人都呼为"长人项义"。

当时额公望见红英，方向遇春道："时斋仔细，你看妖妇倒也矫捷得很。"遇春方勒住马势面向额公唯唯之间，忽地贼阵上一声喊。说时迟，那时快，红英娇叱起处，纵马如飞，便如一道电光似直奔到额公面前，双刀一举的当儿，戚、孟大呼，双枪并到，但听锵啷一声，两支枪缨儿齐齐削落马下。

红英兜转马，大笑道："饶你这老儿多活一会儿！"说罢，纤腰一扭，纵辔如风，竟自驰回原处。两阵上望见，无不失色。再看额公却如没事一般，只微笑道："茹家武功毕竟不同他派。"原来红英望见对阵阵旗下一个老头儿神宇不凡，料是额公，所以来个出其不意，飞骑刺取，其实也要显显自己的本领哩。于是遇春大怒，飞马便出。两骑马盘旋之间，但见遇春长枪一摆，早和红英杀在一处。端的怎生光景？但见：

> 阵云密布，杀气横飞。神枪到处，乱飐银花；双刀飞时，忽飘雪片。一个是茹家剑派，白莲香散美人风；一个是玄一门徒，忠武早砚名将度。丰姿娬媚，细马驮来；气韵沉雄，战场开处。小周旋娇音叱咤，大交手险势频番。
> 正是：气沉力勇，当场人羡大将军；喘发汗流，这番难为二寡妇。

两人这一番盘旋大战，各显其能。遇春是沉着有余，红英是轻捷取势，真是棋逢对手，功力悉敌。不要说两阵上人都已看呆，便连额公也手拈长髯，频频点首，一双光闪闪的老眼只跟定战场上枪刀锋儿流走不定。

两人顷刻间大战百数十回合，红英觑空儿一刀斫去，遇春旋枪一格，锵啷一声，红英觉玉臂震麻，叫声不好，一兜马跳出圈子，如飞回阵。遇春方凝然驻马，却听得本阵鸣金，当即缓辔，随额公撤队回营。额公道："此妇武

541

功委实不弱，但是气力却输与你咧。吾当徐思破敌之策。"

不提这里额公准备着一鼓而下荆花堡，直薄襄阳，且说红英急忙忙回得营来，便卸却软铠，就空场中抡拳使脚，跳荡良久；又撒开步法，回环走了数百余趟，然后稍为歇息。又跌坐了调息良久，方跳起来向方中道："好厉害的杨遇春，不但生有神力，并且精娴内功。俺若非出自茹门，亦精内功，便是那会子臂上一震，早已中了内伤！如今经俺运气调理，已自无防。明天且与他步下较剑，一决胜负。"

话休烦絮，次日，红英果单搦遇春较剑。你想遇春剑术不但传自玄一，并且得《玄女秘籍》的异传，红英武功虽高，如何占得便宜？不消说依然败回。方中道："如今教主战他不过，只好且以法术取胜。吾觇敌营中颇显一股死败之气，不损主将，亦将有大将伤亡。此机却不可失！"红英点首称是。

不提红英等准备着大弄玄虚，且表遇春连胜红英，便请命额公克日进剿。额公道："不须急进肉搏，多伤亡我士卒。好在昨有密探来禀，汤无畏等已将抄到襄阳的后路。那时，红英顾恋老巢，势当不战便溃，咱再进逼未迟。"于是下令，休军三日，纵饮为乐。

额公暇时与林樾弈棋饮酒，偶谈及数术之学，额公戏问道："足下试猜红英这时何作？"林樾脱口道："经略仔细，敌人正在不怀好意哩。"一言未尽，只听左营中喧嚣起来，大呼火起。须臾右营并前后营也呼火起。

额公大骇，忙和林樾仗剑而出。举目四望，但见前后左右各营中都腾起蓝荧荧的火焰头儿，迅飞游走。登时各营大乱，喧嚣动地，便闻敌营中呐喊连天，势将趁势杀来。额公大怒，方命戚、孟火速领两支兵马去拒住外垒。只见遇春提剑，大踏步趟来道："经略匆惊，此是敌人的无聊邪法。遇春曾读秘籍，尽能破它。"说罢，提剑趟去，就各营中巡视一周，所到之处其火便熄。

不多时，戚、孟来禀，拒退敌人。检点各营中，死伤践踏并为邪火烧杀的士卒也就有千数百人。最奇的是帐幕无损。额公看罢甚是不乐，当夜命各营警备。正和遇春、林樾谈论邪法之事，忽然各营中又复喧动，哄传有许多的奇形厉鬼横来搏人。遇春又仗剑巡视，良久方定。

额公见此光景，十分闷闷，因又戏顾林樾道："先生数理甚精，你看妖妇邪法如此诡幻，老夫只给他个一心秉正，可能不为她邪法所害吗？"额公此言本是说邪不胜正之意，不想林樾愀然道："经略福命厚，固自无防，但恐林樾不免此厄。"额公惊且笑道："岂有此理！先生为何自诅起来？人之生命自有定数，岂能忽被邪法所伤！"林樾叹道："公既晓得定数，可知人的生死亦莫非数哩！"额公大笑，因顾遇春道："你看林先生未饮忽醉，亦大奇事。俟俺明日晓譬士卒以邪不胜正之理，众心既正，那区区邪法自无所施咧。"于是又复闲谈一回，那林樾只郁郁不乐。

次日额公方要巡视各营，晓譬士卒，忽人报左营中有一队兵因畏怯邪法，私自逃亡。额公大怒，命遇春领人飞骑去兜拿，一面巡视各营，晓譬一番。

老头儿高起兴来，便命左右移胡床于外垒门外，据床而坐。一面命健卒提酒炙肉，痛饮大嚼，一面遥望敌人营垒，掀髯大笑道："你等都怯她邪法，吾视此区区贼营拳下立破。且看妖妇邪法将奈我何？"这时跟随的有林樾、戚、孟。额公兴酣之间，遍酌以酒，左右侍卒见惯老头儿的脱略常态，正在纷纷地争乞酒肉，只见林樾掷杯大叫，嗖的声跳上胡床，竟将额公推掷在丈把以外。众人大骇之间，只听咔嚓一声响亮，垒门边那杆飞虎大旗竟自凭空中断，不偏不倚，恰好横砸到林樾头颅，连那胡床都登时中断。额公跳起来，方叫得一声："奇怪！"那林樾长呻一声，早已气绝。

众人正在大乱，却听得贼垒上桀桀怪笑。急望去，却是柳方中正在那里披发仗剑，做得好怪相。于是额公大怒，忙取过左右捧的弓箭一箭射去。要说额公箭法百发百中，这次却不知怎的，忽然弓断矢折。

正这当儿，但见方中仗剑一挥，狂风大作，拳大的石块雨点般直打将来，接着贼垒开处，红英手舞双刀，如飞杀出。

戚、孟大惊，一面护额公退入垒门，一面飞马接战，只得数十回合，戚、孟如何敌得红英，几次价抢到垒门，却被垒上下劲弩射回。但是后面贼队乘着狂风飞石之势，一径地撞入官军中，杀了个马仰人翻。戚、孟拼命力拒，正在危急之间，恰好遇春追卒返回，飞马抢到，只瞋目一叱，说也不信，登时邪风立息。两下里混战一场，各自收兵。

额公和遇春回营，一见林樾尸身，各自泪下沾襟，又复连连叹异。额公叹道："不意林先生自知死期，数术之神一至于此！吾当据实上闻，叙其功绩，以邀封典。"遇春叹道："林樾自知死期，那叶一清偏能相他福薄不寿，看来他两个都是异人。"因将一清会晤林樾时一番话一说。额公听了，越发慨叹，即命将林樾贻蜕厚为殡葬。一检点死伤官军，又有数百。次日红英搦战越发踊跃。额公掠阵毕，大喜道："妖妇目动而色厉，想是已得襄阳后路警闻，方才故意示勇，或是准备着今夜偷返襄阳。"

正说着，汤无畏遣人密报到来，果然是连破襄阳后路上的股匪，一路长驱，已距襄阳百数十里咧。额公大悦之下，正要命遇春趁今夜去踹敌营，恰好暗探来报，红英已点集悍队，命方中固守此间，就要趁夜里潜回襄阳。

额公闻报大笑，便欣然说出一席话来。正是：

　　九年妖运倾额候，一战擒渠指顾中。

欲知后事如何，且听下回分解。

第七回

方中暗弄陷地法
红英巧摆群阴阵

且说额公闻暗探来报，喜动颜色，因向遇春道："只须如此，妖妇定当成擒。但是此间柳方中善弄邪法，时斋却离此不得。"因唤进戚、孟，授以密计。两人领命去了，额公便下令各营准备进击慢表。

且说红英忽得汤无畏将袭襄阳后路的警后，急召方中商量计划。这时柳方中见教势将败，业已一筹莫展，当时攒眉道："这只好请教主潜回襄阳震慑一切。连日以来，咱用法术取胜，谅额某不敢乘虚进攻；便是进攻，俺还当以法术御之。可惜那天俺使旗折，不曾弄煞额某。今夜俺当大显法术，以御敌势，教主只管偷走便了。"

红英听了，只好依他，于是一面价踊跃搦战，以掩人耳目，一面挑选悍队准备从行。夜至二鼓时分，红英跨马提刀，便引众向襄阳进发。离却荆花堡十来里，便作起漫天大雾，以备不虞慢表。

且说戚、孟两人奉了额公密命，率领部下，从间道偷过敌垒，埋伏在乌桕窠地面，专等邀擒红英。静悄悄伏觇，将交三鼓，却不见动静。戚雄道："孟兄，莫非经略计差，妖妇不从此走也未可知。"

正说着，只见部下人互相惊望来路，戚、孟急望，也自吃惊。只见白漫漫、灰沉沉的一股雾气，便如大飓风一般，翻翻滚滚，从来路直卷将来，其中轰隆作响，又夹着马蹄蹴踏，剑戟相摩之声顷刻间卷近伏处。

戚、孟大骇，不敢出击，眼睁睁看那雾气奔向前途，转眼之间已在三四里外，余雾迷漫，兀自势如釜蒸。直待了一个更次，那雾方消，大家才能辨道路。戚、孟惶惑少定，猛悟此雾或是红英作的邪法，正在懊悔不曾邀击，忽闻来路上人喧马嘶，又有一队兵马乱腾腾地卷将来。

孟扬喜道："原来妖妇此时才来！"于是一声喝号，伏兵尽起，迎头便击之下，来兵喊一声，纷纷四溃，只有百十名悍卒护定一个骑大马的汉子，拼命价冲围而去，更不见红英的影儿。于是戚、孟捉问一个伤卒，方知这支残败匪众是因失却荆花堡逃溃而来，骑马汉子却是柳方中，红英已作妖雾先奔襄阳咧。

原来柳方中见红英走后，便作起邪法，无非弄些纸人豆马散布外垒上下。方中巡视一周，见甲兵层层，将本营拱护得风雨不透，暗喜得计，自以为千妥万当。于是高起兴来，就密帐中饮酒作乐，又唤几个红英得意的美男并随营伺候的美妇，命他们调笑无忌，裸逐为乐。

方中三杯落肚，也跟着狂了一回。乐极之余，不由忽地事上心头，暗想道："如今教势日衰，三槐被擒，天德势蹙。便是红英这里也牙爪俱摧，羽翼都尽，只孤零零剩俺老柳，济得甚事？看来'树倒猢狲散'这个局面也就不远。"想至此，十分颓气，少时却又暗道："我好发呆！凭俺一个落拓穷生，疯疯癫癫地闹了这几年，不消说穷奢极欲，享尽人间快活事儿，便这江汉先生的大名哪个不知、谁人不晓？人生一世，草生一秋，这上半辈总算罢了的。便是教势一完，俺何妨给他个溜之大吉？无论怎样，俺还不失下半辈子做个富家翁。只红英的小模样儿俺却有些舍她不得，只好等将来看事做事。如将来教势委实撑不得，俺便劝她遁迹埋名。那时节，除俺老柳去做她的汉子，还有哪个再争这块禁脔呢？"想得得意，不由又手舞足蹈，连连举杯。

正这当儿，忽闻营外喊杀连天，势如天崩地塌。左右飞报道："不好了，杨遇春破却柳爷的法术，业已领无数官军冲杀进来。"方中大惊，当啷啷酒杯落地，腿子一软，就势溜了身子。亏得左右健卒扶起他，出帐上马。一看满营中业已纷纷大乱，有一队不知死活的教众正在大帐前拼命地抵御官军，只被杀得鬼哭神号。官军中火燎腾处，早望见遇春纵马横枪，天神一般率众抢来。

方中一见，魂飞魄散，只得跟一队健卒从斜刺里冲出营去，便奔襄阳，不想又被戚、孟截杀一阵。当时戚、孟听毕伤卒之话，情知失掉红英，且喜额公已进占荆花堡，只得领众趱回。一看经略大军业已进占敌营，正在料理降匪并检点死伤的官军等事，于是戚、孟进见额公，述说在埋伏处一切情状，并且伏地请罪。

额公道："妖妇能作雾潜遁，非你二人意料所及。便是此间柳方中摆布的纸人豆马之类，若非遇春能治破他，要破此堡还须时日哩！"说罢，挥退戚、孟，和遇春商议直薄襄阳。一面檄谕梁国安由士元坡合兵并进，这且慢表。

且说红英那夜里作起妖雾，马不停蹄，次日清晨已到襄阳，方在己府中略歇，并询留守的各大教目近日的后路消息，知得汤无畏已到后路伏犀浦地面，正和大教目王华相持，距襄阳只有数十里之遥。红英正在焦灼，恰好柳方中气急败坏地也到咧。一说荆花堡失陷之状，红英啊呀一声，只急得双脚乱跳，急命各大教目分段价登城守备，一面和方中干眙着眼，通没作理会处。

方中恨道："如何？都是你一向价不听人话！俺早说起事之初便当联络川、陕，长驱北上，这湖北一隅之地不须恋恋；你却只图在此快活了这几年，如今却被人瓮中捉鳖！"红英唾道："你没的脓包样儿！倘或襄阳守不得，俺拼着一死，还有什么大不了的事吗？"方中耸肩道："快莫说晦气话，俺老柳听了一百个不舒齐哩。如今他们一个个胡作煞咧，只剩了你我厮靠，咱正该想个长久乐儿才是。你如何开口死、闭口死起来？"

正说着，人报额经略大军业已由荆花堡会合了梁国安一支兵马，拔营前进。前锋杨遇春更会合了滕荟所领的水军，沿江岸水陆并进，箝鼓之声喧闐十余里，那声势十分浩大。教中所设汛卡无不摧破，遇春一军已将到琴台地面。红英大惊，急派得力大教目大掠民船，分载教众去挡滕荟一路，并想去亲御遇春。因这琴台地面是水陆交汇之所，距襄阳只有三十余里远近哩。

当时红英方草草布置，接连着警闻又到，伏犀浦王华殒命，教众崩溃，汤无畏率领白鹏、风燕一路长驱，又从后路杀将来。这一来闹得红英心慌意乱，一瞅柳方中却如没人事一般，红英气急之下，将牙儿挫得一片声响，转怒道："叵耐汤无畏这厮自始至终害俺不浅！俺拼得且向后路杀掉这厮。"

方中道："噫，好轻松话儿！你只顾后路，难道你那前路便大敌大开，凭着杨遇春硬弄进来不成？"红英急道："如此怎好？"方中道："没得他法，还须俺老柳显显手段。你没见俺那《江汉戎机》书上有陷地坑敌之法吗？"于是由腰中取出书来，指给红英看。原来这《江汉戎机》是方中得意之笔，顷刻不离的。

红英笑道："你的法术俺有些信不及咧。倘或再如在荆花堡一般御不得敌人，岂不误事？"方中道："此是最大法术，岂比纸人豆马之类？便如你会得群阴摄魄之法一般，俺这便祭炼停当，管保先毁掉遇春，然后再抵御无畏。"

正说着，已将交二鼓时分，于是方中率人登城，自家却披发仗剑，遥望遇春进兵来路，做作一番，欣然而回。一看红英尚在凝妆而待。当夜两人同宿帐中，可笑柳方中自以为大法可恃，放心大胆地和红英睡至天明。正在慢慢赏玩红英的生香活色，忽听城外呐喊连天，人报汤无畏、杨遇春、梁国安、滕荟四路兵马水陆齐到，业已四面进攻，围得一座襄阳城风雨不透咧！

两人闻报，这才惊跳起来，匆匆结束。登城一望，只见四面价铁甲如云，业已云梯百道，蚁附上攻。唯有北城上炮火如雷，杀声动地，分外的声势百倍，却是袭后路的汤无畏一军。

红英大怒，极力地指挥各大教目分头率众抵御，两下里互有死亡。半日之久，官军方才缓攻少息。原来昨夜四更时分，遇春由琴台督兵前进，天色微明，已距襄阳数里之遥。忽然前军喊起，纷纷大乱。须臾人来报，前途地裂，陷落许多士卒。遇春忙飞马去望，果见前途陷下，黑洞洞如一道长河横截去路。遇春大笑道："妖人技穷，弄此障目之术，将奈我何？"说罢，跃马前进，依然是平坦道路，那陷落的士卒只跌昏在地，不曾损伤哩。

且说红英和方中拒守终日，幸喜无事，连夜价登城巡视，只见官军营幕棋布星罗，唯有北门外汤营中更加刁斗声繁，十分雄壮。红英恨道："此人假意投教，误却俺多少大事，吾必要设法杀掉他，方出俺这口恶气。"正说着，趱近一所城幕，却听得里面教徒咳声叹气，一人道："喂！老哥，你看这光景，咱们没得煞尾咧！将来逃出条性命，就算有天恩祖德哩。"一人叹道："如今后悔也晚咧！当初咱们教主改刊圣经，将孔圣人贬得一钱不值，俺就觉此教门终归于败。咱们一因循，便贻误至今，像人家先脱教的倒好咧。"又一人道："真他娘的丧气！自古岂有寡妇皇上？咱这时瞅空儿去投官军还不迟哩。"

红英听了，知众心已摇，忙牵方中入密帐，密语良久。次日便大会教众，盛陈金帛，红英慨然道："昨夜神人有语，说咱教徒中颇有心怀疑贰之辈。此在各人信心，不必相强，俺与诸教友周旋一场，特出区区微物，以志别意。诸位欲留者听，不欲留者，请分此金帛各散。俺还要掷钱卜运，以觇天命哩！"说罢，命左右取过百文青钱，擎示教众道，"诸位但看此钱落地，如吾教当兴，全数皆是字面。不然，当字幕相杂。"说着，纤手一扬，就要抛去。

方中忙道："不可，不可！全数皆字，此必无之事，教主岂可冒昧，以惑众志？"一言未尽，红英微笑掷钱于地，一阵价错落散布，众教徒一看，登时欢呼起来，都道："天命真主，天命真主！咱快快去杀敌人哪！"于是勇气百倍，竟自纷纷登城。原来那所抛百钱，真一个个都是字面。至于这场玄虚，但看古来"狄武襄掷钱以定军心"一段故事便知分晓，不过用此法的人邪正不同罢了。

当时红英既定众心，却当不得遇春等四面围攻，便命人分头抵御。因北城外汤无畏攻势转急，红英怒甚，便和方中亲向北城瞭望。只见汤无畏正在仗剑督队，立马于门旗下，慷慨指挥。左有白鹏，右有风燕，威凛凛天神一般。

红英大喝道："汤无畏！你破坏俺教，今日叫你自知死所！"无畏叱道："你这妖妇跳梁多年，害及三省，今天兵已合，还敢抗拒？"说罢，举剑一挥，官军齐奋，乒乒乓乓，先是一阵红衣大炮如数道雷霆打向城头。众教匪哭喊连天，尸骸乱舞。

正这当儿，轰隆一声，一炮正中敌楼之角，登时掀向半天，瓦木交飞，烟尘抖乱，接着便是白鹏、风燕奋呼值前，领一队火箭手，一声喝号，火箭齐发，便如无数的元宵起火飞向城头。那城上所有城幕逢箭便着，登时闹得火势冲天，北半城如火焰山一般。

众教匪冒火抵御，死伤无数，红英、方中只得闪开火势，极力指挥教众，一阵价矢石交下，官军方才稍却。当日里彼此攻守，直至天晚。教徒等虽死伤如麻，却亏了红英用钱卜之法固住众心。

当晚，红英向方中道："可恨汤无畏用炮猖獗，吾当用群阴摄魄之法，以魇胜炮火，并杀无畏，然后再御退各路的敌人。"于是，一面价挑选姣壮民妇

547

四十九人以充群阴之数，一面在府中置备好祭炼的神坛。可怜这干晦气的民妇，一个个怀着鬼胎，到得神坛之下，只见灯烛辉煌，宝剑、法水、朱符等物都已摆列停当。

众民妇互相怙惙道："女教主一向只喜美男，用不着咱们，却不尴不尬唤咱们听用做甚？"便有一妇道："没的是姓柳的王八蛋弄甚玄虚吗？俺听说那厮见了女子家什么事都做得出，这便怎好？"众妇一听，都各慌张。

正这当儿，只听坛屏后有人喝道："教主就要登坛，命你等裸身伺候。"众民妇一听，越发慌了手脚，没奈何，脸儿一抹，一个个脱得白羊一般。正在互相愧望，只见烛光一闪，红英由屏后慢步而出，披着一头漆光似的长发，光溜溜寸缕不挂，只穿双小鞋儿，扬扬然竟自登坛。先取朱符叠化，然后焚起剑诀，口内喃喃祝咒一番，即取法水向众妇一喷。

说也奇怪，忽地一阵阴风起于坛下，便闻得鬼声啾啾。再看众妇，便如受了甚等魔术，一个个挺身露阴，呆立坛下。于是烛光顿暗，满坛下如有鬼物撄攫。红英娇叱一声，烛光复明，众民妇嘤然一呻，也便如梦初醒，那侍坛女卒便取过准备的白色长披衫，与众妇各遮身体，簇拥而去。这里红英也便退坛结束，和方中计划停当，特选一队敢死悍卒，预备明日去冲杀无畏，这且慢表。

且说汤无畏当日见炮攻得势，十分欢喜，罢攻后回得营中，正在歇息，恰好额公命人赉赐犒军的牛酒。无畏大悦，一面分赏各队，一面置酒自劳，想起自己以书生末吏驰驱戎马，虽报国有限，总不负丈夫壮志。想至此连浮大白，慷慨看剑。

正在高兴，恰好白鹏、风燕双双手提长剑，血污甲裳，都来报斩馘之功，单是所割的首级上耳朵便是两大串。无畏哈哈大笑道："你二人堪称壮士，且来饮酒！"于是各赐一舣。

两人谢赐而饮，一面道："小人等蒙爷知遇，拔识于风尘之中，虽粉身碎骨亦所不辞。区区微功何便蒙爷奖谕？明日看小人等服侍爷同报皇恩也。"无畏大悦，连赐两人巨舣，又命当筵舞剑一回，以助豪兴。

无畏酒酣，便跄踉站起，领了白鹏、风燕，命左右提酒后随，到各队亲劳士卒。又到红衣炮队中大加奖励，不由大笑道："咱们只顾吃酒，大将军兀自口燥，如何使得？"于是亲斟一杯，沥酒炮口，却向众卒道："明日咱一炮破城，当与诸君入城痛饮。"说罢，就左右手中连吸两舣。众卒见主将如此高兴，无不踊跃百倍。

当夜无畏就帐中被酒而卧，白鹏、风燕巡侍帐外，忽闻无畏高唤道："小哥慢去！"白鹏、风燕跑入，只见无畏正在坐起发怔，便道："你们可曾见有个红衣小儿出帐去吗？"两人惊道："不曾见得！"无畏道："作怪得很！方才俺睡梦中分明见个红衣小儿跳钻钻地向俺道：'汤无畏，咱们去吧，俺要先走一步咧。'这是何兆呢?"

正说着,忽闻炮队中微微喧闹,白鹏忙去查问,回禀道:"真是异事!便是炮队中值夜巡卒也仿佛见一红衣小儿冉冉而去哩。"无畏沉吟道:"想是炮神示异,为明日克敌之祥也未可知。次日,吾当虔诚祭之。"当夜,无畏睡梦不安,时时提剑出帐。

次日,刑牲设酒,祭炮毕,一面知会遇春等,俟炮火摧城后合力进攻,一面率领炮队鸣角呐喊,直薄城下。另有一队短兵善跃的键卒由风燕率领,专等炮发后蚁附登城。

这时无畏佩剑跨马,白鹏提刀步行,护侍马前,人骑如飞,精神四射。一声鼓起,骨碌碌炮车转动,那尊红衣大炮早向城安设停当,望得城上教众无不心惊胆落。于是柳方中仗剑指挥,急喝道:"妄动者斩!"

说时迟,那时快,城下鼓声又作,众官军齐喊之间,便有一长大炮卒火杂杂便去发炮。间不容发的当儿,忽地城上一声喊,城下官军顿觉眼前一片白光晃耀,便有一班白衫妇女麻林似齐立堞口,顷刻间,各脱长衫,莹然裸立,并且叉开两腿,单露那件妙相物儿。

这一来不打紧,众官军一声喊,顷刻大乱。正是:

> 阵设群阴夸魇胜,由来邪法出旁门。

欲知后事如何,且听下回分解。

第八回

伸正气忠魂返苍昊
著奇节烈魄托丹枫

　　且说众官军等闲不曾见过这等阵仗，望着一班光溜溜的妇女，不由得乱喊乱指，无畏大怒，手斩二人，方才乱定。这时炮卒狠命地去点火炮，哪知那炮再也不肯响，炮门上的火星儿却嗤嗤旋绕，其声甚厉。这时城上一阵鼓噪，矢石交下。

　　无畏大怒，方要下马亲去发炮，只见那炮卒大叫一声，登时脱却裤儿，霍地跳起，骑在炮上，狠命一点炮门，但见嗤嗤嗤火星四溢，旋吞旋吐，那炮口轰轰有声，却就是发弹不得。原来那炮卒颇有经历，一见城头裸妇，便知是魇胜之法，所以他露阳登炮，以为制克。哪知红英邪法厉害，竟不相干。

　　当时无畏见此光景，不由怒气冲天，愤然大叫道："光天化日之下，竟容妖匪如此披猖！今仗皇上威灵，是俺小臣汤无畏尽节之日了。"说罢，掷冠于地，正气凛然，方要策马冲锋，忽地由顶上飞出一股红光，城上裸妇大叫齐仆的当儿，只见那炮口发出一团浓白烟气，无畏在马上，陡然激灵灵一个寒战。只听震天价一声响，那尊炮立时炸裂。那炮卒立时粉碎不消说，左近官军也便死伤许多。

　　白鹏大骇，急看无畏时，业已跌落马下，垂头不语，原来已精神飞越，浩气还之太虚咧。于是官军大惊，顷刻间各乱队伍。便闻城头上鼓声起处，北门大开，喊一声："放下吊桥！"飞出一彪兵马，当头一人纵马抡刀，正是红英。

　　那白鹏顾不得对敌，用左臂挟起无畏，右手抡刀，想要跑回本营。无奈红英这队敢死军奋呼如雷，早已四面兜合，单是长矛劲弩早已雨点似的乱攒上来。好白鹏身中两弩，血淋遍体，却奋起雄威，由矛林中虎吼而出。有两个悍匪大呼赶去，白鹏吼一声，转身便斗，刀光起处，早已斫翻一卒，一径地挟了无畏落荒便走。

　　这里红英一骑马早踏入官军中，双刀翻飞，血雨四溅。恰值风燕领短兵队撞到，两人更不搭话，迎头便斗。一个是双飞白刃，怒马如龙；一个是单舞钢刀，趋风似虎。两人这一阵冲锋大战，只杀得愁云乱卷、地暗天昏。然而凤燕究竟不是红英的对手，只手下稍一迟慢，红英用一个双劈太华式当头剁去。凤燕横刀急架的当儿，好狠红英，右手刀急缩，趁势一捺手腕，奔向咽喉。凤燕大叫一声，登时尸横于地。众官军一见，越发地势如山倒。

红英大悦，正要领众去抢汤营，恰好遇春率众赶到，两下里混战一场。那红英晓得遇春的手段，不敢恋战，即便领众退入城中，顷刻间又是一阵矢石交下。这场大战，官军死伤甚众。当时遇春不暇进攻，先忙去占守汤营，以据形势，一面检点死伤，知凤燕阵亡尸碎，甚是太息。百忙中寻取无畏、白鹏，竟自不见。遇春大惊，忙跨马出询官军。伤兵中有一人道："俺负伤奔走之间，仿佛见白鹏挟着汤爷奔向偏西荒地去咧。"于是遇春领左右如言寻去，直至一所荒祠之前，仔细一望，不由大骇！只见无畏端坐在祠阶上，旁有白鹏按刀瞋目而立，气势勃勃，俨然如生，只就是鼻息全无，都已死去咧！原来白鹏由乱军中挟了无畏尸身，复经力战奔走，所以力竭而死。像这样忠诚义士，端的使人起敬哩！

当时遇春见状，十分赞叹，忙向前用手一抚，两具尸身颓然并仆。后来此地人钦慕无畏、白鹏的忠义，便就那荒祠重为经营，以祀无畏，其中所塑之像就用遇春所见的光景，此是后话不提。

且说这时额公大营已进驻琴台地面，得知无畏等阵亡之信，经略拍案惊叹。便一面飞函与毕制军，命他胪陈无畏的功绩并死事之状，飞章上闻，以请封赠的恤典；一面饬遇春即兼领无畏的兵马，仍驻该营，火速进攻；又一面饬滕荟、梁国安合兵齐进。这一来水陆兼进，四面合围，将一座襄阳城困得铁桶一般，炮火连天，昼夜不息。

正这当儿，陕西捷报又早到来。原来杨芳、滕荟提兵进剿教众以来，无战不克。各股教众降散甚多，先已斩掉陕北大教目华封祝。那陕南大教目何起凤收集溃散，正在难为支撑，不想近月来川中颜敏政见蜀匪已告肃清，便命杨逢春领一彪兵马由川入陕，乘势会兵夹击。天德虽雄勇绝伦，也有些料理不开咧，于是连战皆败，教下徒众逃亡大半。

何起凤为人机警，见势不佳，便向天德道："如今吾教不幸，便是川、鄂两处也都破的破，衰的衰。好在教主起事以来力禁淫杀，当道官吏时有招抚之意，趁此时弃教就抚，亦是一策。"

天德叹道："吾教本旨劝人为善，何尝有邪乱行为？都因川、鄂两处假教门以聚徒众，遂致构乱称兵。吾为大势所牵，官吏所逼，竟然一旦至此！与人共事，势衰而背之，此岂丈夫所为？吾终当保存吾教，誓以身殉！至于利害生死，却非俺高天德意念中的事了。"说罢，慷慨流涕。

起凤见他倔性发作，知他心志坚定，料势不佳，便悄地里捆载金资，领了十余名心腹党羽竟自不辞而去。后十余年，有人在川陕之交暗创了一种秘密会党，名为"哥老会"，会中大致便如江淮间的青红帮一般，人都疑猜那人便是何起凤哩。起凤既遁，天德越发势孤，所以杨芳等业已迫向渭南，竟有旦夕可下之势。

当时额公得报大悦，连日价督诸将攻城。红英、方中竭力守御，其间红英觑隙出击，许多的血战不必尽述。转眼间二十余日，城中粮草渐尽，众教匪更无斗志，有的潜逃，有的以为死在须臾，便越发地恣意胡闹，就城中凶掠淫杀，便是红英等的号令也有些似听不听，往往大帮价拖了掠夺的妇女，由红英府门首招摇呼啸而过。更有些凶实教徒，公然在街坊上裸淫妇女。可怜这许多城中百姓，真是求生不能，求死不得。

这时红英亦知事儿不妙，战守余暇，只钻在望真阁中恣意淫乐。先时节，城外有一巨室，生平只有一个爱子，素有璧人之誉，却被红英掠得去，生生淫嬲而死。那巨室怀恨在心也非一日。这时见官军中宣布红英罪恶的招帖张得到处皆是，那巨室见帖儿上咬文嚼字，只说些作乱惑众的大概，将红英许多阴狠凶淫的事儿倒不曾说得。因为官文有体，不能像悍妇骂街一般尽情指陈。巨室见了，未免想起儿子被嬲死之惨，不由暗想道："官中只如此宣布红英的罪恶，济得甚事？欲散教众，须将红英生平的丑恶秽事尽情抖搂她一场，令教众都恍然知所崇奉的教主原来是这样个烂污货儿，大家自然灰心各散咧。如此一来，倒甚与官军有益哩！"

正在思忖，可巧见个贫婆子腆胸挺肚的，口内骂骂咧咧，迈开两只大脚蹀将来。巨室听她所骂的正是红英，不由问道："你这婆子为何痛骂陈教主呢？"婆子道："什么教主！那养汉精恨得人牙痒痒。不瞒你说，俺是伺候望真阁的粗役，前两日还在里面当差，无非伺候她弄汉子的勾当。也是俺该晦气，因为伺候她洗□的水稍冷些，她便将俺剥得光溜溜痛打一顿，撵将出来。"说着一勒衫袖道，"俺如今怕她咬掉俺鸟吗？多早晚等官军攻城，那养汉的出头露面，等俺当着大家伙儿把她的丑事儿抖搂个大的，那才算骂她出气哩！俺早年就在她教中混，她嫁汉子陈敬先奸后娶起，哪一桩事瞒得俺呢？便是刻下还和那柳方中日夜价缠哩！"

巨室听了，心头大快，又见贫婆子母夜叉一般，便一问她姓名，因笑道："捣大嫂，你真有此胆气吗？倘把那淫妇骂背了气，你还挣点儿功劳呗！既如此，且随我来，你且吃饱了专等骂她。"于是引贫婆竟自踅去。

原来这贫婆便是被倩霞所捉缚的捣嘴子。倩霞去后，她便被人解救下来，辗转流落，又到了红英府中充了一名粗役哩。

不提红英时衰运败将要挨骂出丑，且说柳方中见官军合围，连日攻打，更兼城中粮尽，教众混乱，情知土崩瓦解就在目前，便向红英道："如今势已至此，教主是怎生打算？难道等城破束手被擒不成？"红英叹道："你这人反来问我，你每日价称说符谶，道俺有女帝之命，不料今日势败至此，俺除一死，还有甚打算？"

方中笑道："快不要这般想！如今直北林清暗中很有势力，便是川、鄂、陕被官军所迫散的教徒也很有悄投他那里暂为隐伏的。咱不如弃掉此间，便去投奔林清，待有机会，依然可图大事。就是机会不至，你我两人且自埋名隐姓，做个长久夫妇，过起快活日月，不愁吃，不少穿，又有什么不适意的呢？"

红英唾道："你好生没志气，难道咱就白弃了此城不成？"正说着，城外攻势又急。红英和方中急忙登城，正望见梁国安怒马如龙，指挥官军。望见红英不由目眦欲裂，嗖一声弯弓射去，红英一闪的当儿，却将方中的头巾射落。方中大惊，急命教众抵御。

正在烟尘抖乱的当儿，城外攻势又急，便连滕荟的水军也大半登陆助势。红英和方中忙去一望，只见城外官军漫天盖地。遇春正在立马促攻，那一番威凛凛气概，教众们本已魂飞魄散，忽见红英盛装佩剑，由一队女卒簇拥而来，直临堞口，便当矢石之冲，娇叱抵御，大家方有些鼓起气来。只见城下官军一声喊，倏然一分，放出片平阳之地，便有个贫婆子披头散发如飞跑来，不容分说，指着红英破口大骂。

你看她，一面跳，一面指天画地，口似翻花，将红英生平的淫恶丑事一件件痛骂出来。少时骂得起劲，竟自脱却上衫，露着两只大肥乳，越骂越凶。教匪等听得明白，掩耳不迭，方知自家所崇奉的大教主竟这样烂污不堪。

看官，要知厮杀之事全在鼓励一股气。经捣嘴子这一来，便似气囊上戳了针孔，想要不蔫瘪下来怎的能够呢？于是，众教匪呼啦一声散却大半。

红英大怒，方回手掏镖想打捣嘴子，官军一声喊，早又百道进攻。原来那捣嘴子由巨室引入官军中，献此骂城之策，可见是牛溲马勃都有用处。那红英经捣嘴子兜根一骂，真个便背了气、交死运咧！捣嘴子却因此大得官赏，不必细述。

当日红英在城上抵御各门，足无停趾，又被捣嘴子骂得怒恼攻心、神魄都丧。天至傍晚，幸得官军撤攻，红英下城回府。路经自己那所旧宅前，不由神明内疚，若有所感。

正这当儿，忽地马前飕飕飕一阵凉风，尘沙乱舞。从暮色微茫中忽恍惚见陈敬衣冠如昔，就门首俨然站定。红英猛惊，正要拔剑斫去，那马却咳的一声一气儿跑到府门。红英下得马来，不由面目更色。当夜和方中巡视城上，只觉精神恍惚，便连日拒敌，这且慢表。

且说额公驻营琴台地面，屡闻前方战胜，一面饬诸将竭力进攻，一面移节前进。到得襄阳西城外，诸将进谒，备说连日攻取的情形。额公沉吟一回，便微服跨马就城外巡视一周。只见那座襄阳城端的崇墉屹屹，十分坚固。女墙堞口等处，虽有被炮火摧毁的，然而要攻下此城还是不易。并见城上教匪等守御得法，那城下死亡的官军教匪许多的尸骸，好不可惨。

553

额公见此光景，又是慨叹，又是踌躇，相度一番形势，便策马而回。路经那山公祠，便下马入内，瞻仰一番。庙祝叩见过，请入静室少息。额公沉思攻城之策，一时间不得要领，不由心下烦闷起来，便屏退左右，信步踅出。

　　忽见一个翠鸟由面前飞鸣而过，额公性儿顽皮，至老不衰，便随手拾个石子儿觑准打去。那翠鸟唧啾一声，飞向祠后。额公赶去，只见那翠鸟落在一株枫树上，似乎向额公点头儿，竟自飞去。这里额公见那株枫树含雾笼烟十分茂盛，却正当一抔荒冢之前，方想逡巡踅去，只听丛草中有人发话道："喂！你这老先生好生大胆哪！"正是：

　　　　义烈一灵终不泯，会尽九节说丹枫。

　　欲知后事知何，且听下回分解。

第九回

山公祠寡妇罹罗网
槐柳院怪士入牢笼

且说额公正要趱去，只听丛草中有人道："你这老先生好生大胆哪，如何轻践这灵怪之地呢？"额公望去，却是个割草村童负草趱来。额公笑道："小哥，我且问你，此地有甚灵怪呢？"

村童吐舌道："你这个老爷子说话撇声撇气，一定是外乡人。你不晓得这株枫树灵怪得很，凡有人到树下作践，不是头疼，便是肚泻，总要撞着晦气。据人说起来，此树当年是插枝便活的。那时正是白教作乱起手，于今九年咧。此树一年生一个节儿，并且月明风静之夜，如有妇女悲啸之声。你老不信，但看此树身真有九个疙瘩节哩。"

额公跟村童细看那枫树，不由暗暗称奇。问那荒冢是哪家的，村童却不晓得。当时额公趱转祠内，一时盹倦上来，正在伏几稍憩，恍惚又到那株枫树下徘徊四周，便见一青衣女子由坟后冉冉而来，一言不发，向额公纳头便拜道："贱妾赍恨地下，于今九载，今幸我公节钺遥临，妖氛当靖，江汉之间可复睹光天化日。公但记明日午后，烈风迅雷，便是此城克复之期。贱妾不材，尚能赖经略威灵使妖渠授首哩。"额公一怔之间，正想问其所以，忽闻人语嘈杂，蓬然惊醒，却是自己的卫弁等寻将来。

当时额公回得大营，便召遇春一说其异。遇春道："鬼神效顺，容亦有之，但亦不可尽信。遇春拟今夜潜入城中窥隙纵火，使其城中大乱，然后外面大军力攻，或能有济。"额公道："此计亦妙，吾当命滕荟助你料理。"

正说着，人报倩霞到来。原来颜敏政见蜀匪肃清，遣逢春入陕后，便遣倩霞入鄂相助。当时额公大喜，既见倩霞，慰劳有加，便命倩霞随遇春潜行入城。当时倩霞略述蜀事并于益遁迹，大家听了，都各叹异。

不提当夜里遇春和倩霞各施展飞行耸跃的能为，一径地悄悄入城，且说红英连日价精神倦怠，这日清晨又登城守御一阵，午分时方和方中回得望真阁，相对太息，并商议此城万一不守，去投奔林清之策。

正这当儿，忽地唰啦啦长风暴起，尘沙乱飞，阁中窗户砰轰震击，一律洞开。只见那风声如牛吼，越刮越大，便如将那座望真阁浸在怒涛汹涌之中，势欲挟飞。

红英忙命左右去掩雕窗，只听哗啦啦一声响亮，那块两丈长的望真阁匾额早已凭空地由最高层上吹落下来，可巧砸在两个随侍的美男头上，登时脑浆迸裂。红英一怔，方噫了一声，忽见眼前红光一闪，便闻前殿上人声乱喊，左右飞报道："前殿火起！"

方中这时正摆着大袖乱蹀，百忙中还要取视他那本《江汉戎机》，忽闻火起，正要飞步下阁，查问缘故，忽闻后宫中一阵大乱，接着便喊道："火，火！"红英等急向后望，早见一股焰头直冲霄汉，借着大风之势，势如火龙破空，顷刻间黑焰涨天，后宫都着。一时间男号女哭，锅滚豆乱。红英方喊得一声："此火奇怪！"忙要仗剑下阁，说时迟，那时快，忽闻晴空中疾雷大作，声动全城。

这当儿，迅雷烈风越来越盛，少时震天价一声响，便闻城内外人声鼎沸。须臾，阁下四五护卒气急败坏地直撞将来，不及登阁，便大呼道："教主不好了！如今西北上城塌数丈，敌人兵马业已蜂拥而入咧！"

方中大惊，正要拖红英下阁，忽见剑光一闪，嗖一声由阁外飞上个绝俊妇人，用剑一指红英，却喝道："你这妖妇哪里走！认得俺叶倩霞吗？"红英大骇，用一个紫燕穿帘式从斜刺里一闪身，蹿至槛外。方想跳阁，只小脚儿方踏栏干，忽闻脑后飕的一股凉风儿。红英急反手一剑格去，但闻当啷一声，方中急偷眼望去，早吓得腿子后转，只见红英脑后那人正是遇春！

当时两人转眼之间，便似一双轻燕儿翻逐而下。这里方中正在跌滚乱撞，意欲下阁，恰好倩霞一步赶到，劈头揪牢，凉渗渗剑锋搁在脖儿上，道："你这厮是什么人？俺听说妖妇跟前还有个什么养汉先生，他在哪里？快说将来！"

方中急中生智，忙抖着道："他老人家正在城头守御，如何肯在这里？俺是被掠的人，胡乱在此当下差使。好奶奶太太，你便放俺去吧。"倩霞唾了一口，小脚一蹴，方中已仰跌丈余之外，即便飞身下阁，去协捉红英。

这里方中也便滚撞下阁，一瞧府中火势并城内官军喊杀之声，料得事儿大坏，便忙忙取了一包金珠揣入怀内，从乱军中撞离府第，暂为觅地藏匿，这且不提。且说红英和遇春一路厮斗，各显出耸跃本领，直由府第群房上杀向街坊连房，两柄剑闪闪霍霍，便如空中疾电。

少时倩霞赶到，三柄剑光混作一处。好红英把心一横，全无惧怯。三个都是绝顶的剑术，这场恶战也就少有。全城军民都望见一团白气翻飞驰逐，一径地风驰西去，径落城外。

不提额公趁风雷之势由城塌处提兵直入，分头命滕荟、梁国安剿杀余匪，收降归命，一面派人扑灭教府中的余火，且说遇春等一径地追杀红英，翻落西城之下，彼此又大战良久。红英却渐渐地气力不佳，不由虚晃一剑，向偏

556

北如飞便走。

遇春等大呼赶去，顷刻之间，已到山公祠外。只见红英由地下掬土一扬，顷刻间一股风气黄漫漫地盖将下来，再望红英竟自影儿不见。倩霞大骇之间，忽见香风起处，由祠后转出个青衣女子，飘飘然执拂一挥，但闻红英大叫一声，青衣女子登时不见。遇春等神定，仔细一看，不由大惊，只见红英业已跌晕祠旁，一柄利剑抛出数步之外。原来红英情急，用飞尘障目的遁法想要逃走，哪知烈魄有灵，阴助国威，这才将个称乱九年的大魔头给收拾咧！

当时遇春等见红英类似神痴，好生惊异，且不暇去寻究祠后青衣女子之异，连忙由倩霞将红英反剪双手，捆缚停当，并解下鸾带，扣了她的脖儿，拖了便走，遇春提剑后随。

这时红英已自醒转，不由长吁道："可惜俺陈红英竟如此结果！小二，小二，你这奴才老婆好生作怪哩！"倩霞回头一望，四只俊眼觑个正着，不由问道："你这老婆说什么？俺是四海闻名的叶倩霞，哪个是小二、小三的呀？"

红英大怒，便提起气来，呸一声一口香唾正唾在倩霞脸上，却是很有劲头儿，倩霞脸上登时生痛。倩霞如何肯吃这亏，跳过去便是一掌，亏得遇春含笑止住她，不由想起梁国安所说的所遭家难等事，恍然知那青衣女子便是小二的阴灵。

正在暗惊额公所说梦中之异不为无因，只见迎头一队官军蝰来，却是滕荟。因城中事体已定，却来搜寻红英。当时见红英就擒，便大家合在一处列队进城。当时倩霞和红英拖拖拽拽，遇春、滕荟威凛凛在左右提剑相随，一径地直奔襄阳府衙。看得无数军民欢呼雷动，便有顽皮小儿们各拾瓦石，单掷红英的前阴后臀，幸得兵卒向前止住。

原来这时额公业已驻节府衙，于是遇春等进见，具言擒得红英之异，并言梁国安妻子小二当年复仇殉主之事。额公听了，回思梦中所见的青衣女子，不由拍案惊叹道："此妇烈义如此，又能显灵助顺，擒此妖渠，吾当特疏上闻，以旌义烈。"说罢，命人带过红英。

老头儿睁开电眸端详良久，便叹道："有甚美者，必有甚恶。可见古人之话非虚哩！"即命仔细监押下去，准备入京献俘。

正说着，国安进见，闻知小二显灵之异，不由泫然流涕，于是额公赞叹再三。因方中漏网，正要遣骑四出分头大索，只见左右飞报道："今有民人许姓夫妇捉得柳方中，特来报闻。"

额公大悦，即传许姓夫妇进见。少时，由左右带进男女两人，男的是步履蹒跚，不良于行；女的是健步如飞，莲船盈尺，一齐与额公叩头便述捉得方中之状。那男的方咕噜了一句，女的道："你嘴中含着热蛋一般，待俺替你说吧。"于是一说捉得方中的原委。

原来柳方中自逃出望真阁，恐人识得他的面目，便大袖蒙头，一路胡撞。

亏得他那落拓样儿没人注意，撞进两处城门，都被官军拥回，末后就僻静所在遮遮掩掩。幸喜人声渐远，抬头一看，好一片槐柳萧疏。

　　方中细辨方向，暗道："惭愧，此间是槐柳大院，静僻得很，料想官军搜不到这里。俺且就民家躲藏片时，趁空儿混出城去再作区处。"思忖之间，趑至一家后墙之外。忽闻远远的人声喧闹，方中大惊，以为是官军赶来，于是不容分说，嗖一声跳进墙去，眼前白光一亮，正有个大脚婆子撅着张大屁股在空院里撒尿。方中唾一声，向前便跑。那婆子赶忙束裤，大喊道："你这冒失鬼快出去！这是什么时光，人生面不熟的，便这等乱钻？亏得俺当家的没在家，不然什么意思呢？"方中忙道："奶奶莫怪，俺是个教书先生，因家中被乱兵占据，到此躲一霎儿。你若不信，俺还夹着书本哩。"说着，从腰囊中取出《江汉戎机》。

　　婆子道："可怜，可怜！当此乱时，先生也苦恼了。这不都是姓柳的贼王八撺掇着陈二寡妇作的孽吗？你先生便在这小屋内藏一霎吧。"方中听了，只好干眨眼，便随婆子进得一所草房儿。只听得官军人马之声由街坊上杂沓而过，并有人喊道："你等小心搜寻，柳方中状貌丑恶，便似个村先生的样儿。"

　　方中听了，猬缩在屋儿内，连大气儿都不敢出。那婆子倒十分和气，恰值家中中饭已熟，又有现成白酒，便给方中端将来。方中连连称谢，随手将那本《江汉戎机》置在案上，且自怡然独酌。一来是奔走饥渴，二来是心事满怀，不知不觉闹了个味饱且醉，顺势向榻一歪，扑嗒声掉出一包金珠，竟自沉沉大睡。

　　且说那婆子在前室里正在心惊胆跳地怕有乱兵抢入，只听外面叩门，起去一看，却是她丈夫趑来，道："不打紧咧！如今额公已出示安民，方才俺回途，听得人家传说，红英业已被擒咧，咱家没乱兵来吗？"

　　婆子道："阿弥陀佛，可他娘的天开眼咧，那妖妇也有今日哩！咱家没来乱兵，倒有个教书的先生躲在咱后院草房内，吃醉了，困大觉哩。"男子道："你这婆子好大胆，这等时光，你知他是什么人就容留他？"婆子道："你不放心快瞧瞧去。他还夹塞着一本书，不是教书先生，是什么人呢？"

　　两人一路拌嘴直入草房。那男子一眼瞅见方中，又取起案上的书册一看，不由大骇，和婆子附耳数语，婆子忙低语道："真是他吗？"男子更不答话，由榻下拾起那包金珠，打开一看，便低语道："傻婆子，你看教书先生会挟带此物吗？"于是两人会意，登时动手，将方中一索捆翻，便去报告额公。

　　你道这男女两个是哪个？诸公都是明眼人，大概还记得烂腿大脚一对儿贤伉俪哩！

　　当时大脚述罢，诸将无不色喜。只有梁国安猛见大脚夫妇，想起小二殉主之惨并此时显灵之异，越发地挥泪不止。不想大脚早已望见国安，猛然跳起来，拖住国安道："啊呀！梁大叔，你如今也做了官咧！可叹俺梁大婶坟头上也长了草咧。"说着，瓢儿似大嘴一咧，就要大哭，左右连忙吆喝。

额公见此光景，颇为纳罕，于是由国安泣诉当年蒙大脚夫妻周旋患难一段事。大脚想起当年小二示梦并妖氛九年当灭的谶词，也便一一述出。额公听了，越发惊叹，因也谕以小二显灵擒住红英之事。这一来不打紧，大脚呼的一声张手舞脚，恨不得跳上公事桌子。左右连忙喝她跪倒，便由烂腿呈上那包金珠并一册《江汉戎机》。

额公阅书大笑，即将金珠赐与烂腿夫妇，一面命人跟他去押取方中，一面暂为驻节襄阳，收束军事，并报捷京师，另为疏陈小二显灵助顺之事。后来谕旨下，命该管地方官吏就小二埋葬之所特起祠宇，封小二为"义烈夫人"，庙貌千秋，血食江汉，竟成了荆襄之间大大的一段古迹。

可见人能从忠孝义烈上做事，是真能名垂万古的，此是后话不提。正是：

忠孝节义一身兼，千秋庙貌临江汉。

欲知后事如何，且听下回分解。

第十回

蓝田山一士存教脉
起凤桥群侠庆成功

　　且说额公连日价驻节襄阳，料理一切军事，一面知会田制军办理善后，一面命国安、滕荟分头出发，剿抚兼施，肃清各路的余匪。却命遇春、倩霞驰赴陕中，协擒天德。额公公务之暇，将许多被掠的美男美女一一发放还家，询知红英许多的凶淫事儿十分慨叹。又于暇日登望真阁从容一望，只见里面幽房曲室，镜壁活机钿床、长枕大被，并许多淫乐之具，不由叹道："妖妇胡为至此，恨死晚矣！"即命人登时毁掉。不多日，襄阳府县官俱已莅任，额公便回军起凤桥，专待陕中捷音，这且慢表。

　　如今且说那陕中高天德自被田大郎救出之后，便雄踞渭南，抗拒官军。无奈杨芳、滕芳十分骁勇，屡战皆胜，一面分部下剿除各处股匪，一面提兵直逼渭南。自华封祝被斩、何起凤遁去，天德势孤，越发难为支柱。

　　正这当儿，杨逢春一股兵马又由蜀到来。不多几时，遇春、倩霞亦奉额公之命匆匆到陕。这一来各路交攻都是劲敌，直将天德闹得手忙脚乱。然而天德为人坚毅非常，全无惧怯。幸得他教练部下既严且苛，又能同甘共苦，以结众心，那部下教徒等都骁悍异常，以一当百，因此之故，还可勉支残局。教徒中却有九人都是矫健绝伦之辈，天德结为腹心，每逢出入，寸步不离。

　　那九人衣服奇丽，往往掉臂市坊间酗酒恣闹，天德知得了，不但不加禁止，反倒欣然色喜。左右乘间偶叩天德，天德叹道："吾教下信徒虽众，但是真信徒不过九人而已。他们都是教脉所关，岂可因小节便斩其意？"

　　左右听了，莫名其妙，不过以为天德偏有所爱。及至天德兵困渭南，那九人慷慨登陴，并且趁空儿出击官军，饶是杨芳等累胜之兵，还被九人杀伤甚众。那九人临阵，一色的白衣如雪，腾踔如风，官军望见，群呼以"白鸦儿"，无不心惊胆落，这也不在话下。

　　且说杨芳这时已破得金溪村，驻扎大营，和滕芳围攻渭南。彼此相持之间，逢春到来，问知连日攻战情形，杨芳等说起天德怎生骁勇，逢春哪里肯信，便带领张起单搠天德出战。可笑逢春见敌便战，以为此人定是天德，不想一气儿围上九人，刀剑如风，都是龙骧虎跃的角色，直将逢春杀得屁滚尿流。亏得张起腿快，抱了逢春便跑，算是没丢性命。从此，连日相持之间，遇春、倩霞也自到来。逢春劈头便噪道："好了，好了！如今大家到齐，咱给他个车轮战法，保管擒得天德。"

遇春道："不须如此！俺闻天德也是一条汉子，等明日俺去搦战，说破他信白教之误，劝他就抚，不省得彼此杀伤吗？"杨芳顿足道："俺先时曾单身去招抚他，业已成功，却被人所误，反致失信于他，如今怕不成功咧！"因将陕抚诱害天德之事一说。

遇春道："虽然如此，他如今势衰力穷，或不能坚持素志哩！"次日，遇春果去搦战。一见天德，凛凛仪表，望而知是个坚毅不屈的人，便纵马大呼道："高天德，俺闻你是陕中男子，如今教势已衰，川、鄂教首业已成擒，可见是皎日一出，爝火无光。古语云，识时务者为俊杰，你何必坚信邪教，自误误人？快些归命投诚，圣朝宽大，必能赦你不死哩。"

天德大笑道："俺高某生平只有一心，既入此教，誓当与教存亡！什么叫时务？那都是反复小人遮羞的话。杨遇春，不必巧言，咱且拼个你死我活。"于是飞马抡刀直取遇春。

两人这一交手，不由互相佩服，端的是艺出名家，与众不同。两人大战百数十回合，天德用长刀镇住遇春来枪，忽问道："俺闻得你是葛玄一先生的弟子，你可知玄一先生有一好友，当年江湖间人称为'卖蒜叟'的吗？"遇春道："俺怎的不知？俺家玄一先生当年隐迹，便和卖蒜叟同去的哩。你无端问他两人做甚？"天德慨然道："你可知俺高天德却是卖蒜叟的弟子？如今不须说咧，但恨俺高天德与你生不同方，行迹各别，同派觌面却是敌人。"说罢，飞马抡刀，又复大战。两人直杀到日色过午，不分胜负，两阵上望见，无不骇然。

遇春罢战回营，甚是怙惚，想起天德方才言语，越发动了惺惺惜惺惺之意，便亲作手函，痛指白教之谬误，并力劝天德归诚，命人去投书候命。不想使人去时，好端端两只肥耳朵，及至回头，业已被人家割得光溜溜的，长血直流，向遇春哭拜道："天德那厮不知好歹，不但将书函拉碎，还将小人摆布得这般光景，并叫小人寄语爷台，说是高天德一日不死，白教一日不灭哩！"

众人听了都怒，逢春便噪道："那厮如此倔强，咱只一力除杀他便了！"遇春慨然道："人各有志，无论他信心谬误与否，但是天德终是个强毅汉子。明日咱当力战擒他，他如悔悟弃教，他手下许多教众便可不劳而定。不然，便当速杀之，以绝此邪教根蒂。此人若遁去，窃恐此教流传，改头换面，终有复发之时哩！"众人听了，连连称是。

次日，遇春、逢春、倩霞、滕荟一齐结束整齐，步行提剑，便去搦战，只留杨芳坐守大营。两阵上摆开阵式，鼓声起处，四柄剑飞舞而出。对阵上天德望见，哈哈大笑，便纵步仗剑，一跃而出，霍地一翻身使个旗鼓。逢春望得不耐烦，又恐人抢了先儿去，于是大呼便上。双剑才交，阵云已起，只杀了数十回合，滕芳、倩霞也便双剑继进。

好天德全不惧怯，你看他展开门户，前格后拒，左拦右遮，腾空无声，落地有力，一柄剑力敌三人，沛然有余。两阵上但见四道电光盘空天矫，分似彗星经天，合如月阑罩地。其中有一道彩云似的在剑光中飞腾穿插，却是叶倩霞专以耸跃取势。

正这当儿，忽见天德撒手舞剑，便如长虹横空，逢春一个跟跄，险些栽倒。遇春一惊，也便挺剑而上，顷刻间五剑纵横，搅作一团。端的怎生光景？但见：

剑花错落五锋交，群侠纵横气象遒。
赖有高家存教脉，即论剑术亦称豪。

当时五人这阵较剑大战，只杀得阵云乱卷、红日无光，冷森森一片寒光铺遍了渭南城下。当时远近相传，名此战为"五龙大闹渭南城"，因一时剑气冲霄，便如延津变化一般。

这一战不打紧，不想合之汤无畏炮攻襄阳都流传为热闹故事。你看后来的元宵花炮中，有所谓"炮打襄阳城""五龙斗彩"等许多名儿，便是因平教乱才流传下来的哩！

闲话少说，且说天德力支三人本已吃力，何况又加上个剑术绝顶的杨遇春，自料难以取胜，只得虎吼一声，一摆剑败回阵去。逢春等如飞闯阵，却被那九人抵御住，于是两下里混杀一阵，各自收兵。杨芳趁势提大军即便合围，从此相持，至月余之久。

遇春等知天德剑术高强，也不敢冒险飞行入城，于中取事；天德亦惮劲敌，也不敢伺隙踹营，只是日日交锋，互有胜负。因那九人和天德一心同德，各抱一与教同存亡之念，所以能抗御群侠。

两下里这一苦斗，却苦了彼此的士卒并城内外的百姓。每日价尸骸遍地，本就可惨，不想又过得几日，城中粮尽，饿煞的相望于道。

天德一日巡城，只见一饿杀的妇人如干腊一般横卧道旁，旁有一将死的小儿还在那里抓食其乳。天德一见，不由泫然泪落，因叹道："如今教势已去，长此相持，只有苦煞了无辜百姓。俺当设法存吾教之一脉方是正理，何必在此苦斗呢？"沉吟一回，即便回帐，大集部下各教目。

天德慷慨流涕道："如今吾教势衰，相持苦战，无非多伤生命。天德将隐遁以去，借以保吾教一脉，诸位哪个能同志相从，便请自陈。不然，天德去后，尽管各自为计，或散或就抚，悉听己志就是。"

教目等听了，正在面面相觑，只听帐下暴雷似一声大喏，白衣一闪，齐整整上来一班人，大呼道："俺等生死不计，誓愿追随教主！"天德数去，一个也不多，一个也不少，正是那同心合志的九个人，再看其余各教目早已逡巡各散。于是天德抚膺长叹，登时与九人结为兄弟，便匆匆结束，准备着突围而出。当时却置酒高会，与教目等慷慨诀别。

酒酣以后，九人者当筵起舞，天德叹道："使俺早从田大郎之言，何至今日仓皇如此呢？"于是又将白教中劝人为善的正旨向众人阐扬一番。哪知众人这当儿心旌摇摇，只准备卷堂大散，哪有心情去听讲道哇。这信息一传播，早被官军中的暗探侦得，火速回报。

遇春大骇道："天德系教首钦犯，岂可容他遁去？并且邪教的根蒂不除，贻患匪浅。吾当稍撤东路之围，使他必出此途，然后伏要截击，定能擒他。"杨芳道："天德健者，咱便大家同去。"遇春道："你还须料理复城之事哩。"商议已定，即便分头行事。

且说天德这日和九人悉着白衣，结束伶俐，大叉步抢出城来。一声喊，杀入官军，便如一群猛虎下山，直然所向无阻。官军已得遇春的号令，果然放出东路一面，于是天德当头，率九人向东杀出。后面官军只管摇旗呐喊，却不敢进逼。

天德等行了一程，回望渭南城，已在隐约之中，但听得鼓角隐隐并呼号之声，料得官军业已克城，不由和九人相视太息，拔步急走，约莫有数十里的光景，只见前途空翠扑人、万峰飞舞。天德遥指道："你看前面，便是蓝田山下，当日田大郎隐居此山，不知他此时还在也无？"

正指顾之时，忽闻前路长林内一声喝号，扑扑扑跳出四人，一色的长剑一横，拦住去路，大叫道："高天德不来就缚，更待何时！"

天德惊望去，却是遇春、逢春、倩霞、滕芳，不容分说，四柄剑闪闪霍霍直飞将来。天德大怒，正要摆剑迎敌，那九人早各奋短刀虎吼而上。于是天德喊一声，仗剑冲锋，大战良久。那九人志在必死，再搭着天德猛锐无前，逢春手脚略慢，早被天德荡开一角，率九人风趋而出，撒开步法，嗒嗒嗒一路飞行，竟往蓝田山下直逃将去。

不提这里遇春等一路紧追，且说天德等白衣翩翩，一气儿蹿出十余里，回望后面敌人尚远，正在忙忙奔走之间，叫声苦，不知高低，只听前面水如雷鸣，却有一道激箭似的沙河横截去路。仔细一看，已到蓝田山下，这道沙河却由山中飞瀑奔洞诸水交汇而出，白波掀天，无法可渡。

天德气愤交攻，不由横剑大叫道："今敌人在后，大河前横，莫非吾教数当铲绝吗？俺天德不能存教，还要此性命做甚！"说着，一翻手腕，就要自刎，却被九人拖住他手，忙叫道："教主保重，你看那岸上突地不是一只渡船来也！"

天德望去，果遥见对岸草丛中摇出一只小船儿，上有个舟子，生得身材凛凛，披蓑戴笠，正背着脸儿，一面摇橹，一面瞻望蓝田山色；听得天德等嘈杂唤渡，连忙打桨如飞，直划过来。将到岸边，那舟子忽一回身，哈哈大笑，天德不由失声道："好巧，好巧！田兄快来渡我。"那九人见舟子是田大郎，不由都喜，不待船儿拢岸，早和天德一跃而登。大郎稳住船，还未及动桨，九人道："大郎快渡，后面还有人追哩。"

大郎笑道："怕他怎的？倘使俺像往年的火性儿，叫他来人一个个都是死数。"因向天德道，"高兄此时可省悟咧！假使早从俺的话，不省了和人置此闲气吗？"天德道："往事休提！田兄怎知俺遁逃此间就来相候呢？"大郎道："这时非讲话的当儿，咱且离去此间，容俺退敌。"于是打起桨，顺风长呼，竟自乱流而渡。

方到中流，后面遇春等业已如飞赶到。逢春不管好歹，便大叫道："你这船夫好生大胆，擅敢私渡教首，还不快快划过来！"大郎大笑道："哪个是船夫！俺行不更名，坐不改姓，全陕闻名，人称'小专诸田孝达'的便是。高天德纵有点子小小不是，你等看俺薄面便从此罢手放过他吧。"逢春喝道："休得胡说！不然俺飞剑割你的脑装。"大郎笑喝道："你这黑厮好生不知进退！既说飞剑，俺且叫你尝尝滋味！"说罢，口儿一张，登时有寸许的白光飞出，寒芒晔晔，不可正视。

倩霞、遇春一望，便知是剑气合一的绝顶剑术，方叫得一声："咱们且退！"说时迟，那时快，咻一声白光射到，略一游走，逢春急忙用剑去挡的时光，那白光飞向头顶，只一转，逢春登时发断冠落，余光迤逦，势如银蛇，就遇春等面前一闪，只觉冷气侵骨，使人气息都闭，于是大家神怔，再看田大郎时，早已收回白光，从容容摇起渡船，直达到岸，一径地弃舟登岸。

这里遇春等但遥望一片白衣飞飞如雪，顷刻间转入林麓深处，竟自不见，于是遇春浩然叹道："彼教中未尝无人，草野间正多奇士。田孝达奇男子，他的剑术吾等都不及哩！"说罢便奔回途，这且慢表。

且说田大郎救得天德并九人，直入蓝田深山中，暂为隐匿。天德问起相救之由，大郎道："自渭南城围合后，俺便在暗中阴相左右，所以一切之事俺都知得。但因俺前者言不见纳，知非口舌能争，故此未露面目。今幸一切放下，吾辈可以偕隐了。"从此田大郎和天德等十人深隐不出，但是薪尽火传，后数年又有林清闹教之变，可见这白莲教根蒂不拔，不过时异其名罢了。

且说遇春等匆匆趱回，杨芳早已克复渭南料理一切。问知田大郎救得天德一段事，好生叹异，便一面告捷于额公，一面会同陕抚办理善后，于是川、陕、鄂三省教乱悉平。

不多几日，遇春等仍回至鄂中起凤桥额公大营，面陈一切。额公大悦之下，恰好滕荟亦自川中收束军事毕，投到大营。

这一来群侠会合，跄跄济济，可将个额公乐大发咧！于是椎牛酾酒大筵军中，得胜鼓和着一片铙歌雄吹，直将起风桥驾在云端里。及至罢酒，业已将交三鼓。

这夜里风清月朗，天宇无云，万马无声，大旗招展。军吏忽报道："月华忽现。"额公率诸将出帐一望，果见那月彩奇光四射，瑞气缤纷，大如风阑，映得人须眉毕现。晃耀良久，方才渐渐敛华，仍是一轮皓魄。

额公喜顾诸将道："月华献端，可见是妖乱就平、海宇清宁之兆。我国家万年有道之长基，知非奇袭之民所能震撼哩。然而乐不可极，当俟献俘京师，诸君策勋，再为痛饮吧！"于是诸将躬身，欣然诺诺而退。

说到此间，听这部热闹长书的明公不消说踌躇志满，快活不过。但是骑驴的不知赶脚的苦，作者三寸秃管、一腔心血也就消磨了三年岁月，并且此书之成，始终在连年混战声中，书中战事虽然结束，国内乱事却没有结束，也就可叹极咧。所可自慰者，书中褒的是忠、孝、节、义，贬的是奸、盗、淫、邪，虽是小道稗官，居然春秋笔法。但愿当代英雄，本精忠奇侠之精神，定争权夺利之乱局，作者这部书方不为白作。

说到这里，便有质疑的道："焕亭先生，难道这部书便就此结束吗？俺总觉杨遇春等还没有加官晋爵，少点儿事似的。"作者道："你这是蛇足之见。如必欲知其究竟，且待俺略为述来。"

当时额公不久即率诸将凯旋京师。皇帝大悦，一切郊劳受俘等典礼都罢，便将红英、王三槐等明正典刑，并且行文各省，通缉漏网之高天德。便按功行赏，遇春等进秩有差。倩霞之功，所膺的懋赏，自有个有福不用忙的颜公子替她承受。后来遇春、杨芳等再平回疆之乱，都爵至封侯。

那遇春殁后予谥"忠武"，至于李氏娘子并郑氏夫妇都年臻耄耋，无疾而逝。正是：

> 忠侠一生心，逸事流千古。
> 小技笑稗官，于世不无补。

哈哈！说到此间，腕折笔秃，口干舌燥。你听外面噼噼啪啪的爆竹，大家又送灶王老爷上天咧！可叹作者祀灶的黄羊、粘嘴的糖瓜还没办得，倘若灶王见怒，上得天去，舒着两片没糖粘的嘴一阵价瞎三话四，那还了得！对不住，作者先去祀灶要紧，诸位欲听他书，等作者慢慢献丑吧。

续编全六集底本为益心书社 1938 年 8 月第十版。

图书在版编目（CIP）数据

奇侠精忠传续编／赵焕亭著. — 北京：中国文史
出版社，2019.3

（民国武侠小说典藏文库·赵焕亭卷）

ISBN 978 - 7 - 5205 - 0833 - 9

Ⅰ . ①奇… Ⅱ . ①赵… Ⅲ . ①侠义小说 – 中国 – 现代

Ⅳ . ①I246.5

中国版本图书馆 CIP 数据核字（2018）第 264890 号

点　　校：顾　臻　杨　锐

责任编辑：卢祥秋

出版发行：**中国文史出版社**

社　　址：北京市海淀区西八里庄 69 号院　邮编：100142

电　　话：010 - 81136606　81136602　81136603（发行部）

传　　真：010 - 81136655

印　　装：廊坊市海涛印刷有限公司

经　　销：全国新华书店

开　　本：720×1020　1/16

印　　张：36.25　　　字数：730 千字

版　　次：2019 年 3 月第 1 版

印　　次：2019 年 4 月第 1 次印刷

定　　价：98.80 元